HEYNE BÜCHER

Fantasy

Herausgegeben von Wolfgang Jeschke

Von Katherine Kurtz erschienen in der Reihe
HEYNE SCIENCE FICTION & FANTASY:

FRÜHER DERYNI-ZYKLUS:

Band 1: Camber von Culdi · 06/3666
Band 2: Sankt Camber · 06/3720
Band 3: Camber der Ketzer · 06/4018

SPÄTER DERYNI-ZYKLUS:

Band 1: Das Geschlecht der Magier · 06/3576
Band 2: Die Zauberfürsten · 06/3598
Band 3: Ein Deryni-König · 06/3620

DIE GESCHICHTE VON KÖNIG KELSON:

Band 1: Das Erbe des Bischofs · 06/4561
Band 2: Die Gerechtigkeit des Königs · 06/4562
Band 3: Die Suche nach Sankt Camber · 06/4563
Band 4: Die Deryni-Archive · 06/4564

KATHERINE KURTZ

DIE SUCHE NACH SANKT CAMBER

Dritter Roman des Zyklus
›Die Geschichte von König Kelson‹

Deutsche Erstausgabe

Fantasy

WILHELM HEYNE VERLAG
MÜNCHEN

HEYNE SCIENCE FICTION & FANTASY
Band 06/4563

Titel der amerikanischen Originalausgabe
THE QUEST FOR SAINT CAMBER
Deutsche Übersetzung von Horst Pukallus
Das Umschlagbild schuf Peter Eilhardt
Die Karte auf Seite 5 zeichnete Erhard Ringer

Redaktion: Friedel Wahren

Printed in Germany 1989
Umschlaggestaltung: Atelier Ingrid Schütz, München
Satz: Schaber, Wels
Druck und Bindung: Elsnerdruck, Berlin

ISBN 3-453-03157-1

KHELDOUR
TOLAN
MEARA
OSTMARK
CARBURY
GRECOTHA
RENGARTH
TORENTH
COR CULDI
GWYNNED
RHEMUTH
CONCARADINE
DER CONNAIT
ST. ILLTDS
NYFORD
MOORYN
ST. ULTANS
LLANNED
FIANNA
HOWICCE
DIE ELF
KÖNIGREICHE
ringer

PROLOG

Siehe, du hast viele unterwiesen und schlaffe Hände stark gemacht.

Hiob 4,3

Leise und unheilvoll grollte unweit Donner, als Prinz Conall Haldane, Vetter ersten Grades König Kelsons von Gwynedd, mit seinem Knappen die Rösser im kargen Schutz eines vom Winter kahlen Baumes zügelte, sich unter seinem eingefetteten Lederumhang zusammenduckte und in das Sprinkeln immer dickerer Regentropfen blinzelte.

»Verdammnis! Ich hatte gehofft, für ein Weilchen sei's genug der Unwetter«, sprach er gedämpft und streifte sich mit einem Ruck die mit Pelz gesäumte Kapuze übers Haupt. »Vielleicht können wir hier abwarten, bis das Gewitter vorübergezogen ist.« Conalls Bemerkung entsprang eher Wunschdenken als wirklicher Zuversicht, denn in Gwynedd kannte man den März für sein unberechenbares Wetter. Noch eine Stunde zuvor, als die beiden Jungmänner zu Rhemuths Stadttor hinausritten, war der Himmel einigermaßen klar gewesen, doch nur allzu rasch hatten geschwinde Wolken übers Land eine trübe, gräuliche Düsternis verhängt, die mehr einer Dämmerung glich, als daß sie der Mittagszeit entsprochen hätte, und gleichzeitig war es spürbar abgekühlt. Während der Donner heranrollte und der Schauer sich zum Wolkenbruch steigerte, kostete Conall den schwefligen Geruch der mit Blitzen aufgeladenen Luft, die dem Unwetter unmittelbar vorauseilte. Hätte es lediglich weitergeregnet, wäre Conalls Laune nicht sonderlich beeinträchtigt worden, denn dieser Ausritt beruhte auf seiner eigenen Entscheidung, hatte nichts mit königlicher Pflicht zu tun. Doch seine geringe Duldungsbereitschaft verflog schnell, als sich der eisige Regenguß in einen Hagel verwandelte, mit dem Hagelkörner in der Größe eines Daumennagels herabprasselten und den Prinzen, seinen Knappen und die Rösser so heftig überschütteten, daß es schmerzte. »Göttliche Gnade!« schalt Conall. »Es hagelt Mühlsteine!«

»Sollten wir's nicht wagen und hindurchzusprengen trachten, Herr?« schlug in kläglichem Ton sein Knapp Jowan vor, der auf einem schon klatschnassen rotbraunen Zelter saß, welcher sich dicht an Conalls Grauen gedrängt hatte. »Ich bezweifle, daß das Gewitter in Bälde nachlassen wird, und es ist schwerlich möglich, daß wir noch nasser werden. Zudem dürfte Eure Dame im Kamin ein warmes Feuer brennen haben, an welchem wir uns trocknen können. Und die Rösser wären heilfroh, in ihren behaglichen kleinen Stall zu gelangen.«

Trotz seines wachsenden Unmuts über das Wetter lächelte Conall andeutungsweise, nickte zum Zeichen der Zustimmung und gab seinem Reittier die Sporen, trieb es, dichtauf gefolgt vom Knappen, in den Hagelsturm.

Seine ›Dame‹. Ach ja ...! Die ›Dame‹, die Jowan erwähnt hatte, verkörperte nicht den Hauptgrund für Conalls Entschluß, heute auszureiten, aber nebenbei war sie ein sehr angenehmer Anlaß. Sie war keine Dame von Stand, so wie man eine Dame bei Hofe begriff. Die schöne, anschmiegsame Vanissa war seine Buhle, sein Liebchen, seine Gespielin, bisweilen auch, abhängig von seiner Stimmung, seine Geliebte, und manchmal, in der Leidenschaft des Liebens, nannte er sie seine ›Dame‹; jedoch wußte auch sie, daß sie niemals seine Gemahlin werden konnte. Diese Ehre blieb einer königlichen Prinzessin vorbehalten, die sich Conall bereits bei Hofe erkoren hatte – obschon der Gegenstand dieser ehrenvollen Absicht erst noch eingeweiht werden mußte.

Bevor der Sommer endete, würde Vanissa ihm ein Kind schenken, und Conall hatte vor, dafür zu sorgen, daß es Mutter und Sprößling an nichts mangelte, aber der Besuch bei Vanissa bot ihm vornehmlich einen günstigen Vorwand für eine andere Betätigung, die weit mehr Fragen aufwürfe als eines königlichen Prinzen Liebste, erhielten die falschen Leute davon Kenntnis – und dazu zählten, jedenfalls vorerst, auch König Kelson und seine gesamten engsten Vertrauten, vor allem jene vom mit Magie begabten Geschlecht, das den Namen Deryni trug.

Trotz der Schmähungen und der Feindseligkeit, die ihnen Kirche und Staatsmänner im Laufe der vergangenen zweihundert Jahre fast durchgängig entgegengebracht hatten, wünschte Conall sich oft, *er* wäre ein Deryni, weil die Deryni über Kräfte verfügten, die sie im Vergleich zu gewöhnlichen Menschen mit beträchtlichen Vorteilen ausstatteten, wiewohl die Kirche derlei Kräfte unverhohlen als von Satan und Hölle verliehen verurteilte. Dank einer seltsamen Wendung in der Menschheitsgeschichte war die Haldane-Sippe, der Conall selbst angehörte, in den Besitz einer Begabung gekommen, die den Kräften der Deryni ähnelte – aber mit dieser Gabe waren nicht alle Haldanes gesegnet. Die Überlieferung beharrte darauf, daß stets nur ein Haldane zu einer Zeit selbige Fähigkeiten haben durfte, und das war der Mann, auf dessen Haupt die Krone saß; und in der gegenwärtigen Geschlechterfolge war das Conalls Verwandter Kelson Haldane.

Schon früh hatte Conall gegen diese Bestimmung einen Widerwillen entwickelt, war er doch der Älteste des zweiten Sohns eines Haldane-Königs. Seine Unzufriedenheit hatte ihren Ursprung jedoch weniger in der Tatsache, daß Kelson Träger der Krone und Inhaber der Haldane-Begabung war – denn dieser Sachverhalt stammte vom Zufall der Geburt her –, vielmehr war die Ursache, daß Kelson auf letztere das alleinige Anrecht hatte, obwohl sie für Conalls Begriffe kaum etwas mit der Königswürde als solcher zu schaffen hatte. Diese Überlegung hatte Conall dazu bewogen, im vergangenen Jahre gewisse Maßnahmen einzuleiten, um herauszufinden, ob die Ausübung der Haldane-Gabe durch ausschließlich einen Haldane eine Sache des Nicht*dürfens* sei oder des Nicht*könnens*. Das war der Grund, weshalb Conall wenige Tage vor seinem achtzehnten Geburtstag und bevor er zum Ritter geschlagen werden sollte durch so schlechtes Wetter ritt; er gedachte seinen Lehrmeister aufzusuchen. Und wenn der Ausritt es ihm erlaubte, zusätzlich körperliche Begierden zu stillen ...

Die Erwartung von Vanissas Willkommen hob Conalls düstere Stimmung, während er durchs Gewitter sprengte, denn er wußte, seine Liebste würde ihrem Prinzen noch mit einem ganz anderen Feuer als jenem einheizen, von dem Jowan verheißen hatte, es brenne im Kamin. Der Hagelschlag hatte aufgehört, es regnete lediglich noch, als die zwei Reiter Vanessas entlegene, winzige Kate erreichten, doch in den Pfützen auf dem kleinen Vorplatz schwammen Hagelkörner, die unter Conalls Stiefeln knirschten, als er aus dem Sattel sprang und zur Tür lief, es Jowan überließ, sich um die Rösser zu kümmern. Ehe er anzuklopfen vermochte, flog die Tür auf, und freudig erregt begrüßte ihn Vanissa mit einem Knicks, bei dem der Schleier ihres schwarzen Haars ihr wie ein prächtiger Überwurf bis fast auf die Knie sank.

»Ach, mein teurer Gebieter, ich wußte fürwahr nicht, ob ich Eurer noch harren sollte, da dies Unwetter mit all seinen Unbilden tobte. Kommt, legt diese nassen Kleider ab und erwärmt Euch am Feuer. Ihr zittert ja, womöglich holt Ihr Euch's Gschnäuf und sodann den Tod!« Tatsächlich zitterte Conall, doch nicht allein infolge der Kälte. Regenwasser troff ihm aus dem schmalen, seidenweichen Schnurrbart und dem kurzgeschorenen, schwarzen Schopf, als er die Kapuze zurückwarf und ein Tuch zum Abtrocknen entgegennahm. Indes auch Vanissas Berührung, als sie die Hände an seine Kehle hob, um die Spange des Umhangs zu lösen, entfachte in ihm eine heiße Glut, die ihm durch sämtliche Glieder lohte, ihre Mitte in seinen Lenden fand, brachte ihn ins Beben. Wortlos schaute er zu, während sein Herz hämmerte, er die feucht und klamm gewordenen Handschuhe abstreifte, sich ungeduldig auf einen Stuhl setzte, den muffig-süßlichen Geruch der mit Kräutern bestreuten Binsen unter seinen Füßen sowie den herberen Duft von im Erwärmen begriffenen Wein einatmete, wie Vanissa den triefnassen Umhang über einen anderen Stuhl nah am Kamin breitete. Zum Dank nickte er ihr zu, als sie ihm einen Becher reichte, dessen Inhalt dampfte, sich dann vorbeugte, um ihm die mit Schlamm bespritzten Stiefel auszuziehen; sein Blick glitt wohlgefällig über die ergötzlichen Rundungen ihres Busens, derweil sie sich mit dem durchnäßten, schlüpfrigen Leder abmühte. Als sie fertig war, hatten ihre Anstrengungen sie beide außer Atem gebracht. »Wird's meinem Gebieter hiermit hinlänglich warm sein?« fragte Vanissa und kam mit einer Decke aus grober Wolle, die sie ihm um die Schultern schlang.

Conall wußte, daß er sich eigentlich nicht ablenken lassen sollte, bis er seine Angelegenheiten erledigt hatte, doch war es ihm schon immer schwergefallen, das rechte Maß zu finden, wenn er Vergnügungen nachging. Vanissa lechzte regelrecht danach, ihm Wonnen zu spenden, sie wollte nichts lieber als genommen werden, ihr Leib begann sich erst allmählich vom Kind, das sie unterm Herzen trug, zu wölben ...

Beinahe verschüttete Conall den Wein, so hastig stellte er ihn beiseite, unter der Decke umfing er sie, umhüllte sie beide damit, dann trug er Vanissa zu den Binsen vorm Feuer, das lustig im Kamin flackerte, verlor sich zusehends in Begierde und Lust – bis plötzlich jemand einen Zipfel seines Gewands packte und ihn von ihr riß, so daß er auf den Rücken plumpste, indem eine behandschuhte Faust seinen Waffenarm umklammerte, ihm ein feuchtes Knie in den Brustkorb rammte und fest die Schneide eines Dolchs gegen seine Gurgel drückte.

»Grundgütiger Gott, Jüngling, es bedarf beileibe keines *Deryni*, um Euch zu überraschen, wenn Ihr Euch *dergestalt* töricht verhaltet«, sprach eine Conall vertraute, jedoch nicht Jowans Stimme. »Jeder *Beliebige* hätte Euch zu überraschen vermocht.« Sobald er den Sprecher erkannte, schwanden Conalls anfängliche, unwillkürliche Bestürzung und Wut, wichen der Entrüstung und zuletzt widerwilliger Zustimmung, obwohl seine Fäuste unverändert des anderen Mannes Handgelenk umfaßt hielten, um die Klinge nach Möglichkeit von seinem Hals entfernen zu können, derweil er auf geistiger Ebene die unverkennbar derynische Geisteswehr des Ankömmlings abtastete. »Nun wohl, genug davon«, fügte der Mann seiner vorherigen Äußerung hinzu, gab seine bedrohliche Haltung auf und ließ von Conall ab. »Ihr flößt der Dirne Furcht ein.«

Unverzüglich sah auch Conall von jeder kämpferischen Haltung ab, ließ des Ankömmlings Handgelenk fahren und setzte sich auf, wobei er einen Brummlaut des Einvernehmens ausstieß. Das gänzlich verstörte Mädchen kauerte niedergeduckt auf den Binsen, blickte furchtsam, Röcke und Mieder in Unordnung, zu den beiden Männern auf; es krümmte sich noch vor Schrekken, als der ihm Fremde, gewandet in Umhang und Kapuze, den Dolch in die Scheide schob.

»Oh, um des Himmels willen, Vanissa, niemand wird dir ein Leid zufügen«, sprach Conall, zog eine gereizte Miene, derweil er den Arm ausstreckte und seines Liebchens Stirn mit den Fingerspitzen anrührte. »Sei unbesorgt. Geh zu Bett und vergiß, was sich just ereignet hat. Ich werde mich später zu dir gesellen. Und Ihr, Tiercel, tretet zurück, Wasser trieft von Euch auf mich herab!«

Der Missetäter tat, während er unterdrückt eine Verwünschung vernehmen ließ, einen Schritt rückwärts, half jedoch höflich dem jungen Weib beim Aufstehen, das daraufhin, ohne ein Wort zu sagen, zur Tür in die benachbarte Kammer strebte, das Angesicht bar jeglicher Gefühlsregung, sich gewohnheitsmäßig beim Gehen die Röcke glattstreichend. Kaum hatte sich hinter Vanissa die Tür geschlossen, entledigte sich Tiercel des Umhangs, dessen Nässe Conall so verdrossen hatte, und breitete ihn neben des Prinzen Umhang aus. Tiercel war nur um wenige Jahre älter als der Prinz.

»So«, äußerte Tiercel de Claron, nun seit über einem Jahr insgeheim Conalls Lehrer in magischen und derynischen Kenntnissen, allerdings ohne Wissen oder Einwilligung des Camberischen Rates, der hartnäckig jeweils nur einem Haldane das ausschließliche Recht zubilligte, Inhaber des Haldane-Erbes magischer Macht zu sein. »Nur halb war's, müßt Ihr beachten, ein Scherz, daß irgendwer eindringen könnte.« Wenige außerhalb des Camberischen Rates wußten darüber Bescheid, daß es ihn überhaupt gab, und zu ihnen zählte Conall – das Wagnis, ihn einzuweihen, hatte Tiercel eingehen müssen, um sein Lehrmeister werden zu können. »Nicht allzu arg wär's gewesen, hätte Jowan die Kate betreten ...«

»Er hat sie dann und wann schon betreten und entsinnt sich an nichts«, unterbrach ihn Conall, dessen Tonfall Mißmut bezeugte.

»Das ist unzweifelhaft die Wahrheit«, gestand Tiercel zu. »Zumindest diese Weise, Herrschaft auszuüben, habt Ihr unterdessen besser gemeistert, als ich's jemals zu hoffen gewagt hätte. Ich wollte, ich könnte das gleiche bezüglich Eurer *Selbst*beherrschung behaupten. Konntet Ihr nicht warten?«

»Es war meine Absicht, mich in Geduld zu fügen, doch ich fror«, entgegnete Conall, während er sich zurücklehnte, um seine Beinkleider zu verschließen, ehe er sich auf die Knie wälzte und sich aufrichtete, auf die Füße stellte. »Aber nun ist mir nicht länger kalt«, ergänzte er seine Antwort, widmete dem Deryni-Edelmann ein verschmitztes Lächeln. »Sie taugt, was das Erhitzen betrifft, mehr denn jedes Feuer, Tiercel. Nur zu, drauf und dran, nehmt sie Euch, so Ihr's begehrt. Ich werde warten. Sie wird sich nicht daran erinnern, wenn Ihr ihr gebietet, es zu vergessen.«

Tiercel schnaubte geringschätzig, als er das von Conall zur Seite geworfene Tuch zur Hand nahm, um sich den durchnäßten Schopf trockenzureiben. »Bisweilen erhebt sich für mich die Frage, warum ich mir mit Euch eigentlich solche Mühe mache.«

»Was ficht Euch an, Tiercel? Seid Ihr zu wählerisch, um Euch ein Weib zu nehmen, das eines anderen Mannes Kind im Leibe trägt?«

»Was macht Euch so närrisch sicher, daß es Eures ist?« hielt Tiercel ihm mit verhaltener Stimme entgegen, schleuderte nun seinerseits das Tuch beiseite, hob sich den Gurt einer um die Schultern geschlungenen Ledertasche übers Haupt.

»Was redet Ihr da?«

»Ihr habt's vernommen.«

»Fürwahr, ich hab's. Und ich weiß wahrlich nicht so recht, ob ich an Euren Reden Gefallen ...«

»Zur Stunde ist's mir vollauf gleichgültig, an *was* Ihr Gefallen findet oder nicht«, erwiderte Tiercel. Er warf die Tasche auf einen auf Schragen gestützten, säuberlich gewischten Tisch in der Nähe des Kamins, hakte einen bestiefelten Fuß hinter ein Stuhlbein und zog den Stuhl heran, wodurch er die ausgelegten Binsen durcheinanderbrachte. »Setzt Euch und betragt Euch wie ein Prinz und nicht wie ein Stallknecht!« Conall nahm Platz. »Vernehmt nun, was ich als bedeutsam erachte: Ihr habt Euch der Fleischeslust ergeben, während Eure Aufmerksamkeit jenem Zweck hätte gewidmet sein sollen, dem wir hier nachzugehen gedenken.« Tiercel sprach in strengem Ton. »Statt meiner hätte *irgend jemand* durch diese Tür treten können. Selbst *ich* hätte an Euch zum Verräter werden können. Ein Prinz darf *niemals* seinen Schutz vernachlässigen. Euch stehen Mittel zu Eurem Schutze zu Gebote, von welchen gewöhnliche Sterbliche höchstens träumen ... und doch habt Ihr Euch nicht die Mühe gemacht, selbige Mittel zu benutzen.«

»Aber ... wer treibt sich denn an einem solchen Tag im Lande umher? Außerdem hätte Jowan jedermann ferngehalten.«

»Ach? Ei, *mich* hat Jowan nicht ferngehalten.« Tiercel stapfte zur Eingangstür und riß sie auf, winkte mit knapper Gebärde Jowan herein, der mit schläfriger Miene eintrat. »Geh und bette dich ans Feuer, Jowan«, befahl ihm Tiercel. »Ziehe deine nassen Kleider aus und genehmige dir ein Nickerchen.«

Conall verkniff die grauen Augen, derweil er mitansah, wie der Knappe gehorchte; als Jowan friedlich auf den Binsen schnarchte, war es dem Prinzen schließlich gelungen, seinen Ärger zu mäßigen, so daß er zu guter Letzt nur noch unterschwelligen Trotz empfand. »Nun wohl, Ihr habt klargestellt, auf was es Euch ankam«, bemerkte er leicht mürrisch. »So ein Fehler wird mir nicht noch einmal unterlaufen. Ich ersuche um Vergebung. Gewährt Ihr sie mir?«

Sein fröhliches Lächeln hatte für gewöhnlich eine sowohl unwiderstehliche wie auch ansteckende Wirkung, und das wußte er genau. Tiercel jedoch stieß lediglich einen Seufzer aus und nickte, als er sich ebenfalls – dem Prinzen gegenüber – an den Tisch setzte. »Freilich, wenn Ihr nur aus diesem unerfreulichen Vorfall Eure Lehren gezogen habt. Seid Ihr nunmehr bereit zu gemeinsamem Wirken?«

»Gewißlich. Was werden wir beginnen?«

»Etwas das ich mir bereits vor mehreren Monden vorgenommen habe«, gab Tiercel zur Antwort und kramte in seiner Tasche. »Ich werde damit anfangen,

Euch im rechten Errichten eines Banntrutzes zu unterweisen. Ein Banntrutz ist ein wahrhaftig magischer Schutz und Trutz. Am Ende werdet Ihr erlernen, Euch dessen im Zusammenhang mit anderen Magie-Werken zu bedienen. Es ist nicht stets vonnöten, bei der Errichtung eines derartigen Meisterbanntrutzes Hilfsmittel aus Materie zu verwenden, doch anfangs werden sie Euch eine Hilfe sein.«

Als er einen abgeschabten Lederbeutel zum Vorschein brachte und daraus eine Anzahl schwarzer und weißer Würfel, groß wie Daumennägel, sich in die Handfläche rollen ließ, beugte Conall sich vor. »Sieht aus wie Würfel.«

»Gewiß. Und's mögen vor langer, langer Frist gewöhnliche Würfel gewesen sein, oder man hat diese ›Ecktürme‹, wie man sie nennt, als Würfel getarnt, nachdem's gefährlich geworden war, ein Deryni zu sein. Ich habe einst gescheckte Ecktürme gesehen, und sie bewährten sich keineswegs minder. Achtet darauf, daß es vier weiße und ebenfalls vier schwarze Würfel sind. Darin verbirgt sich eine tiefe geheimwissenschaftliche Bedeutung, doch wir wollen uns gegenwärtig damit nicht aufhalten. Die meisten Deryni-Kindlein beginnen ihre übliche Ausbildung mit dem Handhaben ganz ähnlicher Würfel. Streckt Eure Rechte aus.« Zögerlich tat Conall wie geheißen, zuckte unwillkürlich zusammen, als Tiercel die Würfel aus der eigenen Rechten in seine Hand fallen ließ. Die Würfel fühlten sich kühl und glatt an; die weißen sahen gelblich wie altes Elfenbein aus, doch ermangelte es ihnen an dessen Wärme; die schwarzen Würfel waren eigentlich eher grau wie Holzkohle statt wirklich schwarz wie Ebenholz oder Obisidian. »Nun schließt Eure Augen und beschreibt mir, was Ihr als erstes spürt«, forderte ihn Tiercel auf.

»Sie sind kälter, als sie aussehen«, meinte Conall, schloß die Hand um die Würfel, befühlte ihre Kanten und Ecken.

»Vortrefflich. Was sonst?«

Conall wog die Würfel in der Hand, dachte nach, schlug sodann die Augen auf und legte die vier schwarzen Würfel in die Linke. Einen Augenblick lang betrachtete er die Würfel – die weißen ruhten in der rechten, die schwarzen in der linken Hand –, ehe er das Haupt seitwärts neigte und Tiercel anschaute. »Sie unterscheiden sich durch noch etwas anderes als allein ihre Farbe.«

»So? Durch was?«

»Ich ... ich weiß nicht, was es ist.«

»Versucht's zu entdecken, indem Ihr sie in die jeweils andere Hand legt, schildert mir, wie sich's dann anfühlt.«

Folgsam führte Conall die Weisung aus; aber nach einigen Augenblicken aufmerksamen Befühlens schüttelte er den Kopf und tauschte die Würfel erneut aus. »Nein, so fühlen sie sich eindeutig besser an.«

»Besser?«

»Nun, ich will sagen ... *ausgewogener*«, berichtigte sich Conall. »Erseht Ihr daraus einen Sinn?«

Wie zum Zeichen der Anerkennung hob Tiercel die Brauen und nickte. »In der Tat. Es mag einfacher sein, Euch in dieser Sache zu unterrichten, als ich's wähnte. Ihr habt die Gegenpoligkeit dieser Kuben entdeckt. Legt die vier weißen Würfel auf den Tisch, so daß sie, indem sie alle sich berühren, ein Viereck bilden. Dann setzt die vier schwarzen Würfel an dieses Vierecks Winkel.« Conall gehorchte, schaute danach Tiercel mit einem Blick an, der fragte: Und was nun? »Jetzt senkt Eure geistigen Schilde, tut mir Euren Geist auf und beobachtet, was ich verrichte«, sprach Tiercel. »Das Zustandebringen eines Banntrutzes erfordert keine sonderlich großen Kräfte, jedoch ist's wesentlich, den Geist ganz und gar auf den beabsichtigten Zweck auszurichten. Dergleichen fällt Kindern besonders schwer, und das ist der Grund, weshalb ich Euch den ganzen Winter hindurch das Zusammenfassen der Geisteskraft üben ließ. Nun habt acht.« Während er mit dem rechten Zeigefinger auf den ersten weißen Würfel tippte, atmete Tiercel tief ein und sprach den *nomen* selbigen Kubus aus. *»Prime.«* Helligkeit glomm im Innern des Kubus auf, als die Naturgewalt, welche ihm innewohnte, erweckt und gebunden ward, und das Licht griff, so wie Tiercel sie anrührte und bei ihren *nomen* nannte, auf die drei anderen Kuben über. *»Seconde ... Tierce ... Quarte.«*

Bereits beim zweiten Mal hatte Conall die Vorgehensweise verstanden, und als die weißen Würfel allesamt leuchteten, blickte er voller Eifer Tiercel an. »Das vermag auch ich zu vollbringen«, beteuerte er zuversichtlich.

»Nun denn, so macht *Ihr* es mit den schwarzen Ecktürmen«, lautete Tiercels Antwort. In gutmütiger Herausforderung stemmte er, indem er sich auf dem Stuhl anlehnte, die Fäuste in die Hüften. »Beachtet dabei, daß Ihr die rechte Reihenfolge einhalten müßt, und beginnt mit *Quinte*.«

»Nun wohl.« Conall richtete seine gesamte geballte Aufmerksamkeit auf den Kubus, der schräg neben dem weißen *Prime* lag, berührte ihn behutsam mit dem Zeigefinger und nannte die Bezeichnung. *»Quinte.«* Das Licht, welches in diesem Kubus aufglomm, war von düster grün-schwarzer anstatt weißlicher Färbung, wie es die ersten vier Würfel aufwiesen, jedoch zuckte Conall kaum mit der Wimper, als er seine Aufmerksamkeit zu dem schwarzen Würfel bei *Seconde* verlagerte. *»Sixte.«* Der zweite schwarze Kubus erhellte sich gleichartig wie *Quinte.* Conall machte weiter, erhellte in rascher Folge die beiden restlichen schwarzen Kuben. *»Septime ... Oktave ...* Mehr hat's damit nicht auf sich?«

»Kaum mehr«, versetzte Tiercel zur Antwort, wiewohl sein Angesicht ein Lächeln zeigte, das nachgerade von Ohr zu Ohr reichte, und er aus Ungläubigkeit leicht das Haupt schüttelte. »Als nächstes bedürfen sie des

Ausgleichs. Achtet darauf, wie ich die Bestandteile des Banntrutzes miteinander vereine ... zunächst *Prime* mit *Quinte*, welches Verfahren den Zweck hat, dies gegensätzliche Paar in Einklang zu bringen.« Flüchtig schloß er die Lider, wohl um seine Geisteskräfte zweckdienlich auszurichten, dann nahm er den weißen *Prime* und setzte ihn auf dessen schwarzes Gegenstück, sprach das erforderliche Wort magischer Macht, indem die beiden Kuben sich berührten und mit einem schwachen Aufblitzen verbanden. »*Primus.*« Als er die Hand fortnahm, stand dort, wo sich eben die zwei Kuben befunden hatten, ein längliches, silbriges Rechteck. Conall starrte es verdutzt an. »Stellt noch keine Fragen«, äußerte Tiercel und langte nach *Seconde.* »Schaut nur achtsam zu. Manche Magie-Lehren vergleichen die Bestandteile des Banntrutzes mit den Elementar-Geistern und ihren Wohnsitzen oder mit den Erzengeln der Himmelsrichtungen. Einige ziehen dem das Sinnbild der Säulen vor. Alle diese Vergleiche sind durchaus angebracht. Doch nun seht von neuem her, wie ich *Secundus* erschaffe, und anschließend werdet Ihr Euch an *Tertius* und *Quartus* versuchen dürfen.« Er schenkte dem Prinzen ein Lächeln der Freude. »Bei Gott, wie bin ich froh, daß Ihr ein Erwachsener seid! Kinder in dieser Verrichtung zu unterweisen, kann ja bisweilen *so* langwierig sein ... Ihr hingegen, so glaube ich, werdet sie beim erstenmal vollauf begreifen.«

»Macht Ihr's oft?« erkundigte sich Conall. »Ich meine, Kinder etwas lehren?«

»Des öfteren. Aber nun schweigt still.« Tiercel senkte *Seconde* bis dicht über *Sixte*, hielt kurz inne, um tief Atem zu schöpfen, ehe er den weißen sachte auf den schwarzen Kubus setzte und dabei das Magie-Schlüsselwort aussprach, das die Vereinigung stiftete. »*Secundus!*« Er wandte sich an Conall. »Nun bewerkstelligt Ihr den Rest«, forderte er Conall auf, als er seine Hand vom zweiten silbrigen Rechteck zurückzog.

Conall tat, was er tun sollte, ohne Zögern und ohne Schwierigkeiten; als er seine Hand von *Quartus* entfernte, hob er erwartungsvoll den Blick. »Und nun?«

»Nunmehr kommt ein etwas heikler Teil des Vorgangs an die Reihe, denn es bedarf dazu einer besonderen Vorstellungskraft«, antwortete Tiercel. »Darf ich mir für ein kurzes Weilchen Euren Siegelring borgen?« Der Ring, den Conall am kleinen Finger der Linken stecken hatte, prachtvoll bearbeitetes Gold, zeigte das Haldane-Wappen in der Abart, wie sie dem Ältesten eines Zweitgeborenen zustand, nämlich Nigels umrandeten, emporgereckten Haldane-Löwen mit der Ergänzung um drei darüber angeordnete Punkte. Conall zog ihn, ohne Fragen zu stellen, vom Finger und legte ihn auf seines Lehrmeisters Geheiß mitten in die Fläche, welche Tiercel schuf, indem er die vier Ecktürme voneinander auf eine Spanne Abstand brachte. »Beschränkt Euch dies erste Mal aufs Zuschauen«, sprach Tiercel, hob den Zeigefinger über den *Primus* benannten Eckturm. »Ich möchte, daß Ihr die Wirkung beobachtet, bevor Ihr Euch näher damit abgebt.« Conall lehnte sich mit einem knappen Nicken zurück, während Tiercel von neuem tief Atem holte; seine gelbbraunen Augen verschleierten sich, und rasch hintereinander deutete er auf die vier Ecktürme, nannte dabei jeden beim Namen. *»Primus, Secundus, Tertius et Quartus – fiat lux!«*

Ein Aufkeuchen entfuhr Conall, als milchige Helligkeit aufflammte und daraus über den Ecktürmen eine flache Kuppel entstand, den Ring überwölbte; dennoch beugte er sich sogleich vor, um sie genauer in Augenschein nehmen zu können. »Ist dies Gebilde von fester Beschaffenheit?« fragte er halblaut.

»Rührt's an und findet's heraus«, empfahl Tiercel. »Nur zu«, ergänzte er, als Conall zauderte. »Euch wird kein Harm widerfahren ... jedenfalls nicht bei diesem *modus.*«

»Mich will dünken, Ihr meint diese Rede zur Ermutigung«, murmelte Conall und stieß mit aller Vorsicht die Fingerkuppe gegen die Wölbung. Dieselbe fühlte sich nicht eindeutig feststofflich an, rief jedoch in seinem Finger ein Kribbeln hervor, wie er es von einem eingeschlafenen Arm oder Bein kannte, doch war die Empfindung keineswegs schmerzhaft.

»Wendet ein wenig mehr Kraft an«, riet ihm Tiercel, der ihn aufmerksam beobachtete. Conall tat es. Sein Finger traf auf verstärkten Widerstand, auch das Kribbeln ward stärker, aber auch als Conall alle Körperkraft aufbot, gelang es ihm nicht, den Ring zu berühren. »Nun ist's genug«, sprach Tiercel schließlich, gab Conall mit einer Geste zu verstehen, er solle seine Bemühungen einstellen. »Ich werde nunmehr eine kleinere Abänderung vornehmen.« Für einige Augenblicke hielt er seine Hand über das Gebilde, ohne daß Conall ihm hätte ansehen können, daß er irgend etwas täte; zuletzt blinzelte er, schaute erneut Conall an. »Nun versucht's nochmals.«

Conall machte Anstalten, der Aufforderung nachzukommen, aber ehe er eine Berührung zustandebrachte, sprang von der Kuppel ein bläulich-veilchenblauer Funke auf seine Fingerspitze über, und das Ergebnis war ein heftiger Schmerz. Der Prinz keuchte, als er die Hand zurückriß, blickte Tiercel in kaum verhohlenem Zorn an, indem er sich den Finger in den Mund schob. An der Fingerspitze zeigten sich bereits die Ansätze einer Blase. »Warum, zum Teufel, habt Ihr das getan?« wünschte er zu erfahren.

»Um Euch wenigstens eine geringfügige Andeutung dessen zu vermitteln, welche Gefährlichkeit so ein Meisterbanntrutz besitzen *kann*«, antwortete Tiercel in freundlichem Ton. »Stellt Euch vor, Ihr beschirmt damit ein Gemach, nicht bloß einen Ring. Entsinnt Ihr Euch an die Schutzwehr, welche Kelson und Charissa rings um sich errichteten, derweil sie anläßlich der Krönung Kelsons ihren Zweikampf ausfochten?«

»Freilich«, bestätigte Conall gedämpft. »Aber sie verwendeten damals keine Banntrutz-Kuben ... oder?«

»Nein, das nicht. Aber einige der Grundregeln, welche sie anwendeten, waren gleicher Natur. In der Tat verhält's sich so, daß jene Art des Banntrutzes im allgemeinen vielseitiger verwendbar und daher nutzreicher ist, und es gibt allerlei Abarten.« Noch einmal ließ Tiercel die Hand über die Kuppel gleiten, drehte dann kurz die Handfläche Conall zu. »Nunmehr versucht's abermals.«

»Wird's mich diesmal das *Leben* kosten, statt mich lediglich zu verbrennen?« fragte Conall, der noch verdrossen an seiner versengten Fingerkuppe lutschte.

»Ei, laßt's gut sein. Würde ich Euch denn nach all der Mühe, welche ich im vergangenen Jahr mit Euch habe walten lassen, so einfach des Lebens berauben?«

Zur Antwort stieß Conall nur ein Schnauben aus; doch nachdem er einen tiefen Atemzug genommen hatte, näherte er mit äußerster Behutsamkeit den Finger erneut der Kuppel. Diesmal durchbohrte der Finger dessen flimmrige Umrisse, ohne daß Conall mehr gespürt hätte, als wenn das Gebilde aus nichts denn Dunst bestünde. In seinen Augen widerspiegelte sich ein Hochgefühl, als er die Fingerspitze in den Ring steckte und ihn auf diese Weise heraushob; danach sah er Tiercel voller Triumph an. »Ich *hab* ihn!«

»Fürwahr. Diesmal habe ich nämlich die Ecktürme auf Euch eingestimmt. Legt jetzt den Ring zurück, auf daß ich Euch zeigen kann, wie man den Banntrutz abbaut. Sodann werdet Ihr Euch gründlich in dieser magischen Verrichtung üben.«

Zwei Stunden später hatte Conall unter Tiercels Anleitung und Aufsicht mehrmals einen Meisterbanntrutz errichtet und abgebaut – allerdings nur einen von der schwächeren Abart, wie sie niemandem den Tod bringen konnte –, und der Prinz hegte zuversichtlich die Überzeugung, das Werk, sollte sich das Erfordernis ergeben, eigenständig vollziehen zu können. »Hmmm, ich wähne, 's dürfte durchaus möglich sein, jedoch besteht keinerlei Not, die Dinge zu überstürzen«, bemerkte dazu Tiercel, nachdem er die Kuben zurück in den Beutel getan und Conall ihn – ziemlich unumwunden – nach der Möglichkeit befragt hatte, eigene Kuben zu erhalten. »Es möchte wohl dahin kommen, daß ich Euch welche zugestehe, sobald Ihr von des Sommers Landfahrt heimkehrt.«

»So lange soll ich harren?«

»Tja, um's offen auszusprechen, ich habe nicht erwartet, daß Ihr den Banntrutz so rasch meistert. Geeignete Kuben für Euch ausfindig zu machen, wird eine ganze Weile beanspruchen.«

»Könnte ich mir nicht Eure ausleihen? Dann vermöchte ich, derweil ich fort bin, den Gebrauch zu üben.«

»Ich ... bezweifle, daß das ein tauglicher Einfall ist«, entgegnete Tiercel. »Zum einen mag's sein, daß ich ihrer selbst dringlich bedarf. Des weiteren wär's von Übel, sollte irgendwer sie hinter Eurem Rücken entdecken und daraus zu folgern imstande sein, was Ihr damit betreibt. Für gewöhnlich befinden sich solche Kuben allein im Besitz wohlgeschulter Deryni. Außerdem übt Ihr die Anwendung von Fähigkeiten ein, welche Ihr nie zuvor genutzt habt. Ihr müßt Eure Ausdauer allmählich steigern. Ich möchte wetten, schon vom Üben am heutigen Nachmittag dürftet Ihr im Haupt Schmerzen verspüren.«

Widerwillig nickte Conall, rieb sich zwischen Daumen und Zeigefinger den Nasenrücken, versuchte das dumpfe Pochen von Pein zu verscheuchen. Er hatte es schlichtweg zu mißachten sich bemüht, doch saß der Schmerz unmittelbar hinter seinen Augen.

»Tatsächlich ist's so. Aber sie sind nicht allzu schlimm. Ich habe schon ärgeres Weh gelitten.«

»Seid Ihr Euch darin sicher? So Ihr's wünscht, kann

ich Euch dagegen ein Mittel verabreichen. Ihr wißt, Ihr braucht vor mir nicht den Märtyrer zu mimen.«

»Das ist mir wohlbekannt. Nähme ich jedoch eines Eurer Mittelchen ein, würde ich gewißlich zur Stunde des abendlichen Mahls davon noch benommen sein, und das könnte jemandem auffallen. Ich werde ohne Abhilfe zurechtkommen.«

»Nun wohl, ganz wie's Euch beliebt. Wie auch immer, Eure Fortschritte stellen mich außerordentlich zufrieden. Was Ihr heute erlernt habt, wird uns die Fortsetzung Eurer Unterweisung *wesentlich* erleichtern. Stünden uns doch noch ein paar Wochen mehr zur Verfügung ... Ich bin entschieden der Auffassung, ich hätte Euch noch vor dem Mittsommer dem Rat vorstellen können.«

Conall verzog das Antlitz, aber nicht aufgrund der Pein in seinem Haupt. »Ich weiß, Ihr werdet's nicht glauben, dieweil's aus meinem Mund kommt, aber unter den gegenwärtigen Umständen ist's wahrscheinlich am günstigsten, wenn wir warten«, sprach er. »Dem Rat wird's mißfallen, beweisen wir ihm, daß mehr als ein Haldane zur gleichen Zeit die Haldanesche Magie-Macht innehaben kann. Und enthüllt er's Kelson, so wird's ihm erst recht nicht behagen. Wüßte er um meine geheime Betätigung, er würde mich nie und nimmer zum Ritter schlagen.«

»Weshalb unterstellt Ihr mit solcher Sicherheit, daß dem Camberischen Rat daran läge, Kelson einzuweihen?« fragte Tiercel. »Derzeit ist er dem Rat beleibe nicht der liebste unter allen Deryni, bedenkt das wohl. Säße er im Rat, wär's freilich anders, aber er gehört ihm nicht an ... Um so größer seine Torheit.«

»Ich vermag noch immer nicht zu glauben, daß er einen Platz im Rat abgelehnt hat«, sagte Conall mit leiser Stimme. »*Ich* hätt's nicht getan ... Doch ist's wenig wahrscheinlich, daß man mir jemals einen Sitz im Camberischen Rat anbieten wird.«

Tiercel musterte versonnen seinen hochgestellten Schüler, das Haupt zur Seite geneigt, derweil er den Beutel wieder in der Umhängetasche aus Leder verstaute. »Das muß keinesfalls so abwegig sein, wie's Euch im Augenblick deuchen mag«, erwiderte er in gänzlicher Gelassenheit. »Unter der Voraussetzung, daß Ihr auch künftig solche Fortschritte in Eurer Ausbildung macht, läßt sich nicht voraussagen, wohin Euer fernerer Werdegang Euch noch führen wird.«

»Und wäre das nicht gar sehr zu *Eurem* Vorteil?« meinte Conall, ohne infolge der von Tiercel geäußerten Überlegung auch nur das Antlitz zu verziehen, ein Umstand, der Tiercel im geheimen verdutzte. »Ihr könnt mir nicht weismachen, daß nicht auch Eure Bestrebungen von Ehrgeiz gelenkt werden, Tiercel de Claron.«

Tiercel zuckte die Achseln. »Oh, sicherlich verhält's sich so. Aber meine Vorhaben hatten ursprünglich sowohl Euch wie auch Euren leider wenig umgänglichen Verwandten Kelson miteingeschlossen. Doch als wär's nicht genug, einen Sitz im Camberischen Rat zurückzuweisen, mußte er sich zudem dazu versteigen, an seiner Stelle Morgan oder Duncan vorzuschlagen ... oder Dhugal ...«

»Dhugal!« brauste Conall auf. »Was versteht denn dieser emporgekommene Grenzland-Bankert von irgend etwas?!«

Angesichts der von Mißmut geprägten Miene des Prinzen widmete Tiercel ihm ein andeutungsweises, schiefes Lächeln. »Ich muß annehmen, daß Ihr die Bezeichnung ›Bankert‹ ausschließlich als Schmähung meint, dieweil sich just zur Stunde die frommen Kirchenväter des Geschäfts befleißigen, Jung Dhugals Abstammung für rechtmäßig zu erklären.«

»Dennoch ist er ein Bankert.«

»Das mag in dem Sinne der Fall sein, daß seine Eltern nicht im Rahmen des gewohnten Rituals der Mutter Kirche getraut worden sind. Nichtsdestoweniger *hat* eine Art von Trauung stattgefunden, und's stand damals beiden Beteiligten kein Hindernis entgegen, welches ihnen die Vermählung versagt hätte. Dem König genügt die Erfüllung dieser Bedingungen. Und auf seinen Wunsch werden die Bischöfe nahezu mit Gewißheit die erforderliche Verfügung erlassen.«

»Nichts als ein Fetzen Pergament«, murrte Conall unterdrückt. »Er ändert nichts.«

»Oho, man könnte fast vermeinen«, hielt Tiercel ihm in freundschaftlichem Ton vor, »Ihr verspürtet Eifersucht.«

»Eifersucht? Bezüglich Dhugal?«

»Nun je, immerhin *ist* er ja von wahrhaft derynischer Abkunft und überdies des Königs Blutsbruder«, stellte Tiercel mit Betonung klar. »Das stattet ihn mit gewissen Vorzügen aus, denen bloße Vetternschaft sowie erlernte Haldane-Magie nimmer gleichrangig sein können, nicht wahr? Doch habt keine Sorge, ich werde Euer Geheimnis nicht verraten.«

»Ich möchte lieber nicht darüber sprechen«, antwortete Conall und wandte schuldbewußt das Angesicht ab.

»Ja, das will ich wohl gerne glaube.« Tiercel stand auf. »Sei's drum, ich muß mich auf den Weg begeben. Ist's Euer endgültiger Wille, auf ein Mittel wider den Schmerz zu verzichten?«

»Ja. Er ist schon fast zur Gänze geschwunden.« Voller Unbehagen schluckte Conall, rang mit der Verlegenheit, in die ihn seine Mißgunst in bezug auf Dhugal gestürzt hatte. »Tiercel, ich ...«

Der Deryni-Edle schlang sich den Gurt der ledernen Umhängetasche über die Schultern, warf den noch etwas feuchten Umhang um, den Blick auf Conall gerichtet. »Ja?«

»Ich ... ich bitte Euch, verübelt's mir nicht, daß ich mich, was Dhugal anbetrifft, ein wenig erbost habe. Mich dünkt, ich bin *wirklich* in gelindem Maße neidisch.« Er betrachtete seine in Strümpfe gehüllten Füße. »Ich glaube, ich bin ebenso etwas neidisch auf Kelson.«

»Ich weiß«, lautete Tiercels leise erteilte Antwort. Zum Trost legte er eine Hand auf Conalls Schulter, bis der Jüngere aufblickte und sich ein unstetes, halbherziges Lächeln abrang; dann nahm er die Hand fort. »Euch sind zahlreiche Tugenden zugeeignet, welche von allein für Euch sprechen, Conall. Duldet nicht, daß Eifersucht Euch dafür den Blick trübt.«

»Ich werd's versuchen. Werden ... werden wir die Zeit zu weiteren Zusammenkünften haben, ehe ich fort muß?«

»Vielleicht noch für ein Zusammentreffen«, beschied ihn Tiercel, »das jedoch erst nach Eurem Ritterschlag stattfinden sollte. Bis zu selbigem Ereignis dürftet Ihr nämlich in höchstem Grade beansprucht und beschäftigt sein. Und's wird klüger sein, wenn ich Euch aufsuche, statt daß Ihr Euch fortbegebt. Man wird Euch aufs achtsamste im Augenmerk behalten.« Er bemerkte Conalls Betroffenheit. »Keineswegs aus Argwohn oder aufgrund irgendeines Verdachts«, fügte Tiercel deshalb hinzu, »sondern weil der Ritterschlag Eure Erhebung in Euren vollen Rang und Stand als Prinz und Ritter bedeutet und Eure Umgebung daher erhöhtes Interesse daran entwickeln wird, was Ihr nach Ausstattung mit Euren neuen Würden tut und laßt, wie Ihr die neuartige Verantwortung und die damit verbundenen Pflichten wahrzunehmen versteht, welche mit der Ehre einhergehen.«

»Mich deucht, Ihr habt recht«, stimmte Conall zu. »Werdet Ihr mir auf die gewohnte Weise Nachricht zukommen lassen?«

Tiercel nickte. »Bis auf weiteres wollen wir uns für den Abend vor Eurem Aufbruch zur Landfahrt verabreden. Die meisten anderen Beteiligten dürften mit der Abwicklung letzter Erledigungen befaßt sein, darum wird Eure Abwesenheit schwerlich auffallen.«

»So mag's sein.« Conall erhob sich, als Tiercel Haube und Handschuhe an sich nahm.

»Ich wünsche Euch einen glücklichen Verlauf Eures Ritterschlags«, sprach Tiercel zum Abschied, drückte Conalls Hand und streifte im geistigen Bereich kurz Conalls Seele mit dem eigenen Ich. »Mein Ritterschlag war eine weit weniger prachtvolle Veranstaltung, als sie für Euch vorgesehen ist, und doch werde ich ihn nimmermehr vergessen. Gedenkt Ihr nun ohne Verzug nach Rhemuth umzukehren, oder wollt Ihr noch für ein Weilchen bei Eurer Schönen verbleiben?«

Conall lächelte vielsagend, während Tiercel seine Hand freigab, sich die Haube aufs Haupt zog und zur Tür schritt.

»Ich wähne, ich habe hier noch eine unerledigte Sache zu verrichten«, erteilte er Antwort, hakte die Daumen in den Leibgurt, derweil Tiercel, eine Hand am Türgriff, am Ausgang verhielt. »Und diesmal werde ich ausreichende Vorsorge dagegen treffen, daß man mich ein zweites Mal stört.«

Tiercel erübrigte nur noch ein Lächeln der Nachsicht für ihn, ehe er hinauslief in den Regen.

1

Ich aber will ihn zum Erstgeborenen machen ...
PSALMEN 89,28

»Wahrlich, es ist eine Erleichterung, endlich aus befugtem Kreise die Bestätigung dafür zu haben, daß mein Milchbruder kein Bankert ist«, sprach König Kelson von Gwynedd. Schelmisch schlang er einen Arm um Dhugal MacArdrys Hals, während sie beide Dhugals Vater und Herzog Alaric Morgan in Kelsons Gemächer im Innern der Rhemuther Festung folgten. Zum Schluß kam Bischof Denis Arilan. Alle trieften sie von Regenwasser. Das geschah am Samstag vor Anbeginn der Fastenzeit, am Vorabend des Sonntags Quinquagesima, am ersten Tag des März im Jahre des Herrn 1125, und Kelson Haldane war seit knapp über vier Jahren König von Gwynedd. Im November des Vorjahrs war er achtzehn Lenze alt geworden. »Nicht daß ich's jemals geglaubt hätte, versteht sich«, erklärte er kauzig, »oder daß 's für mich einen Unterschied ausgemacht hätte, *wäre* er einer. Dennoch bin ich *durchaus* darüber froh, daß ich nicht dem Gesetz zuwiderhandeln muß, wenn ich ihn am Dienstag zum Ritter schlage.«

Sein Getöne entlockte Morgan ein Auflachen und Arilan ein Schnauben der Mißbilligung, während alle Anwesenden die feuchten Umhänge abstreiften und sich am Feuer versammelten; alle waren sich dessen bewußt, daß Kelson, wäre es nötig gewesen, eben das getan hätte, um seinem über alles geliebten Ziehbruder gebührende Ehrung widerfahren zu lassen. Aufs Erreichen des für den Ritterschlag erforderlichen Mindestalters hatte Kelson in Dhugals Fall bereits verzichtet und damit ein königliches Vorrecht ausgeübt; und infolge der herausragenden Verdienste, welche sich Dhugal im Laufe des im vergangenen Sommer durchgeführten

Feldzugs erwarb, hatte er damit, obwohl Dhugal erst siebzehn Jahre zählte, keinerlei Stirnrunzeln hervorgerufen. Auch einige andere Getreue waren aus dem gleichen Grund zur vorzeitigen Erhebung in den Ritterstand vorgesehen.

Doch das Alter war eine Sache, eine etwas willkürliche Hürde, welche man bei Vorliegen einleuchtender Gründe ohne Umstände außer acht lassen mochte, und wenn bloß aufgrund einer Laune des Königs; anders verhielt es sich mit einem Makel wie unehelicher Geburt, sie war ein Hindernis, das sogar eines Königs Gunst nicht leicht beseitigen konnte, dieweil sie als ernstes, wenn nicht gar unüberwindbares Hemmnis für den Aufstieg in die Ritterschaft galt.

Zum Glück hatte Bischof Duncan McLain am heutigen Tag zur Zufriedenheit eines erzbischöflichen Gerichtshofs nachweisen können, daß er – lange bevor er in einen geistlichen Orden eintrat – und Dhugals Mutter einst Schwüre ablegten, durch die eine etwas außerhalb der Regel, aber gültig zustandegekommene Vermählung vollzogen ward. Diesen Beweis zu führen, war nicht einfach gewesen. Eine Schwierigkeit hatte darin bestanden, daß die Gelöbnisse ausschließlich in Gegenwart der beiden Vermählungswilligen sowie mit dem Herrgott als Zeugen – verkörpert durchs Ewige Licht in der Kapelle von Duncans Vater zu Culdi – geleistet worden waren.

»Beachtet, daß ich keineswegs das Beispiel des *per verba de praesenti* als heranziehbar in Abrede stelle«, hatte der greise Bischof Wolfram de Blanet vorgetragen, welcher sich als *advocatus diaboli* betätigte, derweil er und Arilan während der Geheimsitzung den Fall für Erzbischof Cardiel zusammenfaßten. »In den Grenzlanden ist durch Gewohnheitsrecht die Gültigkeit einer vor Zeugen geschlossenen Ehe, wenn kein Priester erreichbar ist, längst anerkannt, obschon die Kirche stets darauf drängte, nachträglich für eine ernsthaftere, mit

Recht und Gesetz besser zu vereinbarende Bekräftigung zu sorgen.«

Duncan, der allein vor der langen Ratstafel des Kirchengerichts stand, hatte das Haupt geschüttelt, um anzuzeigen, daß er Einwände hegte, sich der Spannung bei seinem Sohn und den übrigen Zuhörern bewußt, welche hinter ihm auf ihren Plätzen saßen. Außer einem von Cardiels Schreibern, der am Ende der Beratungstafel alles sorgfältig niederschrieb, waren nur Dhugal, Morgan, der König und Nigel zugelassen worden.

»Ihr wißt sehr wohl, Eure Exzellenz, daß eine solche Bestätigung im nachhinein in diesem Fall unmöglich blieb«, hatte Duncan geantwortet. »Ich habe meine Anvermählte niemals wiedergesehen. Im darauffolgenden Winter ist sie gestorben.«

»Ja, so habt Ihr berichtet. Der augenfällige Gesichtspunkt jedoch, den's zu verhandeln gilt, betrifft nicht das Versäumnis einer späteren Gesetzlichmachung der Eheschließung, sondern die Frage, ob eine Vermählung in Gegenwart allein des Allerheiligsten in der Tat den Anforderungen des *per verba de praesenti* genügt.«

Arilan räusperte sich; er vertrat Duncans Sache. »Oh, es *gibt* eine vergleichbare Regelung im alten talmudischen Gesetz, Wolfram«, stellte er klar. »Ich bezweifle, daß der Vergleich häufig gezogen worden ist, doch haben wir das geweihte Tabernakel, vor welchem das Ewige Licht brennt, als unmittelbare, geradewegs nachvollziehbare Nachfolge-Einrichtung der jüdischen Bundeslade einzuschätzen. Interessant ist dabei insbesonders, daß die Bundeslade im Notfall als Ersatz für einen Mann mit dem Gewicht von zehn männlichen Stimmen eingestuft werden konnte, wie sie für etliche in der Öffentlichkeit veranstaltete Rituale des jüdischen Gottesdienstes vorgeschrieben gewesen sind.«

»Und insofern soll die Bundeslade gleichsam den Wert eines Zeugen gehabt haben?« erkundigte sich Wolfram mit finsterem Gesichtsausdruck.

Arilan nickte. »Ganz unzweifelhaft. In ihrer Bedeutsamkeit stand sie gewißlich jenen anderen, den neun Sterblichen gleich, und zumindest im Sinnbild verkörperte sie die stoffliche Gegenwart des lebendigen Gottes. Wenn Gott, so wie's unser Glaube besagt, als Fleisch und Blut Christi im Allerheiligsten leibhaftig zugegen ist, wie vermöchte dann selbige göttliche Gegenwart in dem Tabernakel, vor welchem Duncan und Maryse ihre Gelöbnisse ablegten, einen Zeugen minderen Ranges abzugeben?«

Duncan wagte kaum noch zu atmen, als er begriffen hatte, welches Gewicht diese Ausführungen Arilans besaßen; er spürte, daß auch die Zuhörer hinter ihm es bemerkten. Arilan hatte etwas vorgebracht, das sich nicht ohne Umschweife abtun ließ; denn die tatsächliche, leibhaftige Anwesenheit Gottes in Gestalt des Altarssakraments im Tabernakel zu leugnen, wäre eindeutig Gotteslästerung gewesen.

Wolfram hatte die Lippen gespitzt und Cardiel um Rat angeblickt, doch der Erzbischof hob lediglich die Brauen, überließ Wolfram auch das fernere Vorgehen. Als Duncans nächsthöherer Vorgesetzter war Cardiel in dieser Angelegenheit bei weitem nicht unbefangen. Er *wußte* nicht – jedenfalls nicht in der Weise, wie einige Zuhörer es wußten –, daß Duncan die Wahrheit sprach, jedoch glaubte er daran aus ganzem Herzen. Bedauerlicherweise reichte vor einem Hof des Kirchengerichts weder Glauben aus, noch Wissen, sobald es um die Ermittlung von Tatsachen ging, und erst recht nicht, wenn es sich bei jenen, die das Wissen hatten, um Deryni handelte.

Denn Duncan McLain war nicht nur Bischof und Vater eines Sohnes, sondern darüber hinaus auch ein Deryni – ein Angehöriger jenes Geschlechts von Magiern, dessen Kräfte die Kirche nahezu zwei Jahrhunderte lang gefürchtet und verdammt hatte. Außerhalb höchster Kirchenkreise wußten nur wenige über Duncans Derynitum Bescheid, und selbst die Eingeweihten enthielten sich dazu jedweder von der Allgemeinheit irgendwie auslegbarer Verlautbarung; zwar hatte die Kirche bereits vor langem allen Deryni den Zutritt zur Priesterschaft verboten, doch war Duncan McLain ein tüchtiger, frommer und getreuer Kirchenmann, mochte er Deryni sein oder nicht; allerdings machten indessen allerlei Gerüchte die Runde. Bislang war es Duncan gelungen, weder zu bestätigen, was er war, noch es abzuleugnen.

In der Räumlichkeit befanden sich noch mehr Deryni, aber außer dem König war nur einer von ihnen als Deryni bekannt. Das Volk hatte immer gewußt, mit wem und was es bei Alaric Morgan zu tun hatte. Kelson Haldanes Großvater und Vater hatten ihm während seiner Kindheit und Jugend ihren Schutz und ihre Förderung angedeihen lassen, und dank seiner unerschütterlichen Treue zum Hause Haldane sowie seiner klugen Zurückhaltung, was den Gebrauch seiner magischen Befähigungen anbetraf, war er schließlich, obzwar gegen mancherlei Widerwilligkeit, am Königshofe zu Anerkennung gelangt. Selbst der Mensch und Bischof Wolfram brachte dem blondgeschopften Mann in Schwarz, welcher an des Königs Elle saß, verhaltene Achtung entgegen.

Der Sachverhalt, daß Morgan ein Verwandter Duncans war, nährte sicherlich des alten Wolframs Verdacht, auch Duncan könnte ein Deryni sein, und daß, wenn Duncan sich durch Derynitum auszeichnete, ebenso Dhugal den Deryni zugehörig sein mochte. Was Wolfram jedoch ganz und gar nicht argwöhnte, war die Tatsache, daß Bischof Denis Arilan geradeso zu den Deryni zählte, wiewohl alle anderen im Gerichtssaal – ausgenommen der Schreiber – davon Kenntnis hatten. Und obwohl jeder einzelne dieser Deryni durch Gebrauch der ihnen eigentümlichen Magie-Macht die Wahrhaftigkeit der Aussagen Duncans hätte unter Beweis stellen können – und einige von ihnen hatten seine

Angaben bereits überprüft –, mußte doch auf Vorlage solcher Beweise verzichtet werden, weil die Kirche vor der Welt und den Menschen unverändert dem Deryni-Geschlecht und dessen magischen Kräften voller Ablehnung gegenüberstand.

»Ihr weicht der maßgeblichen Fragestellung aus, Denis«, behauptete Wolfram schließlich. »Naturgemäß wird jegliche Erklärung, welche jemand vor dem Allerheiligsten abgibt, solcherweise bezeugt sein.« Mit dem Kinn wies er über die Schulter in die ungefähre Richtung des offenen Eingangs zur benachbarten Kapelle. »Auch dort brennt das Ewige Licht, und Er ist bei uns in diesem Saal gegenwärtig.«

»Nichts läge mir ferner, als das in Abrede zu stellen«, antwortete Arilan und breitete in einer Geste der Beschwichtigung die Hände aus.

»Für gewöhnlich wird jedoch erwartet«, meinte Wolfram, »daß in einer Gerichtsverhandlung Zeugen benannt werden, welche über das, dessen Zeugen sie waren, auch Zeugnis abzulegen imstande sind.«

»Beliebt Ihr damit anzudeuten, Gott könnte es nicht, wenngleich Er's vielleicht wollte?« fragte Arilan.

»Ihr wißt sehr wohl, nicht das ist's, wovon ich rede!«

»Freilich«, stimmte Arilan zu. »Ich möchte allerdings mit Nachdruck darauf hinweisen, daß nach achtzehn Jahren sterbliche Zeugen auch nicht immer zur Verfügung stehen.«

»Gewiß, dagegen ist nichts einzuwenden.« Wolfram schnitt eine Miene des Grimms und richtete gereizt, nur zum Teil besänftigt, seine Aufmerksamkeit auf Duncan. »Ihr habt nicht zufällig in einer Beichte diese vorgebliche Vermählung bekannt, bevor Ihr in Euren geistlichen Orden eingetreten seid?« forschte er nach. »Ich hoffe, ich brauche Euch nicht erst daran zu erinnern, daß der Stand der Ehe *zweifelsfrei* für den Eintritt in einen Orden ein Hemmnis ist?«

»Ausschließlich im Falle er sich tatsächlich vermählt

und zur Zeit des Eintritts in den Orden noch der Ehe gepflegt hätte«, außerte Arilan, bevor Duncan Antwort zu erteilen vermochte. »Doch leider war seine Gemahlin bereits verstorben. Darum werft Ihr entweder eine sinnlose Frage auf, Wolfram, oder Ihr trachtet danach, wider das Beichtgeheimnis, wie's zwischen einem Gläubigen und seinem Beichtvater besteht, zu verstoßen – welch-letzterer ohnehin, wenn ich mich nicht irre, nicht länger unter den Lebenden weilt. Verhält's sich so, Duncan?«

Indem er unterdrückt aufseufzte, nickte Duncan. »Vollauf, Herr Bischof. Schon damals war mein Beichtvater ein Mann hohen Alters. Er hat meine Priesterweihe nur um weniger Monde Dauer überlebt.«

»Wie ungemein günstig«, merkte Wolfram halblaut dazu an.

»Ich bitte Euch, Wolfram, seid vernünftig«, ermahnte ihn Cardiel auf freundschaftliche Weise. »Immerhin wäre der Mann mittlerweile weit über achtzig Jahre alt.«

»Dennoch deucht mich sein Ableben allzu günstig, Herr Erzbischof.«

»Aber es ist unerheblich für die Sache, Eure Exzellenz«, sprach Duncan mit leiser Stimme. »Denn selbst wenn er noch lebte und ich gäbe ihm mein Einverständnis zu Aussagen bezüglich der Beichte, vermöchte er Euch doch wenig von Maryse zu berichten. Meine Sünde war's, daß ich nicht kühner handelte, mich nicht tatkräftiger darum bemühte, in den Monden, welche unserer Vermählung folgten, mit ihr Verbindung zu erhalten, bevor sie starb. Aber sie und ich, wir haben keine gemeinschaftliche Sünde begangen. Vor Gott haben wir uns vermählt.«

»Tja, so lautet Eure Behauptung.«

Und das war tatsächlich der strittige Punkt, denn wer durfte sich anmaßen, durch Gottes Augen sehen zu können? Ob wirklich zur Vermählung wirksame Gelübde geleistet worden waren, galt hingegen als eher weltliche Frage. War es geschehen, dann war Dhugal

MacArdry wahrhaftig Duncans leiblicher Sohn und besaß ein Anrecht auf seinen Namen sowie sämtliche sonstigen Titel einer hohen Geburt. Oder war Dhugal MacArdry lediglich die Ausgeburt einer törichten, verbotenen Liebesnacht eines jungen, verliebten Paars – zweier verzweifelter junger Menschen, welche gewußt hatten, daß sie sich am Morgen trennen mußten –, und waren Duncans heutige Beteuerungen nur das Bemühen, nach jenem Geschehen den Sohn, von welchselbigem Duncan vielleicht nie erwartet gehabt hatte, er würde aus jener Vereinigung hervorgehen, nachträglich für rechtmäßig erklären zu lassen? Eine derartige Bemühung wäre freilich durchaus verständlich gewesen. Hatte Duncan dabei Erfolg, die Rechtmäßigkeit seines Sohnes zu beweisen, wären wahrlich nichts als weitreichende Vorteile das Ergebnis. Ein rechtmäßiger Erbe unmittelbarer Abstammung würde es Duncan ermöglichen, seine weltlichen Titel und Ämter bereits zu Lebzeiten an den Sohn abzutreten und seine ganze Kraft für das hohe Bischofsamt aufzuwenden, welches er einnahm. Das wäre durchaus zum Wohlgefallen der Kirche. Mit Dhugal als Nachfolger auf seines Vaters Lehen wären Treue und Gefolgschaft zum König in den herzöglichen und gräflichen Besitztümern Cassan und Kierney für eine weitere Geschlechterfolge mit Gewißheit gewährleistet; das wiederum wäre Kelson außerordentlich recht. Und selbstverständlich wäre auch für Dhugal die Anerkennung als Duncans Sohn von Vorteil. Durch Häuptlingswahl war er bereits Nachfolger eines Mannes, von dem er nun wußte, er war sein Großvater mütterlicherseits gewesen – Maryses Vater –, nämlich Graf von Transha und Oberhaupt des MacArdry-Klans; daran würde sich ungeachtet dessen, wie die heutige Verhandlung endete, nichts ändern. Zu Transha genoß er die regelrechte Verehrung der Menschen. Sobald ihm jedoch beizeiten auch die ausgedehnten Ländereien Duncan McLains zufielen, welche gleich an die Landstriche Transhas grenzten, würde er einer der mächtigsten Adeligen der Elf Königreiche sein. Rein sachlich betrachtet, sollte Dhugal sein väterliches Erbteil auf alle Fälle bekommen, denn falls Duncan dereinst ohne rechtmäßigen Erben das Zeitliche segnete, gelangten seine Lehen in den Besitz der Krone, und der König durfte sie nach Gutdünken vergeben. Außerdem bestand die Möglichkeit, daß Duncan seine Ländereien und Titel noch zu Lebzeiten an den König abtrat, und auch dann konnte der König sie Dhugal überlassen, mochte er ein Bankert sein oder nicht.

Doch der Mehrzahl aller bei der Gerichtsverhandlung am heutigen Morgen Anwesenden lag der Gedanke an die Vergabe von Ländereien fern. Es ging um die Makellosigkeit des Ritterschlags, für den man Dhugal vorgemerkt hatte, die Ehre des Ritterstandes war es, deren Wahrung vom Endergebnis der Verhandlung abhing. Blieben Zweifel daran bestehen, daß Duncan McLains Aussagen vollständig mit der Wahrheit übereinstimmten, mochte diese Ungewißheit Dhugals Ansehen in einem Maße schädigen, wie nicht einmal des Königs Einfluß es noch beheben könnte. Daher war Wolfram de Blanet zum Vertreter des Gegenstandpunkts ernannt worden, auf daß er in jeder überhaupt erdenklichen Weise Duncans Angaben in Frage stelle, weil später niemand behaupten sollte, man hätte Duncans Fall vor einem zu seinen Gunsten voreingenommenen Gericht verhandelt.

»Es bleibt dabei«, faßte Wolfram endlich zusammen, faltete vor sich auf der Tischplatte die Hände. »Wir haben allein sein Wort.«

»Wie bedauerlich es auch sein mag, ich muß dieser Feststellung zustimmen.« Mit sichtlichem Mißbehagen nickte Cardiel; allem Anschein nach drückte ihn nun sehr die Schwere seiner Verantwortung. »Mich will's deuchen, die Sachlage ist aussichtslos. Einzig und allein kommt's darauf an, ob Duncans Schwur glaubwürdig bezeugt werden kann, ob er wirklich und wahrhaftig gemeinschaftlich mit Maryse MacArdry vor dem Allerheiligsten das Ehegelübde abgelegt hat. Als Mensch und Duncans Freund zweifle ich nicht im mindesten an, daß er die Wahrheit spricht. Aber als Erzbischof darf ich nicht ohne weiteres seinem von keinerlei erlangbarem Zeugnis bestätigten Wort Glauben schenken, bloß weil er zu meinen Bischöfen zählt. So dürfte ich nicht im Fall eines Laien verfahren, darum darf ich's um so weniger bei einem geistlichen Sohn.«

»In dieser Hinsicht teile ich Eure Auffassung, Herr Erzbischof«, pflichtete ihm Arilan bei, zwirbelte das obere, fedrige Ende einer Schreibfeder, die von einer Gans stammte, während er erst den König, dann Morgan anschaute. »Es ist höchlichst zu beklagen, daß wir eine mittels derynischer Fähigkeiten erbrachte Bestätigung der Angaben Duncans nicht anerkennen können. Eine Aussage Herzog Alarics wäre, dieweil er ein Verwandter Duncans ist, aufgrund seiner Voreingenommenheit wertlos, aber's ist doch fürwahr so, daß Deryni Mittel und Wege wissen, um zu ermitteln, ob jemand die Wahrheit sagt, oder nicht?«

Allerdings warf er diese Frage lediglich um Wolframs willen auf, denn der Deryni Arilan wußte mit aller Genauigkeit, über welche Fähigkeiten seinesgleichen gebot; doch der Verlauf, welchen er der Verhandlung nun zu geben versuchte, war am Vorabend unter Bischof, Herzog und König sorgsam abgesprochen worden, um eine glaubhafte Bestätigung der Darlegungen Duncans vorzuschlagen imstande zu sein, auf welche die Kirche sich einlassen *konnte*. Denn die Sippe der Haldanes besaß gleichfalls eine ihr eigentümliche Macht, eine Begabung, welche den Gaben der Deryni nicht unähnlich war, von der man jedoch annahm, daß sie in dem gottgegebenen Recht des Hauses Haldane auf die Herrschaft wurzelte.

Viel hatte jedoch davon abgehangen, ob Wolfram

diese Annahme gelten ließ und auf sie zu bauen die Bereitschaft hegte, ob also die Verschworenen den Bischof richtig beurteilt hatten.

»Nicht allein Deryni ist diese Fähigkeit zur Wahrheitsprüfung zu eigen, Bischof Arilan«, sprach Kelson, legte Hand an Morgans Ärmel, um ihm zuvorzukommen, indem er aufstand und sich an die Versammelten wandte. »Mag sein, es gibt eine Lösung für die allseits ersichtliche Zwickmühle. Auch wir Haldanes vermögen's zu ersehen, wenn jemand lügt. Dabei handelt's sich um eine Gnadengabe unserer Königswürde. Würde ich Bischof McLain befragen und wär's mir möglich, über jedweden Zweifel hinaus mich dessen zu vergewissern, daß er sich im Hinblick auf seine Vermählung mit Dhugals Mutter an die Wahrheit hält, wäre das fürs Gericht eine zufriedenstellende Bestätigung?«

In vorsichtiger Zustimmung hob Arilan die Brauen, sah sodann Cardiel an, sorgfältig darauf bedacht, nicht augenfällig eifrig zu wirken, atmete anschließend verstohlen aus Erleichterung darüber auf, daß sein Vorgesetzter die Anregung nicht rundheraus verwarf. Mit Sicherheit verstand Cardiel, obgleich er nur ein Mensch war, was der König vorschlug, aber er war Erzbischof und mußte die Förmlichkeiten beachten.

Und Wolfram hatte in seiner Eigenschaft als *advocatus diaboli* erst recht darauf beharren müssen, daß man der Unanfechtbarkeit des Verfahrens in gebührlichem Maße Rechnung trug. Wolfram de Blanet haßte die Deryni nicht; dieser Umstand gab einen der Gründe ab – neben seiner tadellosen Aufrichtigkeit und Ehrbarkeit –, aus denen er in diesem Kirchengericht saß; als Weihbischof jedoch, der wenig mit der Handvoll von Deryni, welche man bei Hofe kannte, zu schaffen hatte, wußte er über sie kaum irgend etwas, es sei denn durch die Fama. Nicht einmal die weise und gerechte Herrschaft König Kelsons im Laufe der vergangenen vier Jahre hatte binnen kurzer Frist das Mißtrauen und den Groll zweier

Jahrhunderte auszugleichen vermocht. Und manche Befähigungen der Haldanes gehörten für Wolframs Begriffe zu den fragwürdigen Dingen, in bezug auf die er sich ziemlich unsicher blieb.

»Wie denkt Ihr darüber, Wolfram?« fragte Cardiel in ruhigem Ton, als er des alten Bischofs Miene der Betroffenheit sah. »Laßt Euch meinerseits versichern, daß der König zu dem Vorgehen, von welchem er Rede führt, durchaus imstande ist. Im Felde habe ich mitangesehen, wie er Gefangene befragte. Seine Gabe ist frei von allem Einfluß des Bösen. Und die Ergebnisse seiner Feststellungen sind stets von seiten jener bestätigt worden, deren Begabungen vor diesem Gericht weniger Anerkennung genießen.«

»Meint Ihr damit Herzog Alaric?« fragte Wolfram, indem er Morgan mit einem Blick voll des Unbehagens streifte.

»Jawohl.«

Wolfram tat einen tiefen, zittrigen Atemzug, und man sah ihm an, daß es ihn Mühe kostete, seine innere Angespanntheit zu überwinden, sich voll der ihm zugewiesenen Aufgabe zu widmen; er stieß einen vernehmlichen Seufzlaut aus.

»Nun wohl, ich bin nicht so vermessen, Seiner Majestät Befähigung, die Art von Verrichtungen, welche beschrieben worden sind, zu vollziehen, in Frage zu stellen – und ebensowenig mag ich Zweifel daran anmelden, daß Ihr, Herr Erzbischof, über die christliche Natur solcher Geistesgaben ein verläßliches Urteil abgeben könnt.« Er schwieg einen Augenblick lang, um sich zu räuspern. »Unter den Gesichtspunkten des Rechts jedoch frage ich mich, ob es angebracht sein mag, in dieser Sache Seine Majestät um Beistand zu ersuchen. Es gilt zu beachten, daß Herr Dhugal immerhin Seiner Majestät Ziehbruder war.«

»Gefällt's Euch«, fragte Kelson, »damit anzudeuten, ich könnte dazu geneigt sein, um der Liebe willen, welche ich zu ihm empfinde, die Wahrheit zu beugen?«

Wolfram erbleichte, hielt jedoch des Königs Blick stand. »Es liegt mir gänzlich fern, derlei anzudeuten, Sire. Andere hingegen möchten sehr wohl so etwas vermeinen.«

»Gewißlich, da mögt Ihr recht haben.« Bevor Wolfram mehr tun konnte als ein Keuchen von sich geben, zückte der König plötzlich sein Schwert und sank vor dem Gericht aufs Knie, drehte die Waffe um, umfaßte die Klinge unterhalb der Querstange und streckte den einem Kreuz ähnlichen Griff auf Armlänge zwischen sich und der Ratstafel in die Höhe. »Ich schwöre bei meines Vaters Schwert, bei meiner Krone sowie bei meiner Hoffnung aufs Heil meiner unsterblichen Seele, daß ich die Wahrheit gesprochen habe und in der vom Gericht verhandelten Sache auch fernerhin nichts denn die Wahrheit sprechen werde. Im Namen des Vaters, des Sohnes und des Heiligen Geistes. Amen.« Er küßte die im Griff eingeschlossene, geweihte Reliquie, dann stützte er die Schwertspitze auf den Fußboden, beließ jedoch die Arme ausgestreckt, während er den Blick auf Wolfram und die anderen Kirchenherren heftete. »Ich habe aufs vollständigste die Bereitschaft, diesen Eid in jener Kapelle zu wiederholen«, äußerte er und nickte zu dem offenen Eingang hinter ihnen hinüber, »oder dort jedweden Eurerseits gewünschten Schwur zu leisten, welcher in diesem Streitfall sachdienlich sein möchte. Ihr dürft mir getrost glauben, daß ich derartige Schwüre keinesfalls leichtfertig ablege.«

»Niemand wagt das anzuzweifeln, Sire«, entgegnete Wolfram, dem sich eine gewisse Verlegenheit anmerken ließ. »Aber ...« Voller Mißbehagen seufzte er erneut auf. »Sire, Duncan McLain wird bisweilen nachgesagt, er sei ein Deryni.«

»Mich dünkt, das ist nichts, über das hier verhandelt werden müßte«, erwiderte Kelson in umgänglichem

Ton, indem er aufstand. »Die Verhandlung betrifft die Frage, ob der Mann mit der Mutter seines Sohnes eine rechtlich gültige Ehe geschlossen hat.«

»Aber ... *wäre* er ein Deryni, Sire ... vermöchte er dann nicht Eure Wahrheitsfindung in seinem Sinne zu beeinflussen?«

Mit einem Seufzer, der Überdruß bekundete, kehrte Kelson sich Morgan zu, der auf einem Sitz rechts vom Platz des Königs saß, hielt ihm den Griff des Schwerts entgegen. »Morgan, gedenkt der Lehens- und Treueschwüre, welche Ihr mir und vor mir meinem Vater geleistet habt, rührt mit Eurer Hand an dies geweihte Schwert und seid, ich bitte Euch, so hilfreich, Bischof Wolfram – für den Fall, *wäre* Duncan McLain ein Deryni – Aufklärung über die Beschränktheit der Wahrheitsfindung zu verschaffen.«

Gelassen erhob sich Morgan und legte die bloße Rechte auf die in den Griff des Königsschwerts eingearbeitete Reliquie. Selten geschah es, daß Kelson sich auf seinen Vater berief, und folglich hatte dessen Erwähnung für Alaric Morgan eine ganz besondere Bedeutung, welche bei ihm vielerlei Erinnerungen wachrief.

»Fürs herkömmliche Gedankensehen bleibt's ohne Belang, ob jener, dessen Wahrheitsliebe geprüft werden soll, Deryni oder kein Deryni ist«, erläuterte Morgan in aller Sachlichkeit. »Seine Majestät hätte keinerlei Schwierigkeiten beim Unterscheiden von Wahrheit und Lüge. Ob sich die Einblicknahme in jemandes Geist in bezug auf die Wahrheitsprüfung bewährt, ist davon abhängig, daß die rechten Fragen gestellt werden. Der Befragte wird nicht dazu gezwungen, die Wahrheit zu sprechen, das Verfahren erlaubt es lediglich zu erkennen, hält er sich nicht an die Wahrheit.«

Beklommen schluckte Wolfram; offenbar waren seine Bedenken noch immer nicht zur Gänze ausgeräumt. »Ist das wahr, Sire?«

»Das ist's.«

»Würdet Ihr's bemerken, sollte Morgan lügen?«

»Ich könnt's ersehen, so ich's wollte«, gab Kelson zur Antwort. »Es ist der Vorsatz vonnöten.« Er richtete den Blick seiner Haldane-Augen auf Morgan. »Ich kann die Wahrheit nicht einfach *wissen*, so wie auch die Deryni, wie ich wähne, es nicht können. Doch wenn's mein Wille ist, vermag ich Wahrhaftigkeit von Falschheit zu unterscheiden. Morgan, sagt mir vor Gott und diesen Zeugen: Habt Ihr die Wahrheit gesprochen?«

»Ich hab's, Sire.«

Kelson schob das Schwert zurück in die Scheide, während er seine Aufmerksamkeit wieder Wolfram widmete. »Ihr habt die Wahrheit vernommen, Exzellenz.«

»Ich ... Nun wohl, Majestät.« Wolfram hatte sich an Cardiel zugedreht und sich mit ihm beraten; Arilan hatte zu allem, was der Erzbischof äußerte, zum Zeichen der Einwilligung versonnen genickt. Danach hatte Wolfram, nunmehr beherzter, sich von neuem an Kelson gewandt. »Sire, soeben habe ich mir etwas bestätigen lassen, von welchem ich bereits vor etlichen Monden Kunde erhielt. Wenn ich's recht verstehe, sind die ... Haldaneschen Fähigkeiten nicht auf eine bloße Wahrheitsfindung beschränkt, sondern machen's möglich, eine ... Art von Zwang auf den Befragten auszuüben und ihm somit Wissen regelrecht abzuzapfen, und solche Maßnahmen sollen während des Feldzugs im letztjährigen Sommer regelmäßig angewendet worden sein, um von Spähern Eures Heers vollständigere Angaben zu erhalten, angewendet nicht allein durch Herzog Alaric, vielmehr auch durch Euch selbst, Majestät.«

Kelson hatte daraufhin ein krampfhaftes Lächeln des Wohlwollens gezeigt, sich unterdessen gefragt, woher Wolfram diesbezügliche Kenntnis erhalten haben mochte. Freilich konnte irgendeiner der Späher und Kundschafter davon erzählt haben. Nie war es ausdrücklich untersagt worden, darüber zu reden. Auch fragte er sich, ob Duncan sich möglicherweise gleichfalls des Gedankensehens bedient hatte; falls ja, dann war es jedoch gewiß vornehmlich im verborgenen geschehen, dieweil Duncan es nach wie vor als ratsam erachtete, seinen besonderen Eigenschaften nicht vor den Augen der Allgemeinheit hervorzukehren.

»Mein König?« hatte Morgan sich leise zu Wort gemeldet.

»Gebt dem Bischof Aufklärung«, befahl Kelson.

»Wir Deryni nennen das Verfahren ›Gedankensehen‹«, stellte Morgan klar. »Haben die Haldanes dafür eine andere Bezeichnung, Sire?«

»Nein.«

Morgan neigte das Haupt und setzte seine Erläuterung fort. »Wir unterscheiden zwei Stufen des Gedankensehens, und zwar danach, ob der zu Befragende Bereitwilligkeit oder Fügsamkeit an den Tag legt oder nicht. Ein willig zu Mitteilungen bereiter Mensch wird sich in allen Einzelheiten an Erlebnisse erinnern. Und naturgemäß schließt seine Freiwilligkeit jegliches Lügen aus. Ein Mensch ohne Mitteilungsbereitschaft *kann* wohl den Erfolg der geistigen Einsichtnahme in dem Maße behindern, daß er *freiwillig* keine Auskünfte erteilt. Dennoch wird er auf gewisse ausgesuchte Fragen wahrheitsgemäß Antwort geben. Widerstand erzeugt beim zu Vernehmenden unterschiedlich starkes Unwohlsein, dessen Heftigkeit abhängt von der Entschiedenheit seiner Gegenwehr und der zum Zwecke des Verhörens aufgebotenen Geisteskraft. Das gilt gleichermaßen für Deryni wie auch für Menschen, wiewohl es naheliegt, daß Deryni günstigere Voraussetzungen zum Entbieten von Widerstand besitzen.«

»Verstehe«, sprach Wolfram nachdenklich. »*Wäre* also Bischof McLain ein Deryni ...«

»Und *wär* er's fürwahr – doch danach werde ich ihn nicht fragen, Herr Bischof –, träte jeder seinerseitige Widerstand gegen alle meine Fragen bezüglich seiner Vermählung unverzüglich offenkundig zu Tage«, erklärte Kelson mit Betonung, »denn ich würde die Befragung gewißlich unter Aufbietung meiner gesamten geistigen Macht durchführen. So's Euer Wunsch ist, werde ich in der Tat dergestalt vorgehen ... In der Erwartung, wie wohl selbstverständlich sein dürfte, daß das Gericht das Ergebnis einer solchen Befragung anzuerkennen bereit ist.«

Die von Kelson angeregte Verfahrensweise hatte in einer Lage, in welcher die Betroffenen schon befürchtet hatten, es gäbe keinen Ausweg, eine Lösung ermöglicht, wie sie gegenwärtig nur ein Haldane anbieten konnte, und des Königs Sorge, Wolfram werde noch lange in seiner Ablehnung verharren, war gering gewesen. Und Kelson behielt recht. Nachdem der hitzige alte Bischof sich abermals mit Cardiel und Arilan beraten hatte, gab er zu guter Letzt – trotz des Widerwillens, den seine Miene bezeugte – sein Einverständnis. Kelson bat Morgan, vor der Ratstafel des Gerichts zwei Schemel aufzustellen.

Ein Blick Kelsons war für Duncan das Zeichen zum Vortreten. Heute erschien Duncan nicht als Herzog und Graf, nicht als Kriegsmann und Bischof, sondern bescheiden als in Schwarz gekleideter Antragsteller, seine blauen Augen schauten fest und offenherzig drein, das längliche Angesicht mit dem kurzgeschorenen, braunen Haupthaar – eine Tonsur war nur andeutungsweise vorhanden – war säuberlich barbiert, und mit Ausnahme des Amethyst-Rings an seiner rechten Hand trug er keinerlei Abzeichen seines Bischofsrangs. Diesen Ring streifte er vom Finger und legte ihn vor Cardiel zur Verwahrung auf die Tafel, bevor er auf Kelsons Geheiß seinen Schemel näher an die Beratungstafel schob und die Unterarme mit nach oben gekehrten Handflächen – wiederum gemäß Kelsons Wunsch – auf die Tischplatte hinstreckte.

»Diese Befragung befindet sich in keinem Zusammenhang mit meinem Bischofsamt«, erklärte er, als

Wolfram den Ring in stummer Verwunderung betrachtete. »Ich bin hier als Vater, welcher die Anerkennung der rechtmäßigen Geburt seines Sohnes anstrebt.«

»Als derynischer Vater, dem's um seines derynischen Sohnes Rechtmäßigkeit geht?«

Duncan rang sich ein flüchtiges Lächeln der Abweisung ab. »Ich glaube, Seine Majestät hat deutlich hervorgehoben, daß diese Frage mir nicht gestellt werden soll.«

»Wahrhaftig, das habe ich«, sprach Kelson, senkte eine Hand auf Duncans linke Schulter. »Schämt Euch, Bischof Wolfram.«

Wolfram zuckte die Achseln. »Ich frage lediglich, was andere ohnehin fragen, Sire. Ich eracht's als wahrscheinlich, daß er ein Deryni ist ... und ich beginne mir darüber Gedanken zu machen, ob's wirklich, lassen wir einmal das Recht beiseite, von Übel sein soll ... Doch derlei Erwägungen sind gegenwärtig unwesentlich. In dieser Angelegenheit bin ich, dafür sei Gott Dank, nicht der *advocatus diaboli.*« Er musterte die übrigen Anwesenden, dann den Schreiber, der bei seiner zuletzt geäußerten Bemerkung verstohlen aufgeblickt hatte, wies den jungen Mann mit einem Wink an, das Mitschreiben wiederaufzunehmen. »Wollen wir die Verhandlung fortsetzen?«

»Wenn darüber Einigkeit herrscht, daß *ich* es bin, der die Fragen stellt, ja«, lautete Kelsons Antwort. Anmutig setzte er sich auf den Schemel neben Duncan, seine Hand glitt an dessen Arm hinab, umfaßte im weiten, lockeren Ärmel das Handgelenk. Am Rande seines Blickfelds sah er an der Seite Morgans steif und voller Beunruhigung Dhugal sitzen, und Nigel, der sich soeben ein wenig vorbeugte, um besser beobachten zu können, was nun geschehen sollte. »Aus Rücksicht auf Bischof Wolfram, der nie zuvor dergleichen mitangesehen hat, werde ich, was ich verrichte, fortlaufend erläutern«, sprach Kelson zu den drei Bischöfen. »Ich habe Duncan darum gebeten, seine Handfläche offen auf die

Tafel zu breiten, auf daß Ihr die Möglichkeit erhaltet, während des Ablaufs der Befragung jedes Anzeichen irgendeines inwendigen Erregungszustands Duncans sofort zu erkennen – wiewohl ich daran zweifle, daß ein solcher Zustand sich ergeben wird. Ich habe meine Hand an seinem Handgelenk, zum Teil aus demselben Grund, zum Teil, da eine körperliche Berührung bei dieser Art von Verrichtung die geistige Einflußnahme erleichtert. Fühlt Ihr Euch wohlauf, Duncan?«

»In leiblicher Hinsicht, Sire? Ja. Was meine Empfindungen anbetrifft ...« Der derynische Herzog und Bischof hob die Schultern und lächelte, tat noch immer so, als wäre ihm jedes Deryni-Wissen fremd. »Ich habe bei dergleichen Maßnahmen schon zugesehen, Sire. Indessen wollte ich womöglich nicht behaupten, daß mich ein Rückblick auf die fröhlich-wilden Tage meiner Jugend nicht in Verlegenheit zu bringen vermöchte. Ich war ein überaus verwegener Jüngling.«

Kelson lächelte ansatzweise, dieweil er für Duncans Bedenken Verständnis hatte, doch es gab keinen anderen Weg. Das Verfahren mußte stattfinden. »Sei's drum«, sprach der König, machte sich daran, sein Vermögen zum Gedankensehen am Freund anzuwenden. »Wir wollen mit einer schlichten Feststellung von Tatsachen beginnen. Nennt für die hochedlen Herren dieses Kirchengerichts, ich bitte Euch, Euren vollständigen Namen und Eure sämtlichen Titel.«

»Mein Name lautet Duncan Howard McLain«, antwortete Duncan gänzlich ungezwungen. »Priester und Bischof bin ich, dazu des Königs Beichtvater sowie Herzog von Cassan, Graf von Kierney und vom König ernannter Statthalter und Verweser von Meara. Des weiteren habe ich einige mindere Titel und Ämter. Ist's Euer Wunsch, daß ich auch dieselbigen aufzähle, Sire?«

»Das erachte ich als überflüssig. Habt Ihr mit Dhugal MacArdrys Mutter eine gültige Vermählung geschlossen?«

»So war's, Sire.«

»Wann ist das geschehen?«

»Es muß am Anfang des April eintausendeinhundertundsieben gewesen sein.«

»Und wie alt seid Ihr damals gewesen?«

Duncan lächelte. »Ich war ein verstandesmäßig frühreifer, ansonsten jedoch sehr einfältiger Bursche von fünfzehn Lenzen, welcher ein älteres Mägdelein umwarb. Maryse war ein Jahr älter.«

»Aha. Doch beide seid Ihr edler Abkunft gewesen, Ihr eines Herzogs Sohn, sie die Tochter eines Grafen. Weshalb fälltet Ihr den Entschluß, Euch im verborgenen zu vermählen?«

Zutiefst versonnen schüttelte Duncan das Haupt, sein Blick schweifte in die ungefähre Richtung des Rings, der vor Cardiel lag, derweil er sich erinnerte. »Aus jugendlicher Torheit. Aus Ungeduld. Maryse, ihre Mutter und Schwestern weilten zu Culdi, während unsere Väter mit ihren Vasallen nach Meara ins Feld zogen. Seit mehreren Geschlechterfolgen waren beide Klans enge Bundesgenossen. Wie mir's erzählt ward, erschlug bei einer durch Zecherei verursachten Prügelei ein Getreuer meines Vaters einen Mann ihres Vaters. Letzterer allerdings war zu unser aller Unglück kein geringerer denn Ardry MacArdry, ihr ältester Bruder, des Klans Erbe. Der Schandtäter ward, wie sich's gebührte, noch im Felde abgeurteilt und hingerichtet, doch keine Seite war dadurch so recht zufriedengestellt. Unsere Väter befürchteten, wenn unsere Klans ferneren Umgang hätten, möchte daraus eine Blutfehde entstehen. Deshalb trennte sich der alte Caulay von MacArdrys Kriegern, ließ sie, abgesondert von meinem Vater, einem anderen Befehlshaber unterstellen, dann ritt er mit schwachem Geleit zurück nach Culdi, um seine weiblichen Anverwandten abzuholen und sie heim nach Transha zu bringen.«

»Auch Maryse?« hakte Kelson nach.

Duncan zwinkerte einige Male und nickte; als er antwortete, drohte seine Stimme anfangs zu versagen. »Niemals war's meine Absicht, in jenem Frühling der Liebe zu verfallen. Ich beschäftige mich mit Lernen und Vorbereiten, mit meiner Berufung zum Geistlichen. Im Herbst, so war's bereits vorgesehen, sollte ich zu Grecotha die Priesterschule besuchen. Ich war alt genug, um am Feldzug teilnehmen zu können, doch ich blieb daheim, um meines Vaters Gäste zu bewirten, derweil er und mein Bruder im Felde fochten. Nichts lag meinen Vorsätzen ferner denn Liebe.« Nochmals schüttelte er das Haupt, anscheinend noch heute darüber erstaunt, wie der Lauf der Welt alle Pläne über den Haufen geworfen hatte. »Dennoch kam's so. Binnen weniger Wochen waren wir aufs heftigste zueinander in Liebe entbrannt. Jedoch hielten wir's geheim, dieweil wir wußten, es würde meine Mutter erzürnen, sobald sie erfuhr, daß ich nun doch kein Priester zu werden gedachte, doch hatten wir uns vorgenommen, von unseren Eltern die Erlaubnis zu erflehen, gegen Ende des Sommers uns vermählen zu dürfen, wenn unsere Väter aus dem Kriege heimgekehrt wären ... Caulays unvermutete Rückkehr durchkreuzte unser Vorhaben, und ebenso sprach die Gefahr einer blutigen Fehde dagegen.«

»Welche Veränderungen ergaben sich daraus?« fragte Kelson.

Duncan seufzte. »Wir beschlossen, uns auf alle Fälle und um jeden Preis zu vermählen. Besonnen zur Genüge blieben wir, um nicht schlichtweg das Weite zu suchen, aber wir besaßen darüber volle Klarheit, daß sich kein Geistlicher der ganzen Umgebung uns zu trauen bereit fände, zumal nicht innerhalb so kurzer Frist. Darum kamen wir dahingehend überein, uns um Mitternacht in der Kapelle zu treffen und das Ehegelübde vor dem einzigen Zeugen zu leisten, von welchem wir die Gewißheit hatten, er würde uns nimmer verraten.«

»Also vor dem Altarssakrament«, half Kelson nach, schaute hinüber zu den Bischöfen, bemerkte insbesonders Wolframs aufmerksames Interesse.

»Ja, Sire.«

»Und jene Zusammenkunft hat sodann tatsächlich stattgefunden? Und habt Ihr in der Tat Ehegelübde abgelegt, welche Ihr als verbindlich ansaht?«

»Das haben wir getan, Sire.«

»Meinen Dank.« Mit der freien Hand strich Kelson über Duncans Stirn, vermied es dabei geflissentlich, Wolframs Blick zu begegnen. »Schließt nunmehr die Augen, Duncan. Schließt die Augen und schöpft tiefer aus Eurem Gedächtnis, auf daß Ihr Euch aufs klarste an jene Nacht zu entsinnen vermögt. Ich werde Euch sogleich darum ersuchen, Euch im genauen Wortlaut auf das zu besinnen, was Ihr und Maryse zueinander gesprochen habt. Seid Ihr willig und bereit?« Als Duncan gehorsam und wie im Traum nickte, drückte Kelson seine Fingerkuppen sachte auf Duncans geschlossene Lider, verstärkte dann die geistige Beeinflussung, ohne daß Duncan irgendeinen Widerstand geleistet hätte; danach ließ er die Hand auf Duncans Ärmel hinabgleiten, während die andere Hand unverändert Duncans ganz lockeres Handgelenk umfaßt hielt. Erst jetzt sah er wieder die Bischöfe an. Arilan, der vollkommene Kenntnis davon hatte, wie Kelson vorging, auch wußte, daß Duncan einwandfrei ein Deryni war, hatte inzwischen beiläufig eine Hand ans Angesicht gehoben, um vor Wolfram ein andeutungsweises Lächeln zu verhehlen. Cardiel wirkte hochgradig wachsam, er schien vom Geschehen in einen Bann gezogen worden zu sein; diesen Eindruck erweckte er meistens, wenn er dem König bei außergewöhnlichen Tätigkeiten zusah. Wolfram war allem Anschein nach innerlich etwas angespannt, doch damit hatte man rechnen müssen. Er fuhr leicht zusammen, als Kelson ihm zunickte, die Beachtung auf Duncans schlaffe, mit den Innenflächen nach oben gekehrte Hände lenkte. »Er spricht die Wahrheit aus, Ihr Herren, so wie er sich an damals erinnert«, erläuterte der König leise. »Es ist nicht die geringste Gegenwehr, kein Zeichen irgendeiner Irreführung zu erkennen. Ich ersehe keinerlei Anlaß zum Zweifel daran, daß jene Ehegelübde wirklich und wahrhaftig getan worden sind. Ist's erforderlich, die Befragung fortzusetzen?«

»Sie ... bereitet ihm keine Mißhelligkeiten, oder?« erkundigte sich Bischof Wolfram.

»Nicht im mindesten, obwohl ihm durchaus, wie er selber angedeutet hat, die Lebhaftigkeit so mancher Erinnerungen ein gelindes Unbehagen verursachen mag. Auf gewisse Weise erlebt er die derzeitigen Ereignisse noch einmal.«

Wolfram schluckte. »Ich ... wünsche beileibe nicht, ihm Unannehmlichkeiten zuzumuten, Sire, aber ich wollte wohl Wert darauf legen, den Wortlaut jener Gelübde zu vernehmen. Er vermöchte bedeutsames Licht auf die Absichten werfen, welche ihnen zugrundelagen, und sie aufs aufschlußreichste zu erhellen.«

»Nun denn.« Kelson ließ ein Seufzen hören und widmete seine Aufmerksamkeit von neuem Duncan, der unter seiner Hände Berührung willfährig und gefügig abwartete. »Duncan, es ist mein Wunsch, daß Ihr Euch aufs deutlichste an jene Nacht zurückerinnert, in welcher Ihr und Maryse die Ehegelübde geleistet habt. Versetzt Euch in Eurer Erinnerung wieder in die Kapelle zu Culid. Fünfzehn Lenze zählt Ihr, und's ist Mitternacht. Kam Maryse zu Euch in die Kapelle?«

»Ja«, antwortete Duncan im Flüsterton.

»Und was, im Fall Ihr überhaupt Reden führtet, habt Ihr zueinander gesprochen?«

»Wir knieten vor dem Allerheiligsten nieder«, berichtete Duncan mit gedämpfter Stimme. »Ich faßte Maryses Hand mit meiner Hand und schwor diesen Eid: ›Vor Dir als dem Obersten Zeugen, o mein Herr und Gott, leiste ich diesen feierlichen Eid. Ich nehme dies Weib

Maryse zu meiner rechtmäßig angetrauten Gemahlin und entsage aller anderen Weiber, bis daß der Tod uns scheidet.‹« Seine Linke hob sich fahrig bis in Schulterhöhe, sank herab, derweil er weitersprach. »›Dies gebe ich dir zum Zeichen meiner Liebe und unseres Anverlöbnis als Mann und Frau, und ich schwöre dir ewige Treue.‹«

»Was habt Ihr ihr zum Hochzeitsgeschenk gemacht?« fragte Kelson mit halblauter Stimme.

»Eine silberne Spange, beschaffen nach dem Vorbild des Haupts eines im Schlafe befindlichen Löwen.«

»Aha. Und welche Worte sprach sie zu Euch?«

Kelson spürte dank der körperlichen Berührung, wie Duncan erbebte, jedoch entstand dies Beben aus gefühlsmäßiger Aufwühlung und nicht infolge geistiger Gegenwehr. »›Ich nehme dich zu meinem rechtmäßig angetrauten Gemahl. Dies gebe ich dir zum Zeichen meiner Liebe und unseres Anverlöbnis als Mann und Frau, und ich schwöre dir ewige Treue.‹«

»Und welches Geschenk überreichte sie Euch ...?«

»Einen *Shiral*-Kristall, den die Fluten auf dem Grunde eines Flusses geglättet und den man durchbohrt hatte, um einen dünnen Lederriemen hindurchzuführen«, erteilte Duncan Aufschluß, schluckte dabei beschwerlich. »Er war ... noch warm von Maryses Körper, als sie ihn mir um den Hals hängte. Er roch nach ihrem Duftwasser.«

»Seid wohlgemut«, sprach Kelson leise, schüttelte schwach das Haupt, bemühte sich darum, das Schmerzliche der Erinnerung zu mildern. »Ich weiß, daß Euch aus dem Erinnern Weh entspringt.« Doch er hatte in diesem Augenblick der Einsichtnahme in Duncans Geist von noch etwas anderem Kenntnis erhalten, von dem er ersah, daß Duncan nicht einmal seinem alten Beichtvater davon erzählt hatte. Für Duncan hatte es eine tiefe persönliche Bedeutung, obwohl es sich, für sich besehen, um nichts von besonderer Wichtigkeit handelte. Jedenfalls offenbarte es aber unanzweifelbar die Ehrlichkeit der damaligen Handlungen Duncans. »Schildert nun, was sich als nächstes ereignete, Duncan«, forderte er den Bischof in verhaltenem Tonfall auf. »Bevor Ihr jene Kapelle verlassen habt, begingt Ihr noch eine Tat. Was für eine war's?«

Duncan holte tief Atem, ließ ihn sodann vernehmlich entweichen, befleißigte sich einer willentlichen Anstrengung, um Ruhe zu bewahren.

»Wir wußten, daß die Ehe ein Sakrament ist, welches zwei Menschen einander spenden. Ebenso jedoch war uns vollständig klar, daß unser eigenmächtiges Spenden selbigen Sakraments als unrechtmäßig gelten mußte. Dennoch gedachten wir's so besonders schön und weihevoll zu gestalten, wie sich's unter den gegebenen Umständen und ohne eines Priesters Mitwirkung nur einrichten ließ. Darum stieg ich ... hinauf zum Altar und ... entnahm dem Tabernakel ein Ciborium.«

»War das Tabernakel nicht verschlossen?« fragte leise Wolfram dazwischen. Doch Cardiel gebot ihm mit einer Gebärde zu schweigen, derweil Kelson das Haupt schüttelte und Duncan die Schilderung fortzusetzen veranlaßte. »Ihr habt ein Ciborium an Euch genommen«, stellte Kelson fest, dachte darüber nach, wie das Öffnen des Allerheiligsten sowie im Zusammenhang damit der Gebrauch von Deryni-Geisteskräften zum Aufschließen der Nocken im kleinen Schloß des Tabernakels wohl zu bewerten sein könnten. »Was habt Ihr dann getan?«

»Ich ... trug's die Stufen des Altars hinab und kniete mich neben Maryse. Sodann verabreichten wir uns gegenseitig die Heilige Kommunion. Wir wußten sehr wohl, daß ... dergleichen für gewöhnlich nicht statthaft ist, doch hatte ich als Meßdiener den Umgang mit den Altargefäßen erlernt. Eine kirchliche Trauungsfeierlichkeit sollte uns ja versagt bleiben ...«

»Ich darf also davon ausgehen«, erkundigte sich

zwischendurch halblaut Arilan, »daß alles mit der gebührlichen Hochachtung dem Heiligen Sakrament gegenüber geschah?«

»Ja«, flüsterte Duncan.

»Ich glaube, angesichts dieser Umstände kann nicht länger angezweifelt werden, daß dem geschilderten Verhalten durchaus der Vorsatz zu einer gültigen, durch Sakramentale abgesegneten Eheschließung zugrundelag«, äußerte Cardiel in sachlichem Ton. »Arilan, was meint Ihr? Und Ihr, Wolfram?« Beide Bischöfe nickten. »Dennoch obliegt's mir, noch eine Frage zu stellen«, sprach Cardiel daraufhin weiter. »Wann und wo ward die Ehe geschlechtlich vollzogen? Über die Antwort auf diese Frage hinaus braucht Ihr Euch nicht in Einzelheiten zu ergehen.«

Duncan, der für die Rücksichtnahme dankbar war, lächelte verträumt. »Nachdem wir in der Kapelle den Ritus ausgeführt hatten, schlichen wir uns auf den Heuboden der Stallungen, wo's behaglich und warm war und wir uns aufs vortrefflichste verbergen konnten. Unschuldig wie ich damals war, kam's mir nie in den Sinn, mich zu fragen, ob bei unserem so schmerzlich kurzen Beisammensein etwa ein Kind gezeugt worden sein möchte. Und dieweil unterdessen herber Groll zwischen unseren Klans sich entwickelt hatte, vermochte Maryse mir danach, als sie diesbezüglich Gewißheit hatte, keine Botschaft zu übermitteln. Mag sein, sie hat versucht, mir zu schreiben und mich so zu benachrichtigen, aber nie hat mich von ihr ein Bote erreicht. Erst ein volles Jahr später erfuhr ich, daß sie im Winter verstorben war, angeblich an den Folgen eines Fiebers. Den ersten Hinweis auf meine Vaterschaft entdeckte ich vor einem Jahr, als ich Dhugal jene Spange tragen sah, welche ich Maryse zum Geschenk gemacht hatte.«

Als Duncan verstummte, lag es bei Dhugal, dem Sproß der Vereinigung Duncans und Maryses, nach vorn zu kommen und als letztendlichen Beweis die Geschenke vorzulegen, welche seine Eltern vor langem in jener Nacht in der Kapelle zu Culdi zum Zeichen ihrer Liebe ausgetauscht hatten: die Spange mit dem Haupt eines schlafenden Löwen, deren geheimes Fach noch das aus Duncans und Maryses Haar geflochtene Kränzlein enthielt, und den honigfarbenen Brocken *Shiral*, welchen Dhugal seit dem Tag am Leibe trug, der jetzt schon ein Jahr her war, an dem er und sein Vater schließlich ihr wahres verwandtschaftliches Verhältnis aufgedeckt hatten.

»Bewahre du ihn«, hatte Duncan an eben jenem Tag gesagt. »Als Andenken an deine Mutter.«

»Aber dann ... verbleibt dir nichts von ihr ...«, hatte Dhugal zu widersprechen versucht.

»Mir ist alles von ihr geblieben«, hatte Duncan erwidert. »Ich habe ihren Sohn.«

Nun standen Vater und Sohn ein wenig scheu in einer Fensternische von des Königs Tagesraum beisammen, kosteten noch die Freude über den vor des Erzbischofs Kirchengericht errungenen klaren Triumph aus und genossen die leiblichere Sättigung und Zufriedenheit, welche sie dank des warmen Mahls empfanden, welches Kelson nach der Rückkehr hatte auftragen lassen. Der König, Morgan, Nigel und Arilan sprachen über den Resten der Mahlzeit noch einmal die Verhandlung durch, aber Dhugal hatte das Bedürfnis nach einem Gespräch allein mit seinem Vater verspürt. Als er und Duncan sich noch ein wenig tiefer in den Erker zurückzogen, um sich der Sicht- und Hörweite der anderen zu entziehen, gab die kupferrote Länge seines markländischen Zopfs einen starken Gegensatz zum schmucklosen Schwarz ab, in das er sich, gleich seinem Vater, für des Morgens ernsten Anlaß gewandet hatte.

»Ich weiß, du hast's mir erzählt, doch war's mir nicht mehr gegenwärtig, daß du und Maryse einander nach

Ablegung des Ehegelübdes die Kommunion gespendet habt«, sprach Dhugal mit gedämpfter Stimme, schaute hinaus in den Regen, derweil seine Finger den *Shiral*-Kristall betasteten, der einst seiner Mutter gehört hatte. »Es wird wohl ganz natürlich für dich gewesen sein, so zu handeln. Du warst damals schon ein Priester, nicht wahr, obwohl du noch nicht geweiht, nicht dem geistlichen Orden beigetreten gewesen bist. Dennoch warst du dazu bereit, für sie auf das alles zu verzichten.«

Duncan seufzte, stemmte beide Hände auf eines der waagerechten Eisenbänder, welche die durch einen Mittelpfosten unterteilten Fensterflächen hielten, und lehnte die Stirn ans kühle Glas, derweil er, ohne etwas zu sehen, in den Regen hinausstarrte. Gegen Mitte des Nachmittags war es draußen schon fast düster, doch nicht im entferntesten so dunkel wie die Finsternis, in welcher in jenem nun längst vergangenen Sommer seine Seele geschmachtet hatte.

»Ich war der Ansicht, dazu den Willen zu haben«, lautete seine nach einem Weilchen des Zauderns erteilte Antwort. »Zu jenem Zeitpunkt hegte ich wahrlich die Absicht, der Berufung zum Geistlichen zu entsagen. Und doch, das glaube ich gleich dir, *war* ich gewissermaßen bereits Priester. Ich wähne, auf irgendeine Weise habe ich stets gewußt, aber ich ... hab's wohl verdrängt, sobald ich deiner Mutter begegnete. Bisweilen habe ich mich gefragt, ob das der Grund gewesen sein möchte, aus dem Gott sie mir genommen hat, ob er's tat ... dieweil ich schon sein Priester war.«

»Warum hat Er dich dann in Liebe entflammt werden lassen?« meinte Dhugal. »Wollte Er dich lediglich auf die Probe stellen? Und hat Er sie dann, nachdem du die Prüfung nicht bestanden hattest, des Lebens beraubt, um sie dir vorzuenthalten?«

Mit einem Ruck blickte Duncan auf, als er die Bitterkeit in Dhugals Stimme vernahm; diese Verbitterung empfand er wie einen Nachklang jenes rebellischen

Zorns, den er einst verspürt hatte, sobald er erfuhr, daß Maryse nicht mehr lebte.

»Nein, Dhugal, so darfst du nicht reden!« raunte Duncan. »Es stimmt, sie ist gestorben, Sohn, aber nicht Er hat sie getötet. Wenn ich in mehr als dreißig Jahren meines Lebens etwas gelernt habe, dann mit Gewißheit, daß Er ein Gott der Liebe ist, der Seine Kinder nicht erwürgt – wiewohl Er ihnen aus Gründen, die allein Er kennt, bisweilen Leiden aufbürdet, deren Sinn wir nicht verstehen. Maryse hätte genausogut nach der Entbindung von irgend jemandes Kind sterben können. Ich glaube nicht, daß Gott sie ausgemerzt hat, nur weil sie's wagte, einen Mann zu lieben, welchen Er für seine Zwecke auserkoren hatte.« Während er den Blick wieder in den Regen richtete und sich daran erinnerte, welche Mühe es ihn gekostet hatte zu lernen, selbst an das zu glauben, was er just dargelegt hatte, stieß Duncan ein Schnauben aus und wandte sich ab, die Schultern aus Auflehnung starr und verkrampft. »Ich hege für deine Gefühle Verständnis«, fügte Duncan nach einigen Augenblicken des Schweigens hinzu. »In gewisser Hinsicht mag's sein, daß du recht hast. Vielleicht *hat* mich Gott auf die Probe gestellt ... und es ist möglich, daß ich gescheitert bin. Nachdem ich von ihrem Tod erfahren hatte, war's eben das, was ich vermeinte. Heute jedoch überlege ich, ob's nicht einen gänzlich andersgearteten Grund gehabt haben kann. Er hat Maryse und mich zusammengeführt, obwohl ich Seinen Zwecken geweiht blieb, doch ... vielleicht war das der einzige Weg, wie schließlich *du* geboren werden konntest.«

»Ich?«

Als Dhugal sich umdrehte, ihn entgeistert musterte, lächelte Duncan sanftmütig. »Manchmal verhältst du dich wie Alaric. Auch er ist einer von jenen, denen's mißfällt sich vorzustellen, des Himmels besondere Beachtung zu finden. Befrage ihn einmal diesbezüglich, falls du mir keinen Glauben schenkst.«

»Ei, mich dünkt, daran muß man sich wohl erst gewöhnen.«

»Wieso? Glaubst du nicht, daß Gott mit jedem von uns seine Zwecke verfolgt?«

»Doch, freilich«, beteuerte Dhugal, jedoch mit merklichem Unbehagen. »Aber nur in ganz allgemeiner Weise. Wir verfügen über einen freien Willen.«

»In gewissem Umfang, ja«, stimmte Duncan zu. »Was jedoch bedeutete *mein* Wille im Vergleich zum Willen Gottes, Dhugal? Er wollte, daß ich Sein Priester werde. Ich bin mir keineswegs sicher, ob ich in dieser Hinsicht jemals fürwahr eine Wahl hatte, eine wirkliche Entscheidungsfreiheit. Allerdings beanstande ich nichts. Heute bin ich frei von jeglichem Groll, seit vielen Jahren schon bin ich's ... obgleich mich nach deiner Mutter Tod wahrlich ernster innerer Zwist zermarterte. Doch es liegt ein gewisser erhabener Trost darin, wenn man weiß, man ist – trotz aller Fehler und Schwächen – ein Auserwählter. Ich habe keine Ahnung, weshalb Er gerade mich so dringlich in Seinen Diensten zu haben wünschte, aber abgesehen von jenem damaligen kurzen Aufflackern von Aufsässigkeit – das Er, mag sein, ohnehin schon berücksichtigt hatte –, bin ich im Dienst an Gott immerzu zufrieden gewesen. Nein, mehr als zufrieden. Er hat mir dadurch Freude eingeflößt. Und eine Freude der größten Art ist – wiewohl ich lange, lange davon nichts wußte –, daß Er's mir gestattete, dich zu zeugen ... ohne damit Seine Ehre zu beflecken.«

Diese Worte rührten Dhugal aufs stärkste, verlegen lenkte er seinen Blick, während er mit Tränen rang, erneut zum Fenster hinaus. »Und wie steht's mit Seinen Gesetzen?« fragte er nach einiger Herzschläge Dauer. »Mit jenen, zum Beispiel, welche Deryni die Priesterwürde verbieten?«

»Gesetze werden von Menschen geschrieben, Dhugal, auch wenn Gott ihnen dazu die Hinweise gibt. Manchmal mißverstehen Menschen seinen Rat.«

Dhugal maß seinen Vater von der Seite. »Und wäre Maryse nun *nicht* verstorben? Wärst du dennoch Priester geworden? Wußte sie eigentlich, was du bist?«

»Daß ich ein Deryni bin? Freilich. Ich offenbarte ihr's am Nachmittag vor unserer Vermählung.«

»Und sie hegte deswegen keine Bedenken?«

»Bedenken? Natürlich nicht. Für sie waren meine Fähigkeiten die gleiche Art von sonderlichen, aber nützlichen Gaben, durch welche sich einige unter euch Märkischen auszeichnen, so wie das Zweite Gesicht, nur vielseitiger in der Anwendbarkeit. Ich bezweifle, daß sie je so recht verstand, um was es sich bei all der Empörung über das Derynitum überhaupt drehte, obschon sie wußte, es könnte, würde ich als Deryni entlarvt, meinen Tod bedeuten. Die Bewohner der Grenzlande haben stets einen Hang zum Übersinnlichen gehabt. Möglicherweise hat die schreckliche Verfolgung, welcher die Deryni in den Tieflanden ausgesetzt waren, in den Grenzlanden sowie in den Bergen niemals die gleichen Ausmaße erreicht.«

»Gewiß, das mag fürwahr richtig sein«, gestand Dhugal zu. »Du hast jedoch meine andere Frage nicht beantwortet. Wie wäre dein Schicksal weiter verlaufen, wäre sie nicht gestorben?«

Neugierde in bezug auf das, was hätte werden können, ein Gefühl der Verbundenheit mit der Mutter, welche er nie gekannt hatte, waren es, was aus Dhugals Äußerungen sprach – und Duncan vermochte ihm dergleichen schwerlich zu verübeln, aber genausowenig konnte er auf seine Frage eine zufriedenstellende Antwort geben. Wie sollte er seinen Standpunkt erklären, ohne den hohen Sinn, welcher diesem scharfäugigen Jungmann, der schon so vielerlei erlebt und bereits mancherlei Unglück erduldet hatte, noch zu eigen sein mochte, ganz und gar zu zerstören? »Ich will ehrlich sein, Dhugal, ich weiß darauf keine Antwort – und glaube mir, in jenen ersten Jahren nach Maryses Tod habe ich mich oft mit derselben Frage gequält.« Er drehte, derweil er weiterredete, seinen Bischofsring um den Finger. »Es dürfte wohl so gekommen sein, daß zumindest mehrere Jahre verstrichen wären, bevor die gegenseitige Erbitterung zwischen unseren beiden Klans weit genug nachgelassen hätte, daß wir in aller Öffentlichkeit zu unserem Vermähltsein hätten stehen können. Auch wenn sie ihre Mutter in die Tatsache unserer Eheschließung eingeweiht hätte – und's ist möglich, daß sie's getan hat, denn es war deine Großmutter, welche dafür sorgte, daß jene Spange in deinen Besitz gelangte, die Maryse von mir als Hochzeitsgeschenk erhielt –, wäre ihre Schwangerschaft bei ihrem Klan als Entehrung aufgefaßt worden. Man kann heute nicht mehr sagen, wie lange es gedauert hätte, bis es ihr möglich geworden wäre, mich zu benachrichtigen. Wie's sich ergab, ist bei mir nie eine Botschaft von ihr eingetroffen.« Erneut seufzte Duncan. »In Anbetracht der Umstände wärst du vermutlich auf alle Fälle als Sohn ihrer Mutter aufgezogen worden, so wie's geschehen ist – das ist ja auch das einfachste Vorgehen, um die schlecht zu übersehenden Folgen der Unbesonnenheit einer Tochter zu verdecken und des Klans Ehre zu retten. Immerhin *bist* du des alten Caulays Enkel gewesen, wiewohl nicht sein Sohn. Und er hatte damals erst vor kurzer Frist einen Sohn verloren gehabt. Beizeiten wäre es, wäre der Groll zwischen den zwei Klans erst einmal geschwunden gewesen, nicht allzu schwierig gewesen, die Vermählung bekanntzugeben und für die Anerkennung deiner wahren Abkunft Sorge zu tragen.«

»Und hättest du so gehandelt?« fragte Dhugal hartnäckig.

Duncan zuckte mit den Schultern. »Das werden wir niemals wissen können, stimmt's? Im Herbst begab ich mich, wie ursprünglich beabsichtigt, nach Grecotha an die Hochschule. Es nicht zu tun, hätte womöglich Verdacht erregt ... und im übrigen war mir das hochgeistige Leben lieb und wert. Doch ich zögerte es hinaus, mein Priestergelübde zu leisten, wartete darauf, daß sich zwischen den Klans das böse Blut beruhigte. Doch als ich im darauffolgenden Sommer jene traurige Kunde erhielt – daß Maryse am Fieber gestorben sei –, gab es keinen Grund mehr, länger zu säumen, ich trat in den Orden ein, und erst recht hatte ich keine Veranlassung, zu vermuten, es gäbe dich. Mich zermürbte Gram, ich zürnte dem Himmel wegen der Ungerechtigkeit des Daseins, aber das Leben ging seinen Lauf. Am Sankt-Michaels-Tag ward mir die Tonsur geschoren, und bald glich meine Erinnerung an die kurze Tändelei mit dem weltlichen Leben nur noch einem schönen, aber flüchtigen Traum.« Er schaute Dhugal offen an, richtete den Blick seiner blauen Augen geradewegs in Dhugals braune Augen. »Betrübt's dich, daß ich dir nicht zu sagen vermag: ›Ja, Dhugal, mit Gewißheit hätte ich zu der Vermählung gestanden und zu dem Sohn, von welchem ich nicht wußte, daß ich ihn hatte?‹«

»Ich ... ich glaube nicht«, antwortete Dhugal sehr verhalten. »Es ist wohl, wie du's zuvor erwähntest, wir werden's nie und nimmer wissen.« Vernehmlich schluckte er, hob das Kinn höher, doch vermochte er Duncans Blick nicht standzuhalten. »Aber ich habe noch eine andere Frage an dich«, äußerte Dhugal, »und in Anbetracht dessen, wie sich unterdessen so manches entwickelt hat, ist's vielleicht eine gar viel wichtigere Frage.«

»Wenn ich kann, werde ich dir Antwort geben, Sohn.«

»Du bist also hingegangen und hast deine priesterlichen Gelübde getan. Du bist Geistlicher geworden. Aber du warst ja ein Deryni.«

»Ei, ja freilich, jedoch ...«

»Warum bist du dabei geblieben, fortwährend zu verheimlichen, was du bist und was du getan hast?« warf Dhugal ihm in überstürzter Heftigkeit vor, wandte sich wieder seinem Vater zu, maß ihn aus den zu keinen Zugeständnissen bereiten Augen der Jugend. »Du bist ebenso Deryni wie Priester. Und du bist ein *vortrefflicher* Priester! Binnen vieler Jahre frommen, aufrechten Dienstes an Gott hast du dafür den Beweis geführt, daß beides *nicht* voneinander getrennt werden kann. Um des Himmels willen, es gab schon vor der Wiederaufrichtung des rechtmäßigen Königtums in Gwynedd Deryni-Priester, und auch sie waren gute Gottesmänner.«

»Das ist wahr«, bestätigte Duncan im Flüsterton.

»Weshalb stehst du dann nicht dazu, ein Deryni zu sein? Warum befleißigst du dich so würdeloser Spielchen, erteilst weder in dieser, noch in jener Hinsicht eindeutige Auskunft? Was könnte man dir denn antun?«

Duncan spürte, wie sein Herz gleich einem Rammbock gegen die Wände seines Brustkorbs wummerte; er hoffte, Dhugal würde diese Art des Fragens alsbald aufgeben. »Man vermöchte mancherlei wider mich zu unternehmen, Sohn.«

»Man *wird* nichts tun. Man *hat* nichts getan. Einige Bischöfe wissen über dich Bescheid, und sicherlich vermuten's längst alle. Du hast heute Bischof Wolframs Reden vernommen. Und sie wußten's oder ahnten's, *bevor* sie dich zum Bischof erkoren.«

»Gewiß, und auch Edmund Loris wußte es«, erwiderte Duncan, ballte unwillkürlich die Hände zu Fäusten, als er sich unerwünscht der Folter entsann, welcher ihn der abtrünnige Erzbischof hatte unterwerfen lassen. An seinen Fingern und Zehen waren die Nägel nachgewachsen, auch die anderen Wunden waren verheilt, doch das Grauen, an den Pfahl gekettet gewesen zu sein, derweil ringsherum Flammen auflohten, an seinem Leib emporzuzüngeln begannen, würde ihn bis zum letzten Tag seines Lebens als Alptraum verfolgen.

Die Erwähnung von Loris' Namen jedoch vergegenwärtigte Dhugal wieder die Gefahren, was geschehen *konnte*, denn er selbst war es gewesen, der sich durch Loris' Mannen und das Feuer zu seinem Vater durchgekämpft hatte, um ihn zu retten. Dhugal rang um Atem, als er begriff, an welche Erinnerungen Duncans er gerührt hatte, sein Blick schweifte von neuem in den Regen hinaus. »Um Vergebung«, bat er in ruhigerem Ton. »Ich habe nicht das Recht, derlei von dir zu verlangen. Was ich bin, weiß ich erst seit kurzem. Du hast dein gesamtes bisheriges Leben hindurch damit zurechtkommen müssen. Wie du's bewältigst, ist *deine* Entscheidung. Nur sind Kelson und Morgan dazu imstande, als das, was sie sind, so offen aufzutreten ...«

»Und du wolltest es zu gern ebenso halten, nicht wahr?« meinte Duncan gedämpft. »Ich weiß, Sohn. Glaube mir, ich habe darüber oft nachgedacht, aber ...«

Er unterbrach sich mitten im Satz, als Morgan den Erker betrat, seine Annäherung durch ein Räuspern ankündete. »Ich ersuche um Verzeihung für die Störung«, sprach Morgan. »Duncan, hast du vergessen, daß wir noch eine wichtige Angelegenheit mit Bischof Arilan zu regeln haben?«

Duncan blinzelte und schüttelte das Haupt. Vergessen hatte er es nicht, aber er sah dieser Sache nicht unbedingt voller Begeisterung entgegen. Dhugal und Kelson wußten davon noch nichts, doch sollte heute der Abend sein, an welchem – wie Morgan, Duncan und Arilan vereinbart hatten – die beiden Jungmänner erstmals mit *Merascha* Bekanntschaft machen sollten. Schon die bloße Vorstellung verursachte Duncan Unwohlsein, dieweil nämlich, als er im letztjährigen Sommer in des abgefallenen Erzbischofs Gefangenschaft geriet, Loris selbige Droge *ihm* verabreicht hatte. Auf Menschen übte sie lediglich eine ähnliche Wirkung aus wie ein Schlaftrunk, aber bereits die geringste Menge vermochte einen Deryni zur Anwendung seiner Geistesgaben vollkommen unvermögend zu machen. Auch Morgan konnte schon auf bittere, schlechte Erfahrungen mit *Me-*

rascha zurückblicken. Doch es war von Bedeutung, daß sowohl der König wie auch Dhugal die nachteilige Wirkung der Droge unter sicheren, gefahrlosen Bedingungen kennenlernten, bevor sie damit möglicherweise unter ungünstigen, bedrohlichen Umständen Schwierigkeiten bekamen. Ein Gegenmittel gab es nicht, jedoch ließ sich die Wirkung abschwächen oder sogar ein wenig zum Vorteil verkehren, wenn ein Deryni sich mit ihr auskannte.

Im Tagesraum hatte Kelson indessen wieder an dem inzwischen abgeräumten Tisch vorm Kamin Platz genommen. Ihm gegenüber saß Nigel, denn man hatte sich darauf geeinigt, daß des Königs Onkel – als Kelsons Regent – gleichfalls zugegen sein sollte, dieweil Kelson voraussichtlich für den Rest des Abends nicht handlungs- und entscheidungsfähig sein würde. Dhugal widmete Kelson einen Blick wortloser Fragestellung, während er sich zur Linken des Königs setzte, sein Vater wiederum sich neben ihm niederließ, doch der König zuckte lediglich die Achseln. Morgan setzte sich an des Königs Rechte. Auch Arilan kehrte zurück zum Tisch, hielt in den Händen einen Weinschlauch aus gepunztem Leder; sein Antlitz zeigte einen seltsam verkniffenen Ausdruck.

»Ich erbitte Vergebung, sollte diese Enthüllung ein wenig unvermittelt erfolgen«, sprach der Deryni-Bischof, indem er sich den zwei Jungmännern gegenüber, ohne ihre Mienen gespannter Erwartung zu beachten, an den Tisch setzte. »Doch ich habe Gründe für ein solches Vorgehen. Sire, ich bezweifle, daß Ihr diesen Weinschlauch an jenem Tag, als Euer Vater den Tod fand, gesehen habt, oder daß Ihr Euch, habt Ihr ihn gesehen, noch an ihn erinnert. Jedoch solltet Ihr ihm Eure Aufmerksamkeit schenken. Er enthält, was zu Eures Vaters Tod führte.«

2

Öffne deinen Mund, so will ich ihn füllen!
PSALM 81,11

»Er enthält, was zu Eures Vaters Tod führte.«

Arilans Feststellung drang wie mit Dolchen in die Herzen jener vier Anwesenden, die Brion Haldanes engste Vertraute gewesen waren. Aus Kelsons Angesicht wich jegliche Farbe, seine grauen Augen glichen auf einmal ausgebrannten Kohlen in einer weißen Totenmaske. Nigel rang lautlos, aufs höchste betroffen, um Atem, sah in diesem Augenblick auf unheimliche Weise dem älteren Bruder ähnlich, der in seinen Armen das Leben ausgehaucht hatte. Entsetzt und voller Ungläubigkeit bekreuzigte sich Duncan. Nur Morgan erwies sich als zum Handeln fähig, er sprang halb auf, fuhr zwischen Kelson und den Bischof, seine zur Klaue gespreizte Hand griff nach Arilans Kehle.

»Weicht von mir, oder Ihr werdet's bereuen!« heischte Arilan, schrak nicht im mindesten zurück, als Morgans Hand sich zur Faust ballte, nur um Haaresbreite vor seinem Gesicht verharrte. »Setzt Euch. Ihr könntet wohl gar wähnen, *ich* hätte Brion hingemordet? Wahr ist, daß nicht dieses Weinschlauchs Inhalt ihn getötet hat – doch war er's, was es ermöglichte, ihn auf diese Weise zu morden, wie's geschah. Gewißlich habt Ihr schon selber gefolgert, daß 's *Merascha* war, was ihn wehrlos machte – oder vermeint Ihr *wahrlich*, ich könnte irgend etwas mit seiner Meuchelung zu schaffen gehabt haben?«

Während Morgan von ihm abließ und wieder Platz nahm, ohne ein Wort zu äußern, entließ Duncan langsam den Atem aus dem Busen, blickte Arilan an, derweil er mit einer Hand Nigel, welcher noch immer, ohne einen Ton von sich zu geben, den Mund bewegte, zu beruhigen versuchte. »Niemand erhebt irgendwelche Anschuldigungen«, sprach Duncan bedächtig, bat gleichzeitig die Gefährten auf geistiger Ebene um Zurückhaltung, derweil er sich um eine Klärung bemühte. »Dennoch muß nun wohl uns allen die Überlegung in den Sinn kommen, daß Ihr's getan zu haben vermöchtet. Ich vermute, das ist der Weinschlauch, aus dem an jenem Tag Colin von Fianna dem seligen König Brion zu trinken reichte. Wir haben allerdings nie erfahren, wie *Merascha* in den Wein gelangt ist.«

Mit einem Schnauben der Geringschätzung lehnte sich Arilan zurück und verschränkte die Arme auf der Brust. Sein hageres, männlich-schönes Angesicht, das so spät am Tag schwärzliche Bartstoppeln aufwies, hatte ein leicht teuflisches Aussehen, dieweil im Flackern des Feuerscheins Schatten darüber huschten, und seine bläulich-dunklen Augen hatten im Zwielicht fast die gleiche Farbe wie sein Priesterrock.

»Macht Euch nicht lächerlich. Nigel, so Ihr Euch zu entsinnen beliebt, war ich's, der Euch davon in Kenntnis setzte, daß Colin sagte, er hätte den Weinschlauch von einer geheimnisvollen Dame erhalten.«

»Und woher habt *Ihr* den Weinschlauch?« wünschte Nigel zu erfahren. »Überall haben wir danach gesucht, ihn aber niemals gefunden. Colins Aussage lautete, er müsse ihn auf dem Rückweg, derweil wir von der Jagd heimritten, verloren haben.«

Arilan nickte. »Er verlor ihn wirklich. Allerdings war ich es, an den er ihn ›verlor‹. Im selbigen Augenblick nämlich, als ich an Brions Seite eintraf und ihn im Sterben liegen sah, erkannte ich, daß er irgendwie *Merascha* verabreicht bekommen haben mußte – und erst ein kurzes Weilchen zuvor hatte ich ja beobachtet, wie er mit Colin aus diesem Weinschlauch trank. Daher lauerte ich nach der Heimkunft im Burghof Colin auf, derweil alles im ärgsten Wirrwarr umherwimmelte und man Brions Leichnam in den Rittersaal trug, und nahm ihm den

Schlauch fort – in dem sich, ganz wie ich's geargwöhnt hatte, denn nebst Wein auch *Merascha* befand. Selbstverständlich sorgte ich dafür, daß sich Colin weder daran noch an unser Gespräch jemals erinnerte. Ich überließ es Euch, den anderen Beteiligten, die zutreffende Schlußfolgerung zu ziehen, daß der vergiftete Wein aus Charissas Händen stammen mußte, denn damals konnte ich Euch weder davon in Kenntnis setzen, noch vom Gebrauch des *Merascha*, ohne mein Derynitum zu offenbaren.«

»Ich ... ich darf wohl unterstellen, daß Ihr auch nicht dazu imstande gewesen seid, meinen Vater vor dem Tode zu bewahren«, sprach Kelson und ergriff damit seit Arilans Vorzeigen des Schlauchs zum erstenmal das Wort. »Ich möchte nicht glauben müssen, Ihr hättet irgend etwas zu seiner Errettung tun können, es jedoch unterlassen, allein um Eure kostbare Heimlichkeit zu schützen.«

Arilan senkte den Blick auf seine gefalteten Hände. »Kelson, ich will nicht leugnen, daß ich schon des öfteren selbigem Verdacht ausgesetzt war. Die Alpträume, welche mich infolgedessen peinigen, sind weit schlimmer, als Ihr's Euch auszumalen vermögt, und lediglich ein Vorgeschmack der Rechtfertigung, die ich einstmals einem höheren Richter werde geben müssen. Dennoch darf ich getrost erklären, daß Eures Vaters Tod für mein Gewissen keine Last bedeutet. Als ich seine Seite erreichte, kam bereits jede Rettung für ihn zu spät. Ich zweifle, daß selbst ein Heiler ihn hätte retten können ... falls uns noch tüchtige Heiler zur Verfügung stünden.«

»Ist das Wahrheit, oder redet Ihr bloß so, um mich zu besänftigen?« fragte Kelson, der es nun das erste Mal wagte, seine Fähigkeit zum Gedankensehen an dem Deryni-Bischof zu erproben.

Während er sanftmütig lächelte und das Haupt schüttelte – denn er spürte sehr wohl des Königs behutsames geistiges Tasten –, spreizte Arilan in einer Gebärde der

Versöhnlichkeit die Hände. »Ich habe Euch nichts als die reine Wahrheit mitgeteilt, Kelson«, versicherte er in unterdrücktem Ton. »Ich hätte Eurem Vater allein noch durchs Verlängern seiner Qual um einige wenige Augenblicke beistehen können. Ich glaube, er hätte so etwas von sich aus abgelehnt. Ihr seid dabei gewesen, Ihr wißt, daß er heftig gelitten hat.«

»Ja, freilich.« Kelson schluckte den Kloß hinab, der ihm im Hals steckte, schaute einige Herzschläge lang beiseite, verschloß sich innerlich dem sorgenvollen Nachforschen Morgans im geistigen Bereich, auch Dhugals schüchternem Bemühen, ihn irgendwie zu trösten. Er versuchte, den Weinschlauch, welcher vor ihm auf dem Tisch lag, nicht anzusehen. »Nun wohl«, sprach er, als er sich wieder traute, Arilan anzuschauen. »Ihr seid also die ganze Zeit hindurch im Besitz dieses Schlauchs gewesen. Und warum bringt Ihr ihn nun zum Vorschein?«

»Ich wähne, der Grund dürfte Euch ersichtlich sein, mein König.« Ganz langsam griff Arilan unter seinen Priesterrock und holte ein kleines, verstöpseltes Fläschchen aus Glas hervor, stellte es sachte neben den Weinschlauch. »Es ist an der Zeit, daß Ihr Euch mit der Droge befaßt, welche alle Eure Fähigkeiten zunichte machen kann, Sire«, erläuterte er. »Ihr habt noch nie unterm Einfluß des *Merascha* gestanden. Gleiches gilt für Dhugal. Doch für Deryni, denen das Glück zuteil wird, eine geregelte Ausbildung genießen zu dürfen, ist das Vertrautwerden mit dieser Droge ein gewichtiger Bestandteil der Schulung, denn wiewohl *Merascha* jenes eine Mittel ist, welches sich auf unsere Geistesgaben am verhängnisvollsten auswirkt, kann man mit dem erforderlichen Geschick die Folgen der Droge mildern oder sogar in einigem Umfang zum Vorteil nutzen. Sicherlich wird Duncan diese Ausführungen bestätigen können.«

Mit zusammengepreßten Lippen nickte Duncan und legte eine Hand auf Dhugals Hand. Kelson warf Morgan einen vorwurfsvollen Blick zu. »Alaric, habt Ihr davon gewußt?« erkundigte er sich beim Herzog.

Morgan holte tief Luft und ließ den Atem dann hörbar entweichen. »Daß es Bischof Arilans Absicht war, uns diesen Weinschlauch vorzuzeigen, entzog sich meiner Kenntnis, Majestät. Duncan und ich hatten uns lediglich mit Bischof Arilan über das Erfordernis verständigt, Euch mit *Merascha* vertraut zu machen, bevor Ihr Euch auf Eure sommerliche Landfahrt durchs Reich begebt. Wir waren uns darin einig, daß sich der heutige Abend zu diesem Zweck am günstigsten eignet. Ich habe Euch zuvor keinen Aufschluß darüber erteilt, dieweil's mich klüger dünkte, Euch vorher nicht in Beunruhigung zu stürzen, während ihr für die Gerichtsverhandlung des heutigen Vormittags der Klarheit und Gelassenheit bedurftet. Doch wie Ihr meinen Worten entnehmen könnt, erwartete ich beileibe nicht, daß er eben jenes *Merascha* mitbrächte, welches man zu König Brions Ermordung benutzte. Das ist eine krasse, höchst rücksichtslose Ungehörigkeit, Herr Arilan.«

Arilan breitete die Hände zu einer Geste der Beschwichtigung aus. »So bitte ich denn um Verzeihung. Ich war mir nicht dessen bewußt, daß jene alten Wunden noch so schmerzen. Es wollte mich deuchen, das Vorlegen des Weinschlauchs sei eine sehr eindringliche Art und Weise, um zu verdeutlichen, warum's so überaus bedeutsam ist, daß Seine Majestät sowie Herr Dhugal eigene Erfahrungen mit *Merascha* machen. In dieser Hinsicht zumindest, so wähne ich, hat sich meine Handlungsweise bewährt.«

»O ja, vollauf«, murmelte Kelson. Er nahm das zugestöpselte Fläschlein zur Hand und hielt es ans Licht, erzeugte im selben Augenblick ein Hand-Feuer, um besser sehen zu können. Mit knapper Not vermochte er in dem grünen Glas eine klare Flüssigkeit zu erkennen, welche das Behältnis etwa zur Hälfte füllte. Es schauderte ihn, als er das Fläschchen auf den Tisch zurückstellte, und mit einem ungnädigen Schließen der Finger zur Faust löschte er das Hand-Feuer. »So, das also ist *Merascha.*« Voller Unbehagen blickte er Dhugal an, der womöglich noch besorgter aussah, als Kelson mißbehaglich zumute war; dann ließ der König seinen Blick weiterschweifen, heftete ihn auf Duncan, der ernst und voll des Mitgefühls am Tisch saß, sich zweifellos an die Unannehmlichkeiten erinnerte, welche ihm die Droge im vergangenen Sommer bereitet hatte; danach schaute er hinüber zu Nigel, der sich angestrengt abmühte, aus Rücksicht auf die übrigen Getreuen in der Runde seine Furcht, die ihm die Kehle trocken machte, zu unterdrücken und sie sich nicht anmerken zu lassen – allzu stark war sein Grausen –, sodann streifte Kelsons Blick Arilan, der unergründlich dreinsah, und verweilte zu guter Letzt auf Morgan. »Mich dünkt, ich hätt's vorgezogen, mich innerhalb einer gewissen Frist auf diesen Versuch seelisch vorbereiten zu können, Alaric«, sprach der König in maßvollem Tonfall, darauf bedacht, seine Stimme nach Möglichkeit frei von allem Vorwurf zu halten. »Ihr hättet mir dies Vorhaben ankündigen sollen.«

»Verzeiht mir, Majestät«, bat Morgan leise. »Mir ist ein Irrtum unterlaufen. Eines Abends im Spätherbst, so entsinne ich mich, sprachen wir über die Ratsamkeit einer solchen Maßnahme. Dhugal, Ihr seid dabei zugegen gewesen. Doch ich nehme an, mein König, Ihr habt die Sache aus Eurer Erinnerung verdrängt, nachdem ich dazu außerstande blieb, *Merascha* zu verschaffen. Aber durchs Aufschieben ist die Dringlichkeit keineswegs geringer geworden, eher ist das Gegenteil der Fall. Es ist von höchster Bedeutung, daß Ihr darüber Klarheit erhaltet, was Euch widerfahren mag und wie Ihr dem zu begegnen vermögt.«

»Was ist die Ursache dieser Eile?«

»Daß Ihr kein Kind mehr seid, Gebieter«, versetzte Morgan mit einem Anklang von Schärfe zur Antwort. »Daß Ihr in drei Tagen zum Ritter geschlagen werden sollt. Für all jene, die niemals eine Krone tragen werden, ist der Ritterschlag das allgemein sichtbare Besiegeln ihrer Mannwerdung. Es möchte sehr wohl so kommen, daß Ihr dadurch zum Freiwild für jene werdet, welche Euch aufgrund eurer Jugend Schonung zubilligten – um so mehr könnte es geschehen, als Eure Fähigkeiten sich zusehends weiter herumsprechen. Während Ihr das Reich bereist – und vor allem, wenn Ihr Euch in Cardosa mit den torenthischen Gesandten trefft –, dürftet Ihr ganz besonders allerlei Gefährdungen ausgesetzt sein.«

»Beliebt's Euch, damit anzudeuten, 's wäre in den vergangenen vier Jahren anders gewesen?«

»Das Glück war mit Euch. Es gibt keine Gewähr, daß es Euch allzeit treu bleiben wird. Hätte Brion von dem Kenntnis gehabt, was Ihr heute lernen sollt, dann hätte ihn der Tod vielleicht nicht ereilt. Diese Schuld ist *mein*. Ich wußte, was mit *Merascha* angerichtet werden kann, wußte es zumindest aus der Überlieferung. Ich hätte sicherstellen müssen, daß auch er sich auskannte.«

»Ach, überschätzt nicht Eure Möglichkeiten, Alaric«, wandte sich Arilan an ihn. »In Brions Fall wäre die Belehrung von keinem Segen gewesen. Brion fühlte sich mit dem, was er nun einmal war, nimmer sonderlich wohl in seiner Haut, er hat's nie gelernt, seine Befähigungen in dem Umfang zu nutzen, wie er's eigentlich hätte tun können. Das ist beleibe nicht Euer Versagen, Ihr seid selbst nur ein Halbgeschulter gewesen. Nein, Brions ureigenste Einstellung war's, welche ihn beschränkte, ihn ein wenig zum Zauderer machte, was die Anwendung der ihm verfügbaren Kräfte anbetraf. Soviel glaube ich zu wissen ... wiewohl ich lieber darüber schweigen möchte. Seid dessen eingedenk, ich war während der letzten sechs Jahre seines Lebens sein Beichtvater.«

»Er hat mit Euch über derlei Angelegenheiten gesprochen?« fragte Kelson.

»Nur beiläufig und überdies äußerst selten. Aber was

glaubt Ihr wohl, Sire, weshalb er Euch, was die Haldane-Gaben anging, niemals in irgend etwas eingeweiht hat? Erinnert Euch: Allein Alaric und Duncan waren's, die versuchten, Euch in magischen Künsten sowie arkanen Lehren zu unterweisen.«

Beklommen schluckte Kelson, streckte einen Arm aus und berührte mit der Fingerspitze vorsichtig die Seite des ledernen Weinschlauchs. »Wenn ... wenn mein Vater gewußt *hätte*, wie man die Wirkung des *Merascha* abzuschwächen vermag, wäre das seine Rettung gewesen?«

Die Augen aller Anwesenden richteten sich in stummer Frage auf Arilan. Langsam schüttelte der Deryni-Bischof das Haupt. »Darauf vermag ich keine Antwort zu geben, Majestät. Es kann sein, 's wäre möglich gewesen. Hätte er sich mit der Droge ausgekannt – sich ihrer Wirkung erwehrt, sobald sie eintrat –, mag sein, er hätte sein Leben zu schützen vermocht. Doch da er sich *nicht* auskannte, war sein Leben eindeutig vertan. Das jedenfalls kann ich ohne jeglichen Vorbehalt sagen.«

»Ich verstehe, Bischof.« Kelson ergriff den Weinschlauch, schüttelte ihn hin und her; man hörte den noch darin befindlichen Inhalt gluckern. »Nun wohl, es sei. Ist noch genug für unsere Zwecke vorhanden, oder ist das Gemisch im Laufe der vier Jahre schlecht geworden?«

Nigel erbleichte, Morgan und Duncan wechselten Blicke der Verblüffung, doch Arilan lächelte nur verhalten. »Leider dürften der Wein etwas sauer geworden und das *Merascha* nach so langer Frist seine Wirkung verloren haben, aber ich wähne zu verstehen, was Eure Frage wirklich bedeutet. Ich hatte die Absicht, den Versuch mit frischem Wein zu beginnen, wenn's jedoch Euer ausdrücklicher Wunsch ist, können wir durchaus verwenden, was da in diesem Schlauch schwappt.«

»Wäre das ohne Gefahr möglich?« fragte Morgan nach, bevor Kelson zu antworten vermochte.

Arilan nickte. »Soweit der Umgang mit *Merascha*

überhaupt ungefährlich genannt werden kann, ja. Was sich davon in dem Weinschlauch befindet, wird nahezu unbrauchbar sein – genau bestimmen, in welchem Zustand es ist, kann man nicht –, darum muß ich auf alle Fälle etwas von dem hinzufügen, das ich mitgebracht habe.« Er deutete auf das grüne Fläschchen. »Doch ich hatte ohnehin eine höhere Dosis vorgesehen. Die damalige Dosis war von vornherein für das, was wir zu tun beabsichtigen, zu schwach. Allerdings glaube ich, daß Seine Majestät diesen Versuch auch als eine Art von Gedenken an König Brion durchzuführen gedenkt. Im Hinblick auf diesen spirituellen Beweggrund hegte ich daher die Bereitschaft, bei der Dosierung auf jede strenge Genauigkeit zu verzichten. Und zudem habe ich ein Beruhigungsmittel dabei, um die anschließenden Beschwerden zu lindern.«

Er übergab Duncan, der von seinen Darlegungen anscheinend nicht allzu angetan war, ein kleines Päckchen aus zusammengefaltetem Pergament; unverzüglich ging Duncan einen Becher Wasser holen. Unterdessen entkorkte Arilan, derweil die anderen in der Runde angespannt, wie im Banne des Geschehens, ihm zuschauten, mit sachlichem Gebaren den ledernen Weinschlauch, schnupperte am Inhalt und rümpfte über dessen Geruch die Nase. Auf ein zerstreutes Fingerschnippen hin schwebten aus der Menge des Geschirrs, das nach dem abendlichen Mahl zur Seite gestellt worden war, zwei Pokale zu ihm herüber auf den Tisch; den einen Pokal füllte er aus dem Schlauch mit Wein. Nachdem er einen Großteil vom Inhalt des Glasfläschleins hinzugefügt hatte, schüttete er das Gemisch mehrmals zwischen den beiden Pokalen hin und her; zuletzt beließ er in jedem der zwei Gefäße die Hälfte der Flüssigkeit. Ohne Umschweife setzte er sie dann dem König und Dhugal vor. Inzwischen war Duncan zurückgekehrt und rührte mit einem kleinen Löffel aus Horn in dem Becher voll Wasser.

»Ist darin das Beruhigungsmittel?« erkundigte sich Morgan.

Duncan nickte. »Nichts von ungewöhnlicher Art. Eine hohe, kräftige Dosis, aber eine solche werden sie auch brauchen. Dhugal, ich denke mir, du wirst damit vertraut sein.«

Dhugal, der das Handwerk eines Feldschers erlernt hatte, roch am Becher, den ihm Duncan unter die Nase hielt, runzelte die Stirn, tauchte dann mit aller Vorsicht eine Fingerkuppe in den Trank und schob sich den Finger in den Mund; bei dem Geschmack verzog er das Angesicht. »Fürwahr, ich kenn's. Vor morgen früh werden wir nicht erwachen, soviel ist gewiß. Von der Einwirkung eines Deryni abgesehen, ist's das tauglichste Mittel, welches mir geläufig ist, um einen Verwundeten in so starke Betäubung zu versetzen, daß man an ihm schneiden kann. Dank des Mittels spürt er wenig.«

»Und ebenso werdet nun Ihr wenig spüren«, sprach Arilan, nahm den Becher aus Duncans Hand und stellte ihn in die Mitte des Tischs. »Ihr werdet darum auch froh sein.« Der Deryni-Bischof musterte Kelson, danach Morgan und Duncan, und schließlich erübrigte er gar ein Lächeln für Nigel, der sich mit Mühe eine Grimasse der Erregung verkniff, die Arme auf der Brust verschränkt hatte, mit einer Hand ruhelos den Oberarm der anderen Körperseite rieb. »Sobald Ihr bereit seid, Ihr Herren, können wir beginnen«, ergänzte Arilan gelassen seine vorherigen Bemerkungen. »Wie wär's, wenn Ihr den Anfang macht, Majestät? Dann brauchen wir nicht Euch und Herrn Dhugal zur selben Zeit unter Beobachtung halten. Ich weiß, daß ihr mir kein sonderliches Vertrauen schenkt, daher wird's klüger sein, Alaric nimmt Euch unter seine Obacht. Ich empfehle Euch, zunächst nur eine mindere Menge zu trinken, um als erstes Vertrautheit mit einer schwächeren Wirkungsweise der Droge zu erlangen, anschließend Euch den Rest einzuverleiben, so Ihr Euch zu überwinden vermögt. Eine *Merascha*-Dosis in dieser Stärke hat, wie Duncan Euch wohl bestätigen kann, einen überaus scheußlichen Nachgeschmack. Ich vermute, was wir Euch verabreichen, dürfte eine ähnliche Dosis sein, wie er sie von Loris und Gorony erhielt.«

Falls Arilan die letztere Äußerung zum Zwecke der Ermutigung getan hatte, scheiterte er damit vollständig, denn Kelson hatte mit eigenen Augen das letztendliche Ergebnis an Duncan gesehen, und ebenso war er Zeuge von seines Vaters Tod gewesen. Aus eigenem Willen den Pokal, halbvoll mit Wein und *Merascha*, in die Hand zu nehmen, erwies sich als eine der schwersten Handlungen, zu denen er sich je durchringen mußte.

›*Er enthält, was zu Eures Vaters Tod führte!*‹ schien seine Furcht ihm ins Antlitz zu schreien, wiewohl er inzwischen wußte, daß diese Aussage so nicht stimmte. *Du wirst seinen Tod noch einmal erleben!*

Kelsons Hand zitterte, als er den Pokal an die Lippen hob, und er mußte sie mit der anderen Hand stützen. Wie nachdrücklich er es auch zu vermeiden trachtete, Erinnerungsbilder von seines Vaters Tod stiegen empor aus seinem Gedächtnis, er sah vor seinem geistigen Auge das geliebte Angesicht verzerrt vor Pein und Bestürzung, die Brust nach Atem lechzen, und bisweilen vermochte er es nicht länger vom eigenen Antlitz zu unterscheiden. Streng rief er sich ins Bewußtsein, daß er *nicht* sein Vater war, doch lauerte die Furcht stets am Rande seines Empfindens, derweil seine Seele immer tiefer in jenen inneren Quell verschwommener, das Gemüt aufs heftigste erschreckender Ängste entglitt, wie sie in jedem Menschen hausen und sich den Überlegungen des Verstandes allzeit entziehen werden.

Aber derweil er sich ihrer Bedrängnis erwehrte, fühlte er, wie ihm rundum Unterstützung zuteil ward, geistig-magischer Beistand einer Art, wie sein Vater sie nie erfahren hatte; schwache, scheue Zärtlichkeit aus Dhugals Bewußtsein, kraftvoller Rückhalt seitens Duncans, dazu die weitaus machtvolleren Ermunterungen Morgans, Mut zu bewahren, indes der Deryni-Herzog eine Hand in Kelsons Nacken senkte. Arilans Gegenwart nahm der König lediglich undeutlich wahr, doch merkte er, daß die Emanationen, welche von ihm ausgingen, eindeutig wohlwollender Natur waren; sogar bei Nigel, der nur über die Grundeigenschaft zum Erwerb der Haldane-Magie verfügte, aber noch keinerlei darauf aufgebaute Befähigungen besaß, konnte Kelson den hellen Glanz einer Seelenstärke feststellen, welche ihm zusätzliche Ermutigung übermittelte.

Beherzt schlürfte Kelson aus dem Pokal, um den Geschmack eines zeitweiligen geistigen Todes zu kosten, schmeckte den Wein nur äußerst behutsam mit der Zungenspitze. Im Gegensatz zu seinem Vater sollte er nicht *wirklich* sterben. Gewißlich war er dazu imstande, diese vorübergehende Prüfung zu erdulden, auf daß seines Vaters Hinscheiden einst nicht vergeblich erfolgte.

Der Wein war harzig-scharf; Arilan hatte mit seiner Vermutung, er sei sauer geworden, recht gehabt. Noch war er nicht gänzlich zu Essig geworden, aber fast war es soweit; ein fiannischer Landwein war er nicht gewesen, eher mußte es sich vor vier Jahren um einen guten, ausgereiften Roten gehandelt haben. Kelson wußte noch, daß sein Vater sich wohlgefällig über den Wein geäußert hatte. Es wunderte ihn, daß der Tropfen die vier Jahre nicht in besserem Zustand überdauert hatte. Vielleicht war das *Merascha* die Ursache, sann er, während er sich mit der Zunge über die Lippen leckte. Möglicherweise hatte das altgewordene *Merascha* ihn in dem Maße beeinträchtigt, wie es seine Wirksamkeit verlor. Sonderbar! Auf einmal fühlte sich die Zungenspitze ein wenig taub an. Und als er schluckte, hinterließ der Wein, indem er ihm die Gurgel hinab rann, im Gaumen einen bitteren Nachgeschmack – in Anbetracht dessen, was Arilan angekündigt hatte, durchaus keine Überraschung. Kelson schluckte noch einmal, und da spürte er so etwas wie ein schwaches Brennen, das in der Kehle begann und sich rasch bis hinauf ins Hinterhaupt ausbreitete.

»Leert den Kelch nun bis zur Neige, Sire«, forderte Morgan den König mit Flüsterstimme auf, indem er ihm unversehens ins rechte Ohr raunte, nun hinter ihm Aufstellung bezog, ihm beide Hände auf die Schultern legte. »So könnt Ihr das Schlimmste beim Einsetzen der Wirkung meiden. Glaubt mir, es ist ratsamer, es schnell zu trinken.« Kelson hätte Arilan durchaus widersprochen, dieweil er an des Deryni-Bischofs Willkür in dieser ganzen Sache Anstoß nahm, aber Morgan widersprach er nicht. Er verspürte bereits in den Lippen und Armen ein unangenehmes Kribbeln. Nochmals hob er, obschon das Gefühl rasch aus seinen Händen zu schwinden begann, den Becher. »Stürzt's alles hinab«, drängte ihn Morgan, als Kelson das Trinkgefäß erneut an die Lippen setzte. Es gelang ihm, den Pokal mit zwei tüchtigen Zügen zu leeren, und fast sofort mußte er, als der saure Wein ihm in den Magen gluckerte, gegen Übelkeit ankämpfen. Doch es war keineswegs der Wein, was den Brechreiz hervorrief. Soviel war ihm klar, während ihm eisige Furcht, ausgelöst durch ein abermaliges Geistesbild seines todgeweihten Vaters, die Eingeweide zusammenkrampfte, ein Grauen, gegen das Kelsons vernunftmäßiges Wissen, daß er sich in Sicherheit befand, unter Freunden, nicht im geringsten half. Morgan entwand seinen Fingern den Becher, bevor er ihm entfallen konnte, und schon im nächsten Augenblick schwand dem König alle Wahrnehmung, und mit einem Mal schien er allein zu sein – einsamer denn je zuvor, sogar einsamer als vor seiner Erhebung zur königlichen Macht. Sein Blickfeld begann zu verschwimmen, verengte sich auf eine Weise, wie er es bereits von sehr tiefen Trance-Zuständen kannte. Doch anstatt seinen Geist auszurichten, zusammenzufassen, gleichsam zu ballen, ward diese Verengung zur immer ärgeren

Drangsal, schränkte ihn stets grausamer ein, schnitt ihn sowohl von äußeren Sinneseindrücken als auch den innerlichsten Empfindungen ab. Bis er völlig taub war und blind, und das galt nicht nur für seine Geisteskräfte, sondern auch für seine Augen. Er versuchte den Mund zu öffnen, um zu fragen, ob da noch jemand sei, doch hatte die Bewegung zur Folge, daß sich ihm der Magen umdrehte, leider jedoch nicht so heftig, um zu erbrechen, was ihm im Leibe lag wie ein Bauch voll glühender Kohlen, in stoßweisen Schüben glutheiße Ausläufer in seinen Gliedmaßen verströmte. »Sire, vermögt Ihr mich zu hören?« fragte dicht neben Kelsons Ohr eine Stimme, deren Klang ihn aufrüttelte, als schabe rostiges Metall an seinen bloßen Nerven entlang. Kelson brachte ein Nicken zustande, mußte zu diesem Zweck aber die Lider schließen, eine Unumgänglichkeit, welche ihn jedoch nicht weiter störte, dieweil er ohnehin nicht mehr sehen konnte. Ein unklarer, irgendwie weit entfernter Teil seines Ichs wußte, daß er sich, als ginge es ums liebe Leben, mit den Händen an die Tischkante klammerte, seine einzige Verankerung in der Welt, welche ihm nicht länger zugänglich war, doch was sein Angesicht berührte, sein Haupt von beiden Seiten faßte, hätten Feuerzungen sein können, hätte er nicht auf irgendeine Weise erahnt, daß es nichts anderes war als Morgans Hände. »Haltet Eure Augen geschlossen, atmet tief ein und dann aus, bleibt darum bemüht, allein auf meine Stimme zu achten«, verlangte Morgan. »Eure Geisteswehr ist nahezu dahin. Entsagt jeglichen Aufbegehrens wider das, was ich verrichte. Für keinen von uns zweien wird's angenehm sein, doch ich werde Euch zeigen, was in Euch geschieht und wie Ihr am günstigsten damit zurechtkommen könnt.«

Nicht einmal, wenn das Heil seiner Seele davon abhängig gewesen wäre, hätte Kelson zu widerstreben vermocht. Das Tasten von Morgans Geist erwies sich als viel schlimmer denn seiner Hände Berührung. Bezüglich der nachfolgenden ein, zwei Stunden konnte er sich schließlich an nichts anderes entsinnen, als unablässig geschrien zu haben, aber man sagte ihm später, er hätte keinen Laut ausgestoßen.

Er vermutete, daß man ihm zu guter Letzt Arilans Beruhigungsmittel eingeflößt hatte, denn er erwachte erst am nächsten Morgen, als Jatham, sein ranghöchster Knappe, ihn zur Sonntagsmesse weckte, und das Haupt schmerzte ihn ärger als nach irgendeiner Zecherei, deren Folgen er jemals erlitten oder von denen er je hatte erzählen hören.

»O Gott, wie mag Duncan nur zu noch überhaupt irgend etwas imstande gewesen sein?« flüsterte er, kaum das Haupt zu erheben fähig, derweil er darauf wartete, daß sich Jatham mit Morgan einfände. »Diese Qual des *Merascha* ... zu allem anderen, was sie ihm zufügten.« Er schob sich einen Arm über die Augen, der ihn die Helligkeit des Morgens schmerzte. »Und mein armer *Vater!* Ach, ich bezweifle, daß er jemals begriff, wie ihm geschah.«

Auf dem Feldbett, das ihm am Fußende des Königlichen Prunkbetts als Lagerstatt zum Schlafen gedient hatte, regte sich Dhugal, stöhnte laut, derweil er es schaffte, sich soweit aufzuraffen, daß er beide Arme um einen Bettpfosten klammern und benommen ungefähr in Kelsons Richtung stieren konnte.

»Ihr dürft nicht darüber ins Grübeln geraten«, empfahl Dhugal, »geradesowenig wie ich daran denken darf, was mein Vater erduldet hat. Dergleichen Gegrübel ist fruchtlos. Was alleinig zählt, ist die Tatsache, daß wir nun beide gelernt haben, was sich noch tun läßt, sollten *wir* je wieder Verdruß mit *Merascha* bekommen ... was Gott verhüte!«

Aber obwohl sie den Willen hegten, sich keinen trübseligen Gedankengängen hinzugeben, taten sie es dennoch – bis Morgan eintraf und die Beachtung auf naheliegendere Angelegenheiten lenkte.

»Wir *müssen* am heutigen Morgen zur Messe gehen, Alaric«, stellte Kelson klar, nachdem Morgan den Vorschlag gemacht hatte, ein Tag im Bett würde den zwei Jungmännern weitaus zuträglicher sein als die Teilnahme an frommen Veranstaltungen. »Cardiel wird den Beschluß des Kirchengerichts auf der Kanzel verlesen. Dabei sollte Dhugal sehr wohl zugegen sein.«

Dieser Erwägung ließ sich von Morgans Seite schwerlich irgend etwas entgegensetzen, doch warnte er beide, den König und Dhugal, daß jede sofortige Abhilfe, welche er ihnen zu geben vermochte, eine zeitweilige Maßnahme bliebe und nur eine zweite Nacht heilsamen Schlafs die Nachwirkungen vollends beheben konnte. Nachdem er an ihnen angewendet hatte, was er an hilfreicher Einflußnahme vorzunehmen verstand, unterstrich er seinen Ratschlag durch ein gutes Beispiel, indem er selbst sich wieder ins Bett verkroch.

Zumindest stellte sich heraus, daß Cardiels Verlautbarung Anklang fand. Nach der Meßfeier umdrängten Menschen zu Dutzenden Dhugal und den König, denn der junge märkische Junker war im Verlauf eines Jahres bei Hofe ungemein beliebt geworden, und nun wuchs sein Ansehen um so mehr, da der Ruch, ein Bankert zu sein, von ihm genommen war; eine Abordnung von Dhugals markländischen Gefolgsleuten, zu Rhemuth eingetroffen, um seinem in zwei Tagen fälligen Ritterschlag beizuwohnen, jubelte ihm und dem König zu, als sie den Rhemuther Dom verließen. Ciard O'Ruane, Dhugals gealterter Diener, beobachtete dank seines scharfen Blicks sogleich, daß sowohl das junge Klan-Oberhaupt wie auch der König anscheinend schon am Vorabend das Ereignis über Gebühr gefeiert hatten, urteilte man nach ihren trüben Augen sowie ihrer Abneigung wider Helligkeit und laute Geräusche, und er versäumte es nicht, seine Klan-Genossen darauf aufmerksam zu machen.

Weder tat Dhugal etwas, um ihnen diese Mutmaßung

auszureden, noch der König. Wiewohl man keineswegs von sämtlichen Anwärtern auf den Ritterschlag erwartete, daß sie sich am Abend vor dem großen Ereignis frühzeitig zur Nachtruhe betteten – bevor sie zwei Tage der Feiern und Festlichkeiten, um diesen herausragenden Anlaß würdig zu begehen, genießen durften –, bot der Anschein, vom Zechen noch einen Affen zu haben, Dhugal und Kelson einen ausgezeichneten Vorwand, um sich schon früh zurückzuziehen. Zu dem Zeitpunkt, als sie den Festungshof durchquert hatten und die Stufen zum Portal des Rittersaals erklommen, begleitete nur Jatham sie noch; die Klan-Angehörigen und jungen Krieger, welche sie nach der Messe umschwärmt und zum Teil auch zurück zur Burg geleitet hatten, beschäftigten sich jetzt wieder mit ihren eigenen Angelegenheiten. Außerdem sollte Jatham gleichfalls in zwei Tagen zum Ritter geschlagen werden und hatte diesbezüglich von Morgan Weisungen erhalten, obgleich er deren wahren Sinn nicht kannte.

König und märkischer Edelmann betraten den Saal ohne irgendwelches Aufhebens, obschon ein jeder, der des Königs Kommen bemerkte, ihm einen achtungsvollen Gruß entbot, wenn er in seine Nähe geriet. Jatham geleitete seine Herren forschen Schritts an der linken Seite des Saals entlang, in der Absicht, sie eine rückwärtige Treppe hinaufzuführen und so den kürzeren, gegenwärtig jedoch stark bevölkerten Weg längs des Gartens zu meiden; dem Unwetter des Vortags hatte sich ein herrlicher, sonniger Tag angeschlossen – ganz außergewöhnlich für den März in Gwynedd –, und die Hälfte des Hofstaats befand sich im Garten, um sich an der für die Jahreszeit erstaunlichen Wärme zu erfreuen.

Der Sonnenschein hatte auch Nigels Gemahlin, Herzogin Meraude, aus dem Sonnensaal der Hofdamen für den Nachmittag herabgelockt, so daß sie nun mit zwei Begleiterinnen im Sonnenlicht, das von Norden in den Rittersaal fiel, beim Sticken und Lesen saß.

Meraudes jüngstes, noch im Säuglingsalter befindliches Kindlein, ihre Tochter Eirian, schlummerte friedlich an der Mutter Seite in einem Korb. Ab und zu sah die Edle Janniver nach dem Kindchen; unter den prachtvollen Locken ihres Haupthaars hatte sie ein ernstes Antlitz mit traurigen Augen. Kelson und seine Kriegsleute hatten im vergangenen Sommer zu spät eingegriffen, hatten sie nicht mehr vor der Schändung und Entehrung durch mearische Aufständische bewahren können; ihr Vater und geradeso ihr Anverlobter hatten sie verstoßen, und der einzige ihr verbliebene Zufluchtsort war seither der gwyneddische Königshof. Und das zweite junge Weib ...

Kelson schöpfte gründlich Atem und verdeutlichte sich abermals, daß dieses andere Weib ihm so wenig bestimmt war wie Janniver. Nur siebzehn Lenze alt, war Rothana Nur Hallaj auf eine dunkle, ostländische Weise schön, welche Kelsons Knie erweichte, wann immer er für einen längeren Augenblick an sie zu denken wagte. Sie war zudem von makelloser Abstammung, nämlich eine Adelstochter aus Forcinn und dank Verschwägerung eine Anverwandte Herzogin Richendas; gleichzeitig jedoch war sie *Schwester* Rothana, eine Novizin des Ordens der Heiligen Brigid, wenngleich sie noch nicht die endgültigen Ordensgelübde geleistet hatte.

Außerdem war sie eine Deryni, vielleicht so begabt, sicherlich aber so eigenwillig wie Morgans Gattin Richenda, obzwar unter Umständen vorerst weniger umfangreich in den Deryni-Künsten unterwiesen und geübt; auf jeden Fall jedoch verzweifachte ihr Derynitum ihre Anziehungskraft auf den Deryni-König, der mittlerweile seit über einem Jahr als aus einer Ehe, welche nie vollzogen worden war, verbliebener Wittib lebte, den die Anverwandten und auch die Königlichen Ratgeber immer nachdrücklicher zu überreden trachteten, er solle sich eine neue Braut küren.

Wenigstens *diese* Unausweichlichkeit bis auf weiteres

aufzuschieben war Kelson gelungen, indem er hohe Achtung vor seiner gemeuchelten ersten Braut vorschob. Aber zu beteuern, er gräme sich noch um seine verlorene Sidana, hinterließ nunmehr, derweil Mond um Mond verstrich, stets weniger Eindruck. Unverändert trug er den Ring, der für sie gedacht gewesen war – einen schmalen Goldreif, welcher auf einer Erhebung einen gwyneddischen Löwen mit Augen aus Rubinen zeigte –, jedoch statt zu überzeugen, vermittelte dies Verhalten eher Gewohnheitsmäßigkeit, denn seit Sidanas Tod war unterdessen über ein Jahr verstrichen. Nach der Heimkehr vom Feldzug des letztjährigen Sommers hatte er auch keine schwarze Trauerkleidung mehr angelegt, mit Ausnahme des Jahrestages ihres Todes im Januar.

Auf eben jenem Feldzug war er Rothana begegnet, während er das Grenzland Mearas nach dem aufständischen älteren Bruder seiner toten Braut durchforschte. Das erste Mal hatte er sie in den entweihten Trümmern der Abtei erblickt, wie sie die tränenüberströmte Janniver zu trösten versuchte, die hellblaue Tracht besudelt von Ruß, das blauschwarze Haar zu einem Zopf gebunden, so dick wie eines Mannes Handgelenk. Obschon die Missetäter Rothana selbst unangetastet gelassen hatten – wenigstens in leiblicher Beziehung –, waren doch Entsetzen und Demütigung jener aus ihrer Umgebung, die unter Tätlichkeiten hatten leiden müssen, von den Deryni-Sinnen Rothanas gleichsam verstärkt wahrgenommen worden und hatten bei ihr einen unüberwindbaren derynischen Zorn hinterlassen.

Kelson aber hatte jeder Gedanke an Rothanas Seelenlast ferngelegen, er verfolgte einzig und allein das Interesse, in Erfahrung zu bringen, wer für diese schmähliche Übeltat die Verantwortung trug. Am Abend desselben Tages, nachdem er die Schildwachen aufgestellt und sich zurück in das Kirchlein der Abtei begeben hatte, in welcher die überlebenden Nonnen einen Krankensaal eingerichtet hatten, um Verwundete zu pflegen, war es sein Vorsatz gewesen, mittels seiner besonderen Geistesgaben in Jannivers Erinnerung an den Überfall Einblick zu nehmen, um womöglich zu ersehen, um wen es sich bei ihrem Schänder gehandelt hatte. Rothana jedoch hatte seine Absicht als zu große Zumutung für die bereits aufs herbste in Mitleidenschaft gezogene Fürstentochter bewertet und Kelson die Durchführung verwehrt; allerdings hatte sie sich gleichzeitig dazu bereiterklärt, selber in Jannivers Gedächtnis Einsicht zu tun und ihrerseits Kelson mitzuteilen, was er zu erfahren begehrte.

Doch als sie dann so verfuhr, hatte sie Kelson auch Eindrücke der Schändung aus *Jannivers* Sicht übermittelt, mitsamt aller Schmerzen, der Erniedrigung und Not. Das war *nichts* Schönes gewesen. Kelson selbst war – aus einer Vielfalt von lästigen, indes für seine Begriffe sinnvollen und stichhaltigen Gründen – noch eine männliche Jungfer, und seit jenem Abend hatte er sich gelegentlich gefragt, ob das aufwühlende seelische Erlebnis des Nachvollzugs von Jannivers Prüfung ihn womöglich im Handeln lähmen möchte, sobald es einmal daran ging, seine Einführung ins Geschlechtsleben zu bewerkstelligen. Man hatte ihn daran zu glauben gelehrt, Notzüchtigung und fleischliche Liebe seien so verschieden wie Nacht und Tag, aber solange er in dieser Hinsicht nicht aus eigener Erfahrung Gewißheit besaß, blickte er jenem künftigen Ereignis weniger mit Vorfreude und Zuversicht, sondern mehr mit von seiner Vorstellungskraft heraufbeschworener Beunruhigung entgegen.

Daß es Rothana gewesen war, die diese Besorgnis ausgelöst hatte, machte Kelson um so achtsamer, was sie anbetraf, zumal es ihre Schattengestalt und ihr dunkles Antlitz waren, welche ihm bisweilen – ganz unberufen – in den stets häufigeren Lustträumen erschienen, die ihn, wie bei einem fast achtzehn Jahre alten Jüngling nicht verwunderlich, des Nachts heimsuchten. Er sah im Traum auch andere Angesichter, gewiß; aber keines davon gehörte einem Weibe, das wirklich lebte und atmete.

Dieser Umstand verstärkte seine Sorge um so mehr, denn Rothana war ja *wahrhaftig* ein Weib, das in der wirklichen Welt lebte und atmete, nur hatte sie sich Gott geweiht. Ihrem Gelöbnis zum Trotz hatte zwischen ihnen nicht allein jene Übermittelung von Jannivers grausigem Erleben stattgefunden, sondern zudem von in nachgerade erschreckendem Maße zutiefst persönlichen, sehr starken Gefühlen, während sie ihrer beider kurze geistige Einigkeit aufrechterhielten. Beide hatten sie das Vorkommnis den ganzen Winter hindurch geleugnet, aber mit lediglich mittelmäßigem Erfolg; nichtsdestoweniger blieben sie dazu außerstande, die ganz erhebliche Anziehung, welche sie aufeinander ausübten, einzugestehen oder sich auch bloß damit abzufinden.

»Ich wünsche Euch einen recht schönen Nachmittag, Sire«, begrüßte Meraude den König, indem sie und die zwei Jungfern sich erhoben, als sich Kelson und seine beiden Getreuen näherten, und vor dem Herrscher Gwynedds pflichtgemäß den Hofknicks vollführten; Rothana allerdings beließ ihren Blick sittsam auf die Schriftrolle gerichtet, welche sie zuvor gelesen hatte, so wie es sich für eine Novizin in Gegenwart dreier der Mannhaftigkeit nicht mehr allzu ferner Jünglinge geziemte. Janniver erkeckte sich und warf ihnen einen Blick zu, errötete jedoch sofort in der liebreizendsten Art und Weise, wich in höchster Verlegenheit zurück, als Jatham ein wenig näher an seines Gebieters Seite rückte – und sich damit auch ihr nahte –, und versuchte, allerdings erfolglos, sich ein Lächeln zu verkneifen.

»Ei, Tante Meraude, was für eine angenehme Überraschung«, sprach Kelson, dem die wechselseitige Bezauberung zwischen seinem Knappen, der in Bälde zum Ritter geschlagen werden sollte, und der Fürstentochter plötzlich auffiel, und er bemühte sich – trotz der Pein hinter seinen Augen – um höfisch-höfliches Auftreten. »Ich bitte Euch, meine Damen, bleibt sitzen. Wie ich sehe, hat des Frühlings Sonnenschein die Blumen hervorgeholt.« An dem unverhohlen wohlgefälligen Blick, mit welchem er die Damen betrachtete, ließ sich feststellen, daß er *nicht* etwa von jenen Blumen redete, die ein Stück weiter im Schloßgarten erblühten. »Fürwahr, hier sehe ich eine wunderbare Rhenndaller Rose«, fügte er hinzu, indem er sich schwungvoll vor Meraude verbeugte, »und da eine Marien-Glockenblume zu Ehren der Heiligen Jungfrau.« Angebracht gemessen, voller Achtung, verneigte er sich vor Rothanas hellblauer Tracht. »Und hier, Euer Edeln, schaut mein Auge gewißlich, sollte ich nicht alles, was ich in der Pflanzenkunde erlernte, vergessen haben, eine goldgelbe Narzisse. Hast du jemals wunderschönere Blumen gesehen, Dhugal? Oder du, Jatham?«

Als Janniver, indem sie erneut heftig errötete, das Haupt neigte und in ihrem Nähkörbchen nach einem Hank Garn zu klauben begann, kniete Jatham nieder, um ein Knäuel, das ihr aus dem Schoß gefallen war, geschwind aufzuheben.

»Nie und nimmer, Sire«, raunte er. »Das ist der lieblichste Strauß, welchen ich je erblickt habe.«

»Fürwahr, Ihr Herren, Ihr werdet uns noch mit derlei Schmeicheleien die Sinne verwirren«, schalt Meraude, konnte jedoch das Vergnügen in ihren Augen nicht verbergen. »Aber in Wahrheit ist's noch viel zu früh für die meisten Arten von Blümlein.«

»Nicht zu früh hingegen«, sprach Rothana und hob kühn den Blick in Kelsons Antlitz, »um Seine Majestät bezüglich des für morgen in der Basilika anzubringenden Grünschmucks zu befragen. Darf ich einen Augenblick allein mit Euch beraten, Sire?« Sie streifte, als sie an ihm vorüberstrebte, um ihn zur Seite zu führen, Kelsons Ärmel. »Ich bitte Euch, kommt mit mir, lenkt Eurer Augenmerk zum nächsten Fenster hinaus, in den Garten, auf daß ich Euch zu zeigen vermag, was sich eignen könnte. Um diese Jahreszeit sind dem Möglichen gewisse Schranken gesetzt, doch möchten einige Gewächse sehr wohl taugen. Es wäre ja wahrlich ungebührlich, müßten Jungmänner die Nachtwache vor ihrem Ritterschlag vor einem ungeschmückten Altar zubringen.« Sie hatte mit leiser Stimme gesprochen, so daß ausschließlich Kelson und die unmittelbare Umgebung ihre Worte hörten; dennoch hegte der König die Überzeugung, sobald sie sich zusammen in die benachbarte Fensternische zurückzogen, daß sich inzwischen sämtliche Augenpaare im Saal ihm und Rothana zugekehrt hatten und nun ihr gemeinsames Betreten der Nische aufs interessierteste beobachteten. Auch waren sie vor neugierigen Blicken aus dem Garten ungeschützt. »Kommt und gebt vor, Ihr schautet in den Garten, Gebieter«, sprach Rothana flüsternd, legte einen Finger an die Verglasung, betrachtete den König lediglich aus den Augenwinkeln. »Ich muß eine Frage an Euch richten, welche ich in Gegenwart der anderen hohen Damen und Herren nicht äußern kann ... Doch dieweil Euch das Haupt noch von der Erprobung des *Merascha* martert, wäre ich sehr wohl damit einverstanden, die Fragestellung auf einen späteren Zeitpunkt zu verschieben.«

Bestürzt schluckte Kelson und rückte ihr ein wenig näher, achtete dabei jedoch sorgsam darauf, sie nicht zu berühren, tat so, als lausche er Darlegungen über Blumen und dergleichen, derweil Rothana allem Anschein nach gänzlich andere Dinge zu besprechen beabsichtigte. »Hat Euch Tante Meraude eingeweiht«, fragte er, »oder sind die Nachwirkungen des Versuchs offenkundig?«

»Oh, sowohl als auch, Gebieter. Ich müßte stumpfen

Sinnes sein, sollten mir solcherlei Folgeerscheinungen bei jemandem Eurer Art entgehen.«

»*So* ist's also.« Kelson schöpfte tief Atem, um die erwähnten Folgen wie auch die Wirkung, welche *Rothana* auf ihn hatte, in der Gewalt zu behalten.

»Falls Ihr Euch zu unwohl fühlt, Majestät, kann die Unterredung *selbstverständlich* warten«, versicherte Rothana ruhig. »Jede Absicht, Euer Unbehagen zu verschlimmern, läge mir fern.«

»Wenn Ihr eine Vorstellung davon habt, was ich am gestrigen Abend dulden mußte, dann wißt Ihr auch, welche Härte es für mich bedeutet, am heutigen Tag nur auf den Beinen zu bleiben ... Aber nein, ein Aufschub ist nicht vonnöten.« Noch einmal holte er tief Luft. »Welche Frage wünscht Ihr an mich heranzutragen?«

»Wie's Euch beliebt, Herr. Die Frage betrifft Euren Knappen. Was vermögt Ihr mir über ihn kundzutun?«

»Über Jatham?« Sogleich ersah Kelson, daß Rothana in Jannivers Namen sprach, denn ihm war deutlich aufgefallen, wie Jathams Erscheinen auf die connaitische Fürstentochter gewirkt hatte; dennoch schnürte ihm eine Anwandlung des Erschreckens die Kehle ein, dieweil er im ersten Augenblick gewähnt hatte, Rothana erkundige sich aufgrund eigener Neigungen nach Jatham. Etwas von dieser Befürchtung mußte durch seine in der Festigkeit noch ein wenig unzulänglichen Geistesschilde nach außen gedrungen sein, denn plötzlich blinzelte Rothana, mußte anscheinend ein Lächeln der Gequältheit unterdrücken; doch sie verhehlte zum größeren Teil, was sie verspürte und empfand, indem sie sich bewußt wieder dem Garten zuwandte.

»Nein, schaut nicht in seine Richtung, Majestät. Wir stehen hier, um den Garten in Augenschein zu nehmen. Und sprecht leise, ich flehe Euch an. Ihr habt ja gesehen, wie er und Janniver einander anblickten. Ich kann Euch aus genauer Kenntnis mitteilen, daß sie von ihm aufs außergewöhnlichste eingenommen ist ... und es will den Anschein haben, als fühle auch er sich durchaus von ihr angezogen, wiewohl ich vermute, er erachtet sich als von zu niedrigem Stand, um seinen Gefühlen nachgeben zu dürfen. Darf ich fragen, welcher Abstammung er ist?« Diese Frage verdroß Kelson, vielleicht weil er bereits zu oft gehört hatte, wie man sie über mögliche königliche Bräute stellte. »Oh, laßt's gut sein, Majestät, er kann niemals niedriger Herkunft sein, sonst wäre er nicht Königlicher Knappe geworden«, sprach Rothana gedämpft; ihre leise Stimme zeugte von Ungeduld. »Deshalb muß er vornehmer, mag sein, gar hoher Abkunft sein ... und vom Dienstag an wird er Ritter sein, und man wird ihn mit *Herr* anreden müssen, nicht wahr? Und allem zufolge, was mir an die Ohren gekommen ist, hat er sich den Ritterschlag vollauf verdient.«

Kelson schnaubte. »Wenn Ihr davon vernommen habt, edle Dame, vermag ich nicht zu begreifen, wozu Ihr noch *meines* Ratschlags bedürft.«

»Ach, pfui, das ist allein Geschwätz, wie's bei Hofe umläuft, Sire. Ich hatte mich der Hoffnung hingegeben, Ihr könntet mir mehr über den *Mann* Jatham erzählen. Ich sähe diese liebliche Edeldame gern aufs wohlste in einem ehrenvollen Ehebund aufgehoben ...« Mit einem Mal spiegelte sich in Rothanas Miene Sorge. »Oder zählt Jatham zu jenen Männern, welche sich nicht dazu herablassen, einer befleckten Maid die Ehe anzutragen?«

»Befleckt?« Es gelang Kelson nicht, aus seinem Ton eine gewisse Entrüstung fernzuhalten. »Ist das nicht ein etwas harter Ausdruck, bedenkt man zudem, edle Dame, daß sie Eure Freundin ist?«

Rothana lenkte ihren Blick wieder hinaus in den Schloßgarten, ihre dunklen Augen schauten gleichsam verschleiert drein. »Ich bitte Euch, Majestät, beachtet doch, daß nahebei fremde Ohren weilen. Die Welt und das Leben sind bisweilen hart. Und die harte Wahrheit lautet nun einmal, daß die Mehrzahl der Männer jungfräuliche Bräute bevorzugt. König und Prinzen insbesondere beharren drauf.«

»*Ich* tät's nicht.«

»Nicht?« wiederholte Rothana. »So wolltet *Ihr* sie wohl fürwahr ehelichen, Gebieter? Daran glaube ich nicht. Und selbst wenn's Euer Begehr wär, würden's Eure Ratgeber doch nicht gestatten. Und im übrigen, wärt Ihr wahrlich dazu imstande, sie mit ins heilige Hochzeitsbett zu nehmen, indes Ihr Euch dessen bewußt seid, daß Ithel von Meara mit ihr sein Vergnügen ...«

»Vergnügen?« Mit knapper Not besann sich Kelson darauf, daß es leise zu reden galt, und zu verhindern, daß er laut zu schelten anhob. »Edle Dame, *jene* Schandtat hatte herzlich wenig mit ›Vergnügen‹ zu schaffen, und zwar für *beide* ... wie Euch selbst bekannt sein müßte!«

Als sie das vernahm, wich Rothana unwillkürlich um einen Schritt zurück, dieweil Kelson sie mit allem Nachdruck an die tiefreichende Zweisamkeit jener Augenblicke gemahnt hatte, in denen sie – in den Trümmern der Abtei Sankt Brigid – dem König Jannivers Erinnerung an ihre Schändung aufnötigte – und damit auch an das, was sich darüber hinaus zwischen ihnen begeben hatte.

»Verzeiht mir, Sire, ich hätte Euch so etwas nie und nimmer zumuten dürfen«, flüsterte Rothana. »Bisweilen bin ich bei weitem zu eigenwillig für eine Nonne. Ich habe mich einer ganz und gar unverantwortlichen Anmaßung schuldig gemacht.«

Indem er vernehmlich ausatmete, brachte Kelson ein knappes, bedächtiges Nicken zustande. »Jawohl, so war's in der Tat«, bekräftigte er, fühlte sich durch Rothanas Zugeständnis nun zumindest ein wenig versöhnt. »Doch wahrscheinlich war's gleichzeitig eine sehr wertvolle Lehre für einen König. Und Ihr habt recht, ich nähme Janniver nicht zur Gattin ... jedoch keineswegs wegen der Ereignisse in der Abtei Sankt Brigid. Laßt mich sagen, daß ich noch immer zu hoffen wage, bei der Erwählung meiner nächsten Braut möchte Liebe den Ausschlag geben.«

»Auch ich hoffe, daß es so kommen wird, Gebieter«, antwortete Rothana im Flüsterton.

»Glaubt mir, daß ich's erst recht hoffe. Dennoch mißbillige ich's, daß Ihr in solcher Art und Weise von Janniver Rede führt. Die Ärmste hat's nicht ersehnt, geschändet zu werden, wiewohl man's anhand der Zuschriften, welche ich im Verlauf der vergangenen sechs Monde von ihrem Vater sowie ihrem einstigen Bräutigam erhalten habe, glattweg vermeinen könnte.« Er stieß einen Seufzer aus. »Ich vermute, sie sind zwei Edle jenes Schlags, dessen Ihr vorhin Erwähnung tatet.«

»In dieser Hinsicht muß ich Euch leider zustimmen, Sire«, gab Rothana in sachlichem Ton zur Antwort. »Doch darf man unterstellen, daß Euer Knappe Jatham kein solcher Edelknappe, kein derartiger Mann ist?«

»Das dürft Ihr getrost.«

»Seid Ihr also des Glaubens, er würde sie zur Gemahlin nehmen?«

Kelson entrang sich ein verzerrtes Lächeln. »Mich dünkt, er wollt's, würde ihm eine kleinere Ermutigung zuteil.«

»Ermutigung von *königlicher* Seite, Sire?« fragte Rothana, indem sie Kelson verstohlen musterte.

»Potz Wetter, ich kann ihm nicht *befehlen*, jemanden zu lieben.«

»O nein, von Befehlen ist durchaus keine Rede, Sire. Es dürfte nicht einmal erforderlich sein, daß Ihr, wie's jemand Eures Blutes ja vermöchte, geringfügig nachhelft.« Rothana blickte erneut hinaus in den im Laufe des Gesprächs fast vergessenen Schloßgarten. »Nun, so ist denn dies geklärt«, ergänzte sie verhalten ihre Worte.

»Es genügt, so Ihr zusagt, daß Ihr ihn nach Kräften ermutigen wollt ... Dann können wir uns der öden Aufgabe widmen, das Grünzeug auszusuchen.«

»Öde Aufgabe ... Grünzeug ...?«

»Ei, das ist doch der Zweck, zu welchselbigen Erledigung wir hier stehen und in den Garten blicken, oder nicht?«

»Ach wahrlich, *Schwester* Rothana, Ihr habt Euren *Spaß* an diesem Treiben, wie?« entfuhr es Kelson; einen Augenblick lang war er dermaßen entgeistert, daß er nicht einmal noch seiner eigenen romantischen Neigung gedachte. »Kann's denn sein, daß unsere kleine Nonne fürwahr eine Kupplerin geheißen werden muß?« Sofort bereute er es, diese Äußerung sich entschlüpfen gelassen zu haben, dieweil sie beinahe zuviel über seine geheimen Wünsche verriet. Schrecken packte ihn, als er bemerkte, wie er errötete, doch zum Glück hielt Rothana den Blick in den Garten gerichtet, und sie tat ganz so, als hätte sie seine Bemerkung gar nicht gehört.

»Nun wohl«, sprach sie kaum vernehmlich, sobald Kelson die Fassung wiedererlangt hatte. »Wir haben das Grünzeug ausgewählt ... und sollten uns nun wieder zu den anderen gesellen. Ja, ich glaube, für den im Winter anberaumten Ritterschlag eines Königs und seiner Getreuen ist Efeu am günstigsten ...«

»Kelson, solltest du dich nicht in aller Abgeschiedenheit auf die vorgesehene Einsetzung in den Ritterstand vorbereiten?« fragte eine unterkühlte Frauenstimme, ertönte unerwartet im selben Augenblick, da sich der König und Rothana zum Gehen wandten, dicht hinter ihnen. »Und was Euch anbelangt, Schwester, so vermag ich nicht zu wähnen, daß Eure Mutter Äbtissin eine Unterhaltung mit einem jungen Edlen unter vier Augen billigte.« Die Sprecherin war Jehana, Kelsons Mutter; woher sie so urplötzlich aufgekreuzt war, davon hatte Kelson nicht die geringste Ahnung, denn im Rittersaal hatte sie sich, als er denselben betrat, nicht aufgehalten. Er wünschte, sie wäre auch jetzt nicht da, denn ihm war keineswegs danach zumute – er hatte schlichtweg dazu nicht die Kräfte –, sich nun auch noch mit ihr auseinanderzusetzen, erst recht nicht nach dem just mit Rothana geführten Gespräch. Jehana war im Frühling des Vorjahrs an den Königshof zurückgekehrt und hatte ohne Umschweife ihre Absicht erklärt, bei der Erkürung der nächsten Braut Kelsons ein Wörtchen mitzureden. Sie hegte allmählich die Überzeugung, die rechte Gattin könne Kelson dazu bewegen, dem Gebrauch seiner besonderen Geistesgaben abzuschwören, so wie sie selbst es weitgehend bei seinem Vater erreicht hatte, um den Makel seines Deryni-Blutes zu mindern. Mit sich hatte sie ihren Kaplan sowie eine Nonne namens Cäcilia gebracht, und sie trug fortgesetzt die schneeweiße Tracht einer Novizin des Klosters Sankt Giles, doch es war ihr bis heute nicht gelungen, sich mit der Tatsache ihres eigenen Deryni-Blutes zu versöhnen und trotz dessen Vorhandenseins ihren Seelenfrieden zu finden. Ebenso war es, den ihr im Keim zugeeigneten Deryni-Kräften abzuschwören, durchaus nicht so erfolgreich gewesen, wie sie es erhofft gehabt hatte. Seit ihrer Rückkehr an den Königshof war sie mehr als einmal dazu gezwungen gewesen, selbige Fähigkeiten anzuwenden, und aufgrund ihrer inneren Einstellung zu derlei Betätigungen war jedesmal ihr Gewissen aufs schwerste belastet worden. Nach wie vor blieb sie dennoch bei einem Lippenbekenntnis zu ihrem Vorsatz, ihre Begabung nie wieder zu nutzen, und aus ganzem Herzen verabscheute sie jeglichen Deryni, welcher sich der Magie-Macht bediente, die nach ihrer Ansicht geradewegs ein Geschenk des Satans war. Rothanas Äbtissin sowie die übrigen Nonnen ihres Ordens wohnten gleichfalls noch in der Rhemuther Feste, harrten der milderen Tage des Sommers, bevor sie sich auf den Rückweg zur bis dahin menschenleeren Abtei St. Brigid zu begeben beabsichtigten; Jehana hatte an ihren Gottesdiensten und sonstigen Riten teilgenommen, aber ihrer Haltung wegen Rothana gemieden. Sie erachtete es als ein Greuel, daß eine Deryni-Jungfer sich vermessen sollte, ein Ordensgelübde abzulegen – etwas also, wonach es sie, Jehana, stark verlangte, das zu tun sie jedoch nicht wagte. »*Schwester*, ich rede zu Euch«, sprach Jehana mit merklichem Nachdruck weiter, als Kelson und Rothana, sobald sie sich umgewandt hatten, sie nur verdutzt anblickten. »Müßtet Ihr nicht der Andacht pflegen? Ich wünschte mit meinem Herrn Sohn zu sprechen. Bitte laßt uns allein.«

Rothana senkte den Blick und vollführte pflichtgemäß einen Knicks vor der Königin, machte Anstalten, ihr zu gehorchen; aber Kelson versperrte ihr mit ausgestrecktem Arm den Weg und verwehrte es ihr auf diese Weise. »Schwester Rothana und ich haben unser Gespräch noch nicht beendet, Mutter«, erklärte er in strengem Ton. »Und da du offenbar daran Interesse hegst, ich *bin* dabei, mich auf den bevorstehenden Ritterschlag vorzubereiten. Wir haben uns über den Altarschmuck für die vorgeschriebene Nachtwache verständigt. So wird's denn Efeu sein, Schwester?«

Er erahnte das Lächeln, das Rothana nur inwendig zuließ, nicht jedoch in ihrer Miene zu zeigen sich traute, als sie sich, die Hände demütig in ihrer Tracht Ärmel geschoben, den Blick unverändert gesenkt, andeutungsweise vor ihm verneigte. »Ich glaube ja, Eure Majestät. Und Stechpalme, falls sich um diese Jahreszeit noch welche ausfindig machen läßt. Sie könnte dem Altarschmuck ein wenig Farbe verleihen. Ich schlüge des weiteren Misteln vor – sie wären das rechte für angehende Ritter –, doch möchte wohl der Erzbischof ihre Verwendung als heidnisches Tun betrachten und verbieten. Wenn Ihr mich nunmehr entschuldigt, Sire, werde ich mich um die Erledigung der Sache bekümmern.« Rothana machte erneut einen Hofknicks, welcher gleichzeitig Jehana galt, obschon mit einer Andeutung von Trotz. »Einen gar vortrefflichen Tag wünsche ich noch, Majestät.«

Jehana brachte kein Wort hervor, bis Rothana den Rittersaal verlassen hatte. »Welche Dreistigkeit!« knirschte Jehana dann erst mit mühsam gemäßigter Lautstärke. »Was für eine *Frechheit!* Ich werde mich an ihre Oberin wenden.«

»Du wirst nichts Derartiges tun«, widersprach Kelson ihr, nahm sie mit festem Griff beim Arm und geleitete sie in die Fensternische. »Du warst überaus schroff zu ihr. Das ist würdelos für eine jede Dame und unentschuldbar bei einer Königin.«

»Wie kannst du's wagen, so mit mir zu reden?«

»Solltet Ihr darauf Wert legen, auch fernerhin an diesem Hofe willkommen zu sein, werdet Ihr Eure Zunge zügeln, edle Dame!« Obwohl Kelson nicht lauter denn zuvor sprach, war sein Ärger unübersehbar. »Ihr seid grob zu ihr gewesen, dieweil sie eine Deryni ist. Derlei Betragen werde ich nicht dulden.«

»Aber sie ist eine *Nonne,* Kelson. Schon dieweil sie zu den Deryni zählt, ist ihrer Seele Heil aufs ärgste gefährdet, die Absicht jedoch, ein Ordensgelöbnis zu leisten ...«

»Ich vertrete die Auffassung, daß dieser Dame Seele allein ihre sowie ihres Beichtvaters Angelegenheit ist, Frau Mutter.«

»Welcher selbst ein Deryni ist und zudem Bischof!« empörte sich Jehana. »Oder sollt's Euch entgangen sein, Majestät, daß sie neuerdings bei Eurem hochgeschätzten Bischof Duncan beichtet?«

»Nehmt Euch in acht, Frau Mutter. Er ist auch mein Beichtvater.«

»Und der Hölle verfallen, denn indem er sich zum Priester weihen ließ, trotzte er, da er wußte, was er ist, dem Willen der Kirche!«

Kelson drehte das Haupt und schaute in den Saal, bemerkte mehrere Leute, die herüberstarrten, obzwar sie sofort Gleichgültigkeit vortäuschten. »Es hat keinen Zweck, diesen Wortwechsel fortzusetzen«, sprach Kelson leise. »Du würdest nur einen Auftritt vor aller Augen herbeiführen. Du hast vollauf recht mit deinem Hinweis, ich sollte mich zurückziehen und mich innerlich auf meinen Ritterschlag vorbereiten. So du keine Einwände hast, Mutter, werde ich genau das nunmehr tun. Dhugal, Jatham, ich bitte Euch, gesellt Euch her.« Zum Schluß hatte Kelson die Lautstärke seiner Stimme erhoben, um die beiden Jünglinge aus der benachbarten Fensternische zu rufen, und sie fanden sich fast augenblicklich ein, beide reichlich verlegen, denn notgedrungen hatten sie einen Großteil des Streitgesprächs mitanhören müssen. »Ihr Herren, meine hochedle Frau Mutter hat mir just in Erinnerung gerufen, daß wir uns alle an die Vorbereitungen für den morgigen Tag begeben sollten«, sprach Kelson, trat an Jehana vorüber zu den zwei Jünglingen. »Wir werden am morgigen Tage eine ganze Nacht hindurch Wache halten, darum ist's ratsam, daß wir uns heute frühzeitig zu Bette legen. Jatham, das gilt auch für dich. Hiermit bist du aller Knappenpflichten entbunden. Dolfin wird heute abend statt deiner den Dienst versehen, und du wirst mit Dhugal und mir in meinen Gemächern speisen. Es gibt etwas, das ich mit dir zu besprechen wünsche.« Er warf einen bedeutungsschwangeren Blick hinüber zu jener Tür, durch welche sich Rothana entfernt hatte. »Mutter, meine Begleiter und ich entbieten dir unsere Hochachtung und wünschen dir noch einen angenehmen Abend.«

Er verbeugte sich schroff, ehe er auf dem Absatz kehrtmachte, und seine beiden Gefährten ahmten, jedoch mit merklich mehr Achtung, sein Vorbild nach, bevor sie ihm mit erstaunten Augen aus dem Rittersaal folgten. Glücklicherweise widerfuhr ihnen auf dem Weg zu den Königsgemächern keine nochmalige Behelligung. Kelson und Dhugal fanden sogar noch die Zeit für ein kurzes Nickerchen, ehe Dolfin ein herzhaftes Mahl brachte, und die Mahlzeit nahm im Handumdrehen, als Kelson mit Jatham über die Edle Janniver zu reden begann, einen freudig-festlichen Verlauf. Nach dem Essen kam für eine kurze Weile Duncan zu dem Dreigespann, um sicherzustellen, daß es sich zwecks Einstimmung auf die Feierlichkeiten der zwei folgenden Tage hinlänglichen, gesunden Schlaf gönnte. Die drei Jünglinge erhoben sich am nächsten Tag um die Mittagsstunde mit ernstem Mut, aber erquickt und gestärkt, und die restlichen Stunden bis zum Sonnenuntergang verbrachten sie in stillem Nachdenken, wie es sich für junge Krieger geziemte, welche am nächsten Tag zum Ritter geschlagen werden sollten.

Die förmlichen Feiern begannen am Monat zur Stunde des Abendgebets; alle Anwärter auf die Ritterschaft sowie ihre bereits im Ritterstande befindlichen Schirmherrn hatten sich in der Basilika Sankt Hilary versammelt. Prinz Nigel gab den ritterlichen Paten für Kelson und Conall ab, Morgan für Dhugal; mehr als zwanzig Anwärter fanden sich ein, und an eines jeden Seite stand in voller Rüstung, in Wehr und Waffen, in feierlicher Haltung, sein Bürge. Vom Domkapitel des dem Heiligen Georg geweihten Doms hielten Mönche in die Basilika Einzug, um die Liturgie zu singen, und ihre Stimmen erschollen rein wie Klänge aus himmlischen Gefilden empor ans Dachgebälk der ehrwürdigen alten Kirche.

An diesem Abend trug Erzbischof Cardiel in Person die Predigt vor, erläuterte allen Versammelten die Pflichten und Verpflichtungen, welche sie übernahmen, sobald man sie in den Rang eines Ritters erhob. Während des Gottesdienstes erneuerten sämtliche ritterlichen Paten gemeinsam ihre Gelübde, um ihren Schützlingen um so nachhaltigeren Rückhalt gewähren zu können. Danach überreichte der Erzbischof, unterstützt durch die Bischöfe Arilan und McLain, den Ritterschafts-Anwärtern die aus Überlieferung dem Ritterstand eigene Tracht: das lange, weite Gewand in Weiß, welches als Wahrzeichen der Unbescholtenheit diente, das kürzere Übergewand in Schwarz sowie Beinkleider und Stiefel in eben dieser Farbe – zum Zeichen des Todes und der Erde, zu welcher alles wieder werden mußte –, dazu den karmesinroten Umhang als Wahrzeichen des Adels, allerdings auch des Blutes, das ein wahrer Ritter zu vergießen bereit zu sein hatte, wollte er seinen Dienst erfüllen und seinem Oberherren dienen.

Diese Tracht taten die Anwärter an, nachdem sie, ein jeder mit der Beihilfe seines Paten, das zeremonielle Bad genommen hatten. Um Mitternacht kehrten sie wieder, zogen in feierlich-ernster Prozession im Schein von Kerzen in die Basilika und legten – dabei waren ihre Paten und die Bischöfe als Zeugen zugegen – vor dem Hochaltar ihre Schwüre ab. Dem schlossen sich besondere Gebete sowie das Spenden besonderen Segens an, und zum Schluß ließ man die Anwärter allein, um sie für den Rest der Nacht über ihren Waffen wachen zu lassen.

Kelson kniete auf der untersten Stufe des Altars, seine Hände ruhten auf den Querstangen des Haldane-Schwerts, bisweilen stützte er die Stirn, wenn er sich ins Beten vertiefte, auf des Schwertes Knauf. Conall kniete ein wenig hinter ihm zu seiner Rechten, Dhugal zu seiner Linken. Erst kurz vor Anbruch der Morgendämmerung, als die Altarkerzen beinahe niedergebrannt waren und Kelsons Aufmerksamkeit immer öfter abschweifte, bemerkte er, daß in das Efeu und die Stechpalme auf dem Altar kleine Stücklein von Mistelzweigen eingeflochten waren.

3

Gar viele buhlen um des Herrschers Gunst ...
SPRÜCHE 29,26

Als blanker Stahl auf seine ungewappnete Schulter fiel, fühlte sich König Kelson von Gwynedd mit einem Mal außerstande zu jeder Regung, ja selbst zu einem Zwinkern. Augen so grau wie seine Augen, scharfe Haldane-Augen, deren Blick durch kaum etwas ins Wanken gebracht werden konnte, hielten ihn in ihrem Bann, indem sich die Klinge unaufhaltsam auf ihn herabsenkte. Kelson hatte den schaurigen Eindruck, daß er diesen Bann nicht einmal, wäre es ums Leben gegangen, zu brechen vermocht hätte; doch Gott sei Dank ging es nicht um sein Leben.

Denn es war sein Onkel Nigel, dessen Faust den Griff des Schwertes hielt, des Zeremonienschwerts, mit dem einst Nigel selbst sowie nachgerade jeder der im Rittersaal der Rhemuther Königsburg versammelten, erprobteren Krieger zum Ritter geschlagen worden war, und zu beiden Seiten Nigels standen als Zeugen feierlich die beiden getreuen Herzöge Alaric Morgan und Ewan MacEwan, bestätigten durch ihre Zeugenschaft die Gültigkeit des Ritterschlags. Die Ursache von Kelsons Gebanntheit war nicht Furcht, sondern Ehrfurcht, dieweil er nun in die Reihen solcher Ritter und Krieger aufsteigen durfte, während die flache Seite der Klinge kurz seine rechte, dann die linke Schulter und zuletzt den Scheitel seines gegenwärtig ungekrönten Hauptes berührte.

»Im Namen des Vaters, des Sohnes und des Heiligen Geistes, seid ein tüchtiger und getreuer Ritter«, sprach Nigel, hob die Klinge und küßte die in den Griff eingefügte, geweihte Reliquie, bevor er das Schwert an Morgan weiterreichte, welcher es mit der ihm eigentümlichen Sparsamkeit der Bewegung zurück in die Scheide schob. »Erhebt Euch, Herr Kelson Cinhil Rhys Anthony Haldane, und empfangt die anderen Wahrzeichen Eures neuen Standes.«

Kelson lächelte, endlich erlöst aus der Reglosigkeit, und gehorchte, ließ sich von Nigel und dem alten Ewan beim Aufstehen behilflich sein. Die goldenen Sporen eines Ritters trug er bereits an den Fersen; Morgan und Ewan hatten sie ihm angelegt, ehe Kelson sich niederkniete, um den Ritterschlag zu erhalten. Die Sporen stammten, so wie das Zeremonienschwert, von seinem Vater.

Auch die beiden übrigen Gegenstände, welche heute an seiner Erscheinung besonders augenfällig waren, hatten einst seinem Vater gehört, doch standen sie nicht mit dem just stattgefundenen Ritterschlag im Zusammenhang, sondern mit seiner Königswürde. Der eine Gegenstand war der große Rubin an seinem rechten Ohrläppchen, den seit der Wiedererringung der Macht durch den ruhmreichen Cinhil Haldane jeder Haldane-Herrscher trug; beim zweiten handelte es sich um die Fibel seines karminroten Königsmantels, eine Spange in Gestalt einer Scheibe, so groß wie eine Faust, der rotes Schmelzglas aufgebrannt worden war und die den goldenen Löwen – *zur Wehr emporgereckt* – des Hauses Haldane zeigte.

Ansonsten jedoch hatte sich der König, was seine übrige Gewandung anbelangte, nicht mit weiteren Zeichen des Königstums, sondern lediglich mit Wahrzeichen seiner adeligen Abkunft ausgestattet. Unter dem karminroten Mantel nämlich war er noch in das am Vorabend vom Erzbischof empfangene, der Überlieferung entsprechende Gewand eines jeden Anwärters auf die Ritterschaft gekleidet. Er spreizte geringfügig die Arme vom Rumpf, als seine Mutter, Königin Jehana, ihm den weißen Schwertgurt eines Ritters um die Hüften gürtete. Ähnlich wie das weiße Gewand bedeutete das Weiß des Schwertgurts Tadellosigkeit, jedoch in bezug auf Zucht, auf Treue zum selbsterwählten Stand, eine geziemliche Tugend für jedweden aufrechten Mann.

Ein gleiches Bekenntnis gelangte in Jehanas mittlerweile zur Gewohnheit gewordenen weißen Kleidung einer Novizin – sie trug diese Tracht mitsamt dem Nonnenschleier – zum Ausdruck, jedoch vertrat Kelson die Ansicht, sie hätte zumindest gerade am heutigen, diesem besonderen Tag eine Gewandung anlegen können, wie sie eher einer Königin anstand. Regelrechte Klosterschwestern, wie die Nonnen der Abtei St. Birgid ja welche waren, mochten daraus auch anläßlich so hochbedeutsamer Veranstaltungen des Hofes mit aller Selbstverständlichkeit ihre Tracht tragen; hingegen empfand Kelson es als peinliche, verdrießliche Angelegenheit, daß seine Mutter, die bislang noch keinerlei klösterliche Gelübde banden, die schmucklose Kleidung als ihre ureigenste Art und Weise, ihren Unwillen über ihres Sohnes Lebensführung zu bekunden, bei der Gelegenheit seines Ritterschlags anbeließ. Am heutigen Morgen umfaßte das einzige Zugeständnis der Königin an ihren Rang einen mit Kreuzen verzierten Stirnreif, der den Schleier an seinem Platz hielt; im Vergleich zu dem Geschmeide, den Edelsteinen sowie zum Karminrot der Haldanes, mit welchen Meraude auftrat – die als einzige andere Dame auf der Estrade saß –, blieb der Stirnreif nachgerade ohne Bedeutung. Sogar die Männer übertrafen die Königin an Prunk: Nigel hatte einen prächtigen Wappenrock an, aufs schönste versehen mit seinem aus Seide und goldener Schnur gearbeiteten Wappen, dazu fiel ihm ein weiter Umhang, gleichfalls im Karminrot des Hauses Haldane und besetzt mit einem schwarzen Kragen aus Fuchspelz, von den Schultern; der alte Ewan trug mit Fell gesäumte Gewänder aus feiner Wolle und seinen Hochland-Tartan, und Morgan …

Hätte Morgan darauf Wert gelegt, es wäre ihm möglich gewesen, dank seiner bloßen Gegenwart jeden anderen im Saal Anwesenden an Glanz zu überbieten. Hätte er denn auch Sack und Asche am Leibe gehabt, wäre er nichtsdestoweniger deutlicher einem Fürsten gleich gewesen als die Mehrzahl jener Männer, welche schon im Purpur das Licht der Welt erblickten und von Stund an mit den prachtvollsten Gewandungen und kostbarsten Juwelen ausgestattet wurden. In dunkelgrünen Samt gekleidet, wie er heute an der Festlichkeit teilnahm, die Adelskrone aus Gold auf dem Haupt und Kelsons Zeremonienschwert in den Händen, wirkte er wie ein Halbgott des Waldes, gemahnte sein Anblick an Sonnenschein auf Laub und Tannenzapfen, an Lebenskraft und Stärke, und doch hatte sein Äußeres ausschließlich die Verherrlichung seines Königs und Lehnsherrn zum Zweck.

Morgan war es, der sich nun Kelson nahte, das goldblonde Haupt neigte und das in die Scheide zurückgeschobene Zeremonienschwert in seines Königs ausgestreckte Hände legte, das Königliche Schwert, Brions Schwert, ein Wahrzeichen der Macht, welches von Geschlecht zu Geschlecht unter den Haldanes vererbt, weitergereicht ward, und zuweilen – in den ordnungsgemäß geweihten Händen eines gesalbten Haldane-Königs – auch ein Werkzeug der Magie. König Brion war inzwischen seit über vier Jahren tot, aber es hatte den Anschein, daß sein Vermächtnis, sowohl die Krone als auch die Magie, sich bei diesem schlankwüchsigen, achtzehn Lenze alten Jüngling, den man soeben zum Ritter geschlagen hatte, in vorzüglicher Obhut befand. Kelson stellte sich die Frage, als er das Schwert, um ihm die Ehre zu erweisen, an seine Lippen hob, ob Brion gutgeheißen hätte, wie sein Sohn in der Beherrschung und Verwaltung des Königreichs verfuhr, welches ihm so früh zugefallen war; er wünschte sich, sein Vater hätte diesen Tag noch erleben können.

Wenigstens erlebte Morgan ihn, Alaric Morgan, der derynische Herzog von Corwyn, der Brion Haldane wahrscheinlich näher denn jeder andere Mann gestanden hatte. Es war Morgan, welchem Kelson vieles von allem verdankte, was er in den vier Jahren seiner Königswürde errungen und erreicht hatte, ja er mußte ihm sogar das bloße Überleben danken; denn Morgan zählte – so wie eine Handvoll anderer Getreuer unter den vielen Anwesenden im Saal – zu jener anscheinend kleinen Minderheit des Deryni-Geschlechts, welche ihre eindrucksvollen Kräfte stets dem Dienst am Lichte verschrieben hatte, wiewohl die Kirche derlei Kräften lange Zeit hindurch das ärgste Mißtrauen entgegenbrachte.

Solchen dergestalt beschaffenen Dienst übte Morgan auch am heutigen Tag aus, wiewohl es in diesem Fall dazu keiner Magie bedurfte; was er hergab, war sein Vorbild als Ritter, in welcher Eigenschaft er seines Königs Ritterschlag beiwohnte und unterstützte. Ein flüchtiger, auf kühne Weise zur Bewährung herausfordernder Gedanke Morgans drang in Kelsons Bewußtsein – der Glückwunsch eines Deryni –, begleitet von Eindrücken freudiger Heiterkeit, als der König mit feierlichem Gebaren die Estrade überquerte, um einige Herzschläge lang vor den Bischöfen Cardiel, Arilan und Wolfram niederzuknien und ihren Segen zu empfangen. Auf dem kheldischen Teppich klirrten die goldenen Sporen der gerade erst erworbenen Ritterschaft Kelsons, derweil er sich danach von den Bischöfen entfernte, um auf Gwynedds Thron Platz zu nehmen; sobald er saß, legte er sich seines Vaters Schwert über die Knie. Als auch seine Mutter und Nigel sich gesetzt hatten, nahm Kelson die Königskrone vom Kissen, auf welchem sein Vetter Rory sie ihm auf den Knien darbot.

Prinz Rory Haldane, Nigels zweiter Sohn. Während Kelson sich die Krone aufs Haupt setzte, Rory zum Dank zunickte, darauf wartete, daß die übrigen Teilnehmer des Ritterschlags sich für die nächsten Schritte des Zeremoniells aufs neue verteilten, ward ihm unversehens klar, daß er sich beinahe wünschte, man würde heute Rory anstatt dessen älteren Bruder zum Ritter machen. Rory war allzeit ein fröhliches Knäblein gewesen, gänzlich im Gegensatz zu Conall, der allemal zum Trotzen, Schmollen und manchmal auch zu schäbigen Anwandlungen geneigt hatte. Und Rorys Geschicklichkeit in der Handhabung von Waffen war von einer Art, wiewohl er sich in noch keinem Kampf hatte erproben dürfen, wie man sie sich von einem Sohn Nigels, wenngleich er erst vierzehn Lenze zählte, nur erhoffen mochte. Doch ein Ritterschlag Rorys konnte erst in vier Jahren ernstlich erwogen werden. Ehe ein Anwärter achtzehn Jahre alt war, schlug man ihn höchst selten zum Ritter, und schon gar nicht Königliche Prinzen, welche allen Untertanen zum Beispiel gereichen mußten. Immerhin entsprach es dem Durchschnitt, daß die meisten Jünglinge eben *kein* hinlängliches Maß an Reife erlangten, um Ritter werden zu können, bevor sie das Alter von achtzehn Jahren erreichten, und so mancher erwies sich noch mit zwanzig oder mehr Jahren als unreifer Lümmel. Kelson hegte die Befürchtung, daß es letzten Endes mit Conall so kommen möchte.

Aber wiewohl man wohlweislich davon absah, einen Prinzen des Königshauses zu früh zum Ritter zu erheben, konnte man es schwerlich *ablehnen*, ihn zum Ritter zu schlagen, sobald er das für diese Ehre festgelegte Mindestalter hatte; ein Ritterschlag gebot sich aus Staatsklugheit, um eines solchen Prinzen Ehrgeiz zu mäßigen und sich der Hoffnung hingeben zu dürfen, sich dadurch auch für die Zukunft seiner Treue zu versichern. Ohne Zweifel empfand Conall das Dasein als mißlich genug, da ihn die Zufälligkeiten der Geburt, welche Kelson zum König bestimmt, ihn hingegen zum Ältesten des zweiten Sohns eines Königs gemacht und ihm somit auf ewig Zweitrangigkeit zugewiesen hatten, obwohl das Blut der Haldanes in beider Jünglinge Adern floß. Indem Kelson an diesem bedeutsamen Tag Conall vor allen anderen Anwärtern – mit Ausnahme des Königs selbst – beim Ritterschlag den Vorrang gewährte – wie es ihm als Erbe eines Königlichen Herzogs im übrigen gebührte –, versprach er sich von diesem Vorgehen, Conalls immer stärkere Unruhe möchte gedämpft werden. Außerdem hatte Kelson ihm einen rechtmäßigen Sitz im Kronrat zugestanden, um damit Conalls Mündigwerdung gleichsam zu unterstreichen. Sicherlich durfte man erwarten – so lautete des Königs Überlegung –, daß Conall mit dem Anwachsen seiner Erfahrungen doch noch den rechten Mittelweg beschritt und zu einem würdigen Ritter und Prinzen gedieh.

Aber Conalls Treue unterlag heute keinerlei Zweifeln. Ebensowenig war er der ihm zuteil gewordenen Ehre keineswegs unwürdig. Geradeso wie sämtliche Jünglinge, welche am heutigen Tag den Ritterschlag erhielten, hatte sich auch Conall im Verlauf des im vergangenen Sommer stattgefundenen Feldzugs nach Meara mehr oder weniger tüchtig ausgezeichnet. Obzwar er sich nicht unbedingt aufs allervortrefflichste hervorgetan hatte, konnte man ihm doch nachsagen, weder seine noch seiner Sippe Ehre geschmälert zu haben. In die Fußstapfen eines Vaters vom Schlage Nigels zu treten, hätte sehr viel von jedem jungen Krieger verlangt.

Erneut schweifte des Königs Blick, dieweil er Ungeduld und den Wunsch nach der Fortsetzung der Zeremonien verspürte, durch den Rittersaal, derweil sich der alte Ewan verbeugte und die Estrade verließ, um die Schar blutjunger Knaben nach vorn zu führen, welche als nächstes dem Dienst als Pagen und Knappen verschworen werden sollte. Diese Vereidigung dazwischenzuschieben hatte den Sinn, es Conall zu erleichtern, keinen Makel darin zu sehen, daß sein Ritterschlag Kelsons Ritterschlag nachfolgte, denn dadurch ward er zu jenem unter den restlichen Anwärtern, der als erster an die Reihe kam. Nun erst, nachdem er die anfängliche inwendige Anspannung und Aufregung durchgestanden hatte, ergab sich für Kelson so recht eine Gelegenheit zu beobachten, daß der große Rittersaal bis an die Grenzen seiner Aufnahmefähigkeit dichtgedrängt gefüllt war mit Menschen, welche sich eingestellt hatten, um mitanzuschauen, wie man ihren König und dessen Getreue zu Rittern schlug. Sogar auf den seitlichen Balkonen standen dicht an dicht Damen und Pagen – und dazu wachsame Bogenschützen der Haldaneschen Leibwache, zwar nicht kriegerisch gewandte, aber mit hinter den Brüstungen oder auch Wandbehängen verborgenen Bogen, jederzeit bereit zum Eingreifen, falls sich im ferneren Verlauf des Zeremoniells irgend etwas von bedrohlicher Art ergab, denn mit der Einsetzung eines der Knaben zum Knappen verbanden sich gewisse Weiterungen staatsmännischer Natur.

Die jüngsten Knaben kamen zuerst nach vorn – sie befanden sich im Alter zwischen sechs und zehn Jahren –, um am Fuß der Stufen zur Estrade niederzuknien und ihren sorgfältig auswendig gelernten Eid mit hellen Stimmchen gleichsam im Chor aufzusagen, ehe Nigel und Ewan jeden von ihnen mit dem karminroten Wappenrock versahen, welcher die Tracht abgab für die Pagen im Hause Haldane. Danach trat der Nachwuchs an jungen Knappen vor, rund ein Dutzend an der Zahl waren es, zumeist zwischen zwölf und vierzehn Lenze alt und infolge eines mehrjährigen Dienstes als Pagen bereits mit einiger Erfahrung ausgestattet.

Die neuen Knappen sprachen den Eid einzeln, und jeder ward einem bestimmten Ritter zugeteilt, welcher sich als sein besonderer Förderer und Erzieher zu betätigen hatte, bis auch für den Knappen die Zeit der Ritterschaft herannahte. Kelson nahm selbst zwei Knappen in eigene Dienste, einen um den Hilfsknappen zu ersetzen, welcher aufgrund der Erhebung Jathams zum Ritter, die jetzt bevorstand, zum Königlichen Knappen aufstieg, und einen zweiten ganz einfach, um Beistand bei der Bewältigung der im Anwachsen begriffenen Herrschertätigkeit zu haben, welche ihn immer nachhaltiger beschäftigte und tatkräftige Entlastung unverzichtbar machte.

Auch Nigel nahm einen neuen Knappen unter seine Fittiche, und zwar den zehnjährigen König Liam von Torenth, Kelsons Vasall seit dem Tod von Liams älterem Bruder zwei Sommer zuvor; Kelson hatte im Sommer des Vorjahres Liam zur Geisel genommen, um sich für die Dauer des Feldzugs in Meara die vollständigste Zurückhaltung Torenths zu sichern. Liams Vereidigung als Knappe war es, welche voraussichtlich Entrüstung hervorrufen würde, sobald Kelson davon den torenthischen Gesandten unterrichtete, der vorm Palast der zugesagten Audienz harrte; Torenths Regenten erwarteten nämlich sowohl Liams Freilassung als auch die seiner Mutter, Lady Morag, gegen Ende des Sommers. Verhandlungen mit diesem Ziel sollten, wenn Kelson seine Besichtigung des Reiches abgeschlossen hatte, zu Cardosa aufgenommen werden, doch ahnten die Torenther noch nicht im mindesten, daß allein Lady Morags Freilassung zum Verhandeln anstand, und auch diese hing noch davon ab, ob Kelson sich zu seiner vollen Zufriedenheit dahingehend zu überzeugen vermochte, daß Morag und ihrer Kinder Onkel, Herzog Mahael von Arjenol, keinen Verrat an ihm ausbrüteten, dessen allererste Opfer sehr wohl Morags eigene Söhne werden könnten. Deren jüngster, Prinz Ronal, hielt sich in Mahaels Gewahrsam auf, jedoch gedachte Kelson dafür Sorge zu tragen, daß der torenthische Herzog nicht auch Liam in die Klauen bekam.

Was Liam selbst betraf, so verfolgte Kelson Absichten, deren Ergebnis sein sollte, daß der junge König zur Zeit seines Mündigwerdens kein Widersacher war, sondern vielmehr ein Bundesgenosse. Der Knabe hatte, ebenso wie seine Mutter, Deryni-Blut im Leib, war jedoch in der Nutzanwendung seiner Kräfte kaum geübt, und zudem hatte ihn ein Jahr des Müßiggangs, wie hochgeborene Knaben seines Alters ihn noch pflegen durften, zahm und verträglich gemacht. Von Liams Seite, der soeben aus Nigels Hand Sporen aus bläulichem Erz empfing, wie sie Knappen zustanden, rechnete Kelson mit keinerlei Schwierigkeiten; und Lady Morag weilte gar nicht mehr am Königshof, dieweil man sie während des Winters ganz im geheimen nach Coroth verbracht hatte. Richenda hatte die Aufgabe, Moragș Wächterin zu sein, und sie wachte, derweil sie der Niederkunft ihres und Morgans zweiten Kindes entgegensah, mit äußerster Verläßlichkeit über die Deryni-Geisel. Nein, sollte heute Verdruß entstehen, dann seitens des torenthischen Abgesandten, und sei es lediglich in Gestalt einer Auseinandersetzung im Wortwechsel. Während Liam und die übrigen just vereidigten Knappen in Einerreihe zu ihren Plätzen seitlich im Rittersaal zurückkehrten – Ewan verblieb in ihrer Mitte, um etwaige Ausbrüche jugendlicher Ungeduld im Laufe der ausgedehnten Zeremonien, welche noch folgen sollten, zu zügeln –, lächelte Kelson, verdrängte bis auf weiteres jegliche Sorge aus seinen Gedanken. Allmählich ward es von neuem ruhig im Saal, derweil sämtliche Teilnehmer wieder ihre Plätze einnahmen, auf daß mit den überlieferten Verfahrensweisen weitergemacht werden könne. Letztes Gemurmel wich endlich völligem Schweigen, indem Nigel aus der Knappen Schar und vor seines Neffen Thron trat, um das Knie zu beugen und sich mit den diesem Ritus eigenen Worten an ihn zu wenden.

»Sire, ich begehre von Euch eine Gunst zu erflehen.«

»So nennt sie denn, Onkel. Und wenn es in meiner Macht steht, Euch selbige Gunst zu gewähren, ohne meine und des Reiches Ehre zu beflecken, will ich es mit Freuden tun.«

»Dann darf ich sie frohen Herzens von Euch erbitten, Sire, dieweil ich Euch darum ersuchen möchte, Ihr möget meinem ältesten Sohn Conall, welcher sich heute im achtzehnten Jahre befindet, die Gnade der Ritterschaft gewähren und ihn zum Ritter schlagen.«

»Ebenso frohen Herzens willige ich in die Erfüllung dieses Gesuches ein, Onkel. Ich bitte Euch, bringt den Anwärter vor meinen Thron.«

Mit einem knappen Nicken bestätigte Nigel, des Königs Wille verstanden zu haben, er erhob sich von den Knien und schritt die Stufen der Estrade hinab, durchquerte den Saal dorthin, wo Conall und die anderen Anwärter auf den Ritterstand des Zeremoniells harrten.

Als Conall an seines Vaters Seite langsam den Saal durchmaß, konnte es nicht den geringsten Zweifel an beider Haldane-Abstammung geben; wiewohl von schmalerem Körperwuchs als Nigel, überragte Conall ihn um eine halbe Spanne, seit dem verstrichenen Winter wies seine Oberlippe ein leichtes Bärtchen auf, das nachtschwarze Haar war kurzgeschoren, so wie es die meisten bejahrteren Kriegsleute bevorzugten, darunter auch Nigel, obwohl der König und zahlreiche jüngere Männer, unter ihnen auch Conalls zwei Brüder, Dhugals märkischen Zopf als Haartracht übernommen hatten. Die Spange, welche seinen karminroten Umhang hielt, war größer und zierreicher als jede andere Spange im Saal, jene des Königs ausgenommen; abgesehen von diesem Zugeständnis an den Stolz jedoch war er, obschon ein Prinz, in die gleiche, dem Brauchtum gemäße Tracht eines Jungritters gewandet.

»Mein Lehnsherr«, sprach Nigel nunmehr, indem er sich förmlich verbeugte, derweil sich Conall bedächtig auf die unterste Stufe zur Estrade kniete und das Haupt neigte, seines Vaters Hand auf der Schulter, »ich habe das Vorrecht und die Ehre, meinen ältesten Sohn, Prinz Conall Blaine Cluim Uthyr, als Anwärter auf die Ritterschaft vor Euch zu führen.«

Kelson ging auf die Verbeugung mit einem Nicken ein. »Man möge Prinz Conall die Sporen eines Ritters anlegen.«

Augenblicklich eilte voller Stolz Payne, Conalls jüngster Bruder, mit den Sporen herbei, welche er auf einem

Kissen aus Damast brachte. Nigel kniete sich lange genug hin, um sie an Conalls Fersen zu befestigen, stand dann wieder auf und begab sich an Conalls Linke, vollführte erneut vor Kelson eine Verbeugung, welche diesmal noch tiefer ausfiel, ehe er von neuem niederkniete. »Sire, dem Anwärter sind die Sporen angelegt worden.«

Kelson erhob sich vom Thron, hielt das noch in der Scheide geborgene Zeremonienschwert mit beiden Händen, und beugte sich vor, um in leisem Ton Conall anzusprechen. »Nichts liegt mir ferner, als Eure Würde mindern zu wollen, Vetter, doch darf ich Eurem Vater, was des Ritterschlags Durchführung anbetrifft, den Vorzug einräumen? Mich dünkt, es möchte ihm sehr wohl eine große Freude bereiten, und er ist ein weitaus ruhmvollerer Ritter denn ich, der ich selbst erst vor einem flüchtigen Weilchen zum Ritter geschlagen ward, und zwar von seiner Hand.« Ohne auf seine Magie-Fähigkeiten zurückgreifen zu müssen, konnte Kelson den Ausdruck von Erleichterung und Zustimmung sehen, welchen Conalls Augen sofort widerspiegelten, und er erkannte, daß er, indem er es ihm ersparte, von jemandem, der nur um wenige Monate älter war als er, den Ritterschlag zu erhalten, in der Tat genau in dieser Lage erforderliche Art von Rücksicht auf Conalls empfindsames Gemüt nahm. Auch in Nigels Miene ersah Kelson Vergnügen und Beifälligkeit, als er seine Aufmerksamkeit dem Herzog widmete. »Mich will's deuchen, es kann kein Mißverständnis geben, was Eures Sohnes Begehr angeht«, fügte er seinen vorherigen Worten mit gedämpfter Stimme hinzu, »und recht hat er, denn Ihr seid von den Rittern, welche ich kenne, einer der aufrechtesten und ehrbarsten. Darf ich Euch – statt meiner – mit der Aufgabe betrauen, an Eurem Sohn die freudenvolle Verabreichung des Ritterschlags zu vollziehen?«

Wenig fehlte, und Nigel hätte wie ein törichter Jüngling gegrinst; er nickte, erhob sich geschmeidig. »Es wird mir eine große Gnade und Ehre sein, Sire.«

»Eines Vaters Recht ist's, so er selbst ein Ritter ist«, lautete Kelsons Antwort. »Kommt und stellt Euch an meine Seite. Conall, mit welchem Schwert wolltet Ihr den Ritterschlag empfangen?«

Ein Blick aus Conalls grauen Augen streifte das Schwert in Kelsons Hand, bevor er ihn in seines Vaters Antlitz richtete. »Bei aller Hochachtung, welche ich für Euch und Eures hohen Amtes Wahrzeichen hege, Sire, sähe ich's doch gerne, könnte der Ritterschlag mit meines Vaters Schwert erfolgen.«

»So sei's.«

Ein Murmeln des Beifalls raunte durch den Saal, während die Zuschauer nach und nach begriffen, was vorging. Conalls Angesicht schien regelrecht zu erstrahlen, als er den Blick auf Nigels Antlitz heftete, sein Erzeuger ein Schwert zückte, das durch den ehrenhaften Gebrauch im Kampf nahezu so weihevoll war, wie die Haldane-Magie Kelsons Zeremonienschwert heiligte. Jehana rang ebenso wie Meraude, Conalls Mutter, mit Tränen der Rührung, als Nigel ehrfürchtig die Klinge küßte und sie dann über seines Erstgeborenen Haupt hinstreckte.

»Im Namen des Vaters, des Sohnes und des Heiligen Geistes, sei ein tüchtiger und getreuer Ritter«, sprach Nigel. »Erhebt Euch, Herr Conall Haldane.«

Kelson lächelte, sprach halblaut die angemessenen Glückwünsche aus, während Conalls Mutter ihm den neuen, weißen Gürtel umschnallte, sein Vater ihm ein ansehnliches Schwert, welches zu diesem Zweck Conalls Bruder Rory brachte, als Geschenk überreichte; aber des Königs Gedankengänge galten bereits dem nächsten Bewerber für die Ritterschaft, mit welchem er dank geistiger Verwandtschaft weitaus mehr gemeinsam hatte, als er jemals, allen Blutsbanden zum Trotz, mit seinem ältesten Vetter gemein haben würde. Am anderen Ende des Saals stand Dhugal nun schon bereit, harrte zusammen mit den anderen Anwärtern des Aufrufs zum Vortreten; auf geistiger Ebene übermittelte Kelson ihm – aufs genaueste in seine Seele gezielt – einen Gruß, ehe er seine Beachtung wieder Conall schenkte. Er schob das Zeremonienschwert mitsamt der Scheide in des Wehrgehenks Halterung, als der just in den Ritterstand beförderte Conall erneut auf die Knie sank, um seine Hände zwischen des Königs Hände zu legen und ihm den Lehnseid zu schwören.

»Ich, Conall Haldane, Prinz von Gwynedd, erkläre mich mit Leib und Leben, solange ich lebe auf Erden, zu Eurem Vasallen. Treue und Wahrhaftigkeit gegen Euch sollen mich im Leben und im Sterben leiten, und ich werde Euch wider alle Eure Feinde Beistand erweisen, so wahr mir Gott helfe.«

Nicht das geringste Anzeichen der sonstigen Abgeneigtheit Conalls befleckte den Augenblick, als Kelson seinerseits schwor, ihm zur Gegenleistung für seine Treue Gerechtigkeit und Schutz angedeihen zu lassen; zum Schluß richtete er Conall eigenhändig auf, sprach Worte der ehrlichsten Beglückwünschung, hieß ihn als Neuling in den Rängen der Ritterschaft willkommen. Sobald Conall sich die Adelskrone aufs Haupt gesetzt und sich zur Rechten des Königs, gleich neben Nigels Platz, auf einem Stuhl niedergelassen hatte, lenkte Kelson den Blick hinüber zu Morgan, welcher nach wie vor unmittelbar rechts hinter dem König bereitstand und wartete. Als Kelson ihm andeutungsweise zunickte, trat Morgan vor.

»Herzog Alaric, so ich nicht irre, seid Ihr des nächsten Anwärters Bürge. Ich bitte Euch, führt ihn mir vor.«

Getuschel flüsterte an allen Seiten durch den Saal, derweil Morgan durch den Mittelgang zu der Stelle strebte, wo Dhugal harrte, und so mancher Neugierige lugte hinüber zu Duncan, den man indessen allgemein als Dhugals rechtmäßigen Vater kannte, der allem Anschein zufolge aber keinen Anteil an seines Sohnes Erhebung zum Ritter haben sollte. Doch befanden die meisten Leute, daß es so wohl rechtens sein müsse, zumal sich nicht wenige – trotz der Verkündigung des erzbischöflichen Kirchengerichts – noch durch die seltsame Tatsache, daß ein Bischof rechtmäßig einen Sprößling hatte, verunsichert fühlten. Die Erklärung der Rechtmäßigkeit von Dhugals Abkunft mochte zwar im Hinblick auf Recht und Gesetz sowie den Glauben, auf ihre Anforderungen, sämtliche Bedenken bezüglich seines Ritterschlags und des Anspruchs auf die väterliche Erbfolge ausgeräumt haben, doch gab es zweifelsfrei unverändert Untertanen, die ihn auch künftig einen Bankert schimpfen würden, um so mehr sogar, indem sich das Wissen um sein Derynitum verbreitete. Zum Glück hatte bislang kaum jemand einen Zusammenhang zwischen ihm und den Deryni hergestellt, insbesondere dieweil eine Mehrheit zu glauben vorzog, Duncan sei, da bisher keine gegenteiligen Beweise öffentlich vorlagen, kein Deryni.

Folglich war Duncan heute zugegen, hatte sich allerdings des Versuchs befleißigt, äußerlich nicht wie ein Bischof zu wirken, um nicht etwa durch eine bischöfliche Erscheinung seines Sohnes Aufnahme bei Hofe zu beeinträchtigen. Anstatt beim König auf der Estrade zu stehen, wie es als Herzog und Bischof sein Anrecht war, verfolgte er das Geschehen inmitten der Reihen anderer, geringerer Adeliger, welche sich eingefunden hatten, um des heutigen Tages Zeremonien zu schauen, daran jedoch nicht mit Taten irgendeine Teilnahme ausübten. Außerdem hatte er statt seines ansonsten üblichen, purpurnen Bischofsrocks ein Gewand und Beinkleider in Taubengrau sowie von überaus herkömmlichem Zuschnitt angelegt, ergänzt durch einen mit einer Spange an die linke Schulter gehefteten, über die Brust gebreiteten McLain-Tartan in den Farben Grün, Schwarz und Weiß. Eine weiche, graue Schirmhaube verhüllte einen Großteil seines mit der priesterlichen

Tonsur versehenen, braunen Haupthaars, und der Pelzbesatz der Haube verbarg auch weitgehend die schlichte, mit Kreuzen verzierte Adelskrone aus Silber, das einzige Wahrzeichen seines Herzogs- oder Bischofsranges. An der Hüfte trug er kein Schwert, sondern einen Dolch markländischer Machart, Scheide und Knauf besetzt mit gelblichem Bergkristall, denn bei den Klans des Hochlandes und der Marken war er – über seine anderen Titel hinaus – aus eigenem Recht ein Häuptling. Um seine Schultern hing die Befehlshaber-Kette eines Obersten Feldhauptmanns. Der bischöfliche Amethyst-Ring an seiner Rechten hätte, sah man weniger genau hin, schlichtweg das Schmuckstück eines weltlichen Edelmannes sein können.

Gemeinsam mit jenen, welche ihn umstanden, reckte Duncan den Hals, um die Vorgänge zu beobachten, scherte sich nicht um die Blicke von Gaffern, welche ihm soviel Aufmerksamkeit widmeten wie Dhugal, derweil Morgan nun Dhugal durch den Rittersaal geleitete, denn in diesen Augenblicken sah Duncan in Dhugal nichts anderes als lediglich seinen Sohn.

Dhugal MacArdry-McLain. Nicht länger war er der derbe märkische Junker seiner Jugendzeit, nicht mehr der Knabe, den König Brion einst aus den Grenzlanden an den Hof holte und weidlich förderte, auch nicht länger bloß der Jüngling, welcher sich zu einem wahren Märkischen entwickelt und bis zum vergangenen Jahr im Auftrag jenes Mannes, den er bis dahin für seinen Erzeuger hielt, an der Grenze Streife geritten hatte. Heute trug er anstatt seiner unverkennbaren markländischen Tracht, welche ihm inzwischen zu so etwas wie einem Erkennungszeichen geworden war, die Gewandung eines Jungritters, wie sie dem Brauchtum entsprach, geradeso wie der Rest der Anwärter, obschon er unverändert das kupferrote Haar zu einem ordentlichen Zopf geflochten hatte. Der Schnauzbart, welcher noch im Vorjahr kaum mehr als ein rötlicher Schimmer auf seiner Oberlippe gewesen war, besaß mittlerweile einen kräftigen, buschigen Wuchs, hing ihm struppig über die Lippe und schwungvoll an den Mundwinkeln herab, aber wenn er lächelte, sah man nichtsdestoweniger seine großen, weißen Zähne, und er lächelte, obgleich jetzt nicht, im allgemeinen häufig. Auch er überragte, was seine Körpergröße anbelangte, seinen Vater, und zwar sogar um eine volle Spanne; fast von so hohem Wuchs wie Morgan war er, wie sich klar erkennen ließ, während die beiden Männer die Stufen der Estrade erklommen, bevor Dhugal vor dem Thron auf die Knie fiel.

»Mein Lehnsherr«, sprach Morgan, der hinter Dhugal auf den Stufen verharrte, »ich habe die Ehre, als Anwärter auf die Ritterschaft Herrn Dhugal Ardry MacArdry-McLain vor Euch vorzuführen.«

»Es ist Uns eine ebensolche Ehre, Euer Gnaden, ihn behufs des Ritterschlags vor Uns treten zu sehen«, gab Kelson zur Antwort, indem er die Daumen in den gänzlich neuen, weißen Gürtel hakte, dabei höchst zufrieden dreinschaute, und den Blick in die Weite des mit Zuschauern überfüllten Saals lenkte, offenbar nach irgend etwas oder irgendwem Ausschau hielt. »Doch bevor Wir diese wohlverdiente Tat vollziehen, befehlen Wir, daß auch Herzog Duncan von Cassan sich zu Uns gesellt.«

Des Königs Gebot verdutzte Duncan, und einen Herzschlag lang zog er es durchaus in Erwägung, sich inmitten der versammelten Menge zu verstecken, wiewohl ein derartiges Betragen närrisch und vergeblich sein müßte; doch schon wandten sich zahlreiche Augenpaare ihm zu, so daß er einsah, er vermochte sich des Königs Weisung nicht zu verweigern. Er legte die Linke auf den Knauf seines Dolches und bahnte sich widerwillig eine Gasse durch jene, die zwischen ihm und der Estrade standen, bat halblaut Höflinge um Vergebung, welche er beiseite schieben mußte, und vollführte zu guter Letzt, als er neben Morgan verhielt – einen Schritt hinter seinem Sohn –, zwar ratlos, aber achtungsvoll eine Verbeugung. »Sire?«

»Meinen Dank, Euer Gnaden«, entgegnete Kelson. »Wir bedürfen Eurer Mitwirkung. Kommt herauf zu Uns.« Derweil Duncan voll des Unbehagens die Estrade erstieg, sich plötzlich fragte, ob der König fürwahr im Sinn haben mochte, was er, Duncan, diesbezüglich befürchtete, zog Kelson das Zeremonienschwert, drehte es geschickt um und hielt es, die Klinge auf den Unterarm gestützt, mit dem Griff Duncan entgegen. »Wie ich sehe, tragt Ihr heute kein Schwert, doch sollte wohl kein Mann mit einem Dolch zum Ritter geschlagen werden. Darum nehmt dies Schwert zur Hand.«

»Sire, ich …«

»Ach was, kommt, kommt, es besteht bereits Einmütigkeit darüber, daß ein Sohn am günstigsten vom eigenen Vater zum Ritter gemacht werden sollte«, unterbrach Kelson den Herzog. »Wir bitten Euch, waltet Eurer Aufgabe.«

»Aber …« Mit Kummer vermengte Freudigkeit spiegelte sich in Duncans Miene wider, doch bevor er sich nur darum zu bemühen vermochte, dem Herrscher zu erläutern, weshalb er der Anweisung keine Folge leisten konnte, trat an seine Seite Morgan, flüsterte Kelson, indem er sich vorbeugte, etwas ins Ohr.

»Potz Donner, das ist doch unmöglich!« entfuhr es Kelson, indem er sich zurücklehnte, um Morgan höchst erstaunt anzustarren. »Wollt Ihr damit sagen, er sei nie zum Ritter geschlagen worden?«

»Es ist die Wahrheit, Sire«, bestätigte Duncan in verhaltenem Ton und wünschte sich dabei, er könnte in den Fußboden versinken und auf diesem Wege entschwinden, denn der Mangel, welchen Morgan soeben dem König offenbart hatte, war ein Beweggrund gewesen, aus welchselbigem er davon Abstand genommen hatte, selbst als Dhugals Pate aufzutreten, und zwar ein Grund, dem er nicht weniger Bedeutung beimaß als den

Bedenken, die er wegen seines Bischofsamtes hegte. »Als ich ins rechte Alter fur den Ritterschlag gelangte, war ich bereits Mitglied eines geistlichen Ordens. Meinem Bruder Kevin war's bestimmt, Namen und Ehren unserer Sippe innezuhaben. Nachdem ich später dennoch meines Geschlechts Erbe antreten mußte ... kam mir niemals der Einfall, es möchte sich als förderlich erweisen, für des Versäumten Nachholung zu sorgen.«

»Nun wohl, sei's drum, dann werde an diesem heutigen Tag ich das Versäumte nachholen«, verhieß Kelson mit so leiser Stimme, daß allein Duncan, Morgan und Dhugal sie vernahmen, wiewohl Conall sichtlich die Ohren aufsperrte, um sämtliche Äußerungen nach Möglichkeit mithören zu können. »Ach, hätte ich's nur gewußt, dutzendfach hätte sich im Felde dazu die Gelegenheit ergeben. Gütiger Gott, ja fürwahr, *jeder* Ritter wäre darauf stolz gewesen, Eurem Ritterschlag als Bürge zur Seite stehen zu dürfen!« Erneut kehrte er das Zeremonienschwert um, welches während seiner Worte mit der Spitze auf dem Teppich geruht hatte, warf sodann Morgan einen scharfen Blick zu, indem er die Klinge leicht auf dic rechte Schulter stützte. »Enthaltet Euch jeglichen Bestrebens, mir Belehrungen erteilen zu wollen«, sprach er. »Das gilt für Euch beide. Ich weiß sehr wohl, was ich beginne ... und den *Strang* wünsche ich all jenen, welche es noch immer als ungebührlich erachten, daß ein Bischof einen rechtmäßigen Sohn habe oder Ritter werde. Alaric, ich wäre Euch ungemein dankbar, wolltet Ihr Duncan für diesen Zweck Eure Sporen borgen. Dieser Ritterschlag wird weniger förmlich ablaufen, als ich's begehrt hätte, dieweil ich um Duncans Vorliebe für Zeremonien weiß, doch wähne ich, er hat nun lange genug dieser Ehrung harren müssen. Duncan, ich *bitte* Euch, auf die Knie! Ich vermag Euch nicht zum Ritter zu schlagen, solange Ihr verstockt aufrecht vor mir steht.« Noch trübten Vorbehalte Duncans Freude, denn er hatte die Sorge, Kelson möchte diese Handlung, welche er aus Freundschaft und in der Erregtheit des Augenblicks beging, ohne daß verstandesmäßigere Überlegungen seine Entschlußkraft leiteten, eines späteren Tages bereuen; aber Morgans Lächeln, mit dem er sich dem Willen des Königs fügte, während er sich hinkniete, um seine vergoldeten Sporen von den Fersen zu schnallen, bezeugten Duncan, daß es keinerlei Aussicht hätte, sich an *ihn* mit dem Ersuchen zu wenden, den Herrscher zu beeinflussen und möglicherweise umzustimmen. Daher kniete er nieder, nahm dabei Haube und Adelskrone vom Schopf, derweil Dhughal, aufs höchste vergnügt, sich aufrichtete und einen Schritt zurückwich, um dem Ereignis zuzuschauen. »Ihr vornehmen Damen und hochedlen Herren«, sprach Kelson und hob, als er so die von Rätselraten befallene Gesamtheit des Hofes ansprach, das Haupt, »allein um seiner Verdienste während des Feldzugs im letztjährigen Sommer willen stünde Herzog Duncan der Ritterschlag vielfach zu, und überdies gibt es nicht den allermindesten Zweifel an der vollständigsten Getreulichkeit seines Dienstes an der Krone, welchen er seit meiner Krönung in der mannigfaltigsten Art und Weise geleistet und erbracht hat.« Inzwischen hatte Morgan, welcher sich nur mit Mühe eines breiten, schwerlich feierlich-ernsten Lächelns enthalten konnte, Duncan beide Sporen angelegt, stand nunmehr auf, entnahm sein Schwert mitsamt der Scheide dem Gehenk und übergab die Waffe Dhugal, bevor er sich des weißen Gürtels entledigte. »So ist's denn mein Vorrecht und gleichermaßen für mich eine Ehre, nun Euch, Duncan Howard McLain, in den altüberlieferten und ehrenhaften Stand des Rittertums zu erheben.« Kelson erhob das Zeremonienschwert der Haldane-Könige und senkte die flache Klinge mit Schwung auf Duncans rechte Schulter. »Im Namen des Vaters, des Sohnes ...« Jetzt sank die Klinge auf die linke Schulter nieder. »...und des Heiligen Geistes ...« Die Klinge verhielt auf

Duncans Haupt. »... seid ein tüchtiger und getreuer Ritter, so wie Ihr Euch schon bisher aufs allervortrefflichste bewährt habt.« Kelson legte sich die Klinge erneut an die rechte Schulter. »Erhebt Euch, Herr Duncan, und laßt Euch mit dem weißen Waffengurt Eures Standes gürten.« Sein Blick fiel nunmehr nicht etwa auf seine Mutter, vielmehr auf Herzogin Meraude. »Edle Tante, wolltet wohl Ihr das Umgürten verrichten?«

Nur zu bereitwillig kam Meraude zu ihm, als sich Duncan aufrichtete, nahm das verwetzte Leder, indem sie voller Würde nickte, aus Morgans Hand entgegen, ließ sich Zeit, während sie den Gurt um Duncans Hüften schlang und ihn zuletzt zuschnallte.

»Ich unterstelle, Ihr wißt, daß Weiß die Farbe der Keuschheit ist«, raunte Meraude ihm zu, derweil sie den Gürtel schloß. »Dieselbe ist nicht unbedingt das gleiche wie Ehelosigkeit, wie Ihr, so wähne ich, ebenfalls wißt, jedoch mag's für Euch die gleiche Bedeutung haben. Euer Sohn darf sich, dieweil er einen solchen Vater hat, großes Glück nachsagen. Eure Ehrung ist wohlverdient.«

»Meiner Treu, ich danke Euch aufs herzlichste, edle Dame«, murmelte Duncan überrascht, denn ihm war bislang unbekannt gewesen, daß Meraude ihn in solchem Maße schätzte.

»Es ist getan«, verkündete Meraude mit lauter Stimme, wich von Duncan zurück, um vor ihm einen ansatzweisen Hofknicks zu vollführen. »Seid standhaft und aufrecht, Herr Ritter.«

»Edle Dame, mit meinem ganzen Herzen werde ich danach trachten, so und nicht anders zu sein.«

»Vorzüglich, daß es nun vollbracht ist«, sprach Kelson, erhob sich einige Male auf die Fußballen, eine Angewohnheit, welche man schon bei seinem Vater bemerken konnte. »Euren Lehnsschwur als Herzog sowie Euren Huldigungseid als Bischof habt Ihr mir bereits geleistet, so daß mich's dünkt, wir können uns fernere Gelöbnisse ersparen. So ich mich recht entsinne, waren wir drauf und dran, Euren Sohn zum Ritter einzusetzen.« Er schnippte mit den Fingern, und Brendan, Morgans sieben Lenze alter Stiefsohn, eilte mit den Dhugal zugedachten Sporen herbei, und Dhugal reichte dem Knaben Morgans Schwert, bevor er von neuem auf die Knie ging, dabei nachgerade von einem zum anderen Ohr lächelte. »Man lege dem Anwärter die Sporen eines Ritters an.«

Derweil er alle Mühe aufwendete, um aufgrund des Streichs, welchen Kelson sowohl dem Hofe als auch Duncan gespielt hatte, nicht vor sich hinzulachen, ergriff Morgan die Sporen und bückte sich, um deren ehrenvolles Anlegen zu bewerkstelligen, kümmerte sich nicht darum, daß Duncan dem König Blicke der Verunsicherung zuwarf, während er sich Haube und Adelskrone zurück aufs Haupt setzte. Morgan ahnte, welche Widerreden Duncan gleichsam auf der Zunge lagen, besaß jedoch auch darüber Klarheit, wie wenig er mit ihnen ausrichten würde.

»Kelson, dies Anersinnen schmeichelt mir über alle Maßen«, äußerte Duncan in unterdrücktem Ton, »aber ist's wirklich und wahrhaftig Eure Überzeugung, ich sei für eine solche Handlung der geeignete Mann?« Indessen vollendete Morgan das Anlegen der Sporen. »Ich vermeine zu verstehen, auf was es Euch hierbei ankommt, doch ist Dhugal Euer Blutsbruder, und auch das ist von hoher Bedeutung. Erachtet's Ihr nicht als gewichtiger, als angemessener, daß er durch *Euch* in den Bund der Ritterschaft Eintritt erhält?«

»Er *erlangt* ihn durch mich, dieweil ich zuvor *Euch* zum Ritter schlug«, antwortete Kelson und schob den Griff des väterlichen Schwerts mit einer Miene, welche keinen weiteren Widerspruch duldete, in Duncans Hand. »Desgleichen wird er ihm durch mein Schwert zuteil.« *Nehmt in seine Seele Einblick, falls Ihr mir nicht glaubt,* fügte Kelson auf geistiger Ebene hinzu. *Könntet*

Ihr annehmen, wenn Ihr berücksichtigt, was wir sind, er wollte unter solchen Umständen wie diesen Unwahres sagen?

Duncan schluckte, heftete den Blick auf seinen Sohn, er sah dessen Ehrfurcht und Bewunderung, merkte ihm auch einiges von dem Staunen an, mit welchem der den Schimmer des Haldane-Schwerts betrachtete, das nun so schwer in Duncans Faust lag. Das Gewicht der Klinge erinnerte ihn an eine andere Angelegenheit, welche nunmehr seit drei Tagen spürbar auf Duncans Gemüt lastete; und mit einem Mal ward ihm klar, auf welchem Wege sich auch diese Schwierigkeit beheben ließ. Er zweifelte nicht daran, daß Dhugal dies Vorgehen billigen, und ebenso war er sich darin sicher, daß Morgan keine Einwände haben würde. Und seine untertänige, behutsame, im geistigen Bereich vorgetragene Anfrage beim König stieß bei Kelson, kaum daß Duncan die Fragestellung geistig in Worte gekleidet hatte, auf sofortige königliche Zustimmung, ja sogar vergnügliche Einwilligung.

»So sei es denn«, sprach Duncan laut, straffte voller Entschlossenheit die Schultern, als er einen Ausläufer geballter, aufs schärfste gleichgerichteter Geisteskraft dem Königsschwert einfließen ließ. In der Klinge hauste die Magie einer langen Geschlechterfolge von Haldanes; daran bestand dank ihres Ods keinerlei Zweifel. Vermittelst seiner Deryni-Sinne konnte Duncan fühlen, wie Schwingungen gleich einem Pulsschlag das gehärtete Eisen in seiner Hand durchpochten. Da seine Faust bebte, umfaßte er mit der anderen Hand zusätzlich den Knauf des Schwertes, so daß es ihm gelang, es langsam und ohne zu zittern an die Lippen zu drücken und die im Griff enthaltene, geweihte Reliquie zu küssen, und indem er dies tat, bewirkte er, daß seine Deryni-Kräfte sich längs der Klinge als Silberglanz zeigten, als Helligkeit, welche hell wie Wasser gleißte und geradeso wie solches am Stahl entlangströmte, sodann rasch auf seine Hände und Arme übergriff, danach wie ein Umhang aus Licht sein Haupt und die Schultern umstrahlte, ihn nun schließlich als Deryni offenbarte. Das von Ehrfurcht gekennzeichnete Aufkeuchen der Zuschauer wich sogleich andächtigem Schweigen, als Duncan mit beiden Händen die leuchtende Klinge auf Dhugals rechte Schulter senkte.

»Im Namen des Vaters ...« Das Schwert berührte die Schulter. »... des Sohnes ...« Nun sank die Klinge auf Dhugals linke Schulter herab. »... und des Heiligen Geistes. Amen.« Doch sobald das Schwert den Scheitel Dhugals anrührte, die Klinge sein Blickfeld beherrschte, flackerte rings um sein kupferrotes Haupthaar auch Dhugals Deryni-Aura auf wie ein Heiligenschein, golden wie Sonnenlicht, und in seinen Augen erglomm eine solchermaßen heftige Hingerissenheit, ja Verzükkung, daß Duncan ums Haar den Rest des vorgeschriebenen Wortlauts vergessen hätte. »Sei ein tüchtiger und getreuer Ritter, mein Sohn«, brachte er dennoch hervor, empfand selbst Verblüffung über den festen Klang seiner Stimme, war gleichzeitig überrascht vom geziemlich andachtsvollen Schweigen, in welches seine Worte fielen. »Sei standhaft und aufrecht, und möge Gott der Herr dir deine große Liebe zu Ihm sowie zu unserem König und Herrscher aufs gedeihlichste lohnen.«

»Amen«, ergänzte Kelson mit einem Nachdruck, dem man anhören konnte, daß er aus der Tiefe des Herzens stammte, forderte auf diese Weise gleichsam jedweden Abgeneigten dazu heraus, ihm hier und jetzt Gegenrede vorzutragen zu wagen, derweil Duncan die Klinge anhob und erneut den Griff und die Reliquie küßte, unterdessen erst seine, anschließend Dhugals Deryni-Aura verflackerte und erlosch. »Erhebt Euch, Herr Dhugal, und nehmt die anderen Wahrzeichen Eurer just erworbenen Ritterwürde in Empfang.«

Als Dhugal aufstand, schimmerten Tränen des Stolzes in seinen Augen. »Ich danke Euch, Sire«, flüsterte Duncan, kehrte das Schwert abermals um, stützte die

Klinge auf den Unterarm und reichte sie so Kelson zurück, bevor er erneut niederkniete. *Und wiewohl Ihr es mir nicht abverlangt habt*, wandte Duncan sich zudem auf geistiger Ebene an Kelson, *bekräftige ich hiermit ohne jegliche Vorbehalte meinen Euch geleisteten Lehnseid und Treueschwur in jedweder Hinsicht, ausgenommen in Sachen meines geistlichen Amtes, jedoch auch, so Ihr es begehrt, als Deryni, als der ich Euch fortan in aller Offenheit zu dienen vermag.*

Das Aufwallen der Gefühle, wie es sich in diesen Augenblicken zwischen Bischof und König ergab, versetzte das Schwert, dieweil Kelsons Hand bereits den Griff umfaßte, die Klinge aber noch auf Duncans Ärmel ruhte, ins Zittern. Mit leichtem Rucken seines Handgelenks zog der König das Schwert näher zu sich heran, legte die Klinge auf seine gestreckten Handflächen, harrte nach Duncans Beteuerung stumm der Tat.

Kein lautes Wort ward zwischen ihnen vernehmbar, und nur wenige unter den Zuschauern verstanden die Bedeutung dessen, was gleich darauf geschah, stand dem Hof nun doch, voll des Erstaunens, wie man war, das Anstellen von Mutmaßungen frei, was die Bedeutung dessen anbelangte, das man bereits geschaut *hatte* – wiewohl man sich lediglich des Flüstertons zu befleißigen traute –, daß nämlich sowohl Dhugal ein Deryni war, wie auch Duncan. Doch mit einer Selbstverständlichkeit, als hätten sie es vorher so vereinbart, breitete Duncan für einige Augenblicke seine Hände über die Hände Kelsons und beugte sich vor, um seine Lippen auf die Klinge des Königlichen Schwertes zu drücken, derweil er, obwohl kein Wort aus seinem Munde drang, seinen heiligen Eid erneuerte. Dann erhob er sich schwungvoll, Kelson schob das Schwert in die Scheide, winkte Dhugal heran, auf daß er den weißen Gürtel erhalte, den ihm ebenfalls Meraude umgürtete; Jehana hatte, sobald sie Duncans Absicht durchschaute, die Estrade, ja sogar den Saal verlassen. »Ich, Dhugal MacArdry-McLain, huldige Euch als Eurem Vasallen mit

Leib und Leben«, erklärte Dhugal, indem er sich nochmals auf die Knie niederließ und seine Hände zwischen des Königs Händen barg. Als er seinen Lehnseid zur Gänze geleistet hatte, brachen im Saal seine rauhbeinigen märkischen Angehörigen des MacArdry-Klans in wüsten Jubel aus, bekundeten lautstark ihr Wohlgefallen an allem, was stattgefunden hatte, rieten mit ihrem Auftreten jedermann davon ab, die Stimme gegen ihren jungen Herrn oder dessen Vater zu erheben. Immerhin war Dhugal ihr vom vorherigen Klan-Oberhaupt zum Nachfolger erkorener Häuptling und – ungeachtet dessen, wer sein leiblicher Vater war – ihres einstigen Klan-Häuptlings Enkel. Selbst ein Sackpfeifer entbot mit lauten Tönen seinen Glückwunsch, nachdem man unter den wachsamen Augen des Königlichen Haushofmeisters Rhodri sowie seiner Untergebenen die Sackpfeife heimlich in den Rittersaal geschafft hatte, obwohl der Haushofmeister, was markländische Sitten und Gebräuche anging, zweifache Empfindsamkeit an den Tag legte. Das Jubelgeschrei und die Melodei der Sackpfeife verklangen erst, als Kelson selbst beide Arme in die Höhe streckte, um Ruhe zu erheischen, und er lächelte, schüttelte das Haupt, als die MacArdrys beide Deryni, Vater und Sohn, auf ihre breiten Schultern hoben und an die Seite des Rittersaals trugen, um gemeinsam mit ihnen den Frohsinn auszukosten.

Es dauerte noch ein beträchtliches Weilchen, bis in hinlänglichem Umfang wieder Anstand und feierliche Stimmung eingekehrt waren, so daß auch die übrigen Anwärter zu Rittern geschlagen werden konnten; nach dem von den MacArdrys veranstalteten Tumult verliefen die Zeremonien eher mit einer gewissen Gelassenheit, aber für die Jungmänner, welche den Ritterschlag empfingen, dennoch mit zufriedenstellender Festlichkeit und dem angebrachten Maß an Würde ab.

Als Kelson das Werk getan hatte, umstanden den Königsthron zweiundzwanzig neue, in karminrote Umhänge gewandete Ritter, elf an jeder Seite des Throns; Conall saß noch neben dem Platz seines Vaters, wie es eines Königlichen Prinzen Anrecht war, während Dhugal nun seinen Platz unmittelbar zur Linken des Königs hatte, wo zuvor Morgan saß. Die Bürgen der jungen Ritter standen in vorderster Reihe des in der Mitte des Saales versammelten Teils der Zuschauerschaft, hatten dort einer um den anderen, sobald sie am Ritterschlag ihres jeweiligen Schützlings mitgewirkt hatten, Aufstellung bezogen. Denn was als nächstes geschehen sollte, erforderte eine Schaustellung der Kraft und Macht, verlangte den gemeinschaftlichen Auftritt der herausragendsten Krieger aller Ritterschaft Gwynedds, junger wie alter Männer.

Als Saer de Traherne in den Saal kam, um den König davon in Kenntnis zu setzen, alles sei vorbereitet, man dürfe den torenthischen Abgesandten getrost in die Königsburg einlassen, geleitete Herzog Ewan seine kleine Schar junger Schutzbefohlener beiseite, in die Nähe Cardiels und seiner Bischöfe. Gelassen traten Morgan und Duncan zwischen die Knappen und stellten sich an Jung Liams Seiten auf.

»Wohlan, Sire, wir können den Abgesandten mitsamt seiner Begleiter Euch vorführen, sobald Ihr's wünscht«, sprach Saer mit gedämpfter Stimme, indem er zu Füßen des Königs auf die Knie sank. »Ihr werdet jedoch, das muß ich Euch ankünden, Sire, höchlichst verwundert sein, wenn Ihr sie schaut.«

Kelson lächelte, als er anhand einer ganz flüchtigen Einblicknahme in Saers Geist einen Eindruck davon erhielt, was Saer schon gesehen hatte; nach gwynedischen Vorstellungen war die Abgesandtschaft *gewiß* ein überaus fremdartiges, befremdliches Aufgebot. Aber Kelson zog bloß das Schwert wieder aus dem Gehenk und legte es sich in der Scheide von neuem der Länge nach über die Knie. »Nun denn«, sprach er. »Ich bin zum Empfang bereit.«

Während sich Saer aufrichtete, um einem seiner Mannen auf dem Balkon am anderen Ende des Saals einen Wink zu geben, lenkte Kelson den Blick hinüber zu dem ältlich gewordenen Herrn Rhodri, welcher – gleichfalls am anderen Ende des Rittersaals – nur noch eines Zeichens geharrt hatte. Mit stolzer Gebärde reckte er das Haupt, durchmaß die Hälfte der Ausdehnung des Saals, schuf dabei eine Gasse durch die Menge, klopfte schließlich kraftvoll mit seinem Haushofmeistersstab auf den Fußboden. »Eure Majestät, ein Abgesandter des Hofes von Torenth ersucht Euch um Audienz.«

Als Kelson nickte, schwang man an der Eingangsseite der Halle die Flügel des Portals auf. »Er mag eintreten.«

Mit der Hand anstatt mit Schlegeln geschlagene Kesselpauken erdröhnten, kündeten den Einlaß der Besucher an. Die in Schwarz gekleideten Trommler waren Mohren, ebenso wie die zwanzig in Weiß gehüllten Krieger, welche als Ehrengeleit des Gesandten, der zunächst noch nicht in Sicht gelangte, ihnen folgten; unter den weiten Wüstengewändern glänzten Schuppenpanzer, während die Krieger sich gleichmütig einen Weg durch den Rittersaal bahnten, alle bewaffnet mit Spießen, unter breite Schärpen aus hellgelber Seide geschobenen Krummsäbeln sowie ausgestattet mit kleinen, eher zu zeremoniellen Zwecken geeigneten Tartschen, verstärkt mit Eisen; die sorgfältig um die Häupter gewundenen Turbane verbargen nur zum Teil spitze Eisenhelme. Kelson zum Gruß schlugen die Mohren mit den Spießen an die Schilde, derweil sie – jeweils zu Paaren – sich beiderseits der Estrade verteilten. Und zuletzt, als unvermutet das Klappern von Hufen auf der Freitreppe zum Rittersaal der Ankunft des Abgesandten selbst voranging, wandten sich die Mohren um, senkten vor dem Mann, dessen Geleitschutz sie abgaben, ihre Spieße.

Seiner Bekleidung nach handelte es sich auch beim Gesandten Torrenths um einen Mohren, doch hatte er eine weit dunklere Haut, als Kelson es jemals bei irgendeinem anderen Mohr gesehen hatte. Er ritt ein lohfarbenes Berberroß aus der Wüste, um ein paar Spannen höher, als man es vom Durchschnitt solcher Gestüte kannte, und des Gesandten fließend-weites Gewand hatte den gleichen glänzend-bernsteinartigen Farbton wie des Reittiers Überwurf, während sein Turban, von dem ein Zipfel die untere Hälfte seines Angesichts verhüllte, weiß war wie Schnee. Am beeindruckendsten allerdings war sein weiter Umhang aus geflecktem Raubkatzenfell – gelbbraun wie von Sonnenbräune und getupft –, welches des Mannes Schultern umfing, die großen Vordertatzen um seine Brust geschlungen, das massige Katzenhaupt ruhte auf seiner linken Schulter, und alles an ihm, seine gesamte Erscheinung, leuchtete im Sonnenlicht, derweil er für einen kurzen Augenblick verharrte, um die Lage, in welcher er sich befand, in Augenschein zu nehmen.

Er hatte eine Haltung wie ein Fürst, während er den Berberhengst mit aller Sorgsamkeit durch den Mittelgang des mit Steinfliesen ausgelegten Thronsaals lenkte. Allem Anschein nach war er unbewaffnet; doch mochten unter dem Umhang aus fleckigem Fell alle Arten von Waffen verborgen sein. Oder vielleicht bedurfte er keiner Waffen, denn bei außerordentlich sachtem geistigen Tasten Kelsons sowie mehrerer der Deryni in seiner Umgebung stießen sie auf undurchdringliche Geistesschilde. Also war der Abgesandte ein Deryni – oder ward von einem Deryni aufs beste behütet. Seine schwarzen Augen blitzten lebhaft und scharf, als er inmitten des Saales sein Reittier zügelte.

Doch erst als er von des Berbers Zügel ließ, ein Bein über den Sattelknauf schwang, um vom Roß zu steigen, da erhellten sich im Katzenhaupt auf seiner Schulter die goldgelben Augen, das Raubtier hob den Schädel, indem sein gewaltiger Rachen zu einem schaurigen Gähnen klaffte.

4

Das Geheimnis eines Königs zu verbergen, ist recht.
TOBIAS 12,7

Kelsons Aufkeuchen schlossen sich sofort Keuchlaute aus nahezu jedweder Kehle im Saal an, als die große Raubkatze behutsam ihre Pfoten von des Mohren Hals löste und, als wäre sie leicht wie eine Feder, auf den Fußboden sprang. Diese Bewegung sowie das leise Geräusch, mit welchem sie aufsetzte, dazu der Laut, den sie ausstieß – etwas wie ein verhaltenes Knurren, das auf seinem Höhepunkt unvermittelt verstummte –, veranlaßten den versammelten Hofstaat Gwynedds zu einem so fluchtartigen Zurückschrecken aus dem Mittelgang, daß es an das Meer gemahnte, das sich einst vor Moses geteilt hatte. Was beim anfänglichen Erscheinen des Mannes als atemloses Geraune der Vermutungen und der widerwilligen Achtung begann, steigerte sich zu einem Durcheinander von Ausrufen und verklang schließlich, endete mit beklommenem Schweigen, als der Raubkatze Besitzer behend neben dem Tier auf den Fliesen des Fußbodens aufkam.

Der Mohr führte die Großkatze bis an den Fuß der Stufen zum Thron. Einer seiner Begleiter brachte das Roß zurück zum Portal des Rittersaals, um dort zu warten. Sobald ihr Herr stehenblieb, hockte sich die Raubkatze auf die Hinterbeine, schaute achtsam auf, als der Mohr bedächtig das Tuch herabzupfte, welches sein Angesicht verschleierte, und einige Herzschläge lang rings um sein Haupt sichtbar eine Deryni-Aura erglühen ließ, eine Handlung, welche den Höflingen, während sie von dem sonderlichen Paar, wenn möglich, noch weiter abrückten, erneut scheues, furchtsames Gemurmel entlockte. Die Nase des Mannes war schmal und gebogen wie ein Adlerschnabel, hatte einen leichten Überhang; ein nachhaltig gestutzter Schnurr- und Kinnbart betonten noch ihre Krümmung.

»Möge Allah der Barmherzige und Gütige allen unter diesem Dach Friede und Wohlergehen schenken«, sprach der Gesandte, hob anmutig eine Hand an Brust, Lippen und Stirn, während er sich zum Gruß verneigte. Seine Stimme war tief und hatte den Vorzug ausgesprochenen Wohlklangs, und man hörte seinen Worten nur einen geringfügigen Anklang fremdländischen Zungenschlags an, während er seine Begrüßung vortrug. »Ich bin Al Rasoul ibn Tarik, Botschafter des Herrn Mahael des Zweiten von Arjenol, Vormund Prinz Ronals von Torenth sowie in Abwesenheit der Königlichen Mutter, Lady Morag, Regent Prinz Liams von Torenth. Herr Mahael läßt Euch durch mich seine höchstpersönlichen Glückwünsche anläßlich des heutigen Tages Eures christlichen Ritterschlags ausrichten, Herr Kelson, und gibt sich der Hoffnung hin, Ihr werdet von ihm zum Zeichen seiner Wertschätzung, gleichsam von Ritter zu Ritter, sowie zum Gedenken an diesen freudenreichen Anlaß dies kleine Geschenk entgegennehmen. Herr Mahael hat es eigens vom Patriarchen zu Beldour segnen lassen.« Beim Sprechen hatte er aus seiner Schärpe einen kleinen, in Seide eingeschlagenen Gegenstand geholt, den er nun auf dem Handteller vorzeigte. »Ich bitte Euch, nehmt es mitsamt meinem Glückwunsch an«, ergänzte Rasoul seine Darlegungen, derweil sich – auf eine Geste Kelsons hin – Dhugal ihm nahte, sich des Geschenks bemächtigte; allerdings behielten beide Jünglinge die Raubkatze gut im Augenmerk. »Unter den Gläubigen kennt man nichts der Ritterschaft Vergleichbares, aber wir ersehen, welch ein Ehrenstand sie ist unter den Christenvölkern. Auch diesen anderen Jungmännern entbiete ich meine Hochachtung.«

Bei dem Geschenk handelte es sich um ein stark mit aufgebranntem Schmelzglas verziertes Kreuz in morgenländischer Machart, doch als Dhugal es ihm brachte, widmete Kelson ihm lediglich einen beiläufigen Blick, lange genug, um sich dessen zu vergewissern, daß ihm kein schädliches Od anhaftete. Nach wie vor beanspruchte die Raubkatze einen Großteil seiner Aufmerksamkeit. »Ich ersuche Euch darum, Eurem Herrscher meinen Dank zu übermitteln, Herr Rasoul«, antwortete Kelson wohlerwogen, fragte sich indessen, was er tun könnte, falls das Tier ihn ansprang. Als Rasoul zu reden begann, hatte es sich hingekauert, wedelte langsam mit dem dünnen Schwanz, doch beobachteten seine goldgelben Augen jede Bewegung auf der Estrade mit großem Interesse. Schon hatte es eine große Pranke auf die unterste Stufe gelegt, schwach zuckten auf dem unermeßlich kostbaren kheldischen Teppich die Klauen. Die Bogenschützen wären keine besonders wirksame Hilfe, sollte sich die Raubkatze zum Angriff entschließen, wenngleich sie bereits bei der ersten Regung des Tiers die Sehnen halb gespannt hatten.

Ich glaube, ihm mißbehagt die Kühle des Fußbodens, merkte plötzlich, zu Kelsons Überraschung, auf geistiger Ebene Dhugal. *Die meisten Katzen hegen Abneigung gegen kalten Boden. Aber ist sie nicht wahrhaft schön?*

Die Bemerkungen verdutzten Kelson, während er das Kreuz Rory reichte, auf daß er es zur Aufbewahrung fortschaffe, und des Königs Blick streifte kurz Dhugal, ehe er sich erneut an Rasoul wandte. Er hatte Dhugals außergewöhnliche Begabung im Umgang mit Tieren gänzlich vergessen gehabt. »Desgleichen richtet ihm aus, Herr Rasoul, daß auch ich meinerseits all jenen Frieden und Gesundheit wünsche, welche unter seinem Dache Wohnung haben, und der Hoffnung bin, daß unserer beider Königreiche in Frieden und Wohlstand gedeihen werden.«

»Ich werde ihm Eure Worte getreulich wiederholen, Herr Kelson.« Rasoul deutete noch einmal eine Verbeugung an, die rechte Hand auf der Brust, aber sein Blick schweifte in aller Offenheit an den Balkonen entlang, zweifellos auf der Suche nach Morag, denn Liam, der ruhig zwischen Duncan und Morgan bei den übrigen Knappen stand, hatte er inzwischen gesehen. Morgan hatte wie zum Schutz eine Hand auf des Knaben Schulter gesenkt. Offensichtlich hatte Rasoul auch Mißfallen an den Bogenschützen. Weder äußerte jedoch er sich dazu, noch Kelson, aber der König hob langsam eine Hand zum Zeichen für die Bogenschützen, daß sie die Sehnen lockern sollten. Dies Zugeständnis konnte er sich leisten. *Wenn* die Raubkatze angriff – anscheinend empfand Dhugal aber diesbezüglich keine Sorge –, waren Pfeile ohnehin nicht schnell genug, um sie aufzuhalten. »Meinen Dank, Herr Kelson«, sprach Rasoul leise und neigte nochmals das Haupt mit dem Turban. »Die andere Botschaft, welche ich zu überbringen habe, gilt meinem Oberherrn, König Liam, sowie seiner Mutter ... doch ich erblicke Lady Morag heute nicht in diesem Saal. Darf ich davon ausgehen, daß sie sich wohlauf befindet?«

»Sie ist bei vortrefflicher Gesundheit, mein Herr«, erteilte Kelson in beherrschtem Ton. »Wäre ihre Höflichkeit zu vergleichen mit ihrer Gesundheit, so wäre, da bin ich mir sicher, ihre Gegenwart an meinem Hof für alle Beteiligten entschieden erträglicher gewesen.«

Rasoul schnaubte, sein Kinn machte eine ruckhafte, von Anmaßung geprägte Bewegung, mit der Folge, daß die Raubkatze den Kopf hob und ihn anschaute, ein Knurren vernehmen ließ, das in einem dunklen Geschnurre verklang. »Ich will zugeben, daß es Lady Morag bisweilen an Geduld gemangelt haben mag, Herr«, räumte der Mohr ein, »doch dünkt derlei mich verständlich bei einer hochedlen Dame, welche man wider ihren Willen seit nunmehr beinahe einem Jahr gefangenhält, wiewohl es den Zusagen zufolge vorgesehen war, sie bereits vor sechs Monden ziehen zu lassen.«

Also war Rasoul jemand, der wenig Federlesens

macht, gerne rasch zum Kern einer Sache kam. Das ersparte zumindest langweilige staatsmännische Plaudereien. Während sich Kelson eine Antwort überlegte, tastete er mit seinem übersinnlichen Wahrnehmungsvermögen nach Rasouls Gedanken, um sich einen Eindruck von seinen Einstellungen und Empfindungen zu verschaffen; aus dem gegebenen Abstand war es schwierig, eines anderen Deryni Gemüt zu durchschauen, doch galt ein gleiches umgekehrt ebenso für Rasoul.

»Selbige Zusage, mein Herr, ward gemacht, bevor torenthische Meuchler sich erdreisteten, während meines Fortseins im vergangenen Sommer meinen Onkel zu morden zu versuchen«, sprach der König. »Nach dem Buchstaben von Recht und Gesetz hätte es sowohl mir als auch meinem zeitweiligen Stellvertreter zugestanden, beide Geiseln hinrichten zu lassen, und sicherlich wäre genau das geschehen, wären nicht gewisse Hinweise darauf entdeckt worden, daß die Meuchler auch Liam nach dem Leben trachteten.«

»Sire, diese Andeutungen, in denen Ihr Euch zu ergehen beliebt, sind nicht bloß eine Beleidigung, sondern lachhaft bis zum äußersten«, erwiderte Rasoul. »Wären's in der Tat Meuchler aus Torenth gewesen, welche jenen Anschlag verübten – und dafür spricht bislang, Herr, allein Euer Wort« – der Mohr vollführte eine von Frechheit gekennzeichnete, abgehackte Verbeugung – »weshalb hätten sie ihres eigenen Königs Ermordnung anstreben sollen?«

Der Mann war fürwahr ungemein schlau, er sprach kein Wort, das nicht buchstäbliche Wahrheit blieb; Kelson indes wußte sehr genau, wie viele Lügen in all dem versteckt sein mochten, was Rasoul *nicht* in Worte faßte. Außerdem hatten sowohl Kelson als auch Morgan die Gefangenen befragt, welche noch unter der Königsburg im Kerker schmachteten. Irgendwer hatte tatsächlich Liams Tod gewünscht.

»Das weiß ich nicht, mein Herr«, entgegnete darauf

Kelson. »Es mag sein, daß ihr Auftraggeber den Wunsch nach seinem Tode verspürte. Ich will nicht behaupten, daß ihr Auftraggeber Euer Herr und Meister gewesen ist, jedoch erhebt sich die sicherlich berechtigte Frage, wer wohl am meisten zu gewinnen hätte, sollte unser junger königlicher Gast vor Erlangung seiner Mündigkeit das Zeitliche segnen. Ich darf Euch zusichern, nicht ich bin es ... und sei's nur aus dem Grunde, weil Euer Herr König Liams Erben in seiner Obhut hat.«

Darauf schnitt der Mohr eine zornige Miene, bewahrte jedoch besonnen Schweigen, während die Raubkatze ein Schnurren anfing, das stetig anschwoll, und wie um ihres Herrn Verärgerung zu unterstreichen, peitschte sie gereizt mit dem Schweif die Fliesen. Mittlerweile lagen ihre beiden Vorderpfoten bis zu den Ellbogen auf der untersten Stufe zur Estrade.

»Ich lehne es ab, auf Aussagen Antwort zu geben, welche so offenkundig abwegig sind«, erklärte Rasoul zu guter Letzt. »Denkt man dergleichen nach Maßgabe der Vernunft weiter, so müßte Lady Morag selbst auf ihres Sohnes Meuchelung hingewirkt haben.« Er schaute hinüber zu Liam und widmete ihm eine Verbeugung. »Achtet ihrer Lügen nicht, mein Prinz. Was immer getan werden kann, um Eure Freilassung zu erreichen, wird getan.«

»Selbige Freilassung wird zum rechten Zeitpunkt erfolgen«, mischte sich Kelson ein, ehe der Knabe das Wort zu ergreifen vermochte, »doch wird's nicht heute und ebensowenig in naher Zukunft sein. Gegenwärtig ist's meine Absicht, Liam von Torenth Gast am Hofe von Gwynedd bleiben zu lassen, bis er vierzehn Lenze zählt, und zu diesem Zweck habe ich ihn just am heutigen Tage zum Knappen gemacht, in welcher Eigenschaft er Prinz Nigel Haldane, dem Herzog von Carthmoor ...«

»Zum *Knappen ...?*«

»Lauscht meinen Worten, mein Herr! Euer König ist

noch jung an Jahren. Zudem ergab's sich unerwartet, daß er zum Beherrscher Torenths aufsteigen soll. Nicht *ich* war's, der seines älteren Bruders Ableben verursachte.« Der König senkte seine Geistesschilde und ließ Rasoul die Wahrhaftigkeit dieser Äußerung selber ersehen. »Aber es liegt in meiner Verantwortung zu erwirken, daß er eine angemessene Belehrung und Unterweisung erhält, um einstmals, wenn er in die Reife kommt, fürwahr die Fähigkeiten besitzt, um über sein Land herrschen zu können.«

»Und woher, Herr König, entsteht Euch selbige Verantwortlichkeit?« erkundigte Rasoul sich im Tonfall einer Herausforderung.

»Aus der Tatsache, daß König Liam mir letztjährig im Namen seines Königreichs den Huldigungseid leistete, so wie's zwischen mir und seinem Onkel, König Wencit – der Herr hab ihn selig! –, vereinbart ward«, lautete Kelsons Antwort. »Darum steht er unter meinem Schutz.«

»Wollt Ihr nicht lieber sagen: In Eurer Knechtschaft?« versetzte Rasaoul darauf mit halblauter Stimme.

Kelson seufzte. »Schwerlich ist's Knechtschaft zu nennen, mein Herr, es sei denn, Ihr möchtet Dienste so heißen, wie jedes Kind sie an Älteren zu verrichten hat, derweil es fürs Leben lernt, um die Reife zu erlangen. Das ist eine Art von Dienstbarkeit, welche auch ich einst ausgeübt habe, mit Freuden und unter der Hut desselben vortrefflichen Ritters wie Liam. Schließlich muß Euer König ja irgendwo die Staatskünste erlernen.«

»Dann laßt's ihn an seines Onkels Seite tun«, antwortete Rasoul. »Hier sind die Sitten und Gebräuche anders als in unseren Landen. Ihn fernab seiner Landsleute und Anverwandten als Geisel festzuhalten ...«

»Unterscheidet sich nicht von der Lehrzeit, welche die Mehrheit aller hochgeborenen Knaben durchzumachen haben, mein Herr«, fiel ihm Kelson ins Wort. »Er lernt in Gesellschaft meiner königlichen Vettern« – seine Hand wies auf Payne und Rory – »und er übt sich gemeinsam mit der Blüte der gwyneddischen Ritterschaft im Waffenhandwerk ... mit anderen Worten, er betreibt ganz und gar all das, was er triebe, wäre er ein in Gwynedd anstatt in Torenth geborener Edelknabe. Gewißlich vermögt Ihr darin nichts Unschickliches zu erblicken.«

Nun stieß Rasoul seinerseits einen Seufzer der Verlegenheit aus. »Nicht ich bin's, dessen Billigung Ihr bedürft, Herr. Meinem Gebieter, Herrn Mahael, wird's mißfallen.«

»Ich verlange gar nicht, daß er daran Gefallen findet«, beschied ihn Kelson. »Ich verlange lediglich, daß er's hinnimmt, so wie's dem Regenten meines Vasallen, des Königs von Torenth, fürwahr geziemt. Meine Schreibstube hat Sendschreiben ausgefertigt, in welchem meine Vorhaben in dieser Angelegenheit in allen Einzelheiten beschrieben stehen, und bei der Rückkehr an Herrn Mahaels Hof werdet Ihr ihm selbige Sendschreiben aushändigen. Für den Juni erwarte ich seine Gegenwart zu Cardosa.«

Rasouls dunkelhäutiges Gesicht ward ganz starr. »Ihr *erwartet* ...«

Kelson lehnte sich ein wenig auf dem Thron zurück, ohne auch nur vorübergehend den Blick von Rasouls Augen abzuwenden. Er konnte spüren, wie unter den Mohren die Anspannung wuchs, doch ihr Anführer war mit einem Mal geistig auf das vollkommenste und undurchdringlichste abgeschirmt. »So Ihr's vorzieht, *befehle* ich seine Anwesenheit, mein Herr«, sprach Kelson mit deutlicher Betonung. »Sobald ich Eurem Oberen von Angesicht zu Angesicht begegnet bin und mich von der Friedfertigkeit seines Trachtens überzeugt habe – und ebenso von Prinz Ronals Wohlaufsein –, wird es, daran zweifle ich nicht, möglich sein, Bedingungen für eine Freilassung Lady Morags auszuhandeln.«

»Aha.« Mit diesem einen Wörtchen Rasouls verflog offenbar die gesamte Verdrossenheit, welche sich seit

Anbeginn des Gesprächs bei dem Abgesandten und seinen Begleitern angestaut hatte, so daß sich Kelson seiner Auffassung bestätigt fühlte, es sei klug und ratsam, vorsichtig zu Werke zu gehen, auch in seiner Vermutung, daß sich in Torenth irgend etwas zusammenbraute. »Dann ist's also Euer Wille, Lady Morag die Freiheit zurückzugeben.«

Mit einem außerordentlich schwachen Aufflackern seiner Geisteswehr, erkennbar allein für einen anderen Deryni, lächelte Kelson auf gleichsam verschwörerische Weise und zuckte die Achseln. »Unseresgleichen sind es wenige am Hofe von Gwynedd, mein Herr«, gab er dem Gesandten zur Antwort. »Für Herzog Mahael wird sie ein weit geringeres Ärgernis als für mich sein. Versteht Ihr den Sinn meiner Worte?«

Diese Äußerung brachte gerade genug kauzige Launigkeit zum Ausdruck, um die Wohlgestimmtheit des Mohren wiederherzustellen. Indem er – zum Befremden der Mehrheit des Hofes – laut auflachte, nickte Rasoul und verbeugte sich abermals vor Kelson. »In der Tat, Herr. Ich ... nehme an, es wird mir verwehrt bleiben, für ein kurzes Weilchen das eine oder andere Wort in einer privaten Audienz mit Ihrer Hoheit zu wechseln?«

»Leider habt Ihr recht, mein Herr«, lautete Kelsons Entgegnung. »Gewißlich wird Euch der Grund leicht einsichtig sein.« Naturgemäß dachte er gar nicht daran, den eigentlichen Anlaß der Ablehnung zu nennen – den Umstand nämlich, daß Morag überhaupt nicht mehr in Rhemuth weilte –, und Rasoul hatte keine Ursache, dergleichen zu argwöhnen. Als der Mohr mit den Schultern zuckte und sich erneut verbeugte, stand Kelson auf und legte sich das Schwert in die Armbeuge. »Nun wohl, ich glaube, wir verstehen einander. Darf ich Euch und Eure Männer zu dem Festmahl einladen, welches in Kürze zur Feier der heutigen Ritterschläge veranstaltet wird? Oder Euch, solltet Ihr's so vorziehen, weniger förmliche Erquickung und Stärkung anbieten, während man die an Euren Herrn gerichteten Sendschreiben bringt? Erzbischof Cardiel, wolltet Ihr wohl ohne Verzug diesen Botengang veranlassen?«

Rasoul neigte das Haupt – er betrug sich nun wieder vollauf höfisch und wohlerzogen –, und zu seinen Füßen regte sich die Raubkatze, begann sich träge zu räkeln. »Ich spreche Euch meinen Dank aus, Herr, doch liegt zu Desse unser Schiff bereit, und wollen wir zur Flut auslaufen, müssen wir uns alsbald auf den Weg begeben. Da's mir nicht vergönnt ist, mit Lady Morag ein Wort zu wechseln, darf ich zumindest Herrn Liam meine Aufwartung machen?«

»In unserer Anwesenheit sowie vor dem Hofe dürft Ihr's, ja«, sagte Kelson. Ohne Worte, allein mit einem Zeichen, gebot er Dhugal, sich ihm anzuschließen, und stieg einige Stufen hinab, behielt dabei die Raubkatze achtsam im Augenmerk; doch Dhugal, dem Tier um ein paar Stufen näher, strebte voraus, beugte sich vor und streckte der Raubkatze – zu Rasouls sichtlicher Verblüffung – die Hand hin.

»Junger Herr ...«

»Es ist schon recht«, versicherte Dhugal leise.

Beunruhigt räusperte sich Kelson und schaute Rasoul an, war selbst ein wenig bestürzt angesichts der Kühnheit Dhugals. »Gestattet mir, mein Herr, Euch meinen Ziehbruder vorzustellen, den Grafen von Transha«, sprach Kelson. »Ich muß gestehen, mein Herr, er ist wagemutiger denn ich, indem er seine Hand Eurer gar prächtigen Reisegefährtin anbietet, ohne darüber Gewißheit zu haben, ob sie ihn nicht allzu gerne mit Haut und Haaren verschlingen möchte.«

Rasoul lachte verhalten, doch in seinem Angesicht spiegelte sich aufrichtige Verwunderung, als die Raubkatze den Schädel Dhugal entgegenreckte, um an seiner Hand zu schnuppern, dann eine riesige Zunge um seine Finger schlang, während Dhugal nur lachte.

»Sieh an, so dacht ich's mir«, meinte Dhugal gedämpft. »Du bist ein großer, langer Kaminvorleger, nicht wahr, Mädchen?« Als er das Tier mit der Hand hinter einem der lohgelben Ohren kraulte, kroch es noch ein paar Stufen höher und schmiegte den Kopf an ihn, ließ sich mit einem Seufzlaut der Wohligkeit auf den kheldischen Teppich sinken. »Ach, auch in dieser Beziehung hatte ich recht, was?« säuselte Dhugal. »Die kalten Fliesen haben dir mißbehagt, stimmt's, meine Schöne? Darf ich fragen, mein Herr, wie man sie nennt?«

Rasouls Brauen hoben sich, während die Raubkatze vernehmlich schnurrte und die Augen schloß, den Kopf fester an Dhugals Knie rieb.

»Solltet Ihr mich auf ihren Namen ansprechen, junger Herr, er lautet Kisah, was Licht bedeutet«, erteilte ihm der Mohr Auskunft. »Fragt Ihr hingegen nach ihrer Art, so ist's ein Gepard. Von allen Raubkatzen können allein Geparden in genügendem Maße, mit einiger Verläßlichkeit, gezähmt werden. Bei meinem Volk bedient man sich ihrer zur Jagd geradeso wie als Leibwächter. Doch ... fürchtet Ihr sie nicht?«

»Sie weiß, daß ich ihr nichts Übles will, mein Herr«, erwiderte Dhugal, indem er mit den Schultern zuckte und lächelte, als der Gepard ihm mit dem Schädel einen Stoß versetzte, kräftig genug, um ihn fast auf den Hintern zu werfen, dann laut weiterschnurrte, als Dhugal ihn mit der Hand zu streicheln fortfuhr. »Wir Märkischen verstehen uns aufs vertraulichste mit Tieren ... hab ich recht, Kisah?«

Der Gepard schloß erneut die Lider und streckte sich Dhugal noch hingebungsvoller entgegen, schnurrte womöglich gar lauter als zuvor. Nachdem er sich dies Schauspiel für ein Weilchen angesehen hatte, schüttelte Rasoul das Haupt und hob, indem ein Lächeln leicht sein bärtiges Angesicht verzog, den Blick zu Kelson. »Mich dünkt's, am Hofe von Gwynedd gibt's Wunder zu schauen, welche ich mir nicht hätte träumen lassen, Herr König«, sprach er voller Achtung. »Aber ach! Leider verfüge ich wahrlich nicht über die Zeit zum Säumen. Möchte dieser junge Gepardenzähmer mich nun wohl Herrn Liam vorführen ...?«

Flink sprang der Gepard auf die Beine, als sich Dhugal erhob und vor Rasoul verneigte, und schlich sodann ruhig zwischen beiden vorwärts, derweil Kelson das seltsame Dreigestirn quer durch die Rückseite der Halle geleitete, hinüber zu der Stelle, wo bei den anderen Knappen Liam wartete. Knaben und Höflinge wichen beiseite, während sie vorüberstrebten; dagegen verharrte Liam, zu dessen Seiten nach wie vor Duncan und Morgan standen, auf dem Fleck. Als Morgan ihm zunickte, lief der Knabe den Ankömmlingen entgegen, warf die Arme um Kisahs Hals, kicherte und lachte, als die Raubkatze ihm die Pfoten um die Hüften schlang und sein Gesicht leckte. Endlich gelang es Liam, das Tier zum Ablassen zu bewegen, und sobald er zu dem Gesandten aufblickte, einen Arm noch um der Raubkatze Hals gelegt, erwies Rasoul ihm die erforderliche förmliche Huldigung, rührte mit den Fingerspitzen an Brust, Lippen und Stirn. »Möge Allah Euch eine lange Herrschaft gewähren, mein Prinz.«

»Ich bin hocherfreut, Euch wiederzusehen, Herr Rasoul.«

»Und mich beglückt aufs höchste euer Anblick, mein Prinz, wiewohl man vermeinen möchte, es hätte genügt, Euch Kisah zu schicken, um Euch zufriedenzustellen. Genießt Ihr eine geziemliche Behandlung?«

»Ja freilich.« Liam schaute erst Morgan, danach Duncan von der Seite an, während er unentwegt die Raubkatze streichelte. »So manches ist hierzulande anders, aber ich lerne sehr viel. Und nun werde ich gar Prinz Nigels Knappe ... eine große Ehre! Wenn ich erwachsen bin und nach Torenth heimkehre, werde ich, wie ich hoffe, ein so gewaltiger Krieger wie er sein.«

Pflichtschuldigst lachte Rasoul, derweil Liam das Angesicht an Kisahs Hals preßte, um sie verspielt an sich zu drücken und den dunklen Schopf an das lohfarbene, getupfte Fell zu lehnen; doch in des Mohren Augen ließ sich keinerlei Frohsinn erkennen, als er sich an der Raubkatze anderer Flanke niederkauerte, dem Knaben gegenüber. »Wahrhaftig, das zu vernehmen, bereitet mir große Genugtuung, mein Prinz, und Ihr seid zweifelsfrei gewachsen, seit ich Euch das letzte Mal sah. Aber vermißt Ihr nicht Euren Bruder? Er ist inzwischen Eures Onkels Mahael Page, und auch Eurem Onkel wär's eine Ehre, Euch zu seinem Knappen zu machen. Glaubt Ihr nicht, ein König sollte der Heimat Gepflogenheiten kennenlernen, bevor er den Sitten fremder Lande Beachtung schenkt?«

Liam schaute daraufhin recht beklommen drein, seine Unterlippe fing zu zittern an; doch Morgan trat näher, legte dem Knaben eine Hand auf die Schulter und blickte Rasoul mit gemäßigter Herausforderung in die Augen. »Es ist eines Königs Pflicht, die Bräuche vieler Völker zu lernen, mein Herr«, sprach er voller Gelassenheit. »Und jene, welche ihren König lieben, sollten nicht kindliche Ängste zu wecken trachten, um ihn von selbiger Pflicht abzuhalten. Ihr werdet ihm, so Ihr darauf beharrt, keinen Dienst erweisen.«

Auf geistiger Ebene verspürte Kelson das Tasten der Deryni-Sinne Rasouls, als der Mohr sich damit von den Männern, die den jungen König umstanden, insgeheim einen Eindruck verschaffte und dabei ausschließlich andere Deryni erkannte. Lächelnd richtete sich Rasoul auf, verbeugte sich mit aufs Herz gelegter Hand. »Ich sehe, man dient Euch aufs erlesenste, König von Gwynedd«, sprach er mit leiser Stimme, »darum mag ich nicht ferner von dieser Sache Rede führen. Und da's nun so ist, werde ich, sobald ich die Sendschreiben erhalten habe, welche zu befördern Ihr mir geboten habt, den Rückweg antreten, denn man soll Al Rasoul ibn Tarik nicht nachsagen können, er hätte seinem König Kummer verursacht. Doch da, so wähne ich, naht sich schon Euer verehrungswürdiger Herr Erzbischof.« Arilan begleitete Cardiel, als der Erzbischof mit einer Botentasche aus Leder in der Hand nähertrat, und Rasoul begrüßte die zwei Prälaten mit einer achtungsvollen Verbeugung, ehe er sich nochmals an Jung Liam wandte, der mit geweiteten Augen zuschaute. Als die beiden Bischöfe anlangten, bemerkte Kelson, daß sie sich allem Anschein nach in reichlich mürrischer Stimmung befanden, und er stellte sich die Frage, ob Arilan vielleicht dabei sein mochte, um den Menschen Cardiel vor etwaigen Versuchen Rasouls, den Erzbischof einer geistigen Einsichtnahme zu unterziehen, zu behüten. Er erhielt jedoch keine Gelegenheit zu weiterem Nachsinnen über diese Frage, denn just in diesem Augenblick verneigte sich Rasoul abermals vor Liam, streckte eine Hand aus, als sei es seine Absicht, ihn zu berühren. »Mein Prinz, ich werde Eure ehrerbietigen Grüße Eurem Onkel übermitteln, und ich wage mich der Hoffnung hinzugeben, daß die Umstände es Euch alsbald gestatten werden, ihm statt dessen persönlich Grüße zu überbringen. Bis dahin laßt mich zum Abschied Eure Hand küssen ...« Er wich zurück, als Duncan ihm die Verwirklichung dieser Absicht mit ausgestrecktem Arm verwehrte. »Aber wie ich sehe, ist's nicht erlaubt, darum entbiete ich Euch untertänigst und voller Liebe mein Lebewohl. *Salaam aleikum*, mein Prinz. Möge Allah Euch aufs sicherste in Seiner Hand geborgen halten.«

»Das wird Er ohne Zweifel tun, mein Herr«, merkte Kelson dazu in sachlichem Tonfall an. »Herr Erzbischof, sind die Sendschreiben vollständig beisammen?«

Cardiel neigte zur Bestätigung, indem er den König kühlen Blicks musterte, das Haupt, übergab die Tasche Rasoul. »Sie sind es, Sire. Und darf ich vor Eurer Majestät die Empfehlung aussprechen, Herrn Rasoul und seinen Begleitern zumindest für einen Teil der Wegstrecke zu ihrem Schiff in Desse ein Ehrengeleit mitzusenden?« Mit Nachdruck heftete er den Blick auf Duncan. »Mag sein, einer Eurer hochgestellten Herzöge wäre für diesen Zweck der geeignete Mann, dieweil ich's ungern sähe, würde einer Eurer neuen jungen Ritter um die Möglichkeit zur Teilnahme an den ja eigens zu ihren Ehren veranstalteten Festlichkeiten gebracht. Vielleicht erklärt Seine Durchlaucht, der Herzog von Cassan, sich bereit.«

»Dem möchte ich zustimmen, Sire«, ergänzte Arilan des Erzbischofs Vorschlag. »Herzog Duncan dünkt auch mich eine vortreffliche Wahl.«

Die ungewohnt förmliche Ausdrucksweise, deren sich die beiden Kirchenfürsten befleißigten, sowie ihr plötzliches Verlangen, Duncan vom Hofe fortzuschikken, bestürzten Kelson und gaben ihm die Frage ein, ob Cardiel und Arilan ihrem Bischofskollegen möglicherweise zürnten. Aber ja, natürlich! Duncan hatte sie nicht zu Rate gezogen, ehe er sich vor dem gesamten Königshof als Deryni bekannte.

Doch bevor Kelson mehr tun konnte, als seinen Blick auf Duncan zu richten, trat Morgan um einen Schritt näher und berührte sachte, wie um ihm Zurückhaltung nahezulegen, des Königs Ärmel. »Mit Eurer Erlaubnis, Sire«, meldete er sich leise zu Wort, »werde ich gleichfalls Herrn Rasoul begleiten. Selbst zwei Herzöge sind ein kaum hinlängliches Ehrengeleit für einen Edelmann von solcher Vornehmheit ... und des heutigen Abends Festlichkeiten sind, wie Seine Exzellenz richtig bemerkte, für die jungen Ritter bestimmt.«

Besagte Festlichkeiten zur Ehrung der an diesem Tage zu Rittern geschlagenen Jünglinge begannen schon kurz nachdem Morgan und Duncan mit den fremdländischen Besuchern den Saal verlassen hatten, doch dauerte es fast eine Stunde, bis sich Kelson soweit entkrampft hatte, daß er das Festgeschehen allmählich genießen konnte. Cardiel und Arilan begaben sich fort, ehe er eine Gelegenheit fand, um mit ihnen in Ruhe ein

Wort zu wechseln. Auch Bischof Wolfram war nirgends zu sehen, als das Fest seinen Lauf nahm. Das alles faßte Kelson als unheilvolle Vorzeichen auf, jedoch vermochte er vorerst in dieser Hinsicht nichts zu unternehmen, ohne allgemeine Aufregung hervorzurufen; und für einen einzigen Tag hatten sie heute nach seinem Geschmack Aufregung zur Genüge gehabt.

»Glaubt Ihr, sie verübeln's meinem Vater, daß er sich als Deryni offenbart hat?« erkundigte Dhugal sich bei Kelson, derweil sie zu zweit einer feisten, mit Datteln gefüllten Wildhenne die Gliedmaßen ausrissen, sich fettige Finger leckten, dabei so taten, als sähen sie einer Truppe von Akrobaten zu.

Die Musikanten auf dem hinteren Balkon spielten viel zu laut, aber es genügte Kelson vollauf, wenn er Dhugal, welcher ihm zur Rechten saß, gerade noch verstehen konnte; dann hatte er die Gewißheit, daß niemand dazu imstande war, sie zu belauschen. »Wahrscheinlich verhält's sich so«, gab er zur Antwort. *»Irgend etwas* hat ihnen Mißmut eingeflößt, aber zu viele Dryni umgaben uns, als daß ich hätte feststellen können, um was 's sich handelte. Und du bist mit der verdammten Katze überdies allzu stark aufgefallen.« Dhugal grinste, äußerte sich dazu jedoch nicht. »Nichtsdestoweniger war's unter Umständen gar kein schlechter Gedanke, Duncan für des Abends restliche Dauer von hier fortzuschaffen«, ergänzte Kelson seine Rede. »Du unterscheidest dich in den Augen der Leute nicht sonderlich von Alaric, was das Derynitum anbetrifft, deshalb wird dich, nachdem man nun Bescheid weiß, niemand behelligen ... jedenfalls nicht, solange du an meiner Seite sitzt. Duncan hingegen hat bereits sehr viele Menschen auf die Zehen getreten – weil er als Bischof einen Sohn hat ... und nun hat er sich zudem als Deryni bekannt. Binnen einer gewissen Frist wird das Aufsehen abebben, dessen bin ich mir gänzlich sicher, jedoch ist's gewiß ratsam, nicht leichtfertig Scherereien auszulösen. Im übrigen war's ein vorzüglicher Einfall, den Mohren zwei Deryni mitzuschicken, welche sich davon zu überzeugen imstande sind, daß sie das Königreich auch wirklich verlassen. Legte er's darauf an, vermöchte ein Deryni, welchem so eine Geistesgewalt zu Gebote steht wie Rasoul, uns gar etliche Widrigkeiten zu verursachen.«

»Hmmm, Ihr habt wohl recht«, stimmte Dhugal zu und kaute versonnen auf einem Bissen Brot, während sein Blick durch den Saal schweifte. »Allerdings vermeine ich, es dürfte keinen Sinn haben, daß wir uns den Abend mit zwecklosem Grübeln verderben. Sagt an, habt Ihr zufällig bemerkt, wer dort drüben bei Eurer Tante Meraude sitzt, in der Nähe Saers und Herzog Ewans?«

Indem er einen tüchtigen Zug vom Wein nahm, spähte Kelson in die Richtung, welche ihm Dhugals fahrige Geste wies, lenkte seinen Blick vorbei an einem Paar Gaukler von wenig beeindruckender Kunstfertigkeit. Zur Linken Meraudes, für Kelson ungehindert sichtbar, saß die Edle Janniver, kostete die Tafelfreuden gemeinsam mit Kelsons ehemaligem Knappen, Herrn Jatham ... Nun ja, das war, so befand Kelson, eine erfreuliche Entwicklung. Aber er mußte zweimal hinschauen, bevor er das junge Weib erkannte, welches an Meraudes anderer Seite saß – und als er sah, wer es war, verschluckte er sich am Wein.

Es war Rothana. Hätte sie, wie es zu erwarten gewesen wäre, die hellblaue Tracht einer Novizin getragen, Kelson wäre unverzüglich auf sie aufmerksam geworden; in weltlicher Gewandung hingegen hatte er sie noch nie gesehen. Ihr Kleid erinnerte in der Farbe an den Wein, welchen der König trank. Der hohe Kragen und die Säume der weiten Ärmel wiesen eine reiche Verzierung mit silberner Stickerei auf; ein hauchfeiner, rosaroter Schleier nach morgenländischer Art, gehalten durch einen Silberreif, an welchem blaurote Edelsteine in der Größe von Weintrauben prunkten, bedeckte ihr

Haupthaar, umflorte leidenschaftliche dunkle braune Augen, in denen eines Mannes Blick versinken mochte.

»Allmächtiger Herrgott, steh mir bei!« entfuhr es Kelson im Flüsterton, sobald er wieder atmen konnte.

Dhugal lachte halblaut und schüttelte das Haupt. »Wie denn, Ihr beschwört den Herrgott? Man sollte wähnen, Ihr hättet nie zuvor im Leben eine schöne Jungfer erblickt, Kelson. Und immerhin *ist* es ja eine Nonne.«

»Und wo ist ihre Tracht?«

»Das weiß ich nicht. Ist es Euer Wunsch, daß ich sie danach befrage?«

»Wag's nur, und ich werde dich erschlagen«, raunte Kelson, der diese Drohung natürlich lediglich halb im Scherz ausstieß, und packte entschlossen Dhugals Ärmel, als letzterer sich auf seinem Platz regte, wie wenn er sofort zur Tat zu schreiten gedächte.

Dhugal jedoch lächelte nur und trank vom Wein, ließ seinen Blick durch andere Bereiche des Saales wandern. »Keine Sorge, Sire. Ich weiß Klügeres anzufangen, als für einen Mann den Kuppler zu spielen, welcher gar nicht verkuppelt zu werden begehrt. Ob wohl die Tochter des Grafen von Cathane mir ein, zwei Tänzchen zubilligen wird? Auch mit der Edlen Agnes de Barra möchte ich wohl das Tanzbein schwingen ... doch dürfte es als Voraussetzung vonnöten sein, sich an ihrem allzeit eifersüchtigen Wachhund von Bruder vorbeizuschleichen. *Euch* könnt's gelingen. Soll ich Euch ihr vorstellen?«

»Ich weiß nicht, wie ich dergleichen anstellen sollte«, widersprach Kelson und schüttelte das Haupt. »Geh nur und versuch's selber. Ich bin für derlei noch nicht zur Genüge trunken.«

Als das Festmahl vorüber war und man die Mitte des Saales freigeräumt hatte, um Platz für mancherlei kurzweilige Darbietungen sowie zum Tanze zu schaffen, ward Dhugal bereits nach Kräften seinem Geprahle gerecht, tändelte keck mit nachgerade jeder Dame im Saal, was zu tun sich allerdings auch die anderen Jünglinge bemühten. Pflichtgetreu tanzte Kelson, dieweil seine Mutter abwesend war, die nicht einmal am Festmahl teilzunehmen beliebte, eine Pavanetta mit Tante Meraude, und beobachtete, daß sowohl Dhugal, derweil der Nachmittag in den Abend überging, als auch Conall sich von Rothana einen Tanz erbaten; nach einer Weile jedoch, als ein wenig Ruhe eingekehrt war, saß er still neben Nigel und trank mehr, als zu trinken klug war, gab sich seinen Sorgen hin, welche Bischöfe, torenthische Abgesandte und hochgeborene torenthische Geiseln anbetrafen.

Er gab sich alle Mühe, um nicht zuviel Gedanken an die Bischöfe zu verschwenden. Es war seine Überzeugung, daß die Mißstimmung sich ohne viel Aufhebens beilegen ließ. Schließlich verhielt es sich ja beileibe nicht so, daß Cardiel und Arilan nicht gewußt hätten, daß Duncan ein Deryni war; sicherlich mußte man aber davon ausgehen, daß etliche andere Bischöfe, wenn sich die Kunde davon erst einmal ausbreitete, nicht sonderlich erfreut sein würden.

Viel stärker bohrte in seinem Gemüt die Frage Torenths. Rasoul hatte bei Kelson zahlreiche Zweifel geweckt, wie es der Mohr wohl auch beabsichtigt hatte. Bestand die Möglichkeit, überlegte Kelson, daß er die Gefahr falsch einschätzte? War es ein Fehler gewesen, die Freilassung Morags zumindest als Erwägung in Aussicht zu stellen, wiewohl er im Sinn hatte, an ihrer Stelle Prinz Ronal als Geisel an Gwynedds Königshof kommen zu lassen? Liam und nach ihm Ronal waren Torenths rechtmäßige Erben, blutsverwandte Neffen Wencits, und Kelson trachtete keineswegs nach ihrer Krone; dem eigenen Königreich den Frieden zu wahren, beschäftigte ihn in wahrhaft ausreichendem Maß. Aber sollte ihre Mutter sich einstmals von neuem vermählen, mochten Sprößlinge aus einer solchen Verbindung, wiewohl vielleicht keinen höherwertigen, so doch einen gleichrangigen Anspruch auf das Erbe Wencit von Torenths haben und beim torenthischen Adel durchaus mehr Unterstützung finden als zwei Prinzen, welche in der Obhut des Königs eines Nachbarlandes lebten – zumal wenn der Vater der etwaigen neuen Thronbewerber ein Angehöriger selbigen Adels war und eine so herausragende Führernatur wie Mahael von Arjenol anscheinend eine abgab.

Kelson bemühte sich ernstlich ums Vortäuschen von Aufmerksamkeit, während Herr Rhodri eine Schauspieler-Truppe ankündigte, die Diener zusätzliche Fackeln anzündeten, um das immer trübere abendliche Zwielicht aufzuhellen; angesichts seiner insgeheimen Kümmernisse jedoch hegte er wenig Interesse an den Heldentaten des halb sagenhaften Herrn Armand, obzwar es ihm schmeichelte, mit jener Leuchte des Rittertums verglichen zu werden. Als die Vorführung des Schauspiels endete, hatte der König darüber Klarheit erlangt, daß er umfangreicheren Aufschluß über die Gesamtlage haben mußte, als seine gegenwärtige Betrachtung der Verhältnisse ihn ermöglichte. Aber es war in höchstem Grade unwahrscheinlich, daß er noch im Laufe des heutigen Abends zu neuen Einsichten gelangte.

Dhugal war ihm keine Hilfe. Er hatte sich ans andere Ende des Saales entfernt und buhlte schamlos um die Tochter des Grafen von Carthane. Des Königs Bischöfe erwiesen sich als noch kärglicherer Quell des Beistands; in ihrer Verärgerung hatten sie sich voll des Hochmuts zurückgezogen, allein weil Duncan in aller Öffentlichkeit enthüllt hatte, daß er wirklich ein Deryni war. An der Königlichen Tafel erzählte Nigel den Herren Rhodri und Ewan Scherze. Meraude war an ihre Aufgaben als Anstandsdame Jannivers und Jathams zurückgekehrt. Rothana tanzte mit Rory eine muntere Gavotte. Die Königsmutter schmollte im verborgenen. Wo sich zur Stunde Morgan und Duncan aufhielten, wußte Kelson nicht.

5

Herzensfreude, Wonne, Lust ist Wein, zur rechten Zeit mit Maß getrunken.

JESUS SIRACH 31,28

In der Abenddämmerung, derweil man am Hofe zu Gwynedd die Sage vom frommen und ritterlichen Herrn Armand als Schauspiel gezeigt erhielt und Kelson mit wachsendem Unbehagen über die Schwierigkeiten mit Torenth und den Bischöfen nachsann, befanden Morgan und Duncan sich lediglich noch eine Stunde Ritt von Desse und dem Schiff entfernt, das den torenthischen Botschafter heim zu seinem Herrn befördern sollte. Dieweil die zwei Herzöge zu beiden Seiten des Deryni Rasoul ritten, hatte es sich verboten, auf die eine oder andere Weise Mutmaßungen über Cardiels und Arilans Verhalten auszutauschen, obschon die gwyneddischen Edelmänner dringlich das Bedürfnis verspürten, einander in dieser Hinsicht zu verständigen. Ein mündliches Gespräch hätte dem torenthischen Gesandten mehr über die Zustände an Kelsons Hof offenbart, als er zu wissen brauchte. Und obzwar ein Meinungsaustausch auf geistiger Ebene zumindest grundsätzlich möglich war, ohne daß Rasoul davon etwas bemerkte, blieb er in der Tat doch undurchführbar, dieweil die Höflichkeit verlangte, daß sie mit dem Gast plauderten.

Denn Al Rasoul ibn Tarik, ein Mann von hoher Klugheit und Lebhaftigkeit, zeigte sich geradeso redselig wie redegewandt, während man zunächst auf die Bereitstellung einer Abteilung Haldanescher Lanzenreiter als Eskorte wartete, sodann gemeinsam von der Festung durch die Stadt zu den Toren ritt; als erstes lobte der Mohr in aller Ausführlichkeit die Deckengewölbe des Rittersaals, welchen sie vorhin verlassen hatten, dann stellte er eine scheinbar endlose Reihe von sachkundigen Fragen in bezug auf die Bauart der Hauptstadt selbst; man preise das schöne Rhemuth außerhalb der Elf Königreiche mit vollem Recht, versicherte er, und es hatte den Anschein, daß der Mohr sich als ehrgeiziger Baumeister betätigte, der in Torenth sowie im nördlichen Forcinn mehrere Schlösser und befestigte Städte errichtet hatte.

So trabte man in kurzweiligem Gespräch mit mancherlei Abwechslung – vor allem, wenn ein Roß der Haldaneschen Lanzenreiter aus Furcht vor Kisah, welche wie eine Königin auf ihrem Sattelkissen hinter Rasoul mitritt, anfallartig zu bocken anfing – zur Stadt hinaus. Die Anwendung der Deryni-Kräfte Morgans und Duncans blieb auf den Zweck beschränkt, ihre Reittiere zu besänftigen, um sie in der Gewalt behalten zu können; daher ergab sich erst gar keine Möglichkeit zu einer heimlichen geistigen Verständigung. Die Lanzenreiter hielten schließlich gehörigen Abstand, um Schwierigkeiten mit Kisah zu vermeiden, folgten den drei Edelleuten zusammen mit Rasouls Mohren.

Sobald die Stadttore hinter ihnen lagen, sie den Rössern die Sporen gaben, um die weite Strecke längs des Flusses – auf der Landstraße, die nach Desse führte – so schnell wie möglich zurückzulegen, wandelten sich die Umstände des Ritts. Der Galopp gestattete nicht einmal noch eine mündliche Unterhaltung. Selbst bei dieser Geschwindigkeit sprang die Raubkatze Rasouls Berberhengst stets um ein paar Pferdelängen voraus; Morgans und Duncans Reittiere fühlten sich dadurch einigermaßen beruhigt. Rasouls zwei Dutzend Mohren ritten in Zweierreihe hinterher, dazwischen paarweise verteilt Nigels Haldanesche Lanzenreiter. Gerade waren sie an der letzten Fähre vor Desse vorbeigesprengt, als Rasoul plötzlich den Arm in die Höhe streckte, um ein Zeichen zu geben, seinen Hengst verlangsamen ließ, bis er nur noch trabte, ihn sodann vollends zügelte; auch Morgan und Duncan brachten ihre Rösser zum Stehen. Hinter ihnen holten Rasouls Männer und die Eskorte aus Lanzenreitern auf, sammelten sich, während der Gepard im Trott, indem er einen Halbkreis beschrieb, zu seinem Herrn zurückkehrte, wachsam das Haupt angehoben.

»Ist irgend etwas nicht in Ordnung?« fragte Morgan, welcher sofort Argwohn empfand, denn dieser Abschnitt der Landstraße lag ein wenig abseits der benachbarten Dörfer.

Rasoul legte einen Finger an die Lippen und schüttelte leicht das Haupt. »Durchaus nicht, Ihr Herren. Ich möchte lediglich ein vertrauliches Wort mit Euch wechseln. Gebt Ihr Eure Einwilligung, daß wir den Männern für ein Weilchen ein Stück vorausreiten?«

Morgan richtete auf geistiger Ebene die Frage nach irgendwelchen Ungewöhnlichkeiten an Duncan, aber auch Duncan hatte keine Gefahr entdeckt. Neugierig geworden, wiewohl er den Geparden, welcher sich nahte, ein wenig unter Beobachtung behielt, schaute sich Morgan über die Schulter um. »Herr Saer, übernehmt den Oberbefehl, bis wir uns wieder einstellen.«

»Sehr wohl, Euer Gnaden.«

»Ich danke Euch, mein Herr«, sprach Rasoul leise und brachte die Raubkatze mit einer stillen Geste zur Ruhe. »Platz, Kisah.« Der Gepard kauerte sich erst auf die Hinterbeine, ließ sich dann auf den Bauch sinken und senkte den Kopf auf die Vorderpfoten, derweil die drei Deryni sich von ihren Reitern um vielleicht zwanzig Klafter entfernten.

»Nun denn«, äußerte Morgan, wendete sein Roß und zügelte es neben dem Hals von Rasouls Hengst, während Dhugal an des Mohren anderer Seite das gleiche Tat. »Was ist's, das Ihr uns zu sagen wünscht?«

Rasoul lächelte. »Es verhält sich so, daß mein Begehr Eurem edlen und vornehmen Begleiter gilt, mein Herr. Der Erzbischof ... Cardiel lautet sein Name, nicht wahr? Er ist kein Deryni, oder?«

Augenblicklich legte Duncan höchste Wachsamkeit an den Tag. »Warum fragt Ihr?«

»Weil er Euch, mein teurer Herzog Duncan von Cassan, sehr ungnädig gesonnen war und danach trachtete, Euch fortzuschicken – Euch, den Euer junger, hochedler König so offensichtlich innig liebt. Vermögt Ihr mir den Grund mitzuteilen? Ich behellige Euch allein aus innerstem Wissensdurst mit dieser Frage, stelle sie als Deryni einem anderen Deryni, zumal Ihr allem Anschein zufolge ein durch und durch ehrenhafter Mann seid.«

Morgan widmete Duncan einen Blick der Verblüffung, aber Duncan lächelte lediglich. »Ja, ich kann Euch den Grund ganz genau nennen, mein Herr«, antwortete er. »Ihr seid bei den jüngsten Ereignissen am Königlichen Hofe nicht zugegen gewesen. Mein Sohn ward heute zum Ritter geschlagen. Er war's, der Eure Kisah so sanftmütig stimmte. Bis zum heutigen Tage wußten nur sehr wenige Menschen, daß er und ich Deryni sind, doch daß ich Bischof bin, war allgemein bekannt.«

Rasoul machte ein verdutztes Gesicht. »Bischof ... und er eines Bischofs Sohn. Ach, *vergebt* mir. So ist der Jüngling denn ...«

Duncan lachte verhalten und schüttelte das Haupt. »Nein, er ist von rechtmäßiger Geburt, mein Herr. Ich nahm seine Mutter vor seiner Zeugung zur Gemahlin, jedoch verstarb sie kurz nach der Niederkunft. *Danach* erst ward ich Priester. Beizeiten werden die Menschen sich daran gewöhnen. Bei vielen ist's bereits der Fall. Nein, daß ich *Deryni* und Bischof bin, das ist die Ursache für des Erzbischofs Unmut. Nun, so ganz wahr ist auch diese Feststellung nicht, denn er selbst weiß es schon seit einiger Zeit, was ich bin, und es hat ihm gefallen, sich daran nicht zu stören. Aber ich hätte ihm wohl vorankündigen sollen, daß ich mein Derynitum zu enthüllen gedenke, und daß ich's nicht getan habe, dürfte seinen Mißmut ausgelöst haben. Leider habe ich der Notwendigkeit nicht zur rechten Zeit gedacht.«

Ernst nickte Rasoul. »Nun verstehe ich ... will sagen, gänzlich verstehe ich's nicht, obzwar ich davon vernommen habe, daß in Eurer Kirche wider unsere Art große Unduldsamkeit herrschen soll. Ihr Christen seid eine sonderbare Gemeinschaft, Herr Bischof – Ihr wähnt Böses in etwas, das nur anders ist, Ihr wähnt's, allein dieweil Ihr's nicht begreift. Bei meines Herrn Volk verhält's sich nicht so, obschon es ebenso zum größeren Teil aus Christen besteht. In Torenth hatten wir Deryni, ob wir dem Weg Eures Christus oder den Pfaden des Propheten folgen, *deshalb* niemals irgendwelchen Zwist.«

»Dann sollten wir, so mag's sein, von Euch lernen«, versetzte Duncan zur Antwort. »Zumindest brauche ich nun nicht länger in einem Zustand der Unwahrhaftigkeit zu leben. Wie mein Sohn mir vor einigen Tagen klarstellte: Was kann man mir schon antun? Herzog Alaric war sein Lebtag als Deryni bekannt.«

»Und ich habe damit durchaus nicht selten meine liebe Not gehabt«, bemerkte Morgan. »Aber lassen wir's gut sein.« Er blickte sich nach den Reitern um – Christen und Mohren –, die ein wenig beunruhigt zu wirken begannen. »War's das, was Ihr mit uns zu besprechen wünschtet, mein Herr? Ich möchte keinesfalls unhöflich sein und Euch drängen, andererseits jedoch will ich nicht, daß Ihr die Flut versäumt und am Auslaufen gehindert seid.«

Belustigt deutete Rasoul eine Verbeugung an. »In dieser Hinsicht sind wir uns einig, mein Herr. Ich hege vollauf Verständnis für Euer dringliches Verlangen, zu Eurem König zurückzukehren und den unterdessen eingetretenen Stand der Dinge in Erfahrung zu bringen. Fürwahr, es ist nicht vonnöten, daß Ihr um unserer willen säumt. Dieweil wir von Desse nicht mehr fern sind, werden wir ohne Mühe bei Flut auslaufen können.« Er hob eine Hand und schüttelte das Haupt, als sowohl Morgan und Duncan Anstalten zum Widersprechen machten. »Nein, Ihr Herren, Ihr braucht keinen Verrat zu fürchten. In Frieden sind wir gekommen, und wir werden in Frieden ziehen. Unsere Reiche liegen ja nicht widereinander im Kriege ... Noch nicht, laßt mich hinzufügen. Ich gebe Euch mein Wort darauf, daß weder ich noch jemand meines Geleits von dieser Landstraße abweichen werden, daß wir unsere Abfahrt nicht zu verzögern gedenken, es nicht unsere Absicht ist, in Gwynedd irgendein Unheil zu stiften.«

»Erteilt Ihr dies Wort als Deryni zu Deryni?« fragte Morgan, maß den Mohren aufmerksamen Blicks, denn *wirklich*, er verspürte den stärksten Drang, so bald wie nur möglich nach Rhemuth zurückreiten zu können.

»Gewißlich.«

»Wollt Ihr's mir auf die Hand schwören und mir währenddessen Euren Geist zur Einsichtnahme eröffnen?«

Rasoul lächelte und hielt ihm die Hand hin; Morgan faßte zu und ergriff sie, bot sein ganzes derynisches Wahrnehmungsvermögen auf, um etwaige Anzeichen der Hinterlist zu erkennen, bat Duncan, sich in gleicher Weise anzustrengen. »Ich gebe Euch mein Ehrenwort, daß ich und meine Männer geradewegs nach Desse reiten und bei Flut mit dem Schiff auslaufen und in die Heimat umkehren werden«, sicherte Rasoul mit gedämpfter Stimme zu. »Wir werden niemandem ein Leid antun, nicht auf Anrichten irgendeines Schadens sinnen, solange wir uns auf Gwynedds Boden befinden. Möge Allah mich mit dem Tode strafen, falls ich nicht die Wahrheit spreche oder nach unserer Abschiednahme nur um ein Jota von dem abweiche, was ich soeben bei meiner Ehre geschworen habe. *Amen.* So sei es.«

Noch ein Weilchen länger behielt Morgan des Mohren Hand in der Faust, vermochte aber nach wie vor keinerlei Hinweise auf irgendeine Arglist in der Seele hinter Rasouls schwarzen Augen zu erkennen; schließlich gab er, als Duncan, der wohl das gleiche wahrnahm, ihm zunickte, die Hand frei, nickte ebenfalls. Sollte Rasoul lügen, dann war er im Geiste Morgan an Kräften und Kunstfertigkeit überlegen, und unter diesem Gesichtspunkt war es wahrscheinlich ohnehin kein Fehler, die Mohren ohne fernere Umstände ziehen zu lassen.

»Nun wohl«, sprach Morgan verhalten. »Ihr und Eure Getreuen mögt Eures Weges reiten, mein Herr. Ich wünsche Euch eine sichere und geruhsame Heimfahrt.«

Erneut verneigte sich Rasoul. »Meinen Dank, Herr Herzog, und auch Euch, Herr Bischof. *Inschallah.* Wie es Gott gefällt.«

Obwohl sie von Rasoul und seinem Geleit bereits vor Erreichen des Hafens von Desse Abschied genommen hatten, war der Abend schon fortgeschritten, als Morgan und Duncan mit Hufgeklapper in den Hof der Rhemuther Feste ritten. Das Lärmen des festlichen Treibens im Thronsaal drang heraus in die kühle Abendluft, während Saer de Traherne der Abteilung Lanzenreiter durch den Zwinger zu den Ställen vorausstrabte; hingegen saßen Morgan und Duncan im Innenhof ab, gleich vorm Portal des Hauptgebäudes. Sie überließen ihre erschöpften Rösser der Pflege eines Knechts und erstiegen langsam die steinere Freitreppe, zupften sich müde die Reithandschuhe von den verkrampften Fingern, streiften die mit Pelz besetzten Reithauben von den Häuptern. Während des mühsamen Ritts zurück zur Stadt hatten sie auf jegliche Unterhaltung verzichtet. Ein paar Festteilnehmer waren heraus auf den Treppenabsatz geschlendert, um ein wenig frische Luft zu schöpfen, und Morgan blieb auf halber Höhe der Treppe stehen.

»Ich werde alt, Duncan. Doch ehe wir eintreten ... Aus welcher Veranlassung wollt Cardiel dich fort haben, was glaubst *du?* Wie zornig mag er sein?«

»Mich dünkt, wir werden's erst morgen erfahren«, antwortete Duncan. »Er feiert morgen die Frühmesse, darum bezweifle ich, daß wir ihn noch antreffen. Er braucht seinen Schlaf.«

Morgan schnaubte. »Da ist er nicht der einzige, doch ich vermeine, wir können's uns noch nicht leisten, ins Bette zu krauchen. Ich wollte wetten, auch Arilan liegt noch nicht in den Federn. Höchstwahrscheinlich unterrichtet er den Camberischen Rat von dem, was du getan hast. Übrigens, warum *hast* du's getan? Ich bin darüber höchst erfreut, will ich meinen ... aber warum heute?«

Duncan zuckte mit den Schultern, patschte mit einem Anflug von Unbehagen seine beiden Reithandschuhe gegen die Beinkleider. »Zu jener Stunde kam's mir naheliegend vor, so zu handeln. Und Dhugal legte darauf Wert.«

»Nun ja, mich will's dünken, diese Begründung ist nicht schlechter als jede andere. Für *mich* macht's jedenfalls vieles leichter.« Morgan klopfte seinem Vetter auf die Schulter, als sie gemeinsam wieder die Stufen zu ersteigen begannen. »So schlage ich denn vor, du schaust als erstes nach Dhugal, um zu sehen, wie er sich zurechtfindet, derweil ich mich zu Kelson begebe und ihm unsere Rückkehr vermelde. Es hat wohl keinen Sinn, sich mit Sorge zu plagen. Es ist getan, und auf lange Sicht wird's sich gewißlich als das beste erweisen. Ob daraus zeitweilig Mißhelligkeiten entstehen, wird sich alsbald herausstellen.«

Im Rittersaal waren die Festlichkeiten noch im Gange, aber man konnte die ersten Anzeichen dafür bemerken, daß sie sich allmählich ihrem Ausklang zuneigten. Die Ehrengäste des Abends hatten ja in der vorangegangenen Nacht – es sei denn, sie hatten während der Nachtwache auf den Knien dann und wann für ein Weilchen gedöst – keinen Schlaf genießen dürfen, und nun floß schon seit Stunden der Wein in Strömen. Auch das Tanzvergnügen hatten die Jungen und ebenso die weniger Jungen zusätzliche Kräfte gekostet.

In stummer Übereinstimmung trennten sich die zwei

Herzöge, kaum daß sie den Saal betraten; Duncan erspähte Dhugal und wartete ab, daß er sich aus dem Kreis Trunkener löse, welcher einen bäuerisch-rüden Reigentanz aufführte, mal links, mal rechts herum, dabei gehörig schwankte; indes strebte Morgan zu Nigel, um ihm, dieweil er Kelson nicht gleich sah, ihre Rückkunft zu melden.

Kelson sah jedoch Morgan und wäre ihm sofort entgegengeeilt, hätte er nicht gerade erst dazu den Mut aufgebracht, sich Rothana zu nahen, und zwar unter dem Vorwand, sie um die Teilnahme an einer Sitzung des Kronrates zu ersuchen, welche er für den folgenden Mittag einberufen hatte, um die Lage in bezug auf Torenth zu besprechen. Doch sobald er sein Gesuch vorgetragen hatte, wünschte er sich nachgerade, er wäre anderswo. Das tiefe Magentarot von Rothanas ungewohntem Kleid schien ihrem leicht dunklen Angesicht eine Rottönung zu verleihen, welche Kelson aufs nachhaltigste verstörte, und auch der hauchfeine Schleier, welchen sie nach dem Mahl vors Gesicht gesenkt hatte, änderte daran nichts. Das lange, schwarze Haar hing ihr in Gestalt eines dicken Zopfs über die Schulter, schimmerte im Fackelschein schwarz-bläulich wie eines Raben Schwingen. Eine dementsprechende Wirkung konnte auf den König gar nicht ausbleiben. Auch stand nicht zu erwarten, daß Morgan ihn in Bälde aus der Verlegenheit rettete. Kelson und Rothana befanden sich in einer der Fensternischen an der Nordseite des Saales, um des Anstands willen allerdings für alle sichtbar; dieweil jedoch heute so viele Ritter im Saal karminrote Umhänge trugen, mochte es eine Zeitlang dauern, bis Morgan ihn bemerkte.

»Ach, wie ich sehe, ist Herzog Alaric wiedergekehrt«, sprach Rothana, indem sie in die gleiche Richtung wie der König schaute, als er zerstreut abermals hinüber zu Morgan lugte. »Ich werde dadurch auf eine etwas heikle Frage gebracht, doch dieweil wir just für einige Augenblicke unter uns sind, geruht Ihr sie mir, wie's sein mag, zu beantworten. Wußtet Ihr zuvor darüber Bescheid, daß Bischof Duncan den Vorsatz hegte, endlich sein Derynitum der Allgemeinheit zu enthüllen?«

Kelson betrachtete den Wein, welcher noch in seinem Pokal schwappte, trank bedächtig davon, bevor er Rothanas Blick erwiderte. »Nein, ich wußt's nicht bis kurz vorher«, teilte er ihr in ruhigem Tonfall mit. »Doch ehe er's dann wirklich tat, erbat er meine Einwilligung. Es versteht sich wohl von selbst, daß ich sie ihm gewährte.« Aus der Nische, welche um eine Stufe höher lag als der Fußboden des Rittersaals, sah er Duncan sich einen Weg zur Estrade bahnen und dabei Dhugal beiläufig beim Tanzen zuschauen; Morgan dagegen war aus seinem Blickfeld verschwunden. »Mit Gewißheit hat Dhugal 's sich so gewünscht«, fügte Kelson seiner Auskunft hinzu, indem er sich erneut an die Edle wandte. »Anscheinend hatten Vater und Sohn einige Tage zuvor über diese Frage eine Meinungsverschiedenheit. Ich bin mir darin unsicher, was letztendlich den Ausschlag für Duncans Entscheidung gegeben hat, doch ich bin darüber durchaus froh, daß er's wagte ... zumal er's so vortrefflich zu verrichten verstand! Nun braucht auch Dhugal aus seinem Derynitum keinen Hehl zu machen. Wir können ja schwerlich darauf hoffen, daß das Volk die Deryni zu schätzen lernt, wenn wir ihm lobenswerte Vorbilder vorenthalten.«

»Ja gewiß, Bischof Duncan wird in wahrlich jeder Beziehung ein mustergültiges Vorbild abgeben«, stimmte ihm Rothana zu. »Kaum jemand weiß noch nichts von dem, was er für Euch in Meara erdulden mußte ... wiewohl man's ihm, nimmt man ihn in Augenschein, nicht ansieht. Keine Narben sind erkennbar. Ob er wohl an Alpdrücken leidet?«

»Bisweilen«, antwortete Kelson gedankenschwer. »Aber er beteuert, daß 's stets seltener auftritt. Ich wähne, 's war ihm eine große Erleichterung, Loris und Gorony baumeln zu sehen. Was auch geschehen sein mag, er hat nunmehr die Gewähr, daß sie sich niemals wieder an ihm zu vergreifen vermögen.«

»Welch' grundschlechte, böse Menschen!« stieß Rothana unterdrückt hervor. Sie trat weiter ins Innere des Erkers, legte eine flache Hand an die Verglasung und blickte hinaus in den vom Mondschein aufgehellten Schloßgarten, wohl ohne viel zu sehen. »Mir bleibt's unverständlich, wie's in Gwynedd soweit kommen konnte, Kelson. In Forcinn mußten wir Deryni uns niemals so ducken.«

Kelson senkte den Blick wieder in den Pokal und zuckte die Achseln. »In Eurer Heimat war's ja auch nie der Fall, daß ein derynischer Eroberer die Königsfamilie hinmetzelte und für die Dauer von vier Geschlechterfolgen eine Tyrannei errichtete«, gab er zu bedenken. »Als meine Ahnen ihre Herrschaft zurückerrangen und wieder den Thron erstiegen, welcher ihnen rechtmäßig gebührte – vor zweihundert Jahren geschah's –, waren die Deryni aus eigener Schuld in ganz Gwynedd verhaßt, war das Volk wider sie aufgebracht, man war ihrer überdrüssig. Ich möchte meinen, eine gewisse Art von Vergeltung war nahezu unvermeidlich. Mag sein, es wär anders abgelaufen, hätte Sankt Camber länger gelebt.«

»Mag sein. Sagt an, erwartet Ihr fürwahr, im Sommer Sankt Cambers sterbliche Überreste ausfindig machen zu können?«

»Ich hoff's. Es wäre für mich von ungemein hoher Bedeutung.« Kelson goß sich noch einen Mundvoll Wein durch die Gurgel. »Habt Ihr daran Interesse ... an der Aussicht, in Gwynedd die Camber-Verehrung neu ins Leben zu rufen?«

»Freilich, dieweil ich ja eine Deryni bin, und es gibt nur wenige derynische Heilige, sogar solchen üblen Leumunds. In Nur Hallaj war sein Kult kaum verbreitet, aber er ist auch nie gänzlich untergegangen – vielleicht aus dem Grund, weil so viele Michaeliten, nachdem man sie aus Gwynedd verbannte, auf der Flucht durch Forcinn kamen.«

Kelson schluckte, ersah plötzlich eine Gelegenheit, um die Unterhaltung – obgleich auf etwas verschlungene Weise – auf die Sache zu lenken, welche ihn schon den ganzen Abend lang beschäftigte. »Und wie denkt Ihr darüber als Nonne?« erkundigte er sich mit leiser Stimme. »Befürwortet Euer Orden mein Vorhaben?«

»Unser Orden ist keine Deryni-Gemeinschaft, Sire«, entgegnete Rothana scheu, die Lider gesenkt. »Ich habe Eure Absicht auch nicht zum Gegenstand des Gesprächs gemacht.«

»Habt Ihr ... äh ... eine besondere Erlaubnis erhalten, heute Eure ... ähm ... Klostertracht nicht tragen zu dürfen ... äh ... zu müssen?« wagte Kelson schließlich zu fragen.

Kaum einen Herzschlag lang blickte Rothana ihm – viel kecker, als er es ihr jemals zugetraut hätte – geradewegs in die Augen, dann senkte sie den Blick rasch auf ihre mit purpurrotem Samt bekleideten Füße. »Ich ... erachtete es nicht als erforderlich, um Billigung zu bitten, Sire. Ich bin eine Fürstentochter aus königlicher Sippschaft und genieße die Gunst, im Hause eines hochedlen Königs wohnen zu dürfen. Es dünkte mich ziemlich, an dem Tag, da selbiger König den Ritterschlag empfängt, eine Gewandung anzulegen, welches meinem Rang Ausdruck verleiht und dem festlichen Anlaß angemessen ist, um dem Herrscher die Ehre zu erweisen.«

Kelson schluckte erneut; Rothanas Antwort stellte ihn noch nicht ganz zufrieden. »Ich weiß die Ehrung, welche Ihr mir damit zuteil werden laßt, durchaus zu schätzen, edle Dame, jedoch müßte es mich beschämen, jene Ehren zu schmälern, welche Ihr Gott schuldet. Denn ich bin ja ein Mann und nicht etwa aus Erz geschaffen.«

»Das ist mir wohlbekannt, Sire«, sagte Rothana, indem ihre Wangen – wie man sogar unter dem Schleier erkennen konnte – heftig erröteten.

»Und?« meine Kelson hartnäckig.

»Und ich habe ... im Laufe der vergangenen Monde die Einsicht erlangt, daß ich mir dessen nicht länger gewiß bin, ob ich die endgültigen Klostergelübde ablegen soll«, gelang es Rothana im Flüsterton Auskunft zu geben. »Ich ... bin in dieser Frage nie zuvor im Zweifel gewesen.«

Als sie nicht weitersprach und Kelson nicht anschaute, nickte der König langsam, ein anfänglicher Anflug von Erleichterung dehnte ihm die Brust. Gott gebührte dafür Dank, daß Morgan – entgegen Kelsons ursprünglichem Wunsch – *nicht* aufgekreuzt war, um ihn aus der Verlegenheit zu befreien. »Mehr braucht Ihr nicht zu sagen, edle Dame«, sprach Kelson in gedämpftem Tonfall. »Schon in wenigen Tagen werde ich aufbrechen und von neuem für mehrere Monde fortbleiben. Vielleicht ... können wir beide zumindest einen Teil der verbleibenden Zeit in sorgsamer Erwägung des wahren Sinns unserer Einlassungen zubringen. Ich hege, das laßt mich aussprechen, die Hoffnung, daß Ihr – und ebenso Gott – mir verzeiht, wenn ich es vorzöge, daß Ihr das endgültige klösterliche Gelöbnis *nicht* leisten werdet.«

»Da gibt's nichts zu verzeihen, Sire ... oder falls doch, so verzeihe ich Euch freimütig, so wie's auch unser Herrgott tun wird. Diese Entscheidung obliegt mir allein. Ich bin's, die auf die Fragen, welche sich meinem Herzen stellen, Antworten finden muß. Ihr seid keineswegs der Urheber jener Fragen, Ihr bewirkt lediglich, daß sich mir ihre Natur verdeutlicht. Es möchte sehr wohl so sein, daß ich mich mit ihnen befaßte, ohne Euch jemals begegnet zu sein.«

»Ja, mag sein.« Kelson leerte den Pokal, lenkte sodann voll des Unbehagens den Blick wieder ins Innere des Rittersaals. *Nun* war der Augenblick da, an dem

Morgan erscheinen mußte. Kelson hatte erfahren, was er hatte wissen wollen, und er war mit dem, was er jetzt wußte, ganz zufrieden – jedenfalls vorerst –, aber er war dagegen abgeneigt, seine und Rothanas insgeheime Einmütigkeit aufs Spiel zu setzen, indem er ihrer Herzen Einklang zerschwatzte, oder gar bei Hofe Gerüchte und Gewäsch begünstigte, welche diesen kleinen Sieg zunichte machen könnten. Zum Glück war Abhilfe nicht mehr fern, denn nunmehr nahte sich Morgan tatsächlich. »Ah, Morgan«, rief Kelson ihm zum Gruße zu. »Ich sehe, Ihr seid zurückgekehrt. Habt Ihr etwas zu vermelden?«

»Gewißlich, Sire«, bestätigte Morgan und verbeugte sich, reichte dann Rothana die Hand, um ihr beim Herabsteigen der Stufe aus dem Fenstererker beizustehen. »Edle Dame, ich erflehe, wenn ich Eure Unterhaltung gestört habe, Eure Vergebung.«

»Dessen bedarf's beileibe nicht, Euer Gnaden, ohnehin dünkt's mich nämlich, ich sollte nach dem Befinden der Edlen Janniver sehen. Ich bitte Euch, entschuldigt mich, Sire.«

Sobald sie ihren Hofknicks vollführt und sich entfernt hatte, wandte sich Morgan wieder Kelson zu. »Steht alles gut?« fragte der König nach.

»Jawohl, Sire. Rasoul und sein Geleit müßten sich mittlerweile an Bord des Schiffs aufhalten. Kurz vor Desse haben wir sie ohne uns des Weges ziehen lassen. Rasoul gab mir seinen feierlichen Eid, keine andere Stätte aufzusuchen. Im Falle er log, vermochte *ich's* nicht zu durchschauen. Was hat sich während unserer Abwesenheit zugetragen?«

Kelson zuckte mit den Schultern und verließ die Nische; er und Morgan schlenderten hinüber zur Estrade, wo eine Handvoll rauhbeiniger Märkischer aus Dhugals Klan ihr junges Oberhaupt und Duncan umringt hatten und ein wüstes Lied grölten. »Wenig«, lautete des Königs Antwort. »Nach jenen Äußerungen, welche wir aus Rasouls Mund vernahmen, empfand ich einige Beunruhigung hinsichtlich unserer Pläne bezüglich Torenths, darum habe ich für den morgigen Mittag eine Sitzung des Kronrats einberufen. Am liebsten wär's mir gewesen, noch heute darüber zu beraten, doch ist am heutigen Abend wohl schwerlich dazu die rechte Zeit und Gelegenheit vorhanden. Mir kam der Einfall, Rothana möchte uns womöglich ein wenig Aufschluß mehr über Rasouls Gedankengänge erteilen, dieweil er, als sie ein blutjunges Mädchen war, des öfteren an ihres Vaters Hof zu weilen pflegte, deshalb habe ich sie um ihre Teilnahme an der vorerwähnten Beratungssitzung gebeten.«

Morgan nickte. »Und wie verhält's sich mit Cardiel und Arilan? Werden sie kommen?«

»Ich denke wohl. Nach Eures und Duncans Abritt haben sie sich sogleich fortbegeben.« Kelson beugte sich vor, umwallt vom karminroten Umhang, und betrachtete die Ledergurte seiner Sporen, derweil sie weiterschritten. »Vermutlich haben sie sich frühzeitig zu Bette gelegt, der Tag *war* ja doch recht lang. Auf jeden Fall habe ich Pagen mit schriftlichen Ladungen zu ihren Gemächern geschickt.«

Grimmig nickte Morgan. »Ich glaube ... Duncans Offenheit hat sie verärgert. Es bleibt abzuwarten, was sie deswegen tun werden, doch sollte man nicht dulden, daß daraus Hemmnisse für die morgige Ratssitzung entstehen. Sogar Rasoul hat bemerkt, daß *irgend etwas* Mißstimmung auslöste. Und mich will's deuchen, daß auch Duncan sich nachträglich seine Gedanken macht.«

Inzwischen hatten sie fast die Estrade erreicht, und Dhugals des Jubels volle Märkische kehrten sich ihnen zu, um sie mit einem kaum verständlichen Gewirr grenzländischer Huldigungsrufe und mit in die Höhe gehobenen Bechern – meistenteils leer – willkommen zu heißen. Der ebenfalls heute zum Ritter geschlagene Jass MacArdry hatte seinen karminroten Umhang abgestreift und ihn feierlich um Duncans Schultern geschlungen, und ein MacArdry-Trommler hämmerte mit seinen Schlegeln auf der Kante eines Stuhles einen leicht unregelmäßigen Trommelwirbel, ein Notbehelf, dieweil er infolge der umfassenden Vorsorge und Aufsicht der Untergebenen des auf Würde bedachten Herrn Rhodri zeitweilig seiner Trommeln entbehren mußte.

»Urram do'n Righ!« röhrte Ciard O'Ruane, goß Wein in Kelsons Pokal, drückte Morgan einen Becher in die Hand, während Pagen die Becher der anderen Märkischen füllten. »Preis und Ehr unserm Köhnig! Die MacArdrys rufen Euch 'n Hoch zu, *Ceannard Mhor,* denn 'n Fehl, was 'm fiernehm Sohn der McLains eigen war, is behohm worn, und's war wohlgetan, Herrn Duncan zum Ritter zu schlahn! *Slainte!«*

»Air do slainte, Ihr Herren.« Kelson lächelte, hob den Pokal. »Auf Euer Wohlsein! Ich bin hocherfreut, da ich sehe, mein Handeln findet Euren Beifall.«

»Slainte, Ard Righ ... slainte!« jubelten die Märkischen, leerten ihre Becher sogleich bis auf den Grund, vollführten anschließend vor ihrem Oberherren schwungvolle, tiefe Verbeugungen.

»Meinen Dank für diese Bekundung Eures Vertrauens, Ihr Herren. Ihr flößt mir damit um so mehr hohen Mut ein, nachdem des torenthischen Gesandten Worte mir die Seele bedrückten. Dolfin ...!« Kelson schnippte mit den Fingern, um seines neuen Hauptknappen Aufmerksamkeit auf sich zu ziehen, welcher im Hintergrund der Estrade in Bereitschaft stand.

»Zu Diensten, Gebieter.«

»Dolfin, überbringe Herrn Rhodri meinen Befehl, man solle diesen königstreuen MacArdry-Männern Becher unseres köstlichsten Fianners einschenken.«

»Sehr wohl, Gebieter.«

»Verübt in der Nacht in meinen Gemächern irgend jemand Dienst, oder haben sich alle dem Trunke ergeben?«

»O nein, Gebieter. Ivo Hepburn wird Euch mit Freuden zu Gebote stehen.«

»Aha, vortrefflich. So darfst du dich denn nach dem Botengang zu Herrn Rhodri zurückziehen. Des Nachts werde ich euch nicht beide brauchen.«

»Jawohl, Herr.«

Während der Knappe sich sputete, um des Königs Weisung zu befolgen, sich die MacArdry-Getreuen ihm anschlossen, um sich den verheißenen Wein ausschenken zu lassen, äußerte Kelson einen Seufzer und hielt im Saal Umschau, in welchem es nun allmählich ruhiger ward. Die Musikanten hatten die letzte Weise gespielt und packten auf dem Balkon ihre Instrumente zusammen, und trunkene Festgäste, denen in der Königsburg keine gesonderten Unterkünfte zur Verfügung standen, begannen sich an den Seiten der Halle auf Strohlager zu betten. Die Mehrzahl der Damen hatte sich unterdessen entfernt. »Herrgott«, murmelte Kelson, »wie bin ich müde ...!«

»*Ihr* und müde?« meinte Dhugal und schnaubte. »*Ich* war's doch, Sire, der ohne Unterlaß dem Tanze gefrönt hat.«

»Und Euer Vater sowie ich waren's«, sprach Morgan, »die bis fast nach Desse und zurück geritten sind, derweil Ihr und Unser Allergnädigster König beim Festmahl geschwelgt und Euch nahezu unter die Tafel getrunken habt. Und dieweil's nun *so* und nicht anders ist, bin nun ich derjenige, den's nach einem guten Tropfen gelüstet – und davon nicht zu wenig –, bevor ich ins Bette krieche.« Er lockerte sich am Wams den Kragen, blickte die anderen drei Edlen versonnen an. »Mag jemand mithalten? Ewan hat Nigel zur Feier von Conalls Ritterschlag eine schon sehr alte Flasche vorzüglichen Vezairer Ports überreicht, und die beiden ehrenwerten Herzöge haben Herrn Saer und mich eingeladen, um ihn zu kosten. Es mag sogar möglich sein, währenddessen über Bischöfe zu reden. So jemandem dran gelegen ist, wird man für ihn davon einen Becher erübrigen.«

Erschöpft schüttelte Duncan sein Haupt. »Leider muß ich ablehnen. Vezairer Port mag gar süffig durch die Kehle rinnen, am Morgen jedoch wünscht man sich, man hätte seiner entsagt. Und in der *morgigen* Frühe muß ich mich wieder auf mein Bischofsamt besinnen.« Flüchtig nahm sein Angesicht einen Ausdruck der Besorgnis an, welcher jedoch umgehend einer Miene der Schelmenhaftigkeit wich. »Für den Fall, daß irgendwer 's vergessen hat: Morgen ist Aschermittwoch. Ich erwarte Euch drei Herrn allesamt zu meiner Meßfeier und zur Austeilung des Aschenkreuzes, welche kein gottesfürchtiger Rittersmann versäumen darf.«

»Mir ist's zuwider, wenn er so verdreht daherredet«, merkte Morgan dazu schalkhaft mit leiser Stimme an. »Er will wohl sagen, er trinkt nicht mit uns. Auch ansonsten niemand? Will meinen, wenn's glanzvollen jungen Rittern beliebt, mit einem ausgelaugten alten Feldmarschall zu zechen.«

»Ich wähne, Dhugal und ich müssen gleichfalls ablehnen«, antwortete Kelson, indem er lächelte, »jedoch beileibe nicht aus Abneigung wider diesen oder jenen Zechgenossen. Der Tag war *wirklich* überaus lang, und Euer glanzvoller junger Ritter, welcher zufällig auch Euer König ist, hat noch ein Wörtchen mit einem der ihm untertanen glanzvollen jungen Ritter zu wechseln, bevor einer von beiden, wie's ja indessen denkbar geworden ist, aus Ermattung unter den Tisch sinkt. Oder habt Ihr Einwände, Dhugal?«

»Ich? Wie könnte ich dergleichen wagen, Sire?«

»Aber wir werden Euch hinausbegleiten«, sprach Kelson zu Morgan.

Unmittelbar vor der Halle verabschiedeten sie sich voneinander; Morgan und Duncan trennten sich und entfernten sich zügig in verschiedene Richtungen, und Kelson und Dhugal begaben sich auf den Weg in Kelsons Königliche Gemächer im Burgfried. Vom Knappen Ivo, einem forschen Knaben von zwölf Lenzen, welcher einen dichten, stark gelockten Schopf dunklen Haupthaars hatte, war bereits im Kamin ein Feuer entfacht worden, und er hatte des Königs Pantoffeln bereitgestellt, so sehr war er darauf aus, es mit seinem Dienst dem Herrscher recht zu machen; doch es brachte ihn offenkundig außer Fassung, als Kelson anstatt des Weins, welchen das Knäblein für ihn bereithielt, für sich und seinen Gast Wasser verlangte. »Bloß ... Wasser, Herr?«

»Du hast richtig gehört, Bube. Ich habe mir inzwischen weiß Gott zur *Genüge* Wein in den Rachen geschüttet. Oder wünscht *Ihr* Wein, Dhugal?«

»*Mir* soll Wein recht sein, Sire«, gab Dhugal zur Antwort. Obwohl sie sich lediglich noch in des Knappen Gegenwart befanden, befleißigten sich die Blutsbrüder unvermindert aller Förmlichkeit, derweil sie am Kamin Platz nahmen.

»Also bleibt's dabei, Ivo: Wasser.« Pflichtgemäß brachte Ivo folglich Wasser, stellte den Krug und zwei Becher auf den Kaminsims; sodann kauerte er sich nieder, um seinem neuen Dienstherrn Sporen und Stiefel auszuziehen. Kelson ersah gleich, daß der Knabe, auch wenn er später seine Aufgaben erfüllt haben mochte, *zu* aufmerksam sein würde; auch konnte man ihn schwerlich so ohne weiteres außer acht lassen, wie es mit dem erfahreneren Dolfin möglich gewesen war, welcher Kelson über ein Jahr lang als zweiter Knappe gedient und seines Gebieters Vorlieben genau gekannt hatte. *Es ist wohl vorteilhafter, ich erledige die Sache ohne Verzug*, raunten in Dhugals Geist Kelsons Gedanken, indem der König dem Junker einen flüchtigen Blick des Sichabfindens mit einem lästigen Erfordernis zuwarf, während Ivo sich tiefer bückte, um kräftiger an einer besonders widerspenstigen Schnalle der rechten Spore zu zerren. *Gib acht. Es mag sich ergeben, daß du einstmals etwas Ähnliches zu deinem Nutzen vollbringen mußt.* Indem er wie beiläufig die Rechte auf des Knaben gesenktes Haupt legte, begann er geistig auf dessen Geist einzuwirken, ihn seinem Einfluß zu unterwerfen. »Sei ganz entspannt, Ivo«, befahl er, als die junge Seele das unvermutete geistige Eindringen spürte und des Knappen Körper sich unwillkürlich verkrampfte. »Schließe die Augen, leiste keinen Widerstand. Dir wird kein Weh zustoßen, ich versprech's dir ... bei den Schwüren, welche wir heute geleistet haben.« Kelson stellte fest, daß der Knabe halb etwas in dieser Art erwartet hatte – man konnte schwerlich längere Zeit am Hofe weilen, ohne wenigstens durch Gerüchte davon zu vernehmen, was der König mit seinen geheimnisvollen Kräften zu verrichten vermochte –, und es bereitete dem König Freude, als er bemerkte, daß die unwillentliche Gegenwehr unverzüglich nachließ, des Knappen Gemüt Ruhe zu bewahren versuchte; endlich fühlte Kelson unter seiner Hand nur noch ein kaum merkliches Beben. Derweil er fortgesetzt in sanftem Ton der Ermutigung und Ermunterung auf den Knaben einsprach, lehnte sich der König sachte dessen dunkelhaariges Haupt ans Knie und verstärkte seine Einflußnahme, beugte sich dann etwas vor, so daß er beide Hände an die Seiten des Knabenhauptes legen und ihm die Daumen an die Schläfen setzen konnte, indem er die Finger zwischen die krausen Locken schob, um einen sicheren Zugriff zu haben. Sogleich endete auch das restliche Zittern des Knaben. Kelson richtete des Knappen Blick ins Feuer, um gleichsam durch die Flammen zu ihm zu sprechen, während er seine Weisungen erteilte. »So ist's ausgezeichnet, Ivo. Es gibt keinerlei Grund zur Furcht. Lausche nun achtsam meinen Worten. Sobald du mich der Stiefel entledigt hast, wirst du dich auf deine Ruhestatt betten und in Schlummer sinken. Nichts wird deinen Schlaf stören, es sei denn, jemand von außerhalb der Gemächer klopft an. Solltest du irgend etwas von dem hören, was Markgraf Dhugal und ich im Laufe des heutigen Abends besprechen, so wirst du's vergessen. Ja auch künftig, wenn du jemals irgendein Gespräch zwischen mir und irgendeiner anderen Person mitanhören solltest, wirst du alles, was du vernimmst, sofort vergessen, es wäre denn, ich selbst verlange dir ab, dich daran zu erinnern. Was ich dir nun befohlen habe, fordere ich von allen meinen Knappen. Hast du meine sämtlichen Darlegungen verstanden?«

»Jawohl, Herr«, flüsterte der Knabe.

»Vortrefflich.« In aller Ruhe lehnte sich Kelson zurück, erhielt die Verbindung allein durch eine leichte Berührung seiner Hand seitlich an des Knaben Hals noch aufrecht. »So laß denn alle Beängstigung fahren. Ich bezweifle, daß wir uns über diese Angelegenheit ein zweites Mal verständigen werden müssen. Ich werde nicht noch einmal irgend etwas Derartiges ohne deine Einwilligung mit dir machen, es sei denn, es ginge um Leben oder Tod. Verrichtest du deine Pflichten voller Aufmerksamkeit und Sorgfalt, wirst du erkennen, daß ich jemand bin, dem zu dienen sehr leichtfällt. Hast du alles begriffen? So's dein Wunsch ist, kannst du mich nun unbesorgt anblicken.«

Der Knabe hob das Haupt und zwinkerte Kelson zaghaft an, die Augen noch ein wenig gläsern, aber die gesamte anfängliche Verkrampftheit war von ihm gewichen. »Ich werde mein Bestes geben, Herr.«

»Fein. Mehr als sein Bestes verlange ich von keinem Mann. Du wirst nun entsprechend der Gebote handeln, welche ich dir soeben aufgetragen habe, gleichzeitig jedoch vergessen, daß du sie von mir erhalten hast.« Mit einem Lächeln drückte er dem Knaben die Schulter, entließ ihn sodann aus seiner geistigen Beeinflussung. »Nun entledige mich der Stiefel.«

Während Kelson sich vollends in den Lehnstuhl sinken ließ, vorsätzlich lautstark gähnte und die Arme nach den Seiten reckte, widmete der Knabe sich augenblicklich wieder dem störrischen Gurt von des Königs rechter Spore, so daß Dhugal dazu Gelegenheit fand, seinem Blutsbruder, der sich indessen, während er nochmals gähnte, Wasser in den Becher nachschenkte, einen Blick tiefsten Beeindrucktseins zu schenken.

»Das zu vollbringen muß ich auch lernen«, sprach Dhugal und trank Kelson mit dem Becher voll Wasser zu.

»Was meint Ihr, doch nicht etwa das Gähnen? Mich dünkt's, das gelingt Euch auch ohne eingehendere Unterweisung. Und mit Gewißheit kann's uns nach dem heutigen Tage niemand verübeln.« Während Ivo ihm endlich die widerborstige Spore abnahm, danach die Stiefel von den Beinen zog, sich dann aufrichtete, Stiefel und Sporen auf den Armen, gähnte Kelson abermals und machte dem Knaben eine beifällige Geste. »Wohlgetan, Ivo. Du siehst, nachdem sie zwei Nächte und einen Tag hindurch in Stiefeln staken, stinken eines Königs Füße geradeso wie jene irgendeines Kerls. Am gestrigen Abend, vor Anbeginn der Nachtwache, habe ich sie angezogen und seitdem nicht von den Füßen gekriegt.« Er lächelte, als der Knabe überrascht nach Luft schnappte, und lenkte sein Augenmerk nachsichtig auf den Gurt der Spore, welcher aus des Knappen Hand baumelte. »Ich hege den Verdacht, Herzog Alaric hat den Gurt, als er mir die Sporen heute vormittag anlegte, um ein Löchlein zu stramm angezogen, so daß du deshalb damit Schwierigkeiten bekommen hast. Vielleicht kannst du diesen Mangel am Morgen durchs Bohren eines neuen, an günstigerer Stelle angebrachten Lochs beheben.«

»Das ... wird mir eine Freude sein, Sire«, vermochte der Knabe mit Mühe zu stammeln, derweil er – seine Augen glänzten – Stiefel und Sporen an seine Brust preßte. »Werdet Ihr meiner heute noch für weitere Aufgaben bedürfen, Herr?«

»Nein, Ivo, sonst liegt nichts an. Du darfst dich zur Nachtruhe betten. Übrigens, 's wäre mir am genehmsten, wolltest du mich rechtzeitig für die Messe zur neunten Stunde wecken. Finde ich mich zu selbiger Messe nicht ein, wird Bischof Duncan mich das *Pater Noster* beten lassen, bis ich fünfzig Lenze auf dem Bukkel habe. Du weißt, morgen ist Aschermittwoch.«

»Jawohl, das weiß ich, Herr«, versicherte der Knabe. »Äh ... wie lange werdet Ihr in der Frühe brauchen?«

Kelson lächelte. »Sagen wir einmal, eine Stunde. Dieweil ich heute abend so reichlich Wein genossen habe, mag's mir in der Morgenfrühe ein wenig schwerfallen, mich den Betätigungen des neuen Tages zu widmen. Ach, und folgendes, Ivo ...«

»Ja, Herr?«

»Königliche Knappen haben das Vorrecht, gemeinsam mit dem König die Heilige Messe besuchen zu dürfen, falls sie danach den Wunsch verspüren. Solltest du mich also begleiten wollen, bist du willkommen.«

»O ja, Herr, das will ich mit der glühendsten Begeisterung tun«, verhieß der Knabe, geriet schier noch mehr als zuvor außer Atem, er lächelte in regelrechtem Entzücken, indem er sich zum Abschied vor dem König verbeugte.

Als er das Gemach verlassen und die Tür von außen geschlossen hatte, seufzte Kelson und streckte die Beine näher an den Kamin, schwelgte in des Feuers Wärme und im Gefühl des Bärenfells unter seinen noch in Strümpfe gehüllten Füßen. »Tja, Ivo wird sich als sehr tüchtiger Knappe bewähren, Dhugal, soviel möchte ich schon voraussagen«, meinte er halblaut.

»Du selbst bist ungemein tüchtig in der Menschenführung«, erwiderte Dhugal voller Bewunderung. »Bei Gott, wie ich's schätze, dir beim Umgang mit deinen Untertanen zuzuschauen. Ich hoffe, ich werde eines Tages ein nur halb so vorbildlicher Führer sein.«

Kelson schnaubte und ergriff den Becher mit dem Wasser. »Ich wünschte, ich fände mich auch mit Weibsbildern so gut zurecht. Das nämlich ist die Angelegenheit, über welche ich mit dir reden möchte.«

»Weiber? Oder sprecht Ihr von einem bestimmten Frauenzimmer?« Nachdenklich hob Dhugal die Brauen

»Merkt man denn etwas?«

»Nun ja, dieweil die einzige Dame, mit welcher du heute längere Zeit beisammen gewesen bist, die Edle Rothana war – lassen wir einmal deine Tante außer Erwägung, Herzogin Meraude –, vermag ich daraus zu folgern, daß allein von ihr die Rede sein kann. Doch nein, um deine Frage zu beantworten, man merkt nichts. Außerdem ist sie ja eine Nonne, nicht wahr? Oder wird's bald sein, oder?«

»Bis zum heutigen Abend jedenfalls ist man allgemein davon ausgegangen, daß sie's demnächst werden soll. Tja, ich glaube, du warst zu stark von dem Bestreben beansprucht, die Tochter des Grafen von Carthana in einen dunklen Winkel zu ziehen, als daß dir irgend etwas besonderes hätte auffallen können. Du bist mir kein großer Beistand gewesen.«

»Es ist mir gar auch *gelungen*, mich mit Carthanes Tochter in einen Winkel zu verdrücken, und fürwahr ist mein Bemühen mit einem Kuß belohnt worden«, gab Dhugal mit schalkhaftem Lächeln zur Antwort. »Doch was soll das bedeuten, man sei ›allgemein davon ausgegangen‹? Wird Rothana etwa *keine* Nonne werden?« Er neigte das Haupt zur Seite. »Guter Gott, da fällt mir auf, sie trug wahrhaftig heute *nicht* die Klostertracht, stimmt's? Sie hatte ... irgendein Kleid von rötlicher Farbe am Leibe ... und's war von fremdländischem Schnitt.«

»Ihren Worten zufolge hatte sie's angelegt, um dem feierlichen Anlaß bei Hofe Genüge zu tun, um als Fürstentochter den Jungrittern gebührende Ehre zu erweisen.« Kelson trank aus dem Becher. »Aber wenig später erklärte sie ... sie sei sich nicht länger gänzlich darin sicher, ob sie die Absicht habe, wirklich die endgültig bindenden Gelübde abzulegen.«

»Herz *Jesulein ...!*« raunte Dhugal. Behutsam tastete

er mit seinen Deryni-Sinnen nach Kelsons Geist, war jedoch weder überrascht noch gekränkt, als ihm des Königs Gedanken hinter undurchdringlichen Geistesschilden verborgen blieben. »Liebst du sie?« fragte Dhugal.

Bedächtig wog Kelson das Haupt, ohne den Blutsbruder anzublicken, drückte sich den kühlen Becher an die Stirn. »Ich weiß es nicht.«

»Potz Wetter, immerhin *ist* sie eine Deryni und hat zudem königliches Blut in den Adern«, bemerkte Dhugal. »Und ohne jeglichen Zweifel ist sie über alle Maßen schön. Das sind prächtige Empfehlungen. Bist du deiner Gefühle unsicher, dieweil sie ursprünglich Nonne werden sollte?« Kelson lächelte und schüttelte das Haupt, starrte blicklos ins Feuer, derweil sein Daumen mit dem Ring am kleinen Finger seiner Linken spielte. Dhugal sah sein Tun und mutmaßte sofort einen anderen möglichen Grund für Kelsons Unsicherheit, denn der schmale Reif war Kelsons Brautgeschenk für seine tote erste Gemahlin gewesen, die mearische Prinzessin Sidana, deren Name *Seide* bedeutet hatte; sie war Dhugals Base zweiten Grades gewesen und hatte den Tod durch des eigenen Bruders Hand gefunden, kaum daß sie und Kelson ihr Ehegelübde geschworen gehabt hatten. Dhugal war niemals mit Gewißheit zu entscheiden imstande gewesen, ob Kelson Prinzessin Sidana tatsächlich liebte; doch wußte er, daß Kelson sich redlich einzureden versucht hatte, er liebe sie, es um so mehr zu glauben sich bemühte, nachdem sie gemeuchelt worden war; dahinter jedoch mochte sich ebensogut wie Liebe ein gewisses Schuldgefühl wegen ihres Todes verbergen. Nach Sidanas Tod hatte der König ein ganzes Jahr lang getrauert, obgleich es nicht erforderlich gewesen wäre und es auch niemand von ihm erwartet hatte, denn die Ehe war ja nie vollzogen worden. Anfangs hatte Kelson beteuert, er trüge Schwarz, um sich an seinen Schwur, die mearischen Aufständischen zur

Strecke zu bringen, zu erinnern; aus selbigem Grunde, so behauptete er, wenn die Gepflogenheiten und Förmlichkeiten bei Hofe ihn zum Ablegen der Trauergewandung zwangen – wie es ab und zu vorkam –, beließe er den Ehering an seinem Finger. Aber obschon die letzten mearischen Sonderbündler bereits im Herbst des vergangenen Jahres von der Gerechtigkeit ereilt worden waren, hatte Kelson erst vor zwei Monden, am Jahrestag von Sidanas Ermordung, das Tragen der Trauerkleidung endlich eingestellt. Den Ring hingegen trug er noch immer an der linken Hand. »Hast du Sidana geliebt?« erkundigte sich Dhugal leise, wie er mittlerweile schon ein dutzendmal gefragt hatte.

Kelson zuckte mit den Schultern, wie er es bei dieser Frage stets tat, und stellte den Becher ab, doch seine eigentliche Antwort fiel diesmal ein wenig anders als sonst aus. »Was zählt's heute noch, ob ja oder nein? Sie ist tot. Selbst wenn ich sie geliebt haben sollte, folgert daraus keineswegs, daß ich nicht ein zweites Mal lieben könnte.«

In erstaunter Anteilnahme hob Dhugal die Brauen, nickte versonnen. »Ich verstehe deinen Standpunkt. Dann ist's also *wahr*, daß du zu Rothana in Liebe entbrennst.«

Kelson verzog das Angesicht zu einem törichten Schmunzeln. »Mag sein ...«

»Na, da soll mich doch ...«

»Keiner von uns wird eine letztendliche Entscheidung treffen, bevor ich nach Torenth aufbreche. Beide bedürfen wir einer Bedenkzeit, der Möglichkeit, getrennt voneinander unser Gewissen erforschen und unser Wollen erkennen zu können.«

»Gott im *Himmel*, glaubst du fürwahr, du wirst sie eines Tages zur Gemahlin nehmen?« fragte Dhugal in halblautem Ton.

»Es wäre ... äh ... sicherlich keine allzu friedliche Ehe zu erwarten«, wich Kelson der Fragestellung aus. »Ich habe dir erzählt, was sie mit mir tat, als wir das *erste* Mal abweichende Auffassungen vertraten, entsinnst du dich?«

»Nun, sie *ist* schließlich eine Deryni.«

»Und ich bin König, Dhugal. Es blieben so mancherlei Fragen zu klären. Und an erster Stelle bleibt Klarheit darüber abzuwarten, ob sie sich in der Tat dazu durchzuringen vermag, sich mit irgend jemand anderem zu vermählen als mit Jesus Christus. Mir wär's äußerst unlieb, in einen Wettstreit mit Gott zu treten.«

Dhugal grinste wie ein wahrer Schelm. »Ach, mich dünkt, darum solltest du dich nicht in übertriebenem Maße scheren. Bisweilen möchte ich wohl wähnen, du könntest selbst mit Ihm wetteifern.«

»Dhugal, das ist *Lästerung!*« keuchte Kelson. »Leiste augenblicklich Abbitte!«

»Ach was, ich vermeine, du *vermöchtest es*«, beharrte Dhugal. »Was denn, ei der Daus, laß ab!« schrie er, als Kelson sich auf ihn stürzte und beide Lehnstühle umkippten, daß es nur so krachte.

»Leiste Abbitte!«

»Nein, es ist ja wahr!«

Dhugal lag halb auf dem Bauch, halb auf der Seite, derweil Kelson ihn niederdrückte, ein Arm war unter Dhugals eigenem Leib eingeklemmt, während er sich mit der freien Hand des Würgegriffs zu erwehren trachtete, in welchen ihn der König – wiewohl nur mit erheblicher Anstrengung – hinterrücks zu nehmen vermocht hatte. Der Tatsache zum Trotze, daß er Kelson unterlag, mußte Dhugal lachen, er konnte nicht anders. Das Ringen stürzte den Krug mit dem Wasser vom Kaminsims, das Naß befeuchtete das Bärenfell, brachte das Feuer zum Zischen und Dampfen. Gleich darauf kamen Dolfin und Ivo mit gezückten Dolchen ins Gemach gestürzt, um nachzuschauen, was die Ursache des Lärms sein mochte.

»Zurück ins Bett mit euch!« befahl der König, nutzte die Ablenkung, um den Würgegriff zu festigen, erkannte jedoch gleichzeitig das Lustige, durch das sich die Lage auszeichnete. »Mein Blutsbruder und ich tragen lediglich eine kleine Meinungsverschiedenheit aus. Ich brauche keine Hilfe. Dhugal, so Ihr nicht ohne Verzug Abbitte leistet, werde ich sie aus Euch hervorquetschen, und nach all Eurem Suff am heutigen Abend dürfte es sehr wohl möglich sein, daß Ihr dabei ins Speien geratet.« Unverzüglich verließen die beiden Knappen das Gemach; Dolfin zog Ivo, der aus Verdutzung weit die Augen aufgerissen hatte, am Ärmel mit, denn Dolfin kannte die Art von Ausgelassenheit des Paars bereits. Dhugal gab allen Widerstand auf, sackte vollends auf den Fußboden nieder. Infolge der Einschnürung seiner Brust begann ihm schon die Sicht zu verschwimmen, und er merkte, wie ihm nun in der Tat Übelkeit drohte. »Leiste Abbitte«, forderte Kelson, »oder ich mache Ernst!«

»Nun wohl, nun wohl«, japste Dhugal, »ich bereue meine Äußerung und nehme sie zurück, sie gelte als ungetan ... Pest und Hölle, laß mich aufstehen, ich schlucke feuchtes Bärenhaar!«

Er wälzte sich auf den Rücken, sobald Kelson von ihm abließ, brachte ein Grinsen zustande, obwohl der König noch halb auf seinem arg geplagten Bauch hockte; für einige Augenblicke blieb Dhugal noch liegen, um zu verschnaufen, während sich Kelson erhob. »Bist du wohlauf?« fragte der König.

Dhugal nickte und stemmte sich empor, packte die Hand, welche ihm Kelson bot, um ihm beim Erheben behilflich zu sein. »Ich werd's sein, falls ich mich nicht im Laufe der nächsten dreißig Herzschläge übergebe, ja. Aber um des *Himmels* willen, wie muß mein Wort dir aufs Gemüt geschlagen sein! Ich will sagen, welches Weib aus Fleisch und Blut und bei rechtem Verstand wollte im Schoße von Mutter Kirche ein kärgliches Dasein als Gottesbraut fristen, wenn sie den König von Gwynedd zum Gemahl haben könnte?«

»Hüte deine Zunge«, warnte ihn Kelson. Indem er Dhugal mit dem Finger drohte, noch ein wenig mühsam atmend, stellte der König die umgeworfenen Lehnstühle wieder hin, geleitete Dhugal, dem unvermindert leicht mulmig zumute war, zu einer dieser Sitzgelegenheiten, wo der Junker, sobald er saß, für ein kurzes Weilchen das Haupt auf die Knie senkte. Kelson war nicht wirklich erzürnt, jedoch hatte Dhugal an etwas gerührt, von dem nicht einmal der König selbst gewußt hatte, daß er in dieser Hinsicht dermaßen empfindlich war; aber er hegte die Ansicht, daß man nicht – zumal nicht, wenn es so hehre Dinge betraf – in solcher Weise über den Herrgott scherzen durfte. »Um Vergebung«, bat Kelson unterdrückt, als sich Dhugal gestrafft und vorsichtig das Haupt an die Rücklehne des Stuhles gestützt hatte. »Ich wähne, ich habe etwas übertrieben gehandelt.« Er hob den aufs Bärenfell gefallenen Krug auf und tupfte einen Großteil der verschütteten Flüssigkeit mit einem Tuch fort. »Doch solltest du dich eines Tages mit deinem Vater zusammensetzen und dich von ihm über die Erhabenheit von Glaubensangelegenheiten belehren lassen, insbesondere der Berufung zur Geistlichkeit und zum Ordensleben. Von letzterem, so muß ich zugeben, verstehe auch ich wenig, doch habe ich dessen ungeachtet davor die höchste Achtung. Und wie sehr ich mich auch zu Rothana hingezogen fühle und was für eine vortreffliche Gattin sie nach deiner Auffassung auch für mich abgäbe, ich täte sie nie und nimmer zur Gemahlin nehmen, wenn ich befürchten müßte, sie der Kirche abspenstig gemacht zu haben.«

»Was denn, der *Kirche* würde sie dir zuliebe wohl schwerlich entsagen«, erwiderte Dhugal, derweil er sich ein Handgelenk rieb, welches Kelson allzu gewaltsam umklammert hatte. »Sie wäre lediglich keine Nonne.«

»Du weißt durchaus, wie ich's meine«, tadelte Kelson. »Gleichwohl ist's verfrüht, davon in solcher Ausführlichkeit zu reden. Ich werde heute keinen einzigen Gedanken mehr darauf verwenden.«

Aber natürlich gab er sich *doch* weiteren Überlegungen in bezug auf Rothana hin. Nachdem Dhugal ihn verlassen und der König den Knappen nochmals erklärt hatte, daß alles in bester Ordnung sei, lag er noch fast eine Stunde lang wach, und das unzureichende Maß an Schlaf, welches er fand, machte sich um so ärger bemerkbar, als ihn am Morgen um die achte Stunde Ivo aufsuchte und weckte.

6

Auch du sollst ihn heilighalten, denn er bringt die Speise deines Gottes dar. Heilig sei er dir ...

LEVITICUS 21,8

»*Memento, homo, quia pulvis es, et in pulverem reverteris ... Memento, homo ...*« Morgan kniete, warm umhüllt von seinem mit einem Zobelkragen besetzten Umhang, im Rhemuther Dom am Altargeländer und harrte triefäugig des Aschenkreuzes, welches ihm den Anbeginn der Fastenzeit verdeutlichen sollte. »*Memento, homo, quia pulvis es ...*« Bedenke, Mensch, aus Staub bist du geschaffen, und Staub mußt du wieder werden ... An diesem Morgen hatte Morgan das Gefühl, sein Haupt sei fürwahr mit Staub gefüllt, und auch im Gaumen kostete er den Geschmack von Staub. Duncan müßte ihn wahrlich nicht nochmals über die Torheit des Saufens belehren. Aber der Vezairer Portwein war ein wahrhaft *ungemein* wohlschmeckender Tropfen gewesen ...

»*Memento, homo, quia pulvis es ...*«

Die eigentliche Meßfeier hatte Morgan versäumt, doch vielleicht hatte Duncan es nicht bemerkt. Der Deryni-Bischof befand sich weit links von der Reihe von Büßern, welche am Altargeländer kniete, beugte sich gerade würdevoll vor, um eines jungen Pagen Stirn mit dem Aschenkruez zu bestreichen. Sowohl er als auch Pater Shandon, der jüngere Priester, der ihm heute morgen zur Hand ging, waren in die düstere lila Gewandung gekleidet, wie sie dem Beginn der Fastenzeit entsprach, doch plötzlich fiel Morgan auf, daß auf Shandons Seite des Allerheiligsten viel mehr Gläubige warteten als auf Duncans Seite, und zwar trotz der Tatsache, daß Fromme es gewöhnlich vorzogen, das Aschenkreuz von einem Bischof anstatt von einem gemeinen Priester zu empfangen.

Allerdings war dabei Voraussetzung, sah Morgan mit

einem Mal ein, daß der Bischof ein Bischof war – und ein Deryni-Bischof war alles andere als eine gewöhnliche Erscheinung. Angesichts der aller Welt geläufigen Haltung der Kirche zu den Deryni konnte es kaum als befremdlich gelten, da sich nun die Kunde von Duncans gestriger Enthüllung seines Derynitums verbreitete, daß viele Menschen dagegen Bedenken hatten, sich von einem eingestandenen Deryni anrühren zu lassen, ungeachtet dessen, daß der Erzbischof sowie zwei andere Bischöfe dem Auftritt beigewohnt hatten, ohne gegen ihren Bischofskollegen einzuschreiten. Wer mochte schon zu den ersten Wagemutigen zählen, die zu prüfen wagten, welcher Harm aus der Berührung eines Deryni Pfaffen erwachsen könnte?

Offensichtlich waren nicht alle Gläubigen solchermaßen zaghafte Seelen. Dafür dankte Morgan dem Herrgott. Die Männer, welche zu Morgans Seiten knieten – ein junger Waffenknecht MacEwans sowie ein gar noch jüngerer Feldweibel der Lanzenreiter, von welchem Morgan genau *wußte*, er war gestern im Thronsaal zugegen gewesen –, besaßen mit Sicherheit darüber Klarheit, um wen und was es sich bei ihm und Duncan handelte; dennoch flößte es ihnen anscheinend nicht die geringste Bangigkeit ein, neben Morgan zu knien oder das Aschenkreuz von Duncan zu erhalten, der sich ihnen allmählich längs des Altargeländers näherte, just auf eines Haldaneschen Bogenschützen Stirn ein rußiges Kreuz zeichnete: »*Memento, homo, quia pulvis es, et in pulverem reverteris* ...«

Tatsächlich verhielt es sich so, wie Morgan unversehens bemerkte, daß die besondere Gemeinsamkeit all jener, welche die Bereitschaft aufbrachten, sich am heutigen Morgen an Duncan zu wenden, ihre Jugend war; die Mehrheit war wesentlich jünger als Morgan und Duncan – ein Umstand, der zumindest für die Zukunft Hoffnungen rechtfertigte, wenn es Duncan gelang, den gegenwärtigen Unwillen durchzustehen.

»Memento, homo, quia pulvis es ...«

Unter dem Eindruck seiner Beobachtung ließ Morgan den Blick noch einmal am Altargeländer entlangschweifen. Es bestand *wirklich* eine Übereinstimmung, was das Alter anbetraf, auch wenn sie nicht durchgehender Art war; Morgan sah sogar, wie mehrere ältere Männer, als Pater Shandon die Mitte des Altargeländers erreichte und sodann ans seitliche Ende zurückkehrte, sich von ihren Plätzen am Rande von Duncans Abschnitt erhoben und verstohlen bei den Wartenden einreihten, welche sich gleich vor Pater Shandon niederknien durften. Der Wechsel ward in aller Stille vollzogen, aber er geschah. Für manche Menschen, sann Morgan, war es wohl zu spät, um noch umdenken zu können.

»Memento, homo, quia pulvis es ...«

Nun verabreichte Duncan dem Feldweibel der Lanzenreiter das Aschenkreuz, und Morgan hob das Haupt, erwiderte seines Vetters Blick, sobald der Deryni-Bischof, fertig mit dem Weibel, vor ihn trat. *»Memento, homo, quia pulvis es, et in pulverem reverteris«*, murmelte Duncan, zog das Aschenkreuz mit erhöhter Sorgfalt auf Morgans Stirn. *Wie schön ist es,* fügte er auf geistiger Ebene hinzu, *daß du wahrhaftig an diesem Morgen doch noch den Weg ins Gotteshaus gefunden hast. Wir treffen uns anschließend in der Sakristei.*

Morgan neigte das Haupt, um sein Lächeln zu verhehlen; er wartete, bis Duncan den Waffenknecht abgefertigt hatte und sich dem nächsten Gläubigen in der Reihe zuwandte, ehe er sich bedächtig bekreuzigte und aufstand. Er wich in den Schatten einer Säule des Hauptschiffs zurück, wartete dort, mehr oder weniger der Sicht entzogen, gleich einem unkenntlichen Schemen, bis auch die letzten reuigen Sünder ihr Aschenkreuz erhalten hatten. Als sich Duncan anschickte, dem Pater beim Austeilen des Aschenkreuzes an jene, welche noch auf Shandons Seite des Altargeländers knieten, behilflich zu sein, weigerte sich davon niemand, das Aschenkreuz von Duncan zu empfangen, doch konnte Morgan die inwendige Anspannung, ja Beunruhigung wahrnehmen, welche von diesen Leuten ausging, als sie danach das Altargeländer verließen; er sah sogar, wie ein Mann, sobald er sich unbeachtet wähnte, sich heimlich Duncans Asche wieder von der Stirn wischte.

Morgan wußte, daß Pater Shandon ein Weilchen brauchen würde, um die Meßgewänder abzulegen und sich zu verabschieden, deshalb wartete er gelassen noch eine Zeitlang ab, bis er sich auf den Weg zur Sakristei begab. Als er dort anlangte, vernahm er bereits den Klang zornentbrannter Stimmen; keine von ihnen gehörte Shandon. Mehrfache derynische Geisteswehr streifte, so daß er ein Kribbeln verspürte, Morgans Geistesschild; Duncan war offenbar nicht der einzige Deryni in der Sakristei. Besorgt stieß Morgan die Tür auf und trat ein.

»Ich habe fürwahr kein Verlangen, darüber zu reden, Denis«, äußerte Duncan, doch weder er noch Arilan blickten auch nur zur Seite, als Morgan die Tür hinter sich schloß und sich gegen sie lehnte, um aufmerksam zuzuschauen und zu lauschen. Neben der Kleiderpresse saß Pater Shandon besinnungslos oder im Schlaf in zusammengesunkener Haltung auf einem Stuhl – er trug noch Chorrock und Stola –, ein Zustand, in welchen ihn wohl einer der beiden Deryni-Priester versetzt hatte, als ihr Streitgespräch zu ernst und aufschlußreich ward, als daß ein Unbeteiligter es hätte mitanhören dürfen.

»Donnerwetter, das solltet Ihr Euch noch einmal überlegen«, entgegnete Arilan. »Begreift Ihr nicht, daß Ihr die Kirche als Ganzes der Gefahr von Anfeindungen ausliefert? Ihr habt selbst gesehen, was soeben geschah. Alles war harmlos, solange man lediglich glaubte, Ihr *könntet* ein Deryni sein. Bei Gott, Duncan, vermochtet Ihr nicht zu warten?«

»Und wie lange hätte ich noch warten sollen?« hielt ihm Duncan entgegen. »Zwanzig und mehr Jahre, so wie Ihr? So lange seid Ihr doch bereits Priester, oder? Und noch immer bekennt Ihr Euch *nicht* zu dem, was Ihr seid. *Einer* mußte den Anfang machen, soll jemals ein Wandel eintreten.«

Zu erbittert, um sofort antworten zu können, kehrte Arilan ihm schroff den Rücken zu und starrte, wahrscheinlich ohne etwas zu sehen, hinauf zu dem winzigen Fenster überm Wandaltar der Sakristei. Farbiges Glas füllte das Fensterchen in einem unregelmäßigen Muster aus, welches an eines Meeres Wellen gemahnte, und der Sonnenschein warf schaurig grüne Glanzlichter auf Arilans Angesicht, seine Hände und den schlichten, schwarzen Priesterrock, den er trug. Morgan musterte Duncan, wagte über seine bloße Gegenwart hinaus nichts zu unternehmen, doch Duncans gesamte Beachtung galt seinem Bischofskollegen.

»Ich *war* der erste«, sprach Arilan schließlich ganz, ganz leise. »Oder nein, ich war's nicht – Jorian ging mir voran ... Aber ich bin, soviel ich weiß, der erste Deryni, der unbeschadet und unbehelligt den Werdegang eines Priesters durchlaufen konnte.« Er stützte beide Handballen auf des Wandaltars Kante und betrachtete die weiße, mit Stickereien verzierte Altardecke auf der Altarplatte, blickte sich endlich über die Schulter um. »Das macht keinen geringen Unterschied aus, oder seid Ihr gegenteiliger Ansicht, Duncan? Der erste Deryni nach zweihundert Jahren zu sein, der zum Priester geweiht ward und in seinen Ämtern verblieb ... Und auch *Ihr* seid zum Priester geweiht worden. Und nach Euch sind – im Verlauf der vergangenen zwei, drei Jahre – weitere nachgefolgt. Ich wollte wetten, davon hattet Ihr noch keine Kenntnis. Aber hätte ich, derweil ich noch der einzige war, alles zur gleichen Zeit zu erreichen versucht, wäre ich längst tot, geradeso wie Jorian und all die anderen, welche man schon früher als ihn erschlug!

Und darum, bei allen Heiligen, *erkühnt* Euch *nicht*, mir zu erzählen, *jemand müsse der erste sein!*«

Derweil Arilan sich wieder vollends Duncan zudrehte, spürte Morgan, wie er, noch gegen die Tür gelehnt, ein wenig erschlaffte, und er schloß die Lider, als vermöchte er sich auf diese Weise der Erinnerungen, welche auf einmal in ihm emporwallten, zu erwehren. Jorian. O Gott, wie gut entsann er sich noch Jorians! Kaum dreizehn Lenze hatte Morgan gezählt, war Knappe an König Brions Hof gewesen, als einer der Kapläne des Herrschers darauf bestand, daß Brions hochgeschätzter Deryni-Knappe der Hinrichtung des derynischen Ex-Priesters Jorian de Courcy beiwohne, dessen Frevel wider das Gesetz bei der Priesterweihe durch Gottes eigene Hand entlarvt worden war; Morgan hegte die Überzeugung, daß seine nahezu zwanghafte Furcht vor dem Feuertod auf jenen Tag zurückzuführen sein mußte, an welchem man ihn mitanzusehen zwang, wie Flammen de Courcys wehrlosen Leib verzehrten, er sich auf dem Scheiterhaufen wand. Und das war beileibe nicht das letzte Mal gewesen, daß er derlei Greuel schaute.

Er merkte, daß ihm unter dem schweren Umhang der Schweiß ausgebrochen war, als er die Augen wieder aufschlug; und wenig fehlte, und ihm hätten die Gliedmaßen geschlottert. Aber eine noch weitaus heftigere Wirkung als auf ihn hatten Arilans Worte auf Duncan gehabt. Der jüngere Bischof war derartig erbleicht, daß sein Angesicht dem Weiß der Albe glich, deren Kragen er sich unterdessen gelockert hatte, und seine Geisteswehr erwies sich sogar für Morgan als vollkommen undurchdringlich. »Was wollt Ihr damit zum Ausdruck bringen, es seien ›weitere nachgefolgt‹?« raunte Duncan. »Soll das bedeuten, daß es inzwischen mehr von uns gibt, welche das Priesteramt innehaben? Andere Deryni-Priester?«

»Nur wenige, aber einige«, bestätigte Arilan mit

gleichsam steinerner Härte, indem er sich wieder halb dem Fenster mit dem Wellenmuster zuwandte.

»Und ... Ihr habt's erwirkt?«

»Um einen gewissen Preis, ja. In den Kreisen der Kirche insgeheim ein Deryni zu sein, war dabei ein überaus großer Vorteil. Das gilt um so mehr dafür, ein Deryni-Bischof zu sein, von welchem niemand ahnt, daß er ein Deryni ist. Doch nun weiß ein jeder – oder wird's alsbald wissen –, daß es wenigstens einen von uns gibt, dem's gar gelungen ist, bis ins Episkopat aufzusteigen, und wenn da einer ist, so wird man sich leicht denken, mögen's noch mehr sein. Für kluge, aufrechte Kirchenmänner vom Schlage Wolframs mag das kein Anlaß zur Erregung sein, sobald sie sich erst einmal an diese Vorstellung gewöhnt haben, aber was wird, wenn's ein paar Bischöfe oder Möchtegern-Bischöfe gibt, die eher Edmund Loris als Thomas Cardiel ähneln? Legt Ihr etwa Wert darauf, daß *derlei* Menschen von neuem über Unschuldige herfallen?«

Duncan prallte zurück, fast als hätte er einen Faustschlag erhalten. Arilan ersparte ihm nichts. »Eben um gegen dergleichen vorzubeugen«, antwortete er in gedämpftem Tonfall, »habe ich getan, was ich tat. Wir müssen der Welt beweisen, daß wir *nicht* böse sind, indem wir ihr unser Vorbild leibhaftig und lebendig vorleben. Ich hab's getan, um meinem Sohn die Möglichkeit zuzugestehen, fortan an diesem Beispiel teilzuhaben.«

»Und *das* ist *wahrlich* das Heikle an allem, nicht wahr?« meinte Arilan mit ruhiger Stimme. »Dhugal, Euer Sohn ...« Er seufzte, verschränkte die Arme vor der Brust und senkte den Blick auf seine Füße. »Vielleicht ist das der Grund, weshalb der Klerus sich nicht verehelichen darf, Duncan. Das Fleisch von unserem Fleische wird uns zu lieb und teuer, und wenn die Stunde naht, da wir eine Wahl zu treffen haben, fällt's uns schrecklich, ja allzu schwer, uns für Gott anstatt fürs eigene Kind zu entscheiden. Zu so etwas sind nur wenige fähig. Es sollte auch nicht dahin kommen, daß es ihnen abverlangt wird.«

Indem er vernehmlich einatmete, hob Duncan den Blick. »Ich stehe zu meinem Entschluß, Denis. Ich bin Vater und Priester, *und ich habe vor, beides zu bleiben. Und wirklich*, beides war's, was zum Teil zu meiner Entscheidung beigetragen hat, das zu tun, was Ihr nun verurteilt: das rein Wunderbare dessen, wie Gott Seine Macht so und nicht anders ausübte, daß Er mich in Seine Dienste führte und dennoch bewirkte, daß ich diesen Jüngling zeugte.«

Geringschätzig schnaubte Arilan. »Was für eine Dichtern gleiche Schwärmerei! Ist es Euer Vorsatz, mich damit zu rühren, oder soll dadurch mein Zorn um so stärker angefacht werden? Ihr habt allerdings, wenn Ihr versichert, daß Ihr zu Eurer Entscheidung stehen werdet, vollständig recht – Euch bleibt nämlich gar kein anderer Weg übrig, welchen Ihr beschreiten könntet.«

»Ich habe den fraglichen Beschluß guten Gewissens gefällt«, erklärte Duncan zu seiner Rechtfertigung; seine Stimme klang ein wenig brüchig.

»Oh, davon bin ich überzeugt. Allein weiß ich nicht, ob Ihr diese Eure Entscheidung Eures Gewissens gegen die Aussicht abgewogen habt, womöglich Eure Mitra abgeben zu müssen ... und vielleicht gar die Priesterwürde zu verlieren.«

Derweil Morgans Atem stockte, straffte Duncan sich langsam, bis er aufrecht dastand wie ein Baum, das Angesicht nahezu so grau wie das Aschenkreuz auf seiner Stirn. »Was beliebt Ihr damit zu sagen?«

Arilan versuchte, Duncans Blick standzuhalten, jedoch vergeblich. »Ihr seid Euch dessen bewußt, daß in der nächsten Woche zu Valoret die bischöfliche Synode zusammentritt. Schon heute morgen gab's Gerede darüber, Euch des Priesteramtes zu entheben, wenigstens bis die Synode über die Frage beraten hat, was man mit

Euch anstellen soll.« Ruhelos faltete Arilan die Hände, lockerte sie, faltete sie erneut. »Cardiel ist dagegen, Wolfram ist sich nicht sicher ... Und das Ergebnis könnte Ärgeres als lediglich Euer Hinauswurf aus dem Amte sein.«

»Inwiefern ärger?« fragte Duncan leise. »Die Mitra zählt mir wenig. Ich hatte ohnehin nie den Ehrgeiz, Bischof zu werden. Und ich bin schon einmal des Priesteramtes enthoben, ja sogar exkommuniziert worden. Häßlich war's freilich, aber ich hab's durchgestanden. Es vermochte nichts von dem zu wandeln, was in meinem Herzen haust. Aber *was könnte man mir ansonsten antun, Denis?*«

»Seid heilfroh, daß die Kirche Deryni nicht länger auf den Scheiterhaufen schickt«, antwortete Arilan barsch. »Zumindest nicht von höchster Stelle aus. Abtrünnige wie Loris oder die Ereignisse, welche bisweilen in einsamen, entlegenen Gegenden des Reiches vorkommen, wollen wir einmal außer acht lassen. Und selbst wenn eine genügende Anzahl von Bischöfen es befürwortete, der König würd's ja nicht erlauben. Daraus jedoch möchte sich sehr wohl eine gänzlich andere Art von Krise ergeben – die Notwendigkeit, daß der König in des Episkopats Zuständigkeiten einzugreifen versucht ... *Darum* aber brauchen wir uns vorerst noch nicht zu sorgen. Weder Cardiel noch Bradene ließen einen Zwist soweit gedeihen.«

»Nun wohl, also verbrennen wird man mich nicht«, sprach Duncan voller Ungeduld. »Man hat's schon versucht, doch ohne Erfolg. Wie wär's mit dem Entzug meiner Priesterwürde?«

»Werdet mir nicht frech!« fuhr Arilan seinen Bischofskollegen an. »Das nächste Mal könntet Ihr weniger Glück haben. Oder falls Euch das Glück treu bleibt, mag nicht unbedingt das gleiche für Dhugal gelten.«

Es schauderte Duncan, und er neigte das Haupt.

»Verzeiht mir. So hätte ich nicht Rede führen sollen. Doch wie stünde es um meine Priesterwürde?«

Arilan zuckte die Achseln und ließ einen Seufzlaut vernehmen. »Nun ja, wie Ihr selbst wißt, vermag sie Euch niemals wieder vollauf genommen zu werden. *Tu es sacerdos in aeternum:* Du bist Priester in Ewigkeit. Eben deshalb hat ja einst das Konzil von Ramos für Deryni, welche sich zu Priestern weihen ließen, die Todesstrafe bestimmt – man kann einem Geistlichen die Priesterwürde nicht mehr entziehen. Doch man *könnte* Eure Priesterschaft widerrufen, und mich will's deuchen, ich brauche Euch nicht erst zu erläutern, was das bedeutete. Die Entbindung vom Priesteramt und Exkommunikation kennt Ihr zwar aus eigener Erfahrung, *so etwas* hingegen mußtet Ihr noch nicht erleiden.« Morgan teilte das Grausen, welches Duncan angesichts der von Arilan erwähnten Möglichkeit empfand. Obzwar die Weihe der Salbung zum Geistlichen unauslöschlich haften blieb, in alle Ewigkeit währte, hatte die Verstoßung eines Priesters zur Folge, daß er jedes Recht verlor, jene heiligen Handlungen, wie sie für gewöhnlich untrennbar verbunden waren mit dem Sakrament der Priesterschaft und der Ausübung des Priesteramtes, noch länger vorzunehmen. Damit ward ihm nicht der Empfang der übrigen, herkömmlicheren, für die Allgemeinheit gedachten Sakramente aus den Händen anderer Priester versagt, wie es dagegen im Falle der Exkommunikation wäre; doch sollte er sich dahin vermessen, die Beschränkungen, welche ihm die Absetzung aus der Priesterschaft auferlegte, zu mißachten, würde die Exkommunikation die nächste schwere Strafe sein, welche die Kirche verhängen konnte, um einen in die Irre gewandelten Sohn auf den rechten Weg zurückzuführen. Morgan wußte, wie stark Duncan schon unter der bloßen Entbindung vom Priesteramte gelitten hatte, die erfolgt war, als man zu argwöhnen anfing, er sei ein Deryni; und die spätere Exkommunikation, welche sie beide ereilte – wiewohl ganz und gar ungerechtfertigt –, hatte das ihre getan, um das seelische Gleichgewicht Duncans, welchen das Erfordernis, seine innere Berufung zum Priester ständig mit der fortwährenden Abneigung der Kirche wider die Deryni in Einklang zu bringen, ohnehin längst zermürbt hatte, noch mehr zu beeinträchtigen. Als Priester abgesetzt zu werden, wäre für Duncan, der die Priesterwürde so liebte und offensichtlich auch berufen war zur Priesterschaft, das allergrößte Unrecht. »Ich gebe mich der Hoffnung hin, daß es so schlimm nicht kommen wird«, fügte Arilan seinen vorherigen Darlegungen hinzu. »Und dieweil Ihr unmittelbar Cardiels Kirchengerichtsbarkeit untersteht, bezweifle ich, daß er sich zu mehr durchringen wird, als Euch bis auf weiteres von Euren *öffentlichen* Aufgaben zu entbinden, will sagen, bis über die ganze Sache Gras gewachsen ist. Dabei setze ich allerdings voraus, wie ich nicht verschweigen will, daß die anderen Bischöfe auf ihn keinen zu starken Druck ausüben.«

»Ihr habt erwähnt, Wolfram sei sich unsicher«, äußerte Duncan leise. »Wie werden die anderen Bischöfe dazu Stellung beziehen?«

»Ich wünschte, ich wüßt's«, lautete Arilans Antwort. »Der eigentliche Schlüssel ist gleichsam Bradene, wenn's um Fragen höherer Rechtsprechung geht, welche das gesamte Reich betreffen – und eine solche Frage verkörpert Ihr nach aller Voraussicht, dieweil sich in der nächsten Woche die Synode versammelt. Wir wollen Gott dafür danken, daß Ihr bis zum gestrigen Tag einen tadellosen Leumund genossen habt, wenngleich man immerzu unverhohlen gewisse Mutmaßungen über Euch angestellt hat. Schon bevor man Euch ins Episkopat erwählte, war wahrscheinlich bereits die Hälfte unserer Bischofskollegen zu der Auffassung gelangt, daß Ihr ein Deryni seid, dieser Sachverhalt jedoch belanglos sei. Freilich war's so, ehe Ihr Euch dazu entschlossen habt, die Fama zu bestätigen und Euch vor dem vollzähligen Königshof mit Eurem Derynitum nachgerade zu brüsten. Aber ich möchte meinen, die Dinge könnten weit schlimmer stehen. Ihr hättet's vorm Altar tun können, in den Meßgewändern ... Ei, wäre *das* nicht ein Streich gewesen ...?«

»Aber ich hätte niemals ...«

»Ich weiß wahrhaftig nicht, was Ihr *nicht* fertigbrächtet!« brauste Arilan auf. »Das weiß ich wahrlich nicht mehr. Mit Gewißheit weiß ich lediglich, daß Ihr zahlreichen Beteiligten ganz beträchtlichen Verdruß verursacht habt. Ich hoffe, Ihr seid's nun zufrieden.«

Vernehmlich entließ Duncan den Atem aus der Brust, mäßigte sich mit Mühe soweit, daß ihm kein Aufschnauben entfuhr; in einer gemessenen Geste der Selbstbeherrschung faltete er die Hände, verklammerte die Finger ineinander, betrachtete seinen Bischofsring. Gedachte Arilan überhaupt keine Rücksicht auf ihn zu nehmen? Morgan fragte sich, wie lange Duncan eine solche Behandlung noch verkraften konnte.

»Ich glaube ... ich hätte die möglichen Folgen sorgsamer erwägen sollen, bevor ich die Tat beging«, sprach Duncan nach einer flüchtigen Weile des Schweigens in versöhnlichem Ton. »Ich bedaure es zutiefst, sollte ich Euch dadurch das Dasein erschwert haben.« Nun wagte er den Blick zu heben und auf Arilan zu richten. »Da es nun geschehen ist, habt Ihr mir irgendeinen Rat zu erteilen?«

Mit einem Nicken, welches noch von Widerwillen und Groll zeugte, kehrte sich Arilan zur Gänze Duncan zu; in Körperhaltung und Miene brachte er nach wie vor unerbittliche Härte zum Ausdruck. »Ist's mir also endlich gelungen«, fragte er gedämpft, »Euch den Ernst der Lage zu verdeutlichen?« Kummervoll nickte Duncan. »Nun wohl. Dann können wir uns ja über ein zweckmäßiges Vorgehen verständigen.« In tiefer Nachdenklichkeit schlenderte Arilan zu dem kleinen Wandaltar, kam zurückgeschlurft und heftete den Blick erneut auf

Duncan. »Sei's drum, gegenwärtig schwebt Ihr in keiner Gefahr, und auch meine Sicherheit ist nicht gefährdet. Gleiches besitzt für die anderen Deryni-Priester Gültigkeit, von welchen Ihr bislang gar nicht ahntet, daß es sie gibt. Unvermindert seid Ihr Bischof und Priester – auf alle Fälle bis auf weiteres –, doch an Eurer Stelle würde ich mich erst einmal sehr im Hintergrund halten.«

»Und heute keine Aschenkreuze mehr austeilen?« meinte Duncan, indem er sich verkrampft um ein Lächeln bemühte.

Arilan nickte. »Ich würde *insbesondere* auf das weitere Austeilen von Aschenkreuzen verzichten. Tatsächlich möchte es durchaus das klügste sein, würde eine Schwächung Eurer Gesundheit Euch auf vorerst unbegrenzte Frist aus der Öffentlichkeit fernhalten. Mag sein, es wäre vernünftig, auch die Synode nicht zu besuchen. Und solltet Ihr trotz alledem vorhaben, fernerhin noch öffentlich die Messe zu feiern, gebe ich Euch diesen Rat: Macht bekannt, daß Ihr fortan die Frühmesse feiern werdet, denn sie wird ohnehin nur von wenigen Gläubigen aufgesucht. Auf diese Weise vermögen unsere Schäflein selbst darüber zu befinden, ob sie mit einem Deryni-Geistlichen Umgang haben möchten oder nicht.« Arilan nahm einen schwarzen Überrock mit Zipfelhaube zur Hand und streifte ihn sich über die Schultern. »Ihr könnt Euch fürwahr glücklich schätzen, daß heute morgen niemand vor Euch Reißaus genommen hat, derweil Ihr Aschenkreuze verteilt habt. Ich hoffe, Ihr besitzt darüber Klarheit. Ihr und ich, wir wissen beide, daß schon eine ganz flüchtige Berührung – nicht länger, um es deutlich auszusprechen, als man braucht, um auf jemandes Stirn ein Kreuz zu ziehen – für einen Deryni genügte, um den Geist eines jeden beeinflussen zu können, der am Altargeländer kniet. Glücklicherweise wissen die Gläubigen es nicht. Und Aschermittwoch ist's nur einmal im Jahr.« Duncan seufzte und ließ in niedergedrückter Stimmung die Schultern hängen, und Morgan machte Anstalten, Arilan flugs aus dem Weg zu weichen, als der Deryni-Bischof zur Tür herüberschaute; doch statt sich zu nähern, trat Arilan auf das griechische Kreuz, welches in der Mitte der Sakristei am Fußboden die geheime Porta Itineris kennzeichnete. »Nun denn, ich begebe mich nunmehr fort«, ergänzte Arilan seine vorherigen Worte. »Es mag sein, ich werde zur Zusammenkunft des Kronrates rechtzeitig zurückkehren, vielleicht aber nicht. Sollte letzterer Fall eintreten, so richtet dem König mein Bedauern aus. Nachdem ich *Eure* Begründung für Euer Verhalten gehört habe, muß ich versuchen, es einigen anderen Leuten zu erklären, welche Euer beider Treiben ohnehin voller Voreingenommenheit beobachten.«

»Dem Camberischen Rat«, folgerte Duncan im Flüsterton. »Nun ja, ich wähne, die Sache kann dadurch nicht noch ärger werden.«

»Nicht für Euch«, antwortete Arilan ohne den mindesten Anflug von Belustigung. »Und was Euch anbetrifft«, wandte er sich an Morgan, nahm erstmals dessen Gegenwart überhaupt zur Kenntnis, »so dürft es besser sein, ich finde *niemals* heraus, daß etwa Ihr ihn dazu angestiftet habt.«

Morgan schüttelte nur das Haupt, empfand zum erstenmal im Leben wirkliche Furcht vor Arilan. Aber der Deryni-Bischof warf ihm nur einen letzten, gestrengen Blick zu, ehe er das Haupt neigte und die Augen schloß, um geistig seine Beförderung durch die Porta auszulösen – und verschwand. Erst als ein Weilchen verstrichen war, atmete Duncan gedehnt und zittrig auf, seufzte laut und gab Morgan ein Zeichen, er solle die Tür verriegeln.

»Mich dauert's für dich, daß du Zeuge dieser Auseinandersetzung werden mußtest«, sprach Duncan und begann mit steifen Bewegungen, als wäre er aus Holz, die um seine Hüften geschlungene Schärpe aus violetter

Seide aufzuknüpfen. »Als ich von der Meßfeier kam, harrte er hier schon meiner. Der arme Shandon merkte gar nicht, wie ihm geschah.«

Auf der anderen Seite des Raumes lehnte der junge Geistliche unverändert, auf dem Stuhl zusammengesunken, an der Kleiderpresse, hatte von allem, was unterdessen in der Sakristei geschehen war, nichts bemerkt. Morgan trat zu ihm, horchte seinen Pulsschlag ab und benutzte seine Deryni-Kräfte, um die Beschaffenheit von Arilans Einflußnahme zu untersuchen; danach lenkte er seinen Blick hinüber zu Duncan. »Unversehrt ist er, doch war's verdammt unhöflich von Arilan, die Wiedergutmachung seines rücksichtslosen Tuns uns zu überlassen. Soll ich's rückgängig machen, derweil du dich umkleidest?« Duncan gab, während er sich das Chorhemd übers Haupt zog, seine nur halb verständliche, weil stark gedämpfte Zustimmung. Mit freudlosem Lächeln richtete Morgan seine Aufmerksamkeit von neuem auf den besinnungslosen Shandon, breitete dem Mann eine Hand über die Stirn. »Wohlan, Pater, Euer Nickerchen hat lange genug gewährt. Ihr entsinnt Euch an nichts, was sich zutrug, nachdem Ihr von der Meßfeier gekommen seid, nicht an Bischof Arilans Anwesenheit, nicht an das, was er mit Euch tat, ebensowenig an die geführte Unterhaltung und an diese meine Weisungen. Sobald ich's Euch befehle, öffnet Ihr die Augen und macht Euch ans Umkleiden. Ich bin derweil hinter Eurem Rücken eingetreten. Lauscht nun auf Euren Herzschlag, und wenn Ihr zehn Schläge gezählt habt, erwacht und befolgt meinen Willen.« Morgan ließ von dem Geistlichen ab und machte sich daran, Duncan beim Schließen der Knöpfe des schlichten, schwarzen Priesterrocks zu helfen, welchen der Bischof nun anstatt des förmlicheren, purpurfarbenen Rocks angelegt hatte. *Ein Bestandteil deiner künftigen Zurückhaltung?* erkundigte sich Morgan im geistigen Bereich, just als sich Shandon regte und sich seiner Meßgewandung zu entledigen begann, so als hätte es nicht die kleinste Störung gegeben.

»Mich deucht, ich darf froh sein, daß du überhaupt aufkreuzt«, antwortete Duncan mündlich, die Brauen zum Ausdruck kauziger Mißbilligung gewölbt, während er sich die zum Priesterrock gehörige schwarze Seidenschärpe um die Hüften wand und sie von Morgan befestigen ließ. »Dem Priester beim Umkleiden behilflich zu sein, ist beileibe kein Ersatz für den Besuch der Heiligen Messe. Was *soll* ich bloß mit dir machen?«

Es war ein altes, längst eingefleischtes Spiel, dessen sie sich befleißigten, doch trotz des vertrauten Wortgeplänkels konnte Morgan bei Duncan noch einen Nachhall inneren Aufruhrs spüren. Aber um Shandons willen mußten sie das Spielchen noch ein wenig länger treiben. »Fürwahr, ich denke, 's wird am ratsamsten sein, Ihr betet auch fürderhin für mich. Ich führe zu meiner Rechtfertigung an, daß ich ... äh ... weniger Schlaf gefunden habe, als sich empfiehlt. Du hast recht gehabt, was den Vezairer Port anbetrifft.«

»Hmmm, so will's mich sehr wohl dünken.« Zerstreut schob Duncan die Arme durch den Ärmel eines schwarzen, mit Pelz gesäumten Mantels, welchen ihm Morgan zu diesem Zweck hielt. Dann nahm er, als wäre es ihm erst nachträglich eingefallen, sein von Edelsteinen schweres Brustkreuz, küßte es und legte sich die Kette um den Hals, verbarg das Kreuz jedoch im Priesterrock, so daß man lediglich die Kette sah. Nachdem inzwischen Arilan fort war, hatte Duncan ein unterkühltes, nahezu abweisendes Gebaren angenommen, sein Gemüt hinter unerschütterlich fester Geisteswehr verschanzt, fast als zürne er Morgan.

»Erwartet der König uns?« fragte Morgan, nur um das Gespräch fortzusetzen.

»Ja. Er und Dhugal grübeln in der Bibliothek über Karten. Den König hat dein Fernbleiben von der Messe enttäuscht. Pater Shandon, wir werden uns für den Rest des Vormittags in der Bibliothek aufhalten. Anschließend nehmen wir an einer Sitzung des Kronrates teil. Bist du fertig zum Gehen, Alaric?«

Erst als sie die Sakristei verlassen hatten und den Wandelgang durchquerten, welcher hinterm Hochaltar verlief, wagte Morgan erneut den Mund aufzutun. »Du schließt mich von deinen Empfindungen aus, Duncan«, murmelte er. »Zermartere nicht dich selbst auf solche Weise. Arilan hat wider dich Vorwürfe erhoben, nicht ich war's. Hast du den Wunsch, mit mir darüber zu sprechen?«

»Nein. Als erstes, so glaube ich, sollten Dhugal und Kelson erfahren, was geschehen ist. Dann vermögen wir zu viert darüber zu reden. In einer Beziehung jedenfalls ist Arilan im Recht. Ich habe tatsächlich *nicht* alle denkbaren Folgen meines Handelns in Erwägung gezogen, bevor mein Entschluß feststand. Und es mag sein, ich habe wirklich meine Liebe zu Dhugal höher bewertet als die Pflichterfüllung, welche ich der Kirche schulde. Herrgott, was mag werden, falls ich fürwahr einen jener anderen Deryni-Priester in größere Gefahr gebracht haben sollte?« Im Schatten der Pforte zu einer Seitenkapelle verharrte er, begann mit einem Male von Kopf bis Fuß zu zittern, die Lider verkniffen, die gefalteten Hände nahezu gewaltsam gegen die Zähne gepreßt. »O Gott, was habe ich getan, Alaric?« flüsterte er mit erheblicher Mühe, fühlte sich einen Augenblick lang in der Erinnerung zurückversetzt in jene Stunde im vergangenen Jahr, als rings um ihn heiße Flammen nach ihm geleckt hatten. »Vielleicht stehen sie durch meine Schuld nun dem Scheiterhaufen näher!«

Selbst tief erschüttert, schlang Morgan beide Arme um die Schultern seines Vetters, hielt ihn für eine knappe Weile still umfangen, versuchte ihm durch die starre, aber im Niederböckeln begriffene Geisteswehr Trost einzuflößen. »Das kannst du nicht wissen. Duncan«, sprach er leise. »Bislang weißt du nicht einmal, wer sie sind. Und es wird keine Scheiterhaufen mehr geben.«

»Und wenn man doch wieder welche errichtet?«

»Wir haben hinlänglich Sorgen, ohne uns zusätzlich mit allen nur erdenklichen Etwaigkeiten abplagen zu müssen. Laß uns die Bibliothek aufsuchen, ja? Dies ist nicht der günstigste Ort für den Austausch von Meinungen.«

»Ihr habt noch immer nicht auf überzeugende Weise erklärt, *warum* er's getan hat«, sprach gut eine Stunde später jemand nicht zum erstenmal; alle sieben gegenwärtig mit Räten besetzten Sitze des Camberischen Rates waren belegt, und Arilan hatte Bericht erstattet. Die übrigen Ratsmitglieder zeigten sich keineswegs angetan von den Neuigkeiten.

»Wie ich bereits zugestanden habe, weiß ich's nicht so recht«, gab Arilan zur Antwort. »Ich bin mir nicht einmal sicher, ob *er* es weiß, wiewohl ich's als gewiß erachte, daß Dhugal dabei einen gewichtigen Beweggrund verkörperte. Als Deryni muß ich darauf hinweisen, daß die Angelegenheit durchaus ihre Vorteile hat. Bei Hofe zwei als solche bekannte Deryni mehr zu haben, welche eindeutig des Königs Gunst und Schutz genießen, kann für unsere Sache insgesamt nur von Nutzen sein. Als Bischof hingegen bin ich zutiefst entsetzt. Und ich muß vermelden, auch Cardiel ist deswegen nicht gerade freudigen Herzens.«

Barrett de Laney, älter an Jahren denn jedes andere Mitglied des Camberischen Rates, rührte mit knochigen, aber noch beweglichen Fingern sachte an das Koadjutor-Zepter, welches vor ihm auf der elfenbeinernen Tafel lag. Des Frühlings Sonnenschein schillerte auf dem einem geschliffenen Amethysten gleichenden Deckengewölbe in rötlich-bläulichem Glanz, und Regenbogen ähnliche Helligkeit gleißte auf dem Kristall, welcher – groß wie eines Menschen Haupt – von des Gewölbes

Mitte herabhing, doch vermochte Barrett nichts davon zu sehen; allerdings verspürte er die Wärme des Sonnenscheins. Seine smaragdgrünen Augen waren schon länger blind, als die Mehrheit der anderen Ratsmitglieder durchs Leben wandelten. Nichtsdestoweniger drehte er das Haupt in Arilans Richtung, indem er es leicht zur Seite neigte, nahm mit seinen Deryni-Sinnen den Bischof deutlicher wahr, als es ihm mit bloßen Augen möglich gewesen wäre. »Was wird Cardiel unternehmen, Denis?« wünschte Barrett zu erfahren. »Wird er's darauf anlegen, Duncan um die Mitra zu bringen?«

»Ich bezweifle, daß *er* darauf sinnt.« Arilan betrachtete die Oberseite der Tafel und strich mit einer Fingerspitze an einem der goldenen Bänder entlang, welche die elfenbeinerne Fläche unterteilten. »Bedauerlicherweise liegt die Entscheidung nicht ausschließlich bei ihm. Erzbischof Bradene ist älteren und daher höheren Ranges.«

»Bradene weilt in Valoret und trifft die Vorbereitungen fürs Zusammentreten der Synode«, sprach neben Arilans linker Elle eine Stimme, nämlich jene Lady Kyris, des jüngsten Weibes an der Ratstafel. »Er ist stark davon beansprucht gewesen, nach Loris' Sturz wieder Ordnung in der Kirche zu schaffen und in der nördlichen Hälfte des Königreichs die kirchlichen Belange zu regeln. Zwei Bischofssitze sind verwaist, niemand nimmt sich der Seelen in den betroffenen Gemeinden an, und gleich mehrere Bischöfe sehen noch ihrer Maßregelung entgegen. Für meine Begriffe legen diese Umstände die Schlußfolgerung nahe, daß sich Bradene bezüglich aller Schwierigkeiten, welche im Süden des Reiches entstehen, nach Cardiels Empfehlungen richten wird. Wie also dürfte Cardiels Empfehlung ausfallen?«

Arilan schüttelte das Haupt. »Auf diese Frage vermag ich keine Auskunft zu geben. Niemals wollte er aus *eigenem* Antrieb dazu schreiten, Duncan die Mitra zu nehmen, jedoch mag's dahin kommen, daß hartnäckiges Drängen seitens einer Anzahl anderer Bischöfe ihn zu einer solchen Handlung bewegt. Mittlerweile ist's so, daß er Duncan, obzwar er weiß, daß er ein Deryni ist, wie einen Sohn liebt ... ja, es verhält sich gar so, daß unsere Magie-Kräfte sein lebhaftes Interesse wecken. Aber an erster und bedeutsamster Stelle ist er eben Erzbischof. Er wird das tun, was er als am vorteilhaftesten für die Kirche ansieht. Vieles wird davon abhängen, wie die übrigen Bischöfe die neue Kunde aufnehmen.«

»Bis dahin wird wenigstens noch eine Woche verstreichen«, stellte Laran ap Pardyce fest, welcher auf Kyris anderer Seite saß. »Wie steht's mit sofortigen Maßnahmen gegen Duncan? Wird Cardiel ihn vom Amt entbinden?«

Arilan zuckte mit den Schultern. »Erwägt hat er's, doch geschah's am gestrigen Abend, im ersten Zorn über Duncans Eigenmächtigkeit. Ich vermute, 's hat ihn gleicherweise gekränkt wie erzürnt, daß Duncan sich zuvor nicht mit ihm beratschlagt hat. Am heutigen frühen Morgen dagegen äußerte er, es sei seine Absicht, zunächst abzuwarten, wie die Allgemeinheit dazu stünde, und's möchte sein, ein vorläufiger freiwilliger Verzicht Duncans aufs öffentliche Ausüben seiner priesterlichen Aufgaben genüge. Wenn ich ihn recht verstanden habe, hat er vor, sich im Laufe des heutigen Nachmittags mit ihm zu besprechen. Für die Mittagsstunde hat Kelson den Kronrat zusammengerufen.«

Tiercel de Claron, welcher seinen Platz gegenüber von Arilan und Laran hatte, kippte den hochlehnigen Stuhl ein Stück weit auf die hinteren Beine und machte ein nachdenkliches Gesicht. »Wie ist's um Eure Deryni-Priester in menschlicher Tarnung bestellt, Denis?« fragte er. »Sind sie ungefährdet?«

Arilan nickte. »Fürs erste, ja. Aber sie sind allesamt noch sehr jung. Keiner zählt mehr denn fünfundzwanzig Lenze. Ich hegte die Absicht, zu Ostern zwei weitere Deryni zu Priestern zu weihen. *Verflucht*, weshalb konnte Duncan nicht warten?!« Wütend empörte sich der Bischof, hieb eine Faust auf die Armstütze seines Lehnstuhls. »In wenigen Jahren hätte er ein eigenes Bistum erhalten, und von da an hätten wir *beide* Deryni zu Priestern einsetzen können. Nun jedoch wird man ihm, selbst wenn er seine Mitra behalten darf, voraussichtlich niemals gestatten, Priesterweihen zu vollziehen ... eben aufgrund der Befürchtung, es möchten unter den Berufenen Deryni sein.«

»So wär's denn vielleicht klüger«, ergriff zur Rechten Arilans – zwei Plätze weiter – ein schlankes, gleichsam altersloses Weib das Wort, »Ihr würdet Eure Anstrengungen darauf richten, daß die Gesetze umgeschrieben werden und man's in Zukunft zuläßt, Deryni zu Priestern zu weihen, anstatt ferner danach zu trachten, die Gesetze mühsam zu umgehen.«

Arilan musterte das Weib beinahe schuldbewußt. Er hätte absehen können, daß Sofiana ihm mit dieser Darlegung kommen würde. »Glaubt Ihr nicht, ich wollte aufs nachdrücklichste geradeso vorgehen, wüßte ich nur, wie's sich bewerkstelligen ließe?« hielt er ihr entgegen. »Wähnt Ihr, ich hätte *Gefallen* an der Weise, wie ich seit zwanzig Jahren lebe, so gänzlich im Bewußtsein der Beschränkung und der Unzulänglichkeit sowie dessen, was ich mehr leisten *könnte*, dürfte ich's allein wagen, ohne fürchten zu müssen, daß wir alles verlieren? Um Gottes willen, wir haben immerhin erreicht, daß uns nicht länger das Blutgericht droht! Die ›Gesetze mühsam umgehen‹ würde ich so etwas nicht nennen.«

»Wenn ich Sofiana recht verstehe«, sprach Vivienne, die weiter zur Linken Arilans saß, »weist sie uns auf die Tatsache hin, daß es nunmehr im Episkopat einen als Deryni bekannten Bischof gibt – rechnet man Euch nicht mit, dieweil von Eurem Derynitum ja lediglich Duncan und Cardiel wissen. Und nach meiner Kenntnis war Bischof Wolfram gegen die Möglichkeit, Duncan könne ein Deryni sein, nie ganz und gar feindselig eingestellt, bedenkt man sein Verhalten während der Verhandlung des Kirchengerichts in der vergangenen Woche. Das wären bereits vier Befürworter einer Änderung des Gesetzes, zählt man Duncan mit, auf dessen diesbezügliche Unterstützung sich man gewißlich verlassen kann.«

»Ich habe Duncan schon davon abgeraten, sich nach Valoret zu begeben«, lautete Arilans Entgegnung. »In der Tat dünkt's mich angebracht, daß er sich zumindest dem Anfang der Synode fernhält, bis ich mit einiger Sicherheit ergründen konnte, wie der Wind weht. Es müssen einige neue Bischöfe ernannt werden, von welchen wir noch nicht wissen können, wie sie zu uns stehen werden, und der gesamte übrige Haufe neigte vor erst zwölf Monden noch recht eifrig dazu, seine Unterstützung Edmund Loris zu gewähren. Dennoch bin ich der Ansicht, es ist ein Anbeginn gemacht.«

»Freilich ist's ein Beginn«, bekräftigte leise Vivienne, schwieg für einen Augenblick, um in ein zusammengefaltetes Tüchlein aus am Rande mit Stickerei verziertem Linnen zu husten. »Ach, elendiges Geschnäuf! Versucht darauf aufzubauen, Denis, und berichtet uns regelmäßig darüber, wie sich die Dinge entwickeln. Und nun möchte ich etwas über jenen anderen Deryni erfahren, welcher gestern Rede für Herzog Mahael führte. Al Rasoul war sein Name, nicht wahr?«

Matt nickte Arilan. Betrachtete man die Welt im großen, sann er, fiel einem derynischen Priester *cum* Bischof *keine* höhere Bedeutung als einem torenthischen Botschafter zu, wenngleich es sich bei selbigem Gesandten *gleichfalls* um einen Deryni handelte.

»Er spottet jeder mündlichen Beschreibung«, sprach Arilan, stützte das Haupt an die Rücklehne seines Stuhls und langte nach den Händen seiner beiden rechts und links von ihm befindlichen Nachbarn. »Am einfachsten wird's sein, Ihr verschafft Euch selber von ihm einen Eindruck. Ihr hättet zugegen sein müssen, um sein Auftreten vollauf würdigen zu können, doch ich will mich aufs beste darum bemühen, es in der Gestalt geistiger Bilder wiederzugeben.«

Derweil er umstandslos in Trance versank, seine Geisteskräfte geballt auf den Kristall richtete, welcher über den Häuptern der Versammlung schwebte, fühlte er die Ruhe der vertrauten seelischen Verbindung über sich kommen, als hülle ihn eine Wolke warm und wohlig ein, und er schloß die Augen, ließ die erwünschten Erinnerungsbilder aus seinem Gedächtnis emporfließen.

7

.. weil all meinen Rat ihr abgelehnt, und meine Mahnung nicht genehm euch war ...

SPRÜCHE 1,25

Arilan kehrte zwar nun früh genug in die Rhemuther Königsburg zurück, um noch den Abschluß der Beratungssitzung des Kronrates mitzuerleben, aber gerade zur rechten Zeit, um Cardiel und Duncan, dem sich eine sehr gedrückte Gemütsverfassung anmerken ließ, in eine abgeschiedene Kammer zu folgen; dort bedachte Cardiel den jüngeren Bischof in Arilans Anwesenheit mit einer herben Schelte.

»Es ist ja nicht so, daß ich nicht gewußt hätte, was Ihr seid, Duncan. Ich weiß auch schon seit geraumer Frist, was Denis ist. Ich unterstellte, Euch sei klar, daß mein Hinwegsehen über diese Sachverhalte ein Ergebnis meiner ureigensten Gewissensentscheidung ist und daß ich ausschließlich so lange darüber hinwegsehen konnte, wie Ihr Euren Teil dazu beitrugt. Doch als Ihr Euch zu dem Entschluß verstiegen habt, Euer Derynitum der Öffentlichkeit kundzutun, da ward es zu einer Angelegenheit nicht länger bloß meines Gewissens, sondern meines Amtes.« Als Duncan nur fortgesetzt auf seine gefalteten Hände niederstarrte, sprach Cardiel weiter. »Tja, zum Glück – oder Unglück – bestimmt das Gesetz gegenwärtig nicht mit aller Genauigkeit, was ich als nächstes mit jemandem wie Euch machen soll. Uns war dabei Erfolg beschieden, die Todesstrafe aufzuheben für das, was Ihr tatet, als Ihr Euch zum Priester weihen ließet, aber nach der Maßgabe des Konzils von Ramos verstößt es unverändert gegen das Gesetz, daß ein Deryni Priester wird.«

»In vergangenen Zeiten war's Deryni ebenso versagt«, bemerkte Duncan dazu in ruhigem Tonfall, »Land zu besitzen, Ämter zu versehen oder Adelstitel innezuhaben. Alaric Morgan jedoch ist seit Jahren Herzog, und auch Königin Jehana nimmt ihren Rang ein und hat ihr Wittum.«

Indem er nach Kräften um Langmut rang, ließ Cardiel gepreßt den Atem aus der Brust entweichen. »Ihr redet, wie Ihr sehr wohl wißt, von Ausnahmen. Und's mag ja dahin kommen – aber nur *vielleicht* –, daß auch Ihr so eine Ausnahme werdet. Das jedoch wird sich nicht fügen lassen, wenn Ihr Eurem Erzbischof, was die Auslegung der Gesetze anbetrifft, Flohknackereien ins Angesicht schwatzt. Wie also steht's, wollt Ihr mit mir zanken, oder möchtet Ihr meinen Ausführungen Gehör schenken?«

»Ich werde Euren Worten lauschen«, flüsterte Duncan.

»Wohlan, so vernehmt sie. Was meine Stellung als Erzbischof angeht, so werde ich den ganzen Fall keiner Beachtung würdigen, solange ich nur dabei bleiben kann. Dank Eurer Vorwitzigkeit allerdings wird sich die Bischofsversammlung zu Valoret mit der Deryni-Frage befassen müssen – weitaus früher, als ich's mir gewünscht hätte. Wenn die Synode in der nächsten Woche zusammentritt, werdet Ihr der Gegenstand zahlreicher hitziger Streitgespräche sein, dessen seid gewiß. Ihr selbst jedoch werdet nicht nach Valoret gehen. Vielmehr werdet Ihr, was die Kirche anbelangt, fortan mit Unsichtbarkeit begnadet sein. Denis hat angeraten – und ich unterstütze seine Anregung –, daß Euch vorteilhafterweise eine Krankheit befällt, welche Euch das Reisen unmöglich macht. Des weiteren muß ich Euch bitten, künftig nicht mehr öffentliche Verrichtungen in Eurer Eigenschaft als Priester oder Bischof wahrzunehmen.«

»Bin ich meiner Ämter entbunden?«

»Nein, wie ernstlich Ihr mich auch dieserhalber in Versuchung führt. Ihr dürft auch ferner im engsten Kreise die Messe lesen, doch verstehe ich selbigen Kreis wirklich und wahrhaftig im allerengsten Sinne – Euch, den König, Alaric, Dhugal. Sonst niemanden. Ihr mögt auch die Beichte abnehmen, aber nur von den Genannten, es sei denn, 's wär eine Frage von Leben oder Tod. Wenn Ihr an Sitzungen des Kronrates teilnehmt oder Euch anderweitig im Rahmen irgendwelcher höfischer Anlässe der Öffentlichkeit zeigt, so erwarte ich, daß Ihr in Eurer Eigenschaft als Herzog auftretet. Ich will's Euch nicht verbieten, der Kirche Amtstracht zu tragen, aber ich leg's Euch dringlichst nahe, auch in dieser Hinsicht äußerste Zurückhaltung walten zu lassen. Ich wüßt's zu würdigen, trügt Ihr weltliche Gewänder, wann immer's möglich ist.«

»Für wie lange?« fragte Duncan.

»Gottverdammt, Mann, bis ich die verwünschten Gesetze ändern lassen kann!« schnauzte Cardiel ihn an. »Duncan, es ist schlichtweg ausgeschlossen, die Wichtigkeit eines klugen Verhaltens Eurerseits über Gebühr zu betonen. Haltet Ihr Euch im Hintergrund und vermeidet weitere blödsinnige Bekundungen dessen, was Ihr seid, wird sich – so halt ich's für möglich – die Aufregung legen. Der *einzige* Umstand, welcher es mir gestattet, Euch weitgehend Euren Frieden zu lassen, ist die Tatsache, daß es nicht als Bischof geschah, wie Ihr Euch als Deryni enthülltet ... und zum Glück habt Ihr kein Wort *gesprochen*. Und es dürfte gescheiter sein, Ihr sprecht *auch* in Zukunft kein Wort ... weder Ihr, noch Dhugal. Habe ich mich deutlich genug ausgedrückt?«

Des Erzbischofs Wille war *überaus* deutlich, der Rüffel allerdings weniger schlimm ausgefallen, als er hätte werden können. Duncan befolgte Cardiels Anweisungen, täuschte eine Verkühlung mitsamt Husten und Fieber vor, blieb in seinen Gemächern im Bischofspalast und schätzte sich glücklich, als in den darauffolgenden Tagen nicht noch mehr Beschwernisse ihn heimsuchten. Die Zurückgezogenheit gab ihm gleichzeitig eine Gelegenheit zu häufigerem Beisammensein mit Dhugal, ehe sein Sohn mit dem König zur sommerlichen Landfahrt durchs Reich aufbrechen sollte. Morgan und Kelson fanden sich an fast jedem Abend zum Mahl ein, und für gewöhnlich saß man danach noch bis in die frühen Morgenstunden beisammen und führte ausgedehnte Gespräche. Am letzten Abend, den der König und Dhugal in Rhemuth verbrachten, begab sich Duncan zum abendlichen Mahl in die Königsburg.

Dieweil im Verlaufe der Landfahrt auch eine Suche nach Zeugnissen oder Überbleibseln Sankt Cambers stattfinden sollte, überreichte Morgan den beiden neuen Rittern Kelson und Dhugal Sankt-Camber-Ehrenzeichen, geprägt nach der Medaille, welche er selbst von seiner derynischen Mutter geerbt hatte. Doch nachdem Duncan die Ehrenzeichen gesegnet hatte, entschuldigte sich Kelson, dieweil ihm noch an einem anderen Segen lag. Er schickte Dolfin als Boten und ließ Rothana bitten, sich mit ihm im Schloßgarten am Springbrunnen zu treffen.

Selbstverständlich gebot es die Sittsamkeit, daß ein Dritter zugegen war bei dieser Zusammenkunft. Mit Rothana kam eine ältere Nonne als Begleiterin und Anstandsdame; beide hatten wider die kühle Abendluft Mäntel und Kapuzen übergeworfen. Aber die Nonne fügte sich Kelsons Anraten, doch solange mit Dolfin im Schloßgarten zu lustwandeln, ohne Umstände, und auch der Knappe war jemand, der auf seines Königs Wunsch nichts hörte oder sah. Der König führte Rothana in den vergleichsweise sicheren Sichtschutz einer nahen Laube.

»Es war mein Begehr, Euch dies zu zeigen, bevor wir am Morgen ins Land ziehen«, sprach Kelson, zog die Silberscheibe seines Sankt-Camber-Ehrenzeichens an der Kette aus dem Wams. »Allein ein Deryni vermag's fürwahr zu würdigen. Duncan hat's bereits gesegnet, aber mir erhob sich die Frage, ob wohl auch Ihr es segnen wolltet.«

»Ich, Gebieter?« Voller Interesse betrachtete Rothana

das Ehrenzeichen, erkannte offenbar sofort, um was es sich handelte, sah jedoch davon ab, es zu berühren. »Derlei Segensspendungen sind Priestern vorbehalten.«

»Dennoch wüßte ich *Euren* Segen ganz besonders zu schätzen«, antwortete Kelson. »Dieweil es bereits von einem Geistlichen gesegnet worden ist, vermöchte aus Eurem Segen gewißlich kein Unheil zu erwachsen.«

»Damit dürftet Ihr wohl recht haben, Sire.« Indem sie sanft lächelte, trat Rothana nahe genug zu Kelson, um das Ehrenzeichen in die Linke zu nehmen und es sich eingehender zu besehen; sodann schlug sie darüber mit der anderen Hand ein Kreuz und neigt das Haupt, um das Ehrenzeichen mit den Lippen zu berühren.

»Ich danke Euch«, sprach Kelson in gedämpftem Ton, nahm es, als Rothana sich straffte und es ihm zurückgab, wieder an sich und küßte es nunmehr seinerseits. »Es wird mir um so kostbarer sein, nachdem Ihr ihm einen Kuß aufgedrückt habt.«

Rothana errötete und verbarg das Antlitz. »Ich bitte Euch, Sire, so etwas dürft Ihr nicht sagen.«

»Ich darf's nicht? Rothana, beinahe eine Woche ist inzwischen vergangen. Zu gerne wüßte ich, worauf Ihr nun sinnt. Und nicht etwa bezüglich der Angelegenheiten, welchselbige wir im Kronrat besprochen haben, auch nicht in bezug auf das Verhältnis zu Torenth, auf die Bischöfe oder Sankt Camber ... sondern im Hinblick auf uns zwei.«

Verstohlen schaute Rothana ihn an, senkte danach den Blick wieder auf die in den Ärmeln gefalteten Hände. Infolge ihrer Bewegung rutschte ihr die Kapuze in den Nacken. Unter der dunkelblauen Heuke, welche sie für den Aufenthalt im Schloßgarten übergezogen hatte, trug sie die hellblaue Tracht ihres Ordens, hatte jedoch die übliche Nonnenhaube gegen ein zarteres Gewebe ausgetauscht, das ihr Angesicht wie der Schleier einer Madonna umwallte. Die üppige Pracht ihres Haupthaars war heute nicht zu einem Zopf geflochten, sondern unter jenem Schleiergebilde zu dicken, dichten Verschlingungen und Gewinden von glänzendem Schwarz eingerollt, anscheinend lediglich gehalten von einem Paar silberner Nadeln.

»Was meint Ihr, ›im Hinblick auf uns zwei‹, Gebieter?« entgegnete sie. »Ich wähnte, wir seien übereingekommen, die Frist des Getrenntseins zum Zwecke der Besinnung zu nutzen.«

Mit äußerster Beherrschung klammerte Kelson auf dem Rücken die Finger ineinander. »Das ist wahr. Aber ich hatte ... äh ... zu hoffen gewagt, Euer Abweichen vom strengen Gebrauch Eurer Ordenstracht« – er wies mit dem Kinn auf Rothanas Schleier – »möchte bedeuten, daß ...«

Während er nach Worten suchte, traf ihn ihr Blick. »Was bedeuten möchte, Gebieter?« fragte sie im Flüsterton. »Daß meine Berufung zur Nonne ins Wanken geraten sei? Wahrlich, sie ist's. Und ich habe Euch belogen, Sire. Ihr *seid* dafür der Grund.«

Kelson fühlte, wie sich sein Pulsschlag beschleunigte, das Blut brauste ihm in den Ohren, und er blieb sich darüber im unklaren, als er in Rothanas Augen schaute, ob er noch ein Wörtchen hervorzubringen vermöchte.

»O süße, teure Dame, treibt mit mir kein Spiel«, raunte er. »Müßte ich gar glauben, dies sei der Augenblick, da Ihr mich belügt, ich wollte dahinsiechen ohne Aussicht auf Genesung. Aber ich mag's nicht wagen, die Wahrheit nach Deryni-Art zu ergründen. Bisweilen tun unsere Geisteskräfte uns *viel* zuviel kund.«

»Teilen Eure Sinne Euch nicht mit, daß ich wähne, Euch zu lieben, Kelson Haldane?« fragte Rothana leise. »Offenbaren Sie Euch nicht, daß ich, als ich den Altarschmuck für Eure Nachtwache vor dem Tag des Ritterschlags anbrachte, es in der Vorstellung tat, ich richte den Altar für unsere feierliche Vermählung her?«

Langsam nahm Kelson die Hände vom Rücken und

hob sie an Rothanas Angesicht, erkühnte sich den Schleier, der es bedeckte, zu heben. »Wenn der Sommer endet, kann *wirklich* unsere Vermählung gefeiert werden, sobald ich zurückkehre«, sprach er mit kaum hörbarer Stimme. »Ist's das, was Ihr wünscht?«

»Ich ... glaube ja, Gebieter«, antwortete Rothana ebenso kaum vernehmlich. Sie hob eine Hand und streichelte mit den Fingerspitzen Kelsons Lippen. »Doch sollten wir jetzt davon nicht sprechen. Wir ...« Um zu verhindern, daß irgendwelche Vorbehalte diese unglaublich wunderbare Zusage einschränkten, preßte Kelson seinen Mund auf Rothanas Lippen, ihr Gesicht zwischen den Händen. Er spürte die köstlich-schmerzliche, heiße Glut der Lust sich in seinen Lenden regen, als sich Rothanas Lippen teilten, indem er sie küßte, erst zögerlich teilten, dann mutiger, und er wühlte seine Finger tiefer in ihr Haupthaar, um sie, während sie beide aus Erregung bebten, enger an sich zu ziehen. Dadurch lösten sich die Haarnadeln, und eine Unmenge blauschwarzen Haars quoll auf seine Hände herab, jede einzelne Strähne verursachte auf seiner Haut ein wonnevolles Kribbeln der Erregung. »Sire, das dürfen wir nicht tun«, vermochte Rothana zu flüstern, wich ein wenig von ihm zurück, in den Augen einen Ausdruck des Erschreckens wie bei einer Hirschkuh, wenngleich sie, während sie sich küßten, die Arme um seine Hüften geschlungen hatte, sie auch jetzt dort beließ.

Mit einem Lächeln ergriff Kelson zwei reichliche Handvoll des auf Rothanas Schultern gefallenen Haars, verbarg darin einige Herzschläge lang das Angesicht, roch ihr Duftwasser. »Was dürfen wir nicht tun, meine Prinzessin, meine Königin?« murmelte er, blickte ihr von neuem in die Augen, strich ihr mit einer Strähne ihres Haars über die Wange. »Habt Ihr nicht just Euch dahin eingelassen, daß Ihr glaubt, Ihr liebt mich? Und ich, dessen seid aufs vollständigste gewiß, liebe Euch.«

»Es ist zu früh«, wisperte Rothana. »Ich bedarf noch einer Frist, um nachdenken zu können. Eigentlich war's nie meine Absicht, Versprechungen zu machen, ehe der Sommer verstrichen ist, bis wir die Gelegenheit zum Abwägen ... O Gebieter!«

Derweil sie ihre Bedenken vortrug, hatte Kelson mit einer Hand an den Bändern am Kragen ihres Kleids genestelt, gleichzeitig Rothanas Schläfen und Lider mit einer Vielzahl zärtlicher Küsse behaucht. In der feinen, blauen Wolle entstand eine Spalte, und behutsam schob Kelson eine Hand hinein, um mit ihr die Rundung einer Brust zu umfangen. »Ich hab's bereits erwähnt«, sprach Kelson halblaut, »ich bin nicht aus Erz geschaffen.«

»Auch ich bin's beileibe nicht«, antwortete Rothana und entfernte seine Hand von ihrem Busen, gab ihm jedoch, derweil sie noch immer bebte, auf den Handrükken einen Kuß. »Dennoch dürfen wir nicht in die Tat umsetzen, wozu unser beider Herzen uns drängen. Nicht heute und nicht an dieser Stätte.«

»Wo dann, mein Herz, und wann?« beharrte Kelson, küßte zart Rothanas Handteller, bestrich ihn mit der Zunge. »Ich biete Euch eines Königs Liebe, Rothana. Ich bin willens, Euch nicht allein zur Königin meiner Länder zu machen, sondern auch meines Herzens.«

Indem sie das Haupt schüttelte, richtete Rothana sich höher auf, ließ einen Schluchzlaut vernehmen und drehte ihre Hand um, so daß ihrer Hände sich hielten, aber Kelson die Handfläche nicht länger küssen konnte. »Gebieter, ich flehe Euch an, setzt mich keiner solchen Verlockung aus. Ihr seid ein König. Ihr dürft Euch nehmen, was Ihr wollt, und wo und wann Ihr's wünscht, ich dagegen bin noch meinen Gelöbnissen verpflichtet. Ich bitte Euch inständigst, achtet meine Tracht, das Kleid einer Novizin.«

Reuig lächelte Kelson, strich mit dem Handrücken der freien Hand erst über Rothanas Schleier, dann ihre Wange. »Trägt man, wenn man klösterliche Gelöbnisse ablegt, einen solchen Schleier, meine Dame, oder das Haar auf so verführerische Weise?«

Rothana schluckte und wandte den Blick ab. »Ich hätte den Schleier nicht anlegen sollen, Herr. Ich tat's aus Eitelkeit, die ich wahrscheinlich zu bereuen habe. Wenn ich das nächste Mal zur Beichte gehe, muß ich mich dieser Schuld entledigen.«

»Mag sein, 's wäre klüger, 's nicht Pater Duncan zu beichten«, merkte Kelson, indem er unverändert lächelte, dazu an, »dieweil er bereits seit vielen Jahren mein Beichtvater ist. Wenn ich ihm mitteile, daß Ihr meine Braut werden sollt, wird er Euch, dieweil Ihr mich dermaßen umgarnt habt, eine strenge Buße tun lassen.«

Rothana entzog ihm ihre Hand und entfernte den Schleier vollends vom Angesicht, gab ihn Kelson, auf daß er ihn halte, derweil sie von neuem ihrer Tracht Bänder knüpfte, sich dabei halb abwandte. »Pater Duncan ist nicht länger mein Beichtvater, Gebieter. Habt Ihr nicht vernommen, daß der Erzbischof ihm untersagt hat, von anderen denn Euch sowie den Herren Dhugal und Morgan die Beichte zu hören?«

Diese Enthüllung wirkte auf Kelson, als schütte ihm jemand kaltes Wasser ins Gesicht. Duncans Abneigung, über sein nach der Sitzung des Kronrats geführtes Gespräch mit Cardiel zu reden, hatte ihn verwundert. Er spürte, während er sich bückte, um Rothanas hingefallene Haarnadeln aufzuheben, wie aus seinem Leib alle Leidenschaft schwand, als wäre er damit zur Ader gelassen worden. »Was soll das heißen, ›ihm untersagt‹? Duncan ist des Priesteramts nicht enthoben.«

»Gewißlich, doch ist ihm dringlichst empfohlen worden, in der Öffentlichkeit aufs Versehen seiner priesterlichen Aufgaben zu verzichten. Habt Ihr nicht bemerkt, daß er seit dem vergangenen Mittwoch nicht mehr im Dom die Messe gelesen hat?«

Regelrecht benommen, fast wie unter einem Bann, schaute Kelson zu, wie Rothanas Finger dicke Stränge ihres Haars, welches ihn eben noch in Entzücken gestürzt hatte, zu einem Zopf zu flechten begannen. »Aber der Grund ist doch, daß er eine Erkrankung mimt, um nicht die Synode aufsuchen zu müssen«, brachte er mit Mühe hervor. »Heute früh hat er sehr wohl die Messe gelesen.«

»Ja, in aller Frühe für Euch und die Herren Dhugal und Morgan in der Königlichen Kapelle. Davon habe ich Kenntnis durch Herzogin Meraude. Hat's Euch nicht befremdet, daß sich sonst niemand einfand? Immerhin ist's Sonntag.«

»Tja, ich ...«

Sorgsam drehte Rothana den Zopf im Nacken zu einem Knoten zusammen und befestigte ihn mit den Nadeln, welche ihr Kelson zu diesem Zweck reichte. »Freilich nicht. Ihr seid mit Herz und Seele ganz und gar bei Eurer Suche nach Sankt Camber ... und so ist's vollauf recht. Bischof Duncan mochte Eure Begeisterung nicht mindern. Ihr habt Euer Zugeständnis erteilt, vor der Synode eine Rede zu halten. Was könnte er mehr wünschen?«

»Ich wähnte, es hätten sich keine nachteiligen Folgen ergeben», murmelte Kelson. »Die gesamte Woche hat niemand ein Sterbenswörtchen darüber geäußert.«

»Gewiß, aber Ihr dürft überzeugt sein, daß jedermann sich seine eigenen Gedanken macht. Es ist ein Glück, daß man Duncan schätzt und achtet. Und Dhugals Dasein mag sich noch als außerordentlich große Gunst des Schicksals erweisen. Ein Geistlicher mit einem rechtmäßigen Sohn ist zur Genüge ungewöhnlich, und wenn beide zudem Deryni sind, bedeutet dieser zusätzliche Umstand für den gemeinen Untertanen womöglich keine erhöhte Zumutung. Die Bischöfe werden sich der langwierigen Mühe unterziehen müssen, das Gesetz zu ändern, aber voraussichtlich erst nach der Fastenzeit. Zuvor gilt's einige Bischöfe zu maßregeln und neue Bischöfe zu wählen.«

Während sie erneut den Schleier überzog, jedoch das Angesicht unverdeckt ließ, erwog Kelson ihre Worte. »Ihr habt recht«, gestand er schließlich mit verhaltener Stimme zu. »Weder ist hier für unsere Liebe der geeignete Ort, noch ist's die richtige Stunde.« Er betrachtete seine Füße, dann blickte er wieder Rothana an. »Aber wann *werden* Ort und Stunde recht sein, Rothana? War's Euch ernst, als geschah, was sich vorhin zwischen uns zutrug, oder habt Ihr nur in Worte gefaßt, was ich zu hören mir ersehnte, um Eure Ehre zu retten?«

Rothana senkte ihren Blick und schluckte geräuschvoll. »Was sich zwischen uns begab, war eine Verheißung einstmaliger Wirklichkeit, Herr«, lautete ihre Antwort. »Was Ort und Stunde anbetrifft, wie sie uns recht dünken mögen, so habe ich bereits meiner Äbtissin Erwähnung getan, daß ich an meiner Berufung zu zweifeln anfange ... Mehr vermag ich Euch gegenwärtig nicht zu sagen. Sicherlich glaubt sie an einen Zusammenhang mit dem Überfall aufs Kloster im vergangenen Sommer. Den wahren Anlaß habe ich ihr bisher verschwiegen, und wie sich von selbst versteht, habe ich auch nie Euren Namen genannt.«

Kelson lächelte von neuem, fühlte sich erleichterter, als er im Augenblick zum Ausdruck zu bringen vermochte; er ergriff Rothanas Hände, wagte diesmal jedoch nicht mehr, als sie lediglich an seine Brust zu drücken. »Diese alte Vettel ... Ich vermute, sobald sie erfährt, was wirklich, will sagen, *wer* sich dahinter verbirgt, wird sie fürchten, ich hätte mich eines Anschlags auf Eure Tugend erkeckt. Nun ja, fürwahr, *versucht* habe ich's ... Aber was soll jetzt als nächstes geschehen? Wenn's hilfreich ist, werde ich der Äbtissin beteuern, daß Eure Standhaftigkeit fest ist wie Fels.«

Scheu lächelte Rothana, vermochte hingegen nicht nochmals den Blick zu ihm zu heben. Plötzlich erkannte Kelson, wie schwierig diese freimütige Unterhaltung für sie sein mußte. »Als nächstes muß ich um Befreiung von meinen Gelöbnissen ersuchen«, erklärte sie in gefaßtem Ton. »Geleistet habe ich sie dem Bischof von Meara, welcher allerdings inzwischen das Zeitliche gesegnet und noch keinen Nachfolger hat, darum kann ich mein Gesuch geradewegs dem Erzbischof einreichen. Ich hege die Erwartung, daß er ihm ohne Gehemmtheiten stattgeben wird, zumal wenn er die wahrhaftige Verursachung meines Ersuchens erfährt.«

Erheitert lachte Kelson halblaut auf. »Beliebt Ihr zu scherzen? Das Volk wird in den Straßen tanzen. Ich darf getrost behaupten, daß man mich zu erneuter Vermählung drängt, seit Sidanas Gruft versiegelt ward.« Seine Miene verdüsterte sich, als sein Blick, indem er selbige Worte sprach, auf Sidanas Ring an seiner Hand fiel, und mit einem Mal stellte er sich die Frage, ob er sich vermessen durfte, ihn Rothana anzubieten – allein zum Unterpfand, denn er besaß durchaus darüber Klarheit, daß der Ring, befleckt mit einst vergossenem Blut, wie er es war, zum Zeichen eines Eheversprechens nicht taugte.

»Was ist Euch, Gebieter?« fragte Rothana flüsternd.

»Dieser Ring, welchen Ihr mich allzeit tragen seht ...« sprach Kelson leise, rieb den Ring, ohne aber Rothanas Hände freizugeben, mit dem Daumen. »Ich ... bezweifle, daß Euch bekannt ist, er war Sidanas Ehering. Ursprünglich behielt ich ihn am Finger, um stets dessen eingedenk zu bleiben, daß ich ihren Mördern Rache geschworen hatte. Seither trage ich ihn, um mich daran zu erinnern, daß 's mein Vorsatz ist, mich niemals wieder allein aus Gründen der Staatsklugheit zu vermählen. Ich wollte nicht darauf beharren, daß Ihr ihn tragt – denn er ist besudelt mit Sidanas Blut –, aber so Ihr dazu die Bereitschaft hegt, bewahrt ihn, derweil ich fort bin, zum Zeichen nämlich, daß sie und alles, was mit ihr dahinging, nunmehr der Vergangenheit angehört.«

»Ich fühle mich aufs allertiefste gerührt, Herr«, entgegnete Rothana, forschte mit ihrem Blick in seinen Augen. »Seid Ihr Euch gänzlich gewiß, daß dies Euer Wille ist?«

»So gewiß, wie ich mir dessen gewiß bin, daß ich Euch nach meiner Rückkehr zur Gemahlin nehmen will«, erwiderte Kelson, zog sich den Ring vom Finger und hielt ihn Rothana hin. »Um Eurer Gelöbnisse willen faßt unser Tun nicht als Verlobung oder als Versprechen einer Verlobung auf, aber versteht's als mein persönliches Ehrenwort, daß ich das Gespräch von neuem auf unsere wechselseitige Sehnsucht lenken werde, sobald wir's beide unbekümmert dürfen. Und solltet Ihr etwa, während ich ausbleibe, zu der Einsicht gelangen, daß sich Euer Sinn gewandelt hat, daß unsere heutige gegenseitige Zuneigung nicht mehr war denn ein Aufwallen lustvoller Laune, eine Romanze, wie Rittertum und höfisches Treiben es begünstigen, so braucht's, um's mir zu verdeutlichen, nichts anderes, als daß Ihr den Ring zurückgebt. Ihr müßtet mir keine Begründung oder Rechtfertigung vortragen.« Kurz schmunzelte Kelson sie belustigt an, als er Rothanas ernste Miene sah, während sie den Ring nahm und in ihrer Hand barg. »Ich muß mich solcher und keiner anderen Worte bedienen, Rothana«, fügte er hinzu, schwieg für einen Augenblick, um mit den Lippen über ihre zierliche Faust zu fahren. »Ich vermag mich mit meinen Beteuerungen nicht auf Gott als Zeugen zu berufen, denn vorerst seid Ihr noch Sein. Und ich werde mit Ihm in keinen Wettstreit treten, der Tatsache zum Trotz, daß ich bereits meinen Blutsbruder dazu verleitet habe, sich in dieser Sache zur Lästerung hinreißen zu lassen.«

»Dhugal? Ist er eingeweiht?«

»Zumindest ahnte er bis zum heutigen Abend mehr als ich«, antwortete Kelson. »Ansonsten jedoch weiß niemand Bescheid.«

»Ach, aber man dürfte sich alsbald einen Reim auf alles machen, wenn ich nun nicht Schwester Marian des

Wartens enthebe und mich zu Bett begebe«, sprach Rothana mit leiser Stimme, »jedoch nicht in *Eures*, Gebieter, wie stark auch die Versuchung sein mag, welcher Ihr mich trotz meiner Gelöbnisse aussetzt. Und ich darf nicht die Abendandacht versäumen, sonst wird in aller Bälde noch so mancher mehr – außer Dhugal – einen Verdacht hegen.«

»Ich *könnte* Duncan und Alaric schlichtweg einweihen«, meinte Kelson, umfing Rothana von neuem mit den Armen und küßte ihren Hals. »Letztendlich müssen sie's ohnehin erfahren.«

»Letzten Endes, ja, aber nicht heute abend«, entgegnete Rothana und wich zurück, um Kelson in die Augen zu schauen. »Und nicht bevor Ihr aufbrecht. Ich zweifle nicht an, daß jene Herren Verschwiegenheit wahren, Sire, aber sollten unsere Absichten bekannt werden, solange noch meine Gelöbnisse Gültigkeit besitzen, möchte dadurch sehr wohl meine Ehre beeinträchtigt werden. Eure Braut jedoch muß in ihrer Jungfräulichkeit und Tugendsamkeit über jeden Zweifel erhaben sein, wenn sie mit Euch vor Gottes Altar tritt und Euer wird.«

Kelson seufzte. Gegen Rothanas Darlegungen ließ sich unmöglich etwas einwenden. »Nun denn. Werde ich Euch morgen sehen, ehe wir aufbrechen?«

»Ja freilich, Herr«, versicherte Rothana wohlgemut, gab dem König einen züchtigen Kuß auf die Wange und wich um noch ein wenig mehr zurück, bis nur ihrer beider Hände sich noch berührten. »Gemeinsam mit sämtlichen anderen Damen des Hofes werde ich mit meinem Tüchlein winken, um den wackeren jungen Rittern für ihre Landfahrt Gottes Segen zu wünschen. Und ich werde um Eure baldige, wohlbehaltene Rückkehr beten.«

Etliche Herzschläge lang stand Kelson nur da und musterte Rothana; dann nickte er bedächtig. »Dieser Anblick wird mir aufs äußerste wohlgefällig sein, mein Herz«, sprach er ganz leise. »Doch darf ich nicht auf einen leidenschaftlicheren Kuß hoffen, dessen ich den ganzen, langen Sommer hindurch voll Freude gedenken kann?«

Schüchtern trat Rothana wieder auf ihn zu, hob die Hände, welche sie unverändert einander hielten, an die Seiten, aber von ihnen abgesehen berührten sich nun ausschließlich der beiden Liebenden Lippen. Auch dieser Kuß, obschon er ihre Münder vereinte, war eher züchtiger Art, doch süß und im Nachgeschmack, als sie voneinander abließen, gar wonnevoll. Und Kelson war zufrieden, derweil er Rothana, nachdem sie sich verabschiedet hatte, seinen Blick nachschweifen ließ. Er verweilte noch für kurze Zeit in der Laube, atmete die kühle abendliche Luft ein, um seine Sinne zu besänftigen; danach entfernte er sich in die entgegengesetzte Richtung, um sich wieder zu Dhugal, Duncan und Morgan zu gesellen.

Und an einem kleinen Fenster überm Schloßgarten hatte Conall, während er einen Becher schweren, roten Weins trank, das Geschehen mit mehr als nur beiläufigem Interesse beobachtet; fast die gesamte traute Begegnung hatte er mitangeschaut, wiewohl selbst seine besonderen Fähigkeiten, welche nahezu den Geistesgaben eines Deryni glichen, nicht gereicht hatten, um zu belauschen, was gesprochen ward. Die Handlungen, welche er gesehen hatte, waren jedoch unmißverständlich genug gewesen; so deutlich, daß Conall befand, *er* hätte nicht nachgegeben, anders denn Kelson, und Rothanas Jungfräulichkeit geschont. Hätte nämlich er gemeinsam mit Rothana im Dunkel des Schloßgartens gesessen, er wäre in den Genuß ihres geschmeidigen, wunderbaren Leibes gelangt, welcher unter seinem Körper erbebt wäre, er hätte sie auf eine Art und Weise für sich gewonnen, welche nicht einmal ihre Gelöbnisse jemals wieder hätten rückgängig machen können; denn er hätte von Rothana gefordert, seine Brautwerbung anzunehmen, andernfalls der Öffentlichkeit von ihrer Entehrung Kunde gegeben.

Rothana nämlich war es, auf die Conall ein Auge geworfen hatte, seit er sie und die übrigen Nonnen im vergangenen Sommer aus der Umgebung Cuilteines nach Rhemuth geleitete; es war Rothana, welche er zu seiner Gattin auserkoren hatte und die er zu ehelichen gedachte, gleichgültig mit was für Mitteln er vorgehen mußte, und all dessen ungeachtet, was sein teurer Anverwandter Kelson im Sinn haben mochte.

Während er den Becher leerte und sich darauf vorbereitete, eine eigene Verabredung einzuhalten, fragte er sich, ob Tiercel wohl ein Verfahren kannte, mit dem sich einer Dame Zuneigung erringen ließ; er beschäftigte sich mit dieser Frage, obzwar er wußte, daß es weitaus gewagter sein würde, ein Deryni-Weib solcherart zu beeinflussen, als eine bloß menschliche Beute seinem Willen zu beugen. *Dergleichen* war ihm schon hinlänglich oft gelungen, angefangen bei Vanissa bis hin zu Dienstmägden und Damen des Hofes, und er war damit noch nicht am Ende.

Rothana dagegen ... sie war eine würdige Braut für einen Prinzen, zumal einen Prinzen, der bald die Fähigkeiten eines Deryni haben sollte. Und wenn es irgendwie eingerichtet werden konnte, hatte Conall durchaus vor, sie offen zu umwerben und für sich zu gewinnen, und wenn er sie Kelson unter der Nase hinwegschnappte. Weder er noch der König würden sich innerhalb der nächsten Monde Lauf um Rothana kümmern können, doch sobald sie wiederkehrten ...

Conall hörte die Glocken der Basilika zum Komplet läuten und warf einen dunklen Umhang über seine Gewandung. Die Zeit war da, um sich mit seinem Mentor zu treffen. Für den heutigen Abend hatte Tiercel eine ganz besondere Lektion versprochen, welche alles überbieten sollte, was Conall bislang erlernt hatte. Und anschließend würde Conall sich danach erkundigen, was Tiercel tun konnte, um ihm zur Braut zu verhelfen.

8

Lehret mich, und ich werde schweigen ...
Hiob 6,24

Während er sich unterwegs zur Bibliothek befand, wo er Tiercel treffen sollte, versuchte Conall aus seinen Gedanken zu verdrängen, was er mitangesehen hatte. Die Vorstellung, mit der schönen Rothana ins Bett zu steigen, förderte bestimmt nicht jenes Maß an geistiger Gefaßtheit, wie sein Mentor es im allgemeinen von ihm verlangte, und Conall hatte keine Ahnung, mit was er bei der heutigen Zusammenkunft rechnen mußte. Die Bibliothek zählte nicht zu ihren gewohnten Treffpunkten, doch hatte Conall sich inzwischen damit abgefunden, im Umgang mit Deryni das Ungewöhnliche zu erwarten.

In der Bibliothek war es, als Conall eintrat, ruhig und still; doch er wußte, er kam ein wenig zu früh. Er beschirmte das Binsenlicht mit einer Hand, derweil er, den Rücken an die Tür gelehnt, flüchtig Umschau hielt. Er suchte die Bibliothek selten auf; das Lesen bedeutete ihm keine Liebhaberei, es sei denn, es betraf die Kriegskunst. Sein Onkel Brion hatte eine recht umfangreiche Sammlung von Schriftrollen und gebundenen Büchern zusammengetragen, welche diesen Stoff abhandelten, und einige davon kannte Conall mittlerweile fast auswendig; Kelsons Vorliebe hingegen galt eher der Historia und seit einiger Zeit stets stärker gar sonderlichen, fragwürdigen Geheimlehren – doch angesichts dessen, was Conall in jüngster Zeit lernte, mußte er zugestehen, daß manches davon wohl nicht so fragwürdig war, wie es ihm ursprünglich den Eindruck erweckt hatte.

Nach Brions Tod hatte Kelson die Bibliothek auch räumlich erweitern lassen; eine Verbindungstür zu einer Nachbarkammer war in die Mauer gehauen worden, um Platz für seine wachsende Sammlung zu schaffen. Conall entsann sich noch des Lärms, den es verursachte, als Kelson zwei Winter zuvor dies Werk ausführen ließ; in eine Trennmauer war ein Durchgang geschlagen worden, während man die vorherige Tür der neuen Räumlichkeit zumauerte, um den Zugang zu ihr ausschließlich durch die Bibliothek zu gestatten. Diese Weise, das Erfordernis zusätzlichen Raums zu erfüllen, hatte reichlich umständlich gewirkt, dieweil es möglich gewesen wäre, die Bibliothek schlichtweg in größere Räumlichkeiten zu verlegen; doch vielleicht hatte Kelson mit dem Beibehalten der alten Räume das Gedenken an seinen Vater aufrechterhalten wollen. Für so etwas hegte Conall vollauf Verständnis.

Was er dagegen nicht verstand, war Tiercels Weisung, sich hier anstatt an einem ihrer bislang bewährten Treffpunkte einzufinden. Soviel er wußte, hatte sich Tiercel noch nie in die Königsburg getraut; selbst für einen geschickten Deryni, der dafür sorgen konnte, daß Wächter sein Vorübergehen vergaßen, war ein Eindringen ein großes Wagnis.

Noch immer verwundert, indessen aber ungeduldig, schlenderte Conall zwischen den Gestellen voller Bücher einher, strebte zur benachbarten Kammer. Er erachtete es als ratsamer, dort zu warten, für den Fall, daß irgendwer noch in die Bibliothek kommen sollte, um sich für den späten Abend noch eine Schwarte zum Schmökern herauszusuchen. Als er den schweren Vorhang des Durchgangs beiseitezog und geduckt den Nebenraum betrat, hatte er das Empfinden, es würde mit einem Mal merklich kühler, aber kaum straffte er sich auf der anderen Seite, war dies Gefühl auch schon verflogen. Seit er hier letztmals gewesen war, hatte man auch an der Wand gegenüber Gestelle errichtet, aber die Kammer war nach wie vor kahler, als Conall sie nun vorzufinden erwartet hatte. Er wähnte allein zu sein, bis er in der tiefen Fensternische plötzlich einen silbrigen

Schein aufleuchten sah und Tiercel in sein Blickfeld trat, gekleidet in Umhang und Kapuze aus dunklem Stoff, so daß man nur sein Antlitz erkennen konnte, erhellt vom Hand-Feuer in seiner behandschuhten Linken. »Ach, da seid Ihr ja«, meinte Conall gedämpft und kehrte sich ihm zu.

»Ja, jedoch nicht für lange. Wir werden beide nicht hier verweilen. Jemand möchte uns stören. Außerdem habe ich Euch heute ungemein wichtige Dinge zu zeigen.«

»Wohlan, und wohin wollen wir uns zurückziehen? Von Dhugals Gemächern aus hat man Zutritt in einen Geheimgang, durch welchselbigen man in den Schloßhof oder, wenn's vonnöten ist, hinaus aus der Burg gelangen kann. Er wird's mit Gewißheit nicht bemerken, wenn wir selbigen Gang benutzen. Er und Duncan speisen mit Morgan in Kelsons Gemächern. Sobald wir von der Landfahrt heimgekehrt sind, gedenke ich Kelson auf die Vergabe der ersterwähnten Gemächer anzusprechen. *Ich* hätte sie zugeteilt erhalten müssen, nicht Dhugal.«

Im Schatten der Kapuze glänzten, als Tiercel grinste, seine Zähne. »Aha, Duncan speist mit dem König, so? Vortrefflich. Das enthebt uns etwaiger Schwierigkeiten. Pustet Euer Binsenlicht aus und stellt's dort in die Nische. Wir werden's dort, wohin wir uns begeben, nicht brauchen.«

Dieser Bescheid rief bei Conall insgeheim eine gewisse Beunruhigung hervor, aber er tat wie von Tiercel geheißen. Als er aus der Nische zurückkehrte, hatte der Deryni-Edelmann sich mit den Zähnen einen Handschuh ausgezogen und sich in der Mitte des Fußbodens niedergekauert, strich mit der entblößten Hand über eine steinerne Fliese. Darüber schwebte in Höhe seines Hauptes das Hand-Feuer.

»Was treibt Ihr da?« fragte Conall leise, trat näher und hockte sich neben Tiercel.

»Seht Ihr die Ränder dieser Fliese?« fragte Tiercel, indem er Conall einen Blick zuwarf, welcher einige Belustigung bezeugte. »Achtet darauf, daß dies die einzige Fliese in dieser Kammer ist, welche einen genau viereckigen Umriß hat.«

»Ja, so ist's. Warum?«

»Legt Eure Handflächen ins Viereck und sagt mir, was Ihr verspürt.«

Ohne ein Wort zu äußern, gehorchte Conall. »Ich spüre ein Kribbeln«, teilte er halblaut mit und tastete mit einer Hand geschwind einige andere Fliesen ab – außerhalb des Vierecks –, um einen Vergleich ziehen zu können, legte sie dann wieder neben seine zweite Hand. »Da haust Magie-Kraft, nicht wahr? Zu welchem Zweck?«

»Das ist, mein Freund, eine Porta Itineris«, antwortete Tiercel, erhob sich und wischte sich am ledernen Beinkleid den Staub von der Hand; Conall tat desgeichen. »Sie bietet Deryni die Möglichkeit, sich aufs allerhurtigste von einem zum anderen Ort zu begeben. Um Euch aufs genaueste Aufschluß zu geben: Dies ist *jene* Porta Itineris, welche einst, in der Nacht vor der Krönung Eures Vetters Kelson, Charissa benutzte, um sich Zutritt zur Bibliothek zu verschaffen. Vor zwei Jahren haben Morgan und Duncan die Porta entdeckt. Deshalb hat man die Baulichkeiten verändert.« Er deutete in der Kammer rundum. »Ich bin zu der Auffassung gelangt, daß Ihr auf alle Fälle von derlei Angelegenheiten Kenntnis besitzen solltet, und habe beschlossen, daß Ihr heute erstmals mit der Art der Fortbewegung durch eine Porta Itineris Bekanntschaft schließen dürft ... gewissermaßen auch zum Lohn für Euer fleißiges Lernen während des Winters. Die Benutzung einer Porta ist nichts, was ich zur Kurzweil empfehlen möchte, denn es verzehrt Kräfte, zumal wenn man eine große Entfernung überbrücken will, doch hat's allein hier zu Rhemuth drei an der Zahl, alle in näherem Umkreis. Dies ist eine davon.«

Conall besah sich noch einmal die Fliese, welche vollkommen unverdächtig wirkte. Er hatte seinen Vater und Morgan schon von derartigen Einrichtungen reden hören und infolgedessen einen ungefähren Begriff davon, wie nutzreich sie waren, doch hatte er noch nie eine Porta Itineris erblickt, erst recht niemals gewähnt, es möchte eine gleich hier in der Bibliothek der Königsburg sein. »Wann immer ich von Portalen sprechen hörte, dachte ich stets an eine Pforte«, murmelte er. »Aber hier ist nichts als ein Viereck am Fußboden.«

Tiercel lächelte. »Oh, es hat damit weit mehr auf sich, mein zweckmäßig eingestellter junger Freund. Tretet vor mich, ins Innere des Vierecks, und schließt die Augen. Zu schauen gibt's ohnehin nichts.« Er erstickte das Hand-Feuer, derweil er Conall an die rechte Stelle rückte, dann legte er dem Jüngeren von hinten die Hände auf die Schultern; indem er noch näher hinter ihn trat, schob er eine Hand um Conalls Hals und rührte mit Daumen und zwei Fingern sachte an Conalls Halsschlagader. »Nur zu, schließt die Augen. Und senkt Eure Geistesschilde. Bei diesem ersten Mal ist's mein Wunsch, daß Ihr Euch aufs äußerste entspannt und entkrampft, in Eurem Gemüt die größtmögliche innere Ruhe einkehren laßt. Alles andere verrichte ich. Das erste Mal ist das Gefühl, welches mit der Versetzung an eine andere Örtlichkeit einhergeht, etwas leicht Erschreckendes, doch dürft Ihr dagegen oder wider meine Maßnahmen nicht aufbegehren. Gegenteiligenfalls müßte ich Euch nachhelfen. Nun seid ganz gelockert.« Wiewohl Conall wie geheißen tat und unter seines Mentors Anleitung der Seele Ruhelosigkeit recht mühelos beschwichtigte, spürte er doch, wie ihm unterm stets stärkeren Druck von Tiercels Fingern das Herz gleichsam im Halse pochte. Dann jedoch wich dieser Druck; das urplötzliche Aufkommen eines Schwindelgefühls, welches ihm merkliche Benommenheit verursachte, bewog ihn jedoch dazu, sich unwillkürlich schreckhaft an Tiercels Arm zu klammern, um einen Sturz zu verhindern, und er rang ums Gleichgewicht, taumelte gegen Tiercels Gestalt, erblickte ringsum Mauern, die dicht die Stelle umwandeten, an der sie gewesen wären, hätten sie noch in dem Viereck jener Porta Itineris gestanden – das aber war nicht der Fall. »Gemach, gemach«, raunte Tiercel ihm aus unmittelbarer Nähe ins linke Ohr. »Ihr seid unbeschadet. Wir befinden uns nunmehr in einer Porta Itineris, welche in Pater Duncans früheres Arbeitszimmer nächst der Basilika mündet.«

Nahezu gleich vor Conalls Nase erzeugte er ein neues Hand-Feuer, das zur Folge hatte, daß der verdutzte Prinz zurückschrak und nochmals gegen ihn prallte; sodann drückte er den Finger auf eine kaum sichtbare Erhebung an einem der Ecksteine des Mauerwerks, welches die kleine Kammer umgrenzte. Sofort entschwand mit einem Geräusch, das einem leisen Geseufze glich, die zur Linken aufragende Wand ins Gemäuer, gab den Blick auf einen schweren Gobelin-Vorhang frei, den Tiercel, während er vortrat, mit dem Unterarm zur Seite schob und Conall winkte, er solle ihm folgen. Des Hand-Feuers silbriger Lichtschein erfüllte den jenseitigen Raum mit gespenstischer Helligkeit, doch kaum hatte Conall die Schwelle überschritten, da erkannte er die Räumlichkeit.

»Dies Gemach ist mir vertraut«, sprach er in gemäßigter Lautstärke. »Als Kelson und ich noch Knäblein waren, pflegte Pater Duncan uns bisweilen hier die Beichte abzunehmen. Hier bin ich seit Jahren nicht gewesen.«

»Es ist ein sehr alter Bestandteil des Bauwerks der Basilika«, gab Tiercel zur Antwort. »Solltet Ihr Euch jemals gefragt haben, weshalb Duncan sein Arbeitszimmer niemals an einen günstigeren Ort verlegte, während er in der Kirche nach und nach höhere Ämter bekleidete, so wißt Ihr jetzt den Grund. Da wir uns nun schon hier aufhalten, sollt Ihr noch etwas anderes sehen.« Leisen

Schritts huschte er zu dem Betstuhl hinüber, welcher der Ecke zu ihrer Rechten zugekehrt stand, kniete nieder und betastete mit der Hand behutsam die Unterseite der Armstütze. Seine Berührung bewirkte eine Bewegung hinter dem Vorhang, der den Durchgang zur Porta Itineris verhüllte. »Geht hin und schaut's Euch mit eigenen Augen an«, sprach Tiercel, als er in Conalls Blick eine stumme Fragestellung sah. »Uns beide sowie den Camberischen Rat nicht mitgezählt, dürfte es kaum ein halbes Dutzend Eingeweihte geben, welche davon wissen. Dorthin hat man Euren Vetter geführt, um ihn mit der Haldane-Magie auszustatten, und man würde wohl auch Euch hinführen, käm's jemals dahin, sie Euch zu verleihen.« Wovon Tiercel sprach, war eine kleinere, alte Kapelle, lediglich halb so groß wie das Arbeitszimmer. Der warme, rote Schein des Ewigen Lichts, links vom schmalen Altar aufgehängt, gewährte nur einen unzulänglichen Eindruck von dem Kruzifix, das überm Altar hing, obwohl er sich heller in den winzigen, goldenen Sternchen spiegelte, mit denen die in Blau gestrichene Wand hinterm Altar übersät war; und als Tiercel sich an ihm vorüberzwängte und mit dem Hand-Feuer das Innere der Kapelle betrat, sah Conall, daß Fresken mit Darstellungen aus dem Leben von Heiligen zierreich die übrigen Wände bedeckten. Obzwar Conall nur geringes Bedürfnis verspürte, sich mit frommen Äußerlichkeiten abzugeben, kniete auch er nieder, als Tiercel es tat, und neigte das Haupt, wartete dann, bis Tiercel sich bekreuzigte und aufstand, bevor er sein Beispiel wiederum nachahmte. »Ich hoffe«, sprach Tiercel, indem er sich Conall zudrehte, »Ihr habt die Gelegenheit genutzt, um eine Bittstellung an Sankt Camber zu richten, denn ihm war diese Kapelle einst geweiht.« Er ließ das Hand-Feuer höhersteigen, stemmte danach die Hände in die Hüften, derweil sein Blick rundum durch das Kapellchen schweifte. »Ich vermute, das ist der Anlaß, aus welchem sie Duncan und seinen Gefährten so überaus wert und teuer ist. Auch bei mir, so gestehe ich, weckt sie Gefallen. Ich gebe mich der Hoffnung hin, daß des Königs Suche, was Camber anbetrifft, von Erfolg gekrönt sein wird. Sehr gerne würde ich noch den Tag erleben, an welchem Camber wieder in aller Unverhohlenheit als Heiliger verehrt werden darf.«

»Warum, weil er ein Deryni war?« erkundigte sich Conall, dem dies Gerede über Heilige ein wenig Mißbehagen verursachte.

»Teils deshalb, ja. Aber ich glaube, er wäre auch ein großer Mann geworden, wäre er kein Deryni gewesen. Und vielleicht wäre er dann länger im Stande der Heiligkeit verblieben.« Tiercel lächelte und schnippte mit den Fingern; das Hand-Feuer kehrte in seine Hand zurück, als er mit einer Geste verdeutlichte, es sei Zeit zum Gehen. »Nun, wie selbige Suche auch endigen mag, dies Abenteuer liegt erst noch vor Euch, und wir sollten uns sputen, ich werde Euch ohne Säumen ausgiebiger über die Anwendbarkeit einer Porta Itineris unterrichten. Dazu werde ich Euch erneut unter meinen geistigen Einfluß nehmen.« Er schloß die Pforte zur Kapelle, ehe er Conall, eine Hand auf dessen Schulter, wieder in die Kammer der Porta führte. »Aber diesmal dürft Ihr, dieweil Ihr nun wißt, was zu erwarten steht, die Versetzung mit ungetrübten Sinnen erleben. Bevor wir gehen, möchte ich jedoch, daß Ihr noch einmal die Augen schließt und mit Eurem besonderen Wahrnehmungsvermögen die Eindrücke dieser Porta auf Euch wirken laßt. Prägt Euch ein, wie sie sich anfühlt. Jede Porta unterscheidet sich von den anderen in geringfügigem Maß, andernfalls vermöchten wir sie nicht zu benutzen. Und um ohne jemandes magischen Beistand eine bestimmte Porta erreichen zu können, muß man – nahezu in jedem Fall verhält's sich so – schon einmal an ihrem Standort gewesen sein ... entweder das, oder's bedarf der Übermittlung eines *sehr genauen* Geistesbilds von ihrer Beschaffenheit seitens jemandes, der sie bereits benutzt hat. Merkt Euch jede Einzelheit und Kleinigkeit, welche Ihr an dieser Porta wahrzunehmen vermögt, ordnet sie sorgsam Eurem Gedächtnis ein. Sobald Ihr's getan habt, werde ich mich von der Richtigkeit des Eingeprägten überzeugen.« Folgsam ließ Conall die Lider sinken und erkundete mit geistigen Mitteln die Porta unter seinen Füßen. Nachdem er nun um ihr Vorhandensein wußte, konnte er sie sogar durch die Stiefel kribbeln spüren, und *wirklich*, sie fühlte sich anders als die Porta in der Bibliothek an. Etliche Herzschläge lang ließ er diese Eindrücke auf seine übersinnliche Wahrnehmung einwirken, prägte sich alle Besonderheiten und Unterschiede ein; dann schlug er die Augen auf und blickte über die Schulter Tiercel an, hielt das Aufgenommene zu seines Mentors Begutachtung gleichsam bereit. »Vorzüglich«, urteilte Tiercel in leisem Ton. »Ihr dürftet keine Umstände dabei haben, den Standort dieser Porta aufzusuchen, so's erforderlich wird.« Kraft eines bloßen Gedankens löschte er das Hand-Feuer, doch seine Aufmerksamkeit galt unvermindert in der Hauptsache Conall. »Nun werden wir uns zur nächsten Rhemuther Porta begeben. Ihr Standort ist in der Sakristei des Doms ... von welcher ich hoffe, daß sich darin um diese Stunde niemand aufhält. Andernfalls werde ich uns augenblicklich zurückversetzen, bevor Ihr oder ein etwa dort Anwesender überhaupt merkt, daß irgend etwas sich ereignet hat. Auch aus diesem Grund will ich die Versetzung bewirken, daher tät ich's in jedem Fall, auch wenn Euch jener Standort vertraut wäre.« Diesmal lief Tiercels Einflußnahme eher auf eine Verschmelzung ihrer jeweiligen Wahrnehmungen hinaus, war weniger eine tatsächliche Oberherrschaft, so daß Conall die Möglichkeit erhielt, das Verfahren weitaus gründlicher als zuvor mitzuverfolgen, während Tiercel gewisse Naturgewalten anzapfte und zusammenballte, dann gleichsam umleitete – und schon war es vollbracht. Und allem Anschein nach weilte niemand in der Sakristei, denn Tiercel erzeugte erneut ein Hand-Feuer, sobald er sich von Conalls Wohlaufsein überzeugt und geistig von ihm abgelassen hatte. »Seid Ihr *hier* schon einmal gewesen?« flüsterte Tiercel und schaute sich, so wie Conall, ungezwungen in der kleinen Räumlichkeit um.

»Ich glaube nicht.«

»Nun, gleichwohl, es ist ohne Belang. Lenkt Euren Blick auf das, worauf Ihr steht. Diese Stelle des Mosaiks, welches den Fußboden ziert, ist gleichfalls besonderer Art. Seht Ihr das Kreuz mit den geraden Balken?« Tiercel wich um ein paar Schritte zurück und ließ das Hand-Feuer bodenwärts sinken, und Conall kauerte sich nieder, um die beschriebene Stelle in Augenschein zu nehmen. Rein äußerlich betrachtet, ähnelte das Kreuz vielen anderen, gleichartigen Kreuzen, doch als Conall mit den Fingerspitzen über den Rand der Darstellung strich, offenbarte sein erhöhtes Wahrnehmungsvermögen ihm seine besondere Beschaffenheit. »Genau, selbiges Griechenkreuz ist der hiesigen Porta sichtbare Kennzeichnung«, sprach Tiercel gedämpft. »Nun laßt Euch ein Weilchen Zeit, um Euch die Weise, wie ihre Schwingungen von jenen der anderen Standorte abweichen, aufs sorgfältigste einzuprägen, so wie Ihr's schon an letzteren gemacht habt. Ihr kommt in der Tat mit alldem viel leichter zurecht, als ich's mit Sorge erwartete. Immerzu unterschätze ich Eure Begabung.«

»Ich habe einen hervorragenden Lehrer«, äußerte Conall ein aus seinem Munde selten vernehmbares Lob und ließ sich zu einem Grinsen herbei.

»Hmmm, wir werden sehen, was er taugt, sobald Ihr erstmals die Versetzung aus eigener Kraft durchzuführen versucht. Seid Ihr der Ansicht, Ihr habt Euch nunmehr zur Genüge mit dieser Porta vertraut gemacht?«

»Schaut selber, ob's recht ist«, entgegnete Conall und senkte für des Deryni Einblicknahme die Geisteswehr.

»Ausgezeichnete Leistung. Wie wär's, wenn Ihr jetzt

versuchtet, in Pater Duncans Arbeitszimmer zurückzukehren? Den Standort in der Bibliothek kennt Ihr noch nicht hinlänglich, denn als wir begannen, ahntet Ihr ja nicht, was kommen würde. Darum ist gegenwärtig als Zielort allein die hiesige Porta oder jene im besagten Arbeitszimmer geeignet. Seid Ihr so wagemutig, daß Ihr's versuchen mögt?«

»Ganz allein?« vergewisserte sich Conall mit einem Scharren in der Stimme.

Tiercel lächelte. »Nun ja, es ist gefahrloser, als wenn Ihr versuchtet, mich mitzunehmen. Nur einer kann die Versetzung einleiten, und wenn Ihr's seid, wäre ich ohnehin nur ein lästiges Anhängsel. Sobald Ihr fort seid, folge ich Euch ohne Verzug nach. Aber rührt Euch, so Ihr angelangt seid, nicht vom Fleck, bis ich eintreffe.«

Conall atmete tief durch. »Seid Ihr sicher, daß ich dazu ausreichend befähigt bin?«

»Habe ich Euch jemals irgend etwas zugemutet, für das Ihr Euch nicht als befähigt herausstelltet?«

»Nein.«

»Dann werdet Ihr wohl, denk ich mir, auch diesmal dazu fähig sein.«

Langsam ließ Conall den Atem aus seiner Brust entweichen und richtete sich auf, sich dessen bewußt, daß Tiercel ihn wachsam musterte. Er brauchte den Blick nicht erst auf die Füße zu senken, um darüber Klarheit zu haben, daß er unmittelbar den Standort der Porta einnahm; ihre kraftvollen Schwingungen konnte er unter seinen Füßen deutlich spüren. Er rief die Erinnerung an die Stätte der anderen Porta aus dem Gedächtnis herauf, stellte sie gleichsam im Geiste neben die Eindrücke der hiesigen Porta, schaute dann voller Unsicherheit Tiercel an. Der Deryni hatte, so war es anscheinend zuvor gewesen, keine Vorbereitungsmaßnahmen irgendwelcher Art getroffen. »Einfach ... so ...?« fragte Conall.

»Soll Euch zur Ankündigung ein königlicher Posaunist blasen?« lautete Tiercels Gegenfrage; erneut grinste der Deryni. Darauf gab Conall keine Antwort. Statt dessen schloß er die Augen und atmete nochmals tief ein, zapfte geistig die Naturgewalten auf gleiche Art und Weise an, wie es zuvor Tiercel getan hatte, richtete sie dann auf jenen Ort aus, an welchen er versetzt zu werden wünschte. Mit einem Mal stand er zu seiner Verblüffung wieder im Finstern, schwankte ein wenig, doch bereits einen Herzschlag später umfaßten Tiercels Arme seine Schultern, die Herzlichkeit der Beglückwünschung, die ihm der Deryni angedeihen ließ, umfing ihn wie ein Mantel, als Conall begriff, daß sie sich nun erneut in der Kammer mit der Porta Itineris neben Duncans Arbeitszimmer befanden. »Vortrefflich getan!« raunte Tiercel ihm ins Ohr. »Alle Wetter, 's ist Euch vorzüglich gelungen! Wie ist Euch zumute?«

»Mir ... schwindelt's gelinde«, antwortete Conall. Er bemerkte, daß er sich eines so breiten Lächelns befleißigte, als ob es von Ohr zu Ohr reiche, geradeso als wäre er ein Narr. »Ich hab's fürwahr geschafft, oder?«

»Sieht's hier aus wie in der Sakristei des Doms?« meinte Tiercel, indem er sein Hand-Feuer heller aufleuchten ließ, dadurch das bereits bekannte Gemäuer erhellte.

»Wir wollen's sogleich noch einmal tun«, sprach Conall in freudiger Erregung. »Es vollzog sich so flugs, ich konnte kaum so recht beobachten, was geschah.«

»Nein, wir werden's nicht wagen, nochmals die Sakristei aufzusuchen«, erwiderte Tiercel. »Zudem habe ich Euch darauf hingewiesen, daß diese Verrichtung Kräfte verzehrt. Wir kehren zurück, in die Bibliothek, so daß Ihr Euch die Eigenheiten der dortigen Porta einprägen könnt, und dann werde ich uns *vielleicht* durch Euch wieder an den hiesigen Ort versetzen lassen. Ich muß mich ja, nachdem wir mit diesen Übungen fertig sind, auf den Heimweg machen. Und Ihr bedürft einer Nacht geruhsamen Schlummers, damit Ihr morgen zu reiten imstande seid. Ohnehin vermute ich, es gibt nun vielerlei, über das Ihr nachzudenken wünscht.«

»Das steht außer Zweifel«, bestätigte Conall. Zum Zwecke der Rückbeförderung in die Bibliothek überließ er Tiercel die Verrichtung des Versetzens. Diesmal fühlte er sich bei der Ankunft weit weniger benommen, er vermochte sofort niederzuknien, um die Eigentümlichkeiten auch dieser Porta sorgsam seinem Gedächtnis einzufügen. Sobald diese Aufgabe zu Tiercels Zufriedenheit erledigt war, ersuchte Conall ihn um die Erlaubnis, nun selbst die abermalige Rückversetzung vornehmen zu dürfen. »Gestattet's mir, ich kann's«, bat Conall. »Ich *weiß*, daß ich's vermag.«

»Ich zaudere, es Euch zu bewilligen, ich gesteh's«, antwortete Tiercel. »Außer sich selbst eine zweite Person zu versetzen, ist wesentlich anstrengender. Ich möchte vermeiden, daß Ihr in einen Zustand der Erschöpfung geratet.«

»Dann wendet halt einen Eurer Zauber zum Verscheuchen von Müdigkeit bei mir an, oder gebt mir irgendein bewährtes Mittelchen aus Eurer aufs beste gefüllten Arzttasche. Ich kann's, Tiercel, ich weiß, ich kann's. Ich bitte Euch, laßt's mich versuchen. Sollten sich auch nur die geringsten Schwierigkeiten für mich ergeben, werde ich den Versuch sofort aufgeben und's Euch tun lassen.«

Tiercel seufzte. »Ach, sei's drum, also gut. Ich kann von dort ebensogut wie von hier aus heimkehren, wenn unser Werk für heute vollbracht ist. Aber ich muß darauf beharren, daß Ihr, sobald ich fort bin, nicht auf eigene Faust nochmals die Porta benutzt, sondern Euren Weg durch den Geheimgang nehmt. Mir ist's ernst, was den Verschleiß der Kräfte anbetrifft.«

»Ich gebe Euch mein Wort.«

Für Conall war es ein seltsames Erlebnis, alleiniger Ausführender der Beförderung durch die Porta zu sein. Indem Conall näher zu Tiercel trat und des Deryni

Handgelenk ergriff, um durch eine körperliche Berührung die geistige Einflußnahme zu erleichtern, tastete er im Geistesbereich zunächst versuchsweise, sodann nachdrücklicher, als er verblüfft wahrnahm, wie Tiercel die Haupthemmnisse beseitigte, ihm die erforderlichen Ansatzpunkte freilegte, nach des Deryni Gemüt. »Verfahrt weniger ungestüm«, sprach Tiercel, schloß die Augen und atmete tief ein, um mittels inwendiger Ruhigstellung Conall die Aufgabe noch leichter zu gestalten. »Bei jemandem, der weiß, was zu erwarten ist, braucht Ihr keine so starke Beeinflussung auszuüben.« Conall gehorchte; einige Augenblicke verstrichen, während er eine größtmögliche Ausgeglichenheit herstellte und unter ihren Füßen die Naturgewalten ihre durch Magie verstärkten Schwingungen aussandten; schließlich zögerte er. »Vorwärts, handelt«, flüsterte Tiercel. »Wir wollen nicht den lieben langen Abend hindurch hier säumen.«

Conall löste die Versetzung aus, und im Handumdrehen standen sie wieder in der Kammer neben Duncans Arbeitszimmer. Der Prinz bemerkte ein schwaches Emporwallen ungnädiger Ungeduld in Tiercels Geist, als das Zurückziehen der Einflußnahme ein wenig zu langsam geschah, aber er sah wohlweislich von jeglichem Versuch ab, auf einer Aufrechterhaltung zu beharren. Tiercel stieß abermals einen Seufzer aus, erzeugte von neuem ein Hand-Feuer und öffnete die Tür, um in das Arbeitszimmer vorauszustreben.

»Es ist Euch gelungen, ja fürwahr«, sprach Tiercel. »Conall, ich bin stolz auf Euch. Nehmt Platz.« Mit einer Hand vollführte er eine Geste in die Richtung des Eingangs zum Arbeitszimmer – durch selbige Gebärde, so wußte Conall, errichtete er einen Trutzbann, um wider etwaige Störungen und nachfolgende Entdeckung vorzubeugen – und zog sodann unterm Tisch, der vor dem dunklen, kalten Kamin stand, einen Stuhl hervor. Als er sich setzte, ließ er gleichzeitig die Hand über eine Kerze gleiten, und sofort flackerte ein Flämmchen auf. Sobald der Docht aufglomm, löschte Tiercel das Hand-Feuer.

»Ich hoffe, ich war nicht zu grobschlächtig«, sprach Conall und setzte sich ebenfalls auf einen Stuhl. »Beileibe war's nicht meine Absicht, Euch irgendwelche Unbilden zu bereiten.«

»Es bedarf keiner Entschuldigung. Ihr habt mehrerlei zur gleichen Zeit zu bewältigen versucht. Auch beim Üben der Schwertkunst empfängt der Meister geradeso Narben wie der Schüler.«

Conall nickte. »So wird's wohl sein.«

»Wie auch immer, wir haben erfolgreich bewerkstelligt, was ich für den heutigen Abend an Unterweisung vorgesehen hatte, und Ihr habt Euch weit über meine Erwartungen hinaus bewährt. Doch Ihr werdet den Schlummer der kommenden Nacht *wahrhaftig* benötigen. Ich habe, was den Verzehr von Körperkräften angeht, nicht im mindesten gescherzt. Für gewöhnlich führt man binnen eines Tages und einer Nacht nicht mehr als zwei, höchstens drei Versetzungen durch, wir hingegen haben mehr vollzogen – waren's vier ... oder gar fünf? Und ich habe mich ... nun, von weither eingestellt, und dorthin muß ich zurück. Zum Glück haben unsere gemeinsamen Versetzungen lediglich über kurze Entfernungen hinweg stattgefunden.«

»Und *wo* seid Ihr daheim, Tiercel?« erkundigte sich Conall und kleidete damit eine Frage in Worte, welche ihn bereits seit etlichen Monden beschäftigte. »Wohin pflegt Ihr Euch nach unseren Zusammenkünften zu begeben?«

Tiercel schmunzelte, hob sich die Umhängetasche auf den Schoß und streifte sich den Gurt über die Schulter. »In jüngster Zeit war mein Zuhause – jedenfalls dann und wann – die eine oder andere Herberge in der Hauptstadt. In selbigen Herbergen jedoch findet sich keine Porta Itineris. Ich bedaure, Conall, aber ich darf Euch nicht anvertrauen, wo mein wahres Daheim ist.«

Conall zuckte die Achseln. »Ei nun, ich habe nicht erwartet, daß Ihr's mir enthüllt, doch ich mußte wohl fragen. Gibt's vielerorts Portae?«

»Nein, nur wenige gibt's. Ich weiß nur von einem halben Dutzend ... die mir durchaus nicht alle zugänglich sind. Manche sind aus Gründen der Sicherheit so beschaffen, daß lediglich eine einzige, bestimmte Person sie benutzen kann, oder es ist ein besonderer Banntrutz vorhanden, welcher verhindert, daß ein Ankömmling ohne die Einwilligung des für die Porta Verantwortlichen ihren unmittelbaren Umkreis zu verlassen vermag. Zudem kennt man Portae, welche mit einer regelrechten Falle ausgestattet sind, unerwünschte Eindringlinge können von ihrem Standort aus keine Rückversetzung vornehmen, ohne daß der jeweiligen Porta Nutznießer ihm die Freiheit wiedergewährt. Zunächst mag das nicht allzu gefährlich klingen, aber denkt Euch einmal, es gäbe an dieser Porta eine solche Falle, und wir hätten sie benutzt, derweil Duncan sich im vergangenen Sommer im Felde befand. Unter solchen Umständen könnte man sehr wohl verhungern.«

»Grundgütiger, kann man's nicht vor der Versetzung entdecken, ob eine Porta auf derlei Weise geschützt ist?« fragte Conall voller Grausen.

»Bisweilen, manchmal aber nicht, abhängig von der Geschicklichkeit desjenigen, welcher die Falle stellt, und auch dessen, welcher in sie zu geraten droht. Ich hoffe, diese Warnung wird Euch von Unklugheiten wie einer eigenmächtigen Benutzung abhalten, solltet Ihr während der Landfahrt durchs Reich etwa Portae finden. Wie ich schon sagte, ich empfehle das Benutzen von Portae nicht zur Kurzweil.«

Conall schluckte und nickte. »Die Porta in der Bibliothek ... mit einer Falle ist sie nicht gesichert, andernfalls hätten wir uns ihrer nicht bedienen können, aber ... sie ist mit einem Banntrutz umgeben, um einem fremden Ankömmling das Verlassen ihrer Umgebung zu verwehren, nicht wahr? Ist das der Grund, weshalb Ihr sie nie benutzt habt, um mich in der Königsburg aufzusuchen?«

»*Schlau* beobachtet«, entgegnete Tiercel und nickte zum Zeichen seiner Beifälligkeit, »allerdings nicht mit aller Genauigkeit. Ein Banntrutz ist vorhanden, jedoch am Durchgang zwischen der Kammer mit der Porta sowie den alten Räumlichkeiten der Bibliothek. Mich überrascht's, daß Ihr ihn beim Hindurchschreiten nicht gespürt habt.«

Conall dachte nach und entsann sich der Kühle, welche er auf der Schwelle gefühlt hatte. »Da ist ein Banntrutz? Aber ich habe ihn ohne Hemmnisse durchquert.«

»Ja, dieweil Ihr ein Haldane seid. Kelson und seine Freunde haben diesen so ganz besonders beschaffenen Banntrutz errichtet, um uns Mitgliedern des Camberischen Rates, während uns die Nutzung der Schriftensammlung Kelsons zugestanden wird, den unbemerkten Zutritt in die übrigen Räume der Königsburg unmöglich zu machen. Angesichts des einstigen Eindringens Charissas ist diese Vorsicht durchaus verständlich. Ich konnte die Kammer ausschließlich auf dem Wege verlassen, wie wir's taten, oder Ihr hättet mich unter Eurer Geisteswehr bergen müssen. Eine vollkommen sichere Maßnahme ist's nicht, doch sie erfüllt ihren Zweck.«

»Und das alles ist *nach* Charissas Überwindung getan worden«, faßte Conall zusammen.

»So ist's.«

Conall sann ein paar Augenblicke lang darüber nach; Charissas Erwähnung jedoch erinnerte ihn an Rothana. Er überlegte, ob er sich trauen dürfte, Tiercel nach einer anderen Art von Magie zu fragen – einer Magie, wie er mutmaßte, welche noch weit älteren Ursprungs als die Kenntnis um die Einrichtung von Portae sein mußte. »Tiercel, darf ich Euch eine Frage von Mann zu Mann stellen?«

»Gewißlich.«

»Tiercel, habt Ihr ... irgendwelche Liebestränke in Eurer Arzttasche? Oder kennt Ihr einen Liebeszauber?«

»Liebeszauber?«

»Wagt nicht zu lachen!« heischte Conall halblaut, in dermaßen ernstem Ton, daß das Lächeln, welches sich auf Tiercels Angesicht abzeichnete, sofort wieder aus seiner Miene wich.

»Was denn, wozu bedürft Ihr eines Liebeszaubers?« fragte Tiercel nach kurzem Schweigen der Verwunderung. »Eure Dame liebt Euch ohnehin. Sie trägt Euer Kind unterm Herzen, sie ...«

»Meine Dame ist sie *nicht*«, unterbrach Conall ihn in unterkühltem Tonfall. »Sie ist mein Liebchen. Die Tatsache, daß sie mit einem Kinde schwanger geht, ist von minderer Bedeutung. Niemals wär's mir gegeben, Vanissa zur Gemahlin zu nehmen.«

»Aha, Ihr habt also vor, jene zu *ehelichen*, der Eure Zuneigung gehört ... nur ist's anscheinend so, will's mich dünken, daß sie Eure Gefühle nicht erwidert.«

»Vermeßt Euch nicht, mir gegenüber diese freche Redeweise zu üben«, schnauzte Conall. »Sie tät's, wäre nicht ... Doch gleichwohl, lassen wir *das* außer acht. Aber sie eignet sich aufs beste für mich zur Braut, Tiercel.« Conalls Ton begann kläglich zu werden. »Nach meinem Ritterschlag habe ich mit ihr getanzt. Sie lag in meinen Armen wie eine Feder. Ihre Berührungen ließen mir das Blut ins Haupt steigen ...«

»Sie ließen Euch das Hirn in die Lenden rutschen«, schalt Tiercel gedämpft. »Conall, haltet Ihr mich für einen Toren? Und hätte ich auch einen Liebestrank oder wüßte einen Liebeszauber, mit dem ich Euch auszuhelfen vermöchte – ist Euch nicht klar, wie unsittlich eine derartige Verhaltensweise wäre?«

»Ich will, daß sie mich liebt, Tiercel! Ich bin ein Prinz. Mir gilt's gleich, wessen's bedarf, um ...«

»Liebe läßt sich weder erzwingen, Conall, noch kaufen. Seid Ihr das zu begreifen außerstande? Sie entbehrt jeglichen Werts, entspringt sie nicht freiem Willen. Ein Mann namens Rimmell hat einst mit den härtesten Folgen zu dieser Einsicht gelangen müssen, und auch zwei andere, gänzlich Unschuldige haben seine Narrheit mit dem Leben bezahlt.« Er sah Conalls streitbaren Blick, in dem eine stumme Frage zum Ausdruck kam. »Morgans Schwester und Kevin McLain waren's«, erklärte Tiercel. »Und es war kein ›Liebeszauber‹, wie Ihr's so feinsinnig heißt, es war Hexerei. Bei Gott, ich hätte vermeint, Ihr wärt hinausgewachsen über derlei bäuerlichen Aberglauben!«

»Wagt's nicht, zu mir so hochmütig daherzureden!«

»Donnerwetter, diese Sache erhitzt Euch fürwahr, wie?« murmelte Tiercel. Schnell wie ein Blitz fuhr seine Hand empor, um Conall, als der Prinz erbost aufsprang und nach ihm schlug, zu bändigen. Tiercel selbst erhob sich halb vom Stuhl, als Conall keine Anstalten machte, sich in seiner Gewalttätigkeit zu mäßigen, und der Deryni packte des Prinzen Handgelenk, verdrehte es mit kräftigem Ruck, zwang auf diese Weise Conall, indem er ächzte und um Atem rang, auf seinen Stuhl nieder. Voller Wut über sein körperliches Unvermögen, den Deryni zu strafen, verstieg sich Conall gar zum Versuch eines geistigen Angriffs auf Tiercel, prallte dabei gegen dessen Geistesschilde. Tiercels Geisteswehr hielt stand, doch mußte er, um ihr Standhalten zu gewährleisten, merklich mehr Kraft aufwenden, als er für einen solchen Fall erwartet hätte, und im ersten Augenblick vermochte er gar nicht so recht an Conalls seelische Gewalt und Entschlossenheit zu glauben; dann jedoch umschloß er Conalls geistige Schilde mit den Kräften der eigenen Geisteswehr, machte ihm weitere Feindseligkeiten unmöglich. »Laßt es gut sein, Conall«, gebot er, ohne des Prinzen Handgelenk freizugeben, derweil Conall sich sowohl mit dem Körper wie auch dem Geist zur Wehr setzte. »Gebt's auf! Ich möchte Euch keinen

Schmerz zufügen müssen. Diese Streitigkeit ist vollständig unsinnig. Selbst wenn ich's wollte, könnte ich Euch nicht mit einem Liebeszauber behilflich sein. Mir ist keiner geläufig. *Wollt* Ihr nun wohl ablassen?!« Vom einen zum anderen Augenblick, so hatte es den Anschein, verließ Conall jeglicher Kampfeswille. Mit einem unterdrückten Aufstöhnen sackte er vornüber auf die Tischplatte und verbarg das Angesicht im noch freien Arm; so plötzlich entsagte er jeden Widerstands, daß Tiercel durchs unvermutete Schwinden jeder Gegenwehr ums Haar ins Schwanken geriet. »Gemach, gemach«, murmelte Tiercel, trat auf Conalls Seite des Tischs, blieb körperlich ebenso wie im geistigen Bereich mit ihm in Berührung, bis es ihm gelang, den Prinzen, der regelrecht bebte, allmählich aufzurichten. Als er sich unterwarf, war Conalls Hauptwall aus Geistesschilden unter Tiercels geistigem Druck zerbrochen, aber der zweite, innere Geisteswall hatte noch Bestand, verwehrte Tiercel eine tiefere Einblicknahme in Conalls Gemüt, schirmte ab, was sich im Innersten seiner Seele verbarg, jene inwendigsten Schichten, welche etliche Monde zuvor Tiercel selber mittels derynisch-geistiger Verfahren wider fremde Einblicke umschanzt hatte, um das, was er und Conall betrieben, gegen eine Entdekkung durch Morgan, Duncan oder einen anderen bei Hofe befindlichen Deryni zu behüten. Nun erhob sich für Tiercel die Frage, was wohl in den geheimsten Kämmerlein von Conalls Herz vorgehen, darin vorgegangen sein mochte, seit er das letzte Mal in des Prinzen verborgenes Innenleben ungehinderten Einblick gehabt hatte. Das Aufwallen von Verstocktheit, welches er just erlebt hatte, mißfiel ihm ungemein; und Conalls unerwartete Stärke in der Ausübung seiner Magie-Gaben konnte durchaus einen Anlaß zu noch ernsterer Sorge sein. »Wäre es Euch peinlich, mich darin einzuweihen, was die Ursache dieser innerlichen Aufwühlung ist?« fragte er betont sanftmütig nach, mied Conalls Blick, während er im geistigen Bereich nach besten Kräften Erkenntnisse zu gewinnen trachtete.

»Verzeiht mir«, flüsterte Conall. »Ich weiß nicht, was mich befiel. Ich glaube, ich habe die Geduld verloren.«

»Das will ich wohl meinen«, bestätigte Tiercel. »Befürchtet Ihr, daß sich dergleichen wiederholen wird?« Conall brachte ein wohlbemessenes Lächeln zustande und schüttelte das Haupt, entzog sich Tiercels Berührung, und der Deryni-Edelmann ließ von ihm ab. »Nun wohl, ich entschuldige Eure Heftigkeit ... aber nur unter einer Bedingung.«

»Welche soll's sein?«

»Ich erachte es als dringliches Erfordernis, Euch noch heute abend einer sehr tiefen und überaus gründlichen geistigen Einsichtnahme zu unterziehen. Ich wünsche zu erfahren, weshalb Ihr Euch so aufbrausend betragen habt. Wir werden uns in Eure Gemächer zurückziehen, dort vermag ich Euch danach einen Schlaftrunk zu verabreichen und brauche mich nicht um Euer Heimfinden zu sorgen. Und Ihr werdet – nach allem, was unterdessen geschehen ist – um so fester und bekömmlicher schlummern.«

Sichtlich schluckte Conall. »Ich habe Euch beteuert, daß ich den Vorfall bedaure.«

»Das ist wahr«, erwiderte Tiercel und schob Conall eine Hand unter die Elle, um ihm beim Aufstehen zu helfen. »Ebenso bedaure ich ihn, denn zu einem gewissen Teil trag auch ich daran Schuld, dieweil ich zuließ, daß Ihr Euch überanstrengt ... durch zu viele Versetzungen durch Portae binnen viel zu kurzer Frist. Aus diesem Grund werden wir, anstatt nochmals die Porta zu benutzen, den Weg durch den Geheimgang nehmen.« Tiercel war froh darüber, daß Conall nicht fragte, was werden sollte, falls ihm – Tiercel – die Ergebnisse der angekündigten Einblicknahme in des Prinzen Geist mißfielen, denn darauf wußte der Deryni gegenwärtig selbst noch keine Antwort. Keiner von beiden sprach ein Wort, während sie im Zimmer die ursprünglich vorgefundene Ordnung wiederherstellten und Tiercel den Banntrutz an der Tür beseitigte, so daß sie den Raum verlassen konnten; aber noch nachdem er und Conall sich aus dem Arbeitszimmer geschlichen, die Tür hinter sich verschlossen und sich zur Basilika hinausbegeben hatten, bereitete der Zwischenfall Tiercel anhaltende Beunruhigung. Conalls Beharren auf arkaner Nachhilfe, um die Dame seines Herzens für sich zu erringen, gemahnte Tiercel an irgend etwas, jedoch wollte es ihm nicht in den Sinn kommen; möglicherweise betraf es irgend etwas, über das im Rat gesprochen worden war, etwas von höchster Wichtigkeit. Sie stiegen tief im Innern der Königsburg eine schmale, allein durch das Licht von Tiercels Hand-Feuer aufgehellte Treppe hinab – Conall voran –, als Tiercel endlich auf des Rätsels Lösung verfiel. »Rothana«, flüsterte er, blieb ruckartig stehen, starrte Conall nachgerade ungläubig an, als der Prinz herumfuhr, in den grauen Haldane-Augen schieres Entsetzen. »Erst vor wenigen Tagen hat Arilan von ihr Rede geführt. Rothana ist es, nach der's Euch gelüstet – *obwohl Ihr wißt, daß Kelson sie zur Gemahlin begehrt.* Wieder ist es Eure gottverfluchte Mißgunst!«

Weiter kam er nicht mit seinen Vorwürfen, denn plötzlich versetzte Conall ihm in blinder Wut einen Stoß, so daß er rücklings die enge Stiege hinunterstürzte. Zu verdutzt, um nur aufzuschreien, versuchte Tiercel seinen Sturz abzufangen, mit gespreizten Armen an den wenig voneinander entfernten Mauern Halt zu erhaschen. Aber der Umhang verfing sich zwischen seinen Beinen, er verlor nochmals – und diesmal auf noch gefährlichere als die durch Conall verursachte Weise – das Gleichgewicht, obwohl Conall, augenblicklich vor Schreck wieder besonnen, ihn zu halten sich bemühte. Rücklings fiel der derynische Adelige die Treppe hinab, sein wohlgestaltetes Angesicht verzerrte sich, als sein Hinterhaupt auf die Kante einer Stufe schlug. Sein offener Mund, aufgerissen wie in einem lautlosen Schrei der Pein, war das letzte, was Conall von ihm sah, bevor Tiercel durch die Biegung der Stiege rutschte und ins Dunkel entschwand.

Nach einigen Augenblicken voll der scheußlichen Geräusche des Scharrens von Fleisch und des dumpfen Holperns von Knochen über Stein sowie schlußendlich eines hohlen, greulichen Krachens folgte eine allzu schaurige vollkommene Stille. Und dann flackerte an der Stelle, wo Tiercels Sturz seinen Anfang genommen hatte, das zurückgebliebene Hand-Feuer, verglomm inmitten der Luft und erlosch, und Conall stand voll des Grausens allein im Finstern.

9

Besitztum, anfangs schnell erhascht, das bleibt zuletzt doch ohne Segen.

Sprüche 20,21

»Tiercel?« krächzte Conall; er wagte sich nicht zu regen, derweil ihn von allen Seiten Dunkelheit zu bedrängen schien. »Tiercel, seid Ihr unversehrt?« Keine Antwort ertönte, und das bedrückende Schweigen, welches ihm durch die Finsternis ringsherum um so mehr zur Drangsal ward, steigerte Conalls bereits beschleunigten Herzschlag zum Rasen. »Tiercel?« wiederholte er, diesmal jedoch leiser. Als er nach wie vor keinerlei Antwort erhielt, zwang sich Conall zu mehreren tiefen, aus Erregung unregelmäßigen Atemzügen, wölbte die Hände, erzeugte ein Hand-Feuer. Das Licht wuchs nur langsam zwischen seinen Händen, welche zitterten, lohte rötlich und schwach, bis es Conall gelang, seine immer heftiger gewordene Panik zu unterdrücken und das Hand-Feuer zu stärken. Er versuchte, nicht daran zu denken, was er am Fuß der Treppe vorfinden würde. Er beließ das Hand-Feuer in der einen Faust, als er sich vorsichtig an den Abstieg machte, fürchtete bei jedem Schritt, was ihn schon hinter der Biegung erwarten mochte, bis er schließlich, kurz vor dem Treppenabsatz des nächsttieferen Stockwerks, einen Stiefel, ein Bein sowie wirre Falten des groben Stoffs von Tiercels Umhang sah. Irgendwie gelang es Conall, über die reglose Gestalt zu klettern, ohne das gleiche Mißgeschick wie Tiercel zu erleiden, doch schon ehe er sich neben dem verdrehten Haupt des Deryni hinkauerte, erkannte er, daß der Mann tot war. Conall erstickte ein Wimmern in seiner Kehle, als er Tiercels Haupt sachte anhob, um sich davon zu überzeugen, daß jeder Irrtum ausgeschlossen war; aber das schlaffe Niedersacken dieses Hauptes bestätigte seine schlimmsten Befürchtungen.

Tiercel hatte sich das Genick gebrochen. Der vielseitige Geist, welcher Conall zu so ungeahnten Fähigkeiten verholfen, ihn zu unvermuteter Macht erhoben hatte, war unwiderruflich dahin, die mandelbraunen Augen begannen bereits wie von Glas gemacht auszuschauen, sahen nichts mehr, die bislang undurchdringlichen Geistesschilde schwanden – waren inzwischen halb vergangen –, indem das Sterben des Leibes fortschritt. Gott im Himmel, was hatte er getan? Und noch ärger vergegenwärtigte sich Conall die Frage: Was sollte er nunmehr tun? Beistand zu holen, durfte er nicht wagen – und so oder so käme längst jede Hilfe für Tiercel de Claron zu spät. Tiercels Tod beruhte auf einem Unfall, aber wer wollte einer entsprechenden Aussage Glauben schenken? Conall *hatte* ihn gestoßen, und dem *war* ein Streit vorausgegangen. Fände man das heraus – und bei nachdrücklicher Befragung durch einen Deryni würde nicht nur der Vorgang als solcher, sondern zudem der Anlaß der Streitigkeit offenbar werden –, brächte es Conall nicht allein um jegliche Aussicht, im Ringen um Rothanas Hand Kelson zu überflügeln, auch der geheime Pakt zwischen Conall und Tiercel während des vergangenen Jahres – zum Zwecke der Vermittlung magischer Fähigkeiten – gelangte ans Licht der Sonne, und daraus mochten sich für den Prinzen weitaus üblere Folgen ergeben, als gemeinhin das wechselvolle Spiel der Liebe und Minne sie zeitigten. Darum durfte er das Wagnis des Bekennens nicht eingehen. Wenn er hingegen den Toten ließ, wo er war – oder ihn, was er sogleich als klüger einstufte, bis zum nächsten Treppenabsatz hinabschleifte und dort abseits in die Schatten legte –, konnten Tage oder gar Wochen verstreichen, bis jemand ihn entdeckte, vielleicht sogar Monde. Und *wenn* man den Leichnam am Ende fand, weshalb sollte irgendein Verdacht auf Conall fallen? Er bezweifelte, daß irgendwer wußte, daß er Kenntnis vom Vorhandensein des Geheimgangs hatte. Und verbunden war er mit Dhugals

Gemächern. Sollte man sich ruhig darüber Gedanken machen, was der Deryni Tiercel de Claron dort zu suchen gehabt haben könnte. Dies Vorgehen war unter Umständen nicht das geschickteste Verfahren, aber es mochte sich bewähren. Nachdem Conall die Leiche das kurze Stück bis zum Treppenabsatz hinabgezerrt hatte, verwendete er erhebliche Sorgfalt darauf, den Toten dergestalt auszustrecken, daß er mit einiger Sicherheit den Anschein erweckte, die gesamte Länge der Wendeltreppe hinuntergefallen zu sein. Tiercels dunkler, rotbrauner Umhang blieb im Schatten fast unsichtbar, so daß jemand, der nichtsahnend vorüberstrebte, ihn wahrscheinlich nicht bemerkte. Jedenfalls nicht, bevor die Verwesung einsetzte; doch bis das geschah, wäre Conall längst mit dem König auf Landfahrt unterwegs. Eines allerdings vergaß er nicht zu tun, bevor er den Toten vollends zur Zufriedenheit zurechtschob, nämlich die Ledertasche an sich zu nehmen, welche der Deryni-Edle stets zu ihren Zusammenkünften mitzubringen gepflegt hatte. Ein rasches Durchwühlen der Tasche bestätigte, daß die begehrten Banntrutz-Kuben sich darin befanden – in ihrem Beutel –, und so manche der Arzneien und sonstigen Mittelchen konnten sich irgendwann einmal als nützlich erweisen. Ein wenig *Merascha* in jemandes Wein ... Nachdrücklich verscheuchte Conall derlei Erwägungen, während er noch an des Toten Seite kniete, nach irgendwelchen Äußerlichkeiten forschte, welche seine Beteiligung an des Deryni Ableben enthüllen könnten, und überlegte, ob er tatsächlich alles getan hatte, um seine Verwicklung in den Todesfall gänzlich zu vertuschen. »Verzeiht mir, Tiercel«, flüsterte Conall kaum vernehmlich, bereitete sich darauf vor, ins Dunkel zu verschwinden. »Vergebt mir auch, daß Ihr ohne Sakramente sterben mußtet. Sie hätten Euch viel bedeutet, nicht wahr? Doch habt Ihr vielleicht, so frage ich mich, dort in jener Kapelle zu Eurem hochwerten Sankt Camber ein letztes Gebetlein gesprochen?«

Aber als er sich beklommen vorbeugte, um ein Kreuz auf des Toten Stirn zu zeichnen, die spöttische Bemerkung in bezug auf Camber schon ein wenig bereute, streifte sein Geist die Reste von Tiercels in Auflösung begriffener Geisteswehr, hinter welcher in diesen Augenblicken das Gedächtnis zerfiel, und da hatte Conall einen kühnen Gedanken.

Er war in den Besitz von Tiercels Hinterlassenschaften gelangt, die Banntrutz-Kuben und derynischen Drogen, von Gegenständen, welche er sich gewiß noch dienlich machen konnte, um seine geistige Gewalt weiterhin zu stärken. Und er hatte bereits ein bestimmtes Maß an Ausbildung genossen. Doch wenn er nun noch mehr zu erfahren imstande war, indem er in das, was von Tiercels Verstand noch übrig war, Einblick zu nehmen versuchte? Er hatte mitangesehen, wie Kelson eine vergleichbare Einsichtnahme bei einem Sterbenden vollzog, ja sie sogar über dessen Verscheiden hinaus fortsetzte – und zwar mit sehr nutzreichen Ergebnissen. Jener Sterbende war kein Deryni gewesen, doch da Tiercels Geisteswehr schwand, bestand da noch ein Unterschied? Und die Geheimnisse eines adeligen Voll-Deryni zu ersehen, obendrein eines Mitglieds des Camberischen Rates …

Conall zauderte nicht länger, um erst in den Möglichkeiten zu schwelgen, welche sich ihm auftun mochten. Wieviel war wohl bereits verloren, außerhalb jeglichen Erschlossenwerdens gelangt, während er sich mit den Voraussetzungen für sein unverdächtiges Entweichen befaßt hatte? Indem er sämtliche Geschicklichkeit aufbot, welche er bereits im Einsatz seiner Magie-Begabung erworben hatte, griff er mit seiner Geistesmacht gleichsam wie mit einer Faust nach der immer schwächeren, dem Vergehen geweihten, wie zerfaserten Ballung von Kraft, welche den Rest von Tiercels Wesen ausmachte, drang tief hinein, ließ die uninteressanten Einzelheiten des Alltagslebens Tiercels beiseite, prägte sich ausschließlich ein, was mit dessen Dasein als Deryni zusammenhing – rituelle Abläufe, zweckbestimmte Zaubersprüche, geistige Übungen, Mittel des arkanen Kampfes, Teile von Erinnerungen an Tiercels Zusammenwirken mit dem Camberischen Rat, mit welchem er anscheinend nicht allzeit im besten Einvernehmen gestanden hatte ...

Vielerlei mußte Conall seinem Gedächtnis einprägen, ohne es wirklich zu verstehen, und nur wenig von diesem Wissen war vollständig – *Verdammnis*, warum hatte er nicht früher daran gedacht? –, aber alle zusätzlichen Kenntnisse waren vorteilhafter als gar nichts. Er würde später, bei Gelegenheit eines Müßiggangs, die Brauchbarkeit und Verwendbarkeit prüfen. Conall übernahm alles, dessen er habhaft zu werden vermochte, bis ihm die Knie schmerzten und der Leichnam unter seinen Händen erkaltet war, das wachsende Zerfransen, die fortschreitende Zersplitterung der restlichen Eindrücke ihm ein längeres Aufrechterhalten des geistigen Einblicks als wenig ergiebig vorkommen ließ. Er mied, als er auf sie stieß, die jüngsten, letzten Erinnerungsfetzen – den Schrecken und Unglauben, als Tiercel stürzte, den Schmerz, zuletzt die Finsternis, das Ende aller Zukunft. Conall war von Schweiß überströmt, als er sich endgültig aus den kümmerlichen Überresten von Tiercels Gedächtnis zurückzog; aus Ermüdung und schierem nachträglichen Grausen bebte er am ganzen Leib, aber es gelang ihm, als er sich erhob, die Fassung wiederzuerlangen.

Ei nun, Tiercel, dachte er, *mich dünkt, du hast mich mehr gelehrt, als je deine Absicht gewesen ist.* Er warf den Umhang zurück, um sich in seiner Verschwitztheit ein wenig zu kühlen. *Aber ich werde versuchen, die Kenntnisse, welche ich mir angeeignet habe, aufs allernützlichste zu verwenden. Möge es dir im nächsten Leben wohlergehen, das wünsche ich dir ... falls es ein nächstes Leben im Jenseits gibt.*

Als er den geheimen Zugang zu Dhugals Gemächern

erreichte, hörte er von der anderen Seite Stimmen bei einer Unterhaltung – Diener packten Dhugals Sachen für den Aufbruch am Morgen, vermutete Conall –, daher machte er kehrt, um den Weg über den Burghof einzuschlagen. Auf dem Treppenabsatz, wo Tiercels Leichnam lag, stellte er erfreut fest, daß selbst er, der er doch wußte, was hier verborgen war, ganz genau hinschauen mußte, um etwas erkennen zu können.

Vor der Basilika erstreckte sich der Innenhof dunkel und menschenleer, als Conall aus dem Geheimgang ins Freie schlüpfte und den Zugang verschloß. Unterwegs hatte er erwogen, doch die Porta in Duncans Arbeitszimmer zu benutzen, um sich von dort aus in die Bibliothek zu versetzen, aber er spielte nur kurz mit diesem Gedanken. Conall hegte die von keinem Zweifel getrübte Überzeugung, daß er zur Benutzung der Portae imstande war, sobald er sich in hinlänglich ausgeruhtem Zustand befand; doch abgesehen von der Gefahr, daß sich selbst um diese späte Stunde noch jemand in der Bibliothek aufhalten mochte, sprach die von Tiercel zum Ausdruck gebrachte Sorge wegen Conalls übermäßiger Beanspruchung durch die bisherigen Übungen sehr gegen ein solches Vorgehen – und mit seiner Sichtung der Erinnerungen Tiercels hatte Conall seine Kräfte weit über jedes herkömmliche Maß hinaus verausgabt, ganz zu schweigen von der körperlichen und seelischen Belastung, welche das unselige Ereignis ohnehin für ihn bedeutete. Er erachtete es als am gescheitesten, die bedrohliche Aussicht, womöglich alles zu verlieren, zu meiden, wenn es doch so vieles zu gewinnen gab.

Nein, es war am klügsten, einfach den Weg durch den Zwinger und vorbei an den Ställen zu nehmen und das Hauptgebäude mit den Gemächern der Höchsten des Reiches durch eine Seitenpforte zu betreten, oder schlichtweg, falls zu viele neugierige Schildwachen sich in der Nähe herumtrieben, den Rittersaal zu durchqueren. Sollte eine Wache ihn aufhalten, bedurfte es ja nur einer Ausrede, etwa in der Art, er sei noch ein wenig zum Lustwandeln draußen gewesen, oder um sich zwecks Vorbereitung auf den Abritt in der Morgenfrühe die Rösser anzuschauen. Die Wache hatte ihn nicht herauskommen gesehen? Tja, dann mußte er wohl vor der Wachablösung gegangen sein.

So würde es sich bewähren. Daran glaubte Conall zuversichtlich. Er schob sich Tiercels Tasche auf den Rükken, so daß man von vorn nur den Gurt sehen konnte, begab sich zurück in seine Gemächer, so wie beabsichtigt, pfiff indessen verhalten Bruchstücke der Melodei eines alten, r'kassischen Liebeslieds vor sich hin.

»Dhugal, ich fühle mich geradewegs wie der vollkommenste Tor«, sprach am folgenden Morgen Kelson zu seinem Ziehbruder, derweil selbiger ihm vor dem Aufbruch beim Ankleiden beistand. »Gestern abend hielt ich ein wunderschönes Weib in den Armen, und ich habe nicht mehr getan, als es zu küssen. Wäre ich leidenschaftlicher vorgegangen, wer weiß, wie's geendet hätte, doch die Dame verwehrte mir Weiterungen ... und ich gab ihr nach.«

Dhugal, farbenfroh in märkisches Reitleder und den MacArdry-Tartan gewandet, setzte sich umsichtig auf eine der Truhen in Kelsons Kleiderkammer und entrollte den um Kelsons Schwert gewickelten Gurt, während der König sich einen weißen Gürtel ums karminrote, lederne Reitzeug schnallte. »Gütiger Gott, welch ein Maß an Selbstzucht«, spöttelte er; ihm war aufgefallen, daß Kelson nicht länger Sidanas Ring trug, aber er hatte dazu noch kein Wörtchen geäußert. »Ist mir jene Dame bekannt?«

»Was *glaubst* du denn?«

Kelson entwand Dhugal das Schwert und schlang sich den Schwertgurt über den weißen Gürtel, ließ sich von Dhugal einen von Pelz gesäumten, mit einer Kapuze versehenen Umhang um die Schultern legen, schob seine Arme durch die Schlitze an der Vorderseite, so daß Dhugal ihm an der Kehle die Spange schließen konnte. »Ich glaube«, antwortete Dhugal nach kurzem Überlegen, »daß mein Blutsbruder, der König, jene Dame liebt ... und daß sie nie und nimmer eine Nonne werden wird. Und dieweil ich bemerke, daß du ihr einen Ring überreicht hast ...«

»Es verhält sich keineswegs ganz so, daß ich ihr einen Ring gegeben habe«, fiel ihm Kelson ins Wort.

»Nicht? Dein Finger sagt etwas anderes aus.«

Kelson betrachtete seinen vom Ring entblößten Finger, den weißen Streifen, welcher an ihm zurückgeblieben war, begann sogleich in einer Schatulle mit Kleinodien zu kramen. »Ach was, es war nicht so, wie man aufgrund dessen vermeinen möchte«, sprach er mit leiser Stimme. »Ich habe ihn ihr nicht in diesem Sinne gegeben, will sagen, wir haben uns keine einem Anverlöbnis gleichen Versprechen gemacht. Sie ... bewahrt den Ring für mich, gewissermaßen zum Zeichen, daß Sidana für mich Vergangenheit ist. Tragen wird sie den Ring nicht.«

»Nicht?«

»Nein.« Kelson suchte aus der Schatulle mit den Kleinodien einen mit Smaragden besetzten Ring und steckte ihn sich an den verräterischen Finger; anschließend bemächtigte er sich eines Paars Handschuhe aus schwarzem Leder sowie einer mit Fell besetzten Reithaube. Letzterer war rundum in metallischem Gelb eine Krone aufgestickt, ausgeführt in Gold auf karminrotem Ziegenleder, eine weitaus bequemere Art, für jedermann sichtbar seinen hohen Rang anzuzeigen, als es das Tragen einer echten Krone gewesen wäre. Sobald er sich die Haube übergezogen hatte, stand er für ein flüchtiges Weilchen nur da und musterte Dhugal, klatschte mit den Handschuhen, beide in einer Faust, verdrossen gegen seinen Oberschenkel. Mit einem Mal jedoch lächelte er, schüttelte das Haupt und begann hemmungslos zu lachen.

»Was denn, belustigt dich etwas an meinen Worten?« fragte Dhugal, die Augen wie in tiefster Unschuld geweitet.

Kelson schüttelte, indem er fortwährend lachte, nochmals das Haupt. »Ich bin ein Trottel. Jungfräuliche Ritter sollen ja auf dem Ritterzug, zumal solchen frommen Zwecks, besonders im Vorteil sein. Warum also verstimmt's mich, so ein Ritter zu sein?«

Wie ein schüchterner Lümmel zog Dhugal das Haupt zwischen die Schultern, senkte den Blick auf seine Stiefel, richtete ihn wieder auf Kelson. »Wenn du's bist, sind wir zusammen schon zwei«, sprach er in ruhigem Ton.

»Du?« keuchte Kelson. »Aber ich wähnte ...«

»Ach, bisweilen rede ich munter mancherlei Zeug daher«, bekannte Dhugal. »Und fürwahr, zeitweilig dachte ich – an jenem Abend –, daß das Töchterlein des Grafen von Carthane und ich ...« Sein verschmitztes Zwinkern und die Beredsamkeit seines Achselzuckens sprachen deutlicher, offenbarten mehr, als irgendwelche Worte es vermocht hätten, und auf der Stelle brachen er und Kelson für einige Augenblicke in lautes Gelächter aus.

»Gott im Himmel, *zwei* jungfräuliche Ritter«, japste Kelson, als sie beide wieder zu sprechen vermochten. »Ich war schon zur Überzeugung gelangt, wahrhaftig der letzte Ritter von Tugendhaftigkeit zu sein. Und die Tochter des alten Carthane ...! Grundgütiger Herrgott, du spielst mit dem Feuer, Mann! Erführe er je davon, er schlüge dich mausetot. Nach der Art und Weise zu urteilen, wie er jene Jungfer bewacht und behütet ...«

»Oh, er hütete sie nicht so wachsam, daß es mir nicht gelungen wäre, ihr einen Kuß zu rauben«, entgegnete Dhugal und wischte sich Tränen der Heiterkeit aus den Augen. »Ich glaube, Conall hat die gleiche Heldentat vollbracht, ja es mag sein, er konnte einen gar noch größeren Sieg erringen.«

Kelsons Schmunzeln wich, und er schnaubte, während er die Handschuhe anstreifte. »Conall ... Wahrlich, er ist jemand, von welchem man, so befürchte ich, erwarten müßte, daß er auf dem Ritterzug kläglich scheitern muß, sollte Jungfräulichkeit *fürwahr* eine Voraussetzung fürs Gelingen sein. Sag an, hat irgendwer jemals seine Buhle geschaut? Ist sie schön?«

»Ich weiß es nicht. Man muß wohl unterstellen, daß sein Knappe sie schon erblickt hat. Wie lautet sein Name? Jowan? Zu unserem Unglück ist der Bursche grauslich unzugänglich und verschwiegen.« Dhugal verzog das Angesicht zu einem schalkhaften Grinsen. »Dennoch könnten wir ihn fragen ... damit meine ich, ihn wirklich *ernstlich* befragen ...«

»Und wollte nicht ich dich für diese Art von Schelmerei strafen, so tät's dein Vater ... oder sollte es«, gab Kelson zur Antwort, indem er Dhugal einen halb lustigen Blick der Mißbilligung widmete, nach welchem er jedoch sofort eine Miene des vergnüglichen Erwägens aufsetzte. »Im Ernst, wir könnten ihn freilich in herkömmlicher Weise befragen. Andererseits ... mag sein, eine flüchtige Einblicknahme in seinen Geist wäre nichts ganz und gar Verwerfliches ... Gewiß ist, Conall kommt in der Tat des öfteren spät und ermüdet heim.« Sie scherzten noch über diese Angelegenheit, als sie sich zu dem recht ausgelassenen, lautstarken Haufen gesellten, welcher sich inzwischen im Zwinger zusammengefunden hatte. Mit erhobenen, von Handschuhen umhüllten Fäusten grüßten sie Morgan und Duncan, welche gemeinsam mit Nigel, Meraude und anderen Hochgestellten des Hofes auf den Stufen der großen Freitreppe standen und dem Treiben nachsichtig zusahen; doch die Verabschiedung von den Sippenangehörigen war bereits am Vorabend erfolgt, und Duncan hatte für sie vier allein beim ersten morgendlichen Helligkeitsschimmer eigens eine Messe gefeiert. Jehana und ihr Kaplan, Pater Ambros, hielten sich ein wenig abseits; Kelson und Dhugal verharrten kurz, um sich pflichtgemäß vor der Königin zu verbeugen, aber derweil sie den Weg zu den Rössern fortsetzten, erregte alsbald Conall ihre Aufmerksamkeit. Kelson hieb Dhugal den Ellbogen in die Rippen und hatte seine liebe Not, um zu vermeiden, daß er erneut in schallendes Gelächter verfiel, denn Conall, der soeben seinen Knappen für irgendein unersichtliches Vergehen schalt, machte einen übernächtigten, mißmutigen Eindruck. Prinz Rory, der für den ersten Teil des Weges eine Schar jüngerer Knappen und Pagen als Geleit für des Königs Haufen anführte, damit auch sie die fröhliche Aufbruchstimmung genießen könnten, wirkte überaus verärgert über seinen älteren Bruder, und der junge Prinz Payne war anscheinend den Tränen nah. »Potz Wetter, reizbar ist er heute früh, was?« flüsterte Kelson. »Hatte ich nicht recht mit meiner Äußerung? Schau nur, was für dunkle Ringe er unter den Augen hat.«

»Ja, wahrhaftig, *er* ist kein keuscher Ritter«, entgegnete Dhugal und sprach gleichfalls im Flüsterton, während er und Kelson aufsaßen. »Mangel an nächtlichem Schlummer ist die Ursache, dran kann's keinen Zweifel geben. Wahrscheinlich hat er sich am gestrigen Abend noch einmal fortgeschlichen zu einem letzten Stelldichein mit seiner Liebsten.«

»Ich bin der Ansicht, daß du vollständig recht hast«, antwortete Kelson und nahm die Zügel aus rotem Leder zur Hand. »Wolltest du mir wohl die Gefälligkeit erweisen, derweil ich den Troß in Augenschein nehme und zu ergründen trachte, welche Mißgeschicke den Knappen unterlaufen sind, und versuchen, Payne und Rory, diese armen Bürschlein, ein wenig aufzumuntern? Läßt man meinen übellaunigen Vetter außer acht, sieht dieser Haufen mehr nach einer Horde Gaukler denn dem würdevollen Abritt eines Ritterzugs mit frommem

Zweck aus.« Darüber mußte Dhugal laut lachen, und auch Kelson lachte bei sich noch gedämpft, als er zum Troß hinüberritt, einen Morgengruß mit Ciard O'Ruane austauschte, welcher die Knechte und Knappen beaufsichtigte, die die Lasten der Packtiere ein letztes Mal überprüften. Die Mehrheit der Bediensteten war in schon reiferem Alter, doch die jungen Knappen lachten unter sich und scherzten, derweil sie ihre Aufgaben verrichteten, ließen sich durch des Königs Nahen kaum dazu bewegen, ihre Lautstärke zu mindern. »Einen schönen Morgen, Ciard«, sprach Kelson freundlich. »Wird die Rotte dieser Kerlchen sich als zu ungestüm und flegelhaft herausstellen, als daß du sie im Zaume zu halten vermöchtest?«

Hastig machten sich die Knappen eifriger übers Werk her, während der alte Knecht griente und zum Gruß zwei Finger an seine markländische Haube hob. »Da braacht Ihr gwißlich keene Sorje nich zu hahm, Sire«, beteuerte er mit seinem derben märkischen Zungenschlag. »Alleen ihre Freud ist's iebern Aafbruch. Und sollt ihr Iebermut sich nich abschleifn, derweil wir reiten« – um seine Warnung zu unterstreichen, schenkte er den Knappen einen gestrengen Blick – »wierd sich, wann wir 's Ahmds rasten, gnüglich zu tun fier mießig Händ finden.«

Diese Drohung hatte die gewünschte Wirkung, dämpfte rasch den jugendlichen Mutwillen der Knappen, so daß ihr Lärmen auf ein annehmbares Maß abschwoll. Dennoch blieben alle, die am heutigen Morgen mit dem König und dessen Ziehbruder in die Ferne ritten – mit Ausnahme des gereizten und mißgestimmten Conall – guten Mutes; dazu zählten sechs andere junge Edle, welche in der vorangegangenen Woche zu Rittern geschlagen worden waren, darunter Herr Jatham sowie Dhugals Klan-Anverwandter Herr Jass MacArdry; ferner begleiteten sie Herr Saer de Traherne und Graf Roger von Jenas, um zu den gleichsam frischgebackenen

Rittern ein ausgleichendes Gegengewicht der größeren Erfahrung, Reife und Besonnenheit abzugeben, sollte ein solches sich als angebracht erweisen; und Erzbischof Cardiels Feldscher, Pater Lael, der unterwegs für das gesundheitliche Wohlergehen des Haufens ebenso wie für seine geistlichen Bedürfnisse sorgen sollte, obschon ja auch Dhugal eine Ausbildung zum Feldscher genossen hatte. Des weiteren waren acht Haldanesche Lanzenreiter sowie drei MacArdry-Getreue dabei, dazu ein angemessener Troß und die erforderliche Zahl von Knappen und Knechten; alles in allem umfaßte der Zug fast dreißig Mann.

Duncan spendete ihnen seinen Segen, als sie in überschwenglicher Stimmung und leichter Unordnung fortritten, und zahlreiche Bedienstete und Edelleute, welche sich zur Verabschiedung eingestellt hatten, eilten nunmehr auf die Zinnen, Mannen geradeso wie Weiber, um den Reitern nachzublicken, sobald sie durchs Torgebäude der Festung getrabt waren, anschließend nordwärts durch die Stadt und danach auf der Landstraße längs des Flusses in die Richtung gen Valoret ritten, um ihnen letztmals zuzuwinken. Auch Meraude und Janniver begaben sich auf die Brustwehr, Meraude in Begleitung einer Amme, welche ihr jüngstes Kindlein, Eirian, in den Armen trug, und Janniver winkte aufgeregt Herrn Jatham zu, dem Liam begeistert als Knappe folgte. Sogar die Schwestern vom Orden der Hl. Brigid hatten sich versammelt, um im Chor, während der König mit seinen Gefährten und dem Gefolge auszog, eine kurze Hymne der Danksagung zu jauchzen.

Derweil die letzten noch auf der Freitreppe verbliebenen Zuschauer sich zerstreuten, ließ Nigel einen beschwerlichen Seufzer vernehmen, schaute Morgan und Duncan an. »Herrgott, ich fühle mich alt«, sprach er leise. »All unsere Sprößlinge fliehen das Nest. In nächster Zeit wird's hier gar erschrecklich still und ruhig sein.«

Morgan lächelte und schlug dem Prinzregenten eine Hand auf die Schulter. »Ihr werdet Euch dran gewöhnen«, versicherte er halblaut. »Es heißt, daß es Vätern leichter wird, Kinder ziehen zu lassen, denn Müttern.«

»Dieweil ich keine Mutter bin, werde ich's wohl nimmer erfahren«, scherzte Duncan. »Doch auch für einen Vater ist es nicht leicht.«

Morgan nickte bloß. »Wenn Brendan ein wenig älter ist, werde ich dir berichten, wie mir dabei zumute ist. Aber wenigstens ziehen sie diesmal nicht in den Krieg.«

»Gewiß nicht, aber die Verhandlungen mit den Torenthern im Lauf des Jahrs könnten sich heikel gestalten, ganz besonders, wenn man in Torenth erfährt, daß sich Morag nicht länger zu Rhemuth aufhält«, meinte Nigel. »Jedoch ist das, so gebe ich zu, eine gänzlich andere Sache. Was könnte auf einer Landfahrt ansonsten schon geschehen?«

»Nichts, wenn man ein wenig Glück hat«, antwortete Morgan. »Meine Sorge gilt gegenwärtig mehr den Bischöfen. Doch allem Anschein zufolge hat sich Kelson weise Worte von höchster Überzeugungskraft zurechtgelegt.«

Nigel schnaubte. »O ja. Laßt uns hoffen, daß alles wie vorgesehen eintritt. Da fällt mir ein, Alaric, wann müßt Ihr Euch auf den Weg machen?«

»Ach, ungefähr um Mitternacht. Die *Rhafallia* liegt in Desse, deshalb habe ich mir überlegt, daß Brendan und ich an Bord schlafen und sodann mit der morgendlichen Flut auslaufen werden. Solange das Wetter erträglich bleibt, vermögen wir auf dem Seewege geschwinder daheim einzutreffen, als würden wir übers Land reiten. In den Lendourischen Bergen dürfte es noch sehr feucht sein.«

»Hmm, so wollen wir denn hoffen, daß Jung Brendan die Seefahrt gut verträgt«, sprach Nigel. »So bleibt Euch auf alle Fälle noch zur Genüge Zeit für ein tüchtiges Mahl und einen letzten Becher Wein, bevor Ihr aufbrecht. Meraude wird gewährleisten, daß Brendan sich das Bäuchlein füllt. Duncan, mögt Ihr Euch nicht zu uns gesellen? Will sagen, falls die Anstrengungen des Morgens Euch nicht zu stark zugesetzt haben. Wie lange müßt Ihr denn dies Schauspiel Eurer Erkrankung noch betreiben, nach dem die anderen Bischöfe nun unterwegs nach Valoret sind und Ihr vor ihnen sicher seid?«

Duncan entrang sich, während sie gemeinsam das Hauptgebäude betraten, ein freudloses Lächeln. »Ich weiß fürwahr nicht, ob ich mich jemals unter ihnen werde ›sicher‹ fühlen dürfen«, erwiderte er vorsichtig. »Doch mir ist, da nun Kelson des Weges zog und die Betriebsamkeit des Königshofes sich von Rhemuth nach Valoret verlagert, als würde mir von Augenblick zu Augenblick wohler, fühlte ich mich gekräftigter. Wenn mir das Glück hold ist, wird Cardiel mich binnen einer oder zwei Wochen zu sich rufen, und meine Genesung wird vollendet sein.«

»Dann bete darum, daß er dich aus erfreulichen Gründen ruft«, murmelte Morgan.

»Oh, ich tu's ... mehrmals am Tag.«

Nicht ganz eine Woche später sandte Kelson zu Valoret ein Stoßgebet ähnlichen Inhalts himmelwärts, während er sich darauf vorbereitete, vor den dort versammelten Bischöfen eine Rede zu halten. Das geschah an einem düsteren, trostlosen Sonntagmorgen, am zweiten Fastensonntag. Der Tag war naß und kalt, und Kelson hegte nahezu die Überzeugung, dem Gschnäuf nicht mehr entgehen zu können.

Am zweiten Tag nach dem Abritt aus Rhemuth hatte der Regen begonnen und seither nicht mehr ganz aufgehört. Der König und sein Gefolge hatten zeitweilig bei einem örtlichen Junker Unterschlupf gesucht, in der Hoffnung, der Regen möge nachlassen, es aber nicht gewagt, zu ausgedehnt zu säumen, weil andernfalls die Gefahr bestanden hätte, daß Kelson erst nach der Eröffnung der Synode eintraf und so der Möglichkeit enthoben ward, vor den versammelten Bischöfen zu sprechen.

Man war früh am Vorabend des zweiten Fastensonntags in Valoret angelangt, mehrere Tage später als beabsichtigt, durchnäßt bis auf die Knochen, müde und durch die ständigen Wolkenbrüche, welchen man schutzlos ausgesetzt gewesen war, in gereizter Stimmung; einige Begleiter Kelsons litten bereits an Erkältungen und Husten, ein Zustand, den warme Kleidung, bullig-heiße Kaminfeuer sowie das warme, herzhafte Mahl, wie es von des Erzbischofs Bediensteten eilends im Refektorium aufgetragen ward, nur noch zum Teil rückgängig machen konnten. Auch die Nacht hindurch hatte es unablässig geregnet, und ebenso fiel am Morgen starker Regen, als die Stunde anbrach, sich zum feierlichen Hochamt, das die Synode einläuten sollte, in den Valoreter Dom zu begeben. Weder Kelson hatte erholsam geschlummert, noch Dhugal.

Im Dom herrschte Kälte, welche man trotz dicker Gewandung spürte; es war kühl, trübselig und trotz der Kerzen, die auf dem Altar brannten, und der Fackeln, welche in den Seitenschiffen des Doms schmauchten, regelrecht dunkel. Nach einiger Zeit beschäftigte Kelson die Frage, ob er jemals wieder die Sonne schauen würde. Er wickelte den Umhang um den Körper, versuchte sich auf diese Weise so gut wie möglich zu wärmen, derweil er neben Dhugal im Chorgestühl kniete und der Meßfeier beiwohnte, aber er fühlte sich elendig. Ihm war, als schwände ein Großteil seiner sorgsam ausgearbeiteten Rede ihm aus dem Gedächtnis, während ihm Nasengänge und Stirn schwollen, und als ginge er jedesmal, wenn er nieste, weiterer Teile verlustig.

Als das Hochamt vorüber war und die Versammlung das Domkapitel aufsuchte, hatte Kelson mittlerweile jegliches Interesse an der Tatsache verloren, daß dieses Kapitel eben jene Stätte war, wo eine ähnliche Zusammenkunft von Prälaten und sonstigen Klerikern zweihundert Jahre zuvor Camber MacRorie zum Heiligen erklärt hatte, und es interessierte ihn auch nur noch wenig, daß dem Deryni-Heiligen einst eine Seitenkapelle des Doms geweiht ward. Innerhalb der kurzen Frist, welche es beanspruchte, den Chor zu verlassen, das südliche Querschiff zu durchmessen und durch die für die Benutzung bei Prozessionen gedachte Nebenpforte den Kreuzgang zu betreten, mußte er wiederholt niesen. Seine Laune sowie der Zustand seines längst feuchten Sacktuchs besserten sich beileibe nicht durch die Notwendigkeit, sich fortwährend die gerötete Nase abtupfen zu müssen.

Da half es auch schwerlich, daß der Kreuzgang überdacht war, denn Erzbischof Bradenes Schreiber bat Kelson und seine Begleitung, vor dem Portal des Domkapitels zu warten, während die Menge der Prälaten und anderer Mitglieder des Klerus ihre Plätze belegten und ein bischöflicher Kämmerer sich darum bemühte, eine gewisse Ordnung herzustellen. Vor dem Eingang war es kalt und windig, Windstöße fegten Regen zwischen die Säulen und unters Dach des rund um den Innenhof der Gebäude gelegenen Kreuzgangs, so daß Kelson fror, obwohl er sich im Windschatten der ebenfalls in Umhang und Kapuze gehüllten Gestalt Dhugals hielt. Auf den Bodenfliesen bildeten sich große Pfützen; es überraschte Kelson, daß sie sich nicht gar mit Eis überzogen, und er äußerte sich diesbezüglich zu Dhugal. Kelson vermochte sich nur mit knapper Not einen Ausbruch königlichen Zorns zu verkneifen, als man die Mehrheit seiner Begleiter schließlich ins Kapitel bat und Sitze in den vordersten Reihen einnehmen, dagegen ihn und Dhugal draußen stehen und frieren ließ.

Das häßliche Wetter hatte es dem König nicht gestattet, die prächtigen höfischen Gewänder anzulegen, wie er es üblicherweise bei derlei Anlässen tat. Vielmehr war er sich darauf zu beschränken gezwungen worden, seine dicksten wollenen Beinkleider sowie gar zwei warme Wämser aus Wolle anzuziehen, dazu schwere Reitstiefel, welche ihm bis zur halben Höhe der Oberschenkel reichten, mit dicken Sohlen, aber von alldem konnte man ohnehin nichts sehen, dieweil es unter seinem ungemein weiten, mit Pelz besetzten Umhang verborgen blieb. Auch hatte er bei diesem Wetter nicht sein Haupt mit der gewichtigen Krone belastet. Die Bischöfe würden mit dem schlichten Reif aus gehämmertem Gold zufrieden sein müssen, welcher ihm unter der Kapuze die Stirn drückte.

Wenigstens sah die Versammlungshalle so aus, als wäre ihr Inneres einigermaßen trocken, obzwar sich innen, gleich hinterm offenen Portal, einige Lachen von Regenwasser ausbreiteten; sie mochten allerdings nicht von hineingewehtem Regen, sondern von einem stellenweise undichten Dach herrühren. Allerdings war es drinnen kaum heller als im Freien, obwohl man ringsum an den Mauern in Pechpfannen Fackeln entzündet hatte und an der Tafel, an welcher die Schreiber saßen, um den Ablauf der Beratungen schriftlich festzuhalten, Binsenlichter schwelten; doch es *mußte* im Kapitel ja zumindest wärmer sein. Rundum standen in der Halle in Bodenhöhe sechs Feuerbecken verteilt, in einem siebten, welches auf der Empore zwischen den Plätzen der Erzbischöfe stand, lohte muntere Glut – ein wohlgemeinter, wahrscheinlich aber aussichtsloser Versuch, die Kälte und Nässe ein wenig zu mildern. Dennoch nahm sich Kelson vor, sich um jeden Preis, was auch sonst geschehen mochte, einen Sitzplatz in der Nähe eines solchen Feuerbeckens zu suchen.

Als er das Schwert mitsamt der Scheide aus dem Wehrgehenk zog, es Dhugal zum Halten übergab, dabei dem Eingang um einen Schritt näherrückte, um nicht in der Pfütze stehen zu müssen, welche zu seinen Füßen stets breiter ward, hatte er sich schon fast dazu durchgerungen, einfach das Kapitel zu betreten, ungeachtet dessen, was des Erzbischofs Schreiber wünschte, obwohl er sich darüber im klaren war, daß sie noch keineswegs allzu lange warteten. Dann mußte er abermals niesen, mehrere Male hintereinander, in rascher Folge; und als er, nachdem er sich die Nase geschneuzt hatte, wieder deutlich zu sehen vermochte, stand der Kämmerer bereits fast an seiner Seite, in der Miene einen Ausdruck betulicher Besorgnis um den König, während er dem Schreiber des Erzbischofs Blicke unverkennbaren Vorwurfs zuwarf.

»Pater, Ihr hättet Seine Majestät im Innern warten lassen sollen, nicht in Wind und Wetter«, sprach der Kämmerer, ein stattlicher Geistlicher mittleren Alters, Pater Elroy gerufen. »Sire, ich bin zutiefst betrübt und betroffen. Alles und alle leiden unter dem Wetter. Ich bitte Euch, tretet ein. Wolltet Ihr's vorziehen, Eure Rede im Stehen vorzutragen, oder beliebt Ihr zu selbigem Zweck einen Sitz einzunehmen?«

»Vorzugsweise wollte ich mich der Länge nach ausstrecken«, gab Kelson mißgestimmt zur Antwort, »aber dieweil diese Möglichkeit offenbar nicht zu den Angeboten zählt, welche Ihr mir machen könnt, werde ich mich wohl setzen. Ohnehin wird meine Rede sich nicht durch Unterwürfigkeit auszeichnen, so daß ... Ach, um Vergebung, Pater.« Als Kelson sah, wie Pater Elroy angesichts der scharfen Entgegnung bestürzt zurückwich, mäßigte sich der König. »Es ist keinesfalls Eure Schuld, daß es so greulich kalt geworden ist oder daß wir solch ein abscheuliches Wetter haben. Erwartet Ihr, daß es zur Vergeltung für unsere Sünden vierzig Tage und vierzig Nächte lang regnen wird?«

Pater Elroy brachte ein steifes Lächeln zustande, war sich anscheinend noch darüber im unklaren, ob er mit des Königs Ersuchen um Nachsicht zufrieden, wegen der etwas unehrerbietigen Bezugnahme auf die Heilige Schrift verärgert oder unvermindert infolge der Ungnädigkeit Kelsons erschrocken sein sollte. »Gewißlich entsinnt Eure Majestät sich an das Versprechen des Herrn, das Menschengeschlecht kein zweites Mal so hart zu bestrafen, und daran, daß Er uns Sein Wort mit dem Zeichen des Regenbogens besiegelte.« Am Anfang seiner Erwiderung klang des Geistlichen Stimme mürrisch; dann jedoch lockerte sich seine verkniffene Miene, sein Angesicht nahm einen Ausdruck durch und durch menschlichen Mitgefühls an. »Andererseits jedoch, Sire, nach allem, was wir bisher mitangesehen haben, würden neununddreißig Tage und Nächte des Regens mich nicht überraschen.« Daraufhin lachte Kelson, als er das Verständnis des Geistlichen bemerkte, hieb Pater Elroy auf die Schulter und betrat endlich des Domkapitels Halle, putzte sich von neuem die Nase und streifte die Kapuze vom Haupt. Es mochte sein, daß er den Tag doch durchstehen konnte. Kaum hatte er dem Wind und der Nässe im Freien den Rücken zugekehrt, fühlte er sich ein wenig wärmer. »Herr Erzbischof, Eure Exzellenzen, Ehrwürdige Herren«, rief der Kämmerer, pochte mit dem in Eisen geschienten unteren Ende seines Stabs auf den Fußboden, »Seine Majestät der König.«

Sämtliche Versammelten, die nicht bereits standen, erhoben sich, derweil Kelson über den Fliesenboden des Saals hinüber zu der Empore strebte, auf welcher die Erzbischöfe thronten. Dhugal begleitete ihn nicht, sondern nahm hinten im Saal Platz, bei Saer de Traherne und Herrn Jass, den Rücken dem Portal zugewandt, welches nun Erzbischof Bradenes Schreiber schloß und verriegelte. Die Prälaten und sonstigen Geistlichen verbeugten sich, als Kelson vorbeischritt. Einige Gesichter waren dem König vertraut, viele andere Angesichter hingegen nicht. Alle Bischöfe hatten Lehnstühle zur ebenen Erde des runden Saals inne, und jedem saß ein Kaplan zur Seite. Die restlichen Kleriker standen in zwei Reihen vor den abgestuften Sitzbänken aus Stein, welche die Mitte der Halle umringten; stellenweise herrschte dichtes Gedränge. Fünf für Bischöfe bestimmte Plätze waren leer: Duncans und Cardiels Stühle, der Platz der noch freien Diözese Meara, deren Bischof man vor über einem Jahr auf so grausame Weise ermordet hatte und dessen Heiligsprechung in den kommenden Tagen oder Wochen vor die Synode zur Beratung gelangen sollte, ferner die Sitze jener drei Titularbischöfe, welche dem Verdacht ausgesetzt waren, an der Ermordung ihres Bischofskollegen mitschuldig geworden zu sein, sie wenigstens aber gebilligt zu haben, und von denen einer nahezu mit Gewißheit aus dem Amt entfernt werden, wenn nicht gar das Leben verlieren würde, nachdem sie allesamt ohnehin schon ihre Freiheit eingebüßt hatten.

Für die fünf Weihbischöfe, denen gleichfalls der Verdacht galt, an der gescheiterten mearischen Sonderbündelei mitgewirkt zu haben, hatte man erst gar keine Stühle aufgestellt. Doch nachdem die Prälaten mit der Züchtigung ihrer abgeirrten Brüder fertig wären, würden sicherlich in den Reihen der Bischöfe einige Lücken entstanden und gefüllt worden sein. Pater Lael hatte Kelson das Verzeichnis jener sieben Weihbischöfe vorgelegt, welche von jedem Verdacht der Verräterei *frei* geblieben waren, und dem König versichert, jeder davon sei auf das eifrigste auf eine Teilnahme an der Synode bedacht, und Kelson hatte ihm geglaubt. Der kleinwüchsige Geistliche hatte dem König zwischen dessen Niesern die Gesichter gezeigt, welche zu den sieben Namen gehörten, noch ehe das Hochamt begann. Lael hatte es vermieden, deutlich den Vergleich mit Geiern auszusprechen, welche sich zusammenscharten, um das Aas verendeter Artgenossen zu verschlingen, jedoch war eben dies der Eindruck, welcher bei Kelson haften blieb. Und wenn wirklich einige Weihbischöfe verwaiste Bistümer oder Sprengel übernehmen durften, so würden wiederum *ihre Ämter* frei – und sie müßten mit Geistlichen aus der Vielzahl von

Äbten, Prioren und anderen höheren Kirchenmännern besetzt werden, welche es daher ebensowenig versäumt hatten, zugegen zu sein, um sich nicht der Möglichkeit zu begeben, in die Wahl gezogen zu werden. Diesmal hob ein anscheinend noch heftigerer Wettstreit um hohe Ämter, ein noch stürmischerer Andrang auf höhere Stellungen an, denn es damals der Fall war, als man den *letzten* Bischof von Meara wählen mußte. Diese Synode hatte selbigen Bischofssitz neu zu besetzen und zudem eine ganze Anzahl anderer Prälaten in hochgestelltere Ämter zu befördern. Kelson fragte sich, ob es seit den ersten, umfangreichen Umbesetzungen nach der Restauration jemals innerhalb des Episkopats eine solche Unruhe gegeben hatte.

»Willkommen zu Valoret, Sire«, sprach Erzbischof Bradene und neigte sich über Kelsons Hand, sobald der König die Stufen zur Empore erstiegen und das Knie gebeugt hatte, um des Primas' Ring zu küssen. »Ich bedaure zutiefst, daß unsere Gebete Euch für den Ritt kein angenehmeres Wetter zu erwirken vermochten. Mag sein, Ihr wärt klüger beraten gewesen, gemeinsam mit Erzbischof Cardiel und den Bischöfen Arilan und Wolfram zu kommen, gleich nach Eurem Ritterschlag – zu welchem höchst bedeutsamen Anlaß leider nicht alle unsere hier versammelten Brüder zur Stelle sein konnten, um Euch ihre von ganzem Herzen empfundenen Glückwünsche auszusprechen und für Euch das Gebet darum an den Herrgott zu richten, er möge Euch gewähren, daß Ihr Eurer Ritterschaft Pflichten und Obliegenheiten niemals als Bürde, sondern allzeit als Freude erleben dürft.«

»Meinen Dank, Herr Erzbischof«, antwortete Kelson mit verhaltener Stimme und winkte einen Mönch zurück, welcher sich eilfertig, wohl vom Kämmerer geschickt, mit einem Lehnstuhl nahte. »Ich danke, Pater, ich habe mich entschieden, ich möchte meine Rede doch im Stehen halten. Das wird's mir erleichtern, mich in

Kürze zu üben.« Er trat zwischen die beiden Erzbischöfe, raffte den Saum seines Umhangs, um ihn übers Feuerbecken hinwegzuschwingen, schob dieses sodann mit dem Stiefel näher zum Rand der Empore, so daß er dahinter Aufstellung nehmen konnte, dabei aber genau in der Mitte zwischen den Erzbischöfen blieb. Die Wärme erwies sich nach der Kühle und Feuchtigkeit im Freien als wahre Wohltat, und Kelson breitete die Vorderseiten seines Umhangs aus, damit sich etwas von der Hitze darunter fange. Die mit Pelz gesäumte Wolle war in dunklem, gedämpftem Karmesinrot gefärbt, so düster, daß sie im trüben Licht nahezu schwarz aussah, und als Kelson die noch behandschuhten Hände über das Feuerbecken streckte, um sie zu wärmen, ward mit aller Deutlichkeit auf dem schmucklos grauen Wams das Weiß des Gürtels sichtbar, welcher ihn als dem Ritterstand angehörig auszeichnete. Aus dem Schaft eines Stiefels ragte der Griff eines Dolchs, der jedoch war die einzige bei ihm ersichtliche Waffe. Ebensowenig sah man ihn außer mit dem goldenen Stirnreif und dem Auge Roms, welches schon sein Vater am Ohr getragen hatte, mit anderem Geschmeide prunken. »Ich bitte Euch, nehmt Eure Plätze ein, Ihr Herren. Der Regen hat mein Wohlbefinden geringfügig beeinträchtigt, deshalb erhoffe ich, Ihr werdet mir vergeben, wenn das, was ich Euch nunmehr zu sagen habe, weniger von der Redekunst geprägt zu sein scheint, als Ihr's für gewöhnlich erwarten dürftet.« Während die Versammlung der Aufforderung nachkam, sich mit erwartungsvollem Gemurmel setzte, rieb sich Kelson einige Male die Hände, welche noch in den Handschuhen staken, ließ den Blick durch seine Zuhörerschaft schweifen, schneuzte sich schließlich – wie er hoffte, das letzte Mal für längere Zeit – nochmals die Nase, stopfte das Sacktuch in einen Ärmel. »Ehrwürdige Herren«, sprach er sodann, hielt die Hände, indem er achtungsvoll das Haupt neigte, von neuem ans Feuer, um sie zu wärmen, »ich wünsche

Euch einen guten Tag. Ich danke für die mir ausgesprochenen Glückwünsche und ebenso für die mir gewährte Gelegenheit, vor Anbeginn Eurer Beratungen vor Euch Rede halten zu können. Vielen unter Euch bin ich bereits begegnet, während ich einige andere erst noch kennenlernen muß. Sollte ich nicht diesem Gschnäuf erliegen, welches ich den Regenfällen verdanke, von denen mir Pater Elroy beteuerte, sie würden keinesfalls etwa vierzig Tage und Nächte andauern – wiewohl er nicht ausschließen mochte, daß es neununddreißig Tage und Nächte werden könnten –, will ich Euch allesamt am heutigen Abend freudigen Herzens zu einem Gastmahl begrüßen.« Seine wohlgesprochenen, geistreichen Bemerkungen erzeugten ein verhaltenes Murmeln der Belustigung, aber Kelson befürchtete, daß es sich dabei um die letzte Bekundung dieser Art handeln mochte, als er die Daumen in den Leibgurt hakte und sich innerlich darauf vorbereitete, den Übergang zum weit ernsteren Kern der eigentlichen Sache einzuleiten, welche er in Worte zu kleiden beabsichtigte. »Wie ich vielen von Euch in der Vergangenheit versichert habe, schätze ich Euren Rat und sämtliche Anregungen aus Eurem Kreis auf das höchste, und zwar gleichermaßen in weltlichen wie auch geistlichen Fragen. Deshalb gebe ich mich der Hoffnung hin, Ihr werdet's nicht als Anmaßung mißverstehen, wenn ich nunmehr meinerseits Euch meinen Rat und meine Empfehlungen im Hinblick auf einige jener Angelegenheiten antrage, welche auf dieser Synode zur Aussprache anstehen.« Daraufhin flüsterte so manches Getuschel durch die Reihen der Versammelten, aber Kelson hatte nichts anderes erwartet. Immerhin jedoch hatte das Geraune keinen feindseligen Klang. Und er fühlte sich nun, da er zu reden begonnen hatte und im Stehen nachzudenken gezwungen war, erheblich wohler. Er mußte nur achtgeben, nicht zu unverblümt zu sprechen, um sie nicht herauszufordern und womöglich gegen sich aufzubringen. »Zuvor aber laßt mich bekennen, daß ich Euch beleibe nicht um die Aufgabe beneide, jene unter Euch zur Rechenschaft ziehen zu müssen, welche heute nicht zugegen sind« – er schenkte den Kirchenfürsten und übrigen Geistlichen ein huldvolles Lächeln des Einvernehmens – »dieweil sie während der unerquicklichen Ereignisse des vergangenen Sommers Euch und ebenso mir die Treue brachen. Zweifelsfrei seid Ihr unterdessen davon in Kenntnis gesetzt worden, daß ich – nach Beratung mit Erzbischof Cardiel und Bischof McLain sowie mit ihrer Zustimmung – an jenen drei Geistlichen bereits unmittelbar nach den vorerwähnten Geschehnissen irdische Vergeltung verübte, dieweil sie sich an mir und den erwählten Oberen der Kirche eines so verwerflichen Verrats schuldig gemacht hatten, daß ich mich zum Eingreifen gehalten gesehen hätte, wäre die Kirche nicht dazu bereit gewesen, sie aus freien Stücken der weltlichen Gerechtigkeit auszuliefern. Allerdings waren die Verbrechen jener drei Geistlichen von solcher Schwere, daß es zwischen ihren Vorgesetzten einerseits und mir andererseits keine Meinungsverschiedenheit über die Art des Urteilsspruchs geben konnte. Der einstige Erzbischof Edmund Loris, Monsignore Lawrence Gorony sowie Bischof Prinz Judhael von Meara wurden daher auf meinen Befehl im Juli des vergangenen Jahres hingerichtet – der letztgenannte vorwiegend aus Gründen der Staatsklugheit, ein Sachverhalt, der mich bekümmerte, jedoch hatten seine Untreue und sein Ungehorsam auch unter kirchenrechtlichen Gesichtspunkten eine solche Tragweite, daß seine Vorgesetzten angesichts der Umstände die allgemeine Ratsamkeit eines Todesurteils nicht in Abrede stellten. Und ich bin der Auffassung, daß die beiden anderen Schuldigen aufs Geheiß eines Kirchengerichts dem Strick hätten überantwortet werden müssen, wäre ich nicht an Ort und Stelle gewesen, um selbst fürs Henken Sorge zu tragen. Aufgrund selbiger drei Hinrichtungen sowie einiger mehr, welche sich aus dem Erfordernis ableiteten, gewisse einzelne Abtrünnige wegen ihrer Schandtaten abzuurteilen, mit welchen sie wider die Regeln der Ritterlichkeit und jeden im Kriege gebräuchlichen Anstand verstießen, ist des Königs rechtmäßiges Streben nach Vollzug der Gerechtigkeit zufriedengestellt worden. Mir steht nicht der Sinn danach, noch mehr Leben zu fordern, denn zu viele haben infolge der Verrätereien und deren gräßlichen Folgen im letzten Sommer den Tod gefunden. Aber ich möchte kund und zu wissen geben, daß ich, solltet Ihr es als angebracht erachten, über weitere Beteiligte der in Meara begangenen Übeltaten das Todesurteil zu verhängen, diese Entscheidung zu unterstützen gedenke. Ich glaube, betroffen sind acht Beschuldigte, allesamt Bischöfe, welche sich gegenwärtig im Gewahrsam des Erzbischofs von Valoret befinden.« Für eine kurze Weile, während er schwieg, um zu husten und zu rotzen, ließ er seine Darlegungen auf die Zuhörer einwirken. Der bisherige Teil seiner Rede würde kaum Schwierigkeiten auslösen. Im wesentlichen hatte er darin lediglich zusammengefaßt, was sie alle längst wußten. Auch die Frage, zu welcher er sich als nächstes äußern wollte, eignete sich schwerlich dazu, stärkeren Widerspruch hervorzurufen. »Die zweite Sache, über die ich ein Wort zu sprechen wünsche, ist aufs engste mit der ersteren Angelegenheit im Zusammenhang zu sehen, denn sie betrifft die Wahl eines Nachfolgers für das Bischofsamt der Diözese Meara, welches bis auf den heutigen Tag unbesetzt geblieben ist, und von Nachfolgern für jene Ämter, die aller Voraussicht nach frei werden dürften, wenn Ihr der Gerechtigkeit zum Sieg verhelft, denn selbst im Fall Ihr das Leben einiger oder aller fraglichen Missetäter zu schonen beschließt, erwarte ich doch, daß Ihr zumindest diese oder jene davon als ihrer hohen bischöflichen Ämter unwürdig einstufen werdet und sie daraus entfernt. Hinsichtlich der Wahlen, deren Durchführung Euch bevorsteht, möchte ich allein der einen Tatsache Ausdruck verleihen, daß ich mir der vorzüglichen Eignung einiger jener Bewerber, welche Ihr bereits zwei Jahre zuvor in Erwägung gezogen habt, wohlbewußt bin, und ich glaube, daß manche Anwärter sich heute noch vortrefflicher als damals eignen. Ich hege die Überzeugung, daß Ihr sie alle ernsthaft prüfen werdet, und ebenso solche Bewerber, welche seither aufgrund ihrer Tüchtigkeit und Frömmigkeit zur Aufmerksamkeit gelangt sind. Vor mehreren Wochen habe ich – nach ausführlicher Besprechung mit meinen weltlichen Ratgebern – Erzbischof Cardiel ein Schreiben überreichen lassen, in welchem bezüglich einiger mir bekannter Anwärter meine Beobachtungen und Empfehlungen niedergeschrieben stehen. Zur rechten Zeit wird der Herr Erzbischof Euch vom Inhalt des besagten Schreibens Kenntnis geben. Es ist meine Hoffnung, nicht in aller Weitschweifigkeit erläutern zu müssen, daß jene, welche durch Euch in Ämter gewählt werden, nicht allein großen geistlichen Einfluß, sondern geradeso weitgehende weltliche Macht ausüben, so daß die Wahl der Anwärter auch unter weltlichen Gesichtspunkten abzuwägen ist. Die Vorkommnisse der letzten Jahre – insbesonders jedoch des vergangenen Sommers – haben uns aufs anschaulichste vor Augen geführt, es kann uns nicht länger zur Genüge gereichen, wenn ein Bischof ein gottesfürchtiger Kirchenmann ist und seinen Schäflein ein guter Hirte. Ebenso muß er ein weiser Verwalter und bisweilen auch ein Staatsmann sein – wenngleich ich Wert auf die Feststellung lege, daß die Eigenschaften eines letzteren niemals seine geistlichen Verpflichtungen überschatten sollten. Kurzum, ich beschränke mich darauf, Euch in Sachen dieser Wahlen schlicht einen klaren Verstand, aufrechte Herzen und Seelen, welche auf des Heiligen Geistes Eingebungen lauschen, zu wünschen, derweil Ihr beratet, welcherlei neue Hirten Eure frommen Schäflein bekommen sollen.« Ein leichtes Flüstern und Raunen ging durchs Domkapitel, während sich Kelson nochmals seine übel mitgenommene Nase abtupfte – aus welcher ihm infolge der Wärme des Feuerbeckens nun in Mengen der Rotz zu rinnen begann –, doch wußte er, daß er mit seiner nächsten Verlautbarung jede Unruhe im Keim ersticken konnte. »Der dritte Sachverhalt, zu welchem ich eine Stellungnahme abzugeben habe, betrifft einen Mann, der nicht mehr unter uns Lebenden weilt: Bischof Henry Istelyn, einen getreuen Kirchenfürsten seligen Andenkens, den wir aufs schmerzlichste vermissen und dessen etwaige Heiligsprechung, so wähne ich zu wissen, gleichfalls auf Eurer Tagesordnung steht und vorgesehen ist zur Beratung.« Sofort verstummte das Murmeln. Kelson wußte, daß ihm jetzt die vollständige, ungeteilte Beachtung der Versammlung galt. »Dazu vermag ich lediglich eines zu erklären: All mein Umgang mit Seiner Exzellenz Bischof Istelyn gestaltete sich stets auf die zufriedenstellendste Art und Weise, und seine Treue zu Krone und Kreuz blieb bis zu seinem bitteren Ende ungebrochen. Wenn Märtyrer sich durch weltliche Verdienste auszeichnen, und sei's allein, indem sie uns allen ein Beispiel setzen, so war zweifelsfrei Henry Istelyn ein solches leuchtendes Vorbild und sollte in Anerkennung seines Lebens in hohem Mut und Gottzugekehrtheit auf das herausragendste gewürdigt werden, so wie ihn – dessen fühle ich mich sicher – unterdessen der Herrgott im Himmel dafür belohnt hat. Es ist mein sehnliches Begehren, daß wir beizeiten – in nicht allzu ferner Zukunft – die Gelegenheit haben werden, mit der Erlaubnis der Kirche Bittgesuche an den *Heiligen* Henry Istelyn, Bischof und Märtyrer, zu richten.« Als man das vernahm, durchlief ein Getuschel der Zustimmung und des Beifalls die Halle, und Kelson folgerte, daß er mit seinen Worten über Istelyn den Boden für die letzte und heikelste Angelegenheit, welche er am heutigen Nachmittag anzusprechen vorsah, wohlbereitet hatte. Diese letztere Sache war allerdings – betrachtete man sie auf lange Sicht – von allen die wichtigste, und darum bedurfte es dafür in seinen Worten die größtmögliche Ausgewogenheit. Kelson wünschte, er wäre zu klarerem Denken imstande. »Zu guter Letzt«, sprach er – und bemerkte, wie sich einige Zuhörer mißbehaglich an ihren Plätzen regten –, »möchte ich der Synode erlauchte Aufmerksamkeit auf die Abwandlungen der Beschlüsse des Konzils von Ramos lenken, welche Abwandlungen seit fast zweihundert Jahren auf die Auslegung sowohl des kirchlichen als auch des weltlichen Rechts fortwährend nachhaltigen Einfluß nehmen. Beileibe ist es nicht mein Vorhaben, Euch zu sagen, jene einst zu Ramos gefällten Beschlüsse müßten samt und sonders verworfen werden, denn das sollten sie keineswegs. Es liegt mir fern, leugnen zu wollen, daß etliche der erwähnten Festlegungen weise und sinnvolle Gesetze bestimmt haben. Doch was die Gesetze angeht, welche jenes eigentümliche Geschlecht der ... Ihr Herren, laßt mich offen zu Euch sprechen. Im Hinblick auf jene Gesetze, welche jene betreffen, die wir unter der Bezeichnung ›Deryni‹ kennen, ersuche ich Euch um besonders sorgfältige und wohlwollende Überprüfung selbiger Gesetze. Im Laufe der jüngsten Jahrzehnte hat sich das weltliche Gesetz bezüglich der Deryni allmählich gewandelt, indessen einzelne Deryni unter gewissen günstigen Umständen der Krone ihren Wert und ihre Treue erwiesen – so wie's viele von ihnen gewißlich auch in den finstersten Zeiten des Interregnums taten. Mein Herr Vater – er ruhe in Frieden! – unternahm es, ein paar der härtesten jener Gesetze zu lockern oder gar außer Kraft zu setzen, so etwa diejenigen, welche es sogar Deryni von nachweislicher Königstreue verboten, Ämter oder Adelstitel oder gar bloß, so wie irgendein beliebiger Freisasse, Land zu haben. Dagegen hat das Kirchenrecht bis heute nicht verziehen, was doch – wie ich festen Glaubens bin – sicherlich nur Machtgier von jener Art war, vor welcher ich Euch eben warnte, nicht jedoch ein Makel in der Sittlichkeit oder Tugendsamkeit der Deryni als Volksstamm. Ihr selbst, meine Herren, habt Euch im verstrichenen Jahr dazu herbeigelassen, den Beschluß zu fällen, daß einem Deryni, welcher im Eifer wahrer Berufung nach nichts anderem denn der Priesterweihe trachtet, nicht länger mit dem Tode bestraft werden soll ... und gleichzeitig darauf verzichtet, daß er gemäß noch gültiger Bestimmungen der Beschlüsse von Ramos der Probe zwecks Nachprüfung seiner Lauterkeit unterzogen wird. Mir erhebt sich in der Tat die Frage, ob die Mehrzahl Eurer Versammlung eigentlich noch darüber Bescheid weiß, mit welchen Mitteln im Laufe der beiden letzten Jahrhunderte die Entlarvung von Deryni, welche gerne Priester zu werden wünschten, gesichert ward.«

»Wißt *Ihr* es, Sire?« rief eine Stimme aus der rechten Seite der Halle.

»Wer hat die Frage gestellt?« erkundigte sich Kelson seinerseits und forschte in den ihm zugewandten Mienen. »Zeigt Euch. Ihr werdet für Eure ehrliche Fragestellung keine Buße leisten müssen, darauf erteile ich Euch mein Wort als König.« Langsam erhob sich ein Mann in der schwarzen Kutte und dem blauen Gürtel des *Ordo Vox Dei*. Kelson merkte sich sein Angesicht, um später über ihn Ermittlungen vornehmen lassen zu können, dann nickte er ihm zu, gab damit zu verstehen, daß er sich wieder setzen dürfe. »Ja, ich weiß es«, gab er sodann in ruhigem Ton zur Antwort. »Nicht sämtliche Einzelheiten der Ausführung sind mir geläufig, doch als solches kenne ich das Verfahren. Es sind Maßnahmen eingeleitet worden, um es aus der Welt zu schaffen, dieweil's Menschenhand ist, die dergestalt ausliest und schon viele Gläubige auf den Scheiterhaufen geschickt hat, nicht Gottes Hand.«

»Hat Bischof McLain Euch darin eingeweiht, Sire?« fragte ein anderer Geistlicher von der linken Seite;

diesmal erspähte Kelson den Frager, ehe er den Mund schloß, heftete auf ihn seinen Blick.

»Bischof McLain hat freilich davon Kenntnis, aber nicht er war's, von dem ich eingeweiht ward. Auch war nicht er selbst das Werkzeug seiner Rettung, als man ihn zwanzig Jahre zuvor zum Priester salbte.« Wohlan, sollten sie *diese* Kleinigkeit verdauen, so gut sie es vermochten; sie trug möglicherweise nutzreich dazu bei, den Klerus darauf vorzubereiten, daß noch andere Deryni – außer Duncan – der Kirche Sicherheitsvorkehrungen unterlaufen hatten. Kelson traute sich nicht, hinüber zu Arilan zu schauen, welcher in diesen Augenblicken eine noch weitaus stärkere innere Aufwühlung als er empfinden mußte. »Meine Ansicht, Ihr Herren, lautet folgendermaßen: Ein gründliches, umfassendes Überdenken der Deryni-Frage ist dringlichst angebracht. Des Menschen Wege *sind* nun einmal fehlbar, Gottes Wege hingegen nie und nimmer. Gott beruft Männer, auf daß sie Seine Priester werden, wann und wie es Ihm beliebt, mögen sie Menschen oder Deryni sein oder von beidem etwas haben. Hohe Zeit ist's, das Verbrechen des Derynitums – welches in Wahrheit niemals ein Verbrechen gewesen ist – aller Strafbarkeit zu entheben, eines Mannes Eignung und Würdigkeit fürs Priesteramt nach dem Leben, das er führt, zu beurteilen, nicht aber nach den Gaben, mit welchselbigen oder ohne welche er das Licht der Welt erblickt haben mag. Solltet Ihr nichtsdestoweniger auf einer solch widersinnigen, feindseligen Haltung zu den Deryni beharren, werdet Ihr, darüber will ich keine Irrtümer entstehen lassen, gar meine Ehre angreifen, Eures Königs Ehre – obwohl Ihr mir allesamt geschworen habt, mir Euren Rückhalt und Beistand zu gewähren, und ich gelobt habe, meinerseits Euch Schutz und Beistand zukommen zu lassen. Meine Frau Mutter nämlich, wie heftig sie's auch zu verleugnen gesonnen sein mag, hat mir einen Erbteil an Deryni-Blut vermacht, den ich nicht geringer schätze denn das Haldaneblut, das ebenfalls in meinen Adern fließt. Dessen bitte ich Euch, Ihr Herren, stets wohl eingedenk zu bleiben, derweil Ihr Euch in den nächsten Wochen mit Euren Beratschlagungen befaßt.«

10

Ein Tag der Düsterkeit und Finsternis, ein Tag der Wolken und des Dunkels.

Joel 2,2

Am Spätnachmittag, nachdem Kelson seine Rede beendet, auch beide Erzbischöfe zur Versammlung gesprochen und die gesamte Synode sich anschließend zum abendlichen Mahl in den erzbischöflichen Palast begeben hatte, goß es noch wie aus Kübeln vom Himmel herab. Kelsons Gschnäuf hatte sich ebensowenig gelindert, darum zog er sich früh zurück und ließ sich von Pater Lael einen Heiltrank in einem Becher heißen, starken rhendischen Branntweins verabreichen. Er bezweifelte, daß das zur Genesung beitragen würde, doch erwies er damit Pater Lael eine Gefälligkeit, und das Gesöff war zumindest für des Königs rauhe Kehle eine Wohltat, rann ihm durch die Gurgel wie Balsam. Sobald er den Becher folgsam bis auf den Grund geleert hatte, bat er Dhugal, ihm bei der Versenkung in tiefen, durch Trance verstärkten Schlaf behilflich zu sein, welcher, falls er nicht die Heilung entscheidend förderte, ihn doch wenigstens für die Dauer der Nacht jeglichen spürbaren Unwohlseins entheben konnte. Als letztes vernahm er, bevor er vollends in sorglosen Schlummer entglitt, das leise Raunen von Dhugals Stimme, die ihn stets tiefer in den Trance-Zustand lockte, sowie das gleichmäßige Prasseln des Regens auf dem Bleidach.

Und auch in Rhemuth regnete es, als später, am Abend, Duncan den Federkiel beiseitelegte – lange hatte er sich an diesem Tag seinen Tätigkeiten gewidmet – und sich mit den Fingerknöcheln die ermüdeten Augen rieb. Während seiner ›Unpäßlichkeit‹ hatte er in der vergangenen Woche damit begonnen, gelegentlich Schreiberaufgaben für Nigel zu erledigen, eine bisweilen öde und oftmals langweilige Betätigung; jedoch lenkte sie seine Gedanken von dem ab, was sich in Valoret zutragen mochte, und für Nigel bedeutete sie eine Hilfe. Das Schriftstück, an welchem er im Laufe der zwei letzten Tage gearbeitet hatte, zählte zur langweiligen Art, ja es war gar noch steifleinener als die meisten Niederschriften; nun jedoch war es endlich fertiggestellt und konnte dem Prinzen ausgehändigt werden. Zwar war es spät, aber noch nicht so späte Stunde, daß Nigel bereits im Bett liegen würde – wiewohl die Bettstatt an einem solchen Abend, lauschte man auf das Rauschen des Regens, der draußen herabschüttete, wahrlich der angenehmste Aufenthaltsort sein mochte.

Indem er sich ein träges Gähnen gönnte, zog Duncan einen der schweren Vorhänge aus Samt zur Seite, welche das Fenster verhüllten, überschattete die Augen mit der Hand und spähte hinaus, das Angesicht an die Bleiverglasung gedrückt, und versuchte einzuschätzen, wie stark es wirklich regnete. Die bernsteingelben Scheiben verzerrten den Anblick, der sich im Freien bot, aber diese Verzerrung tat nichts, um seinen ursprünglichen Eindruck, daß das Wetter schlecht, ja scheußlich sei, zu ändern; er konnte den Regen aufs Bleidach trommeln hören.

Wegen des häßlichen Wetters schnitt Duncan ein mißmutiges Gesicht; er ließ den Vorhang fallen und rollte das Schriftstück zusammen, schob es in ein ledernes, eigens für Schriftrollen gedachtes Behältnis, das er sodann unter den Leibgurt schob, ehe er eine mit Fell gesäumte Haube und Handschuhe anlegte sowie einen schweren, schwarzen Umhang über die Schultern warf.

Wenigstens brauchte er in diesem Regen auf dem Rückweg nicht die ganze Strecke bis zu des Erzbischofs Palast zu laufen, obschon es schwierig genug sein mochte, trockenen Leibes Nigels Gemächer zu erreichen. Da in der vergangenen Woche Dhugal mit dem König fortgeritten war, hatte sich Duncan – zumal der

Umstand seiner vorgeblichen Erkrankung ein solches Verhalten verständlich wirken ließ – weitgehend in Dhugals Gemächern innerhalb der Königsburg eingerichtet. Es kam sicherlich jedermann natürlich vor, daß er sich während seiner ›Genesung‹ einen gewissen Trost davon erhoffte, inmitten der Habseligkeiten seines Sohnes weilen zu dürfen; und dieweil er nach und nach wieder seine gewohnten Pflichten zu versehen anfing, war es ohnedies für ihn eine Erleichterung, in der Burg zu nächtigen, anstatt beständig zwischen der Feste und seinen eigentlichen Gemächern hin- und herzuwandern, insbesondere an einem solchen Abend, wie heute, oder auch, wenn er allzu lange arbeitete, oder wenn er und Nigel bis zu später Stunde das Gespräch pflegten; letzteres ergab sich in jüngster Zeit häufiger, denn er hatte es sich angewöhnt, immer öfter Abende gemeinsam mit dem Prinzen zuzubringen, speiste oft mit ihm und Meraude. Alle vermißten sie ihre Söhne, und nachdem in der vorherigen Woche nachgerade sämtliche Deryni Rhemuth verlassen hatten, war Nigel der einzige Gefährte, welcher Duncan zumindest in einigem Maße die Gesellschaft geben konnte, deren er bedurfte.

Heute abend bot das Derynitum Duncan allerdings keinen erkennbaren Vorteil. Derweil er sein Schreibpult aufräumte und die Kerzen löschte, erwog er zeitweilig, sich durch die Porta Itineris neben seinem Arbeitszimmer zur Porta in der Bibliothek der Königsburg zu versetzen und Nigel auf diesem Weg aufzusuchen; doch nach kurzem Überlegen verwarf er diese Erwägung. Man konnte nicht wissen, wer sich gerade in der Bibliothek aufhalten mochte – und wie sollte er gegebenenfalls demjenigen erklären, wie es ihm gelungen sei, an einem dermaßen verregneten Abend trocken zu bleiben?

Nein, eine unverhohlene derynische Fopperei solcher Art durfte er sich gegenwärtig, da seine Zukunft, was die Kirche anbetraf, im ungewissen lag, nicht erlauben. Hingegen *stand* es ihm jedoch frei, jenen Geheimgang zu benutzen, der Dhugals Gemächer mit dem Vorhof der Basilika verband, anstatt durch den Schlick des Gestechhofs und des Zwingers zu stapfen und auf diesem Wege den Rittersaal zu betreten. Im allgemeinen vermied er die Benutzung des Geheimgangs, weil die Treppen steil waren und er enge Räumlichkeiten verabscheute, doch befand er, daß diese Lösung besser war, als gänzlich durchnäßt zu werden oder in seinem Arbeitszimmer im Lehnstuhl zu schlafen.

Aber schon während er im Laufschritt nur den Kirchhof überquerte, eilends hinüber zu der Nische im Gemäuer der Basilika, worin sich die Pforte zum Geheimgang verbarg, ward er gehörig naß. Fast glitt er unterwegs aus, wäre beinahe zu Fall gekommen. Dann stand er erst noch ein kurzes Weilchen da, während ihm Regenwasser übers Gesicht und unter die Kapuze rann, sich um seine Füße eine Wasserlache bildete, bis er den getarnten Vorsprung gefunden hatte, anhand dessen sich die Pforte öffnen ließ. Im Geheimgang aber war es trocken, allerdings auch stockfinster. Aus alter Gewohnheit – weil bis vor sehr kurzem der Gebrauch eines Hand-Feuers einem Deryni-Geistlichen hätte gefährlich werden können – entfachte er mit Feuersteinen Zunder und entzündete ein Binsenlicht, welche Gegenstände sich in einer Wandnische seitlich der Pforte fanden, die er unverzüglich hinter sich geschlossen hatte. Das Flämmchen als solches spendete nur geringe Wärme, aber ihr unstetes, gelbliches Licht hatte inmitten von Dunkelheit und Feuchtigkeit etwas Tröstliches an sich, vermittelte Duncan wenigstens das Gefühl, es wäre ein wenig wärmer.

Die erste Folge von Treppen hatte einen geraden Verlauf und zusammengenommen fünfundfünfzig Stufen, welchletztere steil waren und ungleichmäßig, und Duncan verhielt danach auf einem Treppenabsatz, um zu verschnaufen, leicht außer Atem geraten, bevor er sich entschlossen ans Ersteigen der Wendeltreppen machte, welche sich anschlossen. In Gedanken war er noch beim beendeten Werk, legte sich zurecht, was er Nigel in bezug auf das Schriftstück sagen wollte, welches er mittrug. Aber er hatte nur zwei, drei Stufen erklommen, da bemerkte er einen schwachen, süßlichen Geruch, welcher an seine Nasenlöcher drang.

Er verharrte und schnupperte in der Luft, war mit einem Mal aufs äußerste wachsam geworden, bot seine Deryni-Sinne auf, um die Umgebung zu erkunden. Totes mußte hier liegen – eindeutig etwas größeres als eine Ratte oder ein anderes Nagetier, wie man welche an solcher Stätte erwarten mußte. Duncan wandte sich um, schnupperte nochmals, hob das Binsenlicht höher, indem er sich dem Geruch mit verstärkter Aufmerksamkeit widmete, dann kehrte er auf den soeben verlassenen Treppenabsatz zurück, spähte dort nach allen Seiten. Dort war der Geruch stärker. Es verwunderte ihn, daß er ihn nicht sofort bemerkt hatte. Unverkennbar lag hier Totes. Er hatte diesen Geruch häufig gerochen, viel öfter, als sich darauf zu besinnen ihm angenehm gewesen wäre, nämlich nach längst viel zuvielen Schlachten. Ein Irrtum war ausgeschlossen.

Duncan erzeugte ein Hand-Feuer, um die Helligkeit zu ergänzen, welche das Binsenlicht hergab, und silbriger Lichtschein erleuchtete den Treppenabsatz; da erblickte Duncan an der Mauer gegenüber die Umrisse einer Gestalt unter einem rostbraunen Umhang aus grobem Stoff, unter welchem am einen Ende ein Lederstiefel, am anderen Ende ein gestreckter Arm hervorragten.

»Ich habe nicht die geringste Ahnung, seit wann er bereits dort liegen mag«, äußerte Duncan zu Nigel, während er eine halbe Stunde später den Prinzen aus der Richtung der Gemächer Dhugals die steile Treppe hinabführte. »Jedenfalls aber schon so lange, daß die Verwesung eingesetzt hat ... also kann's bei Berücksichtigung des Wetters, kaum ein, zwei Wochen her sein, daß ihn der Tod ereilte. Es will den Anschein haben, daß er beim Hinabsteigen der Treppe stürzte und sich das Genick brach. Ich vermag mir keinen Reim darauf zu machen, was ein Mitglied des Camberischen Rates in diesem Geheimgang zu suchen hatte. Bislang war ich der Meinung, es sei ihnen verwehrt, aus der Bibliothek, wo die Porta ist, in die übrigen Räumlichkeiten der Burg zu gelangen.«

Nigel wußte nur das Haupt zu schütteln, als sie den Treppenabsatz erreichten und er sich vorbeugte, um den Toten, sobald Duncan in ihm zeigte, in Augenschein zu nehmen. »Ich war der Meinung, sie könnten's in der Tat nicht«, sprach Nigel. »Auf alle Fälle hat Kelson es *mir* so versichert. Sein Name, so behauptet Ihr, lautet Tiercel de Claron?«

Duncan nickte. »Ich bin ihm nur zweimal begegnet, und die eingesetzte Verwesung vermöchte mich zu täuschen, aber meines Erachtens ist noch starke Ähnlichkeit ersichtlich. Allein Arilan dürfte, so will's mich deuchen, dazu imstande sein, mit Gewißheit festzustellen, wer's ist.«

»Und Arilan weilt in Valoret, wo auch Ihr Euch befinden solltet«, erwiderte Nigel, richtete sich auf, strich sich mit der Hand sorgenvoll über den Schnauzbart. »Herr *Jesses*, so wahrhaft ein Mitglied des Camberischen Rates hier tot vor uns ruht, wird selbiger Rat aufs ärgste ergrimmen.«

»Gewißlich, aber sein Grimm kann keinesfalls uns gelten«, antwortete Duncan unterdrückt und kauerte sich neben den Leichnam. »*Wir* tragen an seinem Ableben keine Schuld. Wolltet Ihr mir wohl dabei helfen, ihn umzudrehen, auf daß wir nachzuschauen vermögen, ob jemand seinen Tod herbeigeführt haben könnte? Ich mochte nichts anrühren, bevor Ihr ihn gesehen habt. Nur sein Haupt habe ich bewegt, damit ich das Angesicht sehen konnte – dabei bemerkte ich, daß sein Genick gebrochen ist – sowie geistig zu prüfen, ob noch irgendwelche Reste seines Verstandes zurückgeblieben sein möchten ... doch nach so langer Frist ließ sich naturgemäß nichts mehr entdecken. Wahrscheinlich gleicht sein Hirn mittlerweile einem Brei.«

Während er das Antlitz zu einer Fratze verzog, warf Nigel den Saum seines Nachtgewands zurück, um sich Bewegungsfreiheit zu verschaffen, und kniete nieder. »Ich gäbe keinen tauglichen Feldscher ab«, bekannte er, während sie mit vereinten Kräften, aber auch größter Vorsicht, den Leichnam auf den Rücken wälzten. »Im Laufe meines Lebens habe ich fürwahr Männer genug in eben diesen Zustand versetzt, jedoch brauchte ich mich anschließend nicht mehr mit ihnen zu befassen, schon gar nicht so lange nach ihrem letzten Atemzug. Offenbar seid Ihr in dieser Beziehung entschieden abgehärteter als ich.« Er erhob sich, tat ein paar Schritte rückwärts und überließ Duncan die widerwärtige Aufgabe einer genaueren Untersuchung der Leiche. »Erkennt Ihr irgendwelche Wunden?«

Duncan schüttelte das Haupt. Zwar war der Leichnam von Ratten angefressen worden, aber außer der Tatsache des Genickbruchs sowie etlicher Schrammen, wie sie erwartet werden mußten, falls Tiercel tatsächlich die Treppe hinuntergestürzt war, vermochte er keine Verletzungen zu entdecken. »Vorerst kann ich keine verdächtigen Verwundungen finden, doch werde ich dazu erst dann endgültig etwas aussagen können, wenn man den Leichnam zum Zwecke der Beisetzung entkleidet hat und ich ihn mir nochmals angeschaut habe. Wie gedenkt Ihr die Beisetzung zu handhaben?«

Duncan stand auf, und Nigel schüttelte das Haupt. »Das weiß ich noch nicht recht. Sein Begräbnis ist eigentlich ganz und gar nicht unsere Angelegenheit. Er muß Verwandte haben ... oder vielleicht wünscht der Camberische Rat sich der Sache anzunehmen. Allerdings ist Arilan unser einziger Verbindungsmann zu selbigem Rat. Solltet Ihr also dessen gewiß sein, daß dieser Tote dem besagten Rat angehörte, dürft es empfehlenswert sein, Ihr erleidet einen ›Rückfall‹, damit Ihr Euch nach Valoret zu begeben und Arilan zu benachrichtigen vermögt. Ich nehme an, dort gibt's keine Porta, welche Euch das Hingelangen erleichterte, oder?«

»Ich habe einst unklare Gerüchte über das Vorhandensein einer Porta in Valoret vernommen, aber ich habe keinerlei Kenntnis von ihrem möglichen Standort. Selbst wenn ich sie hätte, wäre sie mir aber nicht von Nutzen, dieweil ich noch nie dort gewesen bin.« Duncan stieß einen Seufzer aus. »Ich werde Vorbereitungen treffen, um in aller Frühe aufzubrechen. Wahrscheinlich wär's klug, Ihr verfaßtet zudem ein Sendschreiben an Kelson, welches ich ihm von Valoret aus nachsenden kann. Bis ich dort anlange, dürfte er voraussichtlich schon unterwegs nach Caerrorie sein, aber es ist zweifelsfrei erforderlich, daß er von dem Vorfall erfährt.«

Nigels Aufseufzen klang wie ein Widerhall von Duncans Seufzlaut. »Nun wohl. Bei dieser Gelegenheit kann ich ihm einige Schreiben mehr zukommen lassen, welche er sehen sollte. Ich hätte in einigen Tagen ohnehin einen Boten geschickt. Indessen dürfte es wohl angebracht sein, den Leichnam einzusargen. Das Herumliegen in dieser Feuchtigkeit würde sein Aussehen nicht etwa verschönern. Wie sollen wir ihn hinausbefördern?«

»Es wird sich machen lassen, indem wir aus seinem Umhang eine Schlaufe knüpfen, so daß es möglich wird, ihn in den Hof zu tragen«, gab Duncan zur Antwort und begann seinen Vorschlag sofort – durch Nigel nur auf zimperliche Weise unterstützt – zu verwirklichen. »Drunten legen wir ihn auf den Vorbau der Basilika, wo er warten mag, derweil ich ein paar Mönche hole, die sich um das Weitere kümmern werden. Dann wird niemand von diesem Geheimgang erfahren.«

»Außer jenen, welchen de Claron bereits von seinem Vorhandensein berichtet haben mag«, entgegnete Nigel gedämpft. »Kann man Euren Mönchen Vertrauen schenken?«

»In bezug auf das, was sie zu tun haben, ja. Für die Dauer meiner Abwesenheit werde ich meinen Kaplan, Pater Shandon, zu ihrem Vorgesetzten ernennen. Er ist verschwiegen und getreu, vollauf verläßlich, und ich vermag jederzeit dafür zu sorgen, daß er sich an nichts entsinnt, an das er sich nicht erinnern soll. Mir behagt zwar ein solches Vorgehen nicht, doch bisweilen bleibt keine Wahl. Soll ich ihn kommen lassen?«

»Nicht bevor wir unseren Findling wohlbehalten unten haben«, sprach Nigel. Er ließ ein Brummen vernehmen, als sie die aus dem Umhang geknüpfte Trageschlaufe mit der Last zwischen sich anhoben. »Ich werde bei ihm auf dem Vorbau der Basilika ausharren, bis Ihr ihn und die Mönche hergeholt habt. Es müßte uns wohl gelingen, bei Einbeziehung nur dieser Helfer hinderliche Neugier und unerwünschtes Aufsehen zu vermeiden. Wir werden angeben, wir hätten ihn in einem Kellergewölbe aufgefunden.«

Gegen Anbruch der Morgendämmerung lag Tiercel in einem würdigen Sarg und in Duncans Arbeitszimmer aufgebahrt, in welchem sich Pater Shandon aufhielt, um an der Bahre für den Verschiedenen zu beten, Totenwache und gleichzeitig wider etwaige Eindringlinge Wache zu halten. Und Duncan sprengte bereits durch den unablässigen Regen, war schon drauf und dran, das erste Reittier von mehreren Dutzend Rössern bis zur Erschöpfung vorwärtszutreiben, welche er nacheinander noch reiten würde, um so schnell wie überhaupt nur möglich nach Valoret zu gelangen.

In Valoret ließ der Regen im Morgengrauen nach, und Kelson hatte seine Erkältung weitgehend überwunden; es erging ihm sogar wieder so wohl, daß er am frühen

Nachmittag – nach einer kurzen Besichtigung der Kapelle, welche einst Sankt Camber geweiht gewesen war und in der sein Leichnam aufgebahrt gelegen hatte, bevor man ihn zu Cambers Ahnensitz zu Caerrorie verbrachte, um ihn dort zu begraben – den Entschluß fällte, weiter nach Dolban zu ziehen, übrigens sehr zum Verdruß einiger Leute seines Gefolges, deren nicht wenige freudig der Möglichkeit entgegengeblickt hatten, auch am heutigen Abend nochmals in des Erzbischofs Refektorium zu speisen. Wenngleich der Fastenzeit wegen dort vergleichsweise spärliche Speisung gereicht ward, maß man sie an den Tafelfreuden des Rhemuther Königshofs, übertraf sie doch wohl merklich das, was man in der kargen Gegend um Dolban an magerer Atzung erwarten durfte, oder in der an der Landstraße nach Dolban gelegenen Abtei Sankt Markus, wo sie, dieweil sie zu Valoret so spät aufbrachen, voraussichtlich für die Nacht in Unterkünften für Pilger untergebracht würden und das bescheidene Essen von Pilgern einnehmen mußten. Aber Kelson beharrte unnachgiebig auf unverzüglichem Aufbruch. Nachdem er den Bischöfen seine Rede vorgetragen hatte, erachtete er es als am ratsamsten, sie sich nunmehr ungestört ihren Geschäften widmen zu lassen, ohne daß ihres Königs Gegenwart sie ständig bedrängte gleich einem Gespenst und sie womöglich nur an Fortschritten hinderte, während wahrscheinlich ohne seine Anwesenheit ihre Gespräche Frucht trugen. Außerdem klärte sich unterdessen im Norden und Osten das Wetter. Falls es ihnen gelang, Dolban zu erreichen, ehe ein neues Ungewitter losbrach, konnten sie dort einige Tage lang der Ruhe pflegen, derweil er und Dhugal die Mönche über den früheren Schutzheiligen ihres Hauses befragten. Denn zu Dolban hatte sich einst, wiewohl dort heutzutage ein Orden seinen Sitz hatte, welcher sich dem Unterrichten widmete, die erste Camberische Glaubensgemeinde befunden, die Gemeinschaft Sankt Cambers Knechte.

Und obzwar des Heiligen Schrein ungefähr um die Zeit des Konzils von Ramos zerstört worden war, hoffte Kelson, noch ein paar Hinweise entdecken zu können, anhand welcher es ihm ermöglicht würde, Camber besser zu begreifen.

Infolgedessen war Kelson längst fort aus Valoret, als Duncan endlich, drei Tage später, in der Stadt eintraf. Mit Nigels Einverständnis hatte Duncan beschlossen, in der Verkleidung eines gewöhnlichen Königlichen Kuriers zu reiten; er machte sich eines solchen Boten Wappenschild zunutze, um sich bei den Herbergen und Gasthöfen entlang der Landstraßen nach Valoret immerzu frische, ausgeruhte Pferde zu verschaffen. Zum Geleitschutz begleiteten ihn zwei Bogenschützen Nigels, aber nicht einmal sie wußten, um wen es sich bei Duncan in Wirklichkeit handelte.

Als Duncan am Mittwochmorgen vor dem Allerheiligen-Dom sein Roß zügelte – kurz nach der Terce –, bespritzt mit Schlamm und erschöpft, das gleichfalls ausgelaugte Tier der Obhut seiner Eskorte überließ und ohne Säumen die Stufen der Freitreppe hinauflief, hoffte er, daß die Bischöfe sich nicht bereits für den Vormittag ins Konklave zurückgezogen hatten. Zum Glück befand man sich noch bei der Feier der Heiligen Messe, und dank seines Wappenschilds, welches ihn – für jedermann sichtbar – als Kurier des Königs auswies, ließ man ihn unbehelligt den Dom betreten, in dessen Innern er sich sodann unauffällig in ein Seitenschiff begab, um dort den Schluß der Messe abzuwarten und sich danach Arilan nahen zu können. Ein Bischof mit Namen de Torigny feierte die Messe.

Duncan verspürte das Verlangen, nach vorn zu gehen und sich die Heilige Kommunion spenden zu lassen, denn mehrere Tage waren verstrichen, seit er sie zuletzt empfing; aber diese Meßfeier war eindeutig allein den Bischöfen und den ihnen untergebenen Klerikern vorbehalten, und obwohl er im schwarzen, ledernen Reitzeug und dunklem Umhang mit Kapuze wie ein Irgendwer aussah, mochte er keinesfalls die Gefahr eingehen, etwa doch erkannt zu werden. Alle Eigenheiten seines Derynitums verbarg er hinter seinen Geistesschilden, damit ihn Arilan nicht bemerkte, während der andere Deryni-Bischof in jenen überaus besonderen geistigen Zustand der Verzückung und Sinneserweiterung geriet, wie ihn Arilan – dessen war sich Duncan ganz sicher –, er selbst und auch jeder sonstige gläubige Deryni, welchen er kannte, bereits des öfteren auf dem feierlichen Höhepunkt der Messe erlebt hatten. Doch sobald die Meßfeier vorüber war, wartete Duncan mit sichtbarem Kuriers-Wappenschild an der Südpforte, um Arilan abzufangen, ehe er sich zu den anderen Bischöfen gesellen konnte.

»Ich komme im Auftrag des Königs, Eure Exzellenz«, sprach er Arilan halblaut an, ließ ihn das Wappenschild sehen, senkte jedoch gleichzeitig seine Geisteswehr, um sich Arilan – derweil er das Angesicht von den übrigen Klerikern abgewandt hielt – zu offenbaren. »Ich überbringe dringende Nachrichten. Darf ich Sie Euch unter vier Augen überreichen?«

Duncan! Was ... Arilans Überraschung und Bestürzung überschwemmten Duncans Geist mit Emanationen der Aufgewühltheit, doch äußerlich war ihm nichts anzumerken, als er die geistige Verbindung unvermittelt abbrach und lediglich nickte, Duncan wortlos beiseite und in den Schatten einer Wendeltreppe führte, so daß die anderen Kleriker unbehindert in den vom Sonnenschein erhellten Klosterhof zu gelangen vermochten. »So, ›Nachrichten‹ gibt's, Ihr ›Kurier‹?« meinte er in unterkühltem Tonfall und kehrte sich Duncan zu. »Verhält's sich etwa so, daß ein gewisser Bischof einen Rückfall erlitten hat?«

»Soweit man in Rhemuth irgendeine Kenntnis hat, ist's so«, antwortete Duncan leise. »Und ich habe *tatsächlich* an den König gerichtete Sendschreiben dabei.

Aber was ich Euch in Person mitzuteilen habe, ist die Kunde von Tiercel de Clarons Tod.«

Die Heftigkeit von Arilans Bestürzung, wie sie auf geistiger Ebene zum Ausdruck gelangte, ließ ihn zusammenzucken. »Das ist unmöglich. Wer hat Euch dergleichen gesagt?«

»Ich selbst habe seine Leiche mit eigenen Augen gesehen, Denis«, flüsterte Duncan. »Jedenfalls bin ich nahezu sicher, daß er's ist, aber Ihr allein vermögt's zu bestätigen und den letzten Zweifel auszuräumen. Ich wage zu hoffen, es erzürnt Euch nicht über jedes Maß hinaus, daß ich Rhemuth ohne Erlaubnis verlassen habe, doch unter den gegebenen Umständen konnte niemand anderes Euch aufsuchen.«

»Nein, Ihr habt mit Eurem Kommen recht gehandelt«, raunte Arilan. »*Jesus und Maria,* also *darum* ist er der jüngsten Sitzung des Rates ferngeblieben. Wie ist's geschehen?«

»Wir glauben, es war ein Unfall.«

»Wer ist das, ›wir‹?«

»Nigel und ich«, gab Duncan Antwort. »Es war unvermeidlich, daß ich jemanden einweihte. Ich fand den Leichnam in jenem Geheimgang, welcher Dhugals Gemächer mit dem Vorplatz der Basilika verbindet. Es hat den Anschein, er ist die Stiege hinabgestürzt und hat sich den Hals gebrochen. Er lag dort schon seit einer gewissen Frist.«

»Wißt Ihr, seit wann?«

Duncan schüttelte das Haupt. »Darauf läßt sich schwerlich genaue Auskunft erteilen. Eine Woche? Zwei Wochen? Mag sein, gar länger.«

»So lange kann sein Ableben nicht her sein. Noch am Morgen nach Kelsons Ritterschlag habe ich ihn gesehen. Das war am Aschermittwoch ... der wann war, vor zwei Wochen? Und wann habt Ihr die Leiche entdeckt?«

»Am Sonntag.«

»Aber was hat Tiercel in dem Geheimgang getrieben?« fragte Arilan. »Ich hätte nicht gewähnt, daß er von ihm weiß.«

»Wußte er über die Porta meines Arbeitszimmers Bescheid?« erkundigte sich Arilan und schaute dem anderen Bischof in die Augen.

Sofort umschirmte Arilan seine Seele mit undurchdringlich fester Geisteswehr, so als überlege er, ob er antworten oder zu der Frage schweigen solle; Duncan wünschte, er hätte soviel Mut, bei seinem Bischofskollegen eine geistige Einsichtnahme zu wagen. Doch ihm war vollauf klar, Arilan würde ihm Widerstand leisten, und im Bereich der Südpforte wimmelte es noch von Prälaten und Klerikern, von welchen ein paar angesichts der ausgedehnten Unterhaltung zwischen dem Bischof von Dhassa und einem Königlichen Kurier etwas Neugierde zu zeigen begannen. Duncan durfte es sich nicht leisten, allein aufgrund seiner Mißstimmung sie beide zu gefährden.

»Ja, er wußte von ihr«, bekannte Arilan in bedächtigem Ton. »Im vergangenen Frühjahr, nachdem ich durch Euch über ihr Vorhandensein unterrichtet worden war, habe ich davon auch den Camberischen Rat in Kenntnis gesetzt. Ich war der Ansicht, für den Fall, einer von uns müßte einen von Euch so eilends wie überhaupt nur möglich erreichen, sollte der Rat die Porta kennen. Diese Porta hat immerhin einen günstigeren Standort denn die Portae in der Sakristei des Doms und in der Bücherei der Königsburg.« Duncan seufzte. Er unterstellte, daß Arilan die Wahrheit sprach, doch das war gegenwärtig belanglos. Auf jeden Fall hatte Tiercel, gleich woher, vom Geheimgang erfahren und darin den Tod gefunden. Vieles deutete darauf hin, daß Tiercel die Porta neben Duncans Arbeitszimmer benutzt und danach vom Vorplatz der Basilika aus den Geheimgang betreten hatte, um einen unbekannten Ort in der Burg aufzusuchen; gleichermaßen jedoch bestand die Möglichkeit – und sie war Duncan während eines Großteils des Ritts von Rhemuth nach Valoret ein Anlaß zur Sorge gewesen –, daß Tiercel den Geheimgang durch Dhugals Gemächer betreten hatte, nachdem er auf irgendeine Art und Weise den Banntrutz, welcher die Porta in der Bibliothek umschränkte, überwunden hatte. Duncan hegte die feste Überzeugung, daß sein Sohn mit Tiercels Tod nichts zu schaffen haben konnte, aber irgendwann würde jemand auf einen entsprechenden Verdacht verfallen. »Natürlich wünsche ich den Leichnam ohne Verzug zu sehen«, sprach plötzlich Arilan und unterbrach damit Duncans Gedankengänge und Mutmaßungen. »Anschließend werde ich den Rat zusammenrufen müssen. Wie Ihr Euch sicherlich schon gedacht habt, gibt es hier zu Valoret eine Porta. Wir werden uns ihrer bedienen. Seid Ihr allein gekommen?«

»Zwei Männer harren vor dem Dom«, erteilte Duncan ihm Auskunft, »aber sie kennen mich lediglich als einen Kurier namens Johann. Soll ich sie fortschicken?«

»Nein, darum werde ich mich kümmern. Wartet dort.« Mit einer Gebärde des Hauptes wies Arilan seinem Bischofskollegen die Richtung zu einer Kapelle, welche ans südwärtige Seitenschiff grenzte. »Ihr dürftet dort vor jeder Behelligung sicher sein. Und sollten Euch die einen oder anderen tauglichen Gebete einfallen, wie sie der Lage angemessen sein möchten, so habt Ihr nun eine Gelegenheit zum Beten, geht hin und sprecht sie. Ich muß einen wahrlich vortrefflichen Vorwand aushecken, um meine Abwesenheit während der nächsten paar Stunden zu begründen.«

Ohne Murren gehorchte Duncan, kniete sich ohne Aufhebens in einem Winkel der Kapelle ans Altargeländer, beließ das Angesicht im Schatten der Kapuze; aber seine Gedanken kreisten bei weitem zu schnell, so daß er nicht zu beten vermochte. Ein Zauber zum Verscheuchen von Müdigkeit war wieder erforderlich, zum drittenmal im Verlaufe von drei Tagen; so durfte er es nicht noch viel länger treiben. Aber die Versetzung zur Porta seines Arbeitszimmers würde über eine weite Entfernung erfolgen. Zwar hatte er bereits Versetzungen über größere Abstände vorgenommen, jedoch nie in einer Verfassung solchen geistigen und körperlichen Ermattetseins. Er fragte sich, wo sich die Valoreter Porta befinden mochte.

Nachdem er den Zauber wider die Müdigkeit zweimal angewendet hatte, um eine stärkere Wirkung zu erzielen, seine noch verbliebenen Kräfte gesammelt hatte, so gut es sich machen ließ, gedachte Duncan des armen Pater Shandon. Zweifellos sagte der getreue Priester nach wie vor pflichtgetreu an des Toten Bahre Gebete für dessen Seelenheil auf; und Duncans vorzeitige Rückkehr durch die Porta – zusammen mit Arilan – würde es abermals erfordern, in seinem Gedächtnis Tilgungen vorzunehmen.

Bis zu Arilans Wiederkehr – mehr als eine halbe Stunde verstrich – döste Duncan ein wenig vor sich hin, doch sobald der ältere Bischof am Zugang zur Kapelle erschien und ihm winkte, war Duncan sofort hellwach. Arilan hatte sein bischöfliches Purpurgewand gegen jenen Kapuzenmantel ausgetauscht, darin Duncan ihn schon in Rhemuth gesehen hatte, und darunter trug er einen schlichten, schwarzen Priesterrock. Sie glichen zwei rabenschwarzen Schemen, während sie lautlos das südliche Kirchenschiff durchquerten, schließlich nach rechts abbogen, zur Sakristei strebten. Die Tür stand offen, drinnen hielt sich niemand auf, und nachdem er ein letztes Mal ins Querschiff gespäht hatte, schloß Arilan leise die Tür von innen; anscheinend hatte niemand sie beobachtet oder sie die Sakristei betreten sehen.

»Es ist ein gewisses Wagnis, diese Porta am hellichten Tag zu benutzen«, sprach Arilan, »aber wir können nicht bis zum Abend warten. Ich möchte die Leiche untersuchen, bevor ganz und gar sämtliche Reste von Erinnerung dahin sind ... falls es nicht bereits soweit ist.«

»Alles ist entschwunden«, antwortete Duncan. »Will

sagen, es wäre denn, Ihr seid zu einer weitaus fähigeren Einsichtnahme als ich imstande. Ich habe getan, was ich zu tun vermochte, indem ich mittels Magie dem Leichnam eine Starre auferlegte, um die Verwesung aufzuhalten, doch dieweil ich tagelang nicht zur Stelle ward, um selbige Magie zu erneuern, weiß ich nicht, wie gut sie sich bewährt. Außerdem ist der Sarg – wider welche fremde Einwirkung auch immer – durch einen Banntrutz geschützt.«

Arilan verzog das Antlitz. »Das bedeutet wohl, so will es mich deuchen, Ihr habt die Leiche vom Fundort entfernt.«

»Nun, wir konnten ihn wohl kaum der Feuchtigkeit und den Ratten überlassen.«

»Nein, freilich nicht. Ich erhebe keinen Vorwurf. Ihr habt die rechten Maßnahmen eingeleitet. Aber aufgrund dessen wünsche ich selbstverständlich, nachdem ich den Leichnam einer Untersuchung unterzogen habe, in *Euren* Geist Einblick zu nehmen, um möglichst genaue Kenntnis vom Fundort sowie von der ursprünglichen Lage der Leiche zu erlangen, doch hat's damit noch ein Weilchen Zeit. Wer könnte bei Eurer Porta anzutreffen sein?«

»Allein Pater Shandon«, entgegnete Duncan, während Arilan ihm ein rundes Muster aus Bodenfliesen zeigte. Die Vorstellung, durch Arilan einer geistigen Einsichtnahme unterworfen zu werden, war ihm nicht unbedingt behaglich, aber er konnte sich schwerlich weigern. Aber wenigstens brauchte es nicht sofort zu sein. Er bedeckte mit einer Hand die Augen, um die Magie gegen seine Müdigkeit nochmals zu verstärken, dann schöpfte er tief Atem, um seine Geisteskräfte für die Aufgabe der Versetzung zusammen zu ballen, vermochte aber nur mit Mühe zu verhindern, daß er gähnte. »Geduldet Euch einen Augenblick lang, bevor Ihr mir nachfolgt«, ergänzte Duncan seine Auskunft, »und ich werde ihn im Handumdrehen in Schlaf senken.«

»Es hat mir den Anschein, daß *Ihr* Schlaf brauchen könnt. Ist es Eure Überzeugung, daß Ihr der Anstrengung einer Beförderung durch die Porta noch gewachsen seid? Ihr wißt, ich vermöchte uns beide zu versetzen.«

»Shandon würde uns bemerken«, hielt ihm Duncan entgegen. »Außerdem ist es denkbar, daß sich just jemand bei ihm befindet. Sorgt Euch nicht, ich werde schlummern, sobald Ihr Euch zu Eurem hochwertigen Camberischen Rat begeben habt. Wohlan, wir werden uns sogleich in Rhemuth wiedersehen.« Er schenkte Arilan ein gezwungenes Lächeln, indem er in den Kreis trat, wartete aber nicht auf etwaige weitere Einwände. Er schloß die Lider, griff mit seines Geistes Kräften mitten ins Zusammen- und Ineinanderfließen von Naturgewalten, welche er bereits unter seinen Füßen unhörbar pochen fühlte. Die Porta zeichnete sich durch die außerordentlich heimische Kraft ihres Standorts aus, und es kostete Duncan deutlich weniger Anstrengung, als er befürchtet hatte, sie sich zweckgerecht zunutze zu machen. Derweil er ferngeistig nach den Schwingungen der Porta neben seinem Arbeitszimmer tastete, überlegte er flüchtig, ob es möglich sei, daß die an einer Porta geballte, örtliche Gewalt sich durch die häufige Benutzung dieser Porta verstärkte. Sodann schuf er vermittels magisch-geistiger Einflußnahme zwischen beide Portae eine Kräfteverbindung, spürte einen schwachen Ruck in der Magengrube – und einen Herzschlag später stand er inmitten völliger Finsternis in der vertrauten Enge der Kammer neben dem Arbeitszimmer, welche die Porta enthielt. Wieder holte er ausgiebig Atem, seine Hand suchte den versteckten Hebel, um die Tür zu öffnen. Mit seinen Deryni-Sinnen tastete er voraus, erkundete das Zimmer, entdeckte jedoch ausschließlich Shandons Emanationen; wie von Duncan angenommen, war der Pater andächtig in Bittgebete für den Toten vertieft. Der Geistliche kniete an dem mit einem Leichentuch bedeckten Sarg, Duncan den Rücken zugedreht. Als die verborgene Tür sich auftat, dabei den Vorhang verschob, welcher sie verhüllte, und dadurch Shandons Aufmerksamkeit erregte, so daß er sich erschrocken umwandte, huschte Duncan flink zu ihm, legte ihm hinterrücks einen Arm um die Schultern, hob einen Zeigefinger an die Lippen, um ihm Schweigen zu gebieten, und begann gleichzeitig mit geistigen Mitteln den Verstand des Kaplans zu beeinflussen. »Seid unbesorgt, Pater«, sprach er leise, bevor er ihm auf geistiger Ebene Anweisungen erteilte. »Wenn Ihr meine Weisungen ausgeführt habt, werdet Ihr Euch an nichts entsinnen.«

Als wenig später Arilan aus der Kammer mit der Porta trat, hatte sich Shandon bereits fortbegeben, um den ihm von Duncan aufgetragenen Botengang zu erledigen, und Duncan schlug soeben das Leichentuch zurück, um Tiercels Leichnam bis hinab zur Hüfte zu entblößen. Den Banntrutz hatte er mittlerweile beseitigt. Dann entfernte er sich ans Feuer und setzte sich, während Arilan zu dem Toten trat, döste nochmals, derweil der andere Bischof für eine beträchtliche Weile die Hände auf die Stirn der Leiche gesenkt hielt.

»Es ist nichts mehr festzustellen«, sprach Arilan zu guter Letzt.

Seine Äußerung schreckte Duncan ruckhaft aus dem Dösen. »Ich hab's Euch so vorhergesagt.«

»Ja, fürwahr. Wo ist Shandon? Habt Ihr ihn nicht angetroffen?«

Duncan stützte das Haupt müde an die hohe Rücklehne seines Stuhls und lächelte, dieweil er wohl wußte, Arilan würde die zweifache Bedeutung dessen, was er ihm zu antworten gedachte, zweifellos verstehen. »Ich habe ihn fortgeschickt, um Nigel zu holen. Es deuchte mich klug, ihn in unser beider Anwesenheit einzuweihen, zumal er vermeint, wir seien in Valoret. Immerhin *ist* er für die Dauer von Kelsons Fortbleiben ja der Regent.«

Arilan lachte gedämpft, kam näher und setzte sich bei

Duncan auf die Tischkante. »Ihr traut mir nicht recht, stimmt's?«

»Sollte ich's denn?«

»Meiner Treue, wär's *wahrhaft* so, daß ich Euch betröge, ich wollte dessen ungeachtet bejahen, wahr oder unwahr, welchen Sinn also hat Eure Frage? Aber ich gebe Euch mein Wort als Deryni und gleichfalls als Priester, daß das, was gegenwärtig geschieht, in keinerlei Zusammenhang mit unseren früheren Meinungsverschiedenheiten in bezug auf den Camberischen Rat oder Euren geistlichen Stand zu betrachten ist. Überzeugt Euch von der Wahrheitstreue meiner Worte. Nur zu! Ihr habt Euch beachtliche Mühe aufgebürdet, um mir gefällig zu sein, und ich werde Eure geschwächte Verfassung nicht ausnutzen. Dennoch *will* ich aufs genaueste wissen, wie Ihr Tiercels Leichnam aufgefunden habt.«

»So vollzieht denn die Einsichtnahme«, erwiderte Duncan und lächelte erneut, während er die Augen schloß. »Ich werde Euch behilflich sein, so wohl ich's noch vermag. O mein Gott, wie bin ich müde ...! Ich wähne, selbst wenn's sein müßte, könnte ich Euch nicht widerstehen, darum bin ich froh über Euer Versprechen, mich zu keiner Gegenwehr zu nötigen.«

Während er sich in einen Trance-Zustand versetzte und Arilans Geist sich langsam seiner Seele nahte, nahm er Eindrücke sanftmütigen, ja sogar zuneigungsvollen Lachens wahr, welches rasch von einem warmen, behaglichen Grau verdrängt ward, ein Vorgang, den die Hand begünstigte, die ihm Arilan über die Augen breitete, und Duncans Gemüt sank so rasch in solche Tiefen des Unbewußten, daß er kaum noch merkte, wie der andere Bischof, indem er sich sorgsam auf Kenntnisse beschränkte, welche Tiercel betrafen, sein Gedächtnis erforschte. Als nächstes hörte er jemanden an die Tür klopfen, seine Wahrnehmung schaukelte zurück an die Oberfläche des Daseins – nach der kurzen Dauer der Trance fühlte er sich seltsam gründlich erquickt –, und

Arilan nahm die Hand von seinen Brauen. Er schlug die Augen auf, sah Nigel über sich gebeugt, zu des Prinzen Seite Arilan. Hinter ihnen schloß soeben Pater Shandon die Tür. »Seid Ihr wohlauf?« erkundigte sich Nigel.

»Durchaus. Ich bin nur müde. Welche Stunde ist es?«

»Just Mittag. Wie lange seid Ihr schon da?«

Duncan lächelte. »Erst lange genug, um Pater Shandon zu Euch zu schicken, um Euch zu holen. Aber vor noch nicht ganz drei Stunden ritt ich zu Valoret ein. Nunmehr kenne ich den Standort noch einer Porta.«

Grimmig nickte Nigel. »Darf Shandon all das zu Ohren kriegen?«

Arilan schüttelte das Haupt, faßte den Kaplan am Arm und geleitete ihn, dessen Augen unter des Deryni-Bischofs geistigem Einfluß schon wie Glas auszusehen anfingen, zum Betstuhl, der im Winkel des Arbeitszimmers stand, abgekehrt von der Mitte der Räumlichkeit. »Geht hin und betet für ein Weilchen, Pater«, gebot Arilan mit leiser Stimme. »Danach werdet Ihr Euch an nichts von allem erinnern, was Ihr hier jetzt erblickt und hört.« Der Geistliche gehorchte, und Arilan wandte sich wieder an Duncan und Nigel. »Ihr seid eine große Hilfe gewesen. Es ist mein Wunsch, Tiercel nunmehr zu seinen Brüdern zu befördern. Wolltet Ihr mir beistehen, wenn ich ihn in die Porta schaffe? Von da an dürfte ich ohne Eure Unterstützung zurechtkommen. Duncan, ich erwarte nicht, daß man Eure persönliche Aussage verlangen wird, doch ich wüßt's zu schätzen, hieltet Ihr Euch für alle Fälle in Bereitschaft. Vergönnt Euch, da's sein muß, erholsamen Schlummer, aber wenn's Euch möglich ist, tut's hier, an Ort und Stelle.«

Sobald Arilan mit seiner schaurigen Last fort war, befolgte Duncan seinen Rat, rollte sich vorm Kaminfeuer zusammen, wo er sich auf dem Teppich den Umhang ausbreitete, um sich dem Schlummer zu ergeben, derweil Nigel seinen Schlaf behütete und in der Ecke Pater Shandon betete.

11

Zwar sind wir zerschlagen, aber wir bauen die Trümmer wieder auf ...

MALACHIAS 1,4

Als Arilan einige Stunden später wiederkehrte, konnte er Duncan mitteilen, daß er tatsächlich nicht vor dem Camberischen Rat Zeugnis abzulegen brauchte, was sein Auffinden der Leiche Tiercels anbetraf; allerdings hegte der Rat daran Interesse, daß Arilan hinging und Dhugal danach befragte, wieso und warum sich Tiercel in dem Geheimgang, welcher ja eine Verbindung zu Dhugals Gemächern herstellte, aufgehalten haben könnte.

»Gewißlich nimmt man doch nicht an, Dhugal hätte irgend etwas mit Tiercels Tod zu schaffen«, meinte Duncan und rieb sich die Augen, während Arilan sich ans Feuer hockte, um sich die Hände zu wärmen.

Arilan schüttelte das Haupt. »Freilich nicht. Alles legt die Annahme eines Mißgeschicks nahe. Jedoch ist die Möglichkeit nicht auszuschließen, daß Dhugal, falls er zur Zeit des Unglücks in seinen Gemächern weilte, etwas gehört oder sonstwie bemerkt hat ... Seine Anwesenheit kann aber keineswegs als sicher gelten, wiewohl's uns gelungen ist, den Zeitpunkt von Tiercels Hinscheiden ein wenig genauer zu bestimmen.«

»Wahrhaftig? Dessen seid Ihr fähig?«

»O ja. Aufgrund des vollständigen Fehlens irgendwelcher Gedächtnis-Reste schätzen wir auf eine seither verstrichene Zeitspanne von einer Woche bis zu zehn Tagen. So müßte es denn ungefähr zu jener Zeit dazu gekommen sein, als Kelson und seine Begleiter aufbrachen, mag sein, geringfügig früher.«

Während sich Duncan auf die Ellbogen stützte, beugte sich Nigel auf dem Lehnstuhl, auf welchem er, derweil er bei Duncan wartete, im Halbschlaf gesessen hatte, leicht vor, nun wieder gänzlich wach. Pater Shandon hatten sie in die versteckte Kapelle fortgeführt und dort in tiefen Schlummer versetzt. »Hmmm, mich dünkt's, Tiercel möchte bei seinem Sturz sehr wohl einen Schrei ausgestoßen haben«, stimmte Duncan seinem Bischofskollegen zu. »Ich wähne, ein jeder tät's. Was ich jedoch unverändert ganz und gar nicht zu begreifen vermag, ist der Grund, aus welchem er den Geheimgang benutzte. Und an welchem Ende hat er ihn betreten? Es kann sein, er kam aus dem Freien, aber ... Guter Gott, glaubt Ihr, er könnt's auf Dhugal abgesehen gehabt haben? Oder daß er ihm irgend etwas angetan *hat?*«

»Etwas angetan?« Arilan neigte das Haupt seitwärts. »Mir bleibt unklar, was Ihr damit anzudeuten beliebt.«

»Nun ja, Dhugal bedeutet ja für Euch im Camberischen Rat etwas Ähnliches wie eine unbekannte Größe. Außer Euch, Denis, ist niemand mit seiner Natur vertraut, und Ihr habt, seit Ihr wißt, daß er mein Sohn ist, niemals in seine Seele Einblick zu nehmen getrachtet. Wär's nicht denkbar, daß Tiercel den Vorsatz gefaßt hatte, dies Versäumnis nachzuholen?«

»Soll das heißen, Ihr zieht in Erwägung, er möchte sich, derweil Dhugal schlief, in dessen Gemächer geschlichen haben, um ohne Eures Sohnes Wissen eine geistige Einsichtnahme durchzuführen?«

»Ei nun, ja.«

Auf seinem Lehnstuhl am Kamin lehnte sich Arilan zurück und dachte nach; sein Amethystring glänzte im Feuerschein, während er einen Zipfel seines Mantels ruhelos zwischen den Fingern drehte. »Nein, ich vertrete die Auffassung, er hatte nichts Derartiges im Sinn. Ich wollt's als vorstellbar erachten, daß er an Euch, Nigel, ein Interesse hatte, dieweil er die Ansicht hegte, der Gebrauch der Haldane-Magie müsse nicht auf den Herrscher und dessen Haupterben begrenzt bleiben.

Und im Zusammenhang damit möchte sein Interesse auch Conall gegolten haben ... wiewohl Conall ein so hochnäsiger kleiner Schnösel ist, daß ich wähne, Tiercel hätte sich mit ihm nicht abgegeben. Um Vergebung, Nigel, aber Euer Ältester kann bisweilen von sehr mißlichem Auftreten sein.«

Nigel äußerte einen Seufzer. »Das ist mir wohlbekannt. Ich klammere mich an die Hoffnung, daß seine fortschreitende Reife seine Unnatur bändigen wird.«

»Hmmm, dahin wird's sicherlich kommen«, antwortete Arilan. »Aber was Dhugal angeht – und ich gedenke *Euren* Sohn beileibe nicht zu schmähen, Duncan –, so wüßte ich nichts, was an ihm Tiercels besonderes Interesse zu erwecken vermocht hätte. Er hat nur einen Teil derynischen Bluts in den Adern, und er hat kaum irgendeine Ausbildung im Anwenden von Magie-Verrichtungen genossen. Berücksichtigt man Tiercels eigenwilligen Stolz im Hinblick auf derlei Fragen, so ergibt sich keinerlei vernünftiger Sinn.« Auch das übrige Halbdutzend denkbarer Erklärungen, welche sie während des nachfolgenden Weilchens erwogen, bevor sich Arilan widerwillig darauf einstellte, durch die Porta nach Valoret zurückzukehren, taugte wenig. »Nichtsdestoweniger *fällt* mir eine Kleinigkeit auf, die etwas zu bedeuten haben mag«, sprach Arilan, »oder auch nicht. Sollte es *wahrlich* Tiercels Absicht gewesen sein, in der Königsburg an irgendwem einen Streich zu verüben – sei's an Dhugal oder sonst jemandem –, hätte er wahrscheinlich eine Anzahl von Banntrutz-Kuben dabei gehabt. Es sind jedoch bei seiner Leiche keine Kuben gefunden worden, und bislang haben wir auch keine in den Gutshäusern und Landsitzen entdecken können, welche er nach unserer Kenntnis zu bewohnen pflegte. Vermutlich hätte er sie in einem Beutel oder in seiner Umhängetasche mitgenommen, in welcher er stets einen Vorrat besonderer Deryni-Arzneien bewahrte. Er hat in unserem Auftrag mit höchstem Fleiß in Deryni-

Magie unterrichtet. Aber Ihr habt nichts Dergleichen bei ihm aufgefunden, oder, Duncan?«

In der Tat hatte Duncan nichts Derartiges bei Tiercels Leichnam gefunden; doch auch dieser Umstand bewies eigentlich gar nichts. Folglich verfaßte Nigel ein geeignetes Sendschreiben an Kelson, in dem er den König von Tiercels Verscheiden benachrichtigte, und ein zweites Schreiben an Dhugal, in dem er die entstandenen Fragen aufführte. Arilan erklärte sich dazu bereit, sie am nächsten Morgen zusammen mit den übrigen Sendschreiben, welche Duncan nach Valoret gebracht hatte, dem König und seiner Geleitschar nachschicken zu lassen. Als der Bischof fort war, weckte Duncan Pater Shandon und sandte ihn mit dem auf geistiger Ebene eingeflüsterten Befehl, alles zu vergessen, was er im Arbeitszimmer Duncans gesehen und gehört haben mochte, zu Bette; anschließend zogen sich Duncan und Nigel ebenfalls zurück, um sich den ernstlich benötigten Schlaf zu gönnen. Ihre Sorge um Dhugal blieb gering. Am darauffolgenden Morgen nahm das Dasein des Rhemuther Hofes seinen gewohnten Lauf, alltäglich wie immer dann, wenn der König und seine engsten Getreuen andernorts weilten.

Auch in Valoret konnte sich Arilan, nachdem er an Kelson ein Begleitschreiben aufgesetzt und einen Episkopats-Kurier mit sämtlichen Sendschreiben dem König hinterdreingeschickt hatte, von neuem den herkömmlicheren Betätigungen im Rahmen der Synode widmen. Am vorangegangenen Nachmittag hatte er wenig versäumt, über das er sich nicht durch Nachlesen der Aufzeichnungen des Vortags hätte unterrichten können, und er schätzte sich glücklich, daß er jene Lücken, welche danach noch verblieben, binnen kürzester Frist durch eine Einblicknahme in des bereitwilligen Cardiel Gedächtnis mühelos zu schließen vermochte; der Erzbischof war von Cardiel von dem Vorfall in Rhemuth in Kenntnis gesetzt worden und hatte Arilans Abwesenheit mit einem glaubhaften Vorwand entschuldigt. Die Synode machte bei ihren Aufgaben – der Bestrafung und Neuwahl einiger ihrer Mitglieder – rasche Fortschritte.

Eine wichtige Angelegenheit auf des Erzbischofs Tagesordnung war schon abgewickelt worden, bevor sich Arilan nach Rhemuth begeben hatte – die Erwählung eines neuen Bischofs für die verwaiste Diözese Meara, nachdem die Ermordung des dortigen Kirchenfürsten im vergangenen Jahr die Krise in Meara so folgenschwer verschärft hatte. Diesmal fiel die Wahl auf einen gewissen John FitzPadraic, einen Weihbischof, der vor der Erhebung Henry Istelyns schon einmal – ein wenig verfrüht – für jenes Amt in Erwägung gewesen war, dessen besonnenes Verhalten während des Aufstands in Meara – stets war er in entlegenen Gebieten Mearas unterwegs geblieben, um jeglichen Umgang mit den mearischen Sonderbündlern zu meiden – aber seinen Ruf verstärkt hatte, ein maßvoller, durch und durch verläßlicher, sowohl seinen rechtmäßigen kirchlichen Vorgesetzten als auch der Krone treuer und ergebener Kirchenmann zu sein, durchaus mit der Eignung ausgestattet, Kirchenfürst eines verwaisten Bistums zu werden, das an Bedeutsamkeit lediglich Valoret und Rhemuth nachstand. Bischof FitzPadraics Erwählung hatte die Zahl der vertrauenswürdigen Titularbischöfe auf neun erhöht; es waren dies die Bischöfe von Valoret, Rhemuth, Meara, Grecotha, Dhassa, Coroth, Cardosa, Stavenham und Marbury. So hatte denn die Synode die erforderliche Dreiviertel-Mehrheit zur Verfügung, deren es bedurfte, um die drei restlichen Titularbischöfe zur Rechenschaft zu ziehen. Gewissermaßen geschah letzteres lediglich noch *pro forma,* denn Uneinigkeit herrschte nur über die Frage, ob man auch Creoda, den abgesetzten Bischof von Culdi, zur Aburteilung wegen Hochverrats der weltlichen Gerichtsbarkeit überantworten solle – was nahezu mit Gewißheit seine Hinrichtung zur Folge hätte –, nachdem er bereits, geradeso wie die ihrer Ämter enthobenen Bischöfe Belden von Erne aus der Diözese Cashien sowie Lachlan de Quarles von der Diözese Ballymar, seines hohen Amtes entkleidet und zu lebenslänglicher Einsperrung verurteilt worden war. Zum Schluß blieb Creoda, wiewohl nur ganz knapp, die Auslieferung ans weltliche Gericht erspart. Und sobald über das Schicksal der drei Abtrünnigen entschieden worden war, verloren die Neun keine Zeit, sondern besetzten die freigewordenen Bischofsstühle unverzüglich mit den meist versprechenden Anwärtern aus den Reihen der Weihbischöfe, namentlich dem getreuen Hugh de Berry für Ballymar in Kierney, ein erneuter Dank für seine fortwährenden Dienste an der Krone, deren er sich befleißigte, seit er vier Jahre zuvor Loris' Dienst verlassen hatte, für Culdi mit einem gewissen Bevan de Torigny, einem früheren Abt des geachteten *Ordo Vox Dei* zu Grecotha, wo er heute als Lehrmeister an der Hochschule wirkte – er war noch vergleichsweise jung und bezüglich der Deryni-Frage außerordentlich aufgeschlossen, hatte längst seine Unterstützung der Bestrebungen bekundet, Culdis berühmtesten Sohn wieder in den Stand der Heiligkeit zurückzuversetzen –, sowie einem anderen Gelehrten, James MacKenzie, dem das grenzländische Bistum Cashien zugeteilt ward. Dieweil selbige Abstimmungsergebnisse sich genau mit den von Kelson gegenüber Cardiel geäußerten Empfehlungen deckten und die drei Erwählten schon Bischöfe waren, traten sie ohne Verzug ihre Ämter an, so daß nunmehr alle zwölf Bistümer von neuem Oberhirten hatten. Arilan bezweifelte nicht im mindesten, Kelson würde die Ergebnisse der Wahl billigen.

Damit konnte die Synode sich ihren nächsten Aufgaben widmen, als erstes dem vorläufigen Verfahren des Befragens von fünf Bewerbern für das Amt des Weihbischofs, deren dem Klerus nunmehr fünf fehlten beziehungsweise schon gefehlt hatten; diese Befragung war die Tätigkeit der Synode gewesen, als Duncans Ankunft und Botschaft vorübergehend Arilans Anwesenheit in Rhemuth verlangten. Ein zweites derartiges Verfahren würde anstehen, wenn man über das künftige Geschick weiterer fünf Weihbischöfe befunden hatte, welchen der Verdacht galt, sich während der Ereignisse in Meara schuldig gemacht zu haben, und die man voraussichtlich gewiß ihrer Ämter entheben würde, wiewohl es ihnen wahrscheinlich in Zukunft noch gestattet sein sollte, zur Bewährung als gemeine Priester ihr Hirtenwerk zu verrichten. Zumindest der Anfang dieses Wahlvorgangs versprach einigermaßen zügig abzulaufen, dieweil man die Tauglichkeit und Zweckmäßigkeit einer zwei Jahre zuvor durchgeführten ähnlichen Befragung im Lauf des vergangenen Winters sorgsam untersucht und ausgewertet hatte, daher nun Fragen zu stellen verstand, deren Beantwortung mehr und sinnvolleren Aufschluß verhießen.

So kam es, daß es Arilan möglich war, sich dem Tagträumen hinzugeben, derweil Bischof Siward von Cardosa einen Geistlichen mit Namen Jodoc d'Armaine befragte, und den einen oder anderen Gedanken darin zu verschwenden, wie wohl der König und Dhugal die Kunde von Tiercels Tod aufnähmen, sobald die nachgeschickten Sendschreiben – was ungefähr am folgenden Tag der Fall sein mußte – sie erreichten.

Unterdessen befaßte der König sich fröhlich mit einer der eher grillenhafteren Seiten seiner Suche nach Sankt Camber. In der letzten Nacht hatten Kelson und sein Geleit in der Abtei St. Bearand genächtigt und würden dort ein zweites Mal übernachten, denn für den folgenden Tag mußte eine schwierige Wegstrecke hinauf zu jenem Paß bewältigt werden, welcher in die Ebene von Iomaire mündete, und Saer de Traherne legte darauf Wert, daß besonders die Packtiere zuvor hinlänglich ausruhten.

Aber der Tag war sonnig und angenehm, viel zu schön, als daß es junge Ritter in Stuben festgehalten hätte; deshalb veranstalteten Herr Jatham und Jass MacArdry einen Jagdausflug in die Ländereien der Abtei, während hingegen nur ein paar Männer, darunter Conall, es vorzogen, des Morgens lange zu schlafen und ausgiebig zu verschnaufen. Kelson verwarf beide Möglichkeiten; statt dessen beschlossen er und Dhugal, kurz nach Anbruch der Morgendämmerung mit Saer de Traherne, Dolfin sowie einem Waffenknecht vorauszureiten, um die Ruinen Caerrories in Augenschein zu nehmen.

Caerrorie war einst aufs engste mit Sankt Camber verbunden gewesen. Bis zur Beschlagnahme durch die Krone nach der Verkündung der Beschlüsse des Konzils von Ramos war Caerrorie – außerhalb der eigentlichen Lehen in Culdi – der MacRorie-Sippe bevorzugter Sitz gewesen, dieweil es unfern der damaligen Hauptstadt Valoret lag. Leider hatten derynifeindliche Ausschreitungen, nachdem Cambers Heiligsprechung widerrufen worden war, zur vollkommenen Schleifung der alten Burg geführt, und für den neuen Herrn Caerrories war andernorts auf dem Besitz ein Herrenhaus errichtet worden. Seither war das Land Lehen noch zwei weiterer Familien gewesen, und gegenwärtig hatte die Krone es einem Grafen Thomas von Carcashale zum Lehen gegeben, obgleich selbiger Graf seinen Hauptbesitz weiter westlich hatte, in der Nähe Dolbans. Am Anfang der Woche hatte Kelson mit dem Grafen getafelt und war dessen versichert worden, daß sich von dem alten Herrensitz kaum noch Reste finden ließen.

Für Kelson bestand Caerrories Anziehungskraft jedoch nicht unbedingt aus der Tatsache, daß Camber früher dort gehaust hatte, sondern vielmehr aus dem Umstand, daß Camber dort einst das Licht der Welt erblickte. Obwohl man den riesigen Trümmerberg, welcher von der damaligen Burg übrigblieb, abgetragen hatte, um aus den Steinen das neue Herrenhaus zu erbauen, sollten die Kellergewölbe sowie die Familiengruft, wenngleich in beklagenswertem Zustand, noch erhalten sein. Natürlich verriet Kelson dem Grafen Thomas nicht, daß er – ungeachtet aller Verwüstungen durch die Zerstörer und den Zahn der Zeit – darauf hoffte, dank seiner Haldane-Magie oder damals benutzter Deryni-Fähigkeiten aus den Ruinen noch irgendwelche Erkenntnisse gewinnen zu können.

Bereits zur Mittagsstunde befaßte sich Kelson voller Eifer mit seinen Nachforschungen bezüglich Cambers. Er, Dhugal, Saer und der Knappe Dolfin kletterten zwischen die restlichen Trümmer Burg Caerrories, suchten nach Untergeschossen, um Zugang in die Grabgewölbe der MacRories zu erlangen. In dem Jahrzehnt nach Cambers Heiligsprechung sollte hier um ein inzwischen längst zerstörtes Heiligtum, einen Schrein, ein lebhafter Sankt-Camber-Kult erblüht gewesen sein. Ein Mönch aus der benachbarten Dorfkirche – Bruder Arnold mit Namen – hatte seine Kutte in die Höhe gerafft, um dem König und dessen Begleitern als Führer zu dienen, aber man sah ihm seine Zweifel deutlich an, derweil Dhugal, Dolfin und der König einen herabgestürzten Balken, welcher ihnen den Weg versperrte, fortzuwuchten versuchten.

»Ich vermag wirklich und wahrhaftig nicht zu begreifen, weshalb Ihr da hinabzusteigen gedenkt, Sire«, äußerte der Mönch und rang die Hände, während Saer ebenfalls zupackte, so daß der hinderliche Balken nun in Bewegung geriet. »Drunten dürfte alles voll Wasser sein, nachdem's so stark geregnet hat. Und soviel mir geläufig ist, sind die Maßnahmen zur Wiederherstellung der entweihten Gräber veranlaßt worden.«

»Und ist es nicht schmachvoll, daß man sich so verhielt, Bruder Arnold?« meinte Kelson unterdrückt, ächzte und knurrte, stemmte sich gegen den Balken, der sich nur langsam vom Fleck rührte. »Selbst wenn man's mit jenen hält, welche einst Camber die Heiligkeit absprachen, so haben doch sicherlich die vor ihm verschiedenen Anverwandten seiner Sippe kein Unheil gestiftet, so daß sie eine solche Behandlung verdient hätten.«

»Freilich, Sire, dem wollte niemand widersprechen«, antwortete Bruder Arnold. Er mochte nicht länger abseits stehen, faßte nun auch zu, half dabei, den Balken so weit zurückzuschieben, daß ein Knabe oder ein schlanker Jüngling sich daran vorbeizwängen konnte, nicht jedoch jemand mit seiner Beleibtheit oder von Saers Wuchs. »Doch in jenen alten Zeiten trieb man befremdliche Dinge. Es heißt, einer von Cambers Söhnen sei auf meinem Kirchhof bestattet worden, aber als man die Burg verwüstete, soll der Pöbel auch sein Grab nicht verschont haben, und dabei war er lange vor all den späteren Geschehnissen verstorben. Der hiesigen Überlieferung zufolge hätte *er*, nicht sein Vater, heiliggesprochen werden sollen.«

»Wahrhaftig?« Kelson spähte in das freigelegte Loch, fragte sich, ob er wirklich so nasse Füße bekommen wollte, wie die Nässe da unten sie ihm verhieß.

»Wie tief ist es?« erkundigte sich Dhugal und reckte den Hals, um Kelson über die Schulter zu lugen. Saer nahm von Dolfin eine Fackel entgegen und hielt sie in die Öffnung, aber der Qualm verwehrte die Sicht auf alles, was die erhöhte Helligkeit enthüllen mochte.

»Hmmm, das nutzt nichts«, murrte Kelson halblaut. »Dhugal, möchtest du die Ehre des Vortritts haben? Bruder Arnold, so die Gefahr besteht, daß du angesichts der Anwendung minderer derynischer Magie um dein Seelenheil fürchtest, solltest du dich nun entfernen.«

Vernehmlich schluckte Arnold, aber er meisterte seine Scheu. »Ich ... werde bleiben, Gebieter. Ihr werdet jemanden brauchen ... der Euch den Weg zu den Grabkammern weist.«

»Ganz nach Belieben.« Kelson hielt Dhugals Hand, als Dhugal ins Loch stieg; kaum war der junge Gutsherr hinabgesprungen, erschollen ein Klatschen sowie ein gedämpfter Fluch. »Bist du unversehrt?« rief Kelson.

In der Tiefe des Lochs ward silbriger Lichtschein sichtbar; Bruder Arnold erbleichte, bekreuzigte sich verstohlen. »Gewiß. Laßt mich erst einmal hier unten Umschau halten. Hätten wir uns nicht denken können, daß ich geradewegs in die einzige Vertiefung dieses Lochs springe? Ringsherum reicht das Wasser lediglich bis an die Fußknöchel ... außer an der Stelle, an die mich mein Sprung befördert hat.«

»Und wie tief ist's *dort?*« wünschte Kelson zu erfahren, lachte leise, während er und Saer Blicke wechselten und Dolfin hinter seiner Fackel ein Lachen verhehlte.

»Ach, es steht mir nur geringfügig bis über die Knie ... just hoch genug, um mir, als ich hineinsprang, in die Stiefel zu schwappen. Fürwahr, nichts ist mir so *lieb* wie nasse Füße. Versucht Euren Sprung ein wenig weiter rechts auszuführen. Ich werde Euch die Richtung zeigen. Es dürfte wohl weiser sein, Saer bleibt oben, für den Fall, daß wir beim späteren Hinausklettern Beistand brauchen. Und Dolfin soll uns einen Strick besorgen.« Indem er noch verhalten vor sich hinlachte, schwang Kelson die Beine über den Rand des Lochs, stützte sich mit den Händen ab, senkte sich langsam hinunter, bis er Dhugals Hände an den Stiefeln spürte, die ihm die Füße um einiges nach rechts schoben. »Wohlan, nun springt.« Geschmeidig sprang Kelson abwärts, und es gelang ihm, die Vertiefung, in welche zuvor Dhugal geraten war, zu meiden, doch dafür fiel er fast auf Hände und Knie, denn unter dem flachen Wasser war der Untergrund uneben. Aber Dhugal fing ihn ab, gab ihm Halt, als sich Kelson in der von Silberglanz aufgehellten Düsternis aufrichtete. »Unheimlich, nicht wahr?« meinte Dhugal mit leiser Stimme, derweil Kelson im Licht des Hand-Feuers, welches nahe bei Dhugals Haupt schwebte, die Kammer und ihr niedriges Deckengewölbe betrachtete.

Kelson erschauderte, und zwar ebenso aufgrund der Kälte wie wegen der sonstigen Umstände. Diese Stätte stank nach brackigem Wasser und wohl auch nach dem modrigen, leicht süßlichen Ruch eines Beinhauses, obschon letzteres vielleicht nur in Kelsons Vorstellungskraft, denn der König war sich darin sicher, daß man hier seit wenigstens einhundert Jahren keine Bestattungen mehr vorgenommen hatte. Mit einem Zeichen wies er Dhugal an, das Hand-Feuer wieder an sich zu bringen, derweil er hinauf zum Einstieg schaute, an welchem die Umrisse Saers und Bruder Arnolds einen Großteil des Tageslichts fernhielten. »Bruder, du magst herabkommen, so's denn dein Begehr ist, doch fürchte ich, es möchte dir schwerfallen, dich durchs Loch zu zwängen«, rief Kelson empor, »gar nicht davon zu reden, daß du tief springen mußt und ein Seil die einzige Möglichkeit zur Rückkehr ins Freie bieten wird. Womöglich ziehst du's doch vor, uns von dort aus den Weg zu weisen, wo du jetzt stehst.«

Von droben ertönte ein von Ängstlichkeit geprägtes Gehüstel, das nicht etwa aus Saers Kehle stammte. »Ach, wenn's Euch gefällt, mir die Wahl zu belassen, Gebieter, so wähne ich, mir wär's *wirklich* genehmer, hier oben Eurer zu harren. Ich war viele Jahre lang nicht drunten, zudem bin ich nicht so schmal wie einst. Aber bezieht Ihr solcherweise Aufstellung, daß sich hinter Eurem Rücken ein mit altem Schnitzwerk verzierter Durchgang befindet, müßtet Ihr so stehen, daß Ihr bei anschließendem Geradeausschreiten ins Innere jener Gruft gelangt, wo damals, wie's heißt, Graf Camber bestattet ruhte.«

»Und das war auch die Örtlichkeit jenes früheren Heiligtums?« fragte Kelson.

»Ja, Sire. Es ist aber ganz und gar nichts davon übrig. Es ward ja verbrannt. Daher kam's, daß ein Teil des Dachs niederstürzte.«

»Se hatten wohl 'n riesich Spaß am Brennen«, murmelte Dhugal düster und mit auffälliger Hörbarkeit seines markländischen Zungenschlags.

Kelson warf seinem Ziehbruder einen nachdenklichen Blick zu. »Also denn. Saer, wir begeben uns nunmehr in die Gruft. Wir werden nicht lange ausbleiben.«

»Jawohl, Majestät«, hörte man Saers gedämpfte Antwort.

Kelson erzeugte ein zweites Hand-Feuer, als er sich anschickte, Dhugal tiefer in die unterirdischen Kammern der Ruine zu folgen, verlieh dem Hand-Feuer – im Gegensatz zu Dhugals silbrigem Lichtlein – einen karmesinroten Schimmer, ließ es ihm in Scheitelhöhe langsam hinterherschweben. Unter dem Wasserspiegel blieb der Untergrund recht unregelmäßig. Die Plünderer hatten bei der Zerstörung der Burg ein gründliches Werk geleistet, und das Verstreichen eines gerüttelt Maß an Zeit hatte die Zustände keinesfalls verbessert.

»Schaut her«, rief Dhugal und beugte sich – Kelson um ein paar Schritte voraus – über eine geborstene Platte aus Marmor. »›*Ballard MacRorie, Sextus Comes . . .*‹ Sechster Graf von Culdi. Die Zahlen vermag ich nicht recht zu erkennen, doch vermeine ich, sie sehen aus wie achthundertacht bis achthunderteinundsiebzig. Müßte er nicht Cambers Vater gewesen sein?«

Während Kelson die Füße behutsam vorwärtsschob, um heftigeres Geplätscher zu verhindern, sich indessen Dhugal nahte, bückte er sich, fischte vorsichtig ein Stück Kieferknochen heraus, welcher neben Dhugals Fund dicht unter der Wasserfläche geglänzt hatte. »Da dürftest du im Recht sein«, erwiderte Kelson. »War Camber nicht der siebte Graf von Culdi? Wirf hierauf einen Blick.«

»Hmmm, vortreffliche Zähne«, merkte Dhugal an, richtete seine Beachtung auf eine andere Marmorplatte, welche unmittelbar hinter der zuerst entdeckten Platte aus dem Naß ragte. »Auch da steht ›*Ballard MacRorie*‹, aber selbiger Ballard muß später gelebt haben:

Achthundertsiebenundsiebzig bis achthundertachtundachtzig. Ach, er war erst 'n Knäblein. Und hier stehen noch mehr Zahlen: Achthundertsechsundsiebzig bis achthundertachtundachtzig. Jedoch ist der Teil mit dem Vornamen abgebrochen. In Gottes Namen, was brauchten sie die Gräber von Kindern zu zertrümmern?«

Kelson schüttelte das Haupt. »Die Menschheit hat ›in Gottes Namen‹ schon zahlreiche törichte, unsinnige Taten begangen, Dhugal. Wann hat derlei jemals einen Sinn gehabt?« Er strebte an der Stelle vorüber, wo Dhugal eine Schicht Moos von noch einer anderen Grabplatte schabte, und kam fast zu Fall, als sein Stiefel auf einer Stufe ausglitt, welche nach unten führte. Er mußte dem Ort des einstigen Camber-Heiligtums sehr nahe sein, dieweil er kurz vor dem Ende der Gewölbe stand. Voraus jedoch war das Wasser tiefer; wenigstens ein halbes Dutzend Stufen waren es bis hinab in den hintersten Teil der Gruft. Er schickte sein Hand-Feuer vorwärts, doch gab es wenig zu sehen. Aus dem Wasser schauten die Stümpfe verkohlter Balken sowie alter Einrichtungsgegenstände, wie sie eigentümlich waren für eine Kapelle, und dazwischen sah man weitere zerbrochene Marmorplatten. In der Rückwand klafften noch mehrere leere Grabkammern. Kelson erachtete es durchaus als möglich, daß es ihm gelingen könnte, auf den unter Wasser ausgebreiteten Trümmern zu ihnen hinunterzutappen, aber er versprach sich davon so gut wie gar nichts.

»Was meint Ihr?« fragte Dhugal und kam geräuschvoll an seine Seite gestapft. »Wünscht Ihr noch nasser zu werden, als Ihr's bereits seid?«

Voller Abneigung rümpfte Kelson die Nase. »Dazu neige ich keineswegs sonderlich stark. Das Wasser reicht zumindest bis an die Hüfte, und man sieht von hier aus, daß jene Grabkammern allesamt leer sind. Und davon abgesehen, ob man nun glaubt, daß Camber von hier aus leibhaftig in den Himmel befördert ward oder daß sein Sohn seinen Leichnam an eine andere Ruhestätte verbracht hat, steht doch allemal fest, daß er seit mehr als zweihundert Jahren nicht mehr da ist.«

»Ei, das wußten wir, ehe wir diese Örtlichkeit aufsuchten.«

»Freilich, aber ich wollte sie dennoch mit eigenen Augen sehen. Nichtsdestoweniger möchte ich, bevor wir der Gruft den Rücken zuwenden, noch einen bestimmten Versuch wagen.« Mit aller Umsicht stapfte Kelson nach links, bis er sich an eine unregelmäßige, schräge Granitplatte lehnen konnte, welche herabgestürzt war aus den Deckengewölben. »Komm und gewähre mir deinen Rückhalt. Ich habe vor, nach seelischem Od zu forschen, wie es vielleicht noch an dieser Stätte haftet.«

Dhugal runzelte die Stirn, jedoch trat er, obwohl er schon reichlich durchnäßt war, gehorsam zum König. »Ihr werdet gewißlich weitaus stärker mancherlei greulichen Eindrücken ausgesetzt sein, so Ihr nicht aufs äußerste behutsam vorgeht, als irgendwelche Erkenntnisse in bezug auf Camber gewinnen. All die hier begangenen Greuel fanden ja in jüngerer Zeit als alles statt, was mit Camber *selbst* zusammenhing.«

»Das ist wahr«, gestand Kelson zu. »Nach so langer Zeit werden die Eindrücke jedoch nicht mehr sonderlich stark sein. Auch müßte ich dazu imstande sein, ohne übergroße Mühsal die Spreu vom Weizen zu trennen.«

»Nun ja, Ihr dürftet Euer Können richtig einzuschätzen vermögen. Was soll ich tun?«

»Reiche mir deine Hand und stelle mir deine Geisteskräfte zur Verstärkung meiner Geisteswehr zur Verfügung«, lautete Kelsons Antwort. »Es wird, ob's so oder so verläuft, nicht lange währen.«

Dhugals Hand lag kalt in des Königs Faust, als Kelson seine Lider sinken ließ und sich ohne Umstände in Trance versetzte, unterstützt durch Dhugals geistige Macht. Anfangs ging er eher zaghaft vor, senkte seine Geistesschilde nur nach und nach, ließ die in der Umgebung als Od verbliebenen Emanationen einstiger Geschehnisse allmählich auf sich einwirken. Natürlich drangen, ganz wie erwartet, restliche Emanationen von Gewalt als stärkste Eindrücke auf ihn ein, doch gelang es ihm recht mühelos, sie abzuwehren. Schwieriger war es dagegen, es gleichermaßen mit den tatsächlichen Bildern dessen zu tun, was sich hier zugetragen hatte – der lästerlichen Zerstörung des Heiligtums, des Aufbrechens und Plünderns der Grabkammern, in deren Verlauf man Gebeine, halbverweste Leichname und sogar teils zu Mumien gewordene Leichen ins Feuer schleuderte, dessen Flammen schließlich das Dach zum Einsturz brachten. Kelson schrak ein wenig vor der Wüstheit selbiger Wahrnehmungen zurück, ließ etwas davon überfließen, um auch Dhugal einen gewissen Eindruck zu verschaffen. Aber nichts von allem betraf die ganz besonderen Eigenheiten, welche er mit dem Wesen Sankt Cambers in Verbindung zu bringen gelernt hatte. Man hätte meinen können, der Heilige sei hier niemals gewesen. Als er aus der Trance ins bewußte Dasein wiederkehrte, schüttelte Kelson das Haupt.

»Kein Erfolg?« fragte Dhugal und zwinkerte, während er sich gleichfalls aus dem Trance-Zustand löste.

»Es ist nichts Besonderes feststellbar.« Ein letztes Mal blickte sich Kelson in der verwüsteten Gruft um, ließ sodann sein Hand-Feuer zu sich zurückschweben. »Mag sein, wir machen zu Iomaire, wo er den Tod fand, aufschlußreichere Entdeckungen. In der nächsten Woche werden wir dort sein. Möchtest du noch irgend etwas genauer betrachten?«

»Nein, ich möchte nur wieder trockene Füße haben«, entgegnete Dhugal mürrisch und hob einen durchfeuchteten Stiefel aus dem Wasser. »Auch wären Speise und Trank mir lieb. Sogar die Fastenspeise unserer Wirte in der Abtei Sankt Bearand wird mir willkommen sein, solange sie die Leere meines Magens füllt.«

Diese Äußerungen machten Kelson auf seinen eigenen Hunger aufmerksam, und das Gespräch der beiden Jungmänner begann sich ums Tafeln zu drehen, derweil sie zum Einstiegsloch umkehrten und dort zu Saer und Dolfin hinaufriefen, sie sollten das Seil herabwerfen.

Als Arilans Kurier endlich, etwa gegen Mitte des Nachmittags, das Kloster St. Bearand erreichte, wo des Königs Gefolge Unterkunft genommen hatte, war Kelson noch nicht von seinem Ausflug zurückgekehrt, und man erwartete seine Ankunft auch nicht wesentlich früher als gegen Anbruch des Abends. Graf Roger und eine Handvoll Waffenknechte waren nach dem Mittagsmahl ausgeritten, und Jass sowie die meisten übrigen befanden sich noch auf der Jagd; so kam es, daß Conall der anwesende Ranghöchste war, als der Kurier eintraf.

Conall war es, bei dem er vorstellig ward, nachdem er sich bei dem Haldaneschen Lanzenreiter, welcher am Tor der Abtei Schildwache stand, zu erkennen gegeben hatte; und dieweil Conall des Königs Vetter war und einige der mitgebrachten Sendschreiben geradewegs an ihn gerichtet waren, händigte der Kurier ihm die Tasche mit sämtlichen Schriftstücken ohne jegliche Bedenken aus und suchte sodann das Refektorium auf, um sich dort an der bescheidenen Fastenspeise gütlich zu tun, welche man an einem Freitag im Kloster erhalten konnte.

Conalls Magen krampfte sich ahnungsvoll zusammen, als er sich mit der Tasche in die ihm zugeteilte Kammer zurückzog. Dort weilte sein Knappe und flickte mit Nähzeug einen Gurt vom Brustgeschirr eines der Packpferde, doch Conall senkte ihn mittels geistiger Beeinflussung – etwas jäh – in tiefen Schlummer, bevor er den Inhalt der Botentasche vor dem Kaminfeuer auf den Teppich entleerte, hastig die Schriftstücke durchwühlte. Die für ihn bestimmten Sendschreiben legte er unverzüglich beiseite – eins stammte von seiner Mutter, je ein weiteres hatten ihm seine zwei Brüder geschrieben –, denn mit ihnen vermochte er sich später abzugeben, nach Kelsons Rückkehr; die Schreiben jedoch, welche dem König galten, las er, ohne allerdings die Siegel zu erbrechen, bediente sich zu diesem Zweck der entsprechenden Magie-Fähigkeit, welche ihn Tiercel gelehrt hatte.

Erwartungsgemäß war Nigel der Absender der meisten Schreiben; sie befaßten sich mit den Alltäglichkeiten der Herrschaft übers Königreich und dessen Verwaltung, waren die Art von Schriftstücken, wie man sie eben gemeinhin an einen König sandte, wenn er sich fernab seiner Hauptstadt aufhielt. Einige waren in Duncans Handschrift niedergeschrieben, entweder in Nigels Auftrag und vom Prinzregenten unterzeichnet, oder Schriften Duncans selbst, in denen er über kirchliche und sonstige Angelegenheiten berichtete. Alle diese Sendschreiben erwiesen sich, was Conall anbelangte, als harmlos.

Einen Brief jedoch hatte Duncan an Dhugal gerichtet – der Bischof forderte seinen Sohn auf, das Geschriebene auch Kelson zur Kenntnis zu geben –, und von ihm ward Conall aus Furcht nachgerade schwindlig zumute, dieweil Duncan darin seine Entdeckung von Tiercels Leichnam in jenem Geheimgang schilderte.

Verdammnis! Es *mußte* ja ausgerechnet Duncan sein, der die Leiche fand!

Ein anderes Schreiben hatte Arilan an Dhugal verfaßt, erkundigte sich darin nach irgendwelchem Wissen, wie es geeignet sein könnte, zur Aufklärung von Tiercels Tod beizutragen. Der Deryni-Bischof hatte einen ähnlichen Brief an Kelson beigefügt; er ersuchte in demselben den König darum, er möge sichern, daß Dhugal die Anfrage ohne Verzug beantwortete.

Diese drei letztgenannten Sendschreiben flößten Conall höchste Furcht ein, sowohl jedes mit seiner einzelnen Bedeutung, als auch aufgrund ihrer gemeinsamen

Tragweite. Selbstverständlich hatte er darüber volle Klarheit besessen, daß jemand Tiercels Leiche letztendlich finden mußte; doch war es eines, zu erfahren, daß das erwartete Ereignis eingetreten war, hingegen etwas gänzlich anderes, zu wissen, daß es durch Duncan geschah – dem einzigen Mann in ganz Rhemuth, von dem Conall hatte befürchten müssen, daß er den Toten erkannte.

Nun hatte wahrscheinlich mittlerweile nicht allein Arilan nachgeforscht, sondern hatten gar auch sämtliche anderen, so mächtigen und geheimnisvollen Mitglieder des Camberischen Rates ihre gewiß nicht unbeträchtlichen Deryni-Begabungen zur Ergründung der Ursache von Tiercels Ableben aufgeboten; und obgleich keines der Schreiben auch nur die geringste dahingehende Andeutung enthielt, daß Arilan hinter Tiercels Tod irgend etwas anderes denn ein Mißgeschick argwöhnte – gar nicht davon zu reden, daß irgendwo Conalls Name erwähnt worden wäre –, fraß das Schuldgefühl an Conalls Gemüt gleich einem hungrigen Wolf, und allein seine überstarke Mißgunst half ihm dabei, die Regungen seines schlechten Gewissens alsbald zu unterdrücken.

Conall stellte fest, daß die Aussicht, Dhugal würde in dieser Sache befragt werden, ihn mit Entsetzen erfüllte. Sollte es Arilan, Dhugal oder sonstwem gelingen, einigermaßen genau die Stunde von Tiercels Hinscheiden zu ermitteln, wäre ersichtlich – soviel war Conall klar –, daß Dhugal aufgrund seiner Abwesenheit unmöglich irgend etwas damit zu schaffen haben konnte. Bei vordergründiger Betrachtung galt das gleiche für Conall, dieweil Jowan, sein Knappe, jederzeit aufrichtigen Herzens den Eid zu schwören vermöchte, daß sein Herr sich frühzeitig zu Bette begeben habe; jedoch *könnte* ein eindringlicheres Befragen des Burschen enthüllen, daß sein Gedächtnis vermittelst Magie beeinflußt worden war, und möglicherweise sogar, durch wen.

Diese Feststellung wäre sehr wohl genug, um weitere Untersuchungen zu betreiben, denn Conall stand es nicht zu, sich mit derartigen Sachen auszukennen. Und wer konnte wissen, ob sich Dhugal bei nachhaltiger Befragung nicht tatsächlich daran erinnerte, doch irgend etwas gehört zu haben, als sich Conall achtsam der Geheimtür zu Dhugals Gemächern nahte, als er, nachdem er Tiercels Leiche auf dem Treppenabsatz zurechtgelegt hatte, in die Königsburg zurückzukehren versuchte? Und falls er dann gar einen Zusammenhang mit Conall erblickte? Immerhin *hatte* Conall ja Tiercel einen Stoß versetzt, wiewohl keineswegs in der Absicht, ihm ernsten Harm zuzufügen ...

Aber einmal angenommen, man entdeckte Hinweise auf eine Verwicklung Dhugals in die Vorgänge? *Das* wäre, so sann Conall, eine wahrlich überaus vorteilhafte Lösung. Es mochte sich vielleicht sogar die Möglichkeit ergeben, Dhugal eine Falle zu stellen und auf diese Weise nicht allein eine etwaig drohende Überführung abzuwenden, sondern auch einen lästigen Rivalen. Freilich müßte zuvor gewährleistet sein, daß Dhugal keine Gelegenheit zu seiner Verteidigung hätte ...

Conall dachte über den Einfall nach, während er die Sendschreiben – mit Ausnahme der für ihn selbst eingetroffenen Briefe sowie der Schriftstücke, welche Tiercels Tod betrafen – wieder in die Botentasche steckte. Tiercels Arzttasche hatte er aus Rhemuth mitgenommen, sie aus Sorge, jemand könnte sie entdecken, nicht zurückzulassen gewagt. Möglicherweise fand er darin etwas, das ihm nun für seine Zwecke nützlich sein konnte. Er kannte nicht die Anwendungsbereiche aller Arzneien und Drogen in Tiercels Vorrat, aber über einige der Mittel wußte er durchaus Bescheid – jedenfalls zur Genüge, um dafür zu sorgen, daß Dhugal, ließ sich nur ein Weg beschreiten, um ihm so ein Mittelchen heimlich zu verabreichen, das Licht des folgenden Tages nicht mehr schaute. Nicht jedoch durch ein so einfaches Vorgehen wie Vergiften oder Unterschieben einer überhöhten Dosis. Morgen würden sie ja durch eine sehr zerklüftete Gegend reiten. Deshalb empfahl sich ein listigeres Handeln, die Gabe von etwas, das lediglich des Opfers Urteilsvermögen oder Wahrnehmungsfähigkeit minderte, oder ihm vielleicht ein trügerisches Gefühl der Sicherheit einflößte. Dem Mönchlein zufolge, welches sich als ihr Führer durchs umliegende Land betätigen sollte, hatte es vielerlei Örtlichkeiten, an denen ein unvorsichtiger Reitersmann vom Verhängnis ereilt werden mochte.

Aber bis zur Rückkehr der Ausgerittenen vermochte er nichts zu unternehmen, um sein im Entstehen begriffenes Vorhaben tatkräftig anzugehen, und er bedurfte noch einer gewissen Frist zum Nachdenken, um sich für genaue Festlegungen zu entscheiden. Conall verschloß die Botentasche und brachte sie ins benachbarte Gemach, jene Kammer, welche Kelson und Dhugal gemeinsam bewohnten, legte die Tasche neben Ciard O'Ruane, der dort schlief und schnarchte. Anschließend begab er sich zurück in die eigene Unterkunft, um Jowan zu wecken, die erhaltenen Briefe zu lesen und sich Gedanken über ihren Plan zu machen, welchen er später, am Abend, in die Tat umzusetzen anfangen konnte.

Kelson und seine Begleiter kamen gerade noch rechtzeitig wieder, um den Abendgottesdienst besuchen zu können, und Conall beobachtete voller Furcht und Neid, wie Dhugal und der König Arm in Arm die Abtei betraten. Der Prinz machte sich erst gar nicht die Mühe zu beten, während er unweit jenes Paars im Gestühl kniete, wenngleich er pflichtgetreu die Lippen bewegte und stets im richtigen Augenblick das Haupt neigte.

Während der darauffolgenden abendlichen Mahlzeit im Refektorium zeigte sich Conall nicht schlechter gelaunt als alle anderen, und man war guter Dinge, soweit die der Fastenzeit gemäße Zurückhaltung es erlaubte.

Er verweilte sogar noch ein wenig, um den Balladen zu lauschen, welche die Laienbrüder sangen, nachdem der König und seine Vertrauten die Gemächer des Abtes aufgesucht hatten, um dort noch ein Stündchen am Kamin zuzubringen.

Doch niemand blieb bis zu später Stunde, denn Saer sah für den nächsten Tag einen frühen Aufbruch vor, damit sie den Paß weit hinter sich hätten, ehe die Dämmerung eines neuen Abends heraufzog. Und so verabschiedete auch er sich achtungsvoll vom Abt, sobald es dem König und seinem Günstling Dhugal beliebte, sich noch vor dem Komplet in ihre Unterkunft zurückzuziehen, und begab sich zu Bette. Er schlief allerdings nicht. Nur kurze Zeit verstrich, bis die zutiefst stillen Stunden zwischen Komplet und Frühmette anbrachen und in der Abtei jedermann schlief; und währenddessen schlich Conall unangefochten zu den Ställen des Klosters, in welchen man schon die Pferdegeschirre und alle sonstige Ausrüstung bereit gelegt hatte, in Bereitschaft hielt für einen frühzeitigen Abritt nach der morgendlichen Meßfeier. Ohne Schwierigkeiten machte er Dhugals Habe ausfindig und entstöpselte den mit dem Wein für den nächsten Tagesritt gefüllten Weinschlauch. Er schnupperte daran, derweil er den Inhalt eines Fläschleins aus Steingut, das er seit dem Nachmittag insgeheim bei sich trug, in den Schlauch goß, um sich dessen zu vergewissern, daß Duft und Geschmack des Weins nicht preisgaben, was er hinzuschüttete. Es brauchte ihm keine Sorgen zu machen, falls Dolfin, Ciard oder irgendein Untergebener einen Schluck aus dem Schlauch nahm, dieweil Conall von Tiercel davon unterrichtet worden war, daß diese Droge ausschließlich auf Leute mit derynischem Blut in den Adern wirkte.

Nach vollbrachter Tat eilte Conall, bang und gleichzeitig doch voll hämischen Vergnügens, zurück in seine Schlafkammer und kroch wieder ins Bett; aber während der restlichen Nacht fand er nur wenig Schlaf.

12

Der Weg des Toren gilt ihm selbst als richtig.
SPRÜCHE 12,15

Der folgende Morgen dämmerte ruhig und feucht herauf, der neue Tag, so hatte es den Anschein, hielt noch mehr Regenfälle bereit. Als man die ansässigen Mönche bezüglich der Aussichten des Wetters befragte, beteuerten sie, bis zur Mittagsstunde *müßte* der Himmel aufgeklart haben, doch sei das Wetter um diese Jahreszeit bisweilen recht wechselhaft. Sogar im März hätte man in so manchem Jahr auf den Pässen noch Schnee gehabt. Nach dem gegenwärtigen Aussehen des Himmels könne man Gewitter, Schnee oder Sonnenschein mit gleichem Recht und Fug erwarten.

Nach der morgendlichen Messe und einem Morgenmahl, welches sich länger hinzog, als es ursprünglich gedacht gewesen war, stellte Kelson Überlegungen zu der Frage an, was man tun sollte. Noch regnete es nicht. Eigentlich bestand keine unabweisbare Notwendigkeit, die Wegstrecke über den Paß noch am heutigen Tag zurückzulegen, denn droben auf der Höhe stand eine kleine Abtei, in der sie, kam es darauf an, gewißlich einen trockenen Platz zum Schlafen finden konnten. Saer neigte halb dazu, noch einen Tag lang abzuwarten, weil er hoffte, es möchten letzten Endes eindeutigere Vorzeichen schöneren Wetters die Wolken vertreiben, die im Osten am Gesichtskreis der Erde entlangwallten; doch es drängte Kelson zum Weiterreiten, ihn verlockte die Möglichkeit, zu Iomaire mehr über Camber in Erfahrung zu bringen, denn dort kennzeichnete einst eine geweihte Gedenkstätte den Ort, an dem Camber im Kampfe fiel, und der König lebte in der Hoffnung, jene Stätte möchte sich als ergiebigerer Quell der Erkenntnisse erweisen als die Ruine zu Caerrorie.

Daher befahl Kelson seinem Gefolge, sich im Hof der Abtei zu sammeln, allerdings ein paar Stunden später, als er es zuvor gewünscht hatte. Und wie zur Bestätigung seiner Zuversicht brach just im selben Augenblick, als er sein Geleit mit einem Zeichen in Bewegung setzte und man sich anschickte, zum Tor der Abtei St. Bearand hinauszureiten, durch die Wolken Sonnenschein.

Eine unvermutet angenehme Bereicherung ihrer Gesellschaft war der Mönch, welcher die königliche Schar begleitete, um ihr den Weg zu weisen – Bruder Gelric, ein redseliger, nachgerade lächerlich dürrer Kerl, welcher auf einem zottigen, scheckigen Kleinpferd saß und wenig Zeit brauchte, um alle in seiner Nähe mit Erzählungen des Hoflebens, das er zu Llanned geführt hatte, bevor er sich fürs Mönchsdasein entschied, zum Lachen zu bringen. Seine Heiterkeit sowie das sonnige, wiewohl kühle Wetter hob bald die Stimmung sämtlicher Weggefährten. Eine kurze Zeit nur verstrich, und der junge Jass MacArdry hatte die Hälfte der Ritter, seine gesamten märkischen Klan-Brüder und einen Großteil der Haldaneschen Lanzenreiter dazu bewogen, mit in den Kehrreim einer unbeschwerten grenzländischen Volksweise einzustimmen, die er sang und welche beschrieb, wie einst der edelmütige Graf von Kilshane Tag für Tag und Nacht um Nacht ritt – fast eine Woche lang –, um den damaligen Klan-Häuptling der MacArdrys vor einem schrecklichen Überfall von See zu warnen.

Während der ersten Stunde kam man zügig vorwärts; es erforderte keine sonderliche Mühe, die weitgehend ebene, nicht allzu steile Steigung zu überwinden, welche sich unterhalb des eigentlichen Zugangs zum Paß erstreckte. Das Wetter hielt – blieb kalt, aber klar –, aber als die Reiter höhere Gefilde erreichten, ward die Luft in geringem Maße dunstiger. Ebenso erwies sich das Gelände als schwieriger. Allmählich erwiesen sich die Steigung und die Beschaffenheit des Untergrunds, derweil die Schar den Weg längs eines breiten, reißenden Bergbachs fortsetzte, welcher geschwollen war vom Regen und vom ersten Tauwetter in jenen Bergen, deren Hängen man sich nahte, als ernsteres, heikleres Hemmnis. Auf einer flachen, felsigen Anhöhe, unweit der eiskalten Wasser eines Sees, in den ein wundervoll anzuschauender Wasserfall zur Linken den Berg abgestuft herabrauschte, rief Bruder Gelric zu einer kurzen Rast auf, so daß Rösser und Mannen verschnaufen könnten.

»Es dürfte ratsam sein, ein jeder sieht das Geschirr der Tiere und alles andere nach, bevor wir von neuem reiten, Sire«, meinte er zu Kelson, während sich der König und Dhugal die Beine vertraten und Dolfin ihrer beider Rösser zum Tränken an den See führte. »Man soll sich davon überzeugen, daß alle Gurte sicher verschlossen sind und alles aufs beste festgeschnallt ist. Der Untergrund wird zunächst einmal noch schlüpfriger werden, ehe wir uns in dieser Beziehung wieder in Sicherheit wiegen dürfen. Dies hier ist die letzte einigermaßen flache Stelle, bevor wir auf die Höhe des Passes gelangen, und in aller Kürze werden wir einer hinter dem anderen reiten müssen.«

»Wie weit ist es noch?« wünschte Kelson zu wissen.

»Eine und eine halbe Stunde«, gab der Mönch zur Antwort. »Mag sein, etwas weniger, falls es nicht erneut zu regnen anhebt.«

Unruhig beobachtete und lauschte unfern am Ufer Conall, händigte sein Schwert Jowan aus, damit er es ihm an den Sattel gurte, derweil er selbst sich auf einem von der Sonne erwärmten Felsblock räkelte und so tat, als sei es für ihn von keinerlei Interesse, ob Dhugal aus dem mitgenommenen Weinschlauch trank oder nicht. Infolge des Sonnenscheins, wie schwächlich derselbe auch sein mochte, sowie der Mühsal der vergangenen Stunde des Reitens schwitzte Conall ein wenig in seinem Reitleder. Darüber hinaus begann er, was er in der Nacht getan hatte, beinahe zu bereuen. Während Dhugal und Kelson sich mit den Gegenständen befaßten, welche sie dabei hatten, Dolfin Gepäck zurechtrücken ließen und mit ihm gemeinsam Gurte neu schlossen, knüpfte Conall am Wams die Schnürung auf und befahl Jowan, ihm einen Becher vom kalten, köstlichen Wasser zu bringen, wie es vom Berg herabdonnerte. Wenn Dhugal vom Wein trank, brauchte Conall einen klaren Verstand, wollte er vermeiden, daß ein Schatten eines Verdachts auf ihn fiel.

Aber wie die Mehrheit der Schar zog auch Dhugal es vor, seinen Durst aus dem Bach zu stillen, streckte sich zu diesem Zweck der Länge nach bäuchlings auf einem flachen Felsen aus und trank aus der Hand, geradeso als wäre er ein gemeiner Bauernlümmel. Conall verspürte aufs neue bitteren Verdruß, als gar Kelson diesem vollständig unziemlichen, unschicklichen Beispiel folgte, wie es sich für einen König ganz und gar nicht gebührte. Nahezu wünschte sich Conall, seine Rivalen würden beide hingehen und aus dem Weinschlauch trinken. Dadurch wäre er weiterer möglicher Peinlichkeiten enthoben, denn außer den beiden selbst war niemand von Kelsons Gefolge dazu imstande, die Wirkung der dem Wein hinzugefügten Droge zu erkennen, ganz davon zu schweigen, daß irgendwer etwas dagegen tun könnte, und es mochte sein, dann nähme das Schicksal innerhalb der nächsten paar Stunden seinen Lauf.

Sollte hingegen keiner von beiden während des Tages von dem Wein trinken, so wollte Conall – das nahm er sich jetzt vor – in der Nacht, sobald sich dazu eine Gelegenheit bot, den Schlauch beseitigen; dann würde niemandem ein Harm werden, und er vermöchte sich ganz so zu stellen, als hätte er auch niemals irgendwelche bösen Absichten gehegt.

Die größte Gefahr für Conall bestand aus der Möglichkeit, daß Kelson, wenn nur Dhugal vom Wein trank, etwa eingriff, bevor Dhugal etwas zustieß. Denn obzwar es keinen offenkundigen Zusammenhang zwischen

Conall und der Droge im Weinschlauch gab, *mußte* die Entdeckung derselben den König doch darauf hinweisen, daß jemand mit Zugang zu derlei Mitteln auf Übles sann. Kelson hätte keinerlei Veranlassung zu einem wider Conall gerichteten Verdacht, aber die Tatsache, daß Conall die Sendschreiben, welche Tiercels Tod betrafen, entwendet hatte, würde auf lange Sicht zwangsläufig bedrohliche Nachforschungen auslösen; und Conall bezweifelte, daß er einer regelrechten Wahrheitsprüfung mittels geistiger Einblicknahme in seine Seele, sollte es dahin kommen, widerstehen könnte.

Aber vor ihnen lag eine gefahrvolle Wegstrecke. Vielleicht ergab sich, so überlegte Conall, eine Gelegenheit, wenn er sich dicht bei Dhugal hielt, um dessen Roß an einer günstigen Stelle vom Pfad abzudrängen, anschließend zu behaupten, sein Reittier hätte gescheut; und Conall vermochte seinen großen Grauen zum Scheuen zu bringen. Es käme niemals irgendwem in den Sinn, ihm rundheraus die Frage zu stellen, ob er das Scheuen seines Grauen verursacht habe. Und mit Dhugal, seinem gefährlichen Rivalen, wäre auch der beweisträchtige Schlauch voll Wein dahin.

Wie von Bruder Gelric angekündigt, gestaltete der Weg sich fortan beschwerlicher, der Pfad ward schmaler und stieg langsam über dem von Fluten geschwollenen Bach zu immer ansehnlicherer Höhe empor. Wie er es sich erhofft hatte, gelang es Conall, sobald sie den Zug nach droben in Einerreihe fortsetzen mußten, den Platz hinter Dhugal einzunehmen. Der Zustand des Bodens, welcher von Anfang an nicht sonderlich gut gewesen war, wandelte sich von schlammiger zu lehmiger Verfassung; doch es war die erhöhte Menge scharfkantiger Felsstücke, die daraus hervorragte und an welche die Rösser und Packtiere mit den Hufen stießen, so daß ihnen ein Straucheln mit den schlimmsten Folgen drohte. Je weiter sie aufwärts vordrangen, um so häufiger fragte sich Conall, ob er sich wirklich erkühnen sollte, einen

Anschlag auf Dhugal zu verüben, denn er befürchtete, dann mit seinem Opfer in die Tiefe gerissen zu werden. Unmittelbar zur Rechten erhob sich eine senkrechte Wand, welche hauptsächlich aus Felsgestein bestand, obschon man stellenweise verschlicktes Erdreich und durch die Wolkenbrüche der vergangenen Tage erzeugte winzige Rinnsale sah. Zur Linken fiel das Ufer mit erheblichem Gefälle – und mit der Zeit immerzu steiler – über eine schroffe, tückische Böschung bis zu felsigen Stromschnellen ab. Je höher hinauf die Reiterschar zog, desto geschwinder brausten die Fluten dahin, um so tiefer und schmaler ward das Bachbett, aus welchem allerorts wuchtige, von der Strömung geglättete Findlinge lugten und aus dessen Wassermassen und ihrem Schäumen und Gischten auch unregelmäßige Felsklötze schauten.

Da setzte erneut, ungefähr eine halbe Stunde nach der letzten Rast, Regen ein. Zuerst fielen nur ein paar Tröpfchen, so daß die Männer verdutzt aufblickten und sich fragten, ob sie aus dem wilden Bach aufgespritzt sein könnten; bald aber klatschten große Regentropfen herab, welche die Reiter dazu veranlaßten, die Häupter einzuziehen, sich die Kapuzen über die Scheitel zu streifen. Und binnen kurzem steigerte sich das Tröpfeln zu einem abermaligen Sturzregen.

Conall duckte sich unter seinen Umhang, murmelte bei sich verdrossen Verwünschungen, derweil er in den Regen blinzelte. Selbst wenn der Pfad breit genug gewesen wäre, um kehrtmachen zu können – und er war es nicht, schon seit einer ganzen Weile nicht mehr –, hätte die Vorstellung, auf dem Weg umzukehren, den sie bereits zurückgelegt hatten, zumal er abwärts verlief, doch höchstes Unbehagen bereitet. Auch hätte er äußerst ungern am nächsten oder übernächsten Tag nochmals den Aufstieg begonnen. Eben erst wären sie an einer Stelle beinahe eines Packpferds verlustig gegangen, und hier war der Pfad gar noch schlimmer als dort beschaffen. Außerdem hatten sie inzwischen – oder wenigstens fast – die halbe Strecke überwunden. Es wäre eine große Torheit, jetzt umzukehren.

Voraus sah es – soweit Conall durch den heftigen Regen überhaupt etwas zu erkennen vermochte – kaum besser aus. Unmittelbar vor ihm stapfte Dhugals Rotbrauner dahin, und zwischen Dhugal und Kelson, die dichtauf dem Führer folgten, ritt Dolfin. Der Rest des Gefolges kam in weit auseinandergezogener Reihe hinter Conall. Unmittelbar nach ihm ritt Jowan. Just bevor der Mönch hinter einer Biegung außer Sicht geriet, beobachtete Conall, wie Gelric sein gschecktes Kleinpferd näher zu Kelson trieb und im Regen ein Wort an den König richtete; gleich darauf jedoch strebten der Mönch und Kelson weiter, und Conall folgerte, daß sie sich gegen eine Umkehr entschieden hatten.

Nun wohl, sagte sich Conall, mir soll es recht sein. Er vermutete, daß sie nicht noch nasser werden konnten. Und selbst falls die vorausliegende Wegstrecke noch ärger sein sollte als jenes Stück des Pfads, welches sie bereits hinter sich gebracht hatten, so harrte ihrer doch droben auf dem Paß verheißungsvoll die Abtei mit bullig-heißen Kaminfeuern, trockenen Gewändern und warmer Speise ...

Während er dergestalt gebeugt im Sattel saß, gab sich Conall Tagträumen von erwärmtem Wein hin, ersehnte ein Ende des feuchten Ritts, lauschte ausschließlich auf das gleichmäßige Klapp-klapp der Hufe seines Grauen, welcher dicht – Nase an Schweif – hinter Dhugals Roß blieb, zuckte gelegentlich zusammen, wenn das unablässige Geräusch den Eindruck erregte, als würde das Tier ausrutschen, vermied es unterdessen geflissentlich, den Blick auf das zu lenken, was so dicht zur Linken lag. Das Regenwasser überspülte den Pfad in wahren Strömen, so daß die Tiere mancherorts verschlicktes Wasser durchqueren mußten, das ihnen bis an die Fesseln reichte. Auf der anderen Seite des Hohlwegs, durch welchen der Gebirgsbach schoß, flossen ihm mehrere Nebenbäche zu, die einige Ähnlichkeit mit jenem Wasserfall besaßen, den die Schar hinter sich gelassen hatte, wenngleich sie weniger gewaltsam herniederstürzten. Ihr Rauschen sowie das Brausen der Stromschnellen unterhalb des Pfads schlossen jede Möglichkeit einer mündlichen Unterhaltung aus, und was Conall von der Verständigung auf geistiger Ebene verstand, wagte er freilich nicht anzuwenden, daher mußte er sich damit zufriedengeben, die Handzeichen und das Mienenspiel der Reiter vor ihm zu beobachten und zu deuten, so wohl er es eben vermochte. Kelson wirkte, wie Conall mit insgeheimer Schadenfreude bemerkte, keineswegs allzu glücklich, und Dhugal sogar regelrecht sorgenvoll.

Schließlich begann wenigstens der Regen nachzulassen. Conall tröstete sich damit, daß das zumindest eine gewisse Verbesserung sei. Der Untergrund machte, soweit man ihn voraus überblicken konnte, weder einen festeren Eindruck, noch erweckte er den Anschein stärkerer Verschlammung, doch anscheinend ward der Pfad ein wenig breiter. Conall wähnte, er sei nicht länger so steil wie zuvor; später jedoch gelangte er zu der Auffassung, daß ihn sein Auge in dieser Hinsicht getrogen haben mußte. Wie auch der tatsächliche Zustand der voraus befindlichen Steigung sein mochte, was deren Steilheit anbetraf – die Kräfte der Natur wählten diesen Augenblick, um Unheil zu verhängen.

Das scheckige Kleinpferd war das erste Tier, das plötzlich in Schwierigkeiten geriet, unversehens stand es bis zu den Knien in Treibsand gleichem, vom Regen aufgeweichtem Lehm, doch sogleich ereilte der gleiche Unsegen die nachfolgenden Rösser; alsbald staken die Reittiere Kelsons, Dolfins und Dhugals gleichfalls bis unter die Bäuche im Schlamm, wieherten kläglich und wühlten, indem sie mit den Beinen traten, den völlig verschlickten Untergrund auf, während sich unter ihnen der gesamte Pfad auflöste.

Dann verlor auch Conalls Roß unterm linken Bein den Halt, warf ihn fast vornüber ab, als er versuchte, es von der tückischen Stelle fernzuhalten. Knappe Jowan, welcher dicht nach seinem Herrn folgte, trieb sein Reittier näher, um Conall für den Fall, daß der Prinz abzusitzen wünschte, eine Hand zu reichen, aber dadurch kam Jowans Brauner ins Rutschen und Schlittern, glitt mit beiden Hinterbeinen über des Abgrunds Kante, zappelte verzweifelt, um wieder mit allen vier Gliedmaßen auf festeren Erdboden zu gelangen, derweil Jowan am Hals des Tiers emporzuklimmen versuchte.

Unwillkürlich haschte Conall nach den Zügeln des Reittiers, bemühte sich gleichzeitig darum, das eigene Roß zu bändigen, doch ward ihm im Handumdrehen offenbar, daß er möglicherweise nicht einmal sich selbst das liebe Leben würde bewahren können. Es schien, als zerbröckele nun der gesamte Abhang, nachdem er zu lange mit Regenwasser durchtränkt und dann zu vielen Pferden mit insgesamt zu hohem Gewicht ausgesetzt worden war. Er hörte, wie voraus jemand über den Rand des Pfads stürzte, ob Mann oder Tier oder beides, blieb ihm verborgen, er fand nicht die geringste Zeit, um sich dafür zu interessieren, dieweil es ihn alle Mühe kostete zu verhindern, daß es ihm genauso erging. Dhugals Roß wieherte laut und warf sich immer wüster umher, trachtete nach Wiedererlangung eines Halts, und dabei warf es Dhugal über die linke Schulter ab; dann trat es zudem mit einem Hinterbein durch die Zügel von Conalls Roß, riß dem armen Tier den Kopf bis auf den schlammigen Pfad herab. Wo Dhugals Sturz endete, konnte Conall nicht sehen, denn dieweil sich sein Roß wiederholt um die eigene Achse drehte, wurden die Zügel von Jowans Reittier seiner Faust entrissen, und Conall schaute sich, noch im Sattel, sofort nach den Folgen um. Jowan schrie auf, Conall sah, wie er und sein Tier langsam über den Rand des Abhangs zu rutschen anfingen, aber Conalls eigene Lage war über die Maßen ernst, ja bedrohlich, so daß er es nicht wagte, einen nachdrücklicheren Versuch zu Jowans Rettung zu unternehmen, denn andernfalls verlöre er gewißlich das Gleichgewicht, und sie würden beide, er und Jowan, in die Tiefe stürzen. Ohnehin rutschte sein Roß, wie sehr es sich auch abstrampelte, unaufhaltsam dem Abgrund entgegen, und es nutzte ihm wenig, daß es sich zudem abmühte, um sich von den Zügeln zu befreien, durch welche Dhugals Reittier ein Bein getreten hatte. Offensichtlich war es unausweichlich, daß einige Tiere abstürzten. Vorn hatte bereits eines dieses Los erlitten. Conall vernahm seinen Schrei und das dumpfe Aufklatschen des Pferdeleibs, als es weit drunten in die Stromschnellen fiel, aber es beanspruchte ihn viel zu stark, sein Roß möglichst auf festeres Erdreich zu treiben, als daß er dazu imstande gewesen wäre, sich umzusehen und zu schauen, um wessen Tier es sich handelte – höchstwahrscheinlich um Kelsons oder Dolfins Reittier. Er konnte keinen von beiden sehen.

Aber Conalls Roß war drauf und dran, vollends jeden Halt zu verlieren. Dieweil er selbst die geringste Aussicht auf denkbare Errettung wahrzunehmen gedachte, sprang er aus dem Sattel, trachtete sich an der Steilwand zur Rechten in Sicherheit zu bringen, krallte die behandschuhten Finger um ein paar dürre Wurzeln von Sträuchern und Bäumen, welche die Regengüsse freigelegt hatten, und hoffte, daß sie sein Körpergewicht verkrafteten. Erfreulicherweise taten sie es, aber Conalls Grauer, seines Reiters und dessen zusätzlichen Gewichts, das sonst den Sattel drückte, nun ledig, bäumte sich in einer verzweifelten Anstrengung auf, um Dhugals Rotbraunen abzuschütteln, und dabei kippte er über den Abgrund, riß den Rotbraunen mit hinab.

Conall rettete sich rasch genug, um noch mitansehen zu können, wie sein Roß und Dhugals Reittier über den Rand des Hangs verschwanden, und er vermutete, daß inzwischen auch Jowan denselben Weg genommen hatte. Und vorn schlitterte, indem es sich wiederholt überschlug, ein wirres Knäuel von grobem Tuch und Matsch, von Roß und Reiter die Boschung hinunter – wohl Dhugal und sein Tier –, gefolgt von der Gestalt Dolfins, der mit den Gliedmaßen fuchtelte, und im nächsten Augenblick klatschten alle und alles ins weißliche Brodeln der Fluten, welche sich unten vorüberwälzten. Von Kelson hingegen konnte Conall weit und breit nichts erkennen.

Unversehens befand sich Conalls Onkel Saer bei ihm, schob sich zu Fuß an der Steilwand entlang an seine Seite, schlang ihm, obschon von Schluchzen geschüttelt, einen Strick um die Hüften. Conall wagte es, nochmals in den Abgrund zu spähen und sah den Rotbraunen, der in den Wassermassen, als wäre er in Raserei verfallen, ums Leben kämpfte, um eine Biegung der Schlucht entschwinden, in die Richtung des Wasserfalls, der weiter bachabwärts sein Tosen vollführte. Conalls Roß lag drunten zerschmettert auf Felsbrocken, regte sich nicht mehr, die Beine waren in unnatürlichen Winkeln geknickt und verdreht, und ein kurzes Stück davon entfernt erblickte er den Körper des gescheckten Kleinpferds, das mit dem Bauch nach oben auf dem Wasser schaukelte, zeitweilig festgekeilt zwischen einigen Klippen. Allem Anschein nach waren auch mehrere Packpferde in den Bergbach gestürzt.

Später konnte Conall sich nicht mehr erinnern, unter welchen genauen Umständen Saer ihn dorthin zurückgeleitete, wo sie zuvor Rast gemacht hatten, oder wann es zu regnen aufhörte. Aber für den Rest seiner Erdentage sollte er sich an die Mienen der dort versammelten Überlebenden entsinnen, während sie nach und nach die Leichen von Männern sowie die Kadaver von Rössern und Pferden aus den ruhigeren Wassern des Sees bargen, welcher sich eine gewisse Strecke weit unterhalb vom Sturzbach des Wasserfalls und dessen Toben befand. Aus selbigem Teich, in dem sich allerlei Treibgut ansammelte, kamen lebend allein der arg gerupfte Knappe Dolfin – halb ertrunken war er, hatte sich überdies mehrere Rippen sowie ein Handgelenk gebrochen, gar nicht zu reden von zahllosen Prellungen überall an seinem Körper – und Dhugals Roß wieder zum Vorschein, welches bebte und mühevoll um Atem rang, jämmerlich ein Bein nachzog, derweil es mehr schlecht als recht versuchte, dem Knecht zu folgen, der es fort vom Ufer führte.

Im Gegensatz zum Rotbraunen, dem man den Gnadenstoß geben mußte, durfte Dolfin seiner Genesung entgegenblicken. Nachdem man Dolfin dazu gebracht hatte, das geschluckte Wasser auszuhusten, hüllte Pater Lael des Burschen Rippen und Handgelenk in Verbandszeug, flößte ihm heiße Brühe in die Kehle und erklärte des Knappen Überleben zu einem Wunder.

Dem anderen abgestürzten Knappen dagegen war kein derartiges Wunder zu Hilfe gekommen. Conall zählte zu denjenigen, welche Jowans Leichnam am anderen Ende des Teichs zwischen Felsklötzen eingeklemmt fanden; er wäre zweifellos ertrunken, hätte ihm nicht ohnehin ein schroffer Fels beim Aufprall todbringend den Schädel aufgeborsten. Und wie seine Entdekker noch den Schrecken zu verwinden suchten – Conall fühlte sich infolge der Haaresbreite, mit der er selbst dem Tod entronnen war, noch ein wenig benommen –, schwemmten Wogen die Leiche des unglücklichen Bruder Gelric aus dem gischtigen Gebrodel und Geschäume unterhalb des Wasserfalls, woraufhin er für ein flüchtiges Weilchen im Kreis umhertrieb, bis ein Sog ihn erneut unter Wasser riß, aus dessen Tiefe er sodann nicht wieder auftauchte; das gleiche widerfuhr Jowans Braunem, der sich noch schwach bewegte.

Im Laufe der nächsten Stunden spülte der Bach ebenso die Kadaver von Dolfins Nußbraunem, Conalls Grauem, zwei Lastpferden sowie des scheckigen Kleinpferds über die Fälle, allesamt längst ertrunken und zerschmettert. Und später bargen sie – noch ein Stückchen weiter abwärts – in vergleichbarem Zustand Kelsons Grauen, am Sattel unverändert das Schwert der Haldanes festgeschnallt. Vom König und seinem Ziehbruder jedoch entdeckte man keinerlei Spur, obschon man nach ihnen Ausschau hielt, solange das Licht des Tages währte, und danach noch für einiger Stunden Dauer bei Fackelschein.

Auch nachdem Saer die Suche abbrach, um sie erst am kommenden Morgen fortsetzen zu lassen, verblieben die MacArdry-Männer am Seeufer und hielten unermüdlich Wacht. Der alte Ciard O'Ruane klagte in gedämpften Lauten vor sich hin, derweil er in seinem Gram mit dem Oberkörper vor- und zurückschwankte, denn für Ciard war sein junger Klan-Häuptling fast wie ein eigener Sohn gewesen. Indem er die Trauer des alten Knechts zum Vorbild nahm, rief Pater Lael die gesamte Schar nahebei zusammen, auf daß man für Jowans Seele bete, und diesen Gebeten fügte man Bittgesuche um des Königs und Dhugals heile Wiederkehr hinzu. Danach leisteten Jass und die übrigen MacArdry-Getreuen, während die Knechte ein behelfsmäßiges abendliches Mahl erstellten, Ciard Gesellschaft, Dhugals Schwert wie ein Kreuz ins Erdreich gerammt, und Jass klammerte die Fäuste um die Querstange der Waffe, stützte die Stirn an den Schwertknauf, so wie er keine drei Wochen zuvor mit seinem Klan-Oberhaupt und dem König – in der Nacht vor ihrem Ritterschlag – gemeinsam Wache gehalten hatten, und er weinte, als müßte ihm das Herz brechen.

Erst lange nach Einbruch der Dunkelheit, derweil er neben einem der Lagerfeuer ihrer trauervollen Lagerstatt unter einem ausgeborgten Umhang ruhte – so tief hatten auch ihn des Nachmittags Geschehnisse mit Betroffenheit und Bestürzung erfüllt –, gewann Conall mit einem Mal darüber Klarheit, wie gering die Wahrscheinlichkeit war, daß sie Kelson oder Dhugal noch fanden –

oder daß sie, falls doch, noch lebten. Das erhob Conalls Vater zum König und machte Conall selbst zum Thronerben!

Und Conall brauchte wegen dieser glücklichen Fügung des Schicksals nicht einmal Gewissensbisse zu haben, konnte er doch in aller Aufrichtigkeit – ehrlich vor sich und der Welt – von sich behaupten, daß er bei den traurigen Vorgängen des heutigen Tages keine Hand angelegt hatte, ließ man einmal außer acht, daß Dhugal und vielleicht auch Kelson, wäre es nicht zu dem Unheil gekommen, wohl von jenem Wein, welchen Conall vergiftet hatte, getrunken hätten. Aber auch der Weinschlauch war in jenes nasse Grab gesunken, das mittlerweile Dhugals und des Königs letzte Ruhestätte sein mochte.

13

Wohlan, die Furcht vor mir braucht dich nicht einzuschüchtern, und Druck von meiner Seite soll dich nicht belasten!
Hiob 33,7

Dhugal erlangte das Bewußtsein unsicher und in der festen Überzeugung wieder, er läge im Sterben; oder er wäre womöglich bereits tot. Obzwar es ihm mit Mühe gelang, die Augen aufzuschlagen, blieb es ringsherum dunkel, ja pechschwarz war es rund um ihn, und ganz ohne Zweifel war alles kalt und naß – doch sollte er wahrhaftig tot sein, wieso vernahm er dann in seinen Ohren dies Dröhnen? Außerdem verspürte er zu herbe Schmerzen, als daß er hätte tot sein können. Er lag auf dem Bauch, Wasser schwappte ihm ins Angesicht. Er schaffte es, das Haupt weit genug zu heben, so daß er einen unregelmäßigen Atemzug zu tun vermochte, aber seine Lungen brannten vom Wasser, das er schon geschluckt hatte. Urplötzlich krümmte sich sein gesamter Leib in heftigen Krämpfen, welche ihn auf die Seite warfen, er fing zu husten und zu würgen an. Dhugal spie Wasser aus dem Rachen, prustete welches aus der Nase, und er blieb mit knapper Not dazu imstande, das Haupt zur Genüge in die Höhe zu halten, um die Flüssigkeit nicht wieder einzusaugen. Irgendwie gelang es ihm, sich auf Hände und Knie emporzustemmen; genaugenommen auf Ellbogen und Knie, denn in seinem linken Handgelenk entstand ein schrecklicher Schmerz, sobald er es zu belasten versuchte. Danach jedoch konnte er für eine Weile nichts tun außer noch mehr Wasser aushusten, er ächzte und würgte, ohne es irgendwie verhindern zu können, bis er sich nachgerade dessen sicher war, entweder die Eingeweide oder seine Lungen erbrechen zu müssen.

Zu guter Letzt aber hatte es den Anschein, als wäre

sein Körper mit dem Ergebnis zufrieden. Sein Brustkorb schmerzte, als hätte sich ein Riese darauf niedergelassen, und Dhugal mochte vorerst gar nicht daran denken, wie ernstlich sein Handgelenk verletzt sein könnte; doch zumindest war er noch am Leben. Er ließ den Oberkörper auf Schenkel und Unterarme sinken, legte die Stirn aufs unversehrte Handgelenk, um dagegen vorzubeugen, daß ihm von neuem Wasser in Mund oder Nase geriet – denn er kauerte in mehrere Fingerbreit hohem Wasser –, und zwang sich zu einem gedehnten, zur Beruhigung geeigneten Atemzug, während er mittels schierer Willenskraft das Gewummer seines Herzens mäßigte, bis es nahezu in gewohnter Schnelligkeit schlug, zwinkerte sich sodann den Sand aus den Augen, versuchte in der Finsternis, welche ihn umgab, irgend etwas zu erkennen. Das Brausen hinter seinem Rücken blieb ihm ein Rätsel – bis ihm schlagartig, ohne Übergang, ohne irgendeinen vorherigen Anhaltspunkt, die Erinnerung zurückkam.

Der Fluß! Gütiger Gott, wo war Kelson? Der Abhang am Ufer war unter ihren Rössern abgesackt, sie waren hinabgestürzt, in die Stromschnellen.

Dhugal stieß ein Wimmern aus, als er sich mühsam aufsetzte, denn die Pein in seinem Handgelenk war so grausam, daß er fast die Besinnung verlor, obwohl er sich mit der unverletzten Hand abstützte. Sollte ihm das Bewußtsein schwinden und er aufs Angesicht fallen, mußte er ernsthaft befürchten, diesmal tatsächlich zu ertrinken. Und Kelson ... Dhugal erinnerte sich genau, daß Kelson ebenfalls in die Fluten gestürzt war, er besann sich darauf, einen Satz aus dem Sattel vollführt zu haben, als sein Roß unwiderruflich verurteilt war zum Sturz in die Tiefe, daß er versucht hatte, seinem Sprung eine bestimmte Richtung zu geben, um nicht auf einen der Felsen zu prallen, welche drunten drohten, aber noch während er sich im freien Fall befand, hatte er in der Nähe Kelson schon im Wasser bemerkt; der König hatte wie betäubt und voller Grausen gewirkt. Wuchtig war Dhugal ins Wasser geklatscht, nur knapp dem Aufschlag auf einen klotzigen Uferfelsen entgangen, tief ins Naß versunken. Irgendwie ergab sich die Gelegenheit, sich von irgend etwas abzustoßen, so daß er sogleich wieder auftauchte, sich heftig Wasser aus den Augen schüttelte, Umschau hielt nach Kelson. Unweit sah er einen karminroten Ärmel leuchten, versuchte hinzuschwimmen, schrie auf, als er unterwegs mit einem Knie gegen einen unter dem Wasserspiegel verborgenen Felsen stieß, jedoch wagte er auf seine unmittelbare Umgebung nicht allzuviel Beachtung zu verschwenden, aus Sorge, den König aus den Augen zu verlieren. Danach lief alles Weitere etwas wirr ab, blieb unklar in Dhugals Erinnerung, aber er wußte noch, daß er Kelson zu erreichen imstande gewesen war, und sie hatten sich aneinandergeklammert, so lange es ihnen möglich blieb, derweil die Wassermassen sie fortrissen; das nächste, an das er sich entsinnen konnte, waren der Wasserfall, die *Gewißheit*, daß sie dem Geschick, über ihn hinabgespült zu werden, nicht entgehen würden. Kelson war erheblich schwerer verletzt worden denn Dhugal. Beide hatten mit schwachen Stimmen geschrien, als der Sturzbach des Wasserfalls sie in den Abgrund schleuderte. Bis hinunter auf den Grund zu Füßen des Wasserfalls hatte sich Dhugal an Kelson festgekrallt, doch in bezug auf das, was anschließend geschah, war er sich unsicher. Indem Dhugal rasch, aber vorsichtig seine nächste Umgebung ertastete – mit dem heilen Arm –, stellte er fest, daß Kelson jedenfalls außerhalb seiner unmittelbaren Reichweite verblieben sein mußte. Sie waren jedoch noch zusammen gewesen, als eine Strömung sie erfaßte, immer tiefer und tiefer hinabdrückte, bis Dhugal vermeinte, ihm müßten die Lungen platzen, und am Ende war er der Kälte und dem Schmerz unterlegen, er hatte Wasser eingeatmet und vom Ringen ums Überleben abgelassen.

Die Erinnerung daran brachte ihn erneut zum Husten, wenngleich nicht so heftig wie zuvor; allerdings fühlte er diesmal eine andere Art von Schmerz in der Brust, welcher möglicherweise anzeigte, daß er sich – neben der Verletzung der Hand – ein, zwei Rippen gebrochen hatte. Er preßte die brauchbare Hand einige Augenblicke lang auf seine Rippen, hielt den Atem an, während er sich noch einmal in der Finsternis ringsum zurechtzufinden versuchte; überrascht bemerkte er, daß der Weinschlauch, den er sich um die Schultern gehängt hatte, noch da war, ihm vor der Brust baumelte.

Nun, angesichts der Umstände war er dem Himmel schon für jede geringe Gunst dankbar. Falls der Stöpsel nicht herausgesprungen war – und indem er den Schlauch mit den Fingern befühlte, entdeckte er, der Stöpsel war noch vorhanden –, mochte ihm der Wein zur Linderung der Schmerzen zu verhelfen, oder ihn wenigstens, wenn ihm wieder etwas wohler zumute war, ein wenig aufwärmen.

Als allererstes jedoch benötigte er Licht; ohne Licht traute er sich nicht weg vom Fleck, denn ihm war auf einmal klar, was das Brausen hinter ihm bedeutete – ganz nahe wälzten sich die Fluten vorbei, aus denen er sich, wiewohl nur halb bei Bewußtsein, irgendwie gerettet haben mußte. Ließ er jetzt keine Umsicht walten, geriet er vielleicht wieder hinein, und ein zweites Umhergeschleudertwerden unter Wasser würde er, das konnte er absehen, gewißlich nicht lebend überstehen. So mußte denn ein Hand-Feuer her. Auch wenn sein Haupt noch voller Wasser zu sein schien, eine solche Kleinigkeit von Magie dürfte er sicherlich fertigbringen. Aber als er, ohne erst darüber nachzudenken, mit den Fingern der verletzten Hand die für selbige magische Verrichtung erforderliche Gebärde zu machen trachtete, schoß ihm ein Schmerz bis weit in den Arm herauf, so daß er zwischen zusammengebissenen Zähnen Luft einsaugte und ums Haar von neuem zu husten begann.

Herr Jesus, war das verfluchte Handgelenk etwa gebrochen?

Eine daraufhin vorgenommene Untersuchung, äußerst sachte durch Betasten mit der Rechten ausgeführt, legte ihm die Annahme nahe, daß es vielleicht nicht gebrochen sei, sondern lediglich schwer verstaucht; abgesehen davon jedoch, daß er es mit eines Hand-Feuers Erzeugung nun weniger leicht als erwartet würde, ergab sich daraus kein wesentlicher Unterschied. Unter herkömmlichen Bedingungen, daran kannte er keinen Zweifel, wäre er mit beiden Händen Hand-Feuer hervorzurufen fähig gewesen; gegenwärtig befand er sich aber in alles andere denn herkömmlichen Zuständen, und er hatte bisher stets nur mit der Linken Hand-Feuer erzeugt. Nicht zum erstenmal in seinem Leben erwies sich Dhugals Linkshändigkeit eindeutig als Nachteil; er unterstellte allerdings, daß er sich, wäre er Rechtshänder, das *andere* Handgelenk angeschlagen hätte, dieweil er mutmaßte, daß er die Verletzung einem Versuch verdankte, sich mit der bevorzugten Hand von einem Felsblock abzustoßen.

Also blieb ihm nichts anderes übrig, als das Hand-Feuer der Rechten zu entlocken, denn Licht mußte er um jeden Preis haben, sowohl um nach Kelson suchen zu können, als auch zum Zwecke des eigenen Überlebens. Indem er langsam und bedächtig Atem schöpfte, bildete er eine hohle Hand, lenkte indessen die Ballung von Geisteskraft, deren es zur Bewerkstelligung dieser magischen Anwendung bedurfte, anstatt zur linken in die rechte Seite, beeinflußte mit geistigen Mitteln das Fließen der Naturgewalten. Anfangs flackerte das dadurch geschaffene Leuchten in seiner rechten Handfläche unstet, aber dann erlangte es rasch seinen gewohnten, kräftigen Silberglanz. *Dank sei Gott!*

Großen Nutzen hatte Dhugal jedoch nicht von der Helligkeit. Als er die Hand hob, um einen Überblick zu erhalten, ersah er, wieso er, als er das Bewußtsein wiedererlangte, hatte röcheln und würgen müssen. Er hockte im Wasser auf einer flachen Felsplatte, welche gleich am Rand eines unterirdischen Bachs ruhte – oder gar an einem Fluß solcher Art, wie das Gewässer zu bezeichnen wohl trefflicher war, denn es war dermaßen breit, daß Dhugal nicht die andere Seite der wilden Wasser, welche mit stürmischer Geschwindigkeit vorüberbrausten, zu erspähen vermochte.

Während er sich hin- und herbewegte, um alles rundum achtsam in Augenschein zu nehmen, knirschte unter ihm Sand, und infolge der Kälte begannen ihm die Zähne zu klappern; längs des Ufers bemerkte er Ansammlungen von Treibholz und sonstigen Treibguts, welche dunkel an den Seitenwänden der Höhle aufragten und ein wenig abseits des Wassers angeschwemmt lagen. Vielleicht war einiges davon trocken.

Nun denn, möglicherweise gelang es ihm, ein Feuer zu entfachen. Irgend etwas mußte er tun, um trocken zu werden und Wärme zu erlangen; sonst wollte es sich am Ende doch noch als besser herausstellen, er wäre ertrunken. Dhugal war ein vorzüglich ausgebildeter Feldscher und wußte auch am eigenen Leibe die Anzeichen einer Unterkühlung unfehlbar zu deuten; und Gott allein wußte, mit welchen Schwierigkeiten er sich würde befassen müssen, wenn er Kelson fand – vorausgesetzt natürlich, daß Kelson noch lebte. Schon die bloße Vorstellung, das Gegenteil könnte zutreffen, verscheuchte Dhugals Benommenheit, klärte ihm das Haupt und verlieh ihm eine Kraft, von welcher er gar nicht geahnt hatte, daß sie ihm noch zu Gebote stand, so daß es ihm möglich ward, sich aufzurichten, sich langsam und wacklig zu erheben. Er war zu verwirrt gewesen, um es sofort zu beachten, aber nun spürte er, daß sein Haupt schmerzte – das Hinterhaupt –, und zwar offenbar nicht allein infolge des längeren Untergetauchtseins. Eine mit der unversehrten Rechten durchgeführte eilige Untersuchung ergab eine beträchtliche Beule, wo er gegen einen Felsklotz gestoßen sein mußte. Er konnte nur hoffen, daß sein Gehirn darunter nicht gelitten hatte.

Auch im rechten Fußknöchel fühlte er Pein, als er auf höhergelegenen Boden zu schlurfen versuchte; im durchweichten Stiefel zeigte der Fuß eine Neigung zum Anschwellen, und Dhugal wagte keinen Gedanken daran zu vergeuden, ob er etwa gebrochen sein möchte. So stark wie das Handgelenk schmerzte er nicht; aber falls er gebrochen war und Dhugal den Stiefel auszog, bekam er ihn vielleicht nicht wieder an den Fuß. Und zumindest stützte das Leder den Fuß in gewissem Umfang, während er versuchte, nach Kelsons Verbleib zu forschen. Er spürte nicht, daß Knochen aneinandergescheuert hätten, derweil er zu einem Haufen angetriebenen Astwerks hinkte, um sich eine Länge Holz abzubrechen, das sich als Krücke verwenden ließ, obgleich der Fußknöchel ihm Schmerzen verursachte.

Dhugal erachtete es als ratsam, seinen voll Wasser gesaugten Umhang zumindest bis auf weiteres abzustreifen. Das weite, von Nässe getränkte Kleidungsstück aus grobem Wollstoff, Leder und Fell wog in diesem Zustand wohl nahezu soviel wie Dhugal selbst; und was es in so feuchter Verfassung vielleicht noch an Wärme zu spenden vermochte, ward sicherlich mehr als zunichte gemacht durch den Kraftaufwand, welchen Dhugal aufzubieten hatten, um es mit sich umherzuschleifen. Im übrigen fiel ihm auf, da er jetzt wieder klarer denken konnte, daß die Luft in der Höhle keineswegs so übermäßig kalt war, trotz der Eisigkeit des Wassers, von welcher er noch schlotterte. Ihm war, als könnte er sich auf den Sachverhalt besinnen, daß in unterirdischen Höhlen während des ganzen Jahres mehr oder weniger immerzu gleiche Kühle oder Wärme herrschte, ähnlich wie in den Gewölben eines Weinkellers. Falls es ihm trocken zu werden gelang, würde das Gefühl der Kälte voraussichtlich zu seinen minderrangigeren Unbilden zählen. Wenn er also seine nasse Kleidung ablegte ...

Er ließ das Hand-Feuer in Höhe seines Hauptes schweben, knotete sich gerade mit einer Hand die Schnüre des Gewands auf – spähte unterdessen sorgenvoll in das Dunkel ringsum –, da sah er ein wenig weiter unten, nicht weit von der Stelle, wo er festen Boden erreicht hatte, dunkle Umrisse, welche sich durch mehr Regelmäßigkeit denn die Haufen angeschwemmten Treibguts auszeichneten. Dhugal verhielt inmitten der Bewegung, heftiges Weh wühlte in seinem Haupt, als er seine übersinnliche Wahrnehmung dort hinrichtete; einen Augenblick später mißachtete er jegliche Pein in Haupt, Handgelenk und Fußknöchel, humpelte eilends hinüber, so schnell er es konnte. »*Kelson!*« schrie er. Eine Antwort erscholl nicht, als er sich näherte, aber Dhugal wußte, es war der König. Indem Dhugals Hand-Feuer die scheinbar festen Umrisse mehr und mehr erhellten, glichen sie zusehends einem Bündel unter einem klatschnassen karmesinroten Umhang; und als Dhugal daneben auf die Knie sackte, nachgerade außer sich vor Entsetzen die Wolle beiseite zerrte, enthüllte er die ausgestreckte Gestalt Kelsons, welcher nur noch ganz schwach atmete. »Er lebt!« flüsterte Dhugal. »Gelobt sei Gott!« Dennoch stand es nicht gut um Kelsons Atmung, sein Antlitz lag, wo er anscheinend – ähnlich wie Dhugal – ans Ufer hatte kriechen können, halb im Wasser.

In der Hoffnung, daß er dadurch keine Verwundungen verschlimmerte, welche Kelson möglicherweise davongetragen hatte, hob Dhugal des Königs Haupt sachte aus dem Naß, öffnete sodann – mit einiger Umständlichkeit, dieweil er darauf achten mußte, sein in Mitleidenschaft gezogenes Handgelenk zu schonen – die Spange des karminroten, vollständig durchnäßten Umhangs, der vom Wasser gleichermaßen wie Dhugals Umhang schwer geworden sein mußte. Das getan, vermochte er zwei Finger unter den Kragen von Kelsons Gewand zu schieben, fühlte an der Halsschlagader des

Königs Herzschlag, der Dhugal allerdings nicht zufriedenstellte. Er versuchte, Kelson zwecks genauerer Erforschung seines Zustands in die Augäpfel zu blicken, doch die Augen waren zu stark verdreht. Abgesehen von etwa erlittenen Verletzungen war Kelsons Körper bereits erheblich ausgekühlt. »Er muß aus dem Wasser, er braucht Wärme«, murmelte Dhugal bei sich und warf den von Feuchtigkeit schweren Umhang vollends beiseite, so daß er Kelson teilweise auf die Seite wälzen konnte. Gott sei Dank hatten sie wegen des üblen Wetters keine Kettenhemden oder gar Schuppenpanzer getragen. »Vorwärts, Dhugal«, feuerte er sich selbst an. »Du kannst's schaffen. Du mußt's tun, oder er ist des Todes! *Vorwärts!*«

Indem er alle Willenskraft wider den Schmerz aufbot, der unausweichlich – wie er wußte – auftreten würde, sich vornahm, ihm trotzig zu widerstehen, schickte sich Dhugal an, Kelsons Oberkörper weit genug hochzustemmen, um ihm von hinten die Arme unter die Schultern schieben zu können. Um seinem Handgelenk die ärgsten Beschwerden zu ersparen, klemmte er die linke Armbeuge unter Kelsons eine Achsel. Nichtsdestoweniger war die Pein, welche er in der Hand erleiden mußte, wahrhaft gräßlich, und Dhugal befürchtete zunächst, es bliebe ihm zudem versagt, den schmerzenden Fuß aufzusetzen; aber es gelang ihm, den besinnungslosen König bis zur ungefähr ein Dutzend Schritte entfernten Höhlenwand zu ziehen. Just in dem Augenblick, als er mit ihm dort anlangte, begann sich Kelson schwach zu regen, hustete und würgte, heftig prustete er Wasser aus Mund und Nase, geradeso wie es nach dem Erwachen Dhugal erging. Dhugal konnte ihm nicht anders helfen, als indem er ihn aufrechthielt, ihn in seinen Armen zu wärmen sich bemühte, und dabei zu hoffen, daß er, sobald er des Wassers in den Lungen und im Magen ledig war, alsbald zu sich käme.

Doch als die Krämpfe nachließen, kehrte Kelsons Bewußtsein, obwohl er freier atmete, sein Herzschlag sich belebte, durchaus nicht zurück. Dhugal legte ihn auf den Rücken, schnürte ihm das Wams auf, streifte sich den nassen Rock über den Schopf vom Leibe und schob ihn dem König wie ein Kissen unters Hinterhaupt, dann tastete er mit der gesunden Rechten geschwind Kelsons übrigen Leib und die Gliedmaßen ab, um ihn zumindest schon einmal oberflächlich auf mögliche Knochenbrüche zu untersuchen. Das rechte Bein von Kelsons ledernen Beinkleidern hatte einen Riß von beachtlicher Länge erhalten, und darunter sah man einen schweren Bluterguß den Schenkel dunkel verfärben, und zweifelsohne wies er auch noch an anderen Teilen des Körpers blaue Flecken auf – von *sich* wußte Dhugal, daß er jede Menge derartige Prellungen abbekommen hatte –, jedoch erregte er den Anschein, als wären keine Brüche vorhanden. Das galt jedenfalls für alle Bereiche unterhalb des Kinns, aber wie sah es darüber aus? Über Kelsons rechter Braue sah Dhugal um eine blutige, offene Platzwunde eine beträchtliche Beule schwellen, und eine Schramme links am Kiefer verhieß das Entstehen einer zweiten Schwellung. Behutsam betastete Dhugal beide Verletzungen mit den Fingerspitzen; keine wirkte so schlimm, daß man sich deswegen ernstere Sorgen hätte machen müssen.

Doch als Dhugal nochmals Kelsons Lider hochschob, um die Augäpfel zu betrachten, hatte das Licht lediglich Wirkung auf das linke Auge. Das rechte Sehloch war geweitet, und auch als Dhugal sein Hand-Feuer näherschweben ließ, verengte es sich nur zögerlich. Eilig pflügte Dhugal die Finger durch des Königs schwarzes, feuchtes Haupthaar, suchte den Schädel nach Brüchen ab, welche ihm bei der ersten Inaugenscheinnahme entgangen sein mochten – und entdeckte zu seinem höchsten Schrecken, daß das, was er zuvor als in Kelsons Haar klebenden Schlamm abgetan hatte, in Wahrheit eine Wunde war, aus der überm linken Ohr langsam

Blut sickerte, allmählich gerann, ja ärger noch, als er sie vermittelst seines übersinnlichen Wahrnehmungsvermögens begutachtete, erkannte er, darunter befand sich eine eingedrückte Bruchstelle, so groß wie eine kleinere Walnuß.

Furcht beengte Dhugals Kehle, als er diese Entdekkung machte, Tränen quollen ihm in die Augen. Er untersuchte die Stelle nochmals mit äußerster Genauigkeit, in der Hoffnung, sich getäuscht zu haben; aber er hatte ähnliche Verletzungen schon allzuoft gesehen. Bei derlei Schädelbrüchen rechnete man im allgemeinen, selbst wenn ein geschickter Wundarzt und angemessene Hilfsmittel zur Hand war, mit dem Schlimmsten. Falls Kelson binnen kurzem zur Besinnung kam, durfte Dhugal sich vorsichtiger Zuversicht erfreuen – aber unter der Voraussetzung, daß der Schädel nur in geringem Maß eingedrückt war und die Wunde sich nicht entzündete –, jedoch verschlechterten sich des Königs Aussichten aufs Überleben mit jedem Augenblick, den er bewußtlos blieb.

Kelsons Verfassung besserte sich auch nicht, als Dhugal den Versuch unternahm, ihn durch den Einsatz seiner besonderen geistigen Fähigkeiten ins Bewußtsein zurückzurufen. Die Geisteswehr, welche Kelsons Seele für gewöhnlich umschirmte, ließ sich kaum noch feststellen; vorhanden war sie, aber in außerordentlicher Schwäche, durchdringbar für jeden mit mittelmäßiger magischer Geisteskraft Begabten. Dhugal wollte nicht das Wagnis eingehen, womöglich den geringfügigen Halt zu beseitigen, welchen die Geistesschilde Kelsons Seele noch boten. Seine magisch-geistige Einwirkung auf jene Bereiche des Hirns, welche die Atmung lenkten, zeitigte insofern einen gewissen Erfolg, als Kelson ein wenig müheloser zu atmen anfing. Diese Einflußnahme fiel Dhugal nicht schwer, dieweil sie sich nur unwesentlich von den geistigen Übungen unterschied, welche er zu erlernen begonnen hatte, als Kelson oder

Dhugals Vater sich unter seiner Mitwirkung in tiefe Trance versenkten.

Dhugal sagte sich, daß es sich bei der Unterkühlung um jene Bedrohung von Kelsons Gesundheit und Leben handelte, welche am dringlichsten abgewendet werden mußte, und machte sich daran, ihn der durchnäßten Kleider zu entledigen, dieweil das etwas war, was er – im Gegensatz zu einer ordnungsgemäßen Behandlung des Schädelbruchs – sogleich tun *konnte.* »Ich muß ihn der nassen Sachen entledigen«, murmelte Dhugal vor sich hin, »ihn warm halten ... Irgendwie wird's mir gelingen, ein Feuer anzuzünden. Die Luft ist nicht allzu kühl ... Weh mir, o wie ich friere ...!«

Die Betätigung hatte zur Folge, daß Dhugal sich anschließend wärmer fühlte; hingegen stand es um Kelson, sobald er bis aufs klatschnasse Hemd entkleidet war, keinen Deut besser. Es schwindelte Dhugal, als er Reisig für ein Feuer zu sammeln anhob, in seinem verletzten Handgelenk pochte es; darum nahm er sich erst einmal die Zeit, es zu verbinden. Mit Hilfe der Zähne sowie der heilen Hand riß er aus dem Kelson überzogenen Übergewand Streifen, und obwohl die Maßnahme nur mühselig und umständlich vonstatten ging, brachte er es zustande, die beeinträchtigte Hand damit fest zu umwickeln; danach fühlte sie sich besser an. Er erwog, seinen Fuß einmal genauer anzuschauen, entschied sich jedoch unverzüglich gegen diesen Einfall, als er bemerkte, daß die Schwellung des Knöchels den Fuß im Stiefel vorteilhafter stützte, als er es mittels sonstiger Verfahren hätte gewährleisten können. Und eine sorgsame Prüfung anhand seiner besonderen Wahrnehmungsfähigkeit enthüllte, daß der Stiefel, falls ein Bruch vorlag, die Knochen unbeweglich hielt, so daß es sich empfahl, sich vorerst überhaupt nicht mit der Fußverletzung zu befassen.

Die Beschäftigung mit seinen zwei Verletzungen machte Dhugal ein wenig schwächer in den Knien, als er es sich gewünscht hatte; darum beschloß er, sich einen tüchtigen Schluck aus dem bisher unbeachtet gebliebenen Weinschlauch zu gönnen, um sich für die Aufgabe, Holz in Kelsons Nähe zu befördern, zu stärken. Wenn später das Feuer brannte, würde er dahingehende Überlegungen anstellen müssen, was sie essen könnten, während Kelson sich – so hoffte er – in hinlänglichem Umfang erholte, und sie sich mit der Frage auseinandersetzen könnten, wie sie die Höhle auf anderem als dem Wege, auf welchem sie hineinverschlagen worden waren, zu verlassen vermöchten; folglich nahm Dhugal sich vor, was sie hatten, sparsam einzuteilen, aber er bezweifelte, daß er Brennholz sammeln konnte, ohne sich zuvor mit ein, zwei Zügen vom Wein zu kräftigen.

Dhugals Hände bebten, als er sich den Schlauch mit dem verbundenen Arm an die Brust drückte und mit der Rechten den Stöpsel herauszuziehen sich bemühte. Voller Vorfreude gedachte er des Geschmacks dieses gar köstlichen Fianners, welchen ihm, wie er wußte, Ciard eingefüllt hatte. Bevor er jedoch den Weinschlauch an die Lippen heben konnte, rührte sich Kelson, stöhnte laut, derweil er das Haupt von einer zur anderen Seite warf, die Beine regte, und auch flatterten seine Lider.

»Kelson, dem Herrgott sei Dank und Preis«, raunte Dhugal, zuckte leicht zusammen, als er die Fingerkuppen seiner verletzten Hand auf des Königs Stirn legte. »Kelson, seid Ihr wohlauf? Vernehmt Ihr meine Stimme, Kelson?« Mit erneutem Aufstöhnen schlug Kelson die Augen auf, langsam heftete er den Blick auf Dhugals Angesicht, als letzterer sich besorgt über ihn beugte. »Wo ist der Schmerz am stärksten?« erkundigte sich Dhugal. »Könnt Ihr's mir kundtun?«

»Durst ...«

Obwohl die geschwollenen Lippen das Wörtchen allzu unzulänglich lallten, schürte selbst diese schwache Wiederbelebung bei Dhugal freudige Hoffnung. »Durst habt Ihr, ja freilich. Gebt acht, ich helfe Euch dabei, Euch ein wenig aufzusetzen.«

»Solchen Durst ...«, wiederholte Kelson wie schläfrig.

Mit gehöriger Erleichterung schob Dhugal seinen am Handgelenk verletzten Arm unter Kelsons Nacken, stützte den König mit der Armbeuge und hob ihm das Mundstück des Weinschlauchs an den Mund. »Es ist Wein, ist's Euch recht?« fragte er halblaut. »Gewißlich habt Ihr zur Genüge Wasser für eine ganze Weile getrunken.«

Kelson gab keine Antwort, trank nur gierig, nahm vier oder fünf lange Züge, ehe er vom Schlauch abließ. »Wie wohlbekömmlich«, murmelte er. »O Gott, aber's brennt wie Feuersglut in meinem Magen. Haben wir Speise?«

»Leider nicht. Auf alle Fälle vorerst nicht. Es war meine Absicht, uns ein Feuer zu entzünden, doch sorgte mich sehr Eure andauernde Besinnungslosigkeit. So Ihr glaubt, Ihr vermögt für eine kurze Frist ohne meinen Beistand auszukommen, werde ich Holz sammeln und ein Feuer zu entfachen bestrebt sein.«

»Ich bin kein Kind«, sprach Kelson benommen. »Im ärgsten Fall werde ich halt wieder einschlummern.«

»Ich bedaure, aber eben das darf ich Euch leider nicht gestatten«, antwortete Dhugal. »Ihr seid ohne Bewußtsein gewesen, Kelson, wie lange, das weiß ich nicht, aber Euer Schädel hat einen Bruch erlitten. Ich ... kann nichts dazu sagen, wie schwer er ist, doch lege ich allerhöchsten Wert darauf, daß Ihr für einige Zeit in wachem Zustand zu bleiben versucht. Nachgerade wie entseelt seid Ihr gewesen.«

Kelson blinzelte, seine grauen Augen verschleierten sich. »Entseelt?«

»Am Rande des Todes«, verdeutlichte Dhugal, dessen Aufmerksamkeit erwachte. »Kelson, geht es Euch schlechter?« Er schwieg einen Herzschlag lang. »Erinnert Ihr Euch daran, was uns zugestoßen ist?«

Mühsam schluckte Kelson und schüttelte das Haupt; infolge der letzteren Bewegung fuhr er aus Pein zusammen. »Ich ... vermeine, ich müßte wissen, von was du da Rede führst, aber ich ...« Plötzlich ward sein Angesicht so weiß wie das Hemd, welches er am Leibe trug, seine Hand zuckte aufwärts, krallte sich wie im Todeskampf ins Vorderteil von Dhugals Wams. »Grundgütiger Gott, alles verschwimmt mir vor Augen. Ich kann nicht atmen. Ach, und mein armes Haupt ...«

Noch während Kelson jene Worte hervorstieß, erriet Dhugal deren Ursache, überprüfte mit seiner übersinnlichen Wahrnehmung den Inhalt des Schlauchs, den er in der Hand hielt, dann schleuderte er ihn voller Wut durch die Höhle. Wie war es möglich, daß er es nicht bemerkt hatte? Im Wein war *Merascha* – keine so starke Dosis, wie sie Arilan ihnen probeweise verabreicht hatte, aber sie war doch recht hoch –, und außerdem noch irgend etwas anderes; was letzteres war, blieb ihm festzustellen verwehrt, anscheinend jedoch hinderte es Kelson am Atmen. Schon zersetzte das *Merascha* das Wenige, was nach der Verletzung seines Hauptes noch übrig war von seiner Geisteswehr, und seine Atmung kam rasch zum Stocken ...

In höchster Verzweiflung zerrte Dhugal den vom Tode bedrohten König in eine Sitzhaltung hoch, rammte ihm zwei Finger tief in die Kehle, beließ sie rücksichtslos dort, derweil Kelson würgte und keuchte, das Getrunkene erbrach, dabei Dhugals Finger recht kräftig zerbiß. Gleichzeitig stieß er mit der vollen Gewalt seiner Geisteskräfte durch Kelsons längst brüchige Geisteswehr in jene Gebiete des Hirns vor, welche für die Atmung die Verantwortung trugen, erzwang das Weiteratmen. Doch Dhugal konnte keineswegs darauf hoffen, daß diese Maßnahmen ausreichten, denn was auch zusätzlich im Wein sein mochte, Kelson hatte davon bereits etwas im Blut – wiewohl sich erhoffen ließ, noch nicht in tödlicher Menge –, und die Wirkung würde sich erst einmal verstärken, bevor sie verebbte. Für gewöhnlich konnten die Folgen des *Meruschu* mit ausgedehnterem Schlummer überwunden werden – obschon Dhugal nicht wußte, wie weit die Schädelverletzung sich dabei als Hemmnis auswirken könnte –; hingegen hatte der junge Junker keinerlei Ahnung über die Natur des anderen Stoffs oder anderen Stoffe; vielleicht war es sogar ein Fehler, Kelson zum Erbrechen zu bringen, aber ihm fiel nichts ein, was er angesichts der Verhältnisse ansonsten zu unternehmen vermöchte.

Indem er neue Kraft aus einem ihm gänzlich unbekannten, unbegreiflichen Quell bezog, schleifte er Kelson, der lediglich noch schwächlich japste, zurück an des unterirdischen Stroms Ufer, schüttete ihm mit den bloßen Händen Wasser in den Rachen, wandte rohe Gewalt, seine Fertigkeit im Handwerk des Feldschers und selbst seine Fähigkeiten der derynischen Magie an, um den König zum Schlucken zu nötigen, danach drängte er ihm erneut die Finger in den Hals, auf daß er sich nochmals ausgiebig erbräche. Dies Verfahren wiederholte er mehrere Male, zwang Kelson jedesmal mehr Wasser zu schlucken, begegnete unterdessen immer schwächerer Gegenwehr – ob aufgrund seines rauhen Vorgehens, oder infolge des vergifteten Weins, vermochte er im Augenblick nicht zu beurteilen –, bis er zuletzt den Eindruck hatte, fernere Wiederholungen dieser Gewalttätigkeiten müßten den Betroffenen auf weit nachteiligere Weise auslaugen, als eine Fortsetzung der groben Behandlung an Vorteilen erbringen möchte.

Dhugal schluchzte vor sich hin, während er Kelson mit den Armen umschlungen hielt, nachgerade im Einklang mit des Königs äußerst beschwerlichen Atemzügen selber nach Luft keuchte; doch ihm war vollauf klar, sobald er seine Einflußnahme beendete, würde Kelson vollkommen zu atmen aufhören. Mit jenem geringen Teil seiner geistigen Aufmerksamkeit, welche nicht davon beansprucht war, Kelsons Atmung in Gang zu halten und zur gleichen Zeit die scheußlichen Eindrücke der *Merascha*-Wirkung abzuwehren – eine Aufgabe, welche allein durch die verbissenste Entschlossenheit erfüllt werden konnte –, untersuchte Dhugal den König nach weiteren, minderen Beeinträchtigungen, die ihm im ersten Entsetzen der Notlage, den vergifteten Wein ohne Säumen wieder aus Kelsons Magen hervorbefördern zu müssen, nicht aufgefallen sein mochten; allem Anschein nach jedoch war nichts weiteres festzustellen.

Freilich war die Schädelwunde ernst genug, und durch die Mißhandlung, welcher Dhugal den so schwer Heimgesuchten zu unterwerfen gezwungen gewesen war, um ihm den Magen zu leeren und auszuspülen, hatte sie sich gewißlich nicht gebessert. Dieweil sie sich nun ohnehin wieder am Wasser befanden und Kelson so oder so noch keine ausreichende Gelegenheit zum Trocknen gehabt hatte, ehe ihn der Wein in die ärgste Krise stürzte – sowohl er wie auch Dhugal waren völlig naß –, wusch Dhugal nun mit äußerster Sachtheit die Wunde über Kelsons linkem Ohr. Wohl oder übel mußte sich Dhugal vom eigentlichen Grad ihrer Schwere überzeugen, und sollte er dabei die furchtbarste Entdeckung machen.

Aber es trat der erste Glücksfall ein, seit Dhugal in diesem von Gott verlassenen Loch die Augen aufgeschlagen hatte; wie sich herausstellte, war die Verwundung nur oberflächlich, nicht so tief, daß Kelson Knochensplitter ins Haupt getrieben worden wären, anders als Dhugal es schon befürchtet hatte. Der Großteil des geronnenen, verklebten Bluts ließ sich ohne Mühe abwaschen, und zum Vorschein kam nur ein stark geschwollener Bluterguß auf dem bereits zuvor erkannten, eingedrückten Schädelbruch, ermittelbar sowohl anhand des Abtastens mit den Fingerspitzen wie auch des Erkundens mit seiner besonderen Wahrnehmung. Der Bruch war nicht einmal so tief eingedrückt, wie er anfangs Sorge gehabt hatte, obschon zweifellos eine ernstzunehmende Verletzung vorlag. Denn sollte sie innen, in Kelsons Gehirn, im gleichen Maße schwellen wie außen ...

Daran mochte Dhugal gar nicht denken. Falls ganz und gar keine andere Wahl blieb, wollte er später versuchen, das herausgebrochene Stück Knochen vermittels geistig-magischer Beeinflussung vorsichtig an den ursprünglichen Platz zurückzuschieben; aber er hatte längst zu viele Verletzungen und Wunden – die Folgen von Schlachten und Scharmützeln – zu sehen bekommen, um keine Klarheit darüber zu besitzen, wie gefährlich es war, daran herumzupfuschen. Er wünschte sich, er verfügte über seines Vaters Heilgabe; unglücklicherweise hatte er in der kurzen Zeit, seit er über seine sonderliche Begabung Bescheid wußte, keine Anzeichen einer so segensreichen Gabe bei sich beobachten können. Er befaßte sich sogar mit dem Einfall zu versuchen, eine ferngeistige Verbindung zu seinem Vater zustandezubringen, so wie er nach der fürchterlichen Schlacht bei Dorne im letztjährigen Sommer ferngeistig mit Kelson Verbindung aufgenommen hatte; er sah jedoch ein, daß jetzt jede diesbezügliche Anstrengung, da er allein war, keinen Beistand genoß und zudem fern von Rhemuth, vergeblich wäre. Außerdem wußte er nicht einmal, ob er seine Einflußnahme zur Aufrechterhaltung von Kelsons Atmung ausreichend lange durchstehen würde. Irgendwann mußte er schlafen; zwar verstand er sich darauf, die Erfüllung dieses Bedürfnisses für eine Weile aufzuschieben, doch er vermochte nicht für alle Zeit auf unentbehrlichen Schlummer zu verzichten. Und der Preis eines zu ausgedehnten Aufschubs war hoch.

Was sollte werden, wenn Kelson nicht aus eigener Kraft erneut zu atmen anfing, bevor Dhugal sich unabwendbar dem Schlummer ergeben mußte? Begann er jedoch wieder selbsttätig zu atmen, wann mochte es soweit sein? Was sollten sie essen? Wie könnten sie aus der Höhle gelangen? Dhugal hatte keinerlei Kenntnis davon, wo sie eigentlich steckten, wie lange sie im Wasser gewesen waren oder für welche Dauer er ohne Besinnung gelegen hatte. Das Unheil hatte in einem zerklüfteten Landstrich seinen Lauf genommen, so daß es, selbst wenn es einen Weg gäbe, irgendwem ihren Verbleib mitzuteilen, Tage währen müßte, bis jemand zu ihrer Rettung einträfe. Doch es konnte wohl nicht Kelsons *gesamte* Begleitung mit ihnen in die Tiefe gestürzt sein, wenngleich sich Dhugal dessen sicher war, daß es für Dolfin und den Mönch galt, und vielleicht ebenso für Conall und seinen Knappen.

Beim Gedanken an die Gefährten ward sich Dhugal einer gänzlich neuen, interessanten Frage bewußt: Wie erklärte sich das Vergiftetsein des Weins? Denn offenbar hatte er das Opfer jenes Schurken werden sollen – wer immer der Schuft sein mochte –, welcher sich zu dem Vorsatz verstiegen hatte, über die Reisenden Verhängnis zu bringen. Ciard, dem die Verantwortung für Dhugals Gepäck oblag, war über jeglichen Verdacht erhaben. Wer aber konnte der Täter sein? Beim *Merascha* handelte es sich um eine derynische Droge, über welche im allgemeinen ausschließlich Deryni verfügten, und nicht einmal alle; andernfalls wäre es Morgan gelungen, im Verlauf des Winters etwas davon zu besorgen, und es hätte sich erübrigt, sich der herben Prüfung zu unterziehen, welche Bischof Arilan ersonnen hatte. Und kein sonstiges Mitglied von Kelsons Gefolge war Deryni oder hatte engeren Umgang mit irgendwelchen Deryni.

Andererseits hatte die schwierige Beschaffbarkeit nicht verhindert, daß sich Edmund Loris und Gorony in den Besitz von *Merascha* brachten – folglich mußte es auch unter Menschen Beschaffungsmöglichkeiten geben. Wer unter Kelsons Begleitern jedoch konnte irgendeinen Grund dafür gehabt haben, nach seinem – Dhugals – Tod zu trachten oder darauf zu sinnen, ihn wenigstens handlungsunfähig zu machen? Und sicherlich mußte der Täter sich auch über die hohe Wahrscheinlichkeit im klaren gewesen sein, daß Kelson ebenfalls aus Dhugals Weinschlauch trank. Der Vorfall erinnerte auf schreckliche Art und Weise an den einstigen Meuchelmord an Kelsons Vater; doch wer vermöchte aus einem solchen Anschlag Nutzen zu ziehen?

Diesbezügliche Überlegungen anzustellen, half Dhugal beim Wachbleiben, und nach einer Weile des Verschnaufens, damit sowohl er als auch Kelson sich von der gemeinsam durchgestandenen Schinderei ein wenig erholen konnten, zerrte er den besinnungslosen König von neuem zur Höhlenwand, in die Nähe der Stelle, wo sie sich schon zuvor befunden hatten, aber näher an einen Haufen Treibholz, welcher aussah, als eignete er sich zum Entfachen eines Feuers, welches ihnen Wärme zu spenden vermochte. Er wagte nicht, die Hand von Kelson zu lassen, derweil er sich um ein Feuer bemühte, aus Sorge, die Beherrschung von Kelsons Atmung möchte ihm entgleiten, doch zu guter Letzt gelang es ihm – unter außergewöhnlicher Ballung und Gleichrichtung seiner geistig-magischen Kräfte sowie dem Nachteil, für kurze Frist das Hand-Feuer löschen zu müssen –, ein kleines Feuerchen anzufachen. Es würde nur solange brennen, wie er es mit Holz nähren konnte, das sich in seinem und Kelsons unmittelbarem Umkreis fand, doch auf alle Fälle genossen sie nun segensreiche Wärme.

Dhugal hielt Kelson fest umfangen und versuchte, in ihrer beider Interesse zuversichtliche Gedanken zu hegen, während er darüber nachsann, was sich ereignet hatte, wer die Schandtat verübt haben könnte. Und wann immer er zu dösen begann und Kelsons Atmung zu versagen drohte, schrak er mit einem Ruck hoch, ward wieder wach und nahm sich vor, es dazu nicht noch einmal kommen zu lassen. Derweil allmählich Stunde um Stunde verstrich, vermochte er nicht zu unterscheiden, ob Kelson nach und nach leichter atmete oder nicht.

14

Schon nahe ist seine Seele der Grube, sein Leben den Todesboten.

HIOB 33,22

Am folgenden Morgen schien die Sonne hell herab auf die Berge, als läge ihr daran, für des Vortags Unheil um Verzeihung zu ersuchen. Doch wiewohl die Überlebenden des Unglücks, welche am Wasserfall lagerten, beim ersten Helligkeitsschimmer des neuen Tages die Suche nach den Vermißten erneut aufnahmen und auch ein paar Hundert Schritte weiter bachabwärts noch ein ersoffenes Packpferd fanden, entdeckten sie doch keine Spur von Kelson oder Dhugal. Bereits am gestrigen Nachmittag war ein Bote auf den trügerischen Pfad hinab nach St. Bearand gesandt worden, so daß nun eine Anzahl Knechte die fernere Suche unterstützte, aber mit jeder Stunde, die verstrich, verschlechterte sich die Aussicht auf ein Überleben des Königs; daher ließ Saer am Spätnachmittag widerwillig das Suchen einstellen.

Da dergestalt der König verschollen war und als tot betrachtet werden mußte, kam es nicht in Frage, daß man auf diesem oder einem anderen Weg den Ritt nach Iomaire und von dort aus nach Cardosa fortsetzte. Sobald Saer und seine Begleiter die Hügel wohlbehalten verlassen und die Abtei St. Bearand erreicht hatten, mußte die grausige Kunde an Nigel in Rhemuth übermittelt werden, und dem Grafen der Ostmark galt es einen Boten zu schicken, um ihn davon zu unterrichten, daß er des Königs nicht zu harren brauchte.

Weitergehende Absichten hatte Saer nicht. Welche Haltung man künftig gegenüber Torenth einnehmen sollte, das mußte der nächste, der neue König bestimmen. Dieweil Saer durch Vermählung ein Anverwandter Nigels war und seit längerem Berater des Königs, besaß er einen einigermaßen klaren Begriff von Nigels Vorstellungen; dennoch wußte er sich nicht auszumalen, wie sein Schwager in einer so schwierigen Zeit vorgehen würde. Es mochte sich als hart genug erweisen, Nigel mitzuteilen, daß sein von Herzen geliebter Neffe tot war; denn Kelson konnte unmöglich etwas anderes sein als tot, geradeso wie Dhugal und der in den Fluten verschwundene Mönch. Die Knechte aus dem Kloster erzählten Saer nämlich, daß der Bach zum Teil in einen unterirdischen Strom abfließe, gleich unterhalb des Wasserfalls, und niemand wüßte, wo selbiger unterirdische Fluß wieder ans Licht der Sonne träte. Wenn die Wasser ihn bislang nicht herausgegeben hätten, sei sogar die Wahrscheinlichkeit dahin, noch Kelsons Leichnam aufzufinden.

Infolgedessen stieg man am Nachmittag den unwegsamen Hügelpfad in niedergedrückter Gemütsverfassung und voll der Trauer hinunter; Ciard, Jass sowie die übrigen MacArdry-Getreuen blieben allerdings am Schauplatz der Begebenheit zurück, hatten den unerschütterlichen Vorsatz, wenigstens noch während des Rests der Woche Ausschau zu halten, in der Hoffnung, doch irgendwann endgültige Hinweise auf das Schicksal ihres Häuptlings und des Königs zu entdecken und damit Gewißheit zu erlangen. Die anderen Männer ritten kurz nach Anbruch der Dunkelheit in den Innenhof der Abtei St. Bearand, um im Refektorium ein aufs dankbarste empfangenes warmes Mahl zu verzehren, sich danach einer vollen Nacht Schlummer – oder jedenfalls etwas, das darauf hinauslief – in richtigen Betten zu gönnen, bevor sie am nächsten Morgen auf dem Umweg über Valoret zurück nach Rhemuth reiten mußten. Die Mönche sangen eine feierliche Messe für des Königs Errettung, ehe Saer und seine Begleitung fortritten, und versprachen, auch fortan unablässig darum zu beten, bis Kelsons Geschick feststand.

Saer und seine Männer ritten fast den ganzen Tag hindurch, legten nur Rast ein, um die Reittiere zu wechseln, und gelangten just zur Abenddämmerung in die Mauern Valorets. Die Bischöfe feierten den Abendgottesdienst, die Messe ward gelesen vom neu erwählten Valoreter Kirchenfürsten Benoit d'Evering. Der herrliche Wechselgesang einer frommen Weise scholl freudenvoll empor ans Dachgebälk, als Saer die Nebenpforte an der prachtvollen Westseite des Doms aufriß, und die schönen Töne verklangen, gedämpften Äußerungen der Überraschung und Beunruhigung wichen, derweil Saer an der Spitze Conalls, Graf Rogers und Pater Laels den Mittelgang durchmaß und zum Chor schritt. Stimmengemurmel der Bestürzung kam unter den versammelten Klerikern auf, als jene vier für einen Augenblick vor den Altarstufen verhielten, um dem Allerheiligsten mit einer gewissen Achtlosigkeit die Ehre zu bezeugen. Saer verblieb einige Herzschläge länger als seine drei Begleiter auf den Knien, bevor er sich aufrichtete und sich den zahlreichen Angesichtern voll der stummen Fragestellung zukehrte.

»Ihr Herren Bischöfe«, sprach er – und seine Stimme bebte von innerer Aufgewühltheit, wie man es sonst nicht von ihm kannte –, »zu meinem allertiefsten Bedauern muß ich Euch die Kunde bringen, der König ist tot.« Die Versammlung war sicherlich auf allerlei mögliche Botschaften gefaßt gewesen, nie und nimmer dagegen auf eine solche Nachricht. Aus etlichen Mündern brach sich Aufkeuchen Bahn, wie ein Mann sprangen die Versammelten auf, überstürzt und zusammenhanglos entflohen Fragen den Lippen; doch Saer streckte beide Hände in die Höhe, erheischte Schweigen. »Einen Tagesritt nördlich des Klosters Sankt Bearand, in den Hügeln oberhalb Caerrories und Dolbans, ereignete sich ein beklagenswertes Verhängnis«, vermeldete Saer in dumpfem Ton. »Wir stiegen in die Richtung des Passes am Hohen Grelder hinauf ins Vorgebirge, um über den

Paß in die Ebene von Iomaire zu gelangen. Unser Führer war einer der Mönche aus Sankt Bearand. Ums Haar wären wir an jenem Tage gar nicht aufgebrochen, dieweil der Himmel nach Regen aussah und selbiger Mönch uns warnte, der Bergpfad möchte tückisch sein, aber's war des Königs Wunsch, noch am selben Tage den Ritt fortzusetzen.« Er verstummte, um zu schlukken, sah anscheinend das Vorkommnis von neuem in der Erinnerung vor sich, und Erzbischof Bradene bekreuzigte sich mit schwerfälligen Bewegungen.

»An welchem Tag geschah's, mein Herr?«

»Am Freitag?« meinte Saer unsicher. »Nein, am Samstag. Ach, ich verwirre den Lauf der Tage. Welcher Tag ist heute?«

»Heute ist Montag«, gab Arilan mit beherrschter Stimme Auskunft. »Schildert uns, was sich zugetragen hat, mein Herr.« Sein Antlitz war gerade aschgrau geworden. Es verlangte den Deryni-Bischof danach, Pater Lael unter vier Augen zu befragen, weil er sich davon umfassenderen Aufschluß über den Vorfall versprach.

Saer nickte; offensichtlich vermochte er nur unter großer Mühewaltung Ruhe zu bewahren. »Am Anfang unseres Reiterzugs ... sackte der aufgeweichte Abhang oberhalb eines Ufers nieder. Der König stürzte in die Stromschnellen, und mit ihm taten's Dhugal MacArdry, jener Mönch, welcher uns als Führer diente, Prinz Conalls Knappe sowie mehrere Lasttiere. Eine ganze Anhöhe kam herabgerutscht. Auch des Königs Knappe fiel in die Fluten, aber wir konnten ihn lebendig bergen. Ebenso wäre beinahe Prinz Conall hineingestürzt, doch's gelang mir, rechtzeitig einen Strick um ihn zu schlingen.«

Erzbischof Cardiel, das Angesicht zerfurcht von Gram, schüttelte bedächtig das Haupt. »Dafür jedenfalls sei dem Herrgott Dank.«

Er und die meisten der übrigen Bischöfe schlugen bei

dieser Äußerung das Kreuzzeichen, eine Anzahl murmelte »Amen«, und Conall neigte das Haupt.

»Ihr habt die Toten geborgen?« erkundigte sich Arilan, der auf einmal ahnte, daß sie noch nicht die vollständige Geschichte jenes Unheils vernommen hatten.

Saer verneinte mit einem Kopfschütteln. »Nur den toten Knappen und einige Rösser und Packpferde haben wir finden können. Wir suchten den ganzen restlichen Tag lang, bis es dunkel war, und während des gesamten nächsten Tages, aber ...« Ihm versagte die Stimme, und er mußte für eine flüchtige Weile das Haupt in eine zittrige Hand senken, ehe er wieder zu sprechen vermochte. »Um Vergebung, Ihr Herren. Die Einheimischen haben beteuert, nach so langer Frist bestünde keine Aussicht mehr auf Auffindung von noch mehr Leichen. Dennoch sind Leute an Ort und Stelle verblieben, um für den Fall, daß dem doch nicht so sein sollte, fernere Umschau zu halten. Wenn noch ... jemand gefunden wird, werden wir so rasch wie nur möglich Nachricht erhalten. Währenddessen müssen wir ... nach Rhemuth reiten, um Prinz Nigel ... um dem neuen König das Unglück zu vermelden.« Nochmals schluckte Saer. »Auch Bischof Duncan wird man die traurige Kunde überbringen müssen ... und Jung Sowans Sippe. Mich will's deuchen, es wäre weise, wenn einige geistliche Herren uns nach Rhemuth begleiten, mag sein, gar die Herren Erzbischöfe Bradene und Cardiel selbst. Doch dürften ... Maßnahmen zu veranlassen sein.«

Alsbald umringte man Saer, richtete vielerlei Fragen auf einmal an ihn, zunächst außerstande, an die Schwere und Tragweite des Schicksalsschlags zu glauben. Inmitten des Wirrwarrs zog Arilan Pater Lael beiseite und in den Durchgang hinterm Hochaltar.

»Beschreibe mir, was *du* geschaut hast, Lael«, forderte er den Geistlichen leise auf und blickte ihm nachdrücklich und unwiderstehlich in die Augen, aber ohne ihn irgendwie auf geistiger Ebene zu beeinflussen.

Laels Augen füllten sich mit Tränen, und Arilan konnte seinen tiefen Gram so deutlich spüren, daß es keiner Anwendung von Deryni-Kräften bedurfte, um zu der Schlußfolgerung zu kommen, Lael war in der Tat von des Königs Tod überzeugt. »Es ... es geschah fürwahr so, wie's Herr de Traherne erzählt hat, Eure Exzellenz«, antwortete Lael in gepreßtem Ton. »Ich ... sah mit eigenen Augen, wie sie einer um den andern abrutschten, und es gab nichts ... das ich hätte dagegen tun können.« In seiner Kehle erstickte ein Schluchzlaut. »Ich glaube ... der König prallte nicht auf Felsen, als er ins Wasser fiel, aber er ...« Als offenbar ward, daß Lael kein Wort mehr hervorzubringen vermochte, legte Arilan sachte die Hände auf des Geistlichen Schultern und zog ihn an sich, so daß es den Anschein hatte, er tröste ihn lediglich; indessen jedoch nahm er auf geistiger Ebene Einblick in Laels Seele, um selbst zu schauen, was sich an Schrecklichem ereignet hatte. Er sah, wie Kelson ins Wasser klatschte, Dhugal ihn mit heftigen Schwimmstößen zu erreichen trachtete, Rösser und Packpferde den Fluten zu entkommen versuchten, ein Tier jämmerlich auf den Uferfelsen zerschellte. Die Wassermassen rissen Kelson, Dhugal, den Mönch und zwei Knappen fort. Und später, im Umkreis eines wilden Wasserfalls, bargen Männer den Leichnam eines Knappen und – wie dank eines Wunders – den anderen Knappen lebendig. Die übrigen Verschwundenen dagegen fand man nicht. Und folglich *mußten* der König, Dhugal und der Mönch tot sein.

Arilan konnte es nicht ertragen, sich unnötig genau über das Unglück zu unterrichten. Wenngleich er und Kelson in Angelegenheiten, welchen sie beide hohe Bedeutsamkeit beimaßen, oft verschiedener Meinung gewesen waren, bereitete Kelsons Verlust dem Bischof nahezu soviel Trauer und Schmerz, wie er es in Dhugals Fall für Duncan zur Folge haben würde, sobald er davon erfuhr. Denn ehe Duncan diese Aufgabe übernahm –

lange bevor irgend jemand ahnte, daß Duncan nicht allein Dhugals geistlicher, sondern in der Tat auch sein leiblicher Vater war –, hatte sich Arilan als Kelsons geistlicher Förderer betätigt.

Ausschließlich durchs Aufbieten der allerentschiedendsten Willenskraft vermochte der Deryni-Bischof seinen Gram zu bändigen und zu verhehlen, was er mit Lael gemacht hatte; er tilgte in des Geistlichen Gedächtnis alle Eindrücke der Beeinflussung, welche er während der Augenblicke der geistigen Einsichtnahme erhalten hatte und wie er sie als fremdartig empfinden müßte. Voll des Mitgefühls ließ er Lael sich in seinen Armen den Tränen hingeben, erwog unterdessen, was als nächstes zu unternehmen sei.

Offenkundig mußte er mit Saer, Conall und den beiden Erzbischöfen nach Rhemuth zurückkehren, denn Nigel würde seiner bedürfen – weitaus dringlicher, als es irgendwer, Conall vielleicht ausgenommen, verstehen konnte. Und wenn Nigel zum König aufstieg, rückte als Thronerbe Conall nach, mußte dazu befähigt werden, eines Tages *Nigel* auf den Thron nachzufolgen; und Conall war nicht vom gleichen tüchtigen Schlage wie Kelson oder auch Nigel. Nicht minder offensichtlich war es aber auch für Arilan, daß er von dem, was sich an Beklagenswertem zugetragen hatte, den Camberischen Rat benachrichtigen mußte. Ein erneuter Wechsel des Mannes, welcher auf dem Thron Gwynedds saß, innerhalb von noch nicht fünf Jahren nach Brions Tod, würde gewißlich vielerlei in der Art und Weise wandeln, wie der Camberische Rat seine selbstauferlegte Pflicht handhabte, fürs Wohlergehen der Elf Königreiche zu sorgen.

Eine unverzügliche Benachrichtigung des Rates stellte ihn allerdings vor nicht unbeachtliche Schwierigkeiten. Durch die Porta Itineris in der Sakristei – nur um wenige Schritte von dem Fleck entfernt, da er jetzt stand und den tiefbetrübten Lael tröstete – vermochte er ohne Verzug Zugang zu des Rates Beratungskammer zu erlangen; aber die Mitglieder des Camberischen Rates von ihren überall in den Elf Königreichen verstreut befindlichen Wohnsitzen herbeizurufen, würde Zeit brauchen, eine längere Frist, als er fortzubleiben wagen durfte, ohne vermißt zu werden. Außerdem wäre dafür das Aufwenden gewaltiger Kräfte erforderlich. Ein außerplanmäßiges Zusammenrufen des Rates war stets ein aufwendiges Verfahren; und in der vergangenen Woche hatte Arilan es schon einmal durchgeführt, um ihn von Tiercels Tod in Kenntnis zu setzen. Um es nach so kurzer Zwischenzeit nochmals bewerkstelligen, dann nach Rhemuth reiten und sich dort dem widmen zu können, was es zu tun galt, hätte Arilan nachgerade abverlangt, die ihm eigenen Kräfte zu vervielfachen.

Auch hielt sich niemand zu Valoret auf, der statt Arilans die Benachrichtigung des Rates hätte vornehmen können, ohne selbst durch Fehlen aufzufallen. Nach der Einblicknahme in Laels Bewußtsein hegte Arilan die Ansicht, daß er sich auf das Zeugnis des Wundarztes und Priesters stützen konnte, und er wußte, daß Cardiel ihm ohne Murren jeden Rückhalt gewähren würde, und das gleiche galt für Sacr; gleichzeitig aber besaß er darüber Klarheit, daß es Saers Wille war, am Abend, sobald man ein warmes Mahl verspeist hatte und frische Reittiere zur Verfügung standen, nach Rhemuth aufzubrechen, und er wünschte, daß Arilan und Cardiel ihn begleiteten.

Und so fällte Arilan zum erstenmal in seinem Leben den Beschluß, seiner Pflicht gegenüber den Haldanes den Vorrang vor seiner Verpflichtung gegenüber dem Camberischen Rat einzuräumen, was die Frage einer Vordringlichkeit der Benachrichtigung anbetraf. In Anbetracht der Bedeutungsschwere der Kunde, welche es zu überbringen gab, durfte er es sich zudem nicht gestatten, die Porta zu benutzen, um früher als die eigentlichen Unglücksboten in Rhemuth einzutreffen, denn ein derartiges Vorgehen müßte ihn jeglicher Tarnung entblößen, welche er nach den Ereignissen der vergangenen sechs Monde noch haben mochte. Nein, er mußte es sich aufbürden, gemeinsam mit den Edelleuten nach Rhemuth zu reiten. Die Botschaft war arg, aber zwei, drei Tage lang konnte sie noch warten, bis sie jenen Mann erreichte, welcher schon König war, obschon er es noch nicht ahnte. Und danach, wenn Arilan das seine getan hatte, um Duncans Schrecken und Kummer zu mildern, mußte er den vom Unglück verfolgten Bischof zu Morgan senden, auf daß er dem Feldmarschall Bescheid gebe; diese beiden Männer nämlich waren unentbehrlich für das, was getan werden mußte, um Nigel so rasch wie möglich in den Vollbesitz seiner Haldane-Magie zu bringen. *Diese* Angelegenheit hatte den höchsten Vorrang.

Und das alles mußte bewältigt werden, bevor Gwynedds Feinde vom Tode des Königs vernahmen und diese Krise zu ihrem Vorteil auszunutzen verstanden – wie sie es unweigerlich stets versuchten, sobald die Krone vom einen aufs nächste Haupt wechselte –, während noch der Gram Nigel beugte und er möglicherweise zum Ausüben der Herrschaft nicht so recht die Kraft und das Entscheidungsvermögen aufbrachte.

Tatsächlich saßen sie noch vor dem Komplet im Sattel und waren unterwegs, ritten im Schein von Fackeln die gute, feste Landstraße entlang, welche am Fluß entlangführte, nun endlich begünstigt durch trockenes, klares Wetter; jeder der Reiter blieb mit seinen Gedanken allein, derweil der Hufschlag, als wäre es ein Kehrreim, *Er ist tot – er ist tot – er ist tot* zu dröhnen schien, galoppierten der ersten jener Wehrburgen längs der Landstraßen entgegen, in welchen sie die Rösser gegen frische Reittiere austauschen konnten, um die nächsten mehrere Dutzend Landmeilen – bis zur jeweils nächsten Wehrburg oder Herberge – des von Trauer verdüsterten Weges zur Hauptstadt zurückzulegen.

Er ist tot – er ist tot – er ist tot ...

Aber tief in den Eingeweiden der Erde, etliche Landmeilen von jener Stätte entfernt, daselbst noch getreue MacArdry-Männer unermüdlich an den Wassern wachten und harrten, welche ihren jungen Häuptling sowie ihren ebenso jungen Oberherrn verschlungen hatten, erfreute sich Dhugal an der Tatsache: Kelson war *nicht* tot. Zu guter Letzt, so hatte es den Anschein, atmete der König wieder aus eigener Kraft.

Das galt Dhugal lediglich als kleiner Sieg, denn die Besinnung hatte Kelson noch nicht von neuem wiedererlangt; dennoch kam er Dhugal, der fast drei Tage lang nicht geschlafen hatte, als das einem Wunder ähnlichste Ereignis vor, seit er und Kelson das ursprüngliche Unglück überlebten.

Kelsons gebrochener Schädel verursachte ihm jedoch tiefe Besorgnis. Die Nützlichkeit seiner Fähigkeit, die Wunde mittels geistigen Tastens zu untersuchen, blieb ein wenig begrenzt, dieweil er keine klare Vorstellung davon besaß, was seine diesbezüglichen Wahrnehmungen in den Begriffen der Wundheilkunde bedeuteten; aber was er aus seinen Beobachtungen an Schlußfolgerungen zog, wollte ihm ganz und gar nicht behagen. Die vertiefte Bruchstelle übte Druck auf Kelsons Gehirn aus und war auch an der Innenseite geschwollen. Ob sie dort auch blutete, konnte er nicht mit Gewißheit ersehen. Dhugal hatte von wundärztlichen Eingriffen vernommen, vermittelst welcher so ein Druck sich beheben ließ – dazu zählte beispielsweise das Verfahren, den Schädel anzubohren und zu versuchen, jenes Stück Knochen, von dem der Druck ausging, mit Behutsamkeit anzuheben –, doch selbst wenn Dhugal töricht genug gewesen wäre, sich dazu die erforderliche Fertigkeit anzumaßen, ihm fehlten ohnehin die geeigneten Werkzeuge.

Er machte sich ausgiebige Gedanken über diese Schwierigkeit, während er Kelson lange genug allein ließ, um den Weinschlauch aufzulesen, den er – vor wie langer Zeit, wußte er nicht mehr – so überstürzt beiseitegeschleudert hatte. Er spülte den Schlauch sorgsam und gründlich aus, derweil er achtsam des Königs Gestalt, welche unter dem nicht mehr klatschnassen, sondern nur noch ein wenig feuchten Umhang ruhte und kaum merklich atmete, im Augenmerk behielt, füllte das Behältnis sodann mit Wasser und hinkte zurück an Kelsons Seite, hob des Schwerbetroffenen Haupt an, flößte ihm eine kleine Menge vom Naß in die Kehle. Dhugal wendete seine geistig-magischen Kräfte an, um den Besinnungslosen zum Schlucken zu veranlassen; im Laufe seiner einsamen Wache an des Königs Krankenlager hatte er über die Beeinflussung gewisser Bereiche des Gehirns sehr viel gelernt.

Nunmehr war es an der Zeit, auch etwas in bezug auf die Frage der Nahrung zu tun. Seit der letzten Rast vor dem Hereinbrechen des Unheils hatte Kelson weder Speise noch Trank zu sich genommen, ließ man den vergifteten Wein einmal außer acht, den er zudem sofort nach dem Trinken erbrochen, und das geringe Maß Wasser, welches Dhugal im eigenen Mund zum König gebracht hatte, als die Gefahr einer Schädigung Kelsons durch Flüssigkeitsmangel so groß ward, daß sie die Gefahr eines Aussetzens seines Atems – falls Dhugal ihn für einige Augenblicke verließ – weit überwog. Dhugal wußte nicht, wieviel Zeit verstrichen war, seit sie zum letztenmal etwas gegessen hatten, doch sein Hunger legte ihm den Verdacht nahe, daß seither eine geraume Zeitspanne vergangen sein mußte. Und wiewohl ein Gesunder sich etliche Wochen hindurch ausschließlich von Wasser am Leben erhalten konnte, war andererseits ein so karges Dasein der Heilung von Verletzten keineswegs förderlich. Dhugal vermochte sich nicht vorzustellen, was man hier unten an Verzehrbarem finden könnte – mag sein, in dem unterirdischen Fluß gab es Fische –, aber nun, da Kelson anscheinend die erste, gröbste Bedrohung des Lebens überwunden hatte, wie sie durch die Verletzungen ausgelöst worden war, mußte Dhugal sich bemühen, *irgend etwas* an Eßbarem zu finden.

Unterdessen galt es, den Notstand des Schädelbruchs zu beseitigen, und Dhugal zermarterte sich unablässig das Haupt, um einen Einfall zu haben, wie sich Abhilfe schaffen ließe. Tat er nämlich diesbezüglich nichts und die Schwellung nahm zu, so würde Kelson wahrscheinlich sterben, all dessen ungeachtet, was er schon durchgestanden und überlebt hatte. Und sollte Dhugal das Falsche tun – nicht etwa, daß er vielerlei Möglichkeiten gehabt hätte –, mochte der König so oder so hinsterben.

Dhugal schleifte weiteres Treibholz zum Feuer, das er nun schon seit einer ganzen Weile nährte, und seufzte bei sich, während er umständlich auf seinem geschwollenen Fuß umherhumpelte und sein angeschlagenes, schmerzhaftes Handgelenk, so gut es ging, zu schonen versuchte. Nachdem er ein paar Zweige in die Flammen nachgeschoben hatte, setzte er sich neben Kelson rücklings an die Höhlenwand, drehte das mit dem rabenschwarzen Schopf gekrönte Haupt des Königs auf die ihm abgekehrte Seite, um mit den Fingerspitzen vorsichtig die Beule hinter Kelsons linkem Ohr zu befühlen. Die Wunde hatte sich seit ihrer Reinigung – wie lange auch immer sie inzwischen zurücklag – sauber geschlossen, verheilte allem Anschein nach ohne Umstände; aber darunter spürte Dhugal jenes unmittelbar unter der Haut gelegene, eingedrückte Stück Knochen – groß wie eine Walnuß –, das Druck aufs Hirn ausübte.

Gäbe es nur einen Weg, überlegte sich Dhugal, die Einbuchtung zu beseitigen, ohne daß es eines wundärztlichen Eingriffs bedurfte ...! Er hatte bereits Gegenstände allein mittels Einwirkung seiner Geisteskraft bewegt. Eine der ersten Anwendungen dieser Fähigkeit, welche sein Vater ihm, sobald er erfuhr, daß Dhugal derynischen Blutes war, gezeigt hatte, war das Aufschließen eines Schlosses ohne Schlüssel gewesen. Wenn er, sann Dhugal, die Nocken in einem Schloß bewegen konnte, ohne daß er sie sah, müßte es dann nicht auch durchführbar sein, in Kelsons Schädel dies gelokkerte Stück Knochen zurück an seinen ursprünglichen Platz zu setzen?

Dabei handelte es sich keineswegs um eine heilerische Verrichtung im derynischen Sinn, es hatte nichts mit dem zu schaffen, was Dhugals Vater und Morgan über die Heiler-Gabe erzählt hatten; dieselbe umfaßte wohl ein Verfahren, bei dem man sich den kranken oder wunden Teil des Leibes im Geist so vorstellte, wie er gesund aussehen mußte, und auf diese Art – beziehungsweise dahingehende geistig-magische Beeinflussung – die Heilung vollzog. Doch hatte die Wundheilkunde nicht neben der allgemeinen Notwendigkeit, auf den Körper einwirken zu können, auch eine ganz handfeste Seite? Unter der Voraussetzung, daß das Gewebe unter den Schädelknochen nicht bereits unwiderrufliche Schäden genommen hatte, bestand eine gewisse Aussicht, daß eine Besserung von Kelsons Verfassung schon erreichbar war, indem man das ausgebrochene Stück Knochen an den rechten Platz zurückbrachte und die natürliche Heilung ihren Verlauf nehmen ließ. Diese Aussicht war sicherlich einen behutsamen Versuch wert. Dhugal sah keine Gefahr, womöglich zusätzlichen Schaden anzurichten, zumal sich Kelsons Zustand, obzwar er nicht mehr ganz so ernst war wie anfänglich, mit Gewißheit durch eine Untätigkeit Dhugals nicht besserte. Er zwang sich zu einer Anzahl tiefer, zur Beruhigung seines Gemüts geeigneter Atemzüge, während er Kelsons Lage so veränderte, daß er an seiner Brust lehnte; das kraftlose Haupt Kelsons stützte Dhugal mit der Rechten in Schulterhöhe, indem er mit äußerster Sachtheit die Linke auf die Beule hinter des Königs Ohr legte. Schmerz zuckte durch das empfindliche Handgelenk, aber Dhugal veränderte geringfügig seine

Haltung und vermochte dadurch weiteren Beschwerden vorzubeugen.

Zweifelsfrei würde es eine aufs sorgfältigste ausgewogene Gleichgewichtigkeit seiner geistigen Anstrengungen erfordern, mit einem Teil des Bewußtseins auf Kelsons Atemzug und Herzschlag zu achten, während gleichzeitig ein Großteil seiner Aufmerksamkeit der eigentlichen Aufgabe gewidmet werden mußte; doch Dhugal war sich darüber im klaren, daß er wahrscheinlich, wenn er den Druck unter der Schwellung behob, die erst vor kurzem wiederhergestellte Eigenständigkeit und Gleichmäßigkeit der Atemzüge sowie der Herzschläge erneut beeinträchtigte. Als er die Augen schloß, wünschte er sich, selbst ausgeruhter zu sein, denn die wenigen Stunden Schlaf, die ihm vergönnt gewesen waren, vermochten die Mühsal und die Schinderei der jüngst verstrichenen Tage bei weitem nicht auszugleichen. Zur Stunde jedoch blieb alles Wünschen sinnlos. Falls überhaupt noch irgend etwas über das Unheil obsiegen konnte, dann war es Entschlossenheit, begünstigt durch ein wenig Glück – oder ein, zwei Wunder.

Allmählich vertiefte Dhugal seine Trance, ließ sich durch das gleichmäßige Hauchen seiner und Kelsons Atemzüge nach und nach in einen Zustand vollkommenen Einklangs ihrer Seelen versenken. Anfangs war diese geistige Verbindung mit Kelson nicht angenehm, denn obzwar der größte Teil des *Merascha* inzwischen dessen Blutkreislauf verlassen hatte, zeichnete sich seine Geisteswehr noch durch Verzerrtheit und Mißgestaltetheit aus, es ermangelte ihr gänzlich an Ausgeglichenheit, stellenweise war sie unversehrt, an anderen Stellen völlig dahin. Diese schlechte Verfassung der Geisteswehr mußte – wenigstens teilweise – eine Folge der Erschütterung sein, welche Kelsons Schädel und Hirn erlitten hatten, entweder durch den Bruch, auf dem gegenwärtig Dhugals Finger ruhten, oder den Anprall überm Auge; was jedoch auch die Ursache sein mochte, der Abstieg auf jene tiefen Ebenen der Seele, auf welchen man eine geistige Verschmelzung zustandebringen konnte, ward dadurch gleichsam recht holprig; doch Dhugal hatte den Eindruck, eine so feste geistige Einheit sei für das vonnöten, was zu wagen er sich vorgenommen hatte.

Dhugal traute sich nicht, länger über die Unwägbarkeiten seines Vorhabens nachzudenken, entschlossen drang er mit seinen Deryni-Sinnen in den Körper ein, welcher unter seiner Hand ausgestreckt lag, und richtete seine geistig-magischen Kräfte auf das runde Stück Knochen, das er unter den Fingerspitzen spürte. Unversehens erblickte er es vor dem geistigen Auge, als hätte das Messer eines Wundarztes es freigelegt, und erkannte, daß es sich eher um ein abgerundetes Dreieck handelte, dessen eine Ecke noch am richtigen Platz saß, während die Ecke gegenüber fast so tief wie eines kleinen Fingers letztes Glied lang war und nach innen ragte.

In höchstem Grade vorsichtig und behutsam griff Dhugal mit seinen Geisteskräften danach und hob die eingedrückte Seite an. Dieser Vorgang erwies sich als leichter denn befürchtet, die nach wie vor am rechten Platz befindliche Ecke bewegte sich reibungslos wie eine Türangel, bis alle drei Ecken wieder dort staken, wo sie hingehörten. Kelsons Atmung blieb unbeeinträchtigt von der Maßnahme.

Für eine kurze Weile begutachtete Dhugal, was er vollbracht hatte, und fragte sich, ob es ausreichen möchte; dann zog er seinen Geist aus dem König zurück, schlug die Augen auf, um Kelson anzuschauen. Der König wirkte unverändert. Als ungefähr – nach Dhugals Schätzung – eine Stunde verstrichen war, hatte es den Anschein, daß Kelsons Zustand keine Neigung zeigte, sich zu bessern; allerdings zeichnete sich auch keine Verschlimmerung ab, und Dhugal befand, es sei nun allerhöchste Zeit, sich um die Frage der Ernährung zu kümmern. Was auch werden sollte, er würde keine Hilfe für Kelson sein, wenn er sich zu Tode hungerte.

Spät am Mittwoch, an Mariä Verkündigung, geschah es, daß der Rest des königlichen Geleits in Rhemuth eintraf. Obwohl es in Windesschnelle ritt, eilte ihm offenbar dennoch ein gewisser Ruf voraus, so daß Nigel, Meraude, Duncan und Jehana bereits in des Kronrates Beratungskammer der Ankömmlinge harrten. Saer und Graf Roger trugen die traurige Botschaft vor, derweil sich Conall bescheiden im Hintergrund hielt, sich einen angemessen niedergedrückten und ernstmütigen Anschein gab; anschließend spendeten die drei Bischöfe, an Trost, was sie zu spenden vermochten; trotzdem mußten Pater Laels ärztliche Dienste in Anspruch genommen werden, als es vonnöten ward, die vom Gram schier überwältigte, in markerschütternde Weinkrämpfe verfallene Jehana aus dem Ratssaal zu geleiten. Gleichzeitig mit ihr zog sich Graf Roger zurück und beließ die ihrer Liebsten beraubten Angehörigen in der Obhut der Kleriker.

Auch Nigel vergoß für ein Weilchen Tränen, weinte unglücklich und untröstbar in den Armen seiner Gemahlin, indessen Duncan gleichsam in sich selbst zurückwich, zu einem Fenster hinausstarrte, ohne irgend etwas zu sehen. Arilan schritt unsicher zwischen ihm und Nigel hin und her, während Cardiel und Bradene ihre Aufmerksamkeit hauptsächlich dem neuen König widmeten, und sogar Conall sah man mit Tränen ringen.

»Möge der Herrgott mich zermalmen, so ich jemals in meinem Herzen das Begehr verspürte, König zu werden«, sprach Nigel, schüttelte voll der Ungläubigkeit das Haupt, sobald er den ersten Kummer gemeistert hatte, und blickte aus geröteten Augen auf zu Cardiel. »Thomas, das kann doch nicht wahr sein. Ich bin unvorbereitet. Nie und nimmer trachtete ich danach, bereit sein zu *müssen*. Gibt's denn gar keine, sei's noch so kleine Aussicht, daß er noch lebt?«

»Nein, nach menschlichem Ermessen nicht«, entgegnete Cardiel, fast selbst von neuem zu Tränen gerührt, mit gepreßter Stimme; drei Tage zuvor hatte auch er zu Valoret Tränen der Trauer vergossen. »Es ist vermeldet worden, nach so langer Frist bestünde nicht einmal noch Anlaß zu der Erwartung, vielleicht die Leichen bergen zu können.«

Auch Saer, welcher sich um seiner Schwester Tröstung bemühte, nachdem nun allem Anschein nach Nigel einigermaßen die Beherrschung zurückerrungen hatte, schüttelte das Haupt. »Wir haben alles unternommen, was in unserer Macht lag, Nigel«, beteuerte er in leisem Ton, »aber wir haben nichts entdeckt ... Keine Spur. Kurz hinter der Stelle, wo sie in die Fluten stürzten, beginnt der Lauf eines unterirdischen Flusses. Den Leichnam des Mönchs fanden wir gleichfalls nicht. Die Ansässigen versichern, das Wasser gäbe nach einer gewissen Zeitspanne die Toten nicht mehr her.«

Stumm vor Gram schüttelte Nigel lediglich das Haupt, litt so tiefe, heftige Trauer, daß es schien, als könnte man sie in der Luft der alten Ratskammer mit Händen greifen. Arilan, welcher sich nach wie vor zwischen Nigel und Duncan hin- und hergerissen fühlte, richtete seine Beachtung nun auf Nigel. »Es gilt mancherlei Angelegenheiten anzugehen ... Eure Majestät«, sprach er in gefaßtem Tonfall.

Bestürzt schaute Nigel auf, in seinen Augen spiegelte sich Betroffenheit. »Redet mich nicht so an, ich bitte Euch.«

»Dennoch *seid* Ihr jetzt König«, beharrte Arilan, »ungeachtet dessen, wie man Euch anreden mag. Und morgen müßt Ihr zum König ausgerufen werden. Gwynedd darf nicht lang ohne König sein.«

Nigel wandte den Blick zur Seite. »Ich werde mein Wirken als Regent fortsetzen, bis Gewißheit besteht, aber den Titel will ich nicht ... noch nicht. Auf keinen Fall, solang's noch Hoffnung gibt.«

»Hoffnung auf was?« hielt ihm Arilan entgegen. »Hoffnung aufs Auffinden von Kelsons Leichnam? Dadurch würde sich nichts ändern. Und nachdem indessen eine gewisse Frist verstrichen ist, kann wohl nicht im mindesten noch von irgendeiner Aussicht die Rede sein, daß er lebendig aufgefunden werden könnte, wie sehr ich mir auch wünschte, ich könnte Euch etwas anderes mitteilen. Unterdessen jedoch habt Ihr Obliegenheiten, welche erfüllt werden *müssen.*«

»Ich werde ihnen Genüge tun.«

»Gedenkt der Verantwortung der *Haldanes,* Nigel«, meinte Arilan gedämpft.

Da schaute selbst Duncan auf, während Nigel erbleichte und erneut zur Seite blickte. »Ich werde auch in Zukunft als Regent die Geschäfte der Krone wahrnehmen«, antwortete Nigel verhalten. »Aber wenn Kelsons Leichnam unauffindbar bleibt, sollen ein Jahr und ein Tag vergehen, bis man mir die Krone aufs Haupt setzen mag. Bezüglich dieser Entscheidung lasse ich mit mir nicht handeln.«

Trotz der eigenen Trauer war Duncan vollständig klar, daß weder Nigel noch Arilan von rein menschlichen Tätigkeitsgebieten des Herrschens sprachen. Aber während Nigel anscheinend annahm, eine Ausstattung mit dem Vollbesitz seiner Haldane-Magie würde zwangsläufig bis zu seiner Krönung aufgeschoben, so wie es einst bei Kelson geschah, wußte Duncan, daß keine derartige Regelung bestand und daß, wenn Kelson tot war, geradeso wie Dhugal – *O mein Gott, laß es nicht wahr sein!* –, Nigel die Haldane-Magie so bald wie nur möglich verfügbar zu machen wäre. Aus Rücksicht auf Arilan wagte er in Bradenes Anwesenheit jedoch darüber nicht unverhohlen zu sprechen.

»Ich erachte es nicht als verwerflich, die Krönung aufzuschieben, so's denn Eurer Hoheit Wunsch ist«, äußerte Duncan ruhig, bediente sich wohlbedacht jener Anrede, auf welche Nigel als Prinz von Gwynedd ein Anrecht hatte, die man aber auch gegenüber einem König gebrauchen konnte. »Es mag sich nichtsdestoweniger so ergeben, daß Eure Hoheit, sobald eine geziemliche Zeit der Trauer vorüber ist und wir alle wieder klarer zu denken vermögen, selbigen Entschluß widerrufen wollen. Darum unterbreite ich den Vorschlag, bis auf weiteres keinen bestimmten Tag festzulegen. Des weiteren erlaube ich mir die Empfehlung vorzutragen, daß Eure Hoheit des Kronrates übrige Mitglieder ohne Säumen nach Rhemuth lädt, darüber hinaus auch jene Herren, deren Rat Eure Hoheit besonders schätzen. Ich selbst würd's auf mich nehmen, falls ich Euch diesbezüglich meine Dienste antragen darf, Herzog Alaric zu verständigen. Ich glaube, es dürfte am besten sein ... er erfährt die beklagenswerte Kunde aus meinem Mund.«

Arilan warf Duncan einen Blick zu, der ihn in seiner Vermutung in bezug auf das, was Duncan im Sinne hatte, vollauf bestätigte, so daß er nickte. »Diesem Vorschlag gehört meine Unterstützung, Eure Hoheit. Dennoch habt Ihr, Duncan, zweifaches Leid zu verkraften ... wiewohl auch wir allesamt mit Euch um Eures Sohnes Verlust trauern. Haltet Ihr es für klug, daß Ihr unter solcherlei Umständen eine so ausgedehnte, gewißlich anstrengende Reise unternehmt?«

Beschwerlich schluckte Duncan. »Die Zeit des Alleinseins wird mir willkommen sein, um meiner beiden Söhne – meines leiblichen und meines geistlichen Sohnes – zu gedenken«, gab Duncan halblaut zur Antwort. »Indessen wüßte ich sehr wohl die Gnade zu würdigen, Eure Exzellenz, würdet Ihr für ein Weilchen mit mir gemeinsam beten, ehe ich aufbreche.« Dies Ersuchen verwunderte Arilan, aber nur bis er Duncan in jene Gemächer gefolgt war, welche Dhugal bewohnt hatte, denn dort schickte sich Duncan an, den Priesterrock – anstatt zu beten – gegen eine geeignetere Reiterkleidung auszutauschen, die Gewandung eines Königlichen Kuriers anzulegen, die er bei der Ankunft in Valoret getragen hatte. »Habt Ihr schon den Camberischen Rat benachrichtigt?« erkundigte sich Duncan.

Arilan schüttelte das Haupt. »Nein, dazu fand sich keine Zeit, ehe wir Valoret verließen. Ich werde es tun, wenn Ihr fort seid. Cardiel wird für meine Abwesenheit bis zum morgigen Tag Vorwände benennen.«

»Vortrefflich. Dann wird's sicherlich nicht auffallen, wenn Ihr eine kurze Zeit darauf verwendet, mich nach Dhassa zu befördern ... es sei denn, es gäbe eine Porta Intineris, welche ihren Standort noch näher bei Coroth hat.«

Arilans Miene zeigte Mißmut, derweil er Duncan beim Überstreifen lederner Beinkleider sowie einer Bluse aus weichem, schwarzem Wildleder zuschaute. »Ich vermag mich nicht darauf zu besinnen, Euch erzählt zu haben, daß sich dort eine Porta Itineris befände.«

»Das habt Ihr fürwahr nicht. Aber sollte es dort früher einmal keine Porta gegeben haben, bin ich mir dennoch vorzustellen außerstande, daß Ihr und Eure Ratsbrüder keine Porta errichtet habt, sobald Ihr Bischof von Dhassa geworden seid.«

»Es fand sich dort bereits eine Porta vor«, erteilte Arilan verdrossen Auskunft. »Doch Ihr verlangt von mir viel.«

»Ich bitte Euch, mir eine Woche des Reitens zwischen Rhemuth und Coroth zu ersparen«, lautete Duncans Antwort. Er ließ sich auf einen Stuhl fallen, zog dicke lederne Stiefel an, die bis weit über die Knie reichten. »Selbst von Dhassa aus ist's noch ein guter Tagesritt. Und so Ihr mir dazu verhelfen könnt: Ich brauche ein Roß, um Dhassa verlassen zu können. Mir wär's lieber, ich müßte keins stehlen.«

Arilan konnte sich ein schiefes Lächeln nicht verkneifen, während der jüngere Bischof schlichte Sporen aus geschwärztem Eisen, wie sie ein beliebiger Waffenknecht tragen mochte, an die Stiefel schnallte. »Ihr wolltet's gar tun, wie?«

»Ich bin schon zu Ärgerem gezwungen gewesen«, erwiderte Duncan und erhob sich vom Stuhl, um ein gestepptes Lederwams anzulegen, schwer von eingenähten erzenen Scheiben. »Werdet Ihr mir Beistand leisten, oder werdet Ihr's nicht? Lehnt Ihr's ab, so werde ich mich von hier aus geradewegs zu den Ställen begeben. Weder habe ich die Zeit, um mit Euch ein Streitgespräch zu führen, noch dazu auch nur die leiseste Neigung.«

»Ich werde Euch helfen«, versicherte Arilan und begann seine Zusage in die Tat umzusetzen, indem er als erstes Duncan dabei half, das Lederwams überzustreifen. »Darf ich meinerseits Euch um eine Gefälligkeit ersuchen?«

Duncan widmete dem anderen Deryni einen Blick stummer Warnung, derweil er die Schnallen des Wamses zu schließen begann. »Als Bedingung für Euren Beistand?«

»Selbstverständlich nicht. Es kommt mir allein auf eine Klarstellung an, welche für uns beide von Nutzen sein mag. Werdet Ihr und Alaric dazu imstande sein, Nigel davon zu überzeugen, daß er sich die Haldane-Magie zur Gänze aneignen muß, bevor das Jahr herum ist?«

»Ich weiß nicht, was Euch das angehen sollte«, entgegnete Duncan im Ton der Abweisung und schloß die letzte Schnalle des Kleidungsstücks. »Gegenwärtig bekümmert die Haldane-Magie mich keinen Deut. Ich wünsche in Erfahrung zu bringen, ob mein Sohn und mein König womöglich doch noch leben.«

»Glaubt Ihr wirklich, 's könnte wahrlich der Fall sein?« fragte Arilan leise; er nahm an Duncans Schroffheit keinen Anstoß.

Ein Schluchzen wollte sich aus Duncans Kehle Bahn

brechen, aber es gelang ihm, es zu unterdrücken. Doch viel länger, so wußte er, würde er soviel Selbstbeherrschung nicht aufbringen können. Indem er alle Aufmerksamkeit darauf verwendete, das Schwert zu ergreifen, den um die Scheide gewundenen Gurt zu entrollen und sich die Waffe um die Hüfte zu schnallen, vermochte er zu verhindern, daß Tränen ihm die Sicht noch stärker trübten, als sie es schon taten. »Zu gerne wollte ich glauben, sie sind's«, antwortete er im Flüsterton. »Solange keine Leichen da sind, ist die Versuchung allzu übermächtig, allem zum Trotz auf ein Wunder zu hoffen. Außerdem kann ich mich nicht des Gefühls erwehren, ich müßt's irgendwie *spüren,* wären sie tot ... insbesondere bezüglich Dhugals. Er ist mein *Sohn,* Denis. Und fast sieben Jahre lang war ich Kelsons Beichtvater. Ihr wißt selbst, welche Art von innerem Band zwischen zwei Personen sich flechten kann ... zumal wenn beide Deryni sind.«

Als Duncan sich eine mit Fell gesäumte, lederne Haube übers Haupt zog und hastig ein Paar Reithandschuhe ergriff, sie unter den Gürtel schob, nahm Arilan den zum Reiten gedachten Überwurf aus schwarzem Leder zur Hand, welchen Duncan offenbar anzulegen beabsichtigte, und warf ihn sich über den Arm; gemeinsam mit Duncan trat er zum Kamin. »Ja, ich weiß sehr wohl, was für eine Art von Band daraus entstehen mag«, bestätigte Arilan. »Habt Ihr schon den Versuch unternommen, ferngeistig an jenes Band anzuknüpfen, sei's zwischen Euch und Kelson, oder zwischen Vater und Sohn?«

Duncan schüttelte das Haupt. »Die Entfernung ist zu groß, als daß ich's auf mich allein gestellt versuchen könnte. Zudem hatte ich bislang dazu keine Zeit, das ist Euch wohlbekannt. Jeden Augenblick habt Ihr ja in meiner Nähe geweilt.«

»Befindet Ihr Euch erst in Coroth, wird die Entfernung noch größer sein.«

»Ja, aber nicht von Dhassa aus.« Duncan stützte die Handballen gegen die Ummantelung des Kamins, betrachtete der Flammen Flackern, wie es sich im Amethyst seines Bischofsrings spiegelte, dem einzigen Hinweis auf seine wahre Stellung, welchen er bei sich haben mochte; der Ring würde sich mit knapper Not unter dem Handschuh tragen lassen. »Nun denn, was soll werden? Wollt Ihr mich nach Dhassa befördern, oder muß ich hinunter zu den Ställen und die Mühe des langen Ritts auf mich nehmen?«

»Und wie steht's um Nigels Haldane-Magie?« meinte Arilan. »Solltet er nun ihrer bedürfen, bevor Ihr wiederkehrt – was dann?«

»Ei, mich will's deuchen«, versetzte Duncan zur Antwort, »er wird sich so wohl dreinfinden müssen, wie er's halt kann ... Oder wähnt Ihr, ich allein vermöchte ihn mit der Haldane-Magie auszustatten?«

»Wär's Euch möglich?«

»Ich weiß es nicht, und ich will's auch nicht wissen. Vor allem mag ich's nicht wissen, bevor ich darüber Gewißheit habe, daß Kelson ... wirklich tot ist.« Duncan schluckte, wandte das Angesicht halb ab, blickte Arilan über die Schulter hinweg an. »Und ebenso Dhugal. Seid Ihr der Ansicht, daß sie tot *sind,* Denis?«

Matt seufzte Arilan. »Leider dürfte es sich mit hoher Wahrscheinlichkeit so verhalten, mein Sohn«, antwortete er leise. »Wohlan, zieht Ihr hier die Benutzung einer ganz bestimmten Porta vor? Laßt mich den Vorschlag äußern, daß wir uns jener Eures Arbeitszimmers bedienen.«

Eine Viertelstunde später betraten sie die Kammer mit der Porta Itineris von Duncans Arbeitszimmer; Duncan schlang sich den Überwurf um seine Gestalt, um für Arilan Platz zu schaffen. Mit Arilan schwebte ein silbriges Hand-Feuer herein, und er schwächte dessen Helligkeit ab, bis es fast unsichtbar war, derweil Duncan die Tür der Kammer schloß. »Es wird uns auf der anderen

Seite doch niemand überraschen oder?« erkundigte sich Duncan.

Arilan schnaufte unterdrückt und legte die Hände auf Duncans Schultern. »Wohl nicht, dieweil sich die Porta in meiner bischöflichen Kapelle befindet, aber wer kann wissen, was sich im Laufe meiner Abwesenheit ereignet hat? Pater Nivard, mein Kaplan, hat die Erlaubnis, dort die Messe zu lesen, doch ist's dafür inzwischen zu spät. Und überdies ... äh ... weiß er Bescheid.«

»Mit anderen Worten, er unterliegt Eurer geistigen Herrschaft«, stellte Duncan fest und lächelte schwach, obwohl der Kummer über den Verlust ihn keinen Augenblick lang zur Gänze fliehen wollte. »Doch mißversteht mich nicht, ich habe keine Veranlassung zum Tadel, bedenke ich, was ich bisweilen Pater Shandon zugemutet habe. Aber wenn sich dort irgend jemand anderes aufhält?«

»Sollte es so sein, befördere ich Euch zurück und versetze mich nochmals nach Dhassa, bereinige dort die Lage und hole Euch anschließend nach«, erklärte Arilan, zog Duncan dicht zu sich; seine Stimme raunte unmittelbar an Duncans rechtem Ohr. »Schließt nun Eure Augen und seid ganz locker, auf daß ich die Versetzung einzuleiten vermag. Bereitet mir keine Schwierigkeiten, oder Ihr werdet, das schwöre ich Euch, bei der nächsten derartigen Gelegenheit ein Roß nehmen müssen. *Falls* wir widrige Umstände antreffen, wird mir das Hin und Her ohnedies reichlich Kräfte abfordern, und nachdem ich Euch wohlbehalten nach Dhassa verbracht habe, muß ich noch andere Erledigungen verrichten.«

»Wie fern *liegt* denn jene Stätte, an welchselbiger der Camberische Rat zusammenzutreten pflegt?« flüsterte Duncan, während hinter seinen geschlossenen Lidern des Hand-Feuers letzter Nachglanz verglomm, erwartete jedoch keine Antwort.

Von Rhemuth aus, erreichte ihn auf geistiger Ebene Arilans von Schwingungen der Belustigung begleitete

Gegenfrage, *oder von Dhassa?* Im nächsten Augenblick umfing seine Geistesmacht Duncans Seele gleich einem Tuch von Nebeldünsten, undurchdringlich und beinahe körperlich spürbar, sperrte die Welt hinter dem weichen Wallen von Grau aus, das Duncans Sinne und Gemüt allseits umgab. Duncan empfand den schwachen Ruck der Versetzung, die leichte Mulmigkeit in der Magengegend, wie sie stets dabei auftrat, geschickt gemildert durch Arilans außerordentliche feingeistige Ausführung, und ein Augenblick zeitweiligen *Nichtseins* erfolgte, in welchem nicht einmal die Trauer noch gegenwärtig war, fast als gelänge es Duncan, sie in Rhemuth zurückzulassen. Dann aber war das die Seele bedrückende Gefühl des Verlusts wieder da, Duncan öffnete die Augen, blickte erneut in gänzliche Dunkelheit, obschon er sofort merkte, daß sie sich an einem anderen Ort befanden. »Seht an, wir haben Glück«, sprach Arilan flüsternd. »Selbst Nivard ist fort, doch werde ich ihn ausfindig machen müssen, soll mein Beistand Euch von Nutzen sein.«

»Wieviel gedenkt Ihr ihm anzuvertrauen?« wollte Duncan wissen. Er und Arilan waren in einer winzigkleinen Seitenkapelle angelangt, kaum mehr als eine Betnische, von welcher aus man unmittelbaren Zutritt in des Bischofs eigentliche Kapelle hatte; Duncan mutmaßte, daß sie in der Tat in Dhassa eingetroffen waren. Eine Reihe von Andachtskerzen in Haltern aus klarem Glas erhellte den seltsamen Ausdruck von Anspannung in Arilans Antlitz, just bevor er Duncans Seite verließ und die Kapelle aufsuchte.

»Nun, Ihr seid schwerlich ein Unbekannter«, antwortete Arilan halblaut. »Doch sorgt Euch nicht, Ihr könnt zu ihm Vertrauen haben. Nehmt Euch ein kurzes Weilchen Zeit und prägt Euch die Eigentümlichkeiten dieser Porta ein, derweil ich mich nach ihm auf die Suche begebe. Und es möchte von Vorteil für Euch sein, daß jemand kommt. Zudem vermeine ich, ein Gebet wäre fürwahr durchaus angebracht. Ich werde nicht lang ausbleiben.«

Er entschwand, ehe Duncan ihm weitere Fragen stellen konnte, und ließ der Kapelle Pforte einen Spaltbreit offen. Einige Herzschläge lang schaute Duncan ihm nach, verspürte ein wenig Mißbehagen; dann jedoch richtete er seine Aufmerksamkeit auf die Porta, auf welcher er stand und die er in seinen Füßen kribbeln fühlte. Ein grob kreisrundes Muster im Mosaik des Fußbodens machte den Standort der Porta fürs Auge sichtbar; aber Duncan mußte, um sich ihrer fortan und für alle Zeit bedienen zu können, mehr Kenntnisse erlangen. Deshalb kniete er nieder, strich mit den Händen über den Boden, neigte das Haupt, schloß die Lider und ließ die Eigenheiten, welche die Einmaligkeit dieser Porta ausmachte, auf seine Deryni-Sinne einwirken. Nach einem Dutzend weiterer Herzschläge wußte er, daß er von der hiesigen Porta aus jede sonstige ihm bekannte Porta zu erreichen vermochte. Dieser Gewinn trug dazu bei, ihn in gewissem Umfang für die gewaltigen Anstrengungen zu entschädigen, welche er in den nächsten Tagen erdulden mußte, wiewohl er keinen Trost bedeutete im Angesicht des Schicksalsschlags, welchen er in der vergangenen Stunde erlitten hatte.

Er hatte die Kapuze zurückgeschoben und betete wahrhaftig, flehte Gott darum an, daß man Dhugal und Kelson – der geringen Wahrscheinlichkeit zum Trotz – doch lebend finden möge, da hörte er die Pforte der Kapelle knarren, als jemand sie von neuem weit aufschwang. Er beließ das Haupt gesenkt, tat geradeso, als wäre er noch in tiefer Andacht, während sich durch den Mittelgang die Schritte von zwei Paar Füßen nahten. »Ich möchte Euch Pater John Nivard vorstellen«, sprach leise Arilans Stimme und enthob Duncan des gespannten Lauschens und der Beunruhigung.

Duncan erhob sich und kehrte sich den Angekommenen zu, erwartete in Arilans Begleitung einen älteren, würdevollen Geistlichen zu sehen; daher überraschte es ihn, daß sich Pater Nivard als junger Mann erwies, ja sogar dermaßen burschenhaft wirkte, als konnte er unmöglich schon Priester sein, geschweige denn Kaplan im Dienst eines Bischofs von Arilans Außergewöhnlichkeit. Er hatte rosige Wangen, noch ein wenig pausbäkkig von der Rundlichkeit seiner frühen Jugend, und der Scheitelpunkt seines Hauptes reichte knapp bis an Arilans Schulter; von des Schopfs geschorener Mitte kräuselten sich dunkle Locken wie bei einer heidnischen Gottheit abwärts. Duncan vermochte zuerst nicht zu erkennen, ob des Paters Augen diesem Blick entsprachen, dieweil der junge Priester den Blick bescheiden gesenkt hielt, indem er und Arilan näher traten, doch seine Hände sahen kraftvoll und nach Arbeitsamkeit aus, waren hart von redlichem Werk, als er sich hinkniete und Duncans Bischofsring küßte – denn Arilan nannte Duncans wahren Namen und Rang. Aber was Duncan noch stärker verblüffte als Nivards Jugendlichkeit war das flugs gemilderte Aufflackern einer Geisteswehr, als sich ihrer beider Hände berührten. Guter Gott, sollte das etwa einer von Arilans Deryni-Priestern sein?

»Es ist mir eine Ehre, Euch begegnen zu dürfen, Exzellenz«, begrüßte Nivard in verhaltenem Tonfall Duncan; Ehrfurcht kam in seiner Stimme und im allgemeinen Gebaren zum Ausdruck, als er den Blick seiner meergrünen Augen hob und in Duncans Augen schaute. »Bischof Denis hat mir kundgetan, daß Ihr der vertrauenswürdigsten und geheimsten Unterstützung bedürft. Wie kann ich Euch zu Diensten sein?«

Selbst voll des tiefsten Staunens, bewog Duncan den jungen Geistlichen zum Aufstehen, ohne jedoch Nivards Hand freizugeben; sein Blick fiel auf Arilan. »Ist er einer der Euren?« flüsterte er kaum vernehmlich.

Arilan lächelte und nickte. »Nur zu, unterzieht seine Geisteswehr einer Begutachtung. Ich wähne, Ihr werdet aufs angenehmste überrascht sein. Als ich vor fast vier

Lenzen mit John Bekanntschaft schloß, war er ein blutjunger Priesterschüler und durchlitt gerade eine schwere Gewissenskrise, dieweil er derzeitig zu entdekken begann, was er war, und daher befürchtete, er müßte seiner Berufung zum Priester entsagen. Ich hege die Überzeugung, er hat seither einen gar vortrefflichen Werdegang beschritten, betrachtet man's alles in allem. Im letzten Herbst habe ich ihn zum Priester geweiht.«

»Aha, so bist du denn erst seit kurzer Zeit Priester, nicht wahr?« meinte Duncan leise und widmete seine Beachtung wieder Nivard.

»Sehr wohl, Eure Exzellenz.«

»Hast du Bedenken?«

Nivard schluckte und schüttelte das Haupt. »Nein, Herr.«

Mit äußerster Sachtheit tastete Duncan mit seinen Deryni-Sinnen nach Nivards Geisteswehr, zögerte jedoch, als der Kaplan ein wenig die blaugrünen Augen verkniff, sobald Duncan ihn nur fester ins Augenmerk nahm. »Bist du dir dessen ganz sicher, daß du keine zu starke Scheu empfindest?« fragte Duncan noch einmal nach. »Es muß nicht sein, und du brauchst es keineswegs zu dulden.«

Nivards Hand, welche Duncan noch hielt, hatte unterdessen zu zittern angefangen; dennoch schüttelte der junge Geistliche erneut sein Haupt, und flehentlich schaute er Arilan um Rückhalt an. »Ich habe keine Furcht, Exzellenz«, beteuerte Nivard im Flüsterton. »Aber's verhält sich so ...«

»Noch ist es ihm ungewohnt, jemand anderem den Blick hinter seine Geisteswehr zu gestatten«, erläuterte Arilan. »Mich ausgenommen, seid Ihr der erste unserer Art, dem er begegnet, seit er mich kennt. Und's mag sein, so will ich wähnen, unser junger Pater John bringt Euch, Duncan, ein Übermaß an Bewunderung entgegen. John, wenn du's wünschst, stelle ich mich als Mittler zur Verfügung. Doch vertrete ich wahrlich die Ansicht, du bist nun bereit und kannst deine eigenen Erfahrungen sammeln. Ich versichere dich dessen, daß Pater Duncans geistige Berührung ungemein sanfter Natur ist, wahrscheinlich gar sanfter, wollen wir der Wahrheit die Ehre geben, als du's von mir erlebst.«

»Vielleicht ist es klüger, wir warten«, sagte Duncan. »Aufgrund der Gemütsverfassung, in welcher ich mich befinde, vermag ich nicht zu gewährleisten, daß ich wirklich und wahrhaftig so sanft vorgehe.«

»Nein«, widersprach Arilan, »es besteht kein Grund zu fernerem Zaudern. Es ist an der Zeit, daß er's lernt, und es ist mein Begehr, daß Ihr und er zusammenzuwirken versteht – zumindest auf einer ganz allgemeinen Ebene –, sollte sich zeigen, daß Ihr nach Eurer Rückkehr seine Hilfe braucht. John, laßt ihn im geistigen Bereich den Grundriß des Doms schauen. Das ist eine besondere Sache, wovon keine Gefahr ausgeht, und selbiges Wissen könnte Pater Duncan sehr wohl von Vorteil sein.« Nivard bebte noch, als er tief Atem schöpfte und ihn danach aus der Brust entweichen ließ; auf diese Weise versetzte er sich, bevor Duncan neue Einwände in Worte zu fassen vermochte, in einen oberflächlichen Trance-Zustand. Dank seiner derynischen Sinne bemerkte Duncan, wie sich des Kaplans geistige Schilde senkten; aufgrund einer Eingebung hob Duncan die freie Hand und legte die Fingerspitzen überaus sacht auf die Lider des jungen Geistlichen. Diese zusätzliche körperliche Berührung sowie der Umstand, daß er Duncan nicht länger anschaute, hatten zur Folge, daß Nivard schließlich bereitwillig alle Hemmung fahren ließ, sein Verstand nahm nahezu mit Vollkommenheit die Geisteswehr hinweg. Sein Gezitter verebbte, während er in geistigen Gefilden vor Duncan ausbreitete, was vorzuzeigen Arilan ihn geheißen hatte, stellte Duncan schüchtern eine tiefergehende Einblicknahme frei, als er merkte, daß Duncans umsichtiges Eindringen in seine Seele ihm keinerlei Mißhelligkeiten verursachte. Im

Handumdrehen prägte Duncan sich alles ein, übernahm es ohne Umschweife ins eigene Gedächtnis, kam sodann dem Angebot nach, als Nivard ihm gar einen noch tieferen Einblick gestattete, indem er in dem Maß an Mut gewann, wie sich erwies, daß es sich bei dem geheimnisumwitterten Duncan McLain um keine so furchteinflößende Persönlichkeit handelte, wie er eine solche hätte sein können. Duncan übte keinen Druck aus, folgte jedoch bis in jene seelischen Gründe, welche ihm Nivard offenlegte. Als er sich aus Nivards Geist zurückzog – nur um einen Herzschlag später, als der Kaplan die Augen aufschlug –, seine Hand von des Jüngeren Gesicht nahm und auch seine Hand freigab, sah er, daß Arilan ihn achtsam musterte. Nivard verzog das Angesicht zu einem leicht törichten Lächeln. »Nun, war das etwa allzu arg?« fragte Arilan betont sachlich. »Mich will's dünken, mit dieser Geistesverbindung ging einiges mehr einher, als daß bloß der Grundriß des Doms vorgezeigt ward, jedoch hat's ja den Anschein, daß kein Beteiligter Beschwerden vorzutragen gedenkt.«

Duncan schüttelte das Haupt. »Ich kann nichts anderes denn Euch zu Eurem mustergültigen Schüler beglückwünschen, Denis. Pater, wir sollten die Übung wiederholen, wenn ich einmal weniger zerstreut bin. Unterdessen aber muß ich mich wohl nun auf den Weg machen. Ein zähes Roß muß her, dazu ein Geleitschreiben für die Herbergen, auf daß man mir ohne Säumen frische Reittiere überläßt, sowie Wegzehr für einen vollen Tag. Morgen um diese Stunde beabsichtige ich in Coroth zu sein.«

»Um Herzog Alaric zu holen?« flüsterte Nivard.

»Allerdings. Kannst du's so einrichten, daß du dich in zwei Tagen wiederum dort einfindest, wo wir uns am heutigen Abend trennen werden, so daß wir unbehelligt und unerkannt in diese Kapelle zu gelangen vermögen?«

»Ja, Exzellenz, freilich.«

»Da nun alles verabredet und besprochen ist«, ergriff Arilan versonnen das Wort, indem er zurück auf die runde Kennzeichnung der Porta trat, »will ich mich verabschieden und meinen sonstigen Angelegenheiten nachgehen. Pater Nivard, sollte jemand fragen: Ich war nicht hier, und von der Kunde, welche Pater Duncan brachte, weißt du nichts.«

»Jawohl, Exzellenz.« Kaum hatte Nivard selbige Antwort erteilt, da verschwand Arilan gleichsam inmitten der Luft, schien sich vor den Augen der zwei in der Kapelle verbleibenden Geistlichen binnen der Dauer eines Blinzelns aufzulösen. Eine halbe Stunde später ritt Duncan auf einem stämmigen Bergpferdchen, für die Strecke, welche die Berge hinab und durch die Ebene nach Coroth führte, just hinlänglich mit Wegzehr versehen, in die Richtung seines Bestimmungsorts, ließ einen jungen Priester mit verklärtem Blick zurück, im Herzen voll des Grübelns über das, was er heute erlebt hatte.

15

Ich bin rein und frei von Sünde, bin makellos und ohne Schuld ...

HIOB 33,9

Am Wohnsitz Alaric Morgans, der festen Stadt Coroth, von Dhassa einen beschwerlichen Tagesritt weit entfernt und südöstlich davon gelegen, ahnte man noch nichts von der Nachricht, welche Duncan McLain zu überbringen hatte. Tatsächlich war noch nicht einmal die Kunde von Tiercels Ableben bekannt, denn jener Bote, den Duncan zu Anbeginn der Woche ausgesandt hatte, entstieg erst jetzt in der Corother Hafenbucht einem Schiff und schätzte sich glücklich, selbigen Hafen trotz der widrigen Frühlingsstürme überhaupt erreicht zu haben. Der in einen waldgrünen Umhang sowie den Rock eines Kanonikus der Kathedrale des Heiligen Georg gewandete Mönch fand einen gelinden Trost darin, als er erfuhr, daß der Verlauf der vergangenen Woche, seit des Herzogs Heimkehr, zu Coroth keineswegs besser gewesen war; an diesem Tag fiel seit einem Mond erstmals kein Regen.

Der Herzog von Corwyn wähnte, während er es sich im Sonnensaal Burg Coroths wohlergehen ließ, nicht das mindeste vom Nahen irgendeines Boten, weder des Mannes, welcher soeben im Hafen an Land ging, noch jenes, der – indem er des öfteren das Roß wechselte – aus Dhassa geritten kam. In der Tat beschäftigte er sich in Gedanken gegenwärtig mit nichts weniger denn der Welt außerhalb der Burg. Aus der vor Coroth gelegenen Bucht wehte kühler, feuchter Wind herüber, umheulte die Zinnen, pfiff schrill um die Fensterverglasung, aber wo Morgan an einem mit Kerbhölzern und Rechengeräten bedeckten Tisch saß, war es behaglich und warm, und er vergoß bei seiner Tätigkeit so manche Schweißperle.

Zumindest war es äußerlich warm. Im Kamin auf der anderen Seite des langgestreckten Raumes brannte munter ein Feuer, und ein Feuerbecken mit entflammter Holzkohle wärmte ihm die in Stiefel gehüllten, auf einen mit grünem Leder gepolsterten Schemel hingestreckten Füße. Seelisch jedoch herrschte eine weit frostigere Stimmung, und Morgan war froh über das schwere, mit Pelz besetzte, höfisch-würdige Gewand, welches er am heutigen Morgen am Leibe trug, obschon es schwerlich einen Ersatz abgeben konnte für die wonnige Wärme, die er zu empfinden pflegte, wenn er sich an einem derartigen Morgen im großen Himmelbett an seine Gemahlin schmiegte.

Eine so liebliche Freude stand zur Zeit kaum zu erwarten, dieweil sich Richenda in einem Zustand heftiger Erregung befand, selbst wenn nicht die Pflichten des herzoglichen Hofes ihn noch binnen dieser Stunde von ihrer Seite riefen. Derweil er der Notwendigkeit entgegensah, im Burgsaal zwecks Kassensturz und Abrechnung der Einnahmen das Geschworenengericht des Herzogtums zu versammeln – eine öde, langweilige Obliegenheit, eine Aussicht, die ihm durch seiner Gemahlin Übellaunigkeit beileibe nicht verschönert ward –, war Richenda vor seinem Tisch auf- und abgestapft und hatte mit ihm gezankt. Oder vielmehr, Richenda hatte auf ihn eingescholten, derweil Morgan es sich leistete, sich mit den Rechenbrettern und Kerbhölzern zu befassen, die die Tischplatte in Anspruch nahmen, und ihr nur halb sein Ohr lieh, denn er hatte alles, was sie anführte, schon zuvor vernommen. Zuhauf lagen auf dem mit Vierecken gemusterten Tischtuch, welches über den Tisch, an welchem er die Abrechnungen erarbeitete, gebreitet lag, Stapel von Kerbhölzern, auf deren jedem die Einnahmen eines bestimmten Guts im Osten Coroths während des letzten Jahrs verzeichnet standen, Einnahmen sowohl in Gestalt von Geldbeträgen und ähnlichen Werten wie auch für Dienste von Rittern, welche eine gewichtige Rolle beim Schutz der östlichen Grenzen zu Torenth einnahmen, mit deren Sicherung Kelson Corwyns Herzog betreut hatte. Und darüber hinaus war das Kindlein zu berücksichtigen – für Morgan verkörperte es einen größeren Schatz als die Einkünfte der Güter, hatte es Vorrang vor den von Richenda erhobenen Vorwürfen. Er und Richenda hatten sich bereits auf Kelric als Rufnamen für den Knaben geeinigt, um Kelson und Alaric gleichermaßen zu ehren; Richenda gab Alain als zweitem Vornamen den Vorzug – diesen Namen hatte Morgan getragen, als er und Richenda sich vor dem Heiligtum St. Torins das erste Mal begegneten –, wogegen Morgan eher zu dem Vornamen Richard neigte. Vielleicht würde das Bürschchen beide Vornamen zusätzlich tragen.

Doch derweil Morgan sich der Vorfreude auf die Aussicht hingab, zu der kleinen Tochter, welche Richenda ihm zwei Jahre zuvor geschenkt hatte, auch noch einen Sohn zu bekommen, überforderte seine Mißachtung ihrer Darlegungen selbst die für gewöhnlich lange Geduld der Mutter selbiger Kinder. »Alaric, hast du von dem, was ich zu dir gesprochen habe, überhaupt ein Wort vernommen?« fragte Richenda, blieb plötzlich stehen, stützte beide Hände vor ihm auf den Tisch, ihre blauen Augen funkelten.

Morgan, der soeben ein Kerbholz besah, welches den kürzlich mit neuen Befestigungen ausgestatteten Herrensitz des Freiherrn de Vali betraf, blickte verdutzt auf. Dank des weiten, wallenden, blauen Kleids, das sie nach dem Aufstehen angelegt hatte – denn mit allem Nachdruck hatte sie ihre Absicht verkündet, wider den Ratschlag Meister Randolphs, ihres Leibarztes, der angesagten Sitzung beizuwohnen –, hätte er fast vergessen können, daß sie ihm in nicht einmal noch einem Mondes Lauf seinen ersten Sohn gebären sollte. »Meine Liebe«, antwortete er, »ich habe fürwahr jedes einzelne deiner Worte aufs genaueste vernommen. Betrüblich daran ist jedoch, daß ich sie allesamt schon das eine oder andere Mal zuvor gehört habe ... und zur Stunde ist wahrlich nicht der rechte Zeitpunkt, um über deine Ausführungen abermals eine langatmige Aussprache durchzustehen, denn sobald eine Viertelstunde verstrichen ist, wird die Beratung beginnen.«

»So's nach dir geht, ist *niemals* die rechte Stunde da«, hielt Richenda ihm halblaut, aber in heftigem Ton entgegen, drehte zornig am Ehering an ihrer linken Hand. »Nachdem du eine Klärung fast den ganzen Winter hindurch verzögert hast und nach nahezu einem Monat Abwesenheit nun seit einer Woche daheim bist, will's mir noch immer nicht gelingen, dir eine aufrichtige Antwort abzuringen. Muß ich dich erst einer geistigen Einsichtnahme unterwerfen, um zu erfahren, was die Ursache deiner Besorgnis ist, Alaric?«

»Wie ich dir bereits mitgeteilt habe, wünsche ich davon nicht mehr zu reden«, erwiderte Morgan mit gedämpfter Stimme, verlagerte seine Aufmerksamkeit wieder auf die Zahlen, in denen de Valis Einnahmen zusammengefaßt worden waren, tauchte den Federkiel in die Tinte, um eine Anmerkung aufzuschreiben. »Dieweil die Niederkunft in so kurzer Frist erfolgen wird, solltest du dich nicht noch mit schwerwiegenden Angelegenheiten befassen.«

»Ach, ich verstehe«, entgegnete Richenda leise. »Die Worte einer Schwangeren braucht man nicht ernstlich zu erwägen, ist's das, was du sagen willst? Du vermeinst, ich sei nichts als ein übermäßig erregtes, verdrehtes Weib?«

»Davon kann durchaus keine Rede sein, meine Liebe. Aber du brauchst dir fürwahr nicht das liebreizende Haupt zu zerbrechen. In einigen Monden, wenn das Kind da ist und du deine innere Ruhe wiedergefunden hast, können wir uns unterhalten.«

Als nächstes sah Morgan, wie Richenda vor seiner Nase das gemusterte Tischtuch von der Tischplatte riß, so daß Tinte auf seine Pergamentrolle verschüttet ward, auf welcher er fortlaufend seine Berechnungen mitsamt den Anmerkungen gemacht hatte, und unter seinen Augen, aus denen er nur voller Hilflosigkeit und Entsetzen zuschauen konnte, flogen Kerbhölzer und Rechengeräte nach allen Seiten. Er haschte nach dem Tintenfaß, um zu verhindern, daß es auf dem Fußboden zerschellte, begriff erst im allerletzten Augenblick, daß er auf diese Weise nicht allein auch seine Hände, sondern ebenso das eigens für die bevorstehende Beratung angezogene Gewand besudeln müßte. Das Glas zerklirrte, derweil Richenda ihre herbe Schimpfrede fortsetzte. »Verwünscht, *hör* mir zu!« schalt sie. »Ich bin *mehr* als eines Herzogs Zuchtstute!« schrie sie ihn an. »Ebenso bin ich nicht nur Zierat für deine höfischen Ratssitzungen. Und dabei bin ich nicht einmal Herrin im eigenen Haus!«

»Richenda!« Morgan packte ihr Handgelenk, als sie einen halbherzigen Versuch wagte, nach ihm zu schlagen, und dann unvermutet in Tränen ausbrach. Obwohl Morgan außerordentliche Verärgerung verspürte – denn die Kerbhölzer und Berechnungen, welche nun am Fußboden verstreut lagen, hatten ihn bereits etliche Stunden Arbeit gekostet, deren Ergebnis nun dahin war, gar nicht zu reden von der Anfertigung der umfangreichen Aufzeichnungen auf der mit Tinte bespritzten Schriftrolle –, wollte er Richenda an sich ziehen und versuchen, sie zu besänftigen. »Richenda, du bist überreizt«, meinte er mit leiser Stimme. »Das ist eine Folge deines Zustands.«

»Nein, 's liegt *nicht* an meinem Zustand! Mit meinem Zustand hat *alles* seine Ordnung. Wenn ich übermäßig gereizt bin, dann ist's zweifelsfrei *deine* Schuld. Ich bin nicht krank, und ich bin auch kein Kind. Warum beharrst du darin, mich wie ein Kind zu behandeln?«

»Weil du dich wie ein Kind benimmst, und zudem

wie ein unartiges Kind! Sieh dir bloß an, was du da angerichtet hast!«

»Willst du mich nicht prügeln?« höhnte Richenda. »Ist's nicht Prügel, was man einem unartigen Kind angedeihen läßt, oder irre ich mich? Ich habe deine hochwerten Kerbhölzer in Wirrnis geworfen. Ganz offenkundig bedeuten sie dir mehr als ich.«

»Dich sollte ich *prügeln?*« Sofort gab Morgan sie frei. »Wann habe ich dich je geschlagen, wann war ich jemals böse zu dir? Wie kannst du nur *denken*, ich vermöchte dir dergleichen anzutun?«

Indem sie sich würdevoll zu ganzer Körpergröße aufrichtete, wandte Richenda sich halb von Morgan ab. »Mich dünkt's, ich habe nun endlich doch deine Aufmerksamkeit errungen«, sprach sie in unterkühltem Ton.

»Meine Aufmerksamkeit?« Verwundert stemmte Morgan die Fäuste in die Hüften. »Richenda, dir gilt nachgerade allzeit meine Aufmerksamkeit. Nie bist du meinen Gedanken fern.«

Da quollen Richenda wieder einmal Tränen in die Augen, sie neigte das Haupt, betrachtete ihre Hände, zupfte erregt an einer Falte des Kleids. »Alaric, ich weiß, auf deine Weise liebst du mich«, sprach sie in nunmehr sanftmütigem Tonfall. »Aber selbst wenn du leibhaftig hier bei mir weilst, bist du mit deinem Herzen in Rhemuth, beim König und bei Duncan.«

»Das ist nicht wahr.«

»Es ist wahr, und du weißt's. Ich grolle dir deshalb beileibe nicht, denn jene waren für dich so etwas wie eine Familie, lange bevor ich in dein Leben trat ... und wüßte ich nicht, wie sehr du jene beiden liebst, würden dennoch schlichtweg deine Pflichten als Herzog und Mitglied des Kronrats erfordern, daß du in jedem Jahr eine gewisse Zeitspanne am Königshof verbringst.«

»Du hast nicht selten mit mir gemeinsam am Königshof geweilt«, gab Morgan zur Antwort. »Ich bin des Glaubens, wir haben nie über Gebühr ausgedehnte Trennungen erdulden müssen.«

»Mag sein«, gestand Richenda zu. »Aber mein Heim ist nun *hier*, Alaric.«

»Ei, bist du nicht während der vergangenen sechs Monde eben hier gewesen? Und war ich für den längeren Teil selbiger Frist nicht bei dir?«

Richenda äußerte einen Seufzer. »Wenn du da bist, bin ich nicht Herrin im eigenen Haus, denn des Herrn Wünsche haben höheres Gewicht. Und wenn du gar fort bist ...« Als er das vernahm, verschränkte Morgan auf dem Brustkorb die Arme, dieweil sie an einem alten, alten Gegenstand des Zwists angelangt waren, welchen ihr zu erläutern er nie über sich gebracht hatte. »*Warum* setzt du mich nie für die Dauer deiner Abwesenheit zur Regentin ein, Alaric?« fragte Richenda. »Und weshalb magst du mir auf diese Frage nie eine Auskunft erteilen? Nach drei Jahren Ehe wirst du doch sicherlich darauf vertrauen können, daß ich während deines Fortseins Corwyns Geschäfte erfolgreich regele. Um Himmels willen, ich bin die Tochter eines eigenständigen Fürsten! Ich habe das Herrschen und Verwalten von Grund auf erlernt. Wähnst du, ich sei dazu außerstande gewesen, Brans Güter zu verwalten, wenn er fort war? Bin ich eine so schlechte Sachwalterin, was Brendans Ländereien anbetrifft?«

Innerlich erfüllt von Seelenpein, trat Morgan zu ihr und faßte ihre Hand, beließ jedoch seine Seele fest mit Geistesschilden umschirmt, um dagegen vorzubeugen, daß Richenda etwas von dem beobachten konnte, was sein Inneres aufwühlte.

»Nein«, sprach er leise, »du hast dich aufs vortrefflichste bewährt. Und ich hege die Überzeugung, daß du dich genauso vorzüglich bewährtest, was Corwyn betrifft, würde ich dich zur Regentin einsetzen, ja wohl sogar besser, weil du dich hier aufhältst, wohingegen du Marley zumeist *in absentia* verwaltest.«

»Was also ist deine Veranlassung?«

»Komm und setz dich zu mir, und ich will versuchen, es dir zu erklären«, sprach Morgan, machte Anstalten, sie zu den Sitzbänken in einem der Fenstererker zu führen. »Oder fühltet ihr, du und unser Sohn, euch im Bette wohler?«

»Unser Sohn ist an seinem gegenwärtigen Aufenthaltsort vollauf zufrieden«, entgegnete Richenda, entzog sich Morgan, als er unterwegs sich bemühte, die Richtung zu ändern, sie zum Schlafgemach zu geleiten, doch rang sie sich ein Lächeln gelinder Belustigung ab. »Und seine Mutter ist zu klug, um mit seinem Vater ins Bett zu kriechen, während sie hofft, von ihm etwas zu erfahren, das den ernstesten Belang hat.«

Halbherzig lächelte auch Morgan. »Was denn, wähnst du, ich wollte ein Weib verführen, welches seit acht Monden schwanger geht?«

»Ich bin der Überzeugung, wir vermöchten eine beiderseitig beglückende Zwischenlösung zu bewerkstelligen«, gab Richenda in sprödem Ton zur Antwort, zog nun ihrerseits *ihn* hinüber zum Erker. »Allerdings hege ich den Verdacht, daß diese Art der Kurzweil, wie vergnüglich sie auch sein möchte, einen gewissen edlen Herren darin hemmen könnte, mir zu enthüllen, was er mir anzuvertrauen versprochen hat.«

»Ein regelrechtes Versprechen habe ich nicht abgelegt«, wandte Morgan ein, als sich Richenda auf eine der Sitzbänke niederließ und sich ein Kissen hinter den Rücken schob.

»Du hast mir zugesichert, mir den Grund mitzuteilen, aus welchselbigem du's mir verwehrst, als deine Regentin zu wirken«, sprach Richenda. »Das verstehe ich für meinen Teil als eindeutiges Versprechen.«

»Nun wohl.« Morgan seufzte und nahm gegenüber von Richenda Platz, spielte mit seinem Greifen-Siegel und stützte die Unterarme auf die Knie. »Du hast eben geäußert, du seist nicht Herrin im eigenen Haus«, sprach er nach kurzem Schweigen. »Auf gewisse Weise ist das die Wahrheit, wiewohl der Schwierigkeit Ursprung anderer Art ist, als du's wähnen magst.«

»Wovon führst du Rede?«

»Nun, als ich dich als meine Gemahlin heimbrachte, brauchten die Bediensteten gar nicht lange, um sich auf dich einzustellen. Sie werden für ihre Aufgaben entlohnt, und mich dünkt – und ich flehe dich an, diese Feststellung keinesfalls als Geringschätzung aufzufassen –, sie hätten sich mit nachgerade jedwedem Weib abgefunden, welches ihr alter Hagestolz von Herzog als Gattin ins Haus geholt hätte.«

Bedächtig nickte Richenda. »Dennoch hat's eine Zeitlang gedauert, doch weilten wir – infolge dieser und jener Umstände und Widrigkeiten – im ersten Jahr nach unserer Vermählung nur selten zu Coroth.«

»Fürwahr. Auch meine Verwalter sind dir wohlgesonnen. Hillary verehrt dich, und ich glaube, Hamilton sieht in dir so etwas wie jene Tochter, welche er zu seinem Leidwesen niemals hatte. Ebenso erübrigt sich's gänzlich, wage ich zu behaupten, irgendein Wort der Verteidigung für Meister Randolph oder Pater Tagas einzulegen.«

»Dennoch *gibt* es solche, die wider mich eingestellt sind«, mutmaßte Richenda. »Um alles in der Welt, Alaric, *warum?* Niemals habe ich einem deiner Untergebenen oder Untertanen irgendein Unrecht zugefügt. Nie bin ich dir oder deinen Interessen untreu geworden.«

»Tja, das ist eben die Schlüsselfrage: Treue«, antwortete Morgan. »Und genau sie gibt offenbar unter meinen rangniedrigeren Untergebenen und sonstigen Mannen einen Gegenstand zur Besorgnis ab.«

»*Meine* Treue?« vergewisserte sich Richenda höchst erstaunt.

Morgan kehrte das Angesicht dem Fenster zu und wünschte, das Erwärmen seines Gesichts könnte ihm auch die Seele erwärmen, denn stets hatte er zu vermeiden getrachtet, Richenda diese Zwickmühle zu offenbaren. »Deine Treue«, bestätigte er. »Brans wegen.«

Aus den Augenwinkeln beobachtete er Richenda. Zunächst hatte er den Eindruck, sie begriffe nicht, worauf seine Worte hinausliefen; und er mochte sich wirklich nicht noch deutlicher ausdrücken. Doch obwohl ihr Antlitz bleich ward, sich eine Hand in ihres Kleids Falten – wo sie selbiges Geschehen unbemerkt glaubte – zur Faust ballte, schloß sie nur flüchtig die Augen, drehte sodann das Antlitz in den Sonnenschein, welcher durchs Fenster hereindrang. »Dieweil mein erster Gemahl ein Verräter war«, faßte sie gleich darauf zusammen, »befürchtet man, auch ich könnte mich als Verräterin erweisen.«

»In einem Wörtchen: ja.«

Vernehmlich schluckte Richenda, beließ jedoch in ihrer Fassungslosigkeit den Blick in den Sonnenschein gerichtet. »Ich mag nicht schlecht über ihn reden, Alaric«, sagte sie leise. »Ich weiß, er starb ehrlos, von Kelsons Hand ... und Kelson hatte nicht allein das uneingeschränkte Recht dazu, ihn zu töten, im Zusammenhang besehen, war's zudem eine Gnade. Dennoch war Bran Coris mein Gemahl und Vater meines Erstgeborenen, und auf seine Weise hat er mich geliebt. Auch bezweifle ich, daß er wissentlich die Seite des Verrats wählte. Bis zu meinem letzten Atemzug werde ich bei dem Glauben bleiben, daß Wencit von Torenth ihn zum Verrat verleitete.«

»Verleitet oder nicht, es enthob ihn nicht der Verantwortung für sein Handeln.«

»Freilich nicht. Bran besaß ein gewisses Gelüst nach Macht, es wurmte ihn, an König Brions Hof nicht mehr als ein vergleichsweise unbedeutender Graf zu sein. Davon wußte ich, und ich nahm es hin, einmal um des lieben Friedens willen, zum anderen dachte ich daran, daß Brendan eines Tages ein ruhmvolleres Leben beginnen könnte. Aber auf dieser Grundlage zu fürchten, ich wollte Bran in der Verräterei nacheifern ... das ist lachhaft! Ach weh, schöbe man mir auch gar die niedrigsten und selbstsüchtigsten Beweggründe unter, wie sie sich nur ersinnen lassen, was vermöchte ich denn zu erringen, was ich nicht schon mein eigen nenne? Ich bin Gemahlin des mächtigsten Mannes in den Elf Königreichen, der allein dem König nachsteht ... Es wäre denn, man wollte mir nachsagen, ich strebte selbst nach der Krone.« Erschrocken legte sie eine Hand auf Morgans Arm. »Alaric, *das* glaubt man doch nicht von mir, oder?«

Freudlos lachte Morgan auf. »Es mag sonderbar klingen, aber allem Anschein zufolge ist's beileibe nicht deine Treue zu *Kelson*, welche man in Frage stellt ... oder falls doch, dann auf eher mittelbare Weise.«

»Aber Treue *ist* der Gegenstand der Sorge?«

»Ja.«

»Wenn jedoch nicht die Treue zu Kelson, dann zu *wem?*«

»Zu mir.«

»Zu *dir?*«

Morgan wandte das Haupt, um Richenda anzuschauen, während er nickte. »Zu mir.«

»Aber ... *wieso?* Habe ich dir jemals einen Anlaß gegeben, an meiner Treue und Verläßlichkeit zu zweifeln?«

»Selbstverständlich nicht. Nun verstehst du vielleicht, weshalb es mir so zuwider war, dich darin einzuweihen.«

»Doch welchen vorstellbaren Grund könnte man haben, um bei mir den Makel der Treulosigkeit zu argwöhnen?«

»Soweit ich's zu ersehen vermag«, lautete Morgans Antwort, »heißt der hauptsächliche Grund Brendan.«

»Brendan?«

»Meine Herzliebste, ich habe dir nicht angekündigt, dir möchte *behagen*, was ich dir zu sagen habe. Es war meine Hoffnung, es dir nie kundtun zu müssen, dieweil's ja alles so unsinnig ist.«

»Aber er ist doch lediglich ein Knabe ...«

»Er ist dein Sohn aus einer anderen Ehe«, stellte Morgan unumwunden klar und fiel Richenda ins Wort. »Als unser erstes Kind ein Mädchen ward, kam wohl die Befürchtung auf, du könntest irgendwann die Absicht verfolgen, sie aus ihren Rechten zu verdrängen und Brendan in Corwyn in den Rang zu erheben, welcher *unserem* Sohn vorbehalten sein sollte. Sobald Kelric geboren ist und man allgemein weiß, daß ich keine Vermengung der Erbrechte beider Knaben zu dulden und auch keinen von beiden um seine angestammten Rechte bringen will, werden diese Bedenken, so hoffe ich, in Bälde schwinden. Immerhin sind sie ja beide *deine* Söhne – und jeder wird aufgrund eigenen überlieferten Rechts beträchtlichen Reichtum erben.«

»Und deine Untertanen glauben von mir so etwas?« fragte Richenda, noch immer dazu außerstande, es zu fassen.

»Nicht unbedingt alle meine Untertanen, aber meine Getreuen«, sprach Morgan. »So ward's mir zugetragen. Und sicherlich gilt's keineswegs für alle von ihnen, obschon anscheinend für eine ausreichend hohe Anzahl, daß Hillary für den Fall, du wärst meine Statthalterin und während meiner Abwesenheit geschähe irgend etwas Befremdliches, eine allgemeine Unbotmäßigkeit und Auflehnung befürchtete, ob dir nun Schuld zufiele oder nicht. Meine Mannen befleißigen sich ihrer Treue auf ungemein entschiedene Art, solltest du's noch nicht bemerkt haben.«

»Und sie vermeinen, deine Gattin könne untreu sein, allein dieweil ihr erster Gemahl seinen Oberherrn verriet? Alaric, das ist unrecht.«

»Ich habe gar nicht behauptet, es sei recht. Ich wiederhole lediglich, was mir erzählt worden ist. Und infolge all jener Angelegenheiten, um welche ich mich ansonsten zu kümmern hatte, fand sich schlichtweg gar nicht die erforderliche Zeit, um der Sache auf den Grund zu gehen.«

»Du hättest mir darüber früher Aufschluß geben können«, sprach Richenda, schmollte offensichtlich. »Ich frage mich, ob du dir überhaupt auszumalen vermagst, was für absonderliche und abwegige Gründe ich mir schon dafür zurechtgereimt hatte, daß du mir die vollen Rechte einer Gattin verweigerst. Ich ...«

Von der Tür ertönte ein Pochen, unterbrach Richenda mitten im Satz, und Morgan hob, als wollte er damit um Nachsicht ersuchen, die Schultern, stand auf und trat in den Zugang des Erkers, so daß man ihn von der Tür aus sehen konnte. »Herein!«

Eine ganze Abordnung war es, die eingelassen zu werden erwartete: Herr Rathold, Morgans Kämmerer und Haushofmeister, kam mit der Adelskrone, heraufgeholt aus des Herzogs Schatzkammer; Herr Hamilton sowie der Vorsteher des Geschworenengerichts, Herr Robert de Tendall, bereits feierlich für die anberaumte Rechnungsprüfung gewandet; zudem hatte sich Morgans einstiger Leutinger eingefunden, Sean Graf Derry, jetzt Corwyns Feldhauptmann, und brachte einen Kurier mit, welcher den Priesterrock und den dunkelgrünen Überwurf des Rhemuther Klosterkapitels trug. Doch ehe Derry den Sendboten an den übrigen Wartenden vorbeizugeleiten vermochte, stieß Herr Robert de Tendall ein Keuchen aus, als er die Kerbhölzer und Zählbretter vor dem Tisch auf dem Teppich verstreut liegen sah. »Euer Gnaden, was ist geschehen?« erkundigte sich Robert. »Die Kerbhölzer ...«

»Ich habe die erforderlichen Zahlen im Haupt, Robert«, sprach Morgan, verließ vollends den Erker. »Sorgt Euch dieserhalber nicht. Ein verwünschter Edelstein an meinem Ärmel hat sich irgendwie am Tischtuch verhakt, so daß alles hinabgerissen ward, ehe ich mich versah. Rathold, laßt nach der Beratung alles nochmals nachrechnen. Unterdessen laßt jemanden, darum bitte ich Euch, das Mißgeschick beheben. Auch Tinte ist verschüttet worden.«

Derweil er vom bestürzten Rathold die Adelskrone entgegennahm und sie sich aufs Haupt setzte, schüttelte der Alte das Haupt. »Ich vermag nicht zu begreifen, wie's dahin kommen konnte, Euer Gnaden. Ich pflege Eure Gewänder allzeit peinlich genau zu besehen...«

»Nun, gewißlich ... Wahrscheinlich bin ich mit dem Edelstein schon davor an irgend etwas hängengeblieben, so daß er, mag sein, widrig abstand ... Doch ist's im nachhinein ohne Bedeutung. Schafft hier auf alle Fälle Ordnung.« Morgan strebte an Rathold vorüber und zu dem Boten, der an Derrys Seite harrte. »Bringt Ihr mir Nachricht, Bruder?«

Achtungsvoll verbeugte sich der Mönch, entnahm seinem Ränzel ein Paar versiegelter Sendschreiben. »Botschaften von Bischof McLain sowie dem Prinzregenten, Euer Gnaden.«

»Meinen Dank.« Dank dem Umstand, daß der Mönch Duncans Bischofstitel verwendete, vermochte Morgan zu schlußfolgern, daß das Schreiben keine Kunde von Duncans Absetzung oder irgendeiner sonstigen Unannehmlichkeit brachte, welche ihm die Valoreter Synode bereitet haben mochte – oder zumindest von nichts derartigem, wovon der Mönch Kenntnis gehabt hätte –, und als die Schriftstücke den Besitzer wechselten, stellte Morgan anhand des Ods, welches Duncans Sendschreiben anhaftete, daß es auch im übrigen in bezug auf den Deryni-Bischof keine schlechten Nachrichten enthielt; deshalb erbrach Morgan zuerst das Siegel an Nigels Brief, drehte sich ein wenig zur Seite, hob die Arme, so daß ihm, während er las, Rathold das Schwert umgürten sowie noch ein letztes Mal an seiner Gewandung herumzupfen konnte. Nigels Schreiben betraf Duncan überhaupt nicht, aber was Morgan statt dessen las, verursachte ihm dennoch augenblicklich einen Anflug von Gänsehaut. Er war Tiercel de Claron nur zweimal begegnet, doch war es ausgeschlossen, daß der Tod irgendeines Mitglieds des Camberischen Rates auf ihn und alle, welche ihm nahestanden, ohne Eindruck blieb.

»Üble Neuigkeiten, Herr?« fragte Derry.

»Ein Todesfall«, gab Morgan leise Auskunft, las flüchtig den Rest von Nigels Brief, ohne daraus mehr als eine kurze Beschreibung der Umstände, unter welchselbigen Duncan den Toten gefunden hatte, ersehen zu können. »Nicht eines Freundes, eher eines flüchtigen Bekannten, doch hatte er in bestimmten Kreisen großen Einfluß.«

Derry nickte. »Ist's jemand, den ich kenne?«

»Nein«, beantwortete Morgan ruhig die Frage. »Wohl nicht.« Er blickte auf, sein Blick erfaßte die Wartenden, und er beschloß, es sei ratsamer, Duncans Brief nicht in deren Anwesenheit zu lesen. »Ich bitte Euch, meine Herren, begebt Euch bereits in den Burgsaal. Sobald ich auch das andere Sendschreiben gelesen habe, werde ich mich ohne Verzug zu Euch gesellen. Und sorgt dafür, Derry, daß man diesem guten Bruder ein warmes Mahl sowie ein behagliches Lager zuweist, ja?«

»Wird sofort erledigt, Herr. Bitte, Bruder, folge mir hier entlang.«

Während Morgans Untergebene und der Mönch den Raum verließen, wandte sich der Herzog zurück ins Innere des Saals, brach das Siegel, welches Duncans Schreiben verschloß. Er hatte vermutet, es enthielte eine verborgene, geheime Botschaft, ausschließlich für Deryni-Sinne erkennbar; das war nicht so, jedoch war es der Fall bei dem zweiten Siegel, das sich unten auf dem Schriftstück befand, neben Duncans Unterschrift. Als Morgan den Todesfall erwähnte, war Richenda in den Zugang des Fenstererkers getreten, und nun kam sie ihm entgegen, sah Morgan den schriftlichen Teil der Botschaft lesen. »Wer ist's, den der Tod ereilte?« erkundigte sie sich.

Morgan schaute nicht auf, während er Duncans Zeilen durchlas, hielt Richenda jedoch Nigels Sendschreiben hin, und sie nahm es zur Hand. »Tiercel de Claron. Es hat den Anschein, er stürzte eine Treppe hinab und brach sich's Genick ... Dabei bleibt allerdings im unklaren, was er in jenem Geheimgang, welcher in Verbindung steht mit Kelsons einstigen Gemächern, zu suchen hatte. Im wesentlichen wiederholt Duncan, was schon Nigel schreibt ... Aber wenigstens gibt's keine schlechte Kunde bezüglich der Bischöfe. In diesem Siegel jedoch befindet sich auch eine zusätzliche Botschaft.«

Er berührte das Siegel mit den Fingerspitzen, schloß für ein kurzes Weilchen die Augen, schöpfte ergiebig Atem, um in den leichten, oberflächlichen Trance-Zustand überzugleiten, wie er vonnöten war, um den Inhalt der Botschaft erkennen zu können, welcher über die auf den einzelnen Bogen Pergament geschriebenen Mitteilungen hinaus im Siegel verborgen stak. Duncans Zusammenfassung war kurz und gerafft, er schilderte das Auffinden und die anfängliche Untersuchung der Leiche, wie er Nigel hinzugeholt hatte, um sie auch von ihm in Augenschein nehmen zu lassen, den fürchterlichen Ritt nach Valoret, um Arilan zu benachrichtigen, die Art und Weise, wie Arilan die Kunde empfing, und wie Arilan sie beide durch eine Porta Itineris in der Sakristei des Allerheiligen-Doms nach Rhemuth befördert hatte, eine Porta, deren Benutzung nunmehr auch Duncan offenstand. Tiercels Leichnam war zum Camberischen Rat überführt worden, doch zum Glück hatte selbiger Rat darauf verzichtet – zu Duncans gewaltiger Erleichterung –, Duncan persönlich zur Aussage über der Leiche Entdeckung vor den Rat zu rufen; allerdings *hatte* er Arilan eine gründliche Einsichtnahme in seine Erinnerungen gestattet, soweit sie jenen Vorgang betrafen. Morgan bräuchte, so teilte Duncan mit, keinerlei Maßnahmen einzuleiten, denn es deute alles darauf hin, daß Tiercel den Tod durch einen Unglücksfall erlitten hatte; doch sei er, Duncan, von der Ratsamkeit einer diesbezüglichen Mitteilung an Morgan überzeugt gewesen.

Ein mattes Aufseufzen drang über Morgans Lippen, als er aus der Trance wiederkehrte, gab Duncans Schreiben Richenda, auf daß auch sie aus dem Siegel ablesen könne, was er demselben bereits entnommen hatte, ließ sie für ein Augenblickchen seine Hand halten. Tiercels Ableben verringerte die Zahl der Mitglieder des Camberischen Rates auf sechs, eine Anzahl, welche fortan in eine noch heftigere Zerstrittenheit, als sie ohnehin bisher im Rat geherrscht hatte – soweit Morgan davon wußte –, münden mochte. Doch möglicherweise lenkte der Vorfall des Rates Aufmerksamkeit von Kelson, Duncan und ihm selbst für eine Weile ab. Er hatte keine Ahnung, ob der Rat durch Arilan die Beratungen der Synode zu Valoret zu beeinflussen versuchte – Morgan wußte darüber Bescheid, daß Duncans vor dem gesamten Königshof abgelegtes Bekenntnis zu seinem Derynitum Arilan *ungemein* verdrossen hatte –, aber vielleicht verbrachten sie einige Zeit mit der Suche nach neuen Ratsmitgliedern und scherten sich eine gewisse Frist lang nicht um Duncan.

Er gedachte der Ratskammer des Camberischen Rates, entsann sich jenes einzigen Mals, als er sich dort aufgehalten hatte, versuchte sich ihr Aussehen in Erinnerung zu rufen, derweil er die inzwischen in etwas gedämpfter Stimmung befindliche Richenda am Arm nahm und sich mit ihr auf den Weg zum Burgsaal machte, in welchem binnen kurzem der herzogliche Rechnungshof tagen sollte.

Und zur gleichen Zeit stritten in einer mit einem Dekkengewölbe versehenen Felskammer hoch auf einem entlegenen, viele Landmeilen entfernten Tafelberg die sechs verbliebenen Angehörigen des Camberischen Rates in der Tat über Duncan, Morgan und auch den König – allerdings nicht länger denselben König, den Morgan noch auf dem Thron wähnte.

»Denis, König Kelson ist tot, und neuer König muß Nigel werden – an diesen Tatsachen gibt's wahrlich nichts zu rütteln«, sprach Vivienne. »Wir erhalten dadurch eine einzigartige Gelegenheit, um unseren Einfluß aufs Haus Haldane zu verstärken.«

»Ach, müßt Ihr so kaltherzig davon reden?« meinte Barrett halblaut; sein Tonfall war ungewohnt barsch. »Im Gegensatz zu uns anderen stand Denis ja Kelson recht nahe. Gewährt ihm eine angemessene Frist der Trauer.«

»Hält er eine ›angemessene‹ Zeit der Trauer ein«, äußerte sich Kyri, »mag selbige Gelegenheit sehr wohl verstreichen, bevor wir sie nutzen können. Von jenen vier Personen, deren Aufgabe es ist, Nigel in den Vollbesitz seiner Haldane-Magie zu bringen, sind drei für mindestens noch zwei, drei Tage vollauf mit anderen Tätigkeiten beschäftigt. Daher läg's bei Euch, Denis, in dieser Hinsicht etwas zu beginnen. Doch die Frage lautet: Seid Ihr allein dessen fähig, Nigel mit der Haldane-Magie auszustatten?«

»Ich weiß es nicht«, antwortete Arilan leise. »Ohnehin steht's noch zu bezweifeln, ob's klug wäre. Was spricht dagegen, Morgans und Duncans zu harren?« Noch erschöpft infolge der ungeheueren Anstrengung, welche es ihn ein paar Stunden zuvor gekostet hatte, den Camberischen Rat zusammenzurufen, lehnte Arilan das dunkelhaarige Haupt an die Rücklehne seines Stuhls und ließ die Lider sinken.

»Stellt Euch nicht einfältig«, entgegnete Kyri. »Es bietet sich uns eine Gelegenheit, Morgans Einfluß zu brechen, welchen er mit solcher Nachhaltigkeit auf die beiden letzten Haldane-Könige ausgeübt hat. Wenn wir ihn uns nicht fügsam zu machen vermögen, Ihr auch nicht dulden wollt, daß wir ihn ein für allemal beseitigen, so ist's doch wohl ein gangbarer anderer Weg, ihm seinen Einfluß zu nehmen.«

»Muß es fürwahr so weit kommen?« fragte Arilan.

Barrett neigte das kahle Haupt, schüttelte es trübselig. »Wir wissen, wie Ihr in bezug auf jene Halbderyni empfindet, Denis«, sprach er. »Aber Kyri hat recht. Und wenn Ihr Nigel mit der Macht über seine Haldane-Magie verseht, ergibt sich daraus noch längst nicht zwangsläufig, daß er sich uns verpflichteter fühlt, als es Kelson tat, Gott schenke seiner Seele Frieden.« Halbherzig bekreuzigte er sich, und die übrigen Ratsmitglieder ahmten – mit mehr oder weniger deutlichen Anzeichen der Ungeduld – die Geste nach. »Zumindest jedoch erführen wir dadurch mehr über das erforderliche Verfahren, so daß wir, sobald's an der Zeit ist, Conall oder einem seiner Brüder zur Haldane-Magie zu verhelfen, durchaus einen höheren Einfluß hätten.«

»Ich weiß nicht, ob's mir möglich ist, es allein zu verrichten«, erklärte Arilan noch einmal. »Ich bin der Ansicht, daß die Voraussetzungen da sind, auch bei mir, daß diese oder jene Vorgänge zur rechten Stunde gemäß ihrer Vorbestimmung ihren Lauf einschlagen werden, aber während's für mich gelten mag, ist dagegen Nigel gegenwärtig keinesfalls in der geeigneten Verfassung.«

»Aber er hatte die Bereitschaft, König zu werden«, bemerkte dazu Sofiana in gleichmäßigem Tonfall, »wäre Kelson in einer der Schlachten des vergangenen Sommers gefallen.«

Arilan nickte. »Gewißlich, aber das war im vergangenen Sommer. Wer hätte je darob gerechnet, daß Kelson auf einem Ritterzug den Tod findet, indem er eine von Gott verdammte Böschung hinabstürzt? Nach allem, was er zuvor durchstand und überlebte, ein solches Ende zu nehmen ...«

»Dann ist Nigel dem Siechtum verfallen?« fragte Vivienne ungnädig.

»Nein, aber ihn martert tiefer Gram, und tiefste Betroffenheit hat ihn gleichsam wie mit Lähmung geschlagen. Ich wüßte nicht, wie ich mich ihm, derweil er sich in solchem Zustand befindet, mit einem wie dem vorerwähnten Ansinnen nahen sollte.«

Nachdenklich spitzte Laran die Lippen. »Dann mag's sein, daß es sich empfiehlt, ihm medizinisch abzuhelfen«, schlug er vor. »Wir kennen Arzneien, welche in dieser Hinsicht nutzreich sind. Ihr habt dergleichen schon bei Nigel angewandt. Mein Rat lautet, sich dieses Vorgehens zu bedienen, dieweil's mich eindeutig angebracht dünkt, wenn Ihr, Denis, dadurch in die Lage versetzt werdet, ihn allein in den Vollbesitz der Haldane-Magie zu bringen. Während Ihr esoterische und geheime Fragen von höherer Bedeutung und Tragweite zu erwägen habt, solltet Ihr Euch keine Sorgen über etwaige körperliche Beschwerden oder mögliche seelische Ablehnung Nigels Sorgen machen.«

Während er ein Aufschluchzen erstickte, verschränkte Arilan vor sich auf der Ratstafel die Arme und stützte die Stirn gegen einen Ärmel. »Zur Stunde bin ich außerstande, darüber nachzusinnen, Laran. Warum will's mir nicht gelingen, Euch das zu verdeutlichen? Euch allen?«

Zum erstenmal, seit er – Stunden zuvor – Duncan die schreckliche Kunde überbracht hatte, gab sich Arilan der eigenen Bestürzung hin, dem eigenen Kummer, die Schultern bebten ihm. Allein Sofiana, die erkannte, daß er still weinte, besaß die Geistesgegenwart, ihm für eine Weile Ruhe zu verschaffen, indem sie die anderen Mitglieder des Rates dazu bewog, die Ratskammer zu verlassen; sie fühlte mit ihm, derweil sie sie die Treppe in die ihren gemeinsamen Riten vorbehaltene Kammer führte, welche die Bezeichnung *Keeill* trug, um dort unten eine stille geistige Vertiefung anzuleiten, eine Fürbitte zum Heile der Seele des toten Königs.

16

Bestrafe deinen Sohn, solang noch Hoffnung ist, und all sein Jammern sollst du nicht beachten!

SPRÜCHE 19,18

Dhugal focht gegen Brechreiz an, während er von einem verkohlten Stück unreinen sehnigen Roßfleischs zehrte, zwang sich dazu, jeden Bissen mit Wasser hinabzuspülen, dieweil er wußte, er mußte essen oder hungern. Pferdefleisch hatte ihm nie geschmeckt, nicht einmal bei der köstlichsten Zubereitung, wiewohl er in mageren Zeiten, wie sie in den Marken bisweilen auftraten, aus Not schon davon gegessen hatte, und angebranntes Fleisch mochte er erst recht nicht. Dies Fleisch hier war weder in angemessener Art und Weise zubereitet, noch halbgar, wie er es bevorzugte; und zudem war es faulig. Noch war es nicht so schlecht, daß es ihm Übelkeit verursacht hätte, aber es hatte bereits einen so ekligen Geschmack, daß ihn die Tatsache, es handele sich um den letzten halbwegs genießbaren Rest seines Funds, kaum beunruhigte. Wenigstens überdeckte das teilweise Verschmoren den widerwärtigen Geruch.

Unglücklicherweise war der aufgedunsene Kadaver, als er ihn – wohl einen Tag zuvor, doch besaßen Begriffe wie Tag und Nacht in dieser Höhle fortwährender Finsternis keine Bedeutungskraft – entdeckt hatte, schon halb modrig gewesen. Dhugals Geruchssinn hatte ihn auf das tote Tier aufmerksam gemacht und ihn hingeführt; es lag in einem Gewirr von Treibgut verkeilt, war von der starken Strömung eine kurze Strecke hinter jener Stelle am Ufer, wo Dhugal hartnäckig beim nach wie vor besinnungslosen Kelson hoffnungsvoll Wache hielt, an die Böschung gedrückt worden. Das Roß hatte Jowan gehört. Vor einer Zeitspanne, welche Dhugal bereits eine Ewigkeit lang her zu sein schien, hatte er selbiges

Roß mitsamt dem Reiter in die Tiefe stürzen sehen. Er fragte sich, ob Jung Jowan ein gütigeres Schicksal beschieden gewesen sein mochte.

Mit ihrem glücklosen Führer war dergleichen nicht der Fall. Auch ihn hatte Dhugal tot aufgefunden – unweit des ersoffenen Reittiers –, sein Schädel war zweifach mit todbringender Schwere geborsten, so daß Gehirn hervorgequollen war, beide Arme und auch beide Beine waren, sollten nicht des Hauptes Verletzungen augenblicklich den Tod bewirkt haben, in solchem Maße zermalmt, daß keine Aussicht auf Heilung bestanden hätte.

Über die Möglichkeit hinaus, für des Mönchs Seele ein Gebet zu sprechen – was er tat –, konnte Dhugal nichts für den Geistlichen tun; hingegen aber vermochte der Mönch *ihm* einen letzten Dienst erweisen – oder vielmehr Kelson. Des Geistlichen priesterliche Tracht unter dem noch feuchten Umhang war aus feiner, leichter, warmer Wolle gewoben. Vor der Verwendung bedurfte es gründlichen Waschens, dieweil Bruder Gelrics Leichnam mittlerweile in einen ähnlich zersetzten Zustand wie des Reittiers Kadaver überging, doch wenn Dhugal es mehrmals auswusch und schließlich am Feuer trocknete, würde das weite Gewand Kelson besser bekommen als die nasse Kleidung, in welcher er nun schon dalag, seit er – wie lange das auch her sein mochte – bewußtlos blieb. Dhugal bemühte sich mit allem Eifer, den Kranken sauber und trocken zu halten sowie ihm in regelmäßigen zeitlichen Abständen wenigstens Wasser einzuflößen; aber falls Kelson nicht in Bälde von sich aus aufwachte, hatte Dhugal wenig Hoffnung auf des Königs Überleben.

Abgesehen von den paar Brocken angemoderten Fleischs, welche Dhugal aus dem Körper des Reittiers gerissen hatte, bevor er den der Verwesung anheimgefallenen Kadaver zurück in den Fluß warf, hatte sich des Tiers Auffinden als von zusätzlichem geringen Nutzen herausgestellt, denn die Satteltaschen hatten sich nicht vom Sattel gelöst, waren auch nicht aufgeschlitzt worden. Ein Großteil dessen, was Dhugal darin fand, hatte für niemanden außer den vermutlich ertrunkenen Jowan irgendeinen Wert, aber Dhugal brachte aus der einen Tasche immerhin Feuerstein und Stahl, einen Gürtel und einige Streifen Leder zum Vorschein, welche sich allesamt noch als nützlich zeigen mochten; und aus der anderen Satteltasche barg er – Wunder über Wunder! – einen harten, wiewohl stark bestoßenen Winterapfel und einen vom Wasser durchtränkten Kanten Hartbrot, das allerdings bereits zu schimmeln begann.

Mit letzterem hatte Dhugal den König – nach bestmöglichem Entfernen des Schimmels – in der umständlichsten und mühseligsten Weise gefüttert, ihm völlig aufgeweichte Klümpchen des Brots in den Mund geschoben und sie mit Wasser, das Kelson zum Schlucken veranlaßte, die Speiseröhre hinabgespült. Außerdem hatte er versucht, Bröckchen des Apfels zu zerdrücken und Kelson auch damit zu füttern, aber am Ende hatte er diese Bemühungen aufgegeben und den Apfel selbst verzehrt; er mochte nicht die Gefahr hinnehmen, daß Kelson im Zustand seiner Bewußtlosigkeit erstickte.

Soeben war er damit fertig geworden, Kelson zu waschen, so wie er es mit seinem Pflegevater während dessen letzten Lebensjahren – in hohem Alter – getan hatte, und streifte dem König gerade das Gewand des toten Mönchs übers Haupt, zog ihm den Saum über die Hüften hinunter, da stieß Kelson ein Stöhnen aus, das lauter klang als zuvor, und öffnete die Augen. »Was tust du?« vermochte er zu krächzen; von der langen Schonung der Stimmbänder hörte sich seine Stimme schwach und matt an.

»Kelson! Dem Herrgott sei Dank, du bist erwacht!«

»Mein Haupt schmerzt«, raunte Kelson. »Mich dünkt, mir wird's übel.«

»O nein, das darf nicht sein«, äußerte Dhugal halblaut, half Kelson dabei, sich auf der Seite auszustrekken, legte ihm eine Hand auf die Stirn und eine Hand an die Kehle, drang mit seinen Deryni-Sinnen eilends durch des Königs nahezu nicht länger vorhandene Geisteswehr in dessen Hirn vor, unterdrückte die Anwandlung von Unwohlsein, welche die geringe Menge an Nahrung, die er Kelsons Magen zuzuführen vermocht hatte, auszustoßen drohte. »Ich darf auf keinen Fall dulden, daß Ihr mit derlei Unfug Kräfte verschwendet. Bewahrt Ruhe, und das Übelsein wird vorübergehen. Es rührt von Eures Schädels Erschütterung her. Schließt die Augen, überlaßt's mir, hilfreich auf Besänftigung hinzuwirken. Nur ein kurzes Weilchen wird's dauern, bis Ihr Euch wohler fühlt.«

Es dauerte durchaus ein wenig länger, und anscheinend errang Dhugal nur knapp den angestrebten Erfolg; zu guter Letzt jedoch erholte Kelson sich von der Übelkeit, wälzte sich wieder auf den Rücken, blickte Dhugal an. Offenbar fiel es ihm nicht leicht, etwas zu erkennen. »Dhugal?« flüsterte er. »Bist du's?«

»Jawohl, Gebieter, wer sonst möcht's sein?« meinte Dhugal leise und schmunzelte, derweil er mit beiden Händen sachte über Kelsons Stirn strich. »Strengt Euch nicht an, bleibt still liegen. Ihr werdet gesunden. Wie ist Euch zumute?«

»Gräßlich«, röchelte Kelson. »Ausgehungert ... und durstig. Wo sind wir? Was ist geschehen?«

»Wir befinden uns irgendwo unter der Erde.« Dhugal entstöpselte den Weinschlauch, hob Kelsons Schultern hoch genug an, um ihm behutsam das Haupt stützen und den Schlauch an die Lippen setzen zu können. »Am Ufer eines Bergbachs sind wir den Abhang hinabgestürzt, und daraufhin hat uns ein unterirdischer Fluß verschlungen. Entsinnt Ihr Euch des Unheils nicht?« Zum Zeichen der Verneinung gab Kelson nur ein Brummen von sich, trank noch immer gierig vom Wasser, und Dhugal ließ ein Seufzen vernehmen. »Nun, das ist für mich keineswegs verwunderlich. Euer Haupt hat mehrmals einen wuchtigen Anprall aushalten müssen. Was ist das letzte Ereignis, an welches Ihr Euch erinnert?«

Endlich schob Kelson den Weinschlauch beiseite, drehte das Angesicht ein wenig seitwärts, rülpste schwächlich, heftete sodann den Blick von neuem auf Dhugal. »Du *bist* doch Dhugal MacArdry, oder nicht?« fragte er. »Mein Gott, wie lang ist's her ...«

Kälte griff wie eine Faust nach Dhugals Herz. »Kelson, erkennt Ihr mich nicht?« fragte er im Flüsterton.

»Natürlich kenne ich dich. Aber du siehst so erheblich älter aus.« Des Königs Blick fiel auf Dhugals Hüfte. »Und du trägst einen weißen Schwertgurt. Dafür kannst du unmöglich schon alt genug sein. Wer hat dich zum Ritter geschlagen?«

»Darauf besinnt Ihr Euch nicht? *Ihr* habt's getan.«

»*Ich?* Aber ...« Für etlicher Herzschläge Dauer schloß Kelson die Lider, verkniff fest die Augen; dann schlug er sie, derweil Dhugal ihn sorgenschweren Gemüts beobachtete, erneut auf. »Dhugal, welches Jahr schreiben wir?«

Beherrscht schluckte Dhugal. »Was *glaubt* Ihr, welches Jahr wir schreiben, Kelson?«

Einen Augenblick lang überlegte Kelson. »Soweit ich mich erinnere«, antwortete er danach in ernstem Ton, »das Jahr eintausendeinhundertunddreiundzwanzig.«

Während er grimmig die Lippen verpreßte, schüttelte Dhugal das Haupt. »Ihr verfehlt die Wahrheit um zwei Jahre«, berichtigte er den König mit verhaltener Stimme. »Wir haben den März des Jahres eintausendeinhundertundfünfundzwanzig. Wann habt Ihr mich – dem gegenwärtigen Stand Eures Erinnerungsvermögens zufolge – das letzte Mal gesehen?«

Aus angestrengtem Nachdenken verzerrte Kelson das Antlitz; schließlich schüttelte er in sichtlicher Verwirrung das Haupt. »Als du nach deines Bruders Tod den

Königshof verlassen hast, will ich meinen. Ich weiß, bei meiner Krönung warst du nicht zugegen.«

»Ja, dank eines fluchwürdigen Mißgeschicks nicht. Einige Wochen zuvor brach ich mir ein Bein und konnte nicht reisen. Aber zumindest erinnert Ihr Euch daran, daß Ihr der König seid. Das ist immerhin etwas. Doch offenkundig hat Eures Schädels Erschütterung bei Euch einen teilweisen Gedächtnisschwund ausgelöst.« Sachte legte er nochmals eine Hand auf Kelsons Stirn. »Laßt mich nachschauen und ermitteln, welcher Art die Lücken sind. Bei Gott, Eure Geisteswehr ist ...«

»Du kannst meine Geisteswehr ersehen?« unterbrach ihn Kelson. »Aber das ...«

»Auch ich bin ein Deryni, Kelson«, offenbarte ihm Dhugal. »Herr *Jesus*, daran erinnert Ihr Euch wohl ebensowenig ... und auch nicht daran, daß mein wahrer Vater Duncan ist.«

»Duncan?« wiederholte Kelson schwach. »Aber wie ...«

»Gütiger Herrgott, wir werden über so mancherlei Klarheit zu schaffen haben«, murmelte Dhugal, sprach halb zu sich selbst. »Doch vorerst entspannt Euch lediglich, und ich werde zusehen, was ich zu tun vermag.«

»Conall, ich bitte Euch, zu gern täte ich mit Euch ein Wort wechseln.« Arilan faßte Conall am Ärmel, während er und der neue Kronprinz eines der Vorgemächer des Thronsaals in der Rhemuther Königsburg verließen; zurück blieben Nigel sowie Meraude und Saer de Traherne, die Erzbischöfe Cardiel und Bradene waren bereits vorausgestrebt, und einige Edelleute minderen Ranges vertraten ihnen den Weg, um sie zu befragen, denn bei Hofe entstand, indem sich die Kunde von Kelsons Ableben ausbreitete, ein regelrechter Andrang von Wißbegierigen. An des Kronrates Versammlung hatten nicht viele Ratsmitglieder teilgenommen, nur sieben von ihnen, denn Jehana verblieb, seit sie die Nacht vom Tod ihres Sohnes erhielt, in ihren Gemächern, Duncan hatte sich nach Coroth fortbegeben, und zu den übrigen hochgestellten Angehörigen des Kronrates befanden sich erst Boten unterwegs, um ihnen die traurige Botschaft zu überbringen. Nigel hatte den Vorsitz geführt, doch war er aufgrund seines unversehens erfolgten Aufstiegs zum Herrscher noch so entgeistert, daß er anscheinend vorerst nicht willens war, von sich aus irgendwelche maßgeblichen Schritte einzuleiten, oder noch nicht dazu imstande. So war Bradene die Aufgabe zugefallen, indem er angesichts von Nigels Zaudern und der Abwesenheit Ewans zeitweilig in die Rolle eines Reichsverwesers schlüpfte, die öffentliche Verlautbarung zu verfassen, mit der Nigel als Kelsons Nachfolger zum König ernannt ward. Zumindest dazu hatte sich Nigel deutlich geäußert, allerdings nur seine Verweigerung wiederholt, sich früher als nach eines Jahrs und eines Tages Ablauf krönen zu lassen, es sei denn, man erbrächte den unangezweifelten Nachweis für Kelsons Tod. Conall hatte während des überwiegenden Teils der Sitzung Zurückhaltung bewahrt, seine Lage klugerweise so eingeschätzt, daß es wenig ratsam sei, ausgerechnet jetzt überflüssige Beachtung auf sich zu lenken, da nun die Krone immer näher ins für ihn Erreichbare rückte – wenn er sich nur ins Warten zu schikken verstand –, *falls* nicht irgend etwas mißlich gedieh.

»Laßt uns den Schloßgarten aufsuchen, ja?« fügte Arilan seiner Bitte hinzu, faßte nunmehr Conalls Elle. Die Berührung des Deryni-Bischofs hatte zur Folge, daß Conalls Herz aus Bangen heftig zu hämmern anhob, jedoch merkte er, daß er nachdrücklicher als je zuvor dessen fähig war, seines Gemüts Verfassung hinter der Geisteswehr zu verheimlichen; er hatte den Eindruck, als wäre dieselbe seit seiner Rückkehr aus Valoret stärker geworden. Conall erwog, ob diese Entwicklung mit der Tatsache, daß Kelson tot war, ursächlich zusammenhängen könnte, seine ihm innewohnenden Haldane-Kräfte nun ernstlich im Erwachen begriffen sein möchten, da er der nächste rechtmäßige Anwärter war auf Gwynedds Thron. Vielleicht hatten Tiercel *und* der Camberische Rat bezüglich der Haldanes gleichermaßen recht gehabt.

»Befindet sich etwas außer der Regel, Exzellenz?« erkundigte sich Conall, schaffte es, mit leiser fester Stimme zu sprechen.

»Durchaus nicht, bloß möchte ich an Euch eine Frage richten«, lautete Arilans Antwort. Während er sich mit unbefangenem Gebaren umschaute, um zu sehen, ob womöglich irgendwer sie beobachtete, öffnete der Deryni-Bischof eine Pforte zum Schloßgarten, welcher sich neben dem Hauptgebäude erstreckte, zog sodann Conall ins Freie, schwieg danach, bis sie beide die ungefähre Mitte des Gartens erreicht hatten, wo sich ihnen niemand nahen konnte, ohne über die Sträucher hinweg gesehen zu werden. Am anderen Ende des Schloßgartens bewegten sich ein paar Gestalten, hinter den Bäumen, welche nach dem ausgedehnten Winter gerade erst zu ergrünen begonnen hatten, kaum kenntlich; ansonsten jedoch ließ sich in weiterem Umkreis kein Mensch blicken. Und obgleich die Sonne hell schien, die letzten vom Regen des Vortags zurückgebliebenen Pfützen austrocknete, war es kühl. Conall hüllte sich fester in seinen schwarzen Umhang, als er und Arilan bei einem von Laub verstopften Springbrunnen verharrten. »Vermutlich habt Ihr Euch unterdessen gedacht, daß ich daran beteiligt gewesen bin, als im letztjährigen Frühling, bevor Kelson ins Feld zog, Eures Vaters Haldane-Magie erweckt ward«, sprach Arilan in ruhigem Ton und ohne Umschweife zu Conall. »Desgleichen wird's Euch wohl schwerlich überraschen, wenn ich Euch mitteile, daß ich Eure mähliche Entfaltung in dieser Hinsicht im Augenmerk behalten habe ... das Entstehen einer Geisteswehr, die anscheinend seit Kelsons Tod stärker geworden ist – ein nicht gänzlich verwunderlicher Vorgang, beachtet man, daß Nigel nun König ist und Ihr sein Erbe seid –, und dergleichen ...« Conall spürte das sachliche, gleichsam samtene Tasten, mit welchem der Bischof seine Geisteswehr erkundete; doch blieb Arilan, wiewohl sein Druck merklich zunahm, geistig auf Abstand, ehe er vollends von Conall abließ. »Ja, wahrhaftig«, murmelte Arilan und lächelte. »Die naturgegebene Haldane-Fähigkeit erblüht. Wie mir berichtet worden ist, entwikkelte vor Brions Tod auch Kelson einige natürliche Gaben. Mag sein, Tiercel hatte doch recht.«

»Um Vergebung, wer?« vermochte Conall halblaut zu fragen, derweil Furcht ihm die Kehle beengte; aber er wußte, daß Arilan seinem Gemüt nichts davon entnehmen konnte.

»Ach, ich spreche von niemandem, den Ihr kennt«, gab Arilan zur Antwort. »Von einem Bekannten, der einst die Überzeugung vertrat, es könne mehr als ein Haldane zur gleichen Zeit Inhaber der Haldane-Magie sein. Wir alle taten diese Ansicht als widersinnig ab. Doch gleichwohl, was heute zählt, ist der Umstand, daß Ihr nunmehr *tatsächlich* aus eigenem Antrieb – vielleicht infolge Eures vielfältigen Umgangs mit Deryni – eine Magie-Begabung entfaltet, so daß Ihr mir möglicherweise in einer ungemein gewichtigen Sache behilflich zu sein vermögt.«

Voll Mißbehagen schluckte Conall. »Ich und *Euch* behilflich sein?« vergewisserte er sich im Flüsterton.

»Nur auf mittelbare Weise«, schränkte Arilan seine Äußerung ein. »Doch habe ich den Auftrag vom ...« Er unterbrach sich mitten im Satz und seufzte. »Ach, es ist ja reine Torheit. Ich dürfte den Camberischen Rat eigentlich gar nicht erwähnen, könnten Außenstehende ihn vernehmen, doch wißt Ihr sicherlich sehr wohl darüber Bescheid, welchen Kreis von Persönlichkeiten ich meine, wenn ich von ihm rede, wiewohl Euch die Namen der Mitglieder nicht geläufig sind. Ich bin mir darin sicher, daß Morgan und Duncan keine Bedenken dagegen hegen, des Camberischen Rates Erwähnung zu tun, obzwar ich hoffe, daß sie über die Namen der Angehörigen Geheimhaltung bewahren. Sie *haben* doch Euch gegenüber selbigen Rat erwähnt, oder nicht?« Mit fast angehaltenem Atem nickte Conall. Konnte es fürwahr sein, daß es bei der einen Bezugnahme auf Tiercel blieb? »Auf jeden Fall«, sprach Arilan weiter, »zählte ich zu jenen vier Personen, welche im vergangenen Frühjahr Nigel die Macht über seine Haldane-Magie verliehen. Jene drei anderen Mitwirkenden waren, wie Ihr wohl schon geschlußfolgert habt, Morgan und Duncan sowie Richenda. Alle drei weilen gegenwärtig zu Coroth, und es werden noch einige Tage verstreichen, bis sie in Rhemuth anlangen – Richenda wird gar nicht kommen, dieweil die Niederkunft so kurz bevorsteht –, deshalb ist man mit dem Ansinnen an mich herangetreten, nun im Alleingang Nigel zur Gänze in seine Magie-Gewalt einzusetzen.«

»Ohne auf Duncan und Morgan zu warten?« fragte Conall.

Arilan lächelte hintersinnig. »Der Camberische Rat ... äh ... hegt gegenwärtig kein sonderlich Vertrauen zu Duncan und Morgan. Die Gründe kann ich Euch nicht in Einzelheiten nennen. Ich selbst tät's nicht als nachteilig erachten, der Ankunft jener beiden zu harren, jedoch ... bin ich in dieser Frage nicht vollauf mein eigener Herr.«

»Ihr befolgt des Camberischen Rates Weisungen«, stellte Conall fest, nickte versonnen.

»Zum größeren Teil, ja.«

Noch immer von gewissem Unbehagen geplagt, wandte Conall sich halb ab, setzte den mit einem Stiefel bekleideten Fuß auf des Springbrunnens Einfassung, benahm sich ganz so, als betrachte er ein paar Blätter. »So recht verstehe ich die Angelegenheit nicht«, bekannte er nach kurzem Schweigen. »Wo ist in all diesen Vorgängen mein Platz? Ich bin kein Deryni. Ich besitze keinerlei Kenntnisse, welche für eine solche Sache von irgendeinem Nutzen sein könnten.«

»Nein, mag sein, das nicht, aber Ihr seid Nigels Sohn und Erbe.«

»Was indessen nichts anderes besagt, als daß jemand, sobald er Inhaber der uneingeschränkten Haldane-Magie ist, sich der Mühewaltung unterziehen muß, dafür auch bei *mir* die Voraussetzungen zu schaffen«, entgegnete Conall. »Wie lautet dazu meines Vaters Stellungnahme?«

Arilan faltete in Hüfthöhe die Hände und senkte den Blick auf seinen Bischofsring, doch hatte es den Anschein, als sähe er ihn gar nicht. »Ich habe ihn beiläufig darauf angesprochen. Es ist sein Wille, das alles bis zur Krönung aufzuschieben.«

»Bis zur Krönung? Darüber wird, geschieht's nach seinem Begehr, noch ein Jahr verstreichen.« Und je länger diese Verzögerung währte, um so mehr erhöhte sich die Wahrscheinlichkeit, daß man seine stärker gewordenen Ansätze zu eigenen herausragenden Geisteskräften einer genaueren Begutachtung unterzog als es für ihn gut sein mochte, und dabei seine frühere Bekanntschaft mit Tiercel aufdeckte.

»Ich weiß«, sprach Arilan. »Und seid Ihr des Glaubens, daß der König von Gwynedd – gedenkt Ihr einiger der Widersacher, welchselbigen er sich wird stellen müssen, sobald die Kunde von Kelsons Tod über des Reiches Grenzen hinausdringt – ohne die vollständige Verfügungsgewalt über die Haldane-Magie so lange zu überdauern vermöchte?«

»Wider Morag und ihren Herzog von Arjenol?« meinte Conall verächtlich. »Wohl schwerlich.«

»Eben diese Befürchtung plagt auch den Camberischen Rat«, erklärte Arilan. »Aus genau diesem Anlaß bedarf ich Eurer Unterstützung, um Nigel davon zu überzeugen, daß seine Magie-Weihe so bald wie überhaupt nur möglich stattfinden muß.«

»Ohne Duncans und Morgans Teilnahme?«

Arilan hob die Brauen. »Entsinne ich mich recht, wenn ich wähne, ich habe Euch darüber Klage führen hören, Morgan und Duncan hätten in Gwynedd zuviel Macht, besäßen zu großen Einfluß auf den König?«

Nachdenklich spitzte Conall die Lippen. »Als ich jung und schlichtmütig war, redete ich des öfteren Äußerungen daher, ohne daß ihnen ein sorgsamer Gedanke zugrunde gelegen hätte. Was aber sollte verhindern, daß *Ihr*, wenn Ihr meines Vaters Einsetzung in die volle Gewalt über die Haldane-Magie vollzogen habt, ›zu großen Einfluß‹ auf ihn gewinnt?«

»Eine *ungemein* scharfsinnige Frage«, antwortete Arilan und nickte beifällig. »Ich mag Euch nicht belügen, wie ich's tät, wollte ich behaupten, derlei sei unmöglich, denn es *besteht* eine bestimmte besondere Beziehung zwischen dem König sowie jener Person – oder jenen Personen –, welche ihm zur Magie-Macht verhelfen. Aber ich glaube, Ihr wißt sehr wohl, daß ich meine Gelöbnisse und Schwüre als heilig erachte, und daher schwöre ich Euch, Conall, daß es mein einziges Anliegen ist, König Nigel unabhängiger von Morgan und Duncan zu machen, als König Kelson es gewesen ist.«

Eine Zeitlang verständigten sich Arilan und Conall noch darüber, welche Beweisgründe Conall anführen könnte, um Nigel umzustimmen; danach verabschiedete sich Arilan. Conall verweilte noch für eine gewisse Frist im Schloßgarten, machte sich seine Gedanken über etwaige Weiterungen und überlegte, wie er wohl die Lage zu seinem günstigsten Vorteil auszunutzen vermöchte; anschließend schlenderte er gemächlich hinüber zur anderen Seite des Gartens, drehte zwischen den Fingern den Stengel einer verwelkten Rose, drückte eine Fingerkuppe gegen einen Dorn, und das schwach schmerzhafte Stechen half ihm dabei, seine Überlegungen auf die dringlichen Dinge und Fragen gerichtet zu halten.

Da jedoch erblickte er, derweil er eine Wendung des Gartenpfads durchrundete, eine andersartige Möglichkeit, dank welcher er die jüngsten Ereignisse zu seinem Nutznieß beeinflussen könnte. Auf einer Sitzbank des Gartens saß allein Rothana, das mit einem blauen Schleier verhüllte Haupt über ein Brevier gebeugt, welches auf ihren Knien lag, eine Hand flach auf die rechte Seite gebreitet. Beinahe hätte Conall sie gar nicht erkannt, denn sie hatte heute nachmittag eine schwarze Tracht am Leib, keine Gewandung im Hellblau des Schleiers an. Er hoffte, daß dieser Wechsel in der Farbe der Bekleidung nicht bedeutete, daß sie bindendere als die bisherigen Gelübde geleistet hatte, denn nun, da sein Rivale Kelson ihm nicht länger den Weg versperrte, hegte Conall ernstlich die Absicht, Rothana Nur Hallaj zu seiner Gemahlin zu machen.

»Ich wünsche einen guten Tag, edle Dame«, sprach er sie mit gedämpfter Stimme an. Rothana erschrak, offensichtlich von seiner Annäherung überrascht, und schaute auf, schickte sich sofort an, sich zu erheben; doch Conall winkte ab und nahm statt dessen selbst an ihrer Seite Platz. Sie hatte geweint, wischte sich nun mit der freien Hand verlegen die Augen. »Ich bemerke, Ihr tragt eine andere Gewandung«, fügte Conall seinem Gruß hinzu, ließ den Blick über Rothanas Kleidung schweifen. »Ist selbiger Wandel in der Tracht ein Zeichen dafür, daß sich auch Euer Stand vom Weltlichen vollends zum Geistlichen gewandelt hat?«

Hastig schüttelte Rothana ihr Haupt. »Wir tragen um des Königs willen Schwarz«, antwortete sie leise. »Unser gesamter Orden. Ich ... vermag nicht zu glauben, daß er tot sein soll.«

Conall senkte den Blick, verhielt sich ganz so, als besähe er sich bekümmert den eigenen schwarzen Umhang, unter welchselbigem man allerdings das karmesinrote Wappen des Haldane-Erben auf dem Brustteil seines Rocks sehen konnte. »Ich wünschte, ich vermöchte Euch erfreulicheres zu berichten, edle Dame«, erwiderte er nach kurzem Schweigen. »Doch weh! Ich selbst sah ihn in den Abgrund stürzen. Und nach so langer Frist ist sein Überleben gänzlich ausgeschlossen.«

»Dessen bin ich mir wohl bewußt«, bekannte Rothana mit kaum vernehmlicher, zaghafter Stimme.

Conall getraute sich ein ganz, ganz behutsames geistiges Tasten, nicht stärker, als man es von einem Haldane-Erben erwarten mochte, der seine magischen Gaben langsam zu entdecken und zu erproben begann, um bei Rothana, sollte sie es bemerken, keinen Argwohn zu erregen, doch dem Anschein nach fiel es ihr gar nicht auf. Ihre Geisteswehr war nahezu völlig gesenkt, und Conall spürte Schuldgefühle, welche mit dem, was sie unter ihrer Hand verbarg, im Zusammenhang standen, jedoch vermochte er nicht genau zu erkennen, welchen Ursprung ihre Empfindungen hatten. Aber vielleicht, so überlegte er, war es machbar, selbige Schuldgefühle auf eine Weise auszunutzen, welche Rothana dahin brachte, seinen Wünschen zu willfahren. »Hätte doch statt Kelson ich den Tod gefunden«, äußerte er in ruhigem Tonfall, wandte den Blick in den noch vom Winter kahlen Schloßgarten, obschon er Rothana aus den Augenwinkeln fortgesetzt beobachtete. »Dann wäre meinem Vater nicht diese Bürde zugefallen. Zumindest noch nicht.« Er bemerkte, wie sie nicht nur ruckhaft einatmete, sondern spürte auch, wie sie seelisch zurückprallte, und schlußfolgerte, daß er genau das richtige Herangehen gewählt hatte. »Niemals hat er der Krone Last ersehnt«, ergänzte er seine schlauen Worte, »noch jemals erwartet, sie tragen zu müssen. Ein gleiches gilt für mich, wiewohl sie nun eines Tages doch mein Haupt drücken wird.« Vernehmlich schluckte Rothana, war nun von neuem den Tränen nahe; doch Conall ließ nicht locker. »Eine solche Bürde ist von der allereinsamsten Art, edle Dame«, sprach er halblaut. »Meinem Vater steht meine Mutter zur Seite, ich dagegen habe niemanden. Ich werde ... eines Tages an meiner Seite eine Königin haben müssen. Sicherlich ist dies nicht die geeignete Stunde, um diesbezüglich Fragen an Euch zu richten, aber darf ich zu hoffen wagen, daß Ihr's sein werdet?«

»Ich?« Rothanas Stimme überschlug sich, als sie – zutiefst bestürzt – zu Conall aufblickte.

»Ich bitte Euch, gebt mir nicht voreilig sofortigen abschlägigen Bescheid, meine Dame«, bat Conall. »Erwägt sorgsam, was ich Euch antrage. Ich ... weiß, daß Ihr bestimmte Gelöbnisse geleistet habt, aber sie sind noch nicht endgültiger Natur. Und ich ... weiß ebenso, daß Ihr's ... in Erwägung gezogen habt, zu eines anderen Haldanes Gunsten darauf zu verzichten.«

»Wer hat Euch das kundgetan?« wollte Rothana wissen.

Conall spürte an seiner Geisteswehr, wie Rothana Anstalten machte, ihm die Auskunft auf geistiger Ebene zu entringen, aber er verstärkte augenblicklich seinen seelischen Schirm, gab jedoch vor, er schräke vor Rothanas geistigem Vorstoß ein wenig zurück. »Tut's nicht, ich bitte Euch!« raunte er, entkrampfte sich etwas, als sie von ihm abließ, ohne den Versuch einer geistigen Einblicknahme nachdrücklicher zu betreiben. »Ich befinde mich erst noch dabei, mich mit dem, was ich bin, vertraut zu machen.«

»Verzeiht mir«, antwortete Rothana. »Nie und nimmer hätte ich Euch wider Euren Willen zu Aussagen genötigt.«

»Dessen bin ich vollauf gewiß.«

»Dennoch – wer hat's Euch verraten?« fragte Rothana hartnäckig.

»Nun, was wähnt Ihr denn wohl, wer? Kelson war mein Vetter. Oftmals haben wir Unterhaltungen über vielerlei Dinge gehabt. Ich ... weiß über die Art Eures Abschieds von ihm Bescheid, und auch ... mit welch knapper Not er am Abend vor unserem Abritt Eure Tugendhaftigkeit noch achtete.« Und bei diesen Einlassungen handelte es sich, so wie er sie in Worte gekleidet hatte, durchaus um die Wahrheit; darauf hatte Conall für den Fall, daß Rothana in seinen Geist Einblick zu nehmen imstande sein sollte, ohne daß er es merkte, sorgfältig geachtet. Rothana erblaßte, schuldbewußt fiel ihr Blick auf ihre Hand, welche noch flach auf des Breviers aufgeschlagener Seite lag, und plötzlich erriet Conall, was sie unter der Handfläche verbarg. Mit einem Mal floh jegliche Festmütigkeit Rothana, die Schultern sanken ihr herab, als sie langsam ergriff, was unter ihrer Hand stak, es sodann auf dem Handteller vorzeigte. In der Tat war es jener Ring, den Kelson am Tag ihrer beider Vermählung Sidana überreicht hatte; der Reif hing an einem dünnen Band aus weißer Seide, das mittlerweile recht zerknittert aussah.

»Ich hätte nicht vermeint, er würde jemanden in unser Geheimnis einweihen, Herr«, flüsterte sie. »Auch wähnte ich nicht, daß Ihr und er einander so nahe standet. Mag sein, er und Dhugal waren sich so vertraut, aber ...«

»Ich hab's sonst niemandem erzählt, meine Dame«, beteuerte Conall mit sanfter Stimme. »Eure Ehre ist bei mir wohl aufgehoben.«

»Das stelle ich keinesfalls in Zweifel, Herr.« Einige Male drehte Rothana den Ring zwischen den Fingern, bevor sie erneut, während sie die Tränen unterdrückte, zu Conall aufschaute. »Glaubt Ihr an Magie, Herr?« fragte sie in verhaltenem Ton. Conall nickte nur, wagte kein Wort zu sprechen. »Freilich glaubt Ihr daran«, wisperte Rothana, beantwortete damit die eigene Frage. »Ihr seid ein Haldane, dessen besondere, ganz eigentümliche Art von Magie gegenwärtig Gestalt annimmt. Wie könntet Ihr da nicht an Magie glauben?« Sie betrachtete den Ring in ihrer Hand und schüttelte bedächtig das Haupt. »Manchmal jedoch kann Magie ihre Wirkung ins Gegenteil verkehren«, fügte sie hinzu. »Bisweilen, wenn wir etwas zu heftig ersehnen, verwünschen wir eben jenes, was wir am heißesten begehren. Derlei Vorkommnisse sind nicht ungewöhnlich. Deshalb hätte ich besonnener sein sollen. Doch ich gestattete mir die Schwäche des Wunschträumens, noch bevor die Magie ihre Wirkung tat. Und für diese Anmaßung werde ich für den Rest meines Lebens büßen müssen.«

Conall neigte das Haupt seitwärts, vermochte nicht zur Gänze zu begreifen, was sie da redete. »Eure Anmaßung?« wiederholte er leise.

Nochmals schüttelte Rothana das Haupt. »Der Ring ward nicht zur Besiegelung eines Versprechens gegeben. Das hatte Kelson, ehe er ihn mir überreichte, vollständig klargestellt. Er sollte nur ein Zeichen dafür sein, daß er das Vergangene abgetan hatte, wieder eine Bereitschaft empfand, an das Zukünftige zu denken. Er machte ja erst damit den Anfang, die Schuld, welchselbige er wegen Prinzessin Sidanas Tod fühlte – obschon ihm deshalb wirklich und wahrhaftig niemand etwas vorwerfen konnte –, zu verwinden. Wir ... sprachen zwar sehr wohl über die Möglichkeit ... einer Vermählung, welche ernstlich erst in Erwägung gezogen werden möchte, wenn er wiederkehrte, nachdem wir beide eine hinlängliche Frist zum Nachsinnen gehabt hätten. Aber er bat mich ausdrücklich, den Ring, dieweil er mit *ihrem* Blut befleckt sei, nicht zu tragen.«

»Welcherlei ›Anmaßung‹ geschah denn Eurerseits?« fragte Conall.

Kummervoll schüttelte Rothana erneut den Schopf. »Gelegentlich geschieht's, Herr, daß ein Weib es sich erlaubt, von dem zu träumen, was sein oder werden möchte. Und ab und zu verhält's sich so, daß selbst die Magie, wie sie in eines gemeinen Weibes Sehnsucht verborgen liegt, dazu genügt, um's wahr werden zu lassen. Doch wenn gar eine von *uns* sich solcher Schwäche hingibt ...« Ein unterdrücktes Aufschluchzen kam von ihren Lippen, und mehrere Augenblicke verstrichen, bevor sie weiterzusprechen vermochte. »Vor einer Woche – kurz vor dem Unheil muß es gewesen sein –, malte ich mir vermittelst des Vorstellungsvermögens aus, wie's wohl wäre, mit ihm vermählt zu sein. Das allein war gewißlich eine noch harmlose Sache. Auch geschah's nicht das erste Mal, daß ich mich selbigem Wunschtraum ergab – wenngleich meine Äbtissin entsetzt wäre, wüßte sie davon ... und Pater Ambros war, als er's erfuhr, *tatsächlich* voll der Betroffenheit. Dann jedoch erkühnte ich mich zu dem Wagnis, Sidanas Ring an meinen Finger zu stecken – den Ring jener bedauernswerten, dem Verderben verfallenen Prinzessin –, stellte mir vor, Kelson hätte ihn mir auf den Finger geschoben. Diesmal jedoch war's der Geber des Rings, welchen der Tod holte ... und nicht die Empfängerin. Ganz kurze Frist danach muß der König ... von jenem Unglück ereilt worden sein.«

»Aber Ihr bildet Euch doch wohl nicht ein, Ihr hättet dadurch selbiges Unglück *verursacht?*« meinte Conall. »Das wäre Unfug.«

»Wirklich?« Rothana sah nochmals den Ring an, umschloß ihn dann mit der Faust. »Mein Verstand sagt mir, daß Ihr recht habt«, sprach sie leise, »aber mein Herz wird niemals Gewißheit haben können. Ich weiß nur zu wohl, wie groß unsere Macht zu sein vermag – manchmal gerade dann, wenn man's am wenigsten erwartet. Da Ihr nun ... dem Throne nähergerückt seid, werdet Ihr's beizeiten selbst noch entdecken, steht zu befürchten. Ich glaube, 's geschieht bereits durch Eure geistigen Schilde. Gott gewähre Euch die Gnade, daß 's noch lange dauern möge, bis Ihr Euch der vollen Gewalt dessen, was Ihr seid, stellen müßt ... und daß Ihr nie, anders als 's jetzt mir widerfährt, in der Ungewißheit schweben müßt, ob Eure Macht nicht eben das vernichtet, was Ihr am sehnlichsten begehrt.«

»Dann hattet Ihr also in der Tat die Absicht, Euch mit Kelson zu vermählen«, schlußfolgerte Conall leise.

Versonnen nickte Rothana. »An Erzbischof Cardiel ist ein Bittschreiben unterwegs, in welchem ich ihn um Entbindung von meinen vorläufigen Gelübden ersuche ... Doch dieweil Seine Exzellenz mittlerweile nach Rhemuth zurückgekehrt ist, dürfte das Schreiben sich nun irgendwo zwischen hier und Valoret unterwegs befinden. Dennoch wird es ihn letztendlich erreichen. Und sobald es ihm vorliegt, werde ich ihn darum ersuchen, den Inhalt zu mißachten.«

»Ich verstehe Euch«, murmelte Conall, dessen Hoffnung wieder schwand, dieweil Rothanas Darlegungen offensichtlich bedeuteten, daß sie nun doch Nonne zu werden gedachte. »Aber wird man's Euch erlauben, bei Eurer ursprünglichen Absicht zu bleiben? Wird nicht die bloße Tat, um Entbindung von den vorläufigen Gelöbnissen ersucht zu haben, Zweifel auf die Lauterkeit Eurer Berufung werfen?«

Rothana neigte das Haupt. »Ich habe meiner Äbtissin nicht offenbart, daß ich dem Erzbischof schrieb«, antwortete sie. »Pater Ambros weiß es, er ist seit kurzem mein Beichtvater. Ich habe die gesamte Sache in aller Ausführlichkeit mit ihm besprochen. Ihn verpflichtet das Beichtgeheimnis zum Schweigen, und was Erzbischof Cardiel anbetrifft, so werde ich ihn anflehen, er möge mein Bittschreiben verbrennen, ohne es zuvor zu lesen.«

»Ich bitte Euch, verfahrt nicht so!« raunte Conall.

»Und warum sollte ich's nicht tun? Im Rückblick frage ich mich, ob alles das, was geschah, nicht Gottes Fingerzeig ist, mit welchem Er mich darauf verweist, daß Er mich nach wie vor zu Seiner Braut will. Es heißt, Er sei ein eifersüchtiger Gott.«

»Auch ich kann eifersüchtig sein, Rothana«, sprach Conall. »Werdet *meine* Braut!«

»›Du sollst den Herrn, deinen Gott, nicht lästern‹«, flüsterte Rothana.

»Ich lästere nicht wider Ihn. Doch mich dünkt's, ein Gott, der reiner Geist ist, hat schwerlich Bedarf an Fleischlichem. Ich habe den Brauch, blutjunge Jungfrauen in Klöster zu sperren, auf daß sie dort im Dienst an einem Gott ihre Jugend und Schönheit erschöpfen, welcher ihre Reize nicht zu würdigen versteht, nie so recht gebilligt.«

»Ihr dürft Euch nicht der Ketzerei schuldig machen, Herr«, vermochte Rothana mit Mühe zu wispern, wagte ihn nicht anzuschauen. Und ihr entfuhr ein Aufkeuchen, als Conall zärtlich mit zwei Fingerspitzen über den Handrücken jener Faust strich, darin sie Sidanas Ring hielt, und sie schloß die Lider.

»Ihr und ich, wir sind aus Fleisch und Blut, Rothana«, sprach Conall mit betörend sanfter Stimme. »Wie kann ich Euch nur einsichtig machen, was allein Eure Gegenwart mir bedeutet? Ihr verkörpert alles, was ein Mann je begehren mag. Ich glaube, ich ward bereits in jenem Augenblick, als ich Euch erstmals sah, aufs stärkste zu Euch hingezogen. Allein aus Rücksicht auf Kelson hielt ich mich im Hintergrund. Aber nun ist er tot, und eines Tages werde ich König sein. Und dieser Haldane-König wird nicht minder gerade Euch als Königin brauchen, als es Kelson tat. Auch Gwynedd braucht Euch, Rothana.«

Da lief Rothanas Antlitz rot an, sie beugte das Haupt und stützte es in die leere Hand, um das Angesicht zu verbergen, derweil sie die andere Faust – jene mit Sidanas Ring – an den Busen drückte. »Erlegt mir nicht auch *das* noch auf, Herr«, bat sie im Flüsterton. »Ich ward allzeit zum Gehorsam erzogen. Ich besitze aufs vollständigste darüber Klarheit, von welcher Art und welchem Schlag eine Königin Gwynedds sein muß, um an eines

Haldane-Königs Seite herrschen zu können. Wie bringt Ihr's über Euch, nach allem, was ich Euch erzählt habe, an mich ein solches Ansinnen zu richten?«

Conall lächelte, denn durch ihre Einwände hatte nun Rothana selbst ihm enthüllt, wie er seine Worte wählen mußte, um dessen sicher sein zu dürfen, daß sie sich am Ende doch nicht zu weigern vermochte. »Ich vermag's, dieweil ich nun mehr denn je zuvor weiß, wieviel Liebe Ihr zu geben habt ... sowohl Gwynedd wie auch jenem Mann, mit dem Ihr Euch vermählen werdet. Mit Gottes Hilfe mag es mir einstmals gelingen, einen Teil selbiger Liebe für mich zu gewinnen. Indessen aber braucht Euch Gwynedd nicht minder, als Kelson jemals Eurer bedurfte, und ebenso brauche *ich* Euch – just aus einer Vielzahl von gleichen Gründen. Es ist nicht vonnöten, daß Ihr mir heute Antwort gebt, meine Dame, aber versprecht mir, daß Ihr mein Begehren erwägt. Werdet die Königin, welche Gwynedd haben muß, eine jedwedes Haldane-Königs würdige, ebenbürtige königliche Gemahlin. Und solltet Ihr wahrlich des Glaubens sein, Ihr trügt Schuld an Kelsons Verhängnis: Nun, dann leistet Buße, indem Ihr zur Wahrheit macht, was Ihr Euch erträumt habt – doch nicht mit Kelson, sondern indem Ihr in die Vermählung mit mir einwilligt. Ich schwöre Euch, daß einzig Eures Königs Name anders sein wird.«

Conall wußte, daß er, indem er so gefühlvoll auf sie eindrang, ein gewagtes Spiel betrieb, und hoffte, sie würde nicht unumwunden ablehnen und ihn so zwingen, zum Mittel regelrechter Erpressung zu greifen; half nämlich alles andere nichts, so hatte er durchaus im Sinn, Rothana darüber aufzuklären, bei welchem Tun er sie und Kelson beobachtet hatte, und ihr damit zu drohen, es gegebenenfalls – in gehörig übertriebener Darstellung – ihren Vorgesetzten zu enthüllen. Ginge er so vor, müßte sie jeglicher Hoffnung entsagen, daß jemals irgend jemand wieder ihre angebliche geistliche Berufung ernstnähme.

Aber weder wies Rothana ihn ohne Umschweife ab, noch erteilte sie ihm innerhalb des kurzen Weilchens, das sie zusammen im Schloßgarten zubrachten, eine Zusage; doch Conall spürte, daß sie, wie er es ihr nahegelegt hatte, schon abzuwägen begann. Das Gespräch endete, als sich auf des Schloßgartens anderer Seite Rothanas Äbtissin, Pater Ambros sowie etliche Schwestern ihres Ordens zeigten; anscheinend strebte der Geistliche mit den Nonnen zur Andacht. Unverzüglich entschuldigte sich Rothana, versprach jedoch, als Conall sie dazu drängte, sein Anerbieten fernerhin in Erwägung zu ziehen.

Tiefsinnig blickte Conall ihr nach, während sie sich sputete und zu den übrigen Nonnen gesellte. Ihm schmerzte von der Anstrengung, welche ihm die Begegnung abgefordert hatte, fürwahr das Haupt, aber er war sich dessen sicher, daß sie seine Verstellungen und Vorspiegelungen nicht durchschaute. Jetzt konnte er bloß noch auf die nächste Gelegenheit warten, um sein Trachten zur Sprache zu bringen, und ansonsten hoffen, daß Pater Ambros das Beichtgeheimnis achtete, Rothana selbst sich nicht zu irgend jemand anderem darüber zu reden traute, bis Cardiel sie von ihren Gelübden entband.

Conall erachtete es als ratsam, den Inhalt ihres Schreibens in Erfahrung zu bringen, um zu klären, wieviel sie dem Erzbischof an Tatsachen und Einzelheiten mitgeteilt hatte. Nach allem, was er allmählich über Rothanas Denkungsart ersah, mutmaßte Conall, daß sie ihre Beweggründe für die erbetene Entbindung von den geleisteten Gelübden genau erläutert hatte; allerdings bewertete Conall die Aussicht auf eine Vermählung als weitaus besser, wäre Cardiel der Meinung, ihre Beweggründe rührten von einem Anzweifeln ihrer Berufung her anstatt dem Wunsch, einen bestimmten Mann zu ehelichen. Zum Glück jedoch war Cardiel nur ein Mensch, so daß Conall, wenn es denn sein mußte, seinen Geist dementsprechend beeinflussen konnte. Tatsächlich glaubte Conall nicht, daß es – Arilan ausgenommen – am Königshof irgendwen gab, den er *nicht* vermittels geistig-magischer Einwirkung zu beeinflussen vermöchte; eine andere Ausnahme wären allerdings Morgan und Duncan, sobald sie sich wieder in Rhemuth aufhielten, und möglicherweise galt das gleiche auch für seinen Vater. Und wenn es ihm gelang, sich zum Teilhaber von Nigels Aufstieg zum Herrschertum zu machen – was ihm als Nigels Erbe nicht schwierig werden dürfte –, mochten sich gar noch Mittel und Wege auftun, um auch Nigels Haldane-Magie zu übertrumpfen, selbst wenn sie ihm später vollauf zu Gebote stehen sollte.

Conall spürte, wie sich die eigenen Magie-Kräfte stets merklicher in ihm regten, während er sich erhob und müßig den Rückweg ins Wohngebäude der Königsburg antrat, um seines Vaters Gemächer aufzusuchen und den Auftrag auszuführen, mit welchem ihn Arilan betraut hatte. Es galt, Nigel davon zu überzeugen, daß er sich so bald wie nur möglich die volle Gewalt über seine Haldane-Magie übertragen ließ; dann könnte Conalls Anspruch als sein Erbe bestätigt werden, und das Zunehmen seiner Magie-Eigenschaften fiele weniger ins Augenmerk.

Und ihre Kräfte wuchsen *eindeutig* an – ohne Zweifel ein Ergebnis von Kelsons Tod und Conalls daherigem Nachrücken in der Thronfolge. Aber Wachstum aller Art war häufig mit Schmerzen verbunden, und in Conalls Fall verhielt es sich so, daß er immer häufiger an Schmerzen des Hauptes litt. Gegenwärtig hatte er von neuem eine solche Pein durchzustehen. Wiewohl Tiercel seine Haldane-Magie früh zum Entfalten gebracht hatte – und Conalls Einsicht in Tiercels Gedächtnis hatte ihm mit Gewißheit die Kenntnis von Anwendungsmöglichkeiten verliehen, welche über das bis dahin erlernte Wissen hinausging –, war er nunmehr auf etwas herkömmlicheren Beistand angewiesen, um sein Magie-Erbteil übernehmen zu können. Sobald Nigel vollkommener Herr seiner Magie-Macht war, mußte man Conall auch zu deren Erben einsetzen. O köstliche Aussicht ...!

Conalls Haupt schmerzte unvermindert, derweil er die Stiege erklomm, doch gelang es ihm vergleichsweise mühelos, das Weh zu unterdrücken, nachdem er nicht länger vor Rothana auf der Hut sein mußte. Um Nigels Begabung brauchte er sich nicht sonderlich zu sorgen; soviel er wußte, stand Nigel ihm, obzwar er lange den Stand eines Nachfolgers Kelsons, des Erben seiner Krone und Magie, eingenommen hatte, in der magischen Befähigung weit nach.

Conall traf seinen Vater hinter einem Schreibpult an, welches im elterlichen Schlafgemach in eine Fensternische eingefügt stand; einen Federkiel vergessen zwischen den Fingern, starrte Nigel hinaus aus den Fluß. Ausschließlich des Prinzregenten winterlich bleiches Angesicht, die vergleichbar fahlen Hände sowie das silbrig gewordene Haar an den Schläfen, welches nun im Sonnenschein schimmerte, als er das Haupt drehte, um zu schauen, wer da eintrat, linderte den düsteren Eindruck der schwarzen Trauerkleidung. Als er seinen Ältesten sich nähern sah, lächelte der neue König von Gwynedd, legte die Schreibfeder beiseite und schob mit einem herzhaften Aufseufzen der Erleichterung auch den hohen Stoß von Schriftstücken aus rechteckigen Bogen Pergament zur Seite.

»Gott sei Lob und Dank, Conall. Du sorgst für meine Ablenkung von einer scheinbar unaufhörlichen Reihe von Schriftstücken, welche besiegelt und unterzeichnet werden müssen. Die Schreiber möchten nachgerade, so könnte man glauben, zu Dutzenden die ganze Nacht hindurch gekritzelt haben. Arilan ist gar ein noch ärgerer Antreiber denn Duncan. Ich vermute, du bist nicht drauf begierig, mir ein wenig zur Hand zu gehen.«

Conall lächelte seinerseits, schritt erst zum Kamin und nahm eine dünne Kerze, ehe er sich zu seinem Vater an das mit Pergamenten und Schreibgerät übersäte Pult setzte, die Kerze auf die dem Innern des Gemachs zugekehrte Seite der Tischplatte stellte, wo Nigel ihm eilends Platz geschaffen hatte. Nur von einem der zwei Bischöfe, die sein Vater soeben genannt hatte, wollte Conall mit Nigel sprechen. Beim Besiegeln der Urkunden behilflich zu sein, würde ihn beschäftigen, während er mit allem Vorbedacht sein Ansinnen in die wohlersonnensten Worte kleidete. »Da hat man dir ja *wahrlich* eine Menge Schriftstücke vorgelegt, wie?« meinte er, suchte sich aus dem Gewirr des Schreibzeugs eine Stange rotes Siegelwachs, zupfte den Docht gerade, um ihn sodann an der Kerze zu entzünden. »Was das Unterzeichnen anbelangt, so vermag ich dir leider wohl kaum eine Hilfe zu sein, aber gewißlich kann ich einen Großteil des Geschreibsels mit Wachs beträufeln. Welches Siegel wirst du verwenden?«

Nigel zog seinen Siegelring vom Finger und legte ihn mit einem Seufzer vor Conall aufs Pult. »Ungeachtet all dessen, was geschwatzt wird, Sohn, bin ich *noch nicht* König«, sprach er. »Und wie dir zu sagen ich mich nicht scheue, habe ich allzeit gehofft, niemals derlei Schreiben versenden zu müssen.« Er hob den obersten Brief vom Stapel und breitete ihn vor Conall auf der Tischplatte aus, hielt das Pergament fest, während rote Tröpfchen zusehends zu einem Häuflein geschmolzenen Wachses unter seiner Unterschrift anwuchsen; derselben hatte Nigel nicht *R.* für *Rex*, sondern lediglich *P.* für *Princeps* hinzugefügt. Conall schwieg, derweil sein Vater das Siegel ins heiße Wachs drückte, darin – im Gegensatz zu dem, was ihm inzwischen zustand – nicht den Abdruck des Haldane-Löwen hinterließ, dem Wahrzeichen des Hauses Haldane, sondern seines eigenen herzoglichen Wappens; dennoch war sich Nigel offenkundig der mißgefälligen Aufmerksamkeit seines Sohnes bewußt.

Er schenkte Conall ein verpreßtes, krampfhaftes Lächeln, als er den besiegelten Brief fortlegte und das nächste Schriftstück ergriff, es ausbreitete, wandte jedoch vorsätzlich den Blick seiner grauen Haldane-Augen sogleich wieder ab. »Ich weiß«, äußerte Nigel leise, schaute zu, wie auch auf diesem Bogen Pergament ein Häufchen Wachs entstand, »wahrscheinlich ist's närrisch, daß ich starrsinnig an der Hoffnung festhalte, Kelson könnte noch leben. Aber ich *wünsche* kein König zu sein. Wagte ich's nur, ich zög's ernstlich in Erwägung, zu deinen Gunsten aufs Thronerbe zu verzichten. Du hättest sicherlich nicht einmal etwas dagegen, oder? Du bist noch so jung, daß eines Königs Verantwortung dich nicht anders denn ein Abenteuer deuchte. Aber wie sich's von selbst versteht, gäben die Kronrate dazu nie und nimmer ihr Einverständnis. Für einen Mann, der einmal König ward, gibt's keinen anderen Verbleib, soll er's nicht länger sein, als das Grab.«

Als Nigel erneut den Siegelring ins Wachs drückte, empfand Conall eine Aufwallung des Ärgers, dieweil es ihn verdroß, wie wenig der eigene Vater sein Streben und Trachten verstand, doch zwang er sich dazu, diese Regung des Mißmuts leidenschaftslos zu verwerfen, ähnlich wie er gleichgültig das zweite, nun gleichfalls ums Siegel ergänzte Schreiben zur Seite tat. In mancherlei Hinsicht hatte Nigel zur Gänze recht. In keinem Lande gab es Platz für zwei Könige.

»Gott gebe, daß bis dahin noch eine recht ausgedehnte Frist verstreiche, Vater«, antwortete er halblaut. »Fürs erste stellt's mich ganz und gar zufrieden, unter deiner weisen Anleitung künftig die Künste des Herrschens und Verwaltens erlernen zu dürfen. Unterdessen gilt's jedoch für uns beide, eine andere Art von Künsten zu erwerben, und insbesondere du solltest in dieser Beziehung nicht übermäßig lange säumen.«

»Aha, ich sehe, Arilan hat dich ins Gebet genommen«, sprach Nigel.

»Nur am Rande«, erwiderte Conall, widmete äußerlich seine Beachtung dem Wachs fürs nächste Siegel; seelisch jedoch hatte er bei seines Vaters gelindem Tadel unwillkürlich die geistigen Schilde angehoben. »Er hat recht mit seiner Auffassung, daß unsere Feinde, sobald sie von Kelsons Tod erfahren, uns auf unsere unverminderte Stärke oder nachfolgende Schwäche prüfen, wohl auf eben eine solche Verzögerung deiner Einsetzung in die volle Magie-Macht hoffen werden.«

Mit äußerster Umsicht tastete Conall auf geistiger Ebene nach Nigels Geisteswehr, welche er stark und fest vorzufinden erwartete, aber unentdeckt und widerstandslos durchdrang er des Vaters nur ganz schwach aufrechterhaltene geistige Schirme; offenbar hatte Nigel noch nie einen Gedanken an die Möglichkeit verschwendet, seinen Geist wider den eigenen Sohn behüten zu müssen. Als Conall gesprochen hatte, schüttelte Nigel das Haupt, während er das soeben besiegelte Schriftstück gegen ein neues, noch nicht besiegeltes Sendschreiben austauschte.

»Ich hege nicht die Ansicht, daß sie in Bälde versuchen werden, sich mit uns zu messen. In Torenth kann noch niemand etwas wissen. Selbst Morgan wird frühestens am morgigen Tag von Kelsons Ableben vernehmen, und dabei hat Duncan die Entfernung von hier nach Dhassa nicht einmal im Sattel zurücklegen müssen. Es wird erheblich länger dauern, bis die Kunde Torenths Grenze überschreitet.«

»Das mag zutreffen, schätzt man die Dauer von Rhemuth aus«, pflichtete Conall seinem Vater bei. »Es gilt aber nicht, berechnet man sie vom Norden aus, wo sich das Unglück zutrug. Vier Tagesritte brauchten wir, um von Sankt Bearand über Valoret nach Rhemuth zu reiten, und man muß berücksichtigen, daß die Nachricht sich auch von Valoret aus verbreitet hat. Alle Mönche der Abtei Sankt Bearand wissen Bescheid, ebenfalls alle Leute, welche irgendwie mit unserer Schar zu tun bekamen. Wir haben selbst schnurstracks einen Boten – um nur ein Beispiel anzuführen – zum Grafen der Ostmark geschickt. Er dürfte die Botschaft mittlerweile nach Cardosa weitergeleitet haben. Und wenn die Kunde erst einmal zu Cardosa bekannt ist, mag sie innerhalb von wenigen Stunden Torenth erreichen – sobald irgendein torenthischer Kundschafter, welcher Umgang mit Deryni hat, sich der nächstgelegenen Porta Itineris bedienen kann.«

»Du malst recht schwarze Aussichten an die Wand«, sprach Nigel, wechselte erneut ein nunmehr besiegeltes gegen ein noch unbesiegeltes Sendschreiben aus. »Dennoch bin ich der Meinung, wir können unwiderrufliche Entscheidungen mindestens noch so lange aufschieben, bis Duncan und Morgan wieder in Rhemuth weilen.«

»Warum läßt du nicht Arilan die Sache in die Hand nehmen und bringst sie hinter dich?« fragte Conall. »Er sprach davon, an deinem Einweihungs-Ritus beteiligt gewesen zu sein, geradeso wie Duncan und Morgan. Und was das Gefühl betrifft, so ist er durch Kelsons Tod nicht im gleichen Maße wie wir betroffen worden. Insgesamt besehen, möchte er sehr wohl die klügere Wahl sein.«

Nigel seufzte, legte das Siegel beiseite, stemmte eine Faust in die Hüfte, drehte das Haupt und musterte Conall. »Sagt er sich das nach, Sohn, oder hast du dir's ausgedacht?«

Plötzlich von Unbehagen heimgesucht – dessen Ursache er nicht ohne weiteres zu erkennen vermochte –, straffte sich Conall, blies das Flämmchen aus, das am Siegelwachs züngelte, legte es bedächtig neben seines Vaters Siegelring. »Wie ist diese Frage zu verstehen? Gefühlsmäßig ist Arilan ja *wirklich* weniger beteiligt.«

»Was Kelsons Tod unmittelbar angeht, mag's so sein«, gestand Nigel zu, »aber ich muß leugnen, daß sich von ihm sagen ließe, er verfolgte keinerlei Interessen. Immerhin *ist* er ein Mitglied des Camberischen Rates.«

»Was hat das mit alldem zu schaffen?«

Nigel zuckte die Achseln, verschränkte sodann die Arme auf dem Brustkorb. »Darin bin ich mir noch ungewiß. Ich wüßte nichts, auf das man mit dem Finger zeigen könnte. Doch der Camberische Rat war schon aus Anlaß von Tiercels Tod in heller Aufregung. Kelson *hat* dir doch berichtet, daß eines der Ratsmitglieder hier in der Königsburg tot aufgefunden ward, oder nicht?«

Unvermutet war Conall zumute, als schlösse sich ihm eine eiskalte Faust ums Herz, und er mußte den Blick abwenden, um zu vermeiden, daß sich seine Bestürzung, als Tiercels Name fiel, seinem Vater mitteilte. Er hoffte, daß sein Erschrecken Nigel nicht aufgefallen war, als er den Namen des Toten hörte. Daß Tiercel de Claron zum Gegenstand der Unterhaltung werden könnte, hatte er nicht im entferntesten erwartet.

»Er hat des Sachverhalts Erwähnung getan, daß man *jemanden*, dem einige Bedeutung beizumessen sei, tot gefunden habe, aber er äußerte sich nicht genauer ... Er sagte, ich habe jene Person nicht gekannt.«

»Nein, du hast den Mann bestimmt nicht gekannt«, meinte Nigel gedämpft. Aber in seinen Gedanken regte sich eine gewisse Verwirrung. Conall lauschte unverändert weit jenseits der Geisteswehr seines Vaters und entdeckte keine Anzeichen regelrechten Mißtrauens – noch nicht –, jedoch konnte er das Knüpfen so mancher Zusammenhänge mitverfolgen, derweil Nigel darauf sann – vorwiegend allerdings auf unbewußter Ebene –, Conalls Erschrecken, das er sehr wohl beobachtet hatte, mit seinen Beteuerungen in Einklang zu bringen. Auf einmal befürchtete Conall, er könnte seinen Vater unterschätzt haben, und es möchte zu spät sein, um den Verdacht noch auf Dhugal lenken zu können.

»Kelson hat fürwahr kaum mehr darüber gesprochen«, bekräftigte er seine vorherige Einlassung. »Ich hatte den Eindruck, es ginge um eine Angelegenheit, welche mich nicht betraf, deshalb habe ich mich nicht weiter drum geschert. Aber mir ist, als entsänne ich mich an ein Sendschreiben, welches Dhugal erhielt. Allem Anschein zufolge brachte es ihn beträchtlich aus der Ruhe. Kannte er jenen Toten?«

»Wir wissen's nicht«, lautete Nigels Antwort. »Duncan nahm's nicht an. Allerdings fand man den Leichnam in dem Geheimgang, welcher von Dhugals Gemächern hinab zum Vorhof der Basilika führt. Nur wenige Eingeweihte kennen selbigen Geheimgang.«

»Tja, Tiercel de Claron kannte ihn offenbar«, sprach Conall. »Was glaubst du, auf welche Weise er von ihm erfahren haben könnte?« Zu spät merkte er, was er da ausgesprochen hatte, und mit einem greulichen Aufwallen von Übelkeit in der Magengrube sah er, wie sich Nigels Miene wandelte.

»Ich habe Tiercels vollständigen Namen nicht erwähnt, Sohn«, stellte Nigel mit leiser Stimme klar. »Woher weißt du selbigen Namen?«

»Ach, ich ... vermute von Kelson«, log Conall, versuchte krampfhaft, die gefährliche Klippe zu umschiffen. »Oder es mag sein, Arilan hat ihn erwähnt.«

»Nein, Arilan würde ihn nie und nimmer nennen, und du hast eben erst erzählt, daß Kelson dir des Toten Namen nicht genannt hat, dieweil's ihn deuchte, er wäre dir ohnehin ungeläufig. Conall, weißt du über jenen Vorfall mehr, als du bislang offenbart hast? Lüg mich nicht an, Sohn!« Urplötzlich bemerkte Conall, daß Nigel seines geistigen Eindringens gewahr geworden war, entsetzt ersah, daß sein eigener Sohn sich auf geistiger Ebene heimlich hinter seine Geisteswehr geschlichen hatte. Ein Teil von Nigels Seele bot Kräfte auf, um den Eindringling zurückzutreiben, doch spürte Conall, wie sein Vater gleichzeitig danach trachtete, ihn einer geistigen Einsichtnahme – einer Anwendung, zu welcher man ihn bereits befähigt hatte – zu unterziehen.

Conall konnte es nicht wagen, sie ihm zu gestatten. Aber als er den Versuch abwehrte, Nigels Tasten an geistigen Schilden abprallen ließ, um sodann seinerseits nachhaltig auf Nigels Verstand einzuwirken, erkannte er, daß Nigel schon die Wahrheit aufgedeckt hatte. »Conall, was tust du?« vermochte Nigel noch zu keuchen, klammerte sich, um Halt zu bewahren, an die Kante des Schreibpults, während er vor des Sohnes wuchtigem geistigen Vorstoß zurückschrak und die grauen Augen Kränkung und Wirrnis widerspiegelten. »O Gott, du *hast* ihn gekannt! Und er verlieh dir Magie-Fähigkeiten, ja? Barmherziger *Jesus*, er gab dir eine solche Macht, und du hast ihn getötet!«

Conall erlangte niemals darüber Gewißheit, ob das Wissen und die Kräfte, welche er nun einsetzte, wahrhaftig von ihm selbst stammten, er fühlte lediglich, wie ungeheure Gewalt aus irgendeiner abgründigen Tiefe seines Innern emporschoß, sich ballte, bereit zu verhängnisvollem Wirken, wußte nur, daß er hilflos blieb, sie nicht mehr aufhalten konnte. Später neigte er zu der Auffassung, der Ursprung dieses Vorgangs sei in seiner Einblicknahme in des toten Tiercels restliches Gedächtnis zu suchen, denn er erlebte eine rasche Abfolge von Erinnerungsbildern, welche keinesfalls auf eigenen Erlebnissen beruhten, jedoch den Schein erweckten, er habe schon mittels geistiger Kräfte Kämpfe ausgetragen.

Doch Mutmaßungen in bezug auf den Quell dieser ihm gänzlich neuartigen Gewalten stattete ihn keineswegs mit irgendeiner Macht über sie aus. Er handelte gleichsam unwillentlich, verteidigte sich ohne jedwedes Nachdenken wider eine Bedrohung, weder mäßigten Vernunft oder Gnade ihn noch die Tatsache, daß es der eigene Vater war, gegen den er gewalttätig ward, den er beinahe mit Gewißheit ums Leben bringen würde; und obwohl er meinte, daß es ihm im allerletzten Augenblick gelang, den mörderischen geistigen Blitzschlag, welchen er auf seines Vaters Seele niederfahren ließ, teilweise vom Ziel abzuleiten, wußte er nicht, ob diese Bemühung genügte, um das Schlimmste zu verhüten.

Voll des Grauens beobachtete er, wie der geistig-magische Anschlag seine furchtbare Wirkung tat, Nigel die geöffneten Hände zu einer vergeblichen Geste der Abwehr erhob, indem er sich aufzurichten versuchte, das für gewöhnlich angenehme Angesicht zu einer starren Fratze der Qual verzerrt; in stummem Schmerz krallten die Finger sich in die silbrig-grauen Schläfen. Stunden schienen zu vergehen, derweil Conall das sah, wenngleich in Wahrheit nicht mehr als die Dauer von dreißig Herzschlägen verstrich, denn Conall fühlte, wie das Herz ihm raste.

Als er endlich spürte, wie die ausgelösten magischen Gewalten verebbten – auch dies völlig unabhängig von seinem Willen oder Einfluß –, brach Nigel langsam wie ein gefällter Baum zusammen. Selbst wie vom Donner gerührt, schaute Conall tatenlos zu, bis sein Vater auf den Fußboden gesunken war, die Gestalt schlaff, während nur noch die Gliedmaßen schwach zuckten, neben dem umgekippten Stuhl lag; aus dem mannhaft-schönen Angesicht war jedwede Färbung gewichen, die grauen Augen stierten ausdruckslos, noch gezeichnet vom Nachklang einer unaussprechlichen Pein.

17

... und bitter um ihn trauern, wie man trauert um den Erstgeborenen.

ZACHARIAS 12,10

Kelric strampelte. Morgan, dessen Wange an der Wölbung ruhte, darunter sich sein ungeborener Sohn verbarg, schaute voll des Staunens auf zu Richenda, lächelte sodann, als das Kind erneut strampelte, Richenda zusammenzuckte. »Unser Sohn ist heute früh so lebhaft«, meinte er leise.

»Er war schon fast die ganze Nacht lang recht rege«, entgegnete Richenda. »Ich glaube, er dreht sich. Kurz vor der Geburt dürfte es für ein Kindlein noch reichlich eng im Mutterleib werden. Treibt er's weiter so, werden wohl kaum noch drei Wochen ins Land gehen, bis er des Wartens müde wird.«

Beunruhigt setzte sich Morgan auf. »Ist's soweit? Soll ich nach Meister Randolph schicken?«

»Alaric ...« Richenda lachte und hob die Hände an die Seiten von Morgans Antlitz, schüttelte das Haupt, um seine Sorge zu zerstreuen, derweil sie ihn mit einer Geste sowie auch auf geistiger Ebene dazu ermutigte, sich im Bett weiter nach oben zu wühlen, damit sie ihm einen Kuß geben konnte. Beglückt seufzte er, während er sich an sie schmiegte, das Haupt an ihre Schulter legte, nun einen Arm wie zum Schutz über ihren geschwollenen Leib gebreitet.

»Ich weiß«, murmelte er, den Blick an ihr vorbei auf der Bettstatt Vorhänge geheftet, »ich plage mich zu sehr mit Besorgnis. Doch ich frage mich, ob dir klar ist, wie fürchterlich's für einen Mann sein kann zu wissen, was sein Weib durchzustehen hat, wenn's ihm ein Kind schenkt, und zweifeln muß, ob sie's überleben wird.«

»Mein herzliebster Schatz, bereits zweimal hab ich's überlebt«, begann Richenda einzuwenden.

»Ja, und beide Male war ich nicht dabei«, unterbrach Morgan sie, rieb die stoppelige Wange an ihrem Arm, hob das Haupt, um sie schelmisch anzublicken. »Denn das letzte Mal hast du nicht abgewartet, bis ich heimkehrte«, gab er zu, als er sah, daß sie sich erneut zu widersprechen anschickte. »Und's ist nicht *meine* Schuld, daß du dein erstes Kind vom falschen Gemahl bekamst. Wärst du vernünftig gewesen und sofort meine Gemahlin geworden, wäre alles gänzlich anders verlaufen.«

»Du hast damals nicht um meine Hand angehalten«, erwiderte Richenda. »Außerdem wäre Brendan, hätte er dich zum Vater, nicht Brendan. Er wäre ein recht putziges Knäblein, davon bin ich überzeugt, und ein außergewöhnliches Kind ... aber er wäre ein anderer.«

Morgans Brauen rutschten aufwärts, und er stimmte Richenda zu. »Gewißlich, damit bist du im Recht. Nun, Jung Kelric wird wiederum ein anderer sein, soviel ist gewiß ... und zweifelsfrei ganz ungewöhnlich, so wie seine Mutter.« Versonnen betrachtete Morgan erneut ihren Leib. »Ich wüßte zu gern, was er in diesem Augenblick wohl denkt ... Soll heißen, falls Kindlein überhaupt etwas denken, bevor sie geboren werden.«

»Nun, sollte er etwas denken, so hoffe ich, er gibt sich darüber Gedanken hin, wie tief er's eigentlich bedauern müßte, mir in der heutigen Frühe das Leben so zu erschweren«, äußerte Richenda mißmutig. »Ich bezweifle, daß ich mehr als nur einige wenige Stündchen geschlummert habe. Zumindest hat's nun den Anschein, daß er wieder Ruhe wahren will. Möglicherweise vermagst du Herrn Rathold damit zu beauftragen, daß er dem Koch ausrichtet, er möge uns ein Morgenmahl ins Schlafgemach schaffen lassen, dann werde ich *dich* ins Wortgefecht mit deinen hochgeschätzten Amtsträgern senden, derweil ich den Vormittag verschlafe. Jene Mannen werden mich ohnehin nicht vermissen. Außerdem fällt's schwer, ein Weib ernstzunehmen, das aussieht, als müßt's im nächsten Augenblick bersten.«

»Aber Liebste«, rief Morgan, setzte sich empört wieder auf, um sie von neuem ins Augenmerk zu fassen, »diesen Eindruck erregst du beileibe nicht!«

»Sei's drum, ich *fühle* mich so. Alaric, du vermagst dir gar nicht vorzustellen, wie ...«

»Mein Liebling, sei still!« fiel Morgan ihr gedämpft ins Wort, hob ihr die Fingerspitzen an die Lippen, als er aufmerkte, dieweil auf der Treppe, welche zur Schlafkammer heraufführte, Schritte polterten. Und als Fäuste an die Tür hämmerten, griff er nach seinem Tappert.

»Euer Gnaden! Ach und weh! Morgan, ich bitte Euch, erhebt Euch ohne Säumen!« Es war Derrys Stimme, die da so voller Aufwühlung und Betroffenheit erscholl; gleich hatte sich Morgan aus dem Bett geschwungen und hastete, indem er den Tappert über seinen Kittel streifte, zur Tür, erreichte sie, noch ehe ein nochmaliges Pochen verstummte.

»Ich komme schon, Derry. Was gibt's?« Er riß den Riegel beiseite und die Tür auf, sah zu seiner Verblüffung an Derrys Seite Duncan stehen, welcher vom Reiten beschmutzt war, nach seinem Roß roch und insgesamt so wirkte, als sei für ihn eine Welt zusammengebrochen. »Duncan?!«

»Es betrifft Kelson«, vermochte Duncan hervorzustoßen. »Und Dhugal. Ein Verderben hat sie ereilt.«

Mein Gott, was habe ich getan? Angesichts des eigenen Werks von der vollständigsten Ungläubigkeit befallen, preßte sich Conall die Fäuste an die Schläfen, starrte seines Vaters reglose, hingestreckte Gestalt für nahezu die Dauer eines Dutzends Herzschläge an, bevor er es fertigbrachte, neben Nigel niederzuknien. Conall vermochte nicht zu begreifen, was über ihn gekommen sein mochte. Nie hatte er im Sinn gehabt, Nigel auch nur den geringsten Harm zuzufügen. Im Ergebnis des Schreckens, welcher ihn der drohenden Entlarvung wegen durchfuhr, waren jene Magie-Gewalten, die er unversehens angezapft, unwillentlich zu einem Angriff auf den eigenen Vater aufgeboten hatte, ungerufen und außerhalb jedweder bewußten Beeinflussung wirksam geworden. Ihre Freisetzung hatte Ähnlichkeit mit jenem Blitzstrahl aus purer Naturgewalt gehabt, welchen Kelson am Tage seiner Krönung während des gräßlichen Ringens im Dom wider Charissa verschleuderte. Conall hatte sich die völlige Verfügbarkeit seiner Haldane-Magie *erwünscht*, und um sie zu erlangen, war ihm kaum eine Mühe zu beschwerlich gewesen; aber einen *solchen* Preis entrichten zu müssen, das hatte er freilich nicht im mindesten erwartet.

Dank irgendeines Wunders, welches zu erklären Conall nicht einmal im Ansatz versuchen konnte, stak in Nigel noch Leben – trotz der furchtbaren Wucht, mit der jener Ausbruch unbeherrschter Magie-Kräfte ihn traf, der er nimmer mit einem derartigen Anschlag seitens seines Sohns gerechnet hatte. Die Atemzüge gingen flach und unregelmäßig, die Haut war kalt und schweißig, und Conalls mannigfaltige Versuche, ihn wieder zur Besinnung zu bringen, blieben fruchtlos; dennoch ließ sich an seiner Halsader schwacher Herzschlag erfühlen. In Nigels Mund schwamm Blut, denn er hatte sich während der Zuckungen auf die Zunge gebissen. Conall schloß ihm die Augen, welche zweifellos nichts mehr sahen, denn von selbst mochten die Lider nicht herabsinken.

Doch obschon der Herzschlag innerhalb eines kurzen Weilchens wieder eine gewisse Stetigkeit annahm, wandelte sich an Nigels Zustand ansonsten nichts. Und als Conall bange nochmals in seinen Geist Einblick zu tun wagte, entdeckte er darin nichts als das Nebelhafte der Bewußtlosigkeit sowie die gestaltlosen Schatten einer Beeinträchtigung des Geistes ebenso wie des Gehirns – wiewohl nicht einmal Conall, der doch wußte, nach was er zu schauen hatte, irgendwelche Anzeichen für die Weise fand, wie sie zustande gekommen waren oder auf wessen Handeln sie zurückgingen.

Conalls beschleunigter Herzschlag begann sich zu mäßigen, als er erkannte, daß dank dieses Umstands zumindest niemand wider ihn einen Vorwurf zu erheben fähig wäre, und ein Teil seiner selbst – so kühl und von allem losgelöst, daß er diesen Teil seines Ichs nachgerade als fremd empfand –, fing über eine Erklärung des Vorfalls nachzudenken an, wie sie sich der Allgemeinheit unterbreiten ließe, ohne daß man ihm irgendeine Schuld zuweisen könnte. Einige selbiger Überlegungen, so ersah er voll des Zagens und der Verwirrung, aber mit uneingeschränkter Gewißheit, fußten auf von ihm übernommenen Erinnerungen des toten Tiercel de Claron.

Er hätte schon Männer in ähnlichem Zustand gesehen – vornehmlich ältere als Nigel, der noch keine vierzig Lenze auf dem Buckel hatte –, aber es kam in der Tat bisweilen vor, daß auch Jüngere ein derartiges Schicksal befiel. Die Ärzte waren sich in der Frage uneins, ob man die Ursache beim Herzen oder im Hirn aufzuspüren hätte. Wie dem auch sein mochte, die Folgen waren durchaus mit dem vergleichbar, was Conall nun bei seinem Vater beobachtete. Eine Genesung erfolgte, falls überhaupt, ausschließlich mit mühsamer Langwierigkeit; der Betroffene konnte für Tage, Wochen, ja für etliche Monde ohne Besinnung bleiben, und kehrte sein Bewußtsein zurück, war er nicht selten von Lähmung und dem Unvermögen zum Sprechen befallen, welche für einige Zeit anhalten konnten, vielleicht gar für immer. In diesem Fall allerdings wußte Conall, der Gefällte würde *nicht* gesunden, solange niemand, was er getan hatte, rückgängig machte. Er selbst hatte nicht die mindeste Ahnung, wie dergleichen zu bewerkstelligen wäre, dieweil er nicht wußte, wie er es angestellt hatte. Sollte indessen irgend jemand den wahren Grund für Nigels Verfassung herausfinden, würde sicherlich alsbald die Schlußfolgerung daraus abgeleitet, daß daran Conall die Schuld tragen mußte. Also durfte seine Verantwortlichkeit für das Vorkommnis nicht offenbar werden. Mit jedem neuen schrecklichen Ereignis, das geschah, verfielfachte sich seines Gewissens Schuldenlast, aber er wagte es nicht, schlichtweg alles zu bekennen, war doch nun die Krone seinem Zugriff so nahe.

Denn dieweil Kelson tot war und Nigel auf unabsehbare Frist am Herrschen gehindert, war Conall unvermittelt zum mächtigsten Mann in Gwynedd geworden. Wohl verhielt es sich so, daß er noch nicht der rechtmäßige König war – das verblieb Nigel, solange er lebte, und Conall wünschte keineswegs seines Vaters Tod –, aber infolge der Handlungsunfähigkeit Nigels gab er eindeutig den glaubwürdigsten Nachfolger in der Regentschaft ab und würde somit in jeder Hinsicht, den Titel ausgenommen, einem König gleichstehen. Der Gedanke daran bereitete ihm ein Gefühl der Wonne: König Conall. Doch auch *Regent* Conall klang schon recht eindrucksvoll. Er brauchte nichts anderes mehr zu unternehmen, als die unvermeidliche Entdeckung des Geschehens so zu gestalten, daß niemand auf den Gedanken kam, er könne irgendwie dafür ursächliche Verantwortung tragen.

Er dankte Gott für die Sorgfalt, mit welchselbiger Tiercel sich dessen unterfangen hatte, ihn zu lehren, wie man im Gedächtnis Bereiche sogar wider die Einsichtnahme von Deryni verläßlich zu beschirmen vermochte, denn als erstes würde er nun vor dem Deryni Arilan bestehen müssen; doch nicht einmal Arilan konnte ihn noch einschüchtern. Es erforderte nur wenige Augenblicke, die Schuld der jüngsten Schandtat beim Rest seiner schmählichen Vergehen in seinem Gedächtnis fortzuschließen und unerreichbar zu versiegeln, so daß selbst Arilan sie nie und nimmer würde entdecken können. Sodann holte er tief Atem und lief zur Tür, schwang sie auf, schrie die Wendeltreppe hinab.

»Wachen? Wachen! Laßt sofort einen Arzt kommen! Ein schwerer Anfall hat meinen Vater niedergeworfen!«

Fassungslos hockte Morgan in seinem Schlafgemach am Kamin, und dicht neben ihm saß Richenda, hielt stumm seine Hand, schaute ihn aus geweiteten Augen voll des Entsetzens an, während sie beide Duncan lauschten, der von neuem die Einzelheiten seiner grausigen Kunde wiederholte. Derry hatte nahebei auf einem Stuhl Platz genommen, und Duncan lag matt in Morgans Lehnstuhl, trank halbherzig aus einem Becher, welchen ihm ein Page gebracht hatte, erwärmten Wein.

»Das ist alles, was ich weiß, Alaric, Gott steh mir bei. Ich mag's so wenig wie du glauben, und doch ist's wohl die Wahrheit. Bevor ich aufbrach, befragte ich sämtliche Augenzeugen – und zwar so *gründlich*, wie's unsereinem möglich ist. Einer von ihnen sah Kelson auf einen Felsen prallen, just ehe er ins Wasser stürzte. Als man Dhugal das letzte Mal sah, lebte er, schwamm in den Fluten. Aber beide riß es sie den Wasserfall hinab. Pest und Hölle, sie *alle*, welche einen Sturz in den Bergbach taten, endeten unterm Wasserfall! Und sollt's jemand überlebt haben, so bedenke, daß offenbar – so ist's uns berichtet worden – jenseits des Wasserfalls ein unterirdischer Fluß, von selbigem Bach gespeist, seinen Anfang nimmt. Daher zerschmettert man sich entweder an einem Felsen den Schädel, oder man versinkt in den Wassermassen – wird in die Tiefe gedrückt – und ertrinkt ... oder beides.«

»Aber Ihr habt vermeldet«, bemerkte dazu Richenda, »ein Mann hätte überlebt.«

»Gewißlich, aber nur mit knapper Not«, antwortete Duncan. »Kelsons junger Knappe ... Dolfin. Er blieb in der Abtei Sankt Bearand zurück, auf daß er dort abwarte, bis er wieder zum Reisen imstande ist, doch darüber mögen etliche Wochen verstreichen. Pater Lael hegt die

Befürchtung, daß der Jüngling für seines Lebensweges Rest ein Krüppel bleiben wird.«

»Andere Verunglückte hingegen hat man tot gefunden?« meinte Morgan.

Duncan nickte. »Einen ... und eine Anzahl Rösser sowie Packpferde. Aber man fand nicht den Mönch, welchselbiger als Führer diente, und nicht Kelson oder Dhugal.«

Morgan schloß die Augen, strich sich Richendas Hand zart über die Wange, bezog aus der Berührung einen gewissen schlichten Trost, unterließ jedoch jede Verbindung auf geistiger Ebene. Er mußte von dem, was sich ereignet hatte, gefühlsmäßigen Abstand wahren. Andernfalls mochte der Gram ihn überwältigen, und er wäre, bis das Gefühl der Trauer und des Verlusts sich erschöpfte, niemandem von irgendeinem Nutzen. Morgan sah ein, wie wenig er es gegenwärtig auch wahrhaben wollte, daß Kelson – berücksichtigte man die durch Duncan geschilderten Umstände – höchstwahrscheinlich tot *war;* dennoch hatte Morgan das Empfinden, er müßte – so wie er es im Fall Brions erlebt hatte – von einem dermaßen folgenschweren Tod eigentlich inwendig etwas gespürt haben. Solange Kelsons Leichnam nicht gefunden worden war, durfte er wenigstens ganz im geheimen noch genug Hoffnung hegen, um die erforderliche Kraft zu haben, all das zu tun, was begonnen werden mußte, auf daß die Herrschaft über Gwynedd weiterhin in tüchtigen Händen bleibe.

Und sollte Kelson *wirklich* tot sein – falls es so war, vermochte weder Morgan ihm noch irgendwie zu helfen, noch war Duncan dazu imstande –, gab es nun zu Rhemuth einen neuen König, welcher ihrer beider Rückhalt bedurfte. Nigel beizustehen und den Übergang der Herrscherwürde an ihn zu gewährleisten, mußte fortan für sie vollständigen Vorrang einnehmen. Erst wenn diese Hürden gemeistert waren, konnten sie es sich erlauben, sich der Trauer um die Dahingerafften hinzugeben. Beide ...

»Für dich muß dies Unheil eine ganz besondere Härte sein«, sprach Morgan, indem er endlich aufblickte, zu Duncan. »In meiner Betroffenheit über Kelsons Verlust, so fürchte ich, habe ich fast übersehen, daß du nicht allein deinen König, sondern auch deinen Sohn verloren hast. Vergib mir, Duncan!«

Trostlos hob Duncan die Schultern. »Ein solches Versäumnis ist nur zu verständlich. Mir ist vollauf klar, daß ich darin keine Mißachtung Dhugals zu erblicken habe. Hältst du's für denkbar, daß sie – gleich wie – *doch* am Leben sind?«

»Begehrst du, daß ich dir nach meinem Verstand antworte«, warf Morgan zur Gegenfrage auf, »oder aus meinem Herzen?«

»Ach, warum lassen wir nicht vorerst schlichtweg davon ab, nach derlei Antworten zu forschen?« äußerte Duncan. »Wir wissen beide, was nun die höchste Bedeutung hat. Wir müssen uns eilends zu Nigel begeben und ihm zur Seite stehen.«

»Freilich. Andererseits können wir's uns wohl schwerlich so leicht machen und einfach von der Unterstellung ausgehen, daß Kelson und Dhugal tot sind. Zuviel hängt davon ab. Auf die eine oder andere Art und Weise benötigen wir Gewißheit.«

»Ich habe gehofft, daß du diese Haltung einnimmst«, sprach Duncan, nachdem er beschwerlich geschluckt hatte. »Was gedenkst du zu tun?«

»Wir wollen den Versuch beginnen, sie auf ferngeistigem Wege zu erreichen.«

»Ich werde Beistand leisten«, verhieß Richenda.

Dankbar lächelte Morgan sie an, tätschelte ihr die Hand. »Wir werden's nicht hier versuchen, meine Allerliebste. Die Entfernung, selbst *wenn* sie leben sollten, wäre zu groß. Nein, unser Versuch soll in Dhassa stattfinden.«

»Dann werde ich dich nach Dhassa begleiten.«

»Sicherlich beliebst du zu scherzen. Du bist keineswegs in der geeigneten Verfassung zum Reisen.«

»Und weder bist du gegenwärtig im rechten Seelenzustand, um ein derartiges Unterfangen ohne kraftvolle Unterstützung anzugehen, noch ist's Duncan«, erwiderte Richenda. »Zwischen Dhassa und der Umgebung Sankt Bearands liegt noch eine beträchtliche Entfernung. Und sollten sie verletzt sein ...«

»Du wirst uns nicht begleiten«, sprach Morgan und stand auf, gab Richendas Hand frei. »Das ist mein letztes Wort. Zumal ein Deryni hier verbleiben muß, um Morag unter wachsamer Obacht zu behalten. Bedenkt man, wie kurz vor der Niederkunft du stehst, dürfte allein schon diese Aufgabe für dich beinahe eine Zumutung sein.«

Richendas Miene brachte Schmollen zum Ausdruck. »Bereits des öfteren habe ich dir zu erklären mich bemüht, daß eine Schwangerschaft beileibe kein solches Hemmnis ist, wie du's so hartnäckig darzustellen trachtest«, sprach sie. »Um des Herrgotts willen, ein schwangeres Weib ist doch nicht *krank*. Selbst im Falle die Wehen einsetzen, dauert das Nachfolgende lediglich ein paar Stunden. Und was Morag anbetrifft, so haben wir längst ausreichende Vorkehrungen getroffen. Derry weiß, was 's im Notfall zu unternehmen gilt.«

»Ja, gewiß – aber selbige Vorkehrungen haben deine Gegenwart zur Voraussetzung. Wer weiß, welche Folgen bei deiner Abwesenheit entstünden, wenn du mit mir in Dhassa weilst ... welchselbige Stadt zur jetzigen Zeit ohnehin nicht der vorteilhafteste Aufenthaltsort für eine schwangere Deryni ist, dieweil's dort von unduldsamen Kirchenmännern wimmelt.«

»Aber dort gibt's einen *anderen* Deryni, Alaric«, ergriff Duncan erneut das Wort. »Er ist jung, gelernt hat er noch nicht viel, so daß ich nicht einzuschätzen vermag, wie nutzreich sein Beistand für uns sein möchte, aber er müßte, so will's mich dünken, durchaus dessen fähig sein, eine ferngeistige Verbindung mit seinen Kräften zu stützen.«

Verdutzt blinzelte Morgan einmal, als er, was Duncan ihm enthüllte, zur Kenntnis nahm; sodann jedoch schüttelte er das Haupt. »Bis auf weiteres möchte ich, was ihn anbelangt, keine Fragen stellen. Aber die Tatsache, daß es ihn gibt, macht's um so überflüssiger, daß Richenda mit uns kommt.«

»Ich muß wirklich und wahrlich darauf beharren, daß du einen Unterschied ziehst!« forderte Richenda im entschiedensten Ton. »Wenn du glaubst, ich vertraue hinsichtlich deines Wohlbefindens irgendeinem ungenügend unterwiesenen Deryni-Lümmel, der dich womöglich, wie redlich seine Absichten auch sein mögen, in eine viel zu tiefe ...«

»Richenda, ich habe bereits klargestellt, daß mein Entschluß feststeht. Es erübrigt sich, auch nur ein Wörtchen mehr darüber zu reden.«

»Dann gestattet *mir*, Euch zu begleiten, Herr«, sprach auf einmal Derry. »Zwar bin ich kein Deryni, aber ich weiß, auf was 's ankommt. Auch könntet Ihr Euch meiner als eines zusätzlichen Quells der Kraft bedienen. Ich habe keine Furcht.«

»Würde ich damit nicht Richenda den Wölfen vorwerfen, Derry?« wandte Morgan leicht schalkhaft ein. »Bevor wir uns auf den Weg begeben, *werde* ich sie zu meiner Statthalterin einsetzen, aber ich lege darauf Wert, daß Ihr bei ihr bleibt und ihr eine zuverlässige Stütze seid.« Während Richenda überrascht aufblickte, nicht so recht wußte, ob sie erfreut sein oder weiterhin schmollen sollte, ließ Duncan verwirrt den Blick zwischen den anderen drei Anwesenden umherschweifen. »Dem liegt eine lange Vorgeschichte zugrunde, Duncan«, sprach Morgan mit gedämpfter Stimme zu dem Bischof. »Ich werde sie dir unterwegs erzählen. Kann ich unterdessen darauf bauen, daß meine geliebte Gemahlin und mein Feldhauptmann während meines Fortseins alles aufs vortrefflichste regeln und meistern werden?«

»Gewiß; das versteht sich ja von selbst, aber …«

»Nun denn, so bedarf's diesbezüglich keiner weiteren Worte. Duncan, verspürst du Verlangen nach einem Bad und sauberer Gewandung, ehe wir uns verabschieden? Möchtest du möglicherweise gar erst noch ein Nickerchen zwischenschieben? Dir bleibt zur Genüge Zeit. Sollte fürwahr … das Ärgste eingetreten *sein*, so werde ich für längere Frist fortbleiben, darum wird's wohl einige Stündlein dauern, bis ich für meine Abwesenheit alles geordnet und den Aufbruch vorbereitet habe.«

Derweil Morgan seine Maßnahmen veranlaßte sowie die Vorbereitungen für den Ritt nach Dhassa traf, sah er vor seinem geistigen Auge immerzu Kelsons Antlitz.

Zur gleichen Zeit sah Dhugal dagegen Kelsons Angesicht leibhaftig vor sich, als er mit einer Fingerkuppe des schlafenden Königs Stirn anrührte, ihn aus dem Schlummer weckte. Der Duft gebratenen Fischs drang an Kelsons Nase, und mit einem Ruck schrak er hoch. »Essen …«, murmelte der König, raffte sich triefäugig auf die Ellbogen hoch, zwinkerte. »Dem Herrgott sei Dank! Dermaßen hungrig bin ich, daß ich einen Gaul verschlingen könnte.«

»*Jenes* Roß zu verzehren, von welchem *ich* gekostet habe, wäre gewißlich nicht nach Eurem Geschmack«, gab Dhugal zur Antwort, half dem König dabei, sich aufzusetzen. »Was Ihr da riecht, ist Fisch.«

»Ei, das merke ich gar wohl«, entgegnete Kelson halblaut, warf Dhugal einen Blick des Unmuts zu. »Woher hast du den Fisch?«

Dhugal lachte verhalten und hob die Hände, bewegte die Finger in einer Geste, als winkte er jemanden zu sich. »Ich habe ihn geradewegs in meine Klauen gelockt. Ist's nicht wahrhaft wundersam, was man bewerkstelligen kann, wenn man ein Deryni ist? Außerdem hat er keine Augen.«

»Keine Augen?« wiederholte Kelson, richtete den Blick auf den Fisch, der überm Feuer an einem Spießchen briet. »Was soll das heißen, keine Augen?«

Indem er mit den Schultern zuckte, nahm Dhugal den aufgespießten Fisch zur Hand und überreichte ihn Kelson. »Er hat eben keine. Hier, sieh selbst. Er ist jetzt gar, glaube ich. Da diese Fische hier drunten im Finstern hausen, brauchen sie, wähne ich, wohl keine Augen.«

Kelson schnitt eine Miene gelinden Ekels und gab Dhugal den Fisch zurück. »Ich weiß nicht recht ... ich glaube, einen Fisch ohne Augen mag ich nicht speisen. So etwas ist ... widernatürlich.«

»Ach, mich dünkt's, in des Erdengrunds Tiefe steht dergleichen durchaus in Übereinstimmung mit der Natur«, widersprach Dhugal, zog den Fisch vom Spießlein und legte ihn in eine Mulde im steinernen Boden der Höhle – er hatte die Vertiefung zuvor reingewaschen –, zerteilte ihn, auf daß er ein wenig abkühle. »Überdies haben wir, dieweil des Rosses Fleisch mittlerweile ungenießbar geworden ist, nichts anderes zu essen. Dies ist der fünfte oder gar sechste Fisch, den ich inzwischen gefangen habe, und keiner von ihnen hatte Augen. Aus eben diesem Grund warf ich den ersten Fang zurück ins Wasser. Aber in der Augenlosigkeit sind sie sich allesamt gleich.« Er leckte sich die Finger ab und wölbte zum Zeichen des Wohlgefallens die Brauen. »Zumindest zeichnen sie sich durch köstlichen Geschmack aus. Und ohne Zweifel können sie als angemessene Fastenspeise gelten. Mein Vater wollte ihren Verzehr ohne weiteres billigen.«

Kelson seufzte, begann lustlos an einem Stücklein Fisch zu mümmeln, nachdem Dhugal sich einen ansehnlicheren Brocken herausbrach und ihn verzehrte. »Bist du des Glaubens, daß sich Duncan und Alaric auf die Suche nach uns begeben werden, Dhugal?« fragte der König. »Oder werden sie uns für tot ansehen?«

Dhugal, der mit wahrem Heißhunger noch ein Stück Fisch hinabschlang, schüttelte das Haupt. »Darauf vermag ich wahrlich keine sichere Antwort zu erteilen«, bekannte er, sobald er abermals geschluckt hatte. »Ich kann mich nicht des Eindrucks erwehren, daß wir recht tief im Schoß der Erde sitzen, daher bin ich zu beurteilen außerstande, ob sie sich überhaupt nur zurechtzureimen vermögen, wo sie denn suchen könnten. Indessen gebe ich mich der Hoffnung hin, daß wir einen Weg ins Freie finden, indem wir flußabwärts des Ufers Verlauf folgen. Mit Gewißheit können wir die Höhle nicht auf demselbigen Wege verlassen, wie wir so unglückselig verschlagen wurden.« Er bemächtigte sich noch einer Handvoll Fisch. »Die Strömung hat uns eine recht beachtliche Strecke weit mit sich gerissen, bevor wir an das Gestade dieser Höhle gespült wurden. Etliche Meilen mögen uns vom Wasserfall trennen. Sie dürften sich um einer Suche Durchführung *bemühen*, aber ...«

Als Dhugal erneut die Achseln zuckte, seufzte Kelson nochmals auf, lenkte den Blick durch die Dunkelheit in die Richtung, wo der unterirdische Strom floß. »O Gott, ich wünschte, ich vermöchte mich an das, was geschah, genauer zu entsinnen!« äußerte er im Flüsterton. »Meine Erinnerungen kehren allmählich zurück, doch ...«

»Und wie steht's um Eure Magie-Kräfte?« erkundigte sich Dhugal.

»Ich spüre nichts.« Bekümmert schüttelte Kelson den Kopf. »Wiederholt habe ich versucht, einen Ansatz zu finden – *irgendeinen* Anknüpfungspunkt –, jedoch ergibt sich daraus nichts, lasse ich einmal außer acht, daß sich die Pein in meinem Haupt verschlimmert. Vertrittst du die Ansicht, daß ich ihrer wieder mächtig werden kann?«

»Diese Frage stellt Ihr *mir?*« entgegnete Dhugal.

»Nun ja, du bist Feldscher«, antwortete Kelson. »Wie lange währen die Folgen angeschlagener Schädel?«

»Berücksichtige ich die herbe Erschütterung Eures Hirnkastens, dürften sie, so vermeine ich, noch Wochen andauern. Aber ich kann keine Aussagen in bezug auf Deryni-Sinne machen, Sire. Ich habe nie einen Deryni mit ähnlichen Verletzungen behandelt ... jedenfalls nicht wissentlich.«

Diesmal stieß Kelson einen ganz besonders vernehmlichen Seufzer aus. »Nun wohl, nun hast du's mit einem solchen Deryni zu tun. Im übrigen bist du *selbst* ein Deryni.«

»Ja, allerdings erst seit kurzem ... will sagen, es ist mir erst seit kurzer Frist bekannt, daß ich ein Deryni bin. Ihr wißt, daß ich im Gebrauch meiner Gaben noch recht unzulängliche Unterweisung erfahren habe.«

»Mag sein, du bist ein Heiler«, sann Kelson laut. »Vielleicht bist du mich zu heilen befähigt.«

»Kelson, derlei wollte ich nie und nimmer wagen.«

»Dennoch hast du an meinem Schädel – du selbst hast's mir so berichtet – die Stelle mit dem eingedrückten Knochen geheilt.«

»Nein, ich habe lediglich vermittels meiner Geisteskraft selbigen Knochen bewegt, was keine andersartige Anwendung ist, als ob ich ohne Schlüssel ein Schloß auftäte. Zwischen einer solchen Verrichtung und einer Heilung besteht ein erheblicher Unterschied.«

»Tja, da hast du vermutlich recht.«

»Wie's sich auch verhalten mag, da Ihr nun allmählich wieder zu körperlichen Kräften kommt, ist's ratsam, daß wir uns auf die Wanderung längs des Stroms begeben. Wir können nicht auf ewig hier hocken bleiben.«

Mit sichtlichen Bedenken betrachtete Kelson den Stiefel Dhugals, um den in des Fußknöchels Höhe eine Anzahl Streifen aus Tuch gewickelt waren. »Vermagst du denn zu laufen?«

»Es wird mir gelingen.« Dhugal verzog das Angesicht, als er sich erhob, sich schwer auf einen Stab stützte. »Ich bin mir weitgehend dessen sicher, daß der Fuß nicht gebrochen ist. Dennoch verursacht er mir gehörige Schmerzen.«

»Du meinst, du hast ihn dir gar nicht näher angeschaut?«

»Ich mochte das Wagnis, den Stiefel abzustreifen, nicht eingehen«, lautete Dhugals Antwort, während er Kelson eine Hand reichte; gelehnt auf den Stab, half er dem König beim Aufstehen. »Aber meine Deryni-Sinne sind inzwischen fein genug, um auch durch Leder verläßliche Wahrnehmungen machen zu können. Einige Bänder sind gezerrt, doch zeichnet sich eine Besserung ab. Die Schwellung ist bereits schwächer geworden.«

Während Dhugal eine Länge Treibholz ins Feuer schob, um somit eine Fackel zu erhalten, schüttelte Kelson behutsam das Haupt, nahm seinerseits einen dickeren Ast zur Hand, welcher sich als Wanderstab eignete. Dhugal schlang sich die Satteltaschen um die Schultern. Kelson trug den Weinschlauch.

Aber schon selbiger Schlauch erwies sich alsbald für Kelson als eine zu schwere Last. Als sie die erste Rast einlegten, wähnte er, sie seien stundenlang gewandert, während Dhugal wußte, daß eine weitaus kürzere Frist verstrichen war. Unabhängig davon jedoch, wieviel Zeit wirklich verging, war der König ermattet. Dhugal mußte ihm ein paar Stunden des Schlafs zugestehen, damit er genügend Körperkraft zum Weiterziehen erlangte. Angesichts solcher Umstände fragte sich Dhugal, wie lange sie überhaupt diese Wanderung durchzuhalten imstande wären.

Sie brachten mit Humpeln und Hinken mehrere vergleichbar weite Strecken entlang des unterirdischen Stroms hinter sich, bis sie schließlich beide am Ufer in einen Schlummer der Erschöpfung sanken; das Brausen der Wasser trug dazu bei, daß sie fast ohne Verzug in tiefen traumlosen Schlaf hinüberdösten. Im Laufe der

Wanderung wich über ihnen die Felsdecke stets weiter nach oben zurück, sie drangen in eine Riesenhöhle vor, deren Decke sie nicht mehr zu erkennen vermochten, auch dann nicht, als Dhugal ein Hand-Feuer erzeugte und so weit wie möglich aufwärtsschweben ließ. Je tiefer sie dem Fluß ins Innere der Höhle folgten, um so bedrückender wirkte die Finsternis, welche sie umgab, und es fand sich immer weniger für Fackeln verwendbares Treibholz, so daß Dhugal am Ende jedes brauchbare Zweiglein auflas, das ihm unter die Augen geriet, und dies Holz in den Satteltaschen sammelte.

18

Der Weg des Frevlers aber ist wie finstre Nacht, sie wissen nicht, woran sie straucheln werden.

SPRÜCHE 4,19

In Rhemuth blieb unterdessen das Glück Conall treu. Nigels ›Anfall‹ ward als eben solcher aufgefaßt, derweil zunächst Wächter und Bedienstete, danach auch die verstörte Herzogin Meraude sowie zum Schluß eine Schar von Ärzten die Königlichen Gemächer betraten, um sich des hingestreckten Königs anzunehmen. Über anfängliche überstürzte Fragen nach dem Hergang des Vorfalls hinaus schenkte niemand dem scheinbar zutiefst bestürzten Conall Beachtung, und er war so schlau, sich im Hintergrund zu halten.

Kurze Zeit später fand sich auch Arilan ein, doch war er ja kein Medicus; und bis dahin hatte Conall in den Vorhallen seiner Seele einen undurchschaubaren Vordergrund aus Fassungslosigkeit und Unschuldigkeit errichtet, so daß es dem Deryni-Bischof verwehrt blieb, irgendeinen Hinweis auf das zu entdecken, was sich *wirklich* abgespielt hatte, und außer ihm verfügte niemand über irgendwelche Voraussetzungen, um die Vorgänge möglicherweise hinterblicken zu können. Gegen Anbruch der Abenddämmerung hatte sich Nigels Zustand weitgehend gefestigt, aber er kam nicht zu Bewußtsein.

»Seit die Kunde von Kelsons Tod eintraf, hat er sich bei der Bewältigung seiner Aufgaben bei weitem überanstrengt«, sprach Conall zu Pater Lael, nachdem letzterer endlich des Königs Krankenlager den Rücken zugekehrt hatte, und als erster Beteiligter ernstlich einen Gedanken daran verschwendete, wie dem königlichen Erben zumute sein mochte. »Ich riet ihm, sich mehr zu schonen. Auch bereitete es ihm Kummer, den Baronen jene Sendschreiben zukommen lassen zu müssen.«

Er deutete hinüber zu dem Schreibpult in der Fensternische, auf dem noch die zeitweilig in Vergessenheit geratenen Briefe lagen, und Lael schaute in die gewiesene Richtung. »An den Schriftstücken arbeitete er«, fragte Lael, »als ihn der Anfall niederstreckte?«

Conall nickte. »Es sind Schreiben, in welchen er seine Nachfolge bekanntgibt. Er hatte sie schon unterzeichnet, als ich ihn aufsuchte, und ich half ihm beim Siegeln. Aber innerlich ging ihm alles wider den Strich. Nie hatte er erwartet, König zu werden, noch es sich jemals erwünscht. Wahrscheinlich hat Erzbischof Cardiel Euch gegenüber erwähnt, welche Mühewaltung es den Kronrat kostete, bloß um ihm die Zustimmung zur unverzüglichen Ausrufung zum König abzuringen. Wär's alles nach seinem Willen abgelaufen, er hätte auch *darauf* ein Jahr und einen Tag harren lassen, nicht allein auf die Krönung. Just beklagte er von neuem sein Los, und da ...« Er verstummte, indem er ein Aufschluchzen unterdrückte, verbarg das Angesicht in der Hand, mimte überwältigend grausamen Gram; sofort legte Lael ihm voller Mitgefühl eine Hand auf die Schulter.

»Es ist ein schwerer Schicksalsschlag für Euch, nicht wahr?« meinte er leise. »Glaubt Ihr nicht, Ihr solltet Euch nunmehr ein wenig Schlaf gönnen? Zur Stunde könnt Ihr nicht das geringste für Euren Vater tun. Die gesamte Nacht hindurch wird jemand an seinem Lager Wache halten, entweder werde ich's sein oder ein anderer Arzt.«

Conall rang mit den Tränen und blickte auf, schüttelte das Haupt. Für den Fall, daß irgendwer argwöhnisch werden sollte, war es ihm lieber, er blieb wach, denn es könnte sodann notwendig sein, Schritte zu seinem Schutz einzuleiten. »Ich bezweifle, daß ich zu schlafen vermag.«

»Ich werde Euch einen Schlaftrunk verabreichen.«

»Aber wenn er nun meiner bedürfen sollte?«

»Das ist ein unbegründeter Einwand«, entgegnete Lael. »Selbst wenn er im Verlauf der Nacht die Besinnung wiedererlangen würde – woran ich indessen meine Zweifel hege –, werdet Ihr ihm schwerlich in irgendeiner Weise behilflich sein können. Im übrigen habe ich den Eindruck, daß dies neue Unheil Euch in nicht unbeträchtlichem Maß in Mitleidenschaft gezogen hat.«

Conall schickte sich zu widersprechen an, unterbrach sich aber mitten im Satz, indem er nochmals das Haupt schüttelte; ihm war eingefallen, daß es durchaus Vorteile haben mochte, *wähnte* man zumindest, er läge im Schlummer, denn damit entzog er sich womöglich gefährlichen, heiklen Fragen. Vielleicht war das Bett tatsächlich in der kommenden Nacht für ihn die beste Zuflucht, doch hatte er seine Bedenken, was die Nützlichkeit des Schlaftrunks anbetraf, welchen einzunehmen Lael ihm vorgeschlagen hatte; die Möglichkeit, daß er binnen kürzester Frist zum Handeln schreiten mußte, ließ sich nicht vollständig ausschließen.

»Ich ... ich muß wohl einsehen, daß Ihr recht haben mögt, Pater«, versetzte er in verhaltenem Ton zur Antwort, gab sich, indem er die dem Haldane-Geschlecht eigentümliche Huld hervorkehrte, nunmehr einsichtig. »Ja, zweifelsfrei habt Ihr recht. Seit all dies Unglück seinen Anbeginn nahm, habe ich noch in keiner Nacht bekömmlich geschlafen.«

»Nun wohl, dann wollen wir schauen, was sich tun läßt, damit Ihr wenigstens in dieser Nacht erholsamen Schlummer findet«, antwortete Lael. »In der Morgenfrühe werden wir entschieden besser zu beurteilen imstande sein, wie sich Eures Vaters Verfassung entwikkeln dürfte, deshalb wird's morgen früh von höherer Bedeutung sein, daß Ihr ausgeruht seid und ungetrübt zu denken vermögt. Solltet Ihr nämlich noch keine Klarheit darüber haben: Falls Nigel das Zeitliche segnet, werdet Ihr zum König erhoben. Und behält er das liebe

Leben, seid Ihr Regent, bis er genesen ist ... falls jemals eine Genesung erfolgt.«

»Wollt Ihr damit andeuten, es wäre möglich, daß er auf immer in diesem Zustand verbleibt?« erkundigte Conall sich mit leiser Stimme.

»So möchte es sich gar wohl ergeben. Soll heißen, es könnte mit ihm so bleiben, bis er die Seele aushaucht. Ich ersuche Euch um Vergebung, Conall ... Ach, gäbe Gott, ich wüßte Euch erfreuliche Aussichten darzustellen!«

Flüchtig plagten Conall Regungen von Gewissensbissen, aber Genugtuung verscheuchte die Schuldgefühle rasch. Niemals hatte er seinem Vater wirklich Böses gewünscht; ebensowenig jedoch hegte er die Bereitschaft, sich für Tiercels Tod die Verantwortung aufzubürden. Weder war Nigels Schicksal seinem Willen entsprungen noch Tiercels Ableben; dennoch vermochte er weder das eine zu bedauern noch das andere, wenn er bedachte, welche Nachteile das Gegenteil – Reue und Bekennen – nach sich zögen. Außerdem war nun einmal geschehen, was geschehen war; und die Aussicht, zuerst Regent und später König zu werden, bedeutete eine viel zu starke Verlockung, um von Conall geringgeschätzt zu werden.

»Ich glaube, ich werde *doch* jenen Schlaftrunk zu mir nehmen, den Ihr mir angeboten habt, Pater«, entschied Conall, nötigte sich dazu, mit einer Miene trübseliger Schicksalsergebenheit zu Lael aufzublicken.

»Vortrefflich«, äußerte Lael. »Zuvor jedoch werde ich Euch zu Bette geleiten. Mich will's deuchen, in Eurem eigenen Bett dürftet Ihr am schönsten schlummern.«

Ohne weitere Widerrede, scheinbar gänzlich folgsam, ließ sich Conall von Lael in seine Gemächer führen, entledigte sich dort wortlos seiner Gewandung, während der Geistliche anhand etlicher Mittelchen aus seiner Arzttasche einen Trank mischte. Aber anstatt sich sogleich ins Bett zu legen, streifte der Prinz eine Robe über und schlurfte zu dem Betstuhl nahe bei der Tür an der Wand, täuschte Ruhelosigkeit vor.

»Stellt mir, ich bitte Euch, den Trank aufs Tischlein an meinem Bett, Pater!« sprach Conall halblaut, stützte eine Hand, derweil er sich nach dem Priester umschaute, auf den Betstuhl. »Mich dünkt, ich werde noch für ein Weilchen beten, bevor ich mich zur Nachtruhe bette.«

»Wie Ihr's begehrt«, gab Lael zur Antwort und gehorchte. »Wünscht Ihr, daß ich mit Euch gemeinsam bete, oder zieht Ihr's vor, dabei allein zu sein?«

Conall neigte das Haupt. »Ich glaube, Pater, ich möchte lieber, so's Euch nicht kränkt, für mich allein beten. Es ist alles ... sehr schwer für mich gewesen.«

»Ganz wie Ihr befehlt, Eure Hoheit.«

Bei dieser Anrede jagten Conall Schauer des Wohlbehagens über den Rücken, während Lael sich verbeugte und das Gemach verließ; kaum war der Priester fort, eilte Conall zum Tisch und goß des Bechers Inhalt in den Nachttopf, welcher unterm Bett stand. Dann füllte er sich reinen Wein in den Becher und setzte sich, um zu trinken, für fast eine Stunde ans Fenster, schaute müßig, derweil die abendliche Dämmerung herabsank, hinunter in den Schloßgarten. Just als die Sonne vollends unterging, unmittelbar ehe es zu düster ward, um noch etwas sehen zu können, beobachtete er vergnügt, wie inmitten einer Anzahl anderer Nonnen sowie einiger Hofdamen, geführt von Pater Ambros, welcher das Weibsvolk aus der Basilika zurückgeleitete, Rothana vom Abendgebet wiederkehrte.

Wenig später legte er sich tatsächlich ins Bett, und in der Nacht träumte er von Rothana, so wie er seit der Rückkehr aus Valoret schon etliche Male von ihr geträumt hatte; und in seinen Träumen schwelgte er mit ihr in fleischlicher Lust. Mehr als einmal erwachte er schweißnaß und voll der wildesten Entschlossenheit, diese Träume so geschwind wie nur möglich zur Wirklichkeit zu machen.

»Einmal«, sprach Morgan, »nur einmal möchte ich, bevor der Tod mich holt, zu Dhassa hineinreiten, ohne mich verstellen zu müssen.«

»Minderst du nicht deiner Stimme Lautstärke, mag's sich sehr wohl ergeben, daß es dir bereits diesmal gelingt«, raunte Duncan, »jedoch nicht ohne gewisse Folgeerscheinungen, welche durchaus, wenn nicht gar in Ärgeres, in Unannehmlichkeiten münden möchten. Verhalte dich nunmehr wie ein Mönch.«

»Dominus vobiscum«, murmelte Morgan, beugte sich im Sattel seines kleinen Bergpferdchens nach vorn, als ein Händler an ihnen vorüberstrebte.

Er und Duncan nahten sich den Stadttoren längs des nordöstlichen Ufers des Sees, Lederzeug und Kettenpanzer unter den zweckmäßigen schwarzen Kutten und Kapuzen von Laienbrüdern verborgen, wie sie zum Dhassaer Domkapitel gehörten. Als Boten des Ordens hatten sie sogar ein Anrecht aufs Mitführen der Schwerter, welche sie vor den Knien an die Sättel geschnallt hatten; allerdings war der reich mit Golddraht und Edelsteinen verzierte Griff von Morgans Klinge mit Leder umwickelt, und er hatte sie in eine schlichte schwarze Scheide geschoben, damit sie kein Aufsehen erregte.

Diese Verkleidung beruhte auf einem Ratschlag Pater Nivards, den er vortrug, ehe ihn Duncan drei Tage zuvor verließ. Auch hatten Morgan und Duncan sich mit Wahrzeichen von Pilgern zu den Heiligtümern beider Schutzheiliger der Stadt versehen. Allerdings war der Schrein St. Torins bis auf den Grund niedergebrannt, derweil jene zwei genannten Deryni das letzte Mal Dhassaer Gebiet durchquert hatten. Danach waren von ihnen erhebliche Schenkungen gemacht worden, welche die Kosten für des Heiligtums Wiederaufbau deckten; deshalb würde man, falls man sie entlarvte, nicht nach ihrem Blut schreien, wie es einst unweigerlich geschehen wäre; ebensowenig befanden sie sich noch in

Acht und Bann des Episkopats, waren sie exkommuniziert, so daß kein Kirchengericht sie aburteilen und auf Scheiterhaufen einäschern durfte. Dennoch mochte ihre Anwesenheit in Dhassa sowohl für sie wie auch für Arilan dazu führen, daß man ihnen peinliche Fragen stellte, sollte ans Licht der Sonne kommen, daß sie Dhassa aufgesucht hatten, um sich einer derynischen Porta Itineris zu bedienen.

Doch die heikle Lage und ihre Besonderheiten in bezug aufs Derynitum wichen im Vergleich zum allzu tiefen Schmerz, welchen ihnen Kelsons Verlust zufügte, bis fast zur Bedeutungslosigkeit in den Hintergrund zurück. Während des langen anstrengenden Ritts von Coroth nach Dhassa hatte Morgan sich unablässig damit abzufinden versucht, daß Kelson und Dhugal tatsächlich tot waren, aber sein Herz sträubte sich wider diese Vorstellung, weigerte sich rundheraus, sie ernstlich hinzunehmen; und wenn es sich ihr doch einmal unterwarf – wie es gelegentlich vorkam –, dann übertraf das dumpfe, schwere Drücken des Wehs in seiner Brust sogar die Trauer, welche ihm einst, vor Jahren, Brions Tod bereitet hatte, und damals hatte er gewähnt, er vermöchte niemals wieder in solchem Maß um jemanden klagen, wie er seinen toten Freund und König betrauerte. An Duncans Gram wagte er erst gar nicht zu rühren.

Und so folgte Morgan seinem Vetter durch Dhassas Tore, beide in der Verkleidung von Mönchen, ritt mit ihm zum Marktplatz vorm Portal des Bischofspalasts. Am Nachmittag dieses Fastensonntags lag der Markt beinahe verlassen da, doch Duncan lenkte sein Pferdchen unbeirrt hinüber zum öffentlichen Brunnen, an dem mehrere Mönche in schwarzen Kutten ein Halbdutzend Milchkühe tränkten. Als die zwei Reiter sich näherten, trat aus der Mönche Mitte ein junger Mann, den Duncan als Pater Nivard begrüßte; der bat einen anderen Mönch, sich um die Reittiere zu kümmern;

dann wartete er, bis die beiden Ankömmlinge die Schwerter von den Sätteln geschnallt hatten, geleitete sie anschließend zügig in ein tief im Innern des Palasts, unweit der Kapelle gelegenes Gemach. Anläßlich einer Rast, wie sie während des Ritts in unregelmäßigen Abständen welche gemacht hatten, war Morgan durch Duncan in das Geheimnis Pater Nivards eingeweiht worden; trotzdem überraschte des Deryni-Priesters Jugend Morgan. Ein ganz sachtes, vorsichtiges Tasten im geistigen Bereich offenbarte ihm, daß der Geistliche zumindest bezüglich der Geisteswehr eine umfangreiche Unterweisung genossen hatte. Dennoch wirkte er recht jung und grünschnäbelig, derweil er die zweifache Tür von innen schloß und sich den Besuchern zuwandte, in der Miene nunmehr, da sie allein waren, einen Ausdruck ehrfürchtiger Bewunderung.

»Hier werden wir ungestört bleiben, Ihr Herren«, sprach Nivard, schritt sichtlich verlegen zum Kamin, um Brennholz ins Feuer nachzulegen. »Bischof Denis hat mir die Anordnung erteilt, Euch jeglichen Beistand, wie er in meiner Macht steht, zuteil werden zu lassen.«

»Vorzüglich«, merkte Morgan dazu mit Zurückhaltung an. »Unser gemeinsamer Wohltäter«, – er deutete nachlässig auf das Wappen des Bischofs von Dhassa, das man über dem Kamin sehen konnte –, »hat uns leider niemals anvertraut, daß er ... äh ... Nachwuchs betreut. Vermögen wir hier ungefährdet zu reden?«

»Nicht allein das, sondern Ihr dürft getrost auch jedwede andersartige Maßnahme durchführen, welche Euch angebracht dünkt«, lautete Nivards Antwort. »Bischof Denis offenbarte mir, Ihr wünschtet den Versuch einer ferngeistigen Verbindung mit dem König oder Herrn Dhugal zu unternehmen, bevor Ihr Euch nach Rhemuth begebt, und daß es Euer Begehr sein möchte, zu selbigem Zweck meine Kräfte zur Verstärkung heranzuziehen. Was diese sonderliche Art von Magie-Werk anbetrifft, so besitze ich darin lediglich geringe Erfahrung ... ja in der Tat gar keine ...« Er verzog das Angesicht flüchtig zu einem leicht törichten Lächeln. »Doch er hat mir versichert, das sei nicht erforderlich, Ihr wüßtet schon, auf welche Weise Ihr Euch meine Hilfe nutzbar machen könnt.« Während er erwartungsvoll zwischen den beiden Männern hin- und herschaute, widmete Morgan seinem Vetter einen Blick der Besorgnis.

»Bist du der Überzeugung, daß er unseren Anforderungen gewachsen ist, Duncan?« fragte Morgan. »Bisweilen hat zu geringes Wissen schlimmere Ergebnisse als völlige Unwissenheit. Ein bloßer Mensch möchte sich für unser Vorhaben eher eignen.«

»Aber er entbehrte der Magie-Kräfte, auf welche wir, so's nötig wird, zurückgreifen können«, antwortete Duncan, lächelte Nivard freundlich zu. »Bevor ich mich auf den Weg nach Coroth begab, gestattete mir Arilan, mit Pater Nivard eine schwache Geistesverbindung einzugehen, und dabei zeigte er Tüchtigkeit und Verläßlichkeit. Für unseren Zweck hat er den Wert von drei oder vier Menschen, die nicht wissen, worauf es ankommt, selbst wenn er's auch nicht weiß.«

»Nun wohl, dann ans Werk!« murmelte Morgan. Er hatte keine Ahnung über das Ausmaß der Erfahrungen, welche Nivard mit Arilan gesammelt haben mochte; aber er und Duncan trafen rasch die erforderlichen äußeren Vorbereitungen, stellten drei Stühle in so engem Kreis auf, daß sich, sobald sie darauf saßen, ihre Knie berühren mußten. Dem Anschein nach hatte Nivard keinerlei Schwierigkeiten, man merkte ihm kein Wimpernzucken an, als Morgan die mit rotem Leder bezogene Schatulle hervorholte, in der er seine Banntrutz-Kuben aufzubewahren pflegte, und begann, die schwarzen und weißen Kuben in der rechten Verteilung auf dem Fußboden auszulegen. Er spürte, wie Nivard sich inwendig auf die bevorstehende Aufgabe einstimmte, sich körperlich ebenso wie seelisch entkrampfte und lockerte, seines Geistes Emanationen Ruhe und Ebenmäßigkeit annahmen, derweil Morgan die Stellung der schwarzen Kuben noch geringfügig berichtigte, dieweil sie genau an die Ecken des Vierecks zu grenzen hatten, welche die vier weißen Kuben bildeten. Schließlich zeichnete sich Nivard innerlich durch keine mindere Festigkeit denn Duncan aus – Morgan war just fertig geworden –, und er hatte seine Deryni-Kräfte inzwischen der behutsam gehandhabten Führungsgewalt Duncans untergeordnet, der bewirkte, daß sie beide ein wenig auf Abstand gingen, als Morgan den ersten Kubus zum Leben erweckte. *»Prime.«* Nivard verzog keine Miene, als selbiger erste Kubus aufleuchtete; im Gegenteil, seine geistige Ausrichtung festigte sich um so mehr. Als Morgan den nächsten Kuben beim Namen nannte – *»Seconde!«* –, verhielt es sich geradeso, und Morgan ließ Nivard daraufhin vollends außer acht, schenkte seine gesamte Aufmerksamkeit den Kuben. Jedenfalls war Nivard niemand, der vor Banntrutz-Kuben Reißaus nahm. Binnen weniger Augenblicke kamen *Tierce* und *Quarte* an die Reihe, so daß nun vier weiße Kuben von innerem Glanz glommen. Und als sich Morgan zeitweilig aufrichtete und reckte, um tief Atem zu schöpfen, das Zwicken in seinem Rücken zu beheben, indessen im geistigen Bereich der Kuben Gegensätzlichkeiten umkehrte, ehe er sich an der schwarzen Kuben Kräftewekkung begab, sah er, wie Nivard die Lider schloß, sich vorbeugte und die Stirn auf die überkreuzten Unterarme legte, die er wiederum auf die leicht gespreizten Knie stützte; seine geistigen Schilde hatte er mittlerweile so weit wie möglich gesenkt, so daß sie keinerlei Hemmnis mehr bedeuteten. In diesem Augenblick schwanden sämtliche Bedenken Morgans gegen des jungen Priesters Mitwirkung, denn den magischen Einsatz von Banntrutz-Kuben mit solchem Gleichmut aufzunehmen, durfte in der Tat als Leistung gelten. Offenbar verfügte Nivard über mehr Erfahrung, als er hatte durchblicken lassen; oder vielleicht war er sich des Umfangs seiner Befähigung nicht richtig bewußt, dieweil er ausschließlich Arilan zum Maßstab hatte. In geschwinder Folge benannte Morgan die schwarzen Kuben – *»Quinte, Sixte … Septime, Octave.«* –, begann danach schwarze und weiße Kuben miteinander zu den vier ›Ecktürmen‹ des Meisterbanntrutzes zu verschmelzen. *»Primus. Secundus. Tertius. Quartus.«* Nivard straffte sich achtsam, während Morgan und Duncan die Ecktürme rings um die drei Stühle verteilten, ja er ging sogar zur Hand, setzte einen Eckturm selber hinter seinen Stuhl. Und auch seine Magie-Kräfte hatten daran Anteil, den Banntrutz zustande zu bringen, nicht allein Morgans und Duncans Kräfte, als Morgan die Arme nach den Seiten ausbreitete, das Haupt in den Nacken senkte und das letzte rituelle Wort sprach, dessen es noch bedurfte, um ihren Schutz, ihre Sicherheit zu gewährleisten, derweil sie in des Geistes Gefilden nach irgendwelchen Hinweisen auf Kelsons oder Dhugals Überleben suchten. *»Primus, Secundus, Tertius et Quartus, fiat lux!«*

Indem das schwache Schimmern eines Gewölbes aus silbrigem Licht sich über sie breitete, ließ Morgan die Arme sinken, ergriff die Hände Nivards und Duncans. Die körperliche Berührung verstärkte die geistige Einheit, welche sich bereits, während Morgan den Banntrutz anbahnte, erstaunlich reibungslos zwischen ihnen abgezeichnet hatte, und der Herzog befand es als müheloser, sich geradewegs auf seelischer Ebene an die beiden anderen Mitwirkenden zu wenden, als seine Absicht in mündlicher Rede auszudrücken. *Ich werde die erste ferngeistige Nachforschung leiten und die Entfernung zu Kelson zu überbrücken versuchen,* übermittelte er ihnen. *Sollte uns nach einer angemessenen Frist des Forschens kein Erfolg beschieden sein, werden wir uns auf die Suche nach Dhugal begeben, und jenes Trachten nach Anknüpfung wird unter deiner Anleitung stehen, Duncan. Nivard, deine Aufgabe ist's, dem jeweils untätigen Dritten Rückhalt zu verlei-*

hen und dich ansonsten ganz einfach für den Fall bereitzuhalten, daß zusätzliche Kräfte gebraucht werden. Hat jemand irgendwelche Fragen?

Niemand hatte Fragen. Schon nach kürzester Frist machte sich Morgan wegen Nivard nicht länger Sorgen, derweil er in des Geistes Sphären nach dem verschollenen König zu suchen begann. Noch ehe er seinen Teil geleistet hatte, zapfte er vertrauensvoll auch des jungen Priesters Kräfte an.

Aber obwohl sie nahezu eine Stunde lang in der Richtung St. Bearands forschten – erst nach Kelson, dann Dhugal, und anschließend wechselweise nach dem einen oder anderen –, entdeckten sie nicht das kleinste Anzeichen dafür, daß einer von beiden noch am Leben sein könnte. Als sie ihre geistige Verschmelzung auflösten und den Banntrutz behoben, waren sie alle drei ermüdet und ausgelaugt, und Morgan neigte ebenso wie Duncan zu der Einschätzung, daß auch weitere Bemühungen voraussichtlich vergeblich blieben.

»Ich halte an meiner Hoffnung fest«, äußerte Morgan gedämpft – seine Stimme klang rauh und unstet –, während er den bewährten Zauber zum Vertreiben von Müdigkeit anwendete. »Nach wie vor vermag ich nicht zu glauben, daß sie beide den Tod gefunden haben sollen, ohne daß wir davon etwas fühlten. Aber daß sich gar keine Spur von ihnen finden läßt ...«

Er und Duncan waren in ungemein niedergedrückter Gemütsverfassung, derweil sie Nivard schweigsam in die Kapelle folgten, um durch die dortige Porta Itineris die weite Entfernung nach Rhemuth zu überwinden.

Zu Rhemuth hatten sie jedoch alles andere als irgendeinen Anlaß, frischen Mut zu schöpfen, denn in der Hauptstadt harrte ihrer eine neue grausige Kunde. Daß nach allem, was bisher geschah, Nigel durch ein so menschliches Mißgeschick wie einen Anfall gefällt ward, empfanden sie nachgerade als Hohn des Schicksals; doch als sie bereits kurz nach ihrer Ankunft zusammen mit Arilan das königliche Krankenlager aufsuchten, konnten sie sich mit eigenen Augen von dem beklagenswerten Sachverhalt überzeugen, und nachdem sie sich in ein anderes Gemach zurückgezogen hatten, vernahmen sie zudem des Arztes nicht allzu zuversichtliches Urteil.

»Sein Zustand hat sich nicht verschlechtert«, erklärte ihnen Pater Lael, »doch andererseits zeichnet sich auch nicht die geringfügigste Besserung ab. Herkömmlicherweise ergibt sich nach so langer Frist eine Wende, wenn man auf Gesundung hoffen darf.«

»Spricht er auf überhaupt nichts an?« erkundigte sich Duncan.

Lael schüttelte das Haupt. »Eigentlich auf nichts. Sein Herz schlägt kraftvoll, seine Atmung ist regelmäßig und stetig, und seinem Körper lassen sich mittels Reizung etliche der herkömmlicheren Gegenwirkungen entlokken, doch liegt er in tiefer Bewußtlosigkeit. Wir vermögen ihm Brühe und klare Suppe einzuflößen, so daß er genährt wird, jedoch ist das ein Verfahren, das ihm auf lange Sicht das Leben nicht bewahren kann. Er hat bereits an Gewicht verloren. Sollte nicht noch irgend etwas anderes sich ereignen, das ihm zur Genesung verhelfen könnte, dürfte er diese Verfassung längstens ein paar Monde durchstehen.«

Morgan stieß einen Seufzer aus und betrachtete seine Stiefel. Ein Großteil der gefühlsmäßigen Aufwühlung, welche die Neuigkeit von Nigels Erkrankung bei ihm hervorgerufen hatte, war vorerst von ihm verdrängt worden, denn solange Nigel nicht wirklich tot war, bestand Grund zur Hoffnung; dennoch hatte die Tragweite dieses neuen Unheils – nach dem Verlust schon Kelsons und Dhugals – ihn noch näher an den Rand vollkommener Ermattung gerückt. Er bedeckte beide Hände mit den Augen, wiederholte den Zauber wider das Müdesein, sich darüber im klaren, daß er es nicht mehr lange so treiben konnte, dann richtete er den Blick schlaff auf Duncan, dem es kaum besser erging. Sie wußten beide, daß sie sich nun mit Arilan über Angelegenheiten, welche nicht für menschliche Ohren bestimmt waren, zu verständigen hatten.

»Wir danken für den sachkundigen Vortrag, Pater«, sprach Duncan zu Lael. »Wahrscheinlich möchtet Ihr Euch jetzt zurück an des Kranken Seite begeben.«

»Natürlich, Exzellenz. Solltet Ihr meiner bedürfen, braucht Ihr mich nur zu rufen.«

Sobald Lael fort war, wandte sich Duncan an Arilan. Er hatte das Gefühl, Arilan wüßte genau, welcher Gegenstand zur Sprache gelangen würde. »Tscha, und was nun?« fragte Duncan leise. »Ganz offensichtlich erheben sich aus der gegenwärtigen Lage äußerst schwierige Fragen in bezug aufs Haldane-Erbe. Als wir in Rhemuth eintrafen, Denis, kamen wir mit der Bereitschaft, Nigel die volle Verfügungsgewalt über seine Magie-Macht zu verleihen. Das jedoch ist eindeutig unmöglich, wird sich vielleicht niemals machen lassen. Hat der Camberische Rat dazu eine Meinung?«

Bevor Arilan zu antworten vermochte, ließ Morgan ein Schnauben vernehmen und verschränkte auf dem Brustkorb die Arme. »Freilich hat er dazu eine Meinung. Wann wär's jemals so gewesen, daß der Camberische Rat zu einer Sache keine Meinung gehegt hätte, ganz gleich, ob sie ihn etwas schert oder nicht?«

»Mich dünkt's, Unverschämtheiten sind schwerlich angebracht«, entgegnete Arilan mit fester Stimme. »Ich verzeihe sie Euch, dieweil mir bekannt ist, welche Mühsal und welches Maß an Kümmernis Ihr auszuhalten habt. Doch wie's sich ergibt, nimmt die Frage der Übertragung besagter Haldane-Magie für den Rat höchste Bedeutung ein – und in der Tat, er hat dazu eine Meinung. Es ist sein Wunsch, daß Conall in seinem Anspruch als Erbe der Haldanes bestätigt und er mit der vollständigen Macht über die Haldane-Magie ausgestattet wird, auch wenn er nicht zum König gekrönt werden kann, solange Nigel lebt.«

Ein Keuchlaut entfuhr Duncan. »Aber ist derlei durchführbar, während Nigel noch lebt? Außerdem ist Nigel bereits im Vollbesitz der Magie-Kräfte.«

»Ja, doch ist er nun nicht dazu fähig, Kelsons Erbe anzutreten, und ebensowenig dazu imstande, sein Erbe an jemanden weiterzureichen. Es dürfte ein heikles Vorgehen sein, das gestehe ich zu, doch ist's unsere Ansicht, daß es möglich sein müßte, Nigel dessen zu entledigen, was ihm an Magie-Macht bereits zugeeignet ward, und es auf Conall zu übertragen. Selbstverständlich würde diese Vorgehensweise es Nigel verwehren, sich jemals die Krone aufs Haupt zu setzen, *sollte* er wieder genesen. Aber Ihr habt Laels Erläuterungen vernommen. Auf Nigels Gesundung gibt's kaum eine Aussicht.«

Erneut schnob Morgan. »Halb will's mich verwundern, daß der Rat diese Gelegenheit nicht nutzen mag, um den Mißstand zu beheben, sollte man sich an Nigels Verstocktheit stören«, sagte er halblaut. »Ein Kissen, einem Wehrlosen aufs Angesicht gedrückt, hat schon so manches lästige Hindernis aus dem Wege geschafft ... Dergleichen dürfte nach des Rates Geschmack sein. Und es würde ihm das Wirken und alle seine Umtriebe wesentlich erleichtern, oder nicht?«

»Wähnt Ihr nicht, daß das allzu harte Vorwürfe sind?« hielt ihm Arilan entgegen.

»Eigentlich nicht.« Morgan wandte sich halb ab, verklammerte auf dem Rücken die Hände, schaute hinaus durch ein nahes Fenster. »Wie ist in der gegenwärtigen Lage Conalls Standpunkt? Ist er dazu geneigt, seines Vaters Los zu vergessen, allein um des edlen Rates Vorstellungen darüber, wie eine Übertragung der Haldane-Magie in der empfehlenswertesten Art und Weise vollzogen werden sollte, Genüge zu tun?«

»Tatsächlich ist's so«, antwortete Arilan und stemmte die Fäuste in die Hüften, »daß Prinz Conall eher als einer von Euch zweien der Sachlage Rechnung zu tragen bereit ist. Immerhin naht sich der April. Sollten Gwynedds Feinde sich dafür entscheiden, die Tatsache, daß die Thronfolge wankt, zu ihrem Vorteil auszunutzen, dürfte uns sicherlich ein ganzer Sommer des Kampfes bevorstehen. Und als Regent ist Conall derjenige, welcher dann die Folgen der Entschlüsse zu tragen hat, welche Männer wie wir drei innerhalb der nächsten paar Tage fällen.«

»Conall und König, nur dem Titel nach noch nicht«, äußerte Morgan im Flüsterton, schüttelte das Haupt und rieb sich von neuem die Augen. »Was denn, mir wollen sich die Haare sträuben!«

»Er *ist* Nigels Sohn«, rief Duncan ihm in Erinnerung, »und König Donal Blaines Enkel!«

»Und ein überaus unreifes Früchtchen«, gab Morgan zur Antwort. »Ich weiß es mit Gewißheit. Während der Anfänge des Feldzugs im vergangenen Sommer hat er Kelson und mich begleitet. Auch habe ich keineswegs beobachten können, daß er seither in erheblichem Maß reifer geworden wäre. Ein Kind zu zeugen, macht einen Flegel noch längst nicht zum Mann.«

»Ein Kind?« Arilan schnitt eine finstere Miene. »Mir ist von einem Kind nichts bekannt.«

Duncan seufzte und schüttelte sein Haupt. »Soviel ich weiß, ist's noch nicht geboren«, erläuterte er mit verhaltener Stimme. »Des Hofes Fama will wissen, daß die Geburt gegen des Sommers Ausklang fällig sein soll. Die Mutter ist ein Landweib. Sie haust um etwa einer Stunde Ritt von der Stadt entfernt.«

»Hmmm«, machte Arilan, strich sich mit der Hand über das schmale Kinn. »Er ist doch wohl nicht hingegangen und hat die Dirne geehelicht oder irgendeine vergleichbare Torheit angestellt, wie?«

»Nein.« Duncan schob die Finger ineinander. »Sie ist lediglich eines Prinzen Buhle ... nach allem, was an meine Ohren drang, seit fast einem Jahr. Er mag ja unreif sein, Denis, aber er ist kein Dummkopf. Auch ihm ist vollauf klar, daß er seine Hand allein einer Prinzessin oder Edeldame, welche seines königlichen Blutes wert und würdig ist, zur Vermählung reichen kann.«

»Er muß eine solche Gattin so eilends wie möglich ausfindig machen, da denn demnächst ein Bankert das Licht der Welt erblicken wird. Wir dürfen nicht dulden, daß es um die Thronfolge, wenn er erst einmal sowohl *de facto* König ist, wie auch dem Titel nach, zu irgendeinem Zwist um die rechtmäßige Thronfolge kommt.«

»Grundgütiger Herrgott, noch ist ja Nigel nicht einmal tot!« schalt Morgan mit gedämpfter Stimme. »Könnt Ihr dem armen Jüngling nicht seinen Frieden lassen? Es bleibt Zeit genügsam, um für ihn eine Gemahlin zu finden. Wir haben ja auch Kelson die erforderliche Frist zugestanden. Ist's nicht arg genug für ihn, daß er die Herrschaft antreten muß, derweil Nigel noch lebt?«

»Die Frage des Erbes ist von höchlichster Gewichtigkeit«, stellte Arilan in eisigem Tonfall fest. »Doch im Fall Ihr ein solches Verfahren vorzögt, lassen sich Maßnahmen einleiten, um zu sichern, daß Conalls Bankert niemals geboren wird.«

Diese Drohung rüttelte Morgan auf, denn er besaß darüber Klarheit, daß Arilan, wenn es sein mußte, zu so etwas fähig war, es auch täte. Und als er Duncan anblickte, dessen Mine der Fassungslosigkeit sah, erkannte er, daß auch Duncan an Arilans Entschlossenheit keine Zweifel hegte. Offenbar war ferneres Streiten sinnlos. Morgan wußte, daß weder er über die Mittel und Möglichkeiten gebot, um sowohl Arilan wie auch dem Rest des Camberischen Rates noch Duncan zu trotzen. Er seufzte auf und spreizte die Hände zu einer Geste der Zustimmung.

»Nun wohl, Bischof. Ihr habt gewonnen.«

19

Wasser, das gestohlen ist, schmeckt süß, und heimlich angeeignet Brot schmeckt gut!

SPRÜCHE 9,17

Vier Tage später erfuhr Conall, wie sein Schicksal beschaffen sein sollte. Im Rahmen eines vertraulichen Gesprächs in Erzbischof Cardiels Arbeitszimmer setzte Arilan ihn davon in Kenntnis, daß Conalls Magie-Zeremoniell zwei Abende später stattfinden sollte. »Der Ritus wird unter der Leitung Morgans und Duncans vollzogen werden, so wie's ursprünglich für Nigel vorgesehen war«, teilte Arilan ihm mit, »aber ich werde gleichfalls zugegen sein. Das Verfahren wird ein wenig schwieriger und umständlicher als für gewöhnlich vonstatten gehen, dieweil Euer Vater noch unter den Lebenden weilt, doch dürftet Ihr deshalb schwerlich besondere Mißhelligkeiten zu erdulden haben.«

Diese letztere Zusicherung Arilans tat indessen wenig, um Conalls Unbehagen zu lindern, denn er war sich vollauf dessen bewußt, wie weitgehend er sich den Deryni ausliefern mußte, um an die Verfügungsgewalt über seine Haldane-Magie zu gelangen. Eine sorgfältige Prüfung des Wissens, das er Tiercels Gedächtnis entrissen hatte, verwies darauf, daß die Teilnahme am Magie-Ritual alle die Fähigkeiten, welche er sich dank der Lehren Tiercels sowie aus eigenem Ehrgeiz angeeignet hatte, in der Hauptsache verstärken und erweitern würde, doch mußte er dazu imstande sein, in der erforderlichen richtigen Art und Weise mitzuwirken. Für ihn stand nunmehr im Vordergrund die Frage, ob es ihm gelingen konnte, seine bisherigen Errungenschaften lange genug verdeckt zu belassen, so daß sie mit der Gesamtheit seiner künftigen neuen Macht verschmolzen. Sobald das Magie-Ritual abgeschlossen war, bestand auf jeden Fall – auch wenn sich bis dahin nichts Auffälliges mehr ereignete – die Möglichkeit, alles zu einem Bestandteil der Haldane-Magie zu erklären, was er schon jetzt an Kunstfertigkeiten zu Gebote hatte; zudem kamen Haldanes ohnehin selten in die Verlegenheit, sich für irgend etwas rechtfertigen zu müssen.

Bis es jedoch soweit war, mußte er noch zwei Tage lang ausharren. Abgesehen von gewissen Vorbereitungen am Tage des Zeremoniells selbst – vorwiegend Besinnung und Fasten –, brauchte er sich keinen sonderlichen Anforderungen zu beugen.

Allerdings verlangte man von ihm – anscheinend gab Vanissas Schwangerschaft den Anlaß ab – eine klare Regelung der Erbfrage. Arilan hatte unverhohlen die Forderung erhoben, daß Conall in seiner Eigenschaft als erstrangiger Haldane-Erbe so schnell wie nur möglich ein taugliches Weib zur Gattin nehmen und einen rechtmäßigen Thronerben zeugen sollte. Der Bischof hatte keine richtiggehenden Drohungen geäußert, doch Conall verstand durchaus, daß jedes Säumen seinerseits für Vanissa und ihr ungeborenes Kind zur Gefahr gedeihen möchte.

Darum zerbrach sich Conall keineswegs in stärkerem Maße den Kopf, aber auf seine Weise nahm er sehr wohl Anteil am Schicksal jener Maid. Er blieb so unbekümmert, weil er die Überzeugung hegte, daß seine von ihm erkorene Braut, ob sie darüber Klarheit hatte oder nicht, unzweifelhaft längst die seine war; inzwischen hatte nämlich – just am Vortag – ein insgeheim Beauftragter Conalls das Schreiben Rothanas an Erzbischof Cardiel abgefangen und es in einen Stapel Schriftstücke geschoben, welche dem Erzbischof bereits vorlagen und seiner Beachtung harrten.

Deshalb bat er, als die Aussprache mit Arilan beendet war, um eine Unterredung mit dem Erzbischof. Arilan entfernte sich, und gleich darauf kam – ein wenig verwundert über des Prinzen Wunsch, ihn unter vier Augen sprechen zu dürfen – Cardiel herein. Pflichtgetreu küßte Conall des Prälaten Ring, nutzte diese Gelegenheit der körperlichen Berührung, um unbemerkt zwischen sich und dem Erzbischof ein geistiges Band zu flechten, das bestehen blieb, auch nachdem Conall von Cardiels Hand abgelassen hatte.

»Ihr wünscht ein Wort mit mir zu wechseln, Eure Hoheit?« meinte Cardiel, nahm hinter seinem Schreibpult Platz und bot Conall mit einer Gebärde einen Stuhl vor dem Pult an.

»So ist's, Exzellenz.« Geziert setzte sich Conall auf die vordere Stuhlkante. »Ich ... äh ... bin des Glaubens, daß Ihr eine Zuschrift der Edeldame Rothana empfangen haben müßt. Verhält's sich so?«

»Von Rothana?« Überrascht hob Cardiel die Brauen. »Nicht daß ich davon wüßte. Betrifft selbiges Schreiben Euch?«

Indem er Unruhe mimte, verklammerte Conall die Finger ineinander, spielte am silbernen Siegelring an seiner Linken. »Ich ... ähm ... Ja, in der Tat, Herr Erzbischof. Sie ...« Er verstummte, als empfände er Befangenheit; dann schaute er mit hoffnungsvoller Miene zu Cardiel auf. »Sie vertraute mir an, sie wolle um Entbindung von ihren vorläufigen Gelöbnissen ersuchen, Exzellenz«, sprach er mit leiser Stimme. »Ich wähnte mit Sicherheit, Ihr hättet ihr Gesuch mittlerweile erhalten.«

»Ein Gesuch um Entbindung?« Cardiel wühlte in den Urkunden und Schriftstücken, welche auf seinem Pult angehäuft lagen; flüchtig erstarrte er in seiner Haltung, zog sodann ein einzelnes Blatt hervor. »Gott im Himmel, fürwahr, da *ist's.*« Seine blauen Augen weiteten sich, während er das Schreiben flugs durchlas. »... meiner Berufung ungewiß ... Befreiung von meinen ohnedies lediglich nur vorläufigen Gelübden ... Entlassung aus dem geistlichen Stand ...« In freudiger Verdutztheit hob er den Blick, sah Conall an, sich nicht im entferntesten dessen bewußt, daß das Vergnügen, welches ihm das Anliegen bereitete – mitsamt allen Folgerungen, wie sie sich daraus ableiten ließen –, ein Empfinden war, das Conall bei ihm erzeugte und nährte. »Lieber Gott, das ist ja *wahrlich* eine Überraschung. Sie nennt keine Gründe für ihr Anersuchen, doch darf ich unterstellen, da Ihr an dieser Sache Interesse zeigt, daß Ihr und sie ...?«

Zum Andeuten einer Bestätigung duckte Conall wie in einfältiger Schüchternheit das Haupt. »Ich weiß, es wird für viele eine Überraschung bedeuten, Exzellenz, doch wurden die Grundfesten zu dieser Vereinigung schon vor nahezu einem Jahr gelegt, derweil ich ihr vom Kloster St. Brigid nach Rhemuth das Geleit gab. Seit meiner Rückkehr indes widerstrebte es ihr, von derlei Dingen Rede zu führen, dieweil sie's als ungebührlich erachtete, solche Fragen zu bereden, während wir um Kelson trauern, doch neige ich nunmehr zu der Ansicht, sie davon überzeugt zu haben, daß keine Zeit vergeudet werden darf. Weil ich ja nun Regent bin – und leider, o weh!, wohl auch König sein werde, bevor das Jahr herum ist –, betrachte ich's als meine Pflicht, für Gwynedd so rasch wie möglich einen Erben zu zeugen.«

»Aha, ja«, meinte Cardiel, ließ in gelindem Vorwurf erneut die Brauen in die Höhe rutschen. »Einen *rechtmäßigen* Erben.«

Conall brachte so viel Anstand auf, sich zumindest wie ein Ertappter zu stellen. »Ach, Ihr habt von Vanissa vernommen.« Als Cardiel reichlich schroff nickte, beschloß Conall, es sei am vorteilhaftesten, jetzt mit dieser Sache ein für allemal reinen Tisch zu machen. »Ich habe Ihr keinerlei Versprechungen gemacht, Herr Erzbischof«, sprach er mit fester Stimme, »sollt's etwa selbige Erwägung sein, welche Euch bekümmert. Natürlich habe ich für ihren und des Sprößlings Unterhalt Sorge getroffen, aber einer Vermählung zwischen Rothana und mir steht ganz und gar nichts im Wege.«

Zum Glück wich angesichts dieser Beteuerung seines

Verantwortungsbewußtseins Cardiels Unmut in erheblichem Maße, so daß Conall nicht nachdrücklicher einzugreifen brauchte. »Ich verstehe, Hoheit«, versicherte Cardiel. »Ei nun, mich will's deuchen, die Mehrheit aller Prinzen und Fürstensöhne säen ein paar wilde Früchte, bevor sie eine endgültige Bindung eingehen. Kelson war in dieser Hinsicht eine Ausnahme. Aber ich erwarte von Euch, mein Sohn, daß sich nichts dergleichen wiederholt, wenn Ihr erst einmal vermählt seid. Ich vermag die Bedeutsamkeit einer unangefochtenen Thronfolge gar nicht zur Genüge hervorzuheben.«

»Ich kenne meine Pflichten, Exzellenz«, antwortete Conall leise und mit gesenktem Blick. »Ich gedenke mit Weibern wie Vanissa nicht länger Umgang zu pflegen. Unterdessen wollte ich's begrüßen, könnte die Vermählung innerhalb möglichst kurzer Frist stattfinden. Ich ... ich glaube, mein Vater tät's so wünschen.«

»Ein verständliches Begehren«, entgegnete Cardiel. »In kaum mehr denn zwei Wochen wird die Fastenzeit vorüber sein, so daß ...«

»Ich würd's vorziehen, bräuchten wir nicht so lange zu warten, Herr Erzbischof«, unterbrach Conall ihn, übte erneut einen sehr feingeistigen und daher unmerklichen Einfluß auf ihn aus. »Ehe wir uns versehen, werden meine Feinde sich wider mich erheben. Darum muß mein Anrecht auf die Krone außerhalb jedweden Zweifels stehen. Es sind keine übermäßig prunkvollen Feierlichkeiten nötig. In Anbetracht der Umstände dünkt mich wahrlich eine kleine stille Hochzeitsfeier – etwa im Kreise der engsten Sippschaft – am angemessensten. Gewißlich könnt Ihr die erforderlichen Ausnahmen gewähren.«

»Ja freilich.«

»Zunächst jedoch wüßte ich's zu würdigen, wenn Ihr Rothanas Gesuch um Befreiung von ihren vorläufig geleisteten Gelübden stattgebt«, sprach Conall, schob Cardiel den Brief unter die Nase, ja drückte ihm gar den

Federkiel in die Hand. »Vorerst dürfte wohl ein schlichtes *Placet* genügen, wenn Ihr daneben Euer Siegel setzt und dazu vermerkt, daß ein schriftlicher Bescheid nachfolgt. Dann vermag ich Rothana noch heute mit dieser Nachricht aufzusuchen, und währenddessen, wenn ich fort bin, mögt Ihr in aller Ruhe ein förmliches Schriftstück abfassen.« Ohne dem Ansinnen auch nur die geringsten Bedenken entgegenzubringen, setzte Cardiel die Schreibfeder aufs Pergament, kritzelte erst das Wort *Placet* – »Wenn's beliebt« –, danach den Vermerk *Mandatum diliget* – »Anweisung folgt« – aufs Blatt. Anschließend unterschrieb er und drückte unter die Unterschrift sein Siegel, lehnte sich zuletzt wie in schönster Zufriedenheit zurück, derweil Conall aufs Wachs pustete, um es abzukühlen, bevor er sich das Schreiben ins Wams steckte. »Außerdem wäre ich Euch in der gesamten Angelegenheit für das vollständigste Stillschweigen dankbar«, äußerte Conall sodann, als er sich zu gehen anschickte. »Daher wüßt ich's zu schätzen, würdet Ihr – abgesehen vom unumgänglichen Gespräch mit Rothanas Äbtissin – mit niemandem darüber reden, bis ich dazu die Gelegenheit erhalte, die beabsichtigte Vermählung selber im Kronrat bekanntzugeben. Das wird an einem Zeitpunkt im Anschluß ans nächste Wochenende geschehen, nachdem ich in jeglicher Hinsicht in mein Erbe eingesetzt worden bin.«

Aufgrund des magischen Nachdrucks, welchen Conall ihnen verlieh, besaßen seine Wünsche die Gewalt eines Befehls, doch bei Berücksichtigung der heiklen Lage konnten seine Vorstellungen durchaus nicht als ungewöhnlich bewertet werden. Ebenso beeinflußte zwar Conall des Erzbischofs Wille, aber Cardiels Einwilligung entsprach sehr wohl den Eigenschaften seines Gemüts. Längst war die Frage einer alsbaldigen Eheschließung des nächsten Haldane-Erben – zumal Conall inzwischen Regent war – unter sämtlichen hochgestellten Höflingen und Hofbeamten des Rhemuther

Königshofes ein Gesprächsstoff oder würde es binnen kurzem sein. Der einzige Umstand, welcher womöglich Grund zum Hinterfragen bot, war die anscheinmäßige Plötzlichkeit von Rothanas Gesuch. Darum rührte Conall kurz an Cardiels Stirn, flüsterte ihm vermittels geschwinder geistiger Einwirkung deutliche Erinnerung an ein von Conall vor seinem Ritterschlag abgelegtes Bekenntnis – anläßlich einer Beichte, wie man sie von einem Anwärter auf die Ritterschaft erwartete – seiner zärtlichsten und hingebungsvollsten Liebe zu Rothana sowie eine Cardiel vorgetragene Bitte ein, ihm bei der Gewinnung von Rothanas Hand als Leitstern beizustehen. Und ebenso würde sich Cardiel nun daran entsinnen, daß er – wie er es wahrhaftig, wäre er gefragt worden, geraten hätte – bis auf weiteres zur Besonnenheit gemahnt habe, dieweil jene Dame ja doch immerhin schon Christus anverlobt sei, und Conall aus ganzem Herzen seine Unterstützung zugesagt, würde selbige Dame ihn um Lossprechung von jenen Gelübden ersuchen.

Als Conall, nachdem er für sein Unterfangen des Erzbischofs Segen empfangen hatte, Cardiels Arbeitsgemach verließ, geschah es in der Auffassung, daß nicht einmal Arilan hinter dem, was sich soeben ereignet hatte, die Wahrheit ergründen könnte. Im übrigen würde der Deryni-Bischof erst gar keinen Anlaß zum Zweifel an der Richtigkeit und Tadellosigkeit der Vorgänge haben. Conall pfiff verhalten vor sich hin, derweil er zurück zur Königsburg ritt, begleitet vom Knappen Ivo, den er in seine Dienste übernommen hatte, ähnlich wie er sich in Bälde die Krone aufs Haupt setzen und die auserwählte Braut zum Eheweib nehmen zu können hoffte; des Erzbischofs schriftliches Einverständnis barg er sicher an der Brust.

In der Königsburg angelangt, entschied der Prinz, es sei empfehlenswert, nunmehr eilends für das, was er im Sinn hatte, auch Rothanas Einwilligung einzuholen. Er mußte also ohne Verzug mit ihr reden; um dagegen vorzubeugen, daß man ihre Unterhaltung unterbrach oder störte, beschloß er, sie diesmal zu *sich* kommen zu lassen. Nachdem er seines Vaters Krankenlager einen kurzen Besuch abgestattet und gemeinsam mit der Mutter ein stilles Abendmahl verzehrt hatte, begab sich Conall in eines der Beratungszimmer hinter der Empore des Burgsaals und schickte Ivo mit dem Auftrag zu Rothana, sie zu ihm zu bitten. Um die Hälfte einer Stunde fand sie sich ein; sie trug noch schwarze Trauerkleidung und war magerer, als Conall sie in Erinnerung hatte. Des Anstands halber ließ sie vor der Tür eine andere Nonne warten.

»Ihr habt den Wunsch geäußert, mit mir zu sprechen, Herr?« meinte Rothana, neigte in gelinder Neugierde das vom blauen Schleier verhüllte Haupt seitwärts, indem sie vor Conall einen artigen Hofknicks vollführte.

»Wie wahr«, äußerte Conall zur Entgegnung, forderte sie mit einem Wink dazu auf, neben ihm auf der Sitzbank vorm Kamin Platz zu nehmen. »Ich bitte Euch, setzt Euch an meine Seite.« Während Rothana gehorchte, faltete sie in den Ärmeln die Hände, beließ den Blick züchtig gesenkt, derweil Conall die mit Stiefeln bekleideten Füße näher ans Feuer streckte und ein Aufseufzen tiefer Müdigkeit ausstieß. »Seit wir uns das letzte Mal unterhielten, hat sich vielerlei gewandelt, meine Dame«, sprach Conall nach kurzem Schweigen. »Zweifellos habt Ihr von dem Anfall vernommen, welcher meinen Vater fällte.«

»Ja, das habe ich, Gebieter«, erwiderte Rothana. »Wir beten täglich für ihn, aber wie uns zu Ohren kam ...«

»Was Euch zu Ohren gekommen ist, entspricht gewißlich der Wahrheit«, sprach Conall in beherrschtem Ton. »Es steht schlecht um ihn. Habt meinen Dank für Eure Gebete, doch ...« Er zuckte die Achseln, tat so, als schüttele ihn ein Beben des Grams, stützte das Haupt schwer in seine Hand. »Verzeiht mir, meine Dame. Ich fühle mich allzu hilflos diesen harten Schicksalsschlägen ausgeliefert. Erst Kelson, und nun siecht mein Vater dahin ...«

Rothana kehrte ihm ihres Antlitzes Seitenansicht zu, starrte wie eine Blinde an Conalls Stiefeln vorbei ins Feuer. »Es heißt, er wird den Sommer nicht überleben«, sagte sie leise. »Ist er verschieden, werdet Ihr König sein. Man erzählt, Ihr seid bereits Regent.«

Bedächtig nickte Conall, wagte kaum zu glauben, daß sie von sich aus das Gespräch auf genau jene Angelegenheiten lenkte, welche er mit ihr zu bereden begehrte. »Ich bin Regent, meine Dame, und ich werde König sein. Dennoch fühle ich mich noch nicht hinlänglich darauf vorbereitet, mir solcherlei Bürden auf die Schultern zu laden. Habt Ihr ... erwogen, was schon zwischen uns Gegenstand eines Meinungsaustauschs war?« Als Rothana das Haupt drehte um ihn anzuschauen, die Augen geweitet und voller Bangigkeit, rutschte Conall von der Sitzbank und kniete zu Rothanas Füßen nieder, raffte vom Fußboden den Saum ihres Gewands auf und drückte ihn sich aufs leidenschaftlichste an die Lippen, und obzwar er gewähnt hatte, er sei Herr der Lage, fing er nun wirklich und wahrhaftig zu zittern an. »Ich liebe Euch, Rothana«, raunte er. »Und was für einen König mindestens ebenso bedeutsam ist: Ich *brauche* Euch. Ich bedarf Eurer an meiner Seite, auf daß Ihr mir dabei helft, über Gwynedd zu herrschen. Ob ich ohne Euren Rückhalt und Euren Rat eine solche Last zu tragen vermag, weiß ich fürwahr nicht zu sagen.«

»Ihr könntet lernen, ein anderes Weib zu lieben«, flüsterte Rothana, entzog ihm des Gewandes Saum, jedoch mit dem Ergebnis, das er ihre Hand packte und ihr auf die Fingerknöchel einen Kuß gab. »Es gibt ... zahlreiche edle Damen, welche es als höchste Ehre betrachteten, Euch die Hand zur Vermählung zu reichen.«

»Aber keine ist Euch vergleichbar, meine Dame«, gab Conall zur Antwort. Er drehte Rothanas Hand um und küßte die Handfläche. »Ich bin ein Haldane, doch nie ward ich darauf vorbereitet, einstmals König zu werden. Nun *bin* ich König, außer dem Titel nach. Binnen weniger Tage werde ich Meister der ganzen Machtfülle sein, welche einem Haldane-König zu Gebote steht – und ich ahne ja nicht einmal im entferntesten, auf welcherlei kluge und weise Art sie zum Wohle des Reiches genutzt werden könnte. Ihr jedoch seid eine Deryni. Ihr vermöchtet mich zu unterweisen. Und unsere Kinder ...«

»Meine Kinder ...« Ein Schluchzen erstickte in Rothanas Kehle, und sie neigte das Haupt, legte es in die freie Hand. Sie weinte um Kelson. Conall verspürte eine heftige Anwandlung des Neids, doch verdrängte er dieselbe sofort aus seinen Empfindungen, dieweil sie ihm nicht im geringsten hilfreich wäre. Kelson war tot; dagegen war er, Conall, am Leben, er konnte die Früchte ernten, welche einem Haldane zustanden. Deshalb durfte er sich getrost Nachsicht leisten.

»Ihr habt Kelson geliebt, nicht wahr, Rothana?« meinte er mit gleichmäßiger Stimme. »Und Ihr dachtet, Eure Kinder würden auch seine Kinder sein.« Für eines Herzschlags Dauer schwieg Conall. »Ich glaube zu verstehen, wie sehr Ihr's Euch ersehnt habt, jedoch kann's nun nimmer Wahrheit werden. Was allerdings wahr werden *kann,* ist etwas durchaus ganz ähnliches ... wobei das meiste sehr wohl vollauf dergestalt wäre, als sei Kelson noch am Leben.«

»Es könnte niemals das gleiche sein«, vermochte Rothana zu flüstern.

»Doch kann's so sein«, säuselte Conall in schmeichlerischem Ton. »Ihr hattet Eure Pläne, Rothana ... und's gibt durchaus keine Ursache, wenn Ihr nun statt Kelson mich zum Gemahl nehmt, weshalb diese Pläne nicht zum Großteil Wahrheit werden sollten. Ihr könnt die

Deryni-Königin Gwynedds werden – mit allem, was ein solcher Aufstieg an Folgen hat –, in einen unanfechtbaren Rang geraten, eine Stellung, in welcher 's Euch möglich wäre, das Los des Volkes zu bessern ... *unseres* Volks. Ihr vermöchtet Einrichtungen des Glaubens zu gründen, all die besonderen, eigentümlichen geistigen Gaben, welche die Deryni allem Anschein nach besitzen, zu erforschen, vielleicht findet Ihr gar einen Weg, um im Reich der Verehrung Sankt Cambers wiedereinzuführen, wie's Kelson wünscht. Und Ihr wäret die Mutter von Haldane-Prinzen und -Prinzessinnen ... Ich verspüre den Wunsch nach recht zahlreichen Kindern, meine Liebste. Glaubt Ihr nicht, daß Ihr, wenn Ihr mich gegenwärtig vielleicht auch nicht liebt, doch lernen könnt, mich zu lieben?« Erneut drückte er ihr einen Kuß in die Handfläche, strich ganz flüchtig mit der Zunge über die sanfte Haut, um eine Zärtlichkeit anzudeuten, und er fühlte, wie Rothana erbebte. Und mittels eines überaus behutsamen geistigen Tastens, vollführt aus dem Schutz seiner aufs Zweifache verstärkten Geisteswehr, entdeckte er, daß sich Rothanas Geisteswehr im vollständigen Wirrwarr befand, dieweil sie anscheinend keinen Anlaß dazu sah, sich im geistigen Bereich wider ihn abzuschirmen. Anders hingegen verhielt es sich mit ihrem Körper. Conall erkannte, daß Rothana leidenschaftlich auf seine Berührungen und Schmeicheleien ansprach und daß dies Geschehen sie ungemein verstörte. Sie befürchtete nicht, er könnte die Lage zu seinem Vorteil ausnutzen – obwohl sie diesbezüglich Sorge hätte empfinden sollen –, jedoch gelang es ihr nur mit äußerster Mühe, ihres Fleischs Gelüste zu bezähmen. Es ärgerte Conall, als er sah, daß sie seine mit Kelsons Berührungen verglich, aber gleichzeitig ermutigte es ihn, daß dieser Vergleich zu seinen Gunsten ausfiel. »Ach, ich habe etwas vergessen«, sprach er und gab ihre Hand frei, griff unter sein Gewand und zog das Pergament hervor, welches ihm kurz zuvor Cardiel unterzeichnet hatte. »Heute morgen hatte ich eine Unterredung mit Erzbischof Cardiel, und er meinte, es möchte Euch angenehm sein, diesen Bescheid sogleich in Empfang zu nehmen, anstatt den üblichen Lauf der Dinge abzuwarten und ihn erst in ein, zwei Tagen zu erhalten.«

Rothana erbleichte, als er ihr das Schriftstück aushändigte, ihre Hände zitterten, während sie das steife Pergament entrollte, die wenigen Worte las, welche Cardiel darauf vermerkt hatte. »Ich werde meiner Gelöbnisse enthoben«, raunte sie mit ausdrucksloser Stimme. »Warum hat er diese Mitteilung Euch mitgegeben?«

»Dieweil ich ihm anvertraute, daß ich Euch zur Gemahlin zu nehmen gedenke.«

»Das … habt Ihr ihm kundgetan?« Langsam zerknitterte sie das Pergament an ihrem Busen, derweil sie ins Feuer starrte, ihr Tränen in die Augen quollen; sie leistete keine Gegenwehr, als Conall ihr das Schriftstück aus der Hand nahm und neben ihr auf die Sitzbank legte; ebensowenig wich sie vor ihm zurück, als er von neuem ihre Hand ergriff, sie zwischen seinen beiden Händen barg und voller Verlangen zu Rothana aufschaute.

»Willigt in unsere Vermählung ein, Rothana«, drängte Conall sie im Flüsterton und versuchte mit seiner Seele wie auch mit Stimme und Körper soviel Schmachten und Sehnen zu übermitteln, wie er wagte. »Seid meine Königin und mein liebster Schatz. Nichts steht Euch nun noch im Weg. Ihr seid frei und dürft nach Gutdünken handeln.«

Betrübt schüttelte Rothana das Haupt. »Nein, Gebieter, frei bin ich nicht. Ich bin so sehr Gefangene der Pflicht, wie Ihr Gefangener Eurer Pflicht seid. Und's mag sein, daß meine Gefangenschaft schwerer wiegt, dieweil ich zu dem, was ich bin, erzogen ward, während Ihr Eure Herrscherpflichten erst vor kurzem übernommen habt.«

»Und ist denn Gwynedd ein so schauderhafter Kerker?« fragte Conall. »Wäre ich für Euch ein allzu abscheulicher Kerkermeister?«

»Es ... So verhält es sich keineswegs, Herr, wie Ihr sicherlich wißt. Es ist nur ... es ist *so bald.*«

»Was dies anbetrifft, so teile ich Euren Kummer, geliebtes Herz«, stimmte Conall ihr zu. »Viel zu früh ist's für die Bürden, welche *mir* aufgelastet werden, jedoch bleibt uns bisweilen keine Wahl. So Ihr dazu die Bereitschaft habt, selbige Bürden mit mir zu teilen, vermögen wir aus unserem Kerker einen Palast zu machen, das verspreche ich Euch. Wir wollen der prachtvollste König und die prächtigste Königin sein, welche jemals über dies ruhmvolle Königreich herrschen werden, ich will Euer Herr und Liebhaber sein, allein noch leben, um Euch glücklich zu machen.« Derweil er diese Worte sprach, senkte er sein Haupt in Rothanas Schoß, schlang die Arme um ihre Hüften; und nach einem Weilchen hob er, als sie ihm keinen Widerstand leistete, das Haupt, streifte mit den Lippen ihre Brüste. Da stöhnte Rothana auf, sie schloß die Lider, und selbst durch die rauhe Wolle ihres Gewandes konnte er spüren, wie ihr Leib nach ihm verlangte. Diese Feststellung trieb ihn auf die Füße, er zog Rothana mit sich hoch, umarmte sie und preßte ihr den Mund auf die Lippen. Nach einiger Herzschläge Dauer schob er ihr, als sich ihre Lippen unter seinem Kuß teilten, den Schleier vom nachtschwarzen Schopf, löste dabei den Zopf aus der Befestigung, so daß die üppige Haarpracht sich über ihren Rücken ergoß und ihr Gesäß umwallte, wohin ihr Conalls Hand folgte. Tief aus Rothanas Kehle drang leise ein Wimmern, doch Conall ließ nicht locker, er riß sie mit sich zu stets wonnigeren Höhen der Erregung und Lust empor, während er sie unentwegt mit Küssen bedeckte. Zu guter Letzt dennoch von ihr abzulassen, so wie es Kelson an jenem Abend tat, als Conall ihn und Rothana im Schloßgarten beobachtet hatte, mutete Conall fast mehr zu, als er über sich zu bringen vermochte, denn Conall begehrte sie mehr denn je zuvor; doch der Wert einer jungfräulichen Braut edler Abkunft war für einen König – oder zukünftigen König – unermeßlich hoch, und Conall mochte keine Beeinträchtigung von Rothanas Ansehen und Ruf der Tugendhaftigkeit hinnehmen, wie sie, falls er sie sich nun an Ort und Stelle, in ihrem jetzigen Zustand der Schwäche, gefügig machte und sie es später bereute, wohl unvermeidbar einträte. Darum entließ er schließlich trotz der Überwindung, welches es ihn kostete, Rothana aus seiner Umarmung, wagte indessen noch immer kaum zu glauben, daß sie wahrhaft, ohne durch ihn irgendwelchem Druck oder Zwang unterworfen worden zu sein, ihr Einverständnis zu einer Vermählung gegeben haben sollte. Da erst besann er sich darauf, daß sie eigentlich noch gar nicht ihr Jawort gesprochen hatte. »Rothana«, flüsterte er, »*wollt* Ihr meine Gemahlin werden?« Doch als er in ihren Augen Unsicherheit erkannte, auch auf seelischer Ebene erkennbar ward, indem die innerliche Unentschiedenheit aus ihrem Gemüt über die in solche Unordnung gebrachten geistigen Schilde nach außen floß, küßte Conall sie erneut mit allem Nachdruck, zwängte seine Zunge begierig zwischen ihre Lippen, ließ den Kuß währen, bis er wähnte, er müsse schon dadurch allein zum allerhöchsten Lustgewinn emporgetragen werden. Er bebte, als er Rothana von neuem freigab, um ihr in die Augen zu schauen, und auch sie zitterte wiederum. Diesmal jedoch wich sie seinem Blick nicht aus, als er ihr tief in die braunen, noch von Tränen feuchten Augen sah. »Werdet meine Gemahlin, Rothana«, bat er erneut. »Ihr könnt unmöglich leugnen, daß zwischen uns eine *gewisse* wechselseitige Anziehung besteht.«

Indem sie erneut am ganzen Leib erbebte, als müsse sie alle Willenskraft aufwenden, um die Selbstbeherrschung zu bewahren, nickte Rothana. »Es sei«, antwortete sie so leise, daß Conalls Ohr es nicht vernehmen konnte.

»Sprecht lauter«, forderte er sie auf und grinste währenddessen aus ungläubigem Staunen wie ein Tölpel. »Sagt: Conall Haldane, ich will Euch zum Gemahl nehmen.«

Rothana brachte die feinste Andeutung eines Lächelns zustande und nickte noch einmal schwach. »Conall Haldane«, sprach sie, »ich ... werde Euch zum Gemahl nehmen.«

Daraufhin drückte er sie für eine ganze Weile fest an sich, atmete den schweren Duft des in ihr Haar geriebenen Duftwassers ein, verzichtete aber auf weitere Zärtlichkeiten, nachdem er nunmehr ihre Einwilligung bekommen hatte; endlich trat er zurück, murmelte kaum vernehmlich ein Wort des Dankes. Er nutzte die Zeitspanne, derer sie bedurfte, um ihre Gewänder zu glätten und sich wieder den Schleier übers Haupt zu ziehen, um seine innere Aufgewühltheit zu bändigen, sein Hochgefühl zu zügeln, und mit einer Reihe tiefer, wohlbemessener Atemzüge nötigte er auch sein Fleisch zur Mäßigung. Zwar würde er später, sobald er zu schlafen trachtete, dafür büßen müssen, doch war sein Erfolg diesen Preis sehr wohl wert. Die Verwirklichung all seiner Träume und all seines Begehrens lag nun in Reichweite, wenn er es schaffte, seine Ungeduld im Zaume zu behalten. Er mußte allein noch das für die kommende Nacht vorgesehene Magie-Ritual durchstehen, ohne sich zu verraten; danach stünde ihm alle Haldane-Macht rechtmäßig zu Gebote. Und sobald die entsprechenden Bekanntmachungen verlesen werden konnten, würden er und Rothana Hochzeit feiern.

Vorerst jedoch mußte er, bis die rechte Stunde kam, seine ehrgeizigen Bestrebungen noch für eine Zeitlang verheimlichen. Nachdem er Rothana ermahnt hatte, zu niemandem außer zu Cardiel über ihrer beider Anverlöbnis zu reden – dabei führte er die Gründe an, welche er schon Cardiel genannt hatte –, erteilte er ihr die Erlaubnis, sich zu entfernen, und als sie fort war, wartete er noch ab, bevor er sich auf den Rückweg in seine Gemächer begab, damit niemand auf die Idee kam, daß sie eine Weile mit ihm allein zugebracht hatte.

So geschah es denn in einer Stimmung der Selbstgefälligkeit und höchster Zufriedenheit, daß Conall Haldane seine Gemächer aufsuchte, um sich zumindest den Anschein der Besinnung und des Fastens zu verleihen, wie man sie ihm für die nächsten zwei Tage abverlangte; denn war Rothana erst einmal mit ihm vermählt und hatten Morgan sowie Duncan selber ihn in seiner Verfügungsgewalt über die Haldane-Magie bestätigt, dann vermochte ihm niemand noch zu trotzen. Ja wahrlich, er bezweifelte, daß sogar ein wiederauferstandener Kelson ihm die Stirn zu bieten vermöchte!

Allerdings glaubte er nicht im geringsten – nicht einen Augenblick lang –, daß Kelson noch leben könnte …

Aber *tatsächlich* lebte Kelson nach wie vor, obzwar man längst nicht behaupten konnte, daß er wieder voll und ganz er selbst gewesen wäre. Obschon er sich weit genug erholt hatte, um einigermaßen zügig einherwandern zu können, derweil er und Dhugal durch scheinbar endlose Höhlen humpelten, klagte er nahezu fortwährend über Schmerzen im Haupt, und die Erinnerung an die Art und Weise, wie er seine Deryni-Kräfte einzusetzen vermochte, kehrte ihm nicht zurück. Mittlerweile verfügte er wieder über hinlängliche körperliche Kräfte, um sich meistenteils aus eigenem Antrieb fortzubewegen – und das war mehr, als Dhugal manchmal von sich sagen konnte, dieweil sein Fußknöchel immerzu schmerzte, bei jedem Schritt –, und er aß, was Dhugal ihm reichte; doch es hatte den Anschein, daß dem König jegliches Verständnis der Lage fehlte, denn bisweilen verstrichen Stunden, während er und Dhugal sich vorwärtsschleppten, in deren Verlauf er kein Wort sprach.

Tage vergingen – wenigstens unterstellte Dhugal es, dieweil er, indem sich Stunde an Stunde reihte, ohne daß Tag und Nacht den Ablauf einer längeren Zeitspanne gekennzeichnet hätte, jedes Zeitgefühl verloren hatte –, und Dhugal fragte sich mit immer schwächerer, stets geringerer Hoffnung, ob überhaupt noch irgend jemand nach ihnen suchen mochte. Mehrere Male hatte er versucht, wenn er und Kelson rasteten, um zu essen und zu schlafen – kurz bevor er jedesmal in Schlummer der Erschöpfung sank –, mit seinen Geisteskräften über ihres unterirdischen Kerkers Begrenzungen hinauszutasten; doch nie hatte er den Eindruck gehabt, daß irgendwer seine Hilferufe vernahm.

20

Wer Schätze sich erwirbt mit trügerischer Zunge,
jagt nach dem Nichts, hinein in Todesschlingen.

SPRÜCHE 21,6

»Warum haben wir uns bloß dazu überreden lassen?« meinte Morgan, derweil die Abenddämmerung im Gemach immer finsterere Schatten warf, er und Duncan die letzten Kleinigkeiten ihrer Vorbereitungen für jenen Ritus erledigten, welcher Conall mit dem Vollbesitz der Haldane-Macht ausstatten sollte.

Duncan schenkte seinem Vetter einen Blick, in dem düstere Ahnungen zum Ausdruck kamen, während er umsichtig ein neues Scheit Brennholz ins Kaminfeuer schob; aber beide wußten sie, daß Morgans Frage inzwischen jeglichen wirklichen Sinns entbehrte. Im Laufe der vergangenen Woche war sie schon zu viele Male gestellt worden, derweil sie in aller Ausführlichkeit besprochen hatten, wie das Ritual letztendlich gestaltet werden sollte, verschiedenerlei Möglichkeiten des Zeremoniells erörterten, unterschiedliche Vorgehensweisen besprachen; denn in bezug auf den gänzlich unvorbereiteten Conall, der nie erwartet hatte, einmal König zu werden, waren alle diese Angelegenheiten bis dahin ungeklärt gewesen. Leider lautete die eine Antwort, welche sie auf die wiederholt geäußerte Frage jedesmal von neuem gefunden hatten, daß gar keine Wahl blieb.

Nigel war nämlich ohne Zweifel dem Tode geweiht. Es mochte sein, daß er noch für Wochen oder gar etlicher Monde Dauer lebte, jedoch verschlechterte sich seine Verfassung mit jedem Tag, welcher ins Land zog; sein einst so kraftvoller Körper siechte dahin, hinter dem Rest seiner Geisteswehr, der nach dem Anfall noch vorhanden war, verdichtete sich der geistige Nebel. Am Nachmittag hatten sie Nigels Schlafkammer für das

Magie-Ritual herzurichten begonnen, dieweil sie es als angebracht erachteten, daß der ungekrönte König Gwynedds zumindest leiblich zugegen sein sollte, wenn man seinem Sohn das haldanesche Magie-Erbe übertrug, und weil sie es für angemessen hielten, daß der Entzug der Haldane-Magie mit einer gewissen Förmlichkeit vollzogen werden sollte, bevor man sie bei Conall zum Gedeihen und zur Wirksamkeit brachte, obschon nicht viel mehr übrig war als ein schwacher Abklatsch der früheren Geisteswehr Nigels, um anzuzeigen, daß man ihm überhaupt jemals die Grundlagen der Haldane-Gaben zugeeignet hatte.

Das letztere Verfahren – den förmlichen Entzug aller Nigel zuvor gleichsam eingepflanzten Magie-Fähigkeiten, um für den Fall vorzubeugen, daß die Regel, niemals mehr als einem Haldane zur selben Zeit die haldanesche Magie verfügbar zu machen, sich als Hemmnis erwies, sobald die Stunde anbrach, da es galt, Conall das Haldane-Erbe zu übertragen – war im Auftrag des Camberischen Rates durch Arilan vorgeschlagen worden. Kein Haldane-König oder Regent war jemals mit der Haldane-Magie ausgestattet worden, während sein Vorgänger noch unter den Lebenden weilte; und so wollte man es auch nun halten, wenngleich Nigels Leben eigentlich nur noch aus dem Dasein seiner Leibeshülle bestand.

Solcherlei Überlegungen hatten eine andere Schlußfolgerung nahegelegt, welche auszusprechen bislang weder Morgan gewagt hatte, noch Duncan, die sie jedoch beide insgeheim beschäftigte: Daß es, wenn sich die Haldane-Magie endgültig in Conall festsetzen ließ, als beinahe unwiderleglicher Beweis für Kelsons Tod angesehen werden mußte.

Ganz in der Nähe harrte der Hauptbeteiligte der bevorstehenden Zeremonien ein wenig ruhelos des Geholtwerdens, verlegte sich hartnäckig darauf, seine Gedanken in die richtigen Bahnen zu lenken, um das, was ihn erwartete, durchstehen zu können. Conall war vom Fasten hungrig, und seine Knie schmerzten von dem harten Betstuhl, doch achtete er nicht dieser körperlichen Beschwerden, durchdachte ein letztes Mal seine Sicherheitsvorkehrungen, denn lange würde es nicht mehr währen, bis jemand ihn abholte.

Seltsamerweise empfand er inneren Abstand zu dem, was ihm alsbald widerfahren sollte. Welche Prüfungen seinem Leibe bevorstanden, darüber war ihm so gut wie kein Aufschluß erteilt worden, aber er glaubte, ihnen gewachsen zu sein, solange seine geistige Abwehr ihn schützte. Wirkliche Sorgen in dieser Hinsicht plagten ihn nicht, dieweil er wußte, daß die Geisteswehr, mit welcher ihn Tiercel versehen hatte, selbst großen Belastungen standzuhalten vermochte. Er hatte seine geistigen Schilde durch mehrere zusätzliche Wehren verstärkt, den Schutz dort verzweifacht, wo in seinem Verstand er seine wichtigsten Geheimnisse verborgen hielt; deshalb hegte er die Überzeugung, wider alles gefeit zu sein, es wäre denn, man raubte ihm mittels *Merascha* zur Gänze die Gewalt über seine Geisteskräfte. Aber er bezweifelte aufgrund dessen, was er in dieser Hinsicht aus Tiercels Gedächtnis wußte, daß beim heutigen Ritual *Merascha* zur Anwendung gelangen würde. Die Vorsicht, welche geschulte Deryni der Droge entgegenbrachten, machte deren Nutzanwendung nahezu unmöglich, es sei denn, man hatte zu erlernen vor, wie man sich ihrer Wirkung erwehrte, oder man verabreichte sie, um die Benutzung von Deryni-Kräften zu verhindern.

Freilich gab es in Fülle andere Stoffe, welche ihn vollständig der Gnade Morgans und Duncans ausliefern und dadurch einem herben Erlebnis unterwerfen mochten – und der Gnade oder Ungnade Arilans, welchen Conall am stärksten fürchtete, weil der derynische Bischof ein so hochgradig ausgebildeter, bestens geschulter Deryni-Magister war –, aber dank seines früheren

Umgangs mit Tiercel kannte sich Conall mit einem Großteil der gegebenen Möglichkeiten aus, entweder infolge eigener Erfahrungen, die er während der Unterweisung gewann, oder aufgrund des verbotenen Wissens, das er dem Sterbenden entrissen hatte. Und obschon er nicht vermeiden konnte, daß die Wirkung eines ihm etwa eingeflößten Mittels eintrat, blieb er doch zuversichtlich der Auffassung, selbige Wirkung abwenden oder beheben zu können, ohne sich mehr denn lediglich in geringfügigem Maße der Gefahr einer Entdeckung des wahren Umfangs seiner Befähigung oder deren Ursprungs auszusetzen.

Dennoch fuhr er zusammen, als ein leises Pochen an der Tür die Ankunft seines Begleiters ankündigte, und unwillkürlich duckte er sich, zog das Haupt zwischen die Schultern, wie er es einst als Kind beim Beten getan hatte. Einer der zwei Bischöfe mußte es sein, welcher sich eingefunden hatte um ihn zu holen, entweder Arilan oder Duncan; die abgesperrte Tür konnte weder den einen Deryni noch den anderen länger als für einige Augenblicke fernhalten. Ähnlich wie sein Vater hatte Conall nie gesteigerten Wert auf fromme Äußerlichkeiten gelegt, doch nun, da die Stunde der Bewährung gekommen war, wich Conalls Bereitschaft zur Kühnheit ein wenig vor einer womöglich der Wirklichkeit näheren Beunruhigung im Angesicht des Unbekannten in den Hintergrund zurück, und er hatte das Gefühl, ein rechtes Gebet möchte nun am Platze sein. Außerdem würde man von Conall als dem König erwarten, daß er den üblichen Förmlichkeiten wenigstens ein Mindestmaß an Beachtung schenkte, auch wenn es sich dabei nur um Lippenbekenntnisse handelte; daher konnte sicherlich kein Schaden daraus entstehen, wenn er seinem geistlichen Begleiter immerhin den äußeren Anschein von Frömmigkeit zeigte.

Nach wenigen Augenblicken schwang die zuvor verriegelt gewesene Tür sachte an ihren Angeln einwärts;

und noch einen Augenblick später spürte Conall eine Hand auf seiner Schulter. »Es ist an der Zeit, Conall«, sprach mit leiser Stimme der Hereingekommene. »Oder bedürft Ihr noch einer kurzen Frist der Andacht?«

Indem er seine Schultern geraderückte, hob Conall das Haupt und schaute dem Bischof mit festem Blick in die Augen. »Mich dünkt's, ich habe zur Genüge gebetet, Eure Exzellenz ... doch wäre mir, ehe wir gehen, Euer Segen willkommen.« Er verblieb auf den Knien, während ihm Arilan zum Zwecke des Segnens flüchtig eine Hand auf den Schopf legte, und er ahmte das Kreuzzeichen nach, welches der Bischof über seinem Scheitel machte. Danach erhob er sich, ließ sich von Arilan einen schwarzen Umhang um die Schultern legen und streifte sich auf einen Wink Arilans hin die Kapuze übers Haupt. Er hielt das Antlitz zur Seite gewandt, derweil Arilan ihn hinaus in den Gang führte, sodann die schmale Treppe hinaufgeleitete, welche zu seines Vaters Gemächern Zugang gewährte, und unterdessen hämmerte ihm in der Brust heftig das Herz.

Zur Rechten der Bettstatt, auf welcher Nigel ruhte, Duncan gegenüber, stand Morgan und wartete, die Arme in der rituellen Haltung des Harrens, Willkommens und der Bereitschaft auf der Brust verschränkt, seine Fingerspitzen berührten jeweils die anderseitige Schulter. So wie Duncan trug er eine schwarze, mit einer Kapuze versehene sowie mit einem scharlachroten Bund gegürtete Kutte, hatte die Kapuze tief ins Angesicht gezogen, um jede Ablenkung fernzuhalten. Das Greifensiegel schmückte seine Rechte, jedoch hatte er den Ring abgelegt, welcher ihn als Königlichen Kämpen auswies, und ihn sich an einem Lederriemen um den Hals gehängt; denn gegenwärtig war er weder Kelsons Kämpe, noch Kämpe des ungekrönten Nigel, welcher hier reglos vor ihm auf dem Bette lag, ebensowenig

Kämpe von Nigels Sohn, dem Regenten Gwynedds, dessen Krönung erst noch vollzogen werden mußte. Aber er gedachte Kelsons Ring zu behalten und bis zum Tag seines Todes in ehrenvollem Andenken zu bewahren, um liebevoll die Erinnerung an den verschollenen König zu pflegen.

Und Nigel, der nun niemals König sein würde, ruhte mitten auf dem Himmelbett, als wäre er bereits fürwahr tot und feierlich aufgebahrt, gewandet ins mit dem Löwenwappen der Haldanes gezierte Karminrot seines königlichen Geschlechts; auf seinem Körper lag der Länge nach das Königsschwert der Haldanes, seine gefalteten Hände umfaßten dessen Griff; oberhalb seines Hauptes sah man auf einem Kissen eine der Haldane-Kronen, welche er niemals tragen sollte. Dieweil ihm seit dem Anfall ein Bart gewachsen war, sah er nun seinem toten Bruder Brion um so ähnlicher, und Morgan sah, als wäre er hellsichtig, auf schaurige Weise den Tag voraus, an welchem Nigel in gleichem Aufzug auf der Totenbahre ausgestreckt sein und ein Trauerflor an den vier Ecken des Totengerüsts hängen würde, während die edelsten Ritter des Reiches an der Bahre Wache hielten, um ihm vor seinem letzten Weg in die Königliche Gruft unterm Rhemuther Dom noch einmal die Ehre zu erweisen. In gewisser Hinsicht war Nigel schon tot; Morgan beklagte den Verlust eines brüderlichen Freundes, wiewohl die wahre Zeit der Trauer erst noch anbrechen mußte.

Und doch war es billig und recht, daß Nigel dem Ritual beiwohnte; Nigel hatte nämlich bereits zweimal an zeremoniellen Feierlichkeiten teilgehabt, welche sich mit dem, was am heutigen Abend hier zu geschehen hatte, vergleichen ließen, einmal anläßlich der Einsetzung Brions in die Magie-Macht – selbiges Ritual lag inzwischen ein halbes Menschenalter zurück –, das zweite Mal aus Anlaß der eigenen Ausstattung mit den Grundfesten der Haldane-Magie. Bei Kelsons vor nur wenigen

Jahren vollzogener Einweihung in die haldanesche Magie war er nicht zugegen gewesen, Duncan dagegen sehr wohl. Was heute vollbracht werden sollte, würde eine Verschmelzung von Bestandteilen aller drei Zeremonien sein, ergänzt um bestimmte, unter den besonderen diesmaligen Umständen erforderliche Einzelheiten. Wäre es nur so, daß ein erfolgreicher Ablauf nicht als Bestätigung für Kelsons wahrhaftigen Tod bewertet werden müßte ...

Morgans Körperhaltung ward gespannt, als ein Knacken der Türklinke die Ankunft Arilans und Conalls ankündigte, aber weder blickte er auf, noch tat es Duncan, als der Deryni-Bischof dem Regenten den Umhang von den Schultern nahm, Conall danach zu einem Betstuhl geleitete, welcher am Fußende des Himmelbetts stand, ihn bat, sich darauf zu knien, ehe er zur Tür umkehrte, um sie von innen zu verschließen. Ohne daß man ihn dazu aufgefordert hätte, neigte Conall das Haupt – allem Anschein zufolge war er hinter seinen dichtgefügten Geistesschilden gänzlich gefaßten, ruhigen Gemüts –, bekreuzigte sich dann andächtig und richtete den Blick auf seines Vaters stille Gestalt, an der man noch, wo auf dem Karminrot der Haldanes das Königliche Schwert lag, bei aufmerksamer Beobachtung die flachen Atemzüge erkennen konnte. Arilan trat dicht hinter den knienden Prinzen, hatte unterdessen einen scharlachroten Chorrock übergestreift, welcher die schwarze Kutte größtenteils verhüllte; er faltete die Hände wie zum Gebet.

»Im Falle Ihr irgendwie geartete Bedenken oder Vorbehalte bezüglich dessen hegt, das wir nun zu verrichten die Absicht haben«, wandte Morgan sich mit verhaltener Stimme an Conall, nach wie vor jedoch, ohne ihn anzuschauen, »so ist nun der Augenblick da, um sie in Worte zu kleiden. Wir erwarten, daß alles ohne Schwierigkeiten bewerkstelligt werden kann, doch ist die Verfahrensweise, auf welche wir uns geeinigt haben, nicht zur Gänze ohne Fährnisse, zumal wir uns in mancherlei Hinsicht eines bislang unerprobten Vorgehens befleißigen müssen. Darum richte ich in meiner Eigenschaft als der Obmann dieses Rituals an Euch die Frage, ob Ihr dazu bereit seid, Euch ohne Einschränkung mit Leib und Seele in unsere Hand zu geben, auf daß wir mit Euch so zu handeln vermögen, wie's uns nötig scheint, um Euch die volle Gewalt über die Haldane-Macht zu verschaffen.«

»Dazu bin ich bereit«, antwortete Conall, so wie man ihn zuvor geheißen hatte.

»Bevor wir sodann zur Tat schreiten«, sprach nun Duncan, indem er an Morgans Worte anknüpfte, mit ausdrucksloser, jeglicher Gefühlsregung barer Stimme, »obliegt es mir, die förmliche Erklärung zu verlesen, welche des anberaumten Rituals Beweggründe und Verursachung beschreibt. Denn im gewohnten Lauf der Welt ist es nicht von Gebühr, daß ein Prinz in seines Vaters Vorrechte und Ämter nachfolgt, solange derselbe Erzeuger noch unter den Lebenden weilt.« Von einem Tischlein neben der Bettstatt nahm er einen ausgebreiteten Bogen Pergament und begann in gleichmäßigem Tonfall vorzulesen: »Dieweil unser geliebter und jüngst beklagter Herrscher, König Kelson Cinhil Rhys Anthony Haldane, durch Gottes Gnade König von Gwynedd, Fürst von Meara und Herr der Finsternmark, das Zeitliche gesegnet hat, ohne einen leiblichen, rechtmäßigen Erben zu hinterlassen, und dieweil selbiger König Kelson seinen hochgeliebten Onkel, den hochedlen Prinzen Nigel Cluim Gwydion Rhys Haldane, sowohl nach Recht und Gesetz wie auch im Hinblick auf sein Magie-Erbe zu seinem Nachfolger bestimmt hat für den Fall, daß vorgenannten König Kelson der Tod ereilen sollte, ehe er einen Erben vorerwähnter Art zu zeugen vermochte, und dieweil derselbe Prinz Nigel, ehe er gekrönt oder zur Magie-Macht erhoben werden konnte, infolge der üblen Heimsuchung körperlicher Gebrechlichkeit, welche ihn dazu verurteilt, in Bälde des Fleisches Tod zu erleiden, zum Herrschen verunfähigt ward, und dieweil der hochgeborene Prinz Conall Blaine Uthyr Haldane, Erstgeborener und Erbe des besagten Prinzen Nigel, vom Kronrat mitsamt allen seinen weltlichen und geistlichen Mitgliedern als Regent und zukünftiger König von Gwynedd anerkannt ward, und dieweil unser geliebter und jüngst beklagter König Kelson mit der Weiterreichung der Haldane-Magie betraut hat Seine Gnaden, den edlen, hochgeborenen und vornehmen Herzog von Corwyn sowie Reichs-Feldmarschall, Herrn Alaric Anthony Morgan, des weiteren Seine Gnaden, den edlen, hochgeborenen und vornehmen Herzog von Cassan, Herrn Duncan Howard McLain, Priester und Bischof, sowie Seine Exzellenz, den Bischof von Dhassa, Hochwürden Denis Michael Arilan, haben dieselben vorstehend aufgeführten Bevollmächtigten in Anbetracht dessen, daß Gwynedd aufs dringlichste Not hat an einem Herrscher, welchem die volle und unumschränkte Gewalt und Macht eines rechtmäßigen Haldane-Erben zu Gebote steht, daß der zuvor erwähnte Prinz Nigel weder gegenwärtig eine solche Gewalt und Macht auszuüben imstande ist, noch es aller Voraussicht in Zukunft jemals wieder sein wird, und daß die weltliche Verfügung über selbige Gewalt und Macht bereits seinem Sohn und Erben, Prinz Conall, zugesprochen ward, den einmütigen Beschluß gefaßt: Auch die spirituelle und magische Macht des Herrschertums soll vorgenanntem Sohn und Erben verliehen werden. Zu diesem Zweck haben die erwähnten Bevollmächtigten, Herzog Alaric, Herzog Duncan sowie Bischof Denis, sich im Zugegensein des besagten Prinzen Nigel versammelt, um gemeinschaftlich solcherlei Riten zu vollziehen, wie sie erforderlich sind, um selbige Macht zu übertragen an Seine Königliche Hoheit, den hochwohlgeborenen, hochedlen und großmächtigen Prinzen Conall Blaine Cluim Uthyr Haldane. Gezeichnet: Morgan, Herzog von Corwyn. McLain, Herzog von Cassan. Arilan, Bischof von Dhassa.«

Alle drei Beteiligten hatten die Urkunde schon unterschrieben und mit ihren Siegeln versehen. Nunmehr legte Arilan das Schriftstück Conall gleichfalls zur Unterzeichnung vor, reichte ihm einen Federkiel, derweil Duncan das Pergament auf dem Tischchen ausbreitete. Conall schrieb jeden einzelnen Buchstaben mit großer Sorgfalt – *Conall Interrex* – und setzte den schwungvollen Schnörkel hinzu, welchen nachzuahmen nahezu unmöglich war und der seine Unterschrift einzigartig machte. Als er sodann den Federkiel zur Seite legte und Duncan anblickte, wortlos die Frage nach der Besiegelung aufwarf, zog Arilan den Prinzen zurück zum Betstuhl und hieß ihn wieder niederzuknien, gebot ihm gleichzeitig Schweigen, indem er einen Zeigefinger an die Lippen hob. Morgan widmete Conall einen kurzen Blick, zückte dann aus der Kutte ein Stilett und löste behutsam Nigels rechten Daumen vom Griff des Königlichen Schwertes.

»Es gehört zum Brauch«, raunte Arilan dem Regenten ins Ohr, »derlei Urkunden mit dem Blute der Betroffenen zu besiegeln.« Ruckartig stach Morgan der Klinge Spitze in Nigels Daumen, so daß daraus ein leuchtendroter Tropfen Blut hervorquoll, den Duncan auf des Pergaments unteren Rand träufelte und in den so entstandenen Fleck Nigels Daumen drückte, auf daß dessen Abdruck als Siegel diene. Danach säuberte Morgan die Wunde mit einem Tuch, welches ihm Duncan gab, behielt für ein flüchtiges Weilchen Nigels Daumen in der Hand, um die unbedeutende Verletzung mittels seiner heilerischen Fähigkeiten sogleich zu heilen; unterdessen händigte Duncan das Dokument Arilan aus, der es vor Conall auf die Armlehne des Betstuhls legte. »Bei Euch wird die Besiegelung ein wenig anders vor sich gehen«, sprach Arilan, während Duncan von dem beigestellten Tischlein ein kleines Tablett aus Glas holte und Morgan zu Arilan und Conall trat, um das Tablett zu halten. Auf demselben befanden sich Kelsons Ring aus Feuer, ein Ohrring mit einem wie ein Stern geschnittener Saphir, eine durch ein Stückchen weißer Seide gebohrte Nadel sowie ein gläsernes Fläschchen, dessen Hals man mit einem Knäuel Baumwolle verschlossen hatte. Diese kleine Flasche nahm nun Duncan vom Tablett, drehte sie einmal um, indem er die Baumwolle mit einem Zeigefinger in der Öffnung des Fläschleins festhielt; indessen bezog Arilan mit gespreizten Beinen dicht hinter dem knienden Conall Aufstellung, rührte sachte mit beiden Händen an die Seiten seines Haupts.

»Das Zigeunerauge ging mit Kelson verloren«, erläuterte Morgan und schaute zu, wie Duncan das rechte Ohrläppchen Conalls mit der angefeuchteten Baumwolle betupfte, anschließend die Nadel und den Draht des Ohrrings zu reinigen anfing. »Das ist ein zweifaches Unglück, dieweil wir stets dem Eindruck unterlagen, daß selbiger Rubin, welchen man Zigeunerauge nannte, immer eine gewisse Bedeutung beim Ausstatten der Haldane-Erben mit der Haldane-Magie ausübte. Ich weiß um die Tatsache, daß er bei den Ritualen Kelsons und auch Nigels Verwendung fand, und ich habe Grund zu der Annahme, daß Brion ihn im Knabenalter erhielt. Zwischen dem ersten Teil des Rituals Brions und dem späteren zweiten Teil dürfte eine Frist von zehn bis fünfzehn Jahren verstrichen sein. Tröstlich ist jedoch, daß jener verlorene Edelstein, wie's den Anschein haben will, für das Übertragen der Magie-Macht nicht von wesentlichem Belang ist. Anders mag's sich mit dem Ring aus Feuer verhalten, doch selbiger ist ja vorhanden. Für alle Fälle aber haben Duncan und ich uns des Unterfangens befleißigt, zu versuchen, ersatzweise dieses Juwel mit jener Art von magisch-spirituellem Od zu behaften, welche wir am Zigeunerauge wahrzunehmen pflegten, und wir sind der Hoffnung, daß diese Vorkehrung sich bewähren wird. Der für den

Erfolg erheblichste Bestandteil der Macht-Verleihung ist anscheinend weniger der Stein als solcher, sondern mehr seine Vereinigung mit vergossenem Blut, ein Umstand, welcher demselben zur gleichen Zeit hinlängliche Eignung gibt, um damit die Urkunde, die Ihr just unterzeichnet habt, zu besiegeln, wie's vonnöten ist, weil Ihr bislang ja keine Anerkennung als Herrscher genossen habt. Desgleichen muß der Ring aus Feuer auf Euer Blut eingestimmt werden, eine Verrichtung, die wir ebenfalls ohne Verzug zu erledigen gedenken. Sorgt Euch jedoch nicht: Wir werden Euch nur einmal stechen.«

Morgan beobachtete, wie Conall die Lider schloß, als Duncan die Nadel seinem Ohr näherte, aber der Prinz zuckte nicht im mindesten, als Duncan sie mit Nachdruck durchs Ohrläppchen rammte. Arilan hob das Pergament so an, daß Duncan das Blut Conalls auf den Bogen tropfen lassen konnte, nachdem er die Nadel herausgezogen hatte, und sobald das geschehen war, schlug Conall von sich aus die Augen auf und setzte kräftig, ohne daß man ihn erst dazu auffordern mußte, den Abdruck seines Daumens ins Blut, um seine Unterschrift zu besiegeln. Der Prinz äußerte kein Wort, während Duncan daraufhin den Ring aus Feuer in das dem Ohrläppchen entflossene Blut hielt, dem Anschein nach, ohne zu bemerken, wie der große, am Mittelpunkt rundgeschliffene Granat von noch etwas anderem dunkel ward als lediglich der Farbe des Blutes, ehe Duncan ihn zurück auf das gläserne Tablett legte; als Duncan ihm jedoch den Draht des einem Stern ähnlichen Saphirs durchs noch wunde Fleisch schob, fuhr Conall ein klein wenig zusammen.

»Ich werde diese geringfügige Wunde unverzüglich heilen, wolltet Ihr Eure Geistesschilde in gelindem Umfang senken«, sprach Duncan leise und umschloß Ring und Ohrläppchen ganz leicht mit seinen Fingern. »Es wäre ohne Sinn, würdet Ihr mehr an Unbilden erdulden, als unvermeidbar ist.«

Conall ließ einen tiefen Seufzer vernehmen, und er wirkte außerordentlich erleichtert, als Duncan wenige Augenblicke später die Hand von seinem Ohr entfernte. Arilan brachte das nunmehr von allen Beteiligten besiegelte Dokument zu einem kleinen Tisch gegenüber an der Wand, trug danach Tisch und Urkunde in die Mitte des Gemachs, bevor er zurückkehrte und sich hinter Conalls Rücken aufstellte, derweil Duncan erneut seinen Platz an Nigels linker Seite und dort wieder, indem er die Arme auf dem Busen verschränkte, die rituelle Körperhaltung einnahm und von neuem Morgan das Wort ergriff.

»Nun ergehen das Ersuchen und die Aufforderung an Euch, Conall Blaine Cluim Uthyr Haldane, leiblicher Erbe Nigel Cluim Gwydion Rhys Haldanes, als Zeuge beizuwohnen, derweil wir dem genannten Nigel Cluim Gwydion Rhys Haldane die Gewalt und Macht über die Haldanesche Magie entziehen.« Morgan schloß die Augen, hob die Hände mit geöffneten Handflächen in Schulterhöhe, ganz wie ein Geistlicher beim Beschwören der Gegenwart Gottes, und sprach weiter. »Zu selbigem Zweck rufe ich unsichtbare Zeugen an, auf daß sie sich einfinden und zu uns gesellen mögen, um unserer Handlung Billigkeit und Wirkungskraft zu verleihen. Wir seien behütet wider alle Gefahren und Bedrohungen, welche von Osten kommen, im Namen Rapha-els.« Er sang des Erzengels Namen mit gedehnter Stimme, und als der letzte Ton verklang, sangen Duncan und Arilan *»Amen«*.

»Desgleichen seien wir beschützt vor sämtlichen Gefahren und Bedrohungen, so sich von Süden nahen, im Namen Mi-cha-els.«

»Amen«, sangen die beiden Geistlichen.

»Des weiteren seien wir geschützt vor jedweden Gefahren und Bedrohungen, die sich von Westen nähern, im Namen Ga-bri-els.«

»Amen.«

»Ferner seien wir beschirmt gegen Gefahren, welchselbige heranziehen von Norden, im Rahmen U-ri-els.«

»Amen, Amen, Amen«, ergänzten die beiden Priester. »Reinen Herzens wollen wir zu Werke gehen.«

Während Morgan wieder die Arme auf der Brust überkreuzte und das Haupt neigte, senkte Arilan die Linke in Conalls Nacken, beugte ihm das Haupt nieder auf die gefalteten Hände, hob unterdessen die Rechte, streckte die Handfläche in Nigels Richtung aus wie zum Segen. »Gepriesen sei der Schöpfer, das Gestern und Heute«, sprach Arilan, vollführte ein Kreuzzeichen, welches die ganze Länge von Nigels hingebetteter Gestalt umfaßte, »Anfang und Ende, Alpha und Omega.« Indem er weiterredete, beschrieben seiner Rechten Bewegungen inmitten der Luft – einmal am Haupt und einmal zu Füßen Nigels – die genannten griechischen Buchstaben sowie in den vier Himmelsrichtungen die Zeichen der Elemente. »Sein sind die Jahreszeiten und die Zeitalter, Sein sind der Ruhm und die Herrlichkeit in alle Ewigkeit.« Wenngleich es sich dabei um die herkömmlichen Worte handelte, wie man sie gemeinhin zum Weihen der Osterkerze verwendete, hatte Morgan sie auch schon aus Anlaß anderer magischer Zeremonien vernommen; es mochte sein, daß Arilan mit ihrem Gebrauch Nigel dem Opferlamm gleichzustellen gedachte, so wie im übrigen alle gesalbten Könige ihres Volkes Opferlamm darstellten. »Gepriesen sei Gott«, beendete Arilan seine Äußerungen. »Gepriesen sei Sein Heiliger Name.«

Sobald er verstummte, gab er Conalls Nacken frei, kreuzte auf gleiche Weise wie Duncan und Morgan die Arme auf dem Brustkorb; indem er Duncan einen Augenblick lang anschaute, streckte Morgan nun die Arme aus, legte die Linke auf Nigels Stirn, die rechte Hand hingegen auf die blanke Klinge des Königsschwerts der Haldanes, um dessen Griff Nigels Finger lagen. Duncan tat das gleiche, allerdings umgekehrt, senkte nämlich die Rechte auf Nigels Stirn und die Linke auf das Schwert; sowohl da wie dort rührten seine Fingerspitzen an Morgans Fingerkuppen.

»Nun entledigen wir Euch dessen, wiewohl voll des Bedauerns, was wir Euch zuvor gaben, Nigel Cluim Gwydion Rhys Haldane«, sprach Morgan mit gedämpfter Stimme, »auf daß zur rechten Zeit alles, was Haldanesches Blut und Recht ist, Wohnstatt in Eurem Sohn und Erben Conall Blaine Cluim Uthyr Haldane nehme. So sei es.«

»So sei es«, wiederholte Duncan in halblautem Ton.

»Amen«, fügte Arilan hinzu.

Morgan führte eine tiefe geistige Verschmelzung mit Duncan herbei, ließ sich für die Herstellung des seelischen Bundes ein beträchtliches Weilchen Zeit, bevor er sich daran machte, ein Geistesbild davon auszumalen, wie Nigel die Besonderheiten, auf welchen die Haldane-Magie beruhte, entzogen wurden. Er entdeckte danach keine Gewißheit, die unzweifelhaft dafür gesprochen hätte, daß Nigel in der Tat irgendwelcher innerlicher Eigenschaften verlustig ging; doch als er und Duncan ihre geistige Vereinigung beendeten und mit infolge der körperlichen Beschwernisse der Geistesverschmelzung steifen Gliedmaßen zurückwichen, hatte Morgan das Gefühl, daß eine zusätzliche Kraft, welche jene übertraf, die der mit magischem Od behafteten Klinge ohnehin innewohnte, das Königliche Schwert durchpochte. Sachte löste er die Waffe aus Nigels Fingern, wartete ab, bis Duncan die Hände des besinnungslosen Prinzen auf dessen Brust gefaltet hatte, bevor er behutsam mit dem Schwertgriff, beschaffen wie ein Kreuz, Nigels Lippen berührte. Dann begab er sich mit der Waffe, welche seine Faust unmittelbar unter der Querstange umfing, in die Mitte des Gemachs, wandte sich dort mit dem Angesicht gen Osten und wartete anschließend erneut, bis Duncan und Arilan Prinz Conall dicht hinter ihn geleitet hatten.

Arilan ergriff einen Weihwedel, trat vor Morgan, verbeugte sich nach Osten hin und begann rings um die anderen Teilnehmer einen Kreis zu durchschreiten, besprengte dabei den Umkreis, welcher ungefähr mit den Begrenzungen des Gemachs übereinstimmte, mit Weihwasser. Duncan entzündete Kerzen auf dem kleinen Tisch, den Arilan zuvor in die Mitte der Schlafkammer gestellt hatte; gleich darauf hielt er das unterzeichnete und besiegelte Dokument an die Flämmchen, warf es, sobald es Feuer gefangen hatte und lichterloh brannte, in eine kleinere, irdene Schüssel.

»Möge diese von Dir gesegnete Opfergabe zu Dir emporsteigen, o Herr«, sprach Duncan, indem er darüber das Zeichen des Kreuzes schlug, »und möge Deine Gnade allen Deinen Dienern in Gegenwart und Zukunft zuteil werden.« Gleichermaßen machte er das Kreuzzeichen über einer mit Räucherwerk gefüllten Schale, ehe er aus derselben ein paar Klümpchen klaubte und in ein Räuchergefäß gab, in dem schon Holzkohle glühte. »Sei gesegnet durch Ihn, zu Dessen Ehre du brennen sollst«, ergänzte Duncan seine vorherigen Worte, faßte das Räuchergefäß an den Ketten und versetzte es langsam in Schwingbewegung. »Laß unsere Gebete gleich diesem Weihrauch zu Dir aufsteigen, o Herr. Wenn wir unsere Hände zu Dir erheben, mag es Dir so willkommen sein wie das Abendmahl.«

Der unschöne Geruch des Pergaments sowie des Bluts, welche in der Schüssel verbrannten, ward alsbald vom angenehmeren Duft des Weihrauchs verdrängt, während Duncan nach Osten trat und sich verneigte, dabei das Räuchergefäß schwenkte, daraufhin Arilan nacheiferte und nunmehr den zweiten Bannkreis zu ziehen begann. Als Duncan die südliche Himmelsrichtung erreicht hatte, drehte Morgan in seinen Händen das Haldane-Schwert um, entbot damit dem Osten einen Gruß und schickte sich an, mit der Klinge den dritten Kreis zu beschreiben; in Brusthöhe, wo er die Waffe hielt, hatte es den Anschein, als schnitte die Klinge aus der Luft ein schimmernd-gelbrotes Band aus Flammen. Als der dritte Kreis vollendet war, begab sich Morgan zurück in die Mitte der Schlafkammer und kehrte sich Duncan und Arilan zu, welche inzwischen beiderseits Conalls standen.

»Nun sind wir versammelt«, erklang verhalten Arilans Stimme, indem Morgan die Schwertklinge waagerecht vor sich hinstreckte, die Spitze in der Linken, und die Waffe zwischen sich und den drei anderen Mitwirkenden bis in Schulterhöhe hob, dann das Haupt in den Nacken lenkte, um anhand der geeigneten geistigen Auslöser den Banntrutz zu errichten. Gleichzeitig mit seinen Armen, die er emporreckte, wallte die Glut der Schutzwehr auf, schloß sich über ihren Häuptern zu einer flimmernden Kuppel; und als er das Schwert und die nun leere Linke bodenwärts senkte, die Schwertspitze auf den Fußboden setzte und beide Hände auf die Querstange legte, schloß sich der Banntrutz auch zur ebenen Erde, ward die Wehr rundherum vervollkommnet. »Nun sind wir eins mit dem Licht«, sprach Arilan gebeugten Hauptes weiter. »Gedenkt der alten Pfade. Wir werden diesen Weg nicht noch einmal beschreiten.«

»Augeatur in nobis, quaesumus, Domine«, fügte Duncan auf lateinisch hinzu, *»tua virtutis poeratio.«* Möge deine Macht, o Herr, unser Werk bestärken.

»So sei es«, sprach darauf Morgan. *»Selah. Amen.«* Und Arilan erhob die Arme zur letzten Segnung; gleich ihm vollführten auch die anderen Teilnehmer an dem Ritual das heilige Zeichen.

»Et mentis nostri tenebras, gratia tuae visitationis, qui vivus. Amen.« Durch die Gnade Deines Kommens erleuchte, der Du lebst, unserer Seelen Finsternis.

Conall wirkte achtsam, jedoch nicht allzu bang, als Morgans Blick ihn traf, und Morgan wußte nicht recht zu entscheiden, ob ihm diese Beobachtung behagen oder mißbehagen sollte. »Nun wohl, wir stehen jetzt vollauf unter eines Banntrutzes Schutz. Habt Ihr noch Fragen, bevor wir unser Tun fortsetzen?«

Bedächtig schüttelte Conall das Haupt, hatte anscheinend keine Neigung zum Sprechen. Auf eine Geste Morgans hin wandte sich der Prinz um, folgte Arilan auf die andere Seite des zum Altar gewordenen Tischchens; dort zog Duncan einen kleinen Stuhl hervor, der bisher darunter verborgen gestanden hatte, und Arilan nahm – mit dem Rücken zum Altar – darauf Platz. Während Arilan auf seinem Schoß ein linnenes Tuch auseinanderbreitete – als nächstes sollte Conall nämlich, dieweil er *de facto* noch kein König war, eine Art von Salbung empfangen –, lockerte Duncan am Wams des Prinzen die Schnüre und entblößte seine Brust, gab ihm dann mittels einer Gebärde zu verstehen, er solle vor Arilan niederknien. Derweil Morgan näher hinter Conall trat, die Füße zu beiden Seiten von Conalls Füßen stellte, das Schwert zwischen des Prinzen Waden setzte, so daß die Klinge dicht hinter dessen Rückgrat aufragte, neigte der Regent das Haupt, stützte die gefalteten Hände auf Arilans Knie. Duncan kam mit einer Phiole voller geweihten Salböls, sank zur Rechten Arilans ebenso auf die Knie, um es Arilan darzureichen. »›Der Priester Sadok und der Prophet Nathan salbten Salomon zum König‹«, rezitierte Arilan die Heilige Schrift. »Prinz Conall Blaine Cluim Uthyr Haldane, noch seid Ihr weder gekrönt noch gesalbt. Aber die Anerkennung eines Herrschers aus dem Geschlecht der Haldanes verlangt für gewöhnlich Weihe und Segen. Darum spende ich als der hier anwesende rangältere Bischof Euch Salbung und Segen, welche gleichsam als Vorzeichen jener Salbung und Segnung gelten mögen, wie sie Euch zuteil werden müssen, sobald man Euch fürwahr zum König krönt.« Der Bischof tauchte zwei Finger der Rechten in das von Duncan gehaltene Salböl und salbte damit die Handteller, welche ihm Conall zu diesem Zweck auf dem vom

Linnen bedeckten Schoß zudrehte, bestrich sie vom rechten Daumen bis zum linken Zeigefinger sowie vom linken Daumen bis zum rechten Zeigefinger, zeichnete anschließend in jede Handfläche ein Kreuz. »Gesalbt seien Eure Hände mit geweihtem Öl, auf daß Ihr Ruhm und Ehre erringt.« Arilan benetzte sich erneut die Finger mit dem Salböl und beschrieb damit auch auf Conalls Brustbein ein Kreuzzeichen. »Gesalbt sei Euer Busen mit geweihtem Öl, auf daß Mut und Tapferkeit allzeit in Eurem Herzen wohnen.« Zuletzt salbte er den Schopf von Conalls gebeugtem Haupt. »Gesalbt sei Euer Haupt mit geweihtem Öl, so wie man Könige, Priester und Propheten salbte, auf daß Euch Weisheit gewährt wird.«

Danach legte Arilan des Prinzen Hände aneinander und band sie lose mit einem Streifen Linnen zusammen, bevor er sorgfältig die eigenen Finger säuberte. Das Öl war tatsächlich geweihtes Salböl, enthielt allerdings als Zusatz ein Mittel, welches innere Widerstände minderte und gelinde Entspannung verursachte. Auf Arilan, der ihm nur kurz ausgesetzt worden war, übte es keine erkennbare Wirkung aus, wogegen Conall den Wirkstoff durch die Haut der Hände und seiner Brust sowie die Kopfhaut nachhaltig aufnahm, daher auf den Knien ein wenig zu schwanken anfing. Derweil Duncan die Phiole mit dem Salböl forttat, sich statt dessen der Schüssel mit dem verbrannten Dokument bemächtigte, stützte Morgan den Prinzen, indem er ihn mit der rechten Hand an der Schulter faßte, indes fortgesetzt die flache Seite des Haldaneschen Königsschwerts gegen des Regenten Rückgrat drückte.

Morgan spürte ein Nachlassen der Festigkeit von Conalls bis dahin starrer Geisteswehr, als Duncan seinen Daumen in die Asche preßte und etwas davon dem Prinzen zwischen die Augen rieb; als der Feldmarschall flüchtig auf seelischer Ebene gleichsam hinter Conalls Geistesschilde lugte, erkannte er dort die sanfte Verschwommenheit innerer Wärme sowie eine gewisse schwache Verwirrung.

»Conall Blaine Cluim Uthyr«, meldete sich nunmehr wieder Duncan zu Wort, »ich bestätige Euch als Erben der Haldanes und besiegele hiermit Euer Anrecht auf des Haldane-Geschlechts Erbschaft.« Indem Duncan nochmals eine geringe Menge Asche zwischen Daumen und Zeigefinger nahm, schob Morgan die Rechte unter Conalls Kinn, um ihm anzuzeigen, er solle den Mund auftun. Ohne Gegenwehr befolgte Conall den Hinweis. »Kostet die Asche vermischten Haldaneschen Blutes«, murmelte Duncan und streute ein wenig Asche auf Conalls Zunge. »Euer Blut und Eures Vaters Blut, das Blut einer ununterbrochenen Geschlechterfolge, ist in dieser Asche. Durch Blut seid Ihr zum Erben der Haldanes geweiht, und durch Blut empfangt Ihr die Anerkennung als Herrscher aus dem Hause Haldane, auf daß alle Haldane-Macht und -Gewalt in Euch aufs vollständigste zur Entfaltung gelange.«

Die Asche jedoch war keineswegs der eigentliche Quell der magischen Kräfte. Ebensowenig gab der Ring aus Feuer, welchen Arilan nun an Conalls linke Hand steckte, nachdem er des Prinzen Hände vom Linnen befreit und vom Öl gesäubert hatte, ihren Ursprung preis. Geradeso wie beim Magie-Ritual für Kelson, welches länger als vier Lenze zuvor stattgefunden hatte, bestand das grobstoffliche Gefäß, darin die zu übertragenden Magie-Kräfte geballt wurden, aus einem Gegenstand, welcher im Zusammenhang mit der Haldane-Magie schon mehrmals vortreffliche Dienste geleistet hatte – die schwere, wie eine Faust große Spange mit dem goldenen Löwen der Haldanes auf glasiertem karmesinroten Hintergrund, welche nun, nachdem sie das letzte Mal bei Kelsons Ritterschlag von ihm getragen worden war, unter einem Linnen-Tuch zum Vorschein kam.

Auf der Rückseite der Spange, die Duncan am vorangegangenen Nachmittag aufs sorgsamste für das Ritual vorbereitet hatte, befand sich die drei Zoll lange goldene Nadel, mit welcher man gemeinhin die Spange verschloß; sie war sehr spitz, und Conall würde sie sich, wie es einst vor ihm Kelson tat, in die Linke stechen müssen. Die goldene Nadel wies zudem eine zweite, stärkere Droge auf, durch die jedwede mögliche innere Abwehrhaltung Conalls wider die Magie-Kräfte gemindert werden sollte, welche in ihm ihre Wohnstatt zu nehmen hatten.

Arilan stellte sich an Conalls rechte Seite, als Duncan dem Prinzen die geöffnete Spange in die aufgetane Rechte gab und Morgan sich bereits aufs Zurücktreten gefaßt machte; denn niemand durfte zu Conall körperliche Berührung haben, sobald der Augenblick seiner Prüfung wahrhaft anbrach. Nacheinander sandten die zwei Bischöfe ein Gebet um Gesundheit und Wohlergehen des neuen Haldane-Erben gen Himmel, und Morgan sprach an den richtigen Stellen Conall ein »*Amen*« vor, das der Prinz folgsam wiederholte; dessen Augen waren nämlich mittlerweile geweitet, immer stärker geriet er unter den Einfluß der zuerst verabreichten Droge.

Und schließlich, als Morgan dann zurücktrat, um unmittelbar hinter Conall hinzuknien, das Königliche Schwert unterhalb der Querstange hielt, so daß es einem Kreuz glich, das zwischen ihm und dem Prinzen emporragte, kniete sich auch Arilan rechterseits Conalls nieder, wogegen Duncan noch aufrecht verblieb, beide Hände leicht auf des Regenten Schopf breitete, dabei sorgsam darauf achte, nicht das Öl anzurühren, welches in seinem Haupthaar glänzte. »Conall Blaine Cluim Uthyr Haldane, mögen die Bande der Unterwelt Euch auch umstricken, mögen auch des Todes Mahlströme Euch umgischten, Ihr sollt kein Übel fürchten. Mit Seinen Schwingen wird der Herr Euch beschirmen, und unter seinen Flügeln sollt Ihr Zuflucht finden.« Duncan hob die Hände und schlug über Conalls gebeugtem

Haupt ein Kreuz. *»In Nomine Patris et Filii et Spiritus Sancti. Amen.«* Dann kniete er sich an die Linke Conalls, reckte die Arme zur letzten Anrufung in die Höhe, geradeso wie er es einst – schon ein Leben lang schien es her zu sein – für Kelson getan hatte. *»Domine, fiat voluntas tua.«* Herr, Dein Wille geschehe.

Indem er letztmals einen tiefen Atemzug nahm, um sich im Innern auf das, was ihm bevorstand, gefaßt zu machen, schob Conall die Löwenspange in seiner Rechten ein wenig zurecht, um sie besser in den Griff zu bekommen; danach richtete er die Spitze der Nadel auf die Mitte der linken Handfläche und bohrte das Gold ins Fleisch.

21

Trocken wie ein Tonscherben ist meine Kehle, die Zunge klebt mir am Gaumen ...

PSALM 22,16

Der Schmerz war viel heftiger, als Conall es erwartet hatte. Die durchs Fleisch gestochene Nadel brannte wie geschmolzenes Erz, während sie zwischen die Knochen seiner Hand glitt. Soviel Pein verschlug ihm schier den Atem, und er krümmte sich, als hätte jemand ihm einen Tritt in die Magengrube versetzt, vermochte kaum aufzuächzen, und es blieb ihm ganz verwehrt, einen Schrei auszustoßen. Und doch war da noch etwas anderes als der Schmerz, eine Art von Vorahnung jener Macht, welche ihm fortan zu Gebote stehen sollte, vorerst lediglich unterschwellig wahrnehmbar, am Rande seiner infolge der Drogen etwas geschwächten Sinneseindrükke. Durch das Brennen, das in seiner Handfläche glutete, spürte er sie, ähnlich wie er ansonsten beiläufig das Summen einer eingesperrten Fliege, die um ihrer Freiheit Wiedererlangung rang, bemerken mochte – anfangs nur einer geringfügigen Ablenkung gleich, nach und nach jedoch in wachsendem Maß ein Erheischen von Beachtung, dessen Ursache sich verdrießlicherweise gleichzeitig der Aufmerksamkeit entzog. Wider die Pein biß er die Zähne zusammen, preßte den Handballen der heilen Faust kraftvoller gegen die kühle Glätte der Spange, als ob verstärkter Druck das einzufangen vermöchte, was zwischen seinen Händen zu wirken begonnen hatte, es ähnlich, wie er mit der Spange seine Hand durchbohrt hatte, aufspießen könnte. Auch die zweite Droge übte mittlerweile auf ihn ihren Einfluß aus. Er war zu verspüren imstande, wie sie die Wirkung der zuerst erhaltenen Droge erhöhte, aber er kannte dank der durch Tiercel genossenen Unterweisung beide

Mittel und wußte daher, daß er sich wider sie zu behaupten vermochte, sie ihn nicht entlarven würden, sondern er vielmehr dazu in der Lage war, sie dergestalt auszunutzen, daß sie seine Meisterschaft über das vermehrten, was sich in seinem Innern mit zunehmender Beharrlichkeit zu regen anfing. Dies Neue erhob sich in seiner Seele wie ein Sturmwind, doch hatte es an sich nichts unbedingt bedrohliches, wiewohl Conall nicht gerade wohl dabei zumute war, während er damit Bekanntschaft schloß. Geballte Macht war es – weit mehr, als er je zuvor zur Verfügung gehabt hatte, und das war keineswegs wenig gewesen –, aber diese neuartige, anders beschaffene Machtfülle war ausschließlich *sein*, kein sonstiger auf Erden Lebender konnte darüber verfügen. Der Spange Nadel glühte in seiner Hand, fast als steigerte sich ihre Hitze gar noch, jedoch übersah Conall, daß dieser Eindruck nur an der Weise lag, wie sein Körper auf den Vorgang ansprach. Die Magie-Macht war ein ganz und gar gesondert Ding, von allem Leiblichen getrennt und fremd in ihrer Natur; gleichzeitig allerdings empfand er sie wie Vertrautes, als etwas Beherrschbares. Mit jedem Herzschlag fühlte er sie an Gewaltigkeit gewinnen, noch leere Bereiche seines Verstandes ausfüllen, und mit ihr erstand ihm neues Wissen, derweil sie frühere, bloß halb begriffene Kenntnisse in genauere, klarere Erkenntnisse umwandelte, so daß selbst der wissensmäßige Wirrwarr, welchen er Tiercel entrissen hatte, nun zu einer ihm bewußt zugänglichen, verfügbaren Sammlung ward, soweit die verschiedenen Bestandteile sich dazu eigneten.

Conall kostete das Erlebnis aus. Er schien auf einer Wolke des Entzückens zu schweben, so sehr entrückte ihn die Begeisterung über den erlangten Reichtum an Wissen und Kenntnissen, und er ließ sich in dieser Wonne treiben; dennoch behielt er den Druck auf die Spange bei, so daß der Schmerz in seiner Hand ihn fest im Körperlichen verankert beließ. Denn obzwar durchaus die Möglichkeit eine Versuchung bedeutete, sich gänzlich dem Rausch der Macht hinzugeben, welche gegenwärtig in ihm brodelte, plagte ihn die Sorge, er könnte dabei sein Inneres zu weit entblößen, seine Geisteswehr möchte zu schwach werden, so daß es den Anwesenden gelänge, in die geheimsten Bereiche seines Gemüts Einblick zu nehmen und zu erkennen, daß er nicht ganz derjenige war, als den sie ihn ansahen. Deshalb ließ er sich noch tiefer über seine durchstochene Hand zusammensinken; aufgrund der Weißglut, die in seiner Linken zu tosen schien, gingen seine Atemzüge ein wenig unregelmäßig, aber entschlossen verwendete er die größten geistigen Anstrengungen darauf, all das, was in die Schichten seines Bewußtseins floß, demselben nach wie vor zuströmte, in eine überschaubare Ordnung zu bringen und vollauf zu einem Teil seiner selbst zu machen.

Nicht sämtliche Eindrücke, welche er unterdessen hatte, waren ihm angenehm. Flüchtig ergab sich ein Weilchen, in dessen Verlauf die Opfer seiner Schandtaten vor ihm erschienen wie Gespenster, als wollten sie ihm drohen: Zuerst sah er Tiercels Angesicht, erstarrt in Schrecken und Fassungslosigkeit, wie in jenem Augenblick, da er rücklings die Stiege hinabstürzte, den Sturz tat, durch den er das liebe Leben verlor; dann seines Vaters Antlitz, wie er es erblickt hatte, als Nigel die Hände zu einer vergeblichen Gebärde der Abwehr erhob, um Conalls durch Schuldgefühle und Zorn verursachten Ausbruch verbotener magischer Gewalt von sich abzuwenden, ehe derselbe ihn traf und ihn zum Totsein im Leben verdammte, nur eine zum langsamen Dahinsiechen verurteilte Leibeshülle zurückließ. Dieser Anblick hatte ums Haar zur Folge, daß Conall ein Schluchzen entfloh, denn er hatte wahrlich nie und nimmer dem eigenen Vater ein Leid zuzufügen beabsichtigt. Irgendwie war es ... schlichtweg so geschehen, und bislang wußte er nicht einmal so recht, wie oder warum. Er erbebte, bemühte sich ums Bewahren seines inneren Gleichgewichts, aber die Kräfte, welche erweckt worden waren, sich in ihm regten und brodelten, gaben noch keinen Frieden. Jeder der drei Männer, welche rings um Conall knieten, hätte sofort verstanden, was sich als nächstes zutrug; Conall hingegen begriff es nicht. Kaum hatte er seines Vaters einer Anklage ohne Worte vergleichbares Antlitz aus seinem geistigen Auge verscheucht, da begann langsam ein anderes Angesicht sich zu zeigen – und auch dies erregte den Eindruck, als wäre es mit dem, was es sah, wenig zufrieden. Ein bleiches, rundliches Antlitz war es. Haar bedeckte das Haupt wie eine Haube aus Quecksilber, der Mund welcher Empfindsamkeit bezeugte, hatte einen Ausdruck stummer, gestrenger Versonnenheit, die Augen waren grau wie die Augen der Haldanes; dahinter schien sich nichts zu befinden als das Dunkelgrau der ein wenig vom Haupthaar zurückgeschobenen Kapuze. Der Blick selbiger Augen heftete sich unerbittlich fest auf Conall, und der Prinz hatte das Gefühl, er müsse ihm gar die Seele aus dem Leibe saugen. Conall stieß ein Aufwimmern aus, als neben dem Antlitz Hände erschienen, sich nach ihm streckten, und duckte sich noch tiefer zusammen.

Da jedoch fand er in irgendwelchen Tiefen die Kraft, um der Drangsal zu widerstreben, er schuf zwischen sich und jener Erscheinung einen Wall karminroten Lichts, wies sie und ihre Zudringlichkeit zur Gänze zurück. Leicht war es nicht, aber er schaffte es.

Danach kauerte er für eine Weile reglos am Fußboden, während er allmählich die Gemütsruhe zurückerlangte, und schließlich wurde auch seine Atmung wieder regelmäßig, derweil sich die Pein in der Hand als nunmehr mittels seiner neuverliehenen Meisterschaft der Magie als unterdrückbar herausstellte. Allem Anschein nach hatten sich jetzt auch die Tiercel geraubten Erinnerungen fest in eine ganzheitliche Ordnung innerhalb von Conalls Verstand eingefügt, sämtliches dadurch angeeignetes Wissen war ihm vollständig zugänglich. Ein zusätzliches Weilchen verbrachte er damit, seine inneren Beobachtungen zu überprüfen und das Vorhandene zu erkunden; dabei war er sich dessen bewußt, daß die ihm verabreichten Drogen nun den Höhepunkt ihrer Wirkung erreicht hatten und er sich dennoch im Vollbesitz seiner Willenskraft befand. Zu guter Letzt schöpfte er bedächtig, aber ergiebig Atem und straffte sich langsam, hockte sich auf die Fersen, barg die Spange, welche nun bloß noch ein nützliches Schmuckstück war und sonst nichts, in seinen Händen.

»Conall?« hörte er Morgan kaum vernehmlich fragen.

Obwohl er Vorsicht walten ließ, streifte Conall mit der unversehrten Hand die Spitze der Nadel, welche ihm aus dem Handrücken ragte, und ein heftiger Schmerz durchstach seine Faust, so daß er unwillkürlich zwischen den Zähnen Luft ansaugte. Aber schon rutschte eilig Duncan an seine Seite, und Morgan löste behutsam Conalls Rechte von der Spange, derweil Duncan sachte die Finger der Linken streckte, um die Nadel aus dem Fleisch ziehen zu können. Obschon die goldene Nadel so gut wie gänzlich geglättet war, tat es weh, als Duncan sie endlich herauszog, und Conall zeigte seinen Schmerz, denn ihm war in den Sinn gekommen, daß er sich möglicherweise anders verhielt, als man es angesichts dessen, was mit ihm geschehen sein sollte, von ihm erwarten mochte. Ihm war berichtet worden, daß sein Vater sogar beim weniger anstrengenden Ritual des Verleihs der Grundlagen zum späteren Nutznieß der Haldane-Magie die Besinnung verloren hatte, und Conall meinte sich daran erinnern zu können, daß auch Kelson, nachdem er die gesamte Belastung seiner Einsetzung in die Magie-Macht erduldet hatte, einen Schwächeanfall erlitt. Vielleicht empfahl es sich, überlegte Conall, eine Ohnmacht vorzutäuschen. Arilan jedoch kniete sich voll des Eifers vor ihn und musterte ihn mit höchstem Interesse, offenbar mit dem, was er sah, sehr wohl zufrieden. Und Duncan, der sogleich, nachdem er die Stichwunden in Conalls Hand – im Handteller und auf dem Handrücken – mit etwas, das grausam brannte, eingerieben hatte, mittels seiner Heiler-Begabung nicht allein den Schmerz, sondern ebenso die Verletzung binnen kurzer Frist behob, bemerkte anscheinend am Betragen Conalls nichts, was er als irgendwie ungewöhnlich erachtete. Als Duncan die Heilung vollbracht hatte, schloß und streckte Conall voller Staunen wechselweise die Hand, dieweil nicht einmal noch ein einziges Tröpfchen Blut von der Verwundung zeugte, wenngleich nach wie vor Blut an der Nadel der Löwenspange klebte, welche Morgan in den Händen hielt. »Wie ist Euch zumute?« erkundigte sich Morgan, forschte in Conalls grauen Haldane-Augen.

Vorsichtig nickte Conall, sorgte dafür, daß man seinen Regungen eine gewisse Fahrigkeit anmerkte. »Ich wähne, ich bin wohlauf. Es ...« Er schluckte und schüttelte das Haupt, wahrhaftig in Worte zu fassen außerstande, zu schildern unfähig, was er soeben erlebt hatte, selbst wenn er es dem zum Trotz, was sein Gewissen belastete, zu versuchen gewagt hätte. Und von jenem unbekannten Antlitz zu erzählen, das er geschaut hatte, hegte er *keineswegs* den Wunsch. »Ich fühle mich überaus ermattet«, flüsterte er, dieweil er ahnte, daß dies die klügste Antwort sein mußte.

»Verwunderlich ist's, daß Ihr überhaupt bei Besinnung geblieben seid«, bemerkte dazu leise Arilan, wischte Conall das Salböl von der Brust, rieb es ihm auch, so gut es sich machen ließ, aus den Haaren. »Fürwahr habe ich den Eindruck erlangt, das Bewußtsein ist Euch während des ganzen Rituals nie zur Gänze geschwunden, oder?«

Augenblicklich befand Conall, daß eine leicht abgewandelte Wahrheit eine gescheitere Entgegnung abgeben dürfte, als eine glatte Lüge. »Nun, ich ... ich glaube, es war mehr oder weniger so«, raunte er. »Es verhielt sich wohl dergestalt ... daß ich wohl bei Sinnen war, sie mir dann und wann aber zeitweilig schwanden. Vollauf vermag ich mich indessen nicht zu erinnern.«

»Ach, das entspricht durchaus den bisherigen Erfahrungen«, äußerte gedämpft Duncan. »So meine Erinnerung nicht trügt, war Kelson nicht dazu in der Lage, uns viel darüber zu erzählen, was *ihm* damals widerfuhr, doch erwähnte er, seinen Vater geschaut zu haben.«

Arilan schnaubte. »Dergleichen stand diesmal wohl schwerlich zu erwarten, da Nigel noch lebt. Dennoch hat's mit Gewißheit den Anschein, daß Bedeutsames bewerkstelligt ward. Conall, traut Ihr's Euch zu, Eure frischerworbene Haldane-Magie bereits in geringfügigem Maß anzuwenden? Mag sein, Ihr vermögt uns, dieweil Ihr in offensichtlich recht trefflicher Verfassung seid, eine Vorführung zu zeigen.« Voller Unbehagen schluckte Conall, dachte darüber nach, was er Harmloses treiben könnte, dem so kurz nach dem Ritus kein Ruch von Überheblichkeit und Übermut anhaftete, das seitens jemandes, der zum Schein nach noch keinerlei magische Unterweisung genossen hatte, nicht allzu übertrieben wirkte. Endlich streckte er, indem er vortäuschte, sich geistig beträchtlich abmühen zu müssen, die hohle Hand aus und rief ein Hand-Feuer hervor. Er tat so, als sei er baß erstaunt, als er es karmesinrot in der Handfläche flackern sah, doch Arilan lächelte lediglich, dann nickten Morgan und Duncan einer nach dem anderen mit Bedächtigkeit. »Hand-Feuer«, sagte Arilan. »Ei, das ist immerhin ein Anfang.« Er schaute die zwei anderen Deryni an. »Werdet Ihr meiner Beihilfe beim Aufräumen bedürfen, oder soll ich ihn zurück in seine Gemächer geleiten?«

»Wir werden's allein bewältigen«, antwortete Duncan, während sich Morgan mit dem Haldaneschen Königsschwert langsam aufrichtete.

Einige Zeit später, nachdem man den Banntrutz beseitigt und Arilan sich mit Conall entfernt hatte, die

Mehrzahl aller für das nächtliche Werk erforderlich gewesenen Gegenstände durch Morgan und Duncan fortgeräumt worden waren, ließ sich Morgan mit einem müden Aufseufzen auf den Fußboden sinken, den Rükken an die Seite von Nigels Bett gelehnt, spielte ruhelos am Griff des inzwischen in die Scheide geschobenen Schwerts.

»Mich will's dünken, wir ... müssen uns nunmehr wohl darin schicken, daß Kelson wahrhaft tot ist«, sprach er im Flüsterton. »Zuvor mochte ich's schlichtweg nicht glauben, aber nun ...« Seine Stimme versagte ihm den Dienst, voller Gram stützte er das Haupt in die Hand, überwältigt von einer Trauer, welche er während der vergangenen Tage weitgehend in Schach zu halten vermocht hatte; jetzt aber fühlte er sie mit solcher Heftigkeit, daß er sie nicht länger mißachten konnte. Für eine Weile gab er sich dem Kummer hin, fand Trost darin, wie Duncan die Arme um seine Schultern schlang, auch auf geistiger Ebene ihm die Wohltat aufrichtiger Herzenswärme spendete, indem er Morgan in eine Geistesvereinigung hineinzog, welche auf ihn einen besänftigenden Einfluß ausübte; dazu war Duncan fähig, obschon sein Schmerz gewißlich nicht geringer war als Morgans Leid, hatte er doch nicht allein seinen König, sondern außerdem den Sohn verloren. Seltsamerweise jedoch verebbte der herbe, verzweiflungsschwere Gram alsbald, wich recht rasch der stets stärker empfundenen Überzeugung, daß sie – um ihrer selbst willen – auf irgendeine Art Gewißheit über den Tod Kelsons und Dhugals erlangen mußten.

»Ist's deine Ansicht, wir sollten jenen Ort aufsuchen, an welchem sie verschollen sind, und ihre Leichen suchen?« fragte Duncan schließlich laut, sobald sie sich beide wieder zum Sprechen imstande fühlten.

Morgan nickte, als bestünde er aus Holz. »Wir müssen's tun, Duncan. Ehe wir nicht mit eigenen Augen Beweise für ihren Tod gesehen und uns damit abgefunden haben, werden wir schwerlich irgend jemandem von Nutzen sein können. Ich bin mir sogar darüber im unklaren, wie erheblich unser Anteil an dem war, was sich am heutigen Abend vollzog.«

»Wie sonderbar, daß du die Rede darauf lenkst«, meinte Duncan. »Auch ich habe mich in Gedanken schon damit beschäftigt, wie sehr sich das heutige Ritual von meinen Erwartungen unterschied. Fast als etwas sinnentleert habe ich's empfunden, als hätten wir uns allein auf Äußerlichkeiten beschränkt. Zweifellos wich es deutlich von Kelsons Ritus ab.«

»Nun ja, ich gestehe zu, daß sicherlich schon die Ungewöhnlichkeit des Vorgehens eine merkliche Abweichung vom zuvor Gewohnten zum Ergebnis haben mußte«, sprach Morgan, im geheimen allerdings weitaus stärker von der *Befremdlichkeit* des heutigen Rituals betroffen, als er vor Duncan zugeben mochte. »Bereits dadurch dürften Unterschiede unvermeidlich gewesen sein. Andere Abwandlungen können daraus entstanden sein, daß wir das Zigeunerauge nicht hatten ... obgleich ich ohne Zweifel darauf beharren wollte, daß der Ritus nichtsdestoweniger von vollständigem Erfolg gekrönt ward. Als Conall die Nadel der Spange in seine Hand stach, ist ganz eindeutig *irgend etwas* geschehen. Dennoch muß ich dir in der Beziehung zustimmen, daß alles einen erheblich andersartigen Eindruck hinterließ, als Kelson einst das gleiche tat.«

Mit einem Seufzer setzte sich Duncan neben Morgan auf die Bank der Bettstatt und fuhr sich mit der Hand übers Angesicht, hing für ein nicht allzu langes Weilchen seinen Gedanken nach, bis er zuletzt das Haupt schüttelte. »Wir jagen Schatten nach, Alaric«, sagte er in leisem Ton. »Und leider wird's sich wohl so verhalten, daß der Ursprung dieser Schatten in unserer eigenen unbewältigten Trauer liegt, nicht hingegen darin, daß heute abend im Verlaufe des Rituals etwas wirklich und wahrlich Absonderliches sich ereignet hätte ... Lassen wir einmal außer acht, daß nach derynischen Vorstellungen und Maßstäben die sogenannte Haldane-Magie ohnehin eher als Sonderlichkeit zu gelten hat.«

»Ja, auch in dieser Hinsicht stimme ich dir zu.«

»Das bringt uns auf einen anderen interessanten Sachverhalt«, ergänzte Duncan seine vorherigen Darlegungen. »Conall ist *ausschließlich* ein Haldane. Will sagen, ihm ermangelt's an jemandem wie Jehana zur Mutter – deshalb wird seine Beherrschung der Magie entschieden unzulänglicher sein, fürchte ich, als wir's von Kelson kannten.«

»Es wäre denn, die Haldanes hätten bereits vor Jehana derynisches Blut innerhalb ihres Geschlechts gehabt«, sann Morgan laut. »Es muß schon einmal welches vorhanden gewesen sein ... aber gewißlich dürfte es sich bis auf den heutigen Tag sehr, sehr verdünnt haben.« Morgan ließ ein Seufzen vernehmen. »Doch du hast recht. Conall wird kein König jenes Schlages sein, wie's Kelson war ... oder Brion. Das ist schon für sich betrachtet ein Jammer.« Langsam erhob er sich auf die Knie, wandte das Haupt und richtete seinen Blick auf Nigel, von dessen Lager die Wahrzeichen der Königswürde inzwischen entfernt worden waren; auf dem Schneeweiß des Bettzeugs sah er nun noch bleicher aus als zuvor, während das Karmesinrot des Hauses Haldane seine Gestalt verhüllt hatte. »Und welch ein Jammer, daß Nigel niemals Herrscher sein wird«, fügte er hinzu, legte voll des Bedauerns eine Hand auf eine der stillen Hände Nigels. »Bei Gott, er wäre ein großer König geworden, Duncan! Auch er ist kein Kelson, freilich, aber in so mancher Art und Weise besaß er die herausragendsten Vorzüge Brions, ohne dessen Schwächen zu haben. Armer, vortrefflicher Nigel. Ein solches Siechtum hätte er sich nimmer gewünscht. Ach, weshalb war ihm kein anständiger, ehrenvoller Tod im Kampfe vergönnt?!«

Duncan blickte zur Seite, rang um Gefaßtheit. »Wir

erweisen uns keine Gefälligkeit, wenn wir derlei Grübeleien erliegen, Alaric. Du weißt's.«

»Ja, ich weiß es.« Nochmals seufzte Morgan, dann erhob er sich vollends und hängte das in der Scheide befindliche Königliche Schwert an ein Paar Wandhaken neben das Kopfende des Himmelsbettes. »Laß uns noch heute nacht aufbrechen, ja, Duncan?« schlug er vor, indem er sich seinem Vetter zukehrte. »Ich sehe ein, es ist lachhaft, nach so langer Frist zu hoffen, sie könnten noch unter den Lebenden weilen, zumal nun Conall im Vollbesitz der Haldane-Magie ist, aber sollten wir auch nichts anderes entdecken denn entstellte, vom Wasser aufgedunsene Leichen, so würden wir doch *Gewißheit* haben.«

Duncan ließ den Blick abgewandt, während auch er aufstand, das Haupt geneigt; seine Finger zupften unstet an einem Zipfel der Decke, welche über Nigel zu breiten er sich angeschickt hatte. »Bist du tatsächlich der Meinung, wir sollten uns so bald auf den Weg machen? Und wenn nun Conall uns braucht?«

»Warum sollte er unserer bedürfen?« lautete Morgans Gegenfrage. »Er bedurfte unserer noch nie. Und sollte er fürwahr einen Deryni brauchen, so ist ja Arilan zur Stelle. Wenn's dich beruhigt, können wir ohne weiteres in gewissen Abständen hier nach dem Rechten sehen. Im übrigen ist Conall Haldane nunmehr König – der Haldane-König –, sieht man einmal davon ab, daß es ihm noch an Thron und Krone ermangelt.« Bekümmert betrachtete er Nigel. »Und mir liegt recht wenig daran, Nigels beklagenswertes Siechtum bis zum traurigen Ende mitanzusehen. Ich habe meinen Abschied genommen, derweil wir hier Conalls Ankunft harrten.«

Versonnen nickte Duncan. »Wenn ich mich recht entsinne, habe ich dir erzählt, daß Ciard, Jass sowie eine Handvoll weiterer Gefolgsleute Dhugals an der Unglücksstätte ein Lager errichteten, um die Suche nach den Verschollenen fortzusetzen. Begeben wir uns durch die Porta nach Valoret, vermögen wir von dort aus – allem zufolge, was mir vermeldet ward – in nicht ganz zwei Tagen selbiges bei Sankt Bearand aufgeschlagene Lager zu erreichen, vorausgesetzt wir können unterwegs oft genug die Reittiere wechseln, und falls das Wetter sich nicht zu arg verschlechtert.«

»Sollen wir also aufbrechen?« fragte Morgan noch einmal.

»Ich glaube ja.«

»Noch diese Nacht?«

»Nein, erst am Morgen. Wir können uns wohl schwerlich ohne weiteres entfernen, ohne des Regenten Erlaubnis eingeholt zu haben.«

»Und wenn Conall uns seine Einwilligung versagt?«

Duncan schnaubte. »Wähnst du etwa, er möchte uns lieber bei Hofe sehen, als wir hier zu verbleiben das Begehr verspüren? Er hat nun die Macht, Alaric. Er wird König sein. Die alte Ordnung ist vergangen – und wir beide, du und ich, wie bedauerlich 's auch sein mag, haben unter den neuen Verhältnissen bei Hofe keinen Platz.«

Während sie die beim Zeremoniell verwendeten Gegenstände an sich nahmen und im Gemach noch Kleinigkeiten aufräumten, fand Arilan sich wieder ein, und sie unterrichteten ihn von ihrem Entschluß. Der Bischof war davon wenig angetan, hegte jedoch für ihre Beweggründe Verständnis, und er fand sich dazu bereit, sich zu bestimmten vereinbarten Zeiten mit ihnen zu treffen, um sie über die Ereignisse in der Hauptstadt auf dem laufenden zu halten, derweil sie ihr fernblieben.

»Dennoch irrt Ihr Euch, was Eure Ansicht anbetrifft, Conall bräuchte Euch nicht, das bedenkt«, versicherte Arilan. »O ja, in der anfänglichen Aufregung, in welche es ihn stürzte, dem Herrschertum geweiht zu werden – und wohl auch infolge des Dahinsiechens seines Vaters –, hat er, das mag sein, noch weniger Dankbarkeit an den Tag gelegt, als es schon ansonsten seine Art zu sein pflegt. Aber ich hege die außerordentlich starke Hoffnung, daß sein Benehmen sich künftig merklich bessern wird. Ihr müßt wissen, er wird eine Gemahlin nehmen, und eine tüchtige Gattin kann ungemein erfolgreich darauf hinwirken, wie mir erklärt ward, daß sich bei einem Manne die Rauheiten abschleifen.«

»*Was* wird er?« wollte Morgan nun genauer wissen.

»Ach was, mimt nicht den Verdutzten«, gab Arilan zur Antwort. »Beachtet doch nur, welche vorteilhafte Wirkung das Eheleben auf Euch hatte.«

»Aber ...«

»Seid drüber froh, daß er bereits derlei Erwägungen anstellt und Maßnahmen trifft, um die Thronfolge zu gewährleisten«, empfahl Arilan und straffte sich mit einem Gehabe bischöflicher Würde. »Soviel ich erfahren habe, wird Cardiel am Montag, nachdem Conall seine Entscheidung dem Kronrat mitgeteilt hat, das Aufgebot verkünden. Ich hätte geschwiegen und es Euch erst dann wissen lassen, doch da Ihr Euch fortbegebt ...«

Voller Ungläubigkeit schüttelte Duncan, zu kaum mehr fähig, das Haupt. »Und wen hat er zum Weibe erkoren? Doch nicht jene Dorfdirn, welchselbige von ihm schwanger geht?«

»Gott im Himmel, nein, nicht doch«, versetzte darauf Arilan. »Seine Braut ist eine wahrhaftige Fürstentochter und obendrein eine Vollderyni. Ich bezweifle nicht im geringsten, daß Ihr beide seine Wahl gutheißen werdet. Er wird sich mit Rothana Nur Hallaj vermählen.«

»Rothana!« Ein Keuchlaut entfuhr Morgan.

»Aber sie hat doch«, erhob Duncan zum Einwand, »Gelübde abgelegt, Nonne zu werden.«

Arilan zuckte die Achseln. »Thomas Cardiel zufolge besitzt ihr diesbezüglicher Entschluß keine Gültigkeit mehr. Offenbar hat sie vor einiger Zeit ein vorschriftsgemäßes Gesuch um Entbindung von ihren Gelöbnissen eingereicht – welchletztere ohnehin nur vorläufiger Art waren –, nachdem sie diese Angelegenheit unter dem Siegel der Schweigepflicht, wie sie einem Beichtvater obliegt, mit ihm besprochen hatte. Conall strebt voll des Verantwortungsbewußtseins danach, so bald wie überhaupt nur machbar einen rechtmäßigen Erben zu bekommen, deshalb soll die Vermählung stattfinden, noch ehe die Fastenzeit endet – aufgrund der traurigen Ereignisse im Laufe des vergangenen Mondes soll die Hochzeitsfeier bescheiden ausfallen –, will sagen, von heute an gerechnet, in einer Woche, so ich nicht irre.«

Auch Morgan schüttelte, aus Verwunderung gänzlich entgeistert, den Schopf. »Davon hatte ich nicht die mindeste Ahnung. Indessen vermeinte ich, Kelson hätte ein Auge auf sie geworfen gehabt ... wiewohl ihm gewißlich kein leichter Sieg beschieden gewesen wäre. Niemals werde ich vergessen, wie tief er an jenem Tage, als er ihr erstmals begegnete, aufgewühlt und erschüttert ward.« Bei der Erinnerung daran lächelte er bekümmert. »Er richtete fürwahr an mich die Frage, ob ich je ein Weib geschändet hätte.«

»Was tat er?« merkte Arilan auf. »Gütiger Gott, Ihr wollt doch nicht andeuten, daß *er* ...?«

»Ach was, barmherziger Himmel, nein«, erwiderte Morgan. »Soviel ich weiß, ist Kelson eine männliche Jungfer ... oder ist's gewesen.« Er berichtigte sich in laschem Tonfall. »Ich wähne keineswegs, daß er je anders als mit der größten Hochachtung Hand an ein Weib gelegt hat.«

»Ei nun, und was hat sich dann zwischen ihm und Rothana zugetragen?« wünschte Arilan zu erfahren.

Nachdenklich seufzte Morgan und zwang sich dazu, seine Überlegungen ganz der Beantwortung dieser Frage zu widmen. »Er hatte den Vorsatz gefaßt, jenen Schurken, welcher Prinzessin Janniver schändete, zu ergreifen und der gerechten Strafe zuzuführen. Darum war's seine Absicht, in Jannivers Gedächtnis Einblick zu nehmen, um aus ihrer Erinnerung an den Überfall Kenntnis vom Übeltäter zu erhalten. Rothana jedoch widerstand seinem Begehren. Anschließend nahm *sie* in Jannivers Geist Einblick und teilte Kelson mit, was er wissen mußte, doch übermittelte sie ihm bei dieser Gelegenheit auch Eindrücke davon, wie es ist, unter solchen Umständen ein Weib zu sein. Ich möchte zu behaupten wagen, daß es für ihn nur nutzreich sein konnte, solche Einsichten zu gewinnen, aber es mag sein, daß es sich verhängnisvoller auf ihn auswirkte, als es damals jemand ahnte. Ich frage mich, ob Richenda darüber Bescheid weiß.«

Arilan hob die Schultern. »Darauf vermag ich naturgemäß keine Antwort zu erteilen. Auf alle Fälle erfreut es mich, von Euch zu hören, daß zwischen ihm und Rothana nichts vorgefallen ist. Es wäre mir ungemein zuwider gewesen, in Zweifel und Erörterungen bezüglich dieser und jener Fragen der Blutsverwandtschaft verwickelt zu werden. Rothana wird für Gwynedd eine tadellose Königin abgeben. Und Conall braucht *dringlich*, geradeso wie vor ihm Kelson, einen rechtmäßigen Erben.«

»Tja, wenn es das ist, was Rothana in der Tat will, soll's wohl so sein«, äußerte Duncan halblaut. »Und zumindest wird Gwynedd eine Deryni-Königin haben, was gewißlich allein zum Vorteil frommen kann. Ihr glaubt doch nicht, Conall könnte gekränkt sein, wenn wir am Tage seiner Hochzeit nicht zugegen sind, oder?«

»Oh, ich befürchte nichts dergleichen«, entgegnete Arilan. »In Anbetracht der allgemeinen Lage wird man nur eine kleine Feierlichkeit veranstalten. Und wahrscheinlich dürfte es Conall recht gut bekommen, ein paar Wochen lang Eurer beider Aufmerksamkeit ledig zu sein, während er zu sich selbst findet und allmählich Tritt faßt ... Eine Meinung, welche beileibe nicht als Schmähung zu verstehen ich Euch ersuche.«

»So verstehen wir Euren Standpunkt durchaus nicht«, beteuerte Morgan kauzig und teilte auf geistiger Ebene Duncan seine Einschätzung mit, daß nun der

Augenblick da sei, um zu gehen. »Mit Sicherheit wird es ebenso *uns* bekömmlich sein, uns für einige Zeit in die Abgeschiedenheit zurückzuziehen und in aller Ruhe ein für allemal unsere Trauer zu bewältigen ... Und ich zweifle daran, daß in bezug auf des Reiches Schutz und Verteidigung irgendwelche Schwierigkeiten bevorstehen, welche Ewan und Saer nicht in Conalls Namen zu beheben vermöchten. Erweist uns die Gefälligkeit und bittet ihn sowie seine Mutter dafür um Nachsicht, daß wir uns so überstürzt hinfortbegeben, aber es ist ja wohl am klügsten, die Valoreter Porta in den frühen Morgenstunden zu benutzen, deshalb gedenken wir nicht bis zum morgigen Abend zu säumen.«

»Eine weise Vorkehrung«, pflichtete ihm Arilan bei.

»Nur eine Frage möchte ich Euch zuvor noch stellen«, sprach Morgan, bevor er sich zum Gehen wandte.

»So? Welche denn?«

»Wie wird der Camberische Rat über all das denken?«

»Über Conalls Absicht, sich mit Rothana zu vermählen?« Arilan lächelte. »Ich erwarte, daß er frohlocken wird. Ihre Eltern sind uns wohlvertraut und haben unsere Bestrebungen stets unterstützt. Sie wird eine gar vortreffliche und ergebene Königin sein.«

»Ergeben, fürwahr«, murmelte Duncan ganz leise, als er und Morgan sich im Gang außer Hörweite und unterwegs zu Dhugals Gemächern befanden, um andere Gewänder anzulegen. »Ergeben, wahrhaftig ...!«

Unterdessen schlurfte jener Mann, der eigentlich Rothana zur Gemahlin hätte nehmen sollen, fortgesetzt durch einen scheinbar endlosen Höhlengang unter der Erde, der immerzu noch tiefer abwärtsführte, mit wachsender Sorge gestützt und beobachtet vom selbst immer schwächer werdenden Dhugal.

Dessen königlicher Schützling hatte in der Genesung einige Fortschritte gemacht, mit jedem Tag, der verstrich, kehrten ihm mehr von seinen Erinnerungen zurück, so daß er sich mittlerweile wieder an nahezu alles zu entsinnen vermochte, was sich bis zum Tag des Unglücks ereignet hatte; nach wie vor jedoch ermüdete er rasch, und wenn er sich zu stark anstrengte, befielen ihn noch immer Schmerzen im Haupt, zudem blieb sein Vermögen, sich seiner Magie-Fähigkeiten zu bedienen, bis auf weiteres sehr unzulänglich und unverläßlich. In gewissen Abständen unternahm er probeweise Versuche, mit Dhugal eine geistige Vereinigung einzugehen, um desselben Geisteskräfte zum Zwecke des Trachtens, mit geistigen Mitteln über ihres Felsenkerkers Grenzen hinauszudringen und mit der Außenwelt in Verbindung zu treten, zu verstärken, aber schon die geringste derartige Mühe verursachte dem König erneut im Schädel die grausamste Pein. Die einzige Deryni-Fähigkeit, welche gegenwärtig für ihn einen Nutzen hatte, war die Fertigkeit, seine Geistesschilde zu heben und zu senken, so daß Dhugal ihn mittels geistiger Einwirkung zeitweilig vom Schmerz befreien und ihm beim Einschlummern behilflich sein konnte.

Infolgedessen schlief er jedesmal tief und fest, wenn sie rasteten, und ohne zu träumen. Dank dieser Voraussetzung war es ihm dann auch jedesmal möglich, die Wanderung von neuem aufzunehmen. Keiner von beiden jedoch ward kräftiger durch die beschränkte Nahrung aus Fisch und Wasser, welche alles war, was ihnen die unterirdische Höhlenwelt an Verzehrbarem bot. Und am Ende kam der Augenblick, in dem die Höhlen seitwärts abzweigten, der Fluß dagegen, indem er in einen tiefen Teich mündete, dessen Grund Dhugal zu erkunden außerstande blieb, vollends in der Erde verschwand.

Nachdem Dhugal sich mit dem erfolglosen Bemühen, die Gegebenheiten im Abgrund des Gewässers durch geistiges Tasten zu erforschen, erschöpft hatte, schliefen er und Kelson am Ufer des Teiches neben einem mickrigen Feuerchen, einer dicht an den anderen gedrängt, um einander Wärme zu spenden; während des langen Wegs in die Eingeweide der Erde hatten sie immer weniger Treibholz entdeckt, das ihnen als Brennstoff dienen konnte. Sobald er wieder wach war, fing Dhugal erneut Fische und briet sie; und derweil er und Kelson davon jeder seinen Anteil aßen, versuchte Dhugal dem König die Sachlage, so wohl er es vermochte, zu erklären.

»Wir sind am Ende des Stroms angelangt, Kelson«, stellte er fest. »Ich habe geistig so weit hinab in diesen Teich getastet, wie es sich nur machen ließ, jedoch ist er, so will's den Anschein haben, ganz und gar unergründlich, und ich konnte keinerlei Hinweise darauf ersehen, bis in welche Ferne er fließt, bis er von neuem ans Licht der Sonne quillt. Mag sein, er kehrt *nie* zurück an die Oberfläche der Erde. Wie es sich auch verhalten mag, mir scheint, daß wir auf diesem Wege nicht wieder ins Freie zurückzukehren vermögen, es wäre denn, wir wählten die Freiheit des Todes.«

Kelson erschauderte und zog sich den Umhang enger um die Schultern. Er fror leichter, als Dhugal es aus der Zeit vor dem Unfall von ihm kannte, und er hatte entschieden mehr an Leibesgewicht verloren, als Dhugal behagte. Als er einiges von seinen Körperkräften wiedergewonnen gehabt hatte, war er von neuem – nachdem er Bruder Gelrics Kutte abgelegt hatte – in sein Reitleder geschlüpft, doch hing selbiges inzwischen an ihm wie Gelumpe an einem dürren Bettler, ganz ähnlich, wie es der Fall war mit Dhugal und dessen Gewandung. Die vergangenen Tage hatten den König zudem mit einem spärlichen, seidenweichen Bart geziert, in welchem er sich nun kratzte, während er näher ans Feuer rückte.

»Erlösung aus dieser Tiefe begehre ich, aber nicht auf *diese* Weise«, äußerte Kelson. »Wär's unser Wunsch, das Leben durch Ertrinken zu endigen, so hätten wir ihn uns gleich zu Anfang erfüllen können, als uns das Unheil ereilte ... wie lange *das* nun auch schon her sein mag.«

»Ich habe erwartet, daß Ihr solche Antwort gebt«, entgegnete Dhugal und spießte einen weiteren Fisch auf, um ihn zu rösten. »Da's nun so ist, verbleibt uns allein die Möglichkeit, ferner durch die Höhlen zu streifen und währenddessen zu hoffen, daß wir doch einen Ausweg finden, eh es uns an Nahrung und Wasser zu ermangeln beginnt. Ich habe ein paar Fische mehr gefangen, welche wir mitnehmen können, doch die Wassermenge, welche wir mitzutragen vermögen, bleibt darauf beschränkt, was sich in den Schlauch füllen läßt. Selbige Menge dürfte, so fürchte ich, nicht lange unseren Durst stillen, haben wir dem Fluß erst einmal den Rücken zugekehrt.«

Kelson zuckte mit den Schultern. »So haben wir denn die Wahl, an diesem Fleck auszuharren, wo wir Fisch und Wasser zur Genüge verfügbar haben, um auf unbestimmte Dauer das Leben zu behalten – ohne daß wir dadurch an Kräften gewännen oder ins Freie fänden –, und dem gewissen Wagnis des Abweichens vom Wasser«, faßte Kelson zusammen und rieb sich die Stirn. »Es *muß* ganz einfach irgendwo einen Durchlaß geben. Die Luft ist ja stets frisch. Und sollten wir dennoch keinen Weg ins Freie ausfindig machen, dann haben wir's doch jedenfalls versucht.«

Mir ernster Miene nickte Dhugal. »Ich wünschte, Ihr wärt stark genug, uns zu ermöglichen, wirklich einmal unter Aufbietung aller Anstrengung eine ferngeistige Verbindung zu jemandem in der Außenwelt herzustellen. Ich vermag nicht zu glauben, daß Vater und Alaric nicht nach unserem Verbleib forschen. Natürlich kann's aber sein, daß nach so langer Frist alle wähnen, wir seien mausetot.«

»Wieviel Zeit mag nach deiner Ansicht verstrichen sein, Dhugal?« fragte Kelson nach einem Augenblick des Schweigens. »Mehrere Wochen? Eines Mondes Lauf?«

Davon jedoch besaß Dhugal wirklich und wahrhaftig nicht die geringste Vorstellung. Und nachdem sie auch die letzten Fische gebacken, zum Mitnehmen verpackt, sich an Wasser vollgetrunken, den Schlauch gefüllt und sich soviel Treibholz aufgeladen hatten, wie sie nur tragen konnten, um so lange wie möglich Holz für Fackeln zur Hand zu haben, sprachen sie nicht mehr über diese Frage.

Als sie sich weit genug vom Fluß entfernt hatten, so daß man sein Rauschen lediglich noch als dumpfes Gluckern hörte – nach so langer Zeit an der Fluten Ufer war ihnen die Ruhe regelrecht willkommen –, wandelte sich recht bald die Beschaffenheit der Höhlen. Zunächst gelangte das Paar durch eine Reihe feuchter Gänge mit felsig-rauhen Wänden; diese Stollen verbanden größere Felskammern miteinander, als wären letztere Perlen, wiewohl sich dazwischen ungleiche Abstände befanden, auf einer Kette; einige davon waren kahl und öde, während manche Märchenreichen voll mit den absonderlichsten Gebilden aus Gestein und Verkrustungen aus Mineralen glichen. Immer häufiger allerdings sahen die beiden Jungmannen sich gezwungen, sich einen Pfad durch Höhlen zu suchen, welche so hoch und weitläufig waren wie ein Dom, jedoch dicht an dicht voller Zapfen aus von der Höhlendecke herabgewachsenem sowie auch vom Untergrund nach oben gewachsenem Tropfstein. Bisweilen gab es in solchen Riesenhöhlen Tümpel von Wasser; aber selbiges erwies sich als abgestanden und zudem dermaßen angereichert mit mineralischen Stoffen, daß ihre Mägen davon Krämpfe bekamen, darum gewöhnten sie es sich bald ab, es zu trinken.

Nach einigen Stunden mußten sie sich, weil sich ihr Vorrat an Brennholz schnell aufbrauchte, ausschließlich auf Dhugals Hand-Feuer beschränken, um Licht zu haben. Die zusätzliche Mühewaltung, welche ihm dadurch auferlegt ward, verschliß weiter Dhugals ohnehin

Zwischendurch: [redacted] Kelson und Dhugal sind schwer verwundet und schleppen sich mühsam dahin. Ihre kärglichen Vorräte vermögen sie kaum noch zu stärken oder zu erquicken, und sie sind kurz davor, sämtliche Hoffnung fahren zu lassen... [redacted] Da geht's dem Leser sehr wahrscheinlich besser: wenn er sich etwas für den kleinen Appetit zwischendurch zubereiten möchte, braucht er nur einen Becher, heißes Wasser und... [redacted]

schon beträchtlich geschrumpften Rückhalt an Kräften; und Kelson konnte nicht aushelfen, Dhugal durfte darüber heilfroh sein, daß der König es auch fernerhin schaffte, auf den Beinen zu bleiben und sich dahinzuschleppen. Im Verlauf der nächsten paar »Tage« rasteten sie mehrmals und schliefen sich aus, aßen und tranken auch jedesmal von ihren inzwischen arg kargen Vorräten. Ebenso vermochten sie kein Feuer mehr zu entfachen, das sie während des Schlummers gewärmt hätte.

Die Folge war, daß sie aus jedem Schlaf weniger erholt erwachten, weil sie einfach zu schlecht schliefen, sich jedesmal immer noch weniger gestärkt und erquickt fühlten. Dhugal schätzte, daß es am dritten Tag nach ihrer Abkehr von jenem Teich geschah – kurz bevor sie mit ihren Vorräten am Ende waren –, als sie allem Anschein zufolge sämtliche Hoffnung fahren lassen konnten. Die Höhle führte schlichtweg nicht weiter. Ein Aufschluchzen der Verzweiflung drang aus Dhugals Kehle, als er diese letzte Felskammer fast gänzlich umrundet hatte und schließlich, den Rücken am Felsen, in eine Sitzhaltung niedersank.

»Gibt es keinen Durchschlupf?« erkundigte sich Kelson von der Einmündung des Stollens herüber, durch welchen sie die Höhle betreten hatten. Dhugal stieß einen erstickten Laut der Verneinung aus, schüttelte das Haupt und verbarg das Angesicht in den Händen; sein Hand-Feuer verflackerte und erlosch, bis er sich zum Schluß in völliger Dunkelheit dem Weinen ergab. Fassungslos stapfte Kelson einige Schritte weit in seine Richtung, bis seine Hand an eine Wand rührte, an welcher entlang er hinüber zu der anderen Felswand zu tappen vermochte. Dort angelangt, ließ er sich gleichfalls auf den felsigen Boden sinken, legte die Wange sowie beide Hände an den Stein und verwendete für eine Weile alle Aufmerksamkeit ausschließlich aufs Beruhigen seiner Atmung, außerstande zu jeglichen sonstigen

Handlungen, erflehte vom Himmel eine Begnadigung von ihrem offenkundigen Todesurteil. Eine Umkehr war ausgeschlossen. Freilich, sie konnten sich auf den Rückweg begeben – aber mit den geringen Vorräten, welche ihnen noch zur Verfügung standen, würden sie nicht einmal bis zum Teich gelangen. Und selbst wenn sie dort hinkämen, stünde ihnen nichts anderes als ein langsamerer, elendigerer Tod bevor. Doch wie Kelson da im Finstern kniete, selbst an der Schwelle zur Verzweiflung, bemerkte er etwas, das ihm zunächst entgangen war: Unter seinen empfindsamen Fingerspitzen fühlte er eine Art von gleichmäßigem Muster, zuerst nur eine waagrechte Furche, zu welcher sich jedoch, als er mit den Händen das Umfeld abtastete, mehr Furchen gesellten, auch solche mit senkrechtem Verlauf. Es handelte sich um eine gleichsam kunstvoll beschaffene Gestaltung, welche den Anschein erregte, als wäre sie aus ... *Ziegeln?* Barmherziger! War es denkbar, daß Menschenhand diesen Wall errichtet hatte? »Dhugal!« raunte Kelson heftig, vermochte selbst kaum zu glauben, was er da erfühlte. »Dhugal, hier ist ein Wall.«

»Das weiß ich wohl«, ertönte Dhugals freudlose, durch seine Hände gedämpfte Entgegnung.

»Nein, ich will sagen, es ist eine Mauer, welche jemand gebaut hat. Aus Ziegeln oder dergleichen. Fühle selbst, Dhugal. Man kann die Furchen des Mauerwerks ertasten. Erzeuge nochmals das Hand-Feuer und schau's dir mit eigenen Augen an.«

Dhugal scharrte in der Finsternis, verschaffte sich offenbar seinen eigenen Eindruck von dem Wall; dann hörte Kelson ihn aufkeuchen. »Süßes *Jesulein,* Ihr habt recht!« stieß er halblaut hervor. Sein Hand-Feuer flammte erneut auf, erhellte seine Gestalt und zeigte, wie er mit den Händen die Mauer befühlte. »Ziegel und Mörtel. Kelson, nun werden wir *doch* hinausgelangen! Wenn jemand diese Mauer erbaut hat, so muß es unanzweifelbar von der anderen Seite geschehen sein. Wir brauchen die Mauer lediglich zu durchbrechen.«

Einen Durchbruch zu bewerkstelligen, stellte sich allerdings als weitaus schwieriger und beschwerlicher heraus, als sie in ihrem ersten überhöhten Frohlocken angenommen hatten, denn außer Dhugals Dolch und ihren Fäusten war keinerlei Werkzeug vorhanden. Der Mörtel, welcher die Ziegel zusammenhielt, konnte herausgelöst werden, jedoch nur im Laufe langwieriger Plackerei, eines umständlichen, sorgsamen Schabens und Kratzens in den Fugen; diese Schufterei ging nur sehr langsam vonstatten, verdarb alsbald die Klinge und machte sie für jeden anderen Zweck unbrauchbar, und überdies zerkerbten und zerschrammten sie sich die Fingernägel. Allmählich aber erzielten sie dabei einen gewissen Erfolg.

Es beanspruchte mehrere Stunden, den ersten Ziegelstein herauszuholen. Dahinter befand sich ein anderer, jedoch leicht verschoben eingesetzter Ziegel. Etliche Stunden lang dauerte es, mehrere Ziegel auf dieser Seite zu entfernen, um den einen hinteren Ziegel vollständig freizulegen, wiewohl die zwei Jünglinge nach dem Herauslösen des ersten Ziegels etwas leichter vorwärtskamen. Sie mühten sich weit über die Zeit hinaus ab, zu welcher sie sich ansonsten zum Schlafe hingestreckt hätten, obschon Kelson aus Überanstrengung zu schwanken begann.

Endlich aber konnten sie einen hinteren Ziegel herausbrechen und auf die andere Seite durchschieben, und sie verfielen angesichts dessen, daß die Mauer sich als nur zwei Lagen dick erwies in einen Freudentaumel. Mit einem wuchtigen, dunklen Poltern prallte der Ziegel drüben auf, doch als Dhugals Finger, während er mit der Hand durch das Loch griff, noch mehr Mörtel abbröckelte, klirrte irgend etwas, ganz so wie von Erz.

»Die andere Seite ist vergleichsweise glatt«, vermeldete Dhugal, derweil er die Mauer dort abtastete. »Mag sein, sie ist mit Putz bedeckt.«

»Vermagst du etwas zu erkennen?« wollte Kelson wissen.

Doch als sie beide die Gesichter an den Durchbruch preßten, um hindurchzulugen, bemerkten sie drüben nichts als Finsternis; und selbst als Dhugal sein Hand-Feuer hinüberschweben ließ, um die andere Seite der Mauer zu erhellen, vermochten sie nichts zu sehen. Aber ein Loch war nun ins Mauerwerk gerissen, und das bloße Dasein der Mauer durfte ohne weiteres als Beweis dafür gelten, daß hier einst Leute gewesen waren und sie gebaut hatten – und daß deshalb jenseits des Gemäuers irgendwo ein Zugang sein mußte.

Diese Schlußfolgerung nährte neue Hoffnung, so daß die beiden Jünglinge nunmehr ein wenig verschnauften, dabei den restlichen, inzwischen fast ungenießbaren Fisch verspeisten und einige spärliche Schlucke Wasser aus dem nahezu leeren Schlauch tranken. Anschließend schlummerte Kelson für eine Weile, während Dhugal sich unentwegt am Mauerwerk betätigte, Mörtel wegkratzte und an Ziegeln rüttelte, obschon er so genau wußte wie der König, daß es ihnen noch wenigstens ein Tagewerk abfordern würde, das Loch ausreichend zu erweitern, um sich hindurchzwängen zu können.

Bei dem Lagerplatz oberhalb der Abtei St. Bearand stand Morgan mit Duncan und Ciard O'Ruana auf einem felsigen Vorsprung, welcher über die jähe Klippe des Wasserfalls hinausragte; im hellen Sonnenschein, der mitten am Vormittag herrschte, umwehten von kleinen Regenbogen durchschillerte Sprühnebel sie.

»Und du sagst, Kelsons Knappe stürzte diesen Wasserfall hinab und kam mit dem Leben davon?« vergewisserte sich Morgan, an den alten Knecht gewandt, schüttelte ungläubig das Haupt, derweil er, um noch weiter über den Vorsprung hinunterschauen zu können, den Hals reckte.

»Jawoll, Eur Gnahn. Dort am Rand des Sees aber könnt Ihr sehn, wie er gesäumt is von Felsen. Ich weeß nich, wieso er davon verschont blieb, drauf zerschmettert zu wern. Doch's mag ja sein, daß er auf sie stierzte. Der anner Knapp mußt's leihn. Aber die Felsen oberhalb's Wasserfalls sind tieckisch gnug.«

Morgan war weh ums Herz, als er den Blick in die Richtung der von Gischt weißlichen Wassermassen lenkte, welche auf die Höhe des Wasserfalls zurauschten. Kelson und Dhugal mußten ein ganz beachtliches Stück weiter bachaufwärts in die Fluten gestürzt sein. Morgan und Duncan waren im ersten Morgenlicht – in Begleitung eines Mönchs, welcher ihnen von St. Bearand aus als Führer gedient hatte – hinauf zur Unglücksstätte geritten. Der Klosterbruder wartete nun drunten im Lager, bei Jass MacArdry und den übrigen MacArdry-Gefolgsleuten, die da seit nunmehr beinahe drei Wochen hoffnungsvoll Wache hielten.

Auf manche Fragen gab es keine Antworten, aber die Aussichten waren beileibe nicht gut. Mittlerweile stand – allen Aussagen zufolge – einigermaßen sicher fest, daß Dhugal und Kelson beide den anfänglichen Sturz ins Wasser überlebt hatten; mehrere Männer hatten beobachtet, wie Dhugal auf den König zuschwamm, der sich mit letzter Kraft über Wasser zu bleiben abmühte, während die Strömung sie zusammen in eine Biegung des Bachs riß, hinter welcher sie sodann außer Sicht verschwanden. Ob jedoch einer von ihnen – oder gar beide – den Sturz über den Wasserfall auch überlebt haben konnte, war völlig ungeklärt. Jung Jowan hatte es jedenfalls das Leben gekostet, und wahrscheinlich ebenso dem Mönch, der den König und dessen Geleit als Führer begleitete. Fest stand, daß nichts, was die Fluten hinuntergestürzt war, es unbeschadet überstanden hatte.

»Was glaubst du, wo der Bach in die Erde entschwindet, Ciard?« erkundigte sich Morgan nach längerem Schweigen.

»Ehm dort«, antwortete Ciard und deutete mit ausgestrecktem Arm und Zeigefinger nach unten. »So Ihr 'n Blick lotrecht von jener Kluft inner Klipp – wo die Zweich hervorrahn – nach unten lenkt, seht Ihr's ... Erkennt Ihr jene Stell, die stiller is als 's iebrige Wasser?«

»Ja.«

»Nun seht, wie jenes Zweichlein drauf zutreibt«, entgegnete der Knecht und zeigte jetzt ein wenig weiter nach rechts. »Auhnfällich ist's nich, wie's geschieht, aber ... Da, un fort ist's! Ein Knapp, der am End vom Zug ritt, sah fierwahr, wie's 'n Gaul in die Tiefe zog.«

Morgan bemerkte, wie Duncan das Angesicht verzerrte und er sich abwandte; auch Morgan kehrte dem schaurigen Anblick den Rücken zu. »Wir wollen hingehen und jene Stelle vom Lagerplatz aus genauer in Augenschein nehmen«, sprach er und schickte sich an, den steilen Pfad abwärtszuklimmen, auf welchem sie zuvor die vorteilhafte Ausgucksstelle erreicht hatten.

Aber auch eine ausgiebigere Beobachtung jener Stelle verhalf zu keiner Gewißheit. Lange verweilte Morgan am Ufer, starrte selbige Stelle auf dem Wasser an und versuchte den Abgrund, durch welchen ein Teil der Fluten sich in die Erde ergoß, mittels geistigen Tastens zu erforschen, doch blieb all sein Erkunden ohne Ergebnis.

»Du erwägst doch nicht etwa, ihnen hinab in diese Schlucht zu folgen, oder?« fragte Duncan gedämpft, als er nach einer ganzen Weile kam und sich neben Morgan stellte.

Morgan schüttelte das Haupt. »Verzagt mag ich sein, aber ich sinne nicht auf Freitod«, lautete seine Erwiderung. »Dort unten gleicht der Grund des Gewässers einem Trichter. Andernorts muß das Wasser wieder zutage treten, jedoch ist's mir nicht vergönnt zu ermitteln, in welcher Entfernung es geschieht. Freilich ist's auch denkbar, daß es in eine unterirdische Zisterne fließt, wiewohl man meinen möchte, es müßte aus derselben wiederum woanders hinfließen oder sie müßte sich irgendwann füllen.«

»Dann nehmen wir der Einfachheit halber einmal an, es strömt nicht in eine Zisterne«, sprach Duncan. »Unterstellen wir, der Bach bleibt auch unter der Erde ein Fließgewässer. Gehen wir davon aus, dann muß er *irgendwo* an die Erdoberfläche zurückkehren. Wir befinden uns hier im Hochland, aber ringsherum erstrecken sich ja allerlei Ebenen.«

Morgan nickte. »Die gleiche Überlegung habe auch ich angestellt. Anscheinend weiß aber niemand, an welcher Stätte.«

Ciard, der ihrer Unterhaltung gelauscht hatte, neigte voller Nachdenklichkeit das Haupt zur Seite. »Ei, *das* is 'n Gedanken wert, Ihr Herrn«, äußerte er. »Diese Mönche, se verstehn nichts von Bergen, obschon se hier lehm – un's mag sein, se täten die Nas riempfen ieber das, was ich mein –, aber wir Märkschen, wir hahm 's Zweite Gesicht ... so dann un wann. Habt Ihr je vom Rutengehn, um Wasser zu finnen, 'n Wort vernommen?«

»Rutengehn?« wiederholte Morgan halblaut.

Duncan hingegen nickte höchst angetan und schenkte Ciard seine ungeteilte Aufmerksamkeit. »Davon habe ich vernommen, Ciard. Aber wo Wasser ist, wissen wir bereits. Glaubst du, es sei machbar, ein bestimmtes Gewässer aufzuspüren, obwohl's ringsum soviel Wasser gibt?«

»Nu, ich weeß nich, ob *ich* mit solcher Feinheit 'n Gwässer aafzuspiern vermöcht ... aber 's mag sein, Deryni wie Ihr Herrn ...«

»Gewißlich können wir, so wir's versuchen, danach nicht schlechter als im Augenblick dastehen«, sagte Morgan voller Ungeduld. »*Ich* bin so einen Versuch durchzuführen bereit. Ciard, wär's vorstellbar – und wenn nur im entferntesten –, daß sie an der Schlucht vorübergespült und weiter bachabwärts getrieben worden sind?«

Ciard schüttelte das Haupt. »Die Kerls hahm 'n volln Tagesritt weiter weg gsucht, Herr. Keene der Leichn, wo wir gefunden hahm, ward bloß halb so fern ... un die Mehrheit lag hier in der Näh, in 'n Felsen rund um 'n Teich. Nee, der ärm Dhugal und der Keenich, Gott hab se seelig, sind gewiß hinab in die Erd entschwunnen.«

Die Auskunft des greisen Knechts war hart, doch nachdem sich Morgan und Duncan durch rasch gewechselte Blicke über das weitere Vorgehen verständigt hatten, willigten sie in die Anregung ein, unter Anwendung von Ruten nach dem Lauf des unterirdischen Gewässers zu forschen, denn Schaden konnte aus einem solchen Unterfangen nicht entstehen. Mit aufrichtiger Neugierde schauten sie Ciard zu, während er in den Haufen von Treibholz wühlte, welche am Ufer des Teichs verteilt lagen, bis er endlich, nachdem er nahezu ein Dutzend Hölzer untersucht und verworfen hatte, einen gegabelten Zweig auswählte, den er anscheinend für den gedachten Zweck als geeignet erachtete. Rasch stutzte er ihn, bis er das Aussehen eines Y mit kurzstieliger Gabel besaß, schälte die Rinde ab, verhielt dabei nur gelegentlich, um ein Knötchen wegzuschneiden oder die Ausgewogenheit der hölzernen Glieder zu prüfen. Als sein Werk getan war, schob er den Dolch zurück in die Scheide und zeigte es den beiden Herzögen zur Ansicht vor.

»Sag an, warum hast du gerade dies eine Stück Holz ausgewählt, Ciard?« erkundigte sich Morgan.

»Nu, dieweil's zu mir sprach, Herr. Manche hahm's in sich, daß se sich vorm Wasser biehn, andre nich. Fiehlt nur 's Lehm darin ... nich's Lehm vom Baum, vom dem's stammt, indes ... 'ne Art von innrer Lebendigkeit, wenn man's so nenn will.«

Während die beiden Deryni das glatte, helle Holz mit

den Fingern befühlten, nickte Duncan und übermittelte seine Wahrnehmungen gleichzeitig Morgan. »Ich glaube, ich verstehe, was du meinst«, sprach er zu Ciard. »Und wie verwendest du's?«

Man konnte Ciard eine gewisse innere Anspannung anmerken, als er nun die beiden Enden der Gabel leicht zwischen die Finger nahm, das Holz so drehte, daß der Stiel aufs Wasser deutete. Nach einigen Augenblicken zuckte der Stiel zwischen seinen Händen ein wenig. »Ist das dein Tun?« fragte Morgan den Knecht.

Duncan schüttelte gleichzeitig mit Ciard das Haupt. »Nee, Herr«, antwortete der Knecht mit leiser Stimme; sein furchiges Angesicht blieb ganz still, den geringfugig verschwommenen Blick auf die Spitze des Stiels gerichtet. »Ich ... kann Euch nich so recht erklärn, was ich tu, aber ...«

Seine Stimme verklang und verstummte, als zwischen seinen Händen der Stiel des Y kräftiger zuckte; Duncan trat näher und berührte sachte Ciards Unterarm. »Sei bemüht, mir keinerlei Beachtung zu schenken, Ciard«, sprach Duncan, tastete auf geistiger Ebene mit seinen Deryni-Sinnen nach dem Verstand des Knechts. »Du hast in solcherlei geistigen Künsten deine Erfahrungen mit Dhugal gesammelt, deshalb weißt du, daß die Berührung zweier Seelen sich nicht schmerzhaft vollzieht. Ich wünsche lediglich herauszufinden, ob ich, was du da betreibst, nachzuvollziehen vermag.« Bei diesen Worten schloß er die Lider, beobachtete anhand seiner derynischen Sinneswahrnehmung sämtliche Feinheiten des Fließens und Strömens jener Kräfte, welche an dem, was Ciard verrichtete, Anteil hatten. »Wir werden uns eigene Ruten anfertigen müssen«, teilte er Morgan mit, als er am Ende wieder den Blick hob und die Hand von Ciards Arm nahm. »Jede solche Rute muß vom Benutzer eigens erkoren werden. Doch ich glaube, im großen und ganzen habe ich den Vorgang begriffen.«

Eine Stunde später richteten die zwei Deryni, gegabelte Ruten in den Händen, ihrer ungewöhnlichen Sinne geballte Aufmerksamkeit in den Teich, an jene Stelle, wo des Wasserfalls Fluten teilweise in die Erde hinabstürzten; allmählich erlangten sie erste Eindrücke vom Lauf, welchen die Wassermassen unter der Erde einschlugen.

»Es wird ein langes Suchen sein«, meinte Duncan, »und Gott allein weiß, ob's irgendeinen Erfolg zeitigen wird, doch jedenfalls ist's besser als völliger Müßiggang. Doch wir müssen uns ans andere Ufer dieses Bergbachs begeben. Ciard, ist ein Übersetzen möglich, oder ist es nötig, hinab ins Tal umzukehren, wo das Kloster Sankt Bearand steht?«

»Gewiß, Herr, man kann iebersetzen mit Pfern, wiewohl's nich ohngefährlich is. Einige Meiln weiter drohm, jenseits der Stätt, wo die Böschung abrutschte, is 'ne halbwegs braachbare Furt.«

»Dann wollen wir diesen Weg nehmen«, sprach Duncan. »Es wäre denn, Alaric«, wandte er sich an den Gefährten, »du tätest unsere Bestrebungen als nichtige Zeitvergeudung ab.«

Morgan, der mit der Rute noch nicht so tüchtig wie Duncan umzugehen verstand, schüttelte lediglich das Haupt und folgte Duncan und Ciard zurück zum Lagerplatz, um die erforderlichen Vorbereitungen zu treffen.

22

Das Totenreich wird meine Wohnung, im Dunkel breite ich mein Lager aus.

Hiob 17,13

Dhugal kerbte noch einen Brocken Mörtel heraus – wie er hoffte, das letzte solcher Bruchstücke, ehe er den Ziegel, welchen der Mörtel an seinem Platz im Gefüge der Mauer hielt, ausbrechen konnte –, dann drosch er mit dem Handrücken gegen den Ziegelstein. Derselbe gab nach, flog in den Raum auf der anderen Seite, bevor Dhugal ihn ergreifen konnte, und prallte mit gedämpftem Krachen zu Boden. Das Geräusch weckte Kelson, der auf ihren aufeinandergehäuften Umhängen, neben dem Stapel Ziegel, welcher während ihrer bisherigen Bemühungen angelegt worden war, ein Schläfchen gemacht hatte.

Dughal schuftete sich seit geraumer Zeit am Gemäuer ab, nunmehr sicherlich schon fast vierundzwanzig Stunden lang, in denen er lediglich kurze Unterbrechungen eingeschoben hatte, um zu verschnaufen und sich ein flüchtiges, unruhiges Nickerchen zu gönnen. Auch das restliche Wasser war mittlerweile aufgebraucht. Kelson hatte redlich versucht, bei Dhugals Werk eine Hilfe zu sein, aber er vermochte nicht lange zu arbeiten, mußte sich jedesmal bald wieder ausstrekken und ausruhen, da er sonst zu wanken anfing. Nun jedoch raffte er sich hoch, humpelte zu Dhugal, um ihm über die Schulter zu schauen, als der Junker ein zweites, kleineres Hand-Feuer erzeugte und durch das Loch hinüberschweben ließ. »War dies der Ziegel, dessen Entfernung uns nach drüben zu steigen erlaubt?« fragte der König, derweil Dhugal das Haupt und einen Arm in die Öffnung steckte, danach seine Schultern zwischen die unregelmäßigen Kanten zu schieben begann.

»Auf alle Fälle hoffe ich's«, ertönte Dhugals einigermaßen geschwächte Stimme. »Aber wir hätten die Bresche tiefer ansetzen sollen. Mit Verlaub, Sire, wär's möglich, daß Ihr mir Beistand leistet?«

Obschon es zur Folge hatte, daß sich davon alles um sein Haupt zu drehen schien, beugte sich Kelson vor, verklammerte in der Höhe von Dhugals Knie die Finger ineinander, wie um ihm auf ein Roß zu helfen. Dhugal wand sich so heftig, während er sich durch die Lücke zwängte, daß er Kelson ums Haar von den Beinen stieß, doch der König stemmte sich mit seiner Schulter gegen die Mauer, schaffte es irgendwie, Dhugals Beinen Halt zu geben, bis er sich auf der anderen Seite mit den Händen auf den Boden zu stützen imstande war und seinen Rumpf sowie die Beine durchs Loch nachzuziehen vermochte.

Daß es hinter der Mauer keinen sofortigen Zugang ins Freie gab, wußten sie bereits. Zwar hatten sie gehofft, ans Tageslicht vorstoßen zu können, jedoch feststellen müssen, daß der angestrebte Durchbruch sie nur in eine Grabkammer führen würde – muffig und modrig – höchstwahrscheinlich eines von vielen derartigen Gräbern, angeordnet wie Perlen auf einer Kette, ähnlich wie jene Höhlen, die sie zuvor durchwandert hatten. Der in dieser Grabkammer beigesetzte Tote ruhte allem Anschein nach in einem auf einen Sockel von aufgeschichteten Steinen gestellten Baumsarg. Ein Bahrtuch oder Banner verhüllte den größten Teil des Sargs, doch war es zu schimmlig und verrottet von Feuchtigkeit, als daß ein etwa vorhanden gewesenes Wappen noch unterscheidbar gewesen wäre; in der ungenügenden Helligkeit, die ihnen zur Verfügung stand, ließ sich jedenfalls nichts erkennen. Rund um den Baumsarg bedeckten Überreste längst vertrockneter, überwiegend völlig verwitterter Blumengaben den Fußboden.

Aber dem säuerlichen, muffigen Geruch alten Todes galt keineswegs Dhugals hauptsächliche Sorge, als er sich aufrappelte, sich Staub und zerkrümelten Mörtel von den Knien und Händen klopfte. Vielmehr sorgte ihn die Aussicht, daß auch sein und Kelsons Ableben nicht mehr allzu fern sein könnte. Denn kaum ein Dutzend Schritte jenseits des Baumsargs erhob sich eine zweite Mauer, jener ganz ähnlich, in welche sie nun endlich ein einigermaßen ausreichend großes Loch gebrochen hatten; allerdings war sie verputzt und mit einer Wandmalerei verziert, welche aufgrund der Feuchtigkeit jedoch schon stark rissig und abgeblättert war. Und obzwar diese zweite Mauer in der Mitte eine hölzerne Tür aufwies, war selbige nicht nur verschlossen und ermangelte unheilvollerweise eines Türgriffs, sondern wirkte zudem ungemein fest. Sie gab nicht nach, als Dhugal mit der Schulter gegen sie drückte, und ebensowenig, als er sich mit einem Sprung dagegenwarf, daß der wuchtige Anprall in der engen Grabkammer wie Donnerhall dröhnte.

»Ist die Tür von der anderen Seite verriegelt?« erscholl eine bange Frage Kelsons von der ersten Mauer herüber, durch deren Bresche er spähte.

»So will's den Anschein haben«, versetzte Dhugal, indem er zu ihm zurückkehrte, zur Antwort. »Aber dieser Widrigkeit werden wir uns annehmen, wenn Ihr auf dieser Seite seid. Ich wüßte zu gerne, wessen Grab das ist. Mich dünkt, es ist wahrhaftig schon sehr alt.«

Kelson hatte bereits die Umhänge durch die Lücke geschoben und reichte Dhugal nun den leeren Schlauch und die Satteltaschen hindurch; dann streckte er den rechten Arm und das Haupt durchs Loch. »Gegenwärtig schert's mich nicht, wie alt es ausschauen mag«, antwortete der König, indem er sich mit Mühe daran machte, den Oberkörper durch die Bresche zu zwängen. »Die Frage, welche mich im Augenblick plagt, lautet indessen: Wird mir das Durchkommen gelingen?«

»Es sollte Euch sehr wohl möglich sein«, entgegnete Dhugal und faßte Kelsons rechten Arm. »Eure Schultern sind ein wenig breiter als meine, daher mag's Euch etwas mühselig werden ... Und leider befinde ich mich nicht mehr drüben, um Euch von dort aus nachhelfen zu können, aber ... Ja, so ist's recht. Vortrefflich. Vermögt Ihr Euch abzustoßen? Dann werde ich Euch zur selben Zeit ziehen.«

»›Abstoßen‹, sagt er«, murmelte Kelson, derweil er sich an den Versuch begab, Dhugals Empfehlungen zu befolgen. Sobald seine Beine über dem Fußboden in der Luft baumelten, ruhte sein gesamtes Körpergewicht auf seiner Leibesmitte und einem eingeklemmten Arm, und Kelson unterdrückte ein Japsen der Pein. »Gütiges Herrgöttchen, ich quetsche mir den Arm ab!«

»Nein, durchaus nicht.«

»Es ist nicht *dein* Arm, der da abgequetscht wird!«

»Damit habt Ihr fürwahr recht, Sire.« Dhugal packte nun unter Kelsons bereits auf dieser Seite der Mauer befindlichen Arm, fing zu zerren und zu ziehen an. »So Ihr's vermögt, biegt ein wenig den Rücken. Schiebt Euch mehr nach rechts. Wir wollen nicht noch etliche Stunden mit der Erweiterung der Bresche zubringen.«

»Uns bleibt gar keine Wahl«, widersprach Kelson unter Gekeuche. »Ich stecke fest.«

»Ach was, keineswegs.«

»Dhugal, mir wird Haut abgeschrammt!«

»Das ist keinesfalls besonders schrecklich. Ihr seid ja fast durch. Habt acht, beinahe haben wir den anderen Arm frei ... Wenn's Euch möglich ist, schiebt Euch nunmehr ein bißchen nach links, dann ... Da haben wir's!« Kelson schrie auf, als Dhugal ihn vollends durch das Loch zog, schluchzte fast laut, während sie beide übereinanderpurzelten, aber dank der Umhänge, auf welche sie fielen, nicht zu hart aufprallten. Dhugal wälzte sich sofort in eine Sitzhaltung und schickte sich eilends an, Kelson beim Aufstehen behilflich zu sein, doch der König schüttelte das Haupt und krümmte sich heftig, preßte die Hände auf seinen Unterleib und saugte durch zusammengebissene Zähne Luft ein. »Seid Ihr unversehrt?« fragte Dhugal.

»In einem kleinen Weilchen hoffe ich's wieder zu sein«, knurrte Kelson, das Antlitz kreideweiß, derweil ihm Kelson beim Aufsetzen half. »Aber noch weiß ich nicht, ob ich das gleiche von den zukünftigen Haldane-Erben vorauszusagen vermag.«

Dhugal bot alle Mühe auf, um sich ein Lachen zu verkneifen. »Um Vergebung, doch war's bereits ein wenig zu spät, um Euch wieder nach drüben zu schieben und von vorn zu beginnen. Ihr seid nicht ernstlich verletzt, oder?«

»Nur in meinem Stolz.« Zittrig erhob sich Kelson auf die Knie und danach – erneut mit Dhugals Beistand – auf die Beine. »Wir wollen uns, was wir hier vorgefunden haben, einmal näher ansehen.«

Außer der Wandmalerei an der Mauer mit der Tür gab es eine zweite Wandmalerei an der durchstoßenen Mauer, doch infolge der langen Zeit, der sie schon der Feuchtigkeit ausgesetzt war, ließ sich die Darstellung nicht mehr erkennen. Von größerem Interesse war hingegen der Bestattete. Das über den Sarg gebreitete Tuch zerfiel in Fetzen und rutschte herab, sobald Dhugal es nur ganz behutsam anrührte, und daraufhin beugte er sich vor, um hineinzuschauen, als sich nach dem Fortfall des Stoffes zeigte, daß der Baumsarg keinen Deckel hatte. »Ei, würdet Ihr wohl hierfür einmal einen Blick erübrigen, Sire?« fragte Dhugal in verhaltenem Ton, während Kelson herbeitaumelte.

Des Toten sterbliche Überreste bestanden fast nur noch aus seinem Gebein; dagegen waren das Leder und Erz des Panzerhemds, in welchem der Mann begraben worden war, weitgehend bewahrt geblieben. Die Wolle von Waffenrock und Beinkleidern aber zerbröselte nahezu bereits unter Dhugals Atem, entblößte gelbliche Knochen. Den Schädel bedeckte ein Helm, auf dessen Krone ein Kamm saß; solche Helme benutzte man in

Gwynedd schon seit Jahrhunderten nicht mehr. Doch was Dhugals Aufmerksamkeit erregt hatte, war nicht des Toten Wappnung, wie Kelson sofort sah, sobald er die Hände auf den Rand des Baumsargs legte, um den Inhalt genauer zu betrachten; vielmehr handelte es sich beim Gegenstand von Dhugals Beachtung um ein gleichmäßiges Muster aus scharlachrotem Zwirn, das den Toten über und über bedeckte, so wie ein Netz mit etwa eine Handbreit weiten Maschen. Und in jeden Knoten dieses Zwirngeflechts war ein kleiner, gräulicher Stein geknüpft worden, in der Mitte durchbohrt, wo man den Strang hindurchgeführt hatte. »Was ist das?« raunte Kelson und sah Dhugal fragend an.

Dhugal schüttelte das Haupt und hielt eine Hand dicht über eines der Steinchen. »Ich weiß es nicht. Zauberei, möchte ich wohl meinen. Mag sein, so etwas wie ein Schutzzauber? Soweit ich's ersehen kann, ist seine Wirksamkeit längst verflogen, jedoch haftet daran noch ein restliches Od alter Kräfte.«

»Ist's derynischer Natur?«

»Danach fragt Ihr *mich?*«

»Nun ja, leider besteht noch der Übelstand, daß *meine* Sinne gegenwärtig stumpf sind«, antwortete Kelson. »Was wähnst du, aus was es gefertigt ist?«

Vorsichtig befühlte Dhugal einen Strang. »Seide? Und einige dieser Steinchen enthalten Anteile von *Shiral*-Kristall, so meine Vermutung nicht ganz und gar irrig ist. Wie auch immer, dies Gebilde ist unerhört alt. Ich wünschte, Vater und Herzog Alaric wären zur Stelle.«

Kelson seufzte, blickte sich in der Grabkammer um. Nachdem die zwei Jungmannen ihre anfängliche Neugierde in bezug auf den in der Gruft beigesetzten Toten befriedigt hatten, wandten sie sich von neuem der Vorrangigkeit ihres Überlebens und Entkommens zu, begannen diesbezügliche Fragen erneut in ihren Gedanken das gebührliche Gewicht einzunehmen. Die Tür, zu welcher sich nun Dhugal zurückbegab, verkörperte für ein Entweichen das unmittelbare Hemmnis; dennoch merkte Kelson erst einmal auf, als er sah, daß an den beiden seitlichen Wänden der Kammer – sie waren aus dem Naturgestein der Höhlen – bis in Kniehöhe, sichtbar als verwaschene Umrisse, Grabgaben aufgestapelt standen, und nach altüberkommenem Brauchtum hatten zu solcherlei Grabgaben stets auch Speisen und Wein gezählt. Kelson erkannte irdene Krüge, faulig gewordene Körbe und angemoderte hölzerne Schatullen. Just als er sich umdrehte, ein Wort an Dhugal zu richten beabsichtigte, kam der Junker, indem er um den Totenbaum einen Bogen beschrieb, zu ihm herüber, hob unterwegs, als er an den hingeworfenen Umhängen vorüberstrebte, den arg beeinträchtigten Dolch auf. »Bist du der Ansicht, davon könnte noch etwas genießbar sein?« fragte Kelson, als Dhugal den Verschluß eines Krugs zu lockern anfing.

»Wir werden's sogleich entdecken«, lautete Dhugals Antwort. »Ich will's hoffen.« Der Stöpsel sprang heraus, und Dhugal lugte in das Gefäß. Nachdem er ein paar Augenblicke hineingestarrt hatte, kehrte er den Krug um, und heraus fiel eine Handvoll Getreide von modrigem Aussehen. »Tscha, immerhin sind wir auf der rechten Fährte ... wiewohl mich's dünkt, noch quält mich der Hunger nicht grausam genug, um mich zum Verzehr angeschimmelter Körner zu nötigen. Ich hatte Wein vorzufinden gehofft. Hier drunten ist's, so vermute ich, immerzu gleich kühl, so daß Wein falls richtig verschlossen, gar aufs vorzüglichste reifen könnte. Es mag sich ergeben, daß wir, wenn wir welchen finden und trinken, schließlich ein wenig angeheitert sind, aber zumindest ist Wein nahrhaft, und unser Wasser ist aufgebraucht.« Nachdem sie noch einige weitere Krüge aufgebrochen hatten, entdeckten sie schließlich in der Tat Wein. Er war sauer, aber trinkbar. Sobald er sich etliche Schluck einverleibt hatte, stapfte Dhugal wieder zu der schmucklosen Tür, kniete nieder und legte die Hände in ungefähr der Höhe, in welcher man für gewöhnlich Riegel anbrachte, ans Holz. Kelson beobachtete, wie sein Ziehbruder die Lider herabsinken ließ, sich seine Atmung verlangsamte; der König verspürte den lebhaftesten Wunsch, nicht so hilflos zu sein. Aber schon der ernsthafte Gedanke an eine Anwendung seiner Deryni-Sinne verursachte ihm im Haupt heftige Schmerzen. »Auf der anderen Seite befindet sich lediglich ein Riegel«, vermeldete Dhugal nach einem Weilchen, ohne die Augen aufzutun. »Ich erwarte zuversichtlich, daß ich ihn zu bewegen vermag, aber er ist ungemein wuchtig. Ich werde Eures Beistands bedürfen.«

»Ich weiß nicht, wie tüchtig ich dir beistehen kann«, entgegnete Kelson und bezog neben Dhugal Aufstellung, »doch bin ich willens, mich nach Kräften zu bemühen.«

»Setzt Euch an der Tür nieder und versucht, mir Euren Geist zu eröffnen, so daß ich aus Euch zusätzliche Kräfte zu zapfen imstande bin«, bat Dhugal halblaut, schob Kelson, als der König dem Ansinnen stattgab, eine Hand in den Nacken. »Ich werde darauf bedacht sein, Euch keinen allzu unzumutaren Belastungen zu unterwerfen.« Kelson schloß die Augen und tat sein Bestes, um in seinem Innern einen Zustand des Entspanntseins herbeizuführen; es zeigte sich allerdings, daß kaum Kräfte vorhanden waren, deren sich Dhugal hätte bedienen können, und der bloße Vorgang des Abzapfens bereitete Kelson ganz erhebliches Unbehagen. Nichtsdestoweniger ertönte schließlich, nach einer scheinbar endlos langen Zeitspanne des Mißbehagens, von der anderen Seite der Tür das Scharren von Holz an Holz; dann gab hinter Kelsons Rücken die Tür nach. Mit einem Aufstöhnen fuhr er aus seiner Trance, empfand im Haupt eine Pein, welche ihn beinahe blind und handlungsunfähig machte; nur mit Mühe vermochte er zu sehen, als er sich auf Händen und Knien umwandte, derweil Dhugal die Tür aufschwang. Dahinter lag noch eine Grabkammer, die sehr jener ähnelte, in welcher sie sich noch aufhielten; in der Wand gegenüber befand sich gleichfalls eine Tür, und in der Mitte dieser zweiten Gruft stand geradeso ein Baumsarg, von dem das verfallene Bahrtuch bereits in Fetzen baumelte. Langsam erhob sich Dhugal und ging hinüber zur anderen Tür, aber auch sie war an der Außenseite verriegelt. Er ballte eine Hand zur Faust und machte Anstalten, dieselbe gegen das Holz zu schlagen; im allerletzten Augenblick jedoch sah er davon ab, setzte die Faust lediglich an die Tür, stützte auch flüchtig die Stirn dagegen. Als er sich endlich umkehrte und Kelson anblickte, versuchte er zu lächeln, aber in seinen Augen stand die hohle Stumpfheit von Verzweiflung. »Tscha, 's verhält sich wohl so, daß diese Grabstätten nicht mit Rücksicht auf uns gebaut worden sind«, sprach er mit leiser Stimme. »Wer hätte aber auch wähnen können, jemand würde, wenn diese Türen erst einmal verriegelt sind, hinauszugelangen trachten?«

»Bist du des Glaubens, daß 's mit jener Tür ebenso ist«, fragte Kelson, während er sich am Riegel der ersten Tür benommen in die Höhe zog, »wie mit dieser Pforte?«

»Wahrscheinlich«, gab Dhugal zur Antwort. »Und außer auf eben die Weise, wie wir's just getan haben, ist's gänzlich unmöglich, den Riegel von der Innenseite aus zu verrücken. Überdies läßt sich überhaupt nicht abschätzen, wie viele solcher Gräber es hier geben mag. Sollten diese beiden Grabkammern so ungemein hohen Alters sein, wie sie den Eindruck erwecken, und sollte man die Höhlen auch ferner für die Einrichtung von Grabstätten benutzt haben, können's durchaus Dutzende sein ... wenn nicht sogar etliche Schock.«

Kurz schloß Kelson die Lider, schwankte auf den Beinen, obwohl er sich Halt am Türpfosten verschafft hatte;

sodann schluckte er mühsam und torkelte zu Dhugal. »So wollen wir uns denn unverdrossen ans Werk machen. In ein, zwei Tagen wünsche ich in einem Bette zu schlummern.« Dhugal stützte ihn unterm Arm, leistete ihm dabei Hilfe, sich an der zweiten Pforte hinzusetzen. *»Ich bin wohlauf«,* fügte Kelson barsch hinzu. »Zapfe mir ab, was du an Kräften brauchst, um auch bei diesem Riegel Erfolg zu haben. Ich werde aushalten, 's durchstehen, und müßte ich dir auf allen vieren nachkrauchen.«

Dhugal begab sich zu ihren Umhängen sowie dem Schlauch und füllte letzteren aus dem erbrochenen Weinkrug, dann kam er zurück zu Kelson, kniete sich zu ihm und legte die Hände an die zweite Tür. Diesmal schaffte er es mit minderer Mühsal, den Riegel zu verschieben, dieweil er inzwischen wußte, wie er zu verfahren hatte; von Kelson allerdings ward viel verlangt, denn Dhugal blieb unverändert außerstande, die Verrichtung allein auszuüben.

Hinter der zweiten Tür lag ebenfalls eine Grabkammer, und an der Wand gegenüber entdeckten sie erneut eine Tür. Halb wankten, halb krochen die beiden Jungmänner hinüber und erholten sich nahezu eine Stunde lang, ehe sie sich der Aufgabe widmeten, auch diese Pforte zu öffnen; und durch dieselbe gelangten sie abermals in ein Grab mit einer weiteren Tür.

Und während Kelson und Dhugal ihren langsamen Weg durch Grabkammer um Grabkammer mutlos fortsetzten – nach ungefähr einem Dutzend Gräber ward zumindest offensichtlich, daß die Begräbnisse vor kürzerer Zeit stattgefunden hatten –, befanden sich Morgan und Duncan in vergleichbar entmutigter Gemütsverfassung, wenngleich sie keinen so schlimmen Hunger litten. Sie hatten zwei MacArdry-Gefolgsleute im Lager beim Wasserfall zurückgelassen, um dort auch ferner Wache zu halten, und nur Ciard und Jass mitgenommen, derweil sie dem Lauf des unterirdischen Stroms zu folgen trachteten. Während sie an einem Feuer hockten und sich das Kaninchen teilten, welches Jass erlegt und gebraten hatte, fragte sich Morgan zum wiederholten Mal, ob ihr Treiben nicht doch reine Zeitverschwendung sein mochte. Sie damit nur den Schmerz hinauszögerten, um sich letztlich trotzdem damit abfinden zu müssen, daß Kelson und Dhugal nicht länger unter den Lebenden weilten.

»Glaabt Ihr wierklich, Ihr Herrn, 's gibt noch Hoffnung?« murmelte Ciard, stützte sein schnauzbärtiges Kinn auf ein an den Leib gezogenes Knie, indem er die Reste seines Anteils am Kaninchen ins Feuer warf.

Ruckartig hob Morgan das Haupt, hatte beinahe das Gefühl, als hätte der alte Knecht seine Gedanken empfangen. Eines Tages mußte er sich fürwahr einmal die Zeit nehmen und jene bemerkenswerte Begabung, welche die Märkischen das Zweite Gesicht nannten und der Ciard viele seiner eigentümlichen, ansonsten unerklärlichen Fähigkeiten zuschrieb, einer ausgiebigen Erforschung unterziehen. »Was denn, bist du schon aufzugeben bereit, Ciard?« entgegnete er mit leiser Stimme, als Duncan ihn überrascht anschaute.

Ciard schüttelte das Haupt und seufzte, schlang seine Arme um die Knie, als könnte er sich so den Trost verschaffen, den ihm Morgans Äußerungen – oder sonst jemandes Worte – nicht zu spenden vermochten. »Nee. Ich werd bis ans End mit Euch ausharrn, Herr. Alleen ich weeß nicht, ob jenes End uns gefalln wird, wann's da is. Der Gedank, den armen Jiengling in seiner Jugend Bliete ins Grab zu betten ... Ihr glaabt ja gwiß nich, daß jene zwee nach so langer Frist noch lehm.«

»Ich vermag nicht aufzugeben«, erwiderte Morgan, »bevor wirklich und wahrlich nicht länger die allergeringfügigste Hoffnung besteht.«

Das Lagerfeuer flackerte kurz auf, als er den restlichen Inhalt seines Bechers in die Flammen schüttete, sich unsicher erhob, um an den Rand des Lichtkreises, welchen das Feuer schuf, zu taumeln. Ein kurzes Weilchen später gesellte sich Duncan zu ihm. »Fühlst du dich auch wohl?«

»Nein, ich fühle mich *nicht* wohl, und ich werde mich *nicht* wohl fühlen, bis wir Gewißheit haben«, schnauzte Morgan, bedauerte seinen unfreundlichen Tonfall jedoch sofort. »Um Vergebung, Duncan«, fügte er ohne Säumen hinzu. »Ich habe den Eindruck, allmählich beginnt mich die Ungewißheit zu zermürben ... die Erkenntnis, daß wir alles unternommen haben, was wir zu tun vermögen, doch ohne jegliches Ergebnis ... daß wir letzten Endes doch eingestehen müssen, sie *sind* tot.«

»Oh, aber soweit sind wir ja noch nicht«, versetzte Duncan darauf, und zwar ebenso mit einer gewissen nachdrücklichen Heftigkeit. »Und solange wir den Glauben daran bewahren, daß wir sie doch noch irgendwann finden, *wird's* soweit auch nicht kommen.«

»Glauben ...« Flüchtig schenkte Morgan seinem Vetter ein bitteres Lächeln. »Das ist ein Wort, wie's sich leichthin ausspricht. Gegenwärtig ist mein Glaube in einigem Umfang erschüttert, Duncan. Wie konnte Gott uns so etwas antun? Warum hat Er derlei geschehen lassen?«

»Vielleicht stellt Er uns auf die Probe.«

»Na, wenn's denn so ist, dann werde ich mich nicht bewähren.«

»Darin irrst du, dieweil ich nicht dulden werde, daß du scheiterst. Komm, laß uns abermals versuchen, zu Kelson und Dhugal durch ferngeistiges Erkunden eine Verbindung herzustellen. Sollten sie leben, möcht's sehr wohl sein, daß sie unserer gerade in dieser Stunde am dringlichsten bedürfen.«

Sobald sie wieder zu viert um die Feuerstelle versammelt saßen, schufen sie unter Anleitung durch die beiden Deryni einen geistigen Bund, in den sich Ciard und Jass reibungslos gleichsam als stille Helfer einbeziehen ließen, denn seit sie dem Lager am Wasserfall den Rücken zugekehrt hatten, waren sie täglich, an jedem Morgen und jeglichem Abend, auf diese Weise verfahren. Als sie die seelische Verschmelzung aufhoben, ohne mehr erreicht zu haben als bei den vorigen Malen, durften die zwei Menschen umstandslos und auf natürliche Weise in herkömmlichen Schlaf entschlummern. Morgan und Duncan hingegen behielten ein schwaches geistiges Band bei, lagen danach noch fast eine Stunde lang wach, erfreuten ihre Herzen mit Erinnerungen an jenes Paar, nach welchem sie suchten.

Besagtes Paar erwirkte sich Bahn durch Grab um Grab. Jede Bestattung hatte vor kürzerer Frist als jene in der vorherigen Grabkammer stattgefunden; jede jedoch war mit einer verriegelten Tür verschlossen. Sie bemühten sich darum, nicht mehr Unordnung zu stiften, als unvermeidlich war, um ihr Überdauern zu sichern, denn in der Tat mochten sie den Toten, deren Ruhe sie stören mußten, in keiner Hinsicht unehrerbietig begegnen.

Bei erster Gelegenheit bewaffneten sie sich allerdings, um sich auf die Gefahr einzustellen, daß sich bei ihrer Rückkehr an die Erdoberfläche irgendwelche Feindseligkeiten ereigneten, ehe sie dazu kamen, Erklärungen abzugeben; schon ihre bloße Gegenwart im Innern der Grabstätten konnte nämlich als Schändung und Entweihung geweihter Gefilde aufgefaßt werden. In jeder Grabkammer, welche sie betraten, suchten sie zudem nach Eßbarem, denn vor allem Kelsons Kräfte schwanden mit jeglichem Mal, als Dhugal auf ihn als Rückhalt zurückgreifen mußte, um die Türen aufzumachen, ohne daß der König sich in erheblicherem Maße hätte stärken können. Der saure Wein nährte sie ein wenig, aber gleichzeitig beließ er sie in einer fortwährenden Verfassung leichter Trunkenheit, bis es Dhugal zu ergründen gelang, wie sich durch Anwendung seiner geistigen Fähigkeiten diese Wirkung beheben ließ, das hieß, wenigstens bei ihm. Für Kelson dagegen bedeutete es allem Anschein zufolge eine größere Gnade, unablässig ein bißchen trunken zu bleiben, so daß der unklare, bohrende Schmerz in seinem Haupt gelindert ward, welchselbiger sein ständiger Begleiter war, seit er die Besinnung zurückerlangt hatte. Dhugal hätte vieles dafür gegeben, wäre es ihnen vergönnt gewesen, Getreide zu finden, das nicht von Käfern befallen worden war oder schimmlig, oder einen Kanten Brot, der nicht die Beschaffenheit des Mörtels aufwies, den sie aus der Mauer, an die sie zuerst geraten waren, geschabt hatten.

Im allgemeinen aber stellte sich ausschließlich der Wein als genießbar heraus. Dhugals einziger, zaghafter Versuch, eine Handvoll Körner zu verspeisen, verursachte ihm entsetzliche Magenkrämpfe und Leibschmerzen sowie danach einen schweren Anfall wohl greulicher Wahnvorstellungen, durch den er für eine Zeitspanne zu jedweden Handlungen verunfähigt ward, die recht gut einen vollen Tag währen mochte. Während der schlimmsten Erscheinungen des Anfalls beraubten die Folgen ihn sogar seiner Deryni-Kräfte, und zwar in dem Maße, daß er nicht einmal noch das Hand-Feuer beizubehalten vermochte, daher sich Kelson dazu genötigt sah, einige hölzerne Schatullen zu zertrümmern, um Holz für Fackeln zu bekommen, denn er brauchte Licht, um sich Dhugals annehmen zu können.

Dieser Zwischenfall vermittelte ihnen aufschlußreiche Einsichten, und zwar nicht ausschließlich in bezug auf die Ungesundheit verdorbener Nahrung, sondern ebenso bezüglich der Menge an Kraft, welche es Dhugal abverlangt hatte, das Hand-Feuer ununterbrochen – außer wenn sie schliefen – am Brennen zu halten. Infolgedessen gaben sie nunmehr gewöhnlichen Fackeln vor dem Hand-Feuer den Vorzug, achteten jedoch darauf, außer Schatullen und Kästen selbst nichts zu beschädigen. Wahrhaftig hatten sie, als einer von ihnen erstmals seit Betreten der Gräber das körperliche Bedürfnis verspürte, sich zu erleichtern, gar für eine Weile erwogen, wo sie wohl den am wenigsten anstößigen Winkel finden möchten; sie hegten nämlich wahrhaft von Herzen den Wunsch, keinen geweihten Grund zu schänden. Noch immer verzerrte Dhugal jedesmal, wenn er erneut einen Kasten entleeren und ihn zerschlagen mußte, um Holz für Fackeln zu erlangen, das Angesicht zu einer Miene des Widerwillens. Manche dieser Kästen waren zudem sehr kunstreich gefertigt.

So geschah es denn bei Fackelschein, daß sie die Tür zu wieder einem Grab aufschwangen; und die hinter dieser Pforte vorzufindende Grabstätte war in der Tat geringen Alters, konnte erst vor ganz kurzer Frist errichtet worden sein. Die rings um den Sarg verstreuten Zweiglein von Immergrün waren just braun geworden; und der in diesem Grabe beigesetzte Tote konnte nicht länger als seit ein, zwei Wochen tot sein. Zur Stunde seines Ablebens war er offenbar kaum älter als Kelson oder Dhugal gewesen, hatte vielleicht fünfundzwanzig, keinesfalls jedoch mehr als dreißig Lenze gezählt. Er ruhte, anders als die Mehrzahl der übrigen Verschiedenen – mit Ausnahme der in jüngerer Zeit Verstorbenen –, nicht in einem Baumsarg, sondern war ohne Sarg auf den Sockel aus aufgeschichteten Steinen gebettet worden, gekleidet in ein Untergewand aus feiner dunkelgrauer Wolle und bis unters Gesicht verhüllt von einem Umhang, aber ohne jegliche Waffen. Hingegen bedeckte auch ihn das bereits bekannte, weitmaschige, scharlachrote Netz vom Haupt bis zu den Füßen; doch anscheinend bestand es in diesem Fall nicht aus Seide, sondern lediglich aus selbstgesponnener Wolle; und die hineingeknüpften, durchbohrten Steine wiesen keinerlei Anteile an *Shiral*-Kristall auf, bei ihnen handelte es sich bloß noch um gemeine Kiesel. Auch Kelson, dessen herkömmliche Sinne ihm der Wein verwirrte und dessen Deryni-Kräfte gegenwärtig nur einen kleinen Teil ihres eigentlichen Umfangs besaßen, vermochte zu spüren, daß diesem Netz kein Od irgendwelcher Magie-Gewalten anhaftete.

Als von leiblicherem Interesse allerdings stellten sich die Grabgaben heraus, welche man auf einem Tischchen am Haupte des Verstorbenen zurückgelassen hatte: runde Fladenbrote, schon schlecht im Geschmack, aber noch nicht schimmlig, dazu versiegelte Flaschen, die Bier enthielten, das bei weitem nicht allein noch genießbar war, sondern den beiden ausgehungerten Jungmannen wahrlich wie Ambrosia mundete. Art und Anordnung dieser Grabgaben gemahnte Kelson an Brot und Wein, wie sie in der Meßfeier bei der Opferung dargebracht wurden, und nachdem er und Dhugal gierig und in aller Hast die ersten Bissen hinabgeschlungen hatten – denn mit der Entdeckung verzehrbarer Nahrung, des ersten Essens, das sie seit vielen, vielen Tagen zu sich nahmen, rückte der Drang, alsbald zu erfahren, was sich hinter der unvermeidlichen nächsten Tür verbarg, zeitweilig in den Hintergrund –, verlieh Kelson seiner Beobachtung mündlichen Ausdruck.

»Ei nun, was auch die Veranlassung gewesen sein mag«, antwortete Dhugal, indem er sich, nachdem er einen langen, ergiebigen Zug aus einer Flasche getrunken hatte, mit dem Ärmel den Mund abwischte, »allemal erfreut's mich, daß man's getan hat. Ich eracht's nicht als abwegig zu wähnen, daß uns dadurch 's liebe Leben gerettet ward.«

»*Ich* wollt's durchaus so sehen«, nuschelte Kelson, kaute unverdrossen Brot, derweil sich Dhugal über das stille, gleichsam wächserne Angesicht des Toten beugte. »Was glaubst du wohl, was diesen Burschen dahingerafft hat? Er war noch recht jung. Und wie lange – das möchte für uns bedeutsamer sein – könnte er schon hier ruhen?«

Dhugal schüttelte das Haupt. »Keine Ahnung. Seit

Wochenfrist? Oder längstens zwei Wochen. Schaut Euch das Immergrün an.« Er stieß mit dem Fuß gegen einiges verdorrtes Reisig, welches neben dem steinernen Sockel den Boden bedeckte. »Erst vor kürzester Frist kann's braun geworden sein, folglich liegt's da noch nicht lang.«

»Damit dürftest du wohl recht haben.« Nachdem jeder seinen Teil gegessen und getrunken hatte, der Schlauch mit Bier gefüllt und die beiden übriggebliebenen Fladenbrote in einen Zipfel von Dhugals Umhang, befestigt an seinem Leibgurt, geschlagen worden waren, nahten sie sich der nächsten Pforte. Kelson wankte leicht auf den Beinen, doch fühlte er sich kräftiger als während der gesamten Zeit seit seines Wiedererlangens des Bewußtseins; er hielt die Fackel, als Dhugal an jener Stelle, wo auf der anderen Seite der Riegel sein mußte, die Hände an die Tür legte; die freie Hand des Königs berührte behutsam Dhugals Nacken, um auf diese Weise die geistige Verbindung zu gewährleisten, durch welche der Junker ihm zusätzliche Kräfte abzapfen konnte. Diesmal verkraftete er das erforderliche Abzapfen besser als zuvor, und er stand noch auf beiden Beinen, als die Pforte unterm Druck der Hände Dhugals nachgab und sachte nach außen schwang. Die Räumlichkeit, welche sie dahinter entdeckten, war leer; nichtsdestoweniger erwies sich die Pforte der Wand gegenüber als nicht minder fest verriegelt denn sämtliche bisherigen Türen. Kelson hockte sich rücklings an die Tür, während Dhugal Hand an sie legte; denn wiewohl sie wußten, daß ein so baldiges nochmaliges Abzapfen von Kräften, ohne daß vorher eine Gelegenheit zur wenigstens teilweisen Erholung gewährt ward, für beide Beteiligte eine herbe Belastung sein mußte, waren sie sich gleichzeitig darüber im klaren, daß diese Pforte sehr wohl für sie die Rettung und Erlösung verheißen mochte. Hinter dieser Tür konnte durchaus die ersehnte Freiheit ihrer harren. Kelson atmete aus Erleichterung gehörig auf, als das Werk getan war, dann schöpfte er noch einmal tief Atem, die frische, kühle Luft, gewürzt mit dem Duft von Kiefern und dem Rauch von Holzfeuer, als die Tür langsam aufwärtsschwang, und indem er sich an den Saum von Dhugals Umhang klammerte, erhob er sich zitternd vom Fußboden. Jenseits der Tür erstreckte sich ein Gang, an dessen beiden Wänden in Halterungen Fackeln brannten – ein eindeutiges Anzeichen dafür, daß dieser Weg zurück ins Reich der Lebenden führte –, und obwohl ihnen der Ausblick ins Freie noch verwehrt blieb, war die Luft, welche sie nun atmen durften, nicht länger die stille, feuchte Luft der Grabkammern. »Gott sei Dank und Preis!« raunte Kelson, während er und Dhugal auf den Quell des Luftstroms zuhumpelten, froh und dankbar den Busen mit Brodem füllten. »Dhugal, 's ist vollbracht! Wir sind frei!«

Ehe sie mehr als ein Dutzend Schritte weit gekommen waren – bevor sie ihre Sachen holen konnten –, traten sie aus des Höhleneingangs Schlund unversehens auf eine Lichtung, darauf rings um ein Lagerfeuer gut ein Schock Männer versammelt waren, welche das Paar, als es sich im Freien zeigte, voll der Betroffenheit und des Grauens anstarrten. Beide Seiten verharrten reglos, eine stierte die andere Seite für eine Frist an, welche von endloser Dauer zu sein schien, bis sich schließlich am Feuer ein Kerl beklommen bekreuzigte. Seine Bewegung riß einen zweiten Mann aus der Erstarrung, er begann zurückzuweichen. *»An spiorad«,* murmelte er. »Die Toten kehren zurück.«

»Das sind keine Geister!« schnaubte plötzlich ein anderer Geselle. »Es sind Grabräuber. Sie haben versucht, die *tuam coisrigte* auszurauben. Ergreift sie!«

»Grabräuber!« Sogleich verfiel der ganze Haufen in Geschrei, gemeinschaftlich griff er zu den Waffen und schwärmte auf das Paar zu. »Grabschändung!«

Kelson fand niemals die Zeit, um zu mehr als der verwunderten Fragestellung, wieso man sie angriff, imstande zu sein, sogar zu fassungslos, um das sonderbar kurze Schwert an seiner Hüfte zu zücken, selbst wenn er hinreichende Leibeskräfte zur Verfügung gehabt hätte. Dhugal war so geistesgegenwärtig, seine Waffen zu ziehen, brüllte gleichzeitig den Angreifern zu, sie sollten innehalten, vor ihnen stünde der König, aber offensichtlich achtete niemand auf seine Worte.

Schwächlich leistete Kelson Gegenwehr, als man über sie herfiel, versuchte vergeblich zu erklären, daß er kein Grabräuber war, sondern der König, denn sicherlich konnte der unterirdische Fluß sie nicht bis über Gwynedds Grenzen hinausgetragen haben, jedoch übertönten ihn laute Befehle, sie zu packen und zu binden, nicht auf die Reden von Gotteslästerern und Grabschändern zu lauschen. Derweil man ihn zu Boden warf, sah Kelson flüchtig, wie Dhugal, wiewohl er um sich drosch und trat, unter einer Traube von wenigstens sechs Gegnern zusammenbrach, deren einer ihn hinterrücks in einen Würgegriff genommen hatte, so daß Dhugals von Sommersprossen gesprenkeltes Angesicht rot anlief. Da bemerkte Kelson, derweil er fortgesetzt seinen Widersachern Gegenwehr entbot, da es anscheinend um sein Leben ging – einige von ihnen brabbelten in einer Mundart, welche er nicht verstand –, obzwar man ihn bereits entwaffnet hatte und ihn, wenn diese Kerle es nicht taten, der Schmerz in seinem Haupt nachgerade umzubringen drohte, wie in einer derben Faust ein Dolch blitzte und auf seinen Schädel herabfuhr. Er trachtete ihm auszuweichen, versuchte den Stoß zumindest abzuwehren, vermochte sich aber nicht rasch genug zu bewegen. Pein durchzuckte sein Haupt, durchschoß es von eben jener Stelle aus, an welcher er sich schon den Schädel angeschlagen hatte, und alles ringsum ward augenblicklich schwarz.

23

Fürchte nicht den Tod, dein Los; bedenke, daß vergangene und kommende Geschlechter sind wie du!
JESUS SIRACH 41,3

Auch mit Dhugal sprang man rauh um, jedoch verlor er im Laufe der Gefangennahme keinen Augenblick lang die Besinnung, wiewohl dazu wenig fehlte, dieweil ein Angreifer ihn hinterrücks im Würgegriff umklammerte, während andere Kerle an seinen Armen hingen. In der Hoffnung, sich auf diese Weise fernere Gewalttätigkeiten zu ersparen – denn es war offenkundig, daß es vorerst kein Entweichen gab –, ließ er seine Gestalt erschlaffen und täuschte Ohnmacht vor. Zwar faßten die Hände, welche ihn durchsuchten, nachdem man ihn mit gespreizten Armen und Beinen am Untergrund ausgestreckt sowie ihn des Umhangs und Leibgurts entledigt hatte, nicht weniger grob als zuvor zu, aber die Arme lösten sich von seinem Hals, und man prügelte nicht mehr auf ihn ein. Dennoch war diese Irreführung eine der schwierigsten, deren sich Dhugal jemals beflei-ßigt hatte; denn er hatte beobachtet, wie man seinen König auf die Erde niederzwang, wie über ihm gefährlich eines Dolches Klinge schimmerte. Welcher Teil der Waffe Kelson traf – oder wo –, war zu erkennen ihm unmöglich geblieben, aber des Königs Widerstand war sofort erloschen. Kummerschweren Herzens hoffte Dhugal, daß man ihn nicht getötet habe, verwendete indessen seine Willenskraft vollständig darauf, trotz der Tränen, welche unter seinen geschlossenen Lidern brannten, den Besinnungslosen zu mimen. Obschon er aufs schwerste die Versuchung empfand, es ein letztes Mal mit wildem Aufbegehren zu versuchen, fügte er sich in die Einsicht, daß er Kelson damit – falls dem König überhaupt noch irgend etwas helfen konnte – keine

Gefälligkeit täte; man würde ihn lediglich noch tüchtiger verprügeln, ja vielleicht totschlagen. Solange er dagegen lebte, bestand die Aussicht, daß Dhugal die Angreifer von der Irrigkeit ihres Treibens zu überzeugen vermochte, wenngleich das Geheul, welches diese Männer über Grabräuberei und Grabschändung angestimmt hatten, wenig auf irgendeine Bereitschaft zum Zuhören zu schlußfolgern gestattete. Dennoch gelang es Dhugal, sich fortwährend bewußtlos zu stellen, derweil man ihn durchsuchte. Die Annahme, er sei nicht bei Besinnung, machte die Angreifer schwatzhaft, jedoch sprachen sie – und zudem sehr schnell – eine Mundart mit seltsamer Betonung, von welcher Dhugal kaum eines von zehn Wörtern verstand. *»Rightire«* lautete eines jener Wörter, welches er begriff; es fiel, als man seine goldenen Sporen entdeckte, und überdies hatte es Ähnlichkeit mit dem märkischen Wort für *Ritter.* Wie er bereits geahnt hatte, entfernte man ihm die Sporen – sie konnten ja, auch wenn man einmal vom Wert dieses Paars absah, als Waffen benutzt werden –, und danach, wie aufgrund eines nachträglichen Einfalls, machte man sich daran, ihm ebenso die Stiefel auszuziehen. Dieser Vorgang brachte, da er ohne jede Rücksicht auf seinen verletzten Fußknöchel geschah, Dhugals Durchhaltevermögen schier ins Schwanken, wiewohl ihm gänzlich klar war, daß die Kerle das Fortnehmen der Stiefel – von ihrem Standpunkt aus besehen – als durchaus schlau bewerteten, dieweil es die Wahrscheinlichkeit einer Flucht minderte. Sie wußten, daß er in einer Gegend, die vermutlich aus zerklüfteter Berglandschaft bestand, barfuß und unbewaffnet schwerlich weit käme. Zum Schluß zogen sie ihm auch das lederne Wams aus, beließen ihm zum Schutz wider die Kühle lediglich Bluse und Beinkleider. Dabei fanden sie denn auch den *Shiral*-Kristall, der einst seiner Mutter gehört hatte, sowie die Sankt-Camber-Medaille; beides eigneten sie sich als Beute an. Das MacArdry-Siegel hatte man ihm schon zuvor weggenommen. Danach wälzte man ihn auf den Bauch und drehte ihm die Arme hoch auf den Rücken; letzteres tat man aus wohlüberlegtem Vorsatz, denn sofort band man ihm die Hände mit den Handrücken aneinander und schlang den Strick auch um die Daumen, so daß er die Hände nicht einmal noch bis in Hüfthöhe senken, geschweige denn, sie benutzen konnte, um sich von den Fesseln zu befreien. Selbige Behandlung verursachte ihm Schmerz in dem Handgelenk, welches er inzwischen geheilt geglaubt hatte, doch diese Pein vermochte er zu erdulden. Sein Fußknöchel war es, der ihm ein Aufstöhnen entlockte, während man seine Beine an den Füßen und Knien zusammenschnürte, dann in seines Rückens Richtung beugte und eine Länge Strick von den Füßen aus unter den gefesselten Handgelenken hindurch bis um seinen Hals führte, so daß er sich, sollte er sich zu heftig regen, erdrosseln müßte. Und als ihn nach einer Weile zwei Kerle auf die Seite drehten und packten, um ihn fortzutragen, zog sich die Schlinge um seine Gurgel zusammen, und ihm schwanden tatsächlich die Sinne.

Das entfernte, gedämpfte Gemurmel von Stimmen lockte Dhugal allmählich zurück ins Bewußtsein. Zermartert und noch halb erstickt vom um seine Kehle geschlungenen Strick erlangte er in einer kleinen, halbdunklen Räumlichkeit die Besinnung wieder; er lag auf der linken Seite, das Angesicht auf einer aus Binsen geflochtenen Matte, die noch frisch roch. Ein Knebel preßte ihm die Wangen zusammen und erschwerte ihm das Atmen zusätzlich; seine linke Schulter war infolge des unnatürlichen Winkels, welchen die Art der Fesselung bedingte, so taub, daß er bei den Bewegungen, deren es bedurfte, um den Strick um seinen Hals etwas zu lockern, aus der Tiefe der Kehle leise wimmerte. Aber zumindest klärte sich ihm wenige Augenblicke später das Haupt. Sein nächster Gedanke, sobald sich seine Verfassung ein wenig gebessert hatte, galt Kelson. In der Räumlichkeit herrschte keine völlige Dunkelheit – unter einer nahen Tür drang etwas Licht herein –, doch war Dhugal in seiner gegenwärtigen Lage wenig zu erkennen imstande. Indem er sich auf der Hüfte aufzurichten bemühte, um einen Blick ins Rund zu tun, würgte er von neuem, und schließlich mußte er den Rücken krümmen und sich auf den Bauch wälzen, um das Haupt dergestalt drehen zu können, daß er auch seine übrige Umgebung sah. Unweit von ihm lag Kelson ähnlich verschnürt auf der Seite; zwar waren seine Augen geschlossen, jedoch atmete er flach. *Dem Herrgott sei Dank!*

In ungeheurer Erleichterung senkte Dhugal das Kinn auf die Matte, um auszuruhen, und schloß die Lider, die Füße in der Luft; er sorgte dafür, daß der um seine Kehle gewundene Strick möglichst weit durchhing. Er mußte über den neuen Mißstand nachsinnen, in welchem sie sich nunmehr befanden.

Zunächst einmal verzeichnete er an Vorteilhaftem die Tatsache, daß er offenbar nicht schwerer verwundet war als zu Anbeginn ihres gemeinsamen Leidensweges, wiewohl er nicht wußte, ob sich das gleiche von Kelson behaupten ließ. Allem Anschein nach lag der König in Ohnmacht, und falls man ihn aufs Haupt geschlagen hatte, konnte das für seine Gehirnerschütterung nur schlecht gewesen sein. Als gleichfalls vorteilhaft stufte Dhugal ein, daß sie beide sich am Brot und Bier, welches sie im jüngsten Grab entdeckten, sattgegessen hatten. Dadurch würden sie zwar keineswegs bei ihren Widersachern, welche sie ohnehin als Grabschänder und -räuber betrachteten, nicht ihre Beliebtheit steigern, doch spürte Dhugal mittlerweile neue Körperkräfte durch seine Adern kreisen, indem sein Leib sich begierig an dem nährte, was er verzehrt hatte. Er hätte eine Speise vorgezogen, welche mehr als Brot stärkte – beispielsweise eine Keule Wildbret, ein Paar Waldhühner oder wenigstens eine Geflügel-Pastete, so daß er etwas hinter die Rippen gekriegt hätte –, aber nach so vielen Tagen, in deren Lauf sie nichts denn Wasser, Fisch und Wein – und für eine Weile nur Wein – hatten zu sich nehmen können, war das Brot nahezu wie Manna geradewegs vom Himmel gewesen. Günstig war auch, daß das Bier ihm nicht die Sinne vernebelte, dieweil das Brot es aufgesaugt hatte, deshalb brauchte er keine kostbaren Magie-Kräfte dafür zu vergeuden, die Rauschwirkung des Getränks zu beheben. Eine andere Folge des Biergenusses bestand allerdings darin – ein eher ärgerlicher als wahrhaft besorgniserregender Zustand, für den er indes bis auf weiteres keine durchführbare Abhilfe wußte –, daß sich seine Blase füllte. Er vermochte sich in keiner Weise säuberlich zu erleichtern, weil er verschnürt war wie ein zum Schlachten bestimmtes Osterlamm. Ein in der Fastenzeit angebrachter Vergleich, befand er, es wäre denn, dieselbe wäre bereits vorüber; er hatte nämlich in der Tat nicht die entfernteste Vorstellung davon, wie lange Kelson und er unter der Erde einhergewandert sein mochten. Noch stand er nicht allzu stark unter Druck, doch indem die Stunden verstrichen, würde die gefüllte Blase allmählich zu mehr als nur einer Mißhelligkeit werden.

Nun wohl, folglich mußte er sich befreien – weniger aufgrund irgendwelcher falscher Eitelkeit, sondern in der Hauptsache, um sich um den verwundeten Kelson kümmern und sodann mit ihm das Weite suchen zu können. Wenn man ihnen eine hinlängliche Frist beließ, so daß sie ausgiebig über die damit verbundenen Schwierigkeiten nachzudenken vermochten, konnte sich ein Entkommen als möglich erweisen; außerhalb der Räumlichkeit nämlich, in welcher sie sich befanden, verstummten nach und nach die Geräusche, ihre Widersacher bereiteten sich, so hatte es den Anschein, auf die Nachtruhe vor. Dhugal mutmaßte, daß es früher Abend gewesen sein mußte, als man sie gefangennahm, und erwartete, daß man sich der Frage ihres ferneren

Schicksals erst am nächsten Morgen widmen würde; doch für den Fall, daß es ihnen mißlang, die Männer von ihrer Unschuld und Ehrbarkeit zu überzeugen, mochte er sich das besagte etwaige Los lieber erst gar nicht in Einzelheiten ausmalen.

Mit was also sollte er es zuerst versuchen? Mit der Befreiung von den eigenen Banden? Oder sollte er sich zunächst einmal irgendwie an Kelsons Seite wälzen und schauen, ob er irgend etwas tun konnte, um ihm zu helfen?

Endlich entschied er, als erstes den Zauber zur Vertreibung von Müdigkeit und Erschöpfung anzuwenden und danach zu erproben, ob es ihm gelänge, genug körperliche Stärke aufzubieten, um die Fesseln zu lösen. Er befaßte sich noch mit der ersteren Aufgabe, als jemand die Tür öffnete, so daß von hinten ein Streifen goldgelber Helligkeit über ihn fiel; aber sofort verdüsterten mehrere Umrisse von Gestalten den Lichtschein. Dhugals Körper verkrampfte sich leicht, dieweil er sofort einsah, daß er nicht länger Besinnungslosigkeit vorzutäuschen imstande war, denn ein Ohnmächtiger könnte nicht so wie er die Füße halten; unbeholfen wälzte er sich, indem er ein dumpfes Brummen ausstieß, auf die Seite, um zu sehen, wer sich da eingefunden hatte. Zwei der Ankömmlinge unterschieden sich nicht von jenen Gesellen, mit denen sie sich vor dem Höhleneingang geschlagen hatten: Sie waren in Grau gewandete Unterlinge, die stets nur Befehle ausführten. Der dritte Mann jedoch war von ganz anderem Schlag.

Er erinnerte Dhugal an den alten Caulay, als er in der Blüte seiner Jahre stand. Seine Haut war von der Sonne gebräunt, infolge vieler Lenze im Sattel hatte er Säbelbeine, und an den Unterarmen sah man, wo sie aus den weiten Ärmeln des wie Safran gelben Kittels aus weichem Tuch ragten, den er zu Beinkleidern aus fremdartig grau-schwarzem Wollstoff trug, starke Stränke von Muskeln. Überm Kittel hatte er ein hellgraues Wams aus gestepptem Leder an, welches eng um den Leib geschnürt war; die Lederstiefel reichten ihm bis fast an die Knie, und von der Hüfte baumelte ihm ein mit Silber beschlagener Dolch auf den rechten Oberschenkel. Er besaß einen Vollbart von kräftigem Kastanienbraun; der Schnurrbart war mit Grau durchsetzt, ähnlich wie die Schnurrhaare eines Katers, und sein dichtes Haupthaar, ebenfalls durchzogen von silbernen Strähnen, war zu einem Knoten verknüpft, welcher einige Ähnlichkeit mit Dhugals markländischem Zopf hatte. An seiner Kehle glänzte der silberne Halsring eines Häuptlings.

»Das also«, sprach der Mann ganz leise, ohne den Blick von Dhugals Augen zu wenden, »sind jene Schufte, die Sagarts Grabstätte ausraubten, hm?«

»Jawoll, un 'n gewaiten Ort geschändet han, Bened-Cyann«, bekräftigte einer der Begleiter. »Ärscht morn wern wir 's wahr Ausmaß der Schändung wissen. Die Brieder verschaffen sich 'n Eindruck vom Schahn.«

Des Häuptlings zweiter Begleiter, welcher in seiner grauen Kutte, die ihm von den Schultern bis hinab auf die Fußknöchel fiel, ebenso düster wie erhaben aussah, nuschelte rasch und arm im Ausdruck irgend etwas in der hiesigen Mundart, welche Dhugal trotz ihrer Ähnlichkeiten mit etlichen grenzländischen Mundarten, die er kannte, nicht zu verstehen vermochte; daraufhin preßte der Häuptling die Lippen zusammen, sein Blick streifte flüchtig den unverändert bewußtlosen Kelson, bevor er ihn erneut auf Dhugal richtete.

»Der Spießgesell dainer Schandtat is bäser dran als du, junger Räuber«, sprach er in verhaltenem Ton, »denn mich will's dünken, er wird de Flammen nüch spürn, wenn wir euch morn fier euern Frevel verbrenn. *Du* hingähn ...«

Mit einem Schnauben der Verachtung wandte er sich ab und ging, und die beiden anderen Männer schenkten Dhugal ihrerseits unbarmherzig harte Blicke, ehe sie ihm den Rücken zukehrten und sich dem Häuptling anschlossen, hinter sich die Tür zuwarfen. Dhugals Mut drohte zu schwinden, als er vernahm, wie mit einem hohlen Rumpeln ein Riegel an seinen Platz geschoben wurde, und er bog von neuem das Rückgrat, um die Schlinge um seinen Hals wieder ein wenig zu lockern, während er sich darum bemühte, eine bequemere Lage auf der Seite zu finden.

Flammen. Man hatte also vor, sie zu verbrennen, und anscheinend, ohne ihnen eine Gelegenheit zu ihrer Rechtfertigung zu geben. Dhugal wußte nicht im geringsten, wer jener Sagart sein mochte, dessen Grab sie entweiht hatten, doch offenbar war er ein Mann von einer gewissen örtlichen Bedeutung gewesen. Und das über sie gefällte Urteil bezeugte keineswegs Eiferertum, sondern sprach lediglich für folgerichtige Denkungsart: Zwei Fremdlinge hatten eine Untat verübt – ungeachtet aller möglichen mildernden Umstände –, und die Strafe für ihre Missetat war der Scheiterhaufen. Doch die Ungerechtigkeit des Geschicks, welches man ihnen zugesprochen hatte, flößte Dhugal Zorn ein, und er lag ein ganzes Weilchen lang nur da und schäumte vor Grimm, bis er zuletzt dazu fähig ward, den Antrieb, welchen er aus dieser Erbitterung gewann, für etwas Hilfreicheres aufzubieten – nämlich seine Befreiung aus den Fesseln. Die Wut spornte ihn körperlich in dem Maß an, wie sie ihn geistig beflügelte, und innerhalb eines kurzen Weilchens gelang es ihm, indem er mit seinen Deryni-Fähigkeiten nachhalf, die Knoten zu lockern, die Handgelenke der Bande zu entledigen, sich die Würgeschlinge vom Hals zu nehmen, den Knebel zu entfernen und die Stricke von seinen Beinen zu lösen.

Ehe er seine Aufmerksamkeit Kelson widmete, kroch Dhugal lautlos zur Tür, kauerte sich dort nieder und versuchte darunter hindurchzuspähen. Das jenseitige Licht war inzwischen trüber, und in der drüben befindlichen Räumlichkeit, welcher Art sie auch sein mochte, ertönte nun Geschnarche. Indem er sich der Hoffnung hingab, daß niemand mehr käme, um nach ihnen zu schauen, erhob sich Dhugal auf die Füße und nahte sich Kelson, verhielt jedoch unterwegs in einem Winkel, um sich zu erleichtern; dann kniete er sich neben den reglosen König, um auch ihn von den Fesseln zu befreien. Um sehen zu können, erzeugte er ein schwaches Hand-Feuer, und als Dhugal mit dem Entfernen der Stricke fertig war, rührte sich Kelson in seinen Armen ein wenig. *Sprecht nicht laut,* wandte sich Dhugal auf geistiger Ebene an Kelson, als dessen Lider zuckten, sich von den grauen Augen hoben. Um sein Ersuchen zu unterstreichen, legte er einen Finger auf Kelsons Lippen. *Ich glaube, man wird uns für den Rest der Nacht allein lassen, doch nach dem, was ich vernommen habe, will es den Anschein haben, daß gleich vor der Tür eine ganze Horde Wächter schlummert.*

Schwach nickte Kelson, als Dhugal den Finger von seinen Lippen nahm, aber im Lichtschein des Hand-Feuers konnte Dhugal erkennen, daß des Königs Augäpfel von neuem unterschiedlich auf die Helligkeit ansprachen. Ein neuer Bluterguß hatte seine Schläfe unweit der Stelle verfärbt, an welcher Dhugal den Schädelbruch behoben hatte, und sobald Dhugal die Prellung sachte mit einer Fingerspitze anrührte, keuchte Kelson ums Haar laut auf. *Schaut übel aus, nicht wahr?* vermochte Kelson – ebenfalls auf geistiger Ebene – zu antworten, allerdings erst, nachdem er Dhugals Hand gefaßt und somit körperliche Nähe hergestellt hatte.

Dhugal schluckte schwer und nickte. *Und doch ist es keineswegs das Schlimmste,* entgegnete er. *Kelson, man vermeint von uns, wir seien mit Vorsatz in die Gräber eingedrungen, wir hätten sie entweiht, um sie auszuplündern. Darum hat man uns angedroht, uns am morgigen Tag zu verbrennen.*

Zu verbrennen ... Kelson schloß die Augen; dann jedoch erreichten seine Gedanken Dhugals Seele weitaus stärker, als der Junker es angesichts der Verletzung für möglich erachtet hätte. *So versprich mir denn zweierlei, Dhugal – nicht als deinem König, sondern im Namen der Liebe, welche du für mich empfindest, und eingedenk des Treueschwurs, den du mir als deinem Blutsbruder geleistet hast.*

Ich werde Euch versprechen, was immer Ihr wünscht, Kelson, lautete Dhugals inbrünstige Beteuerung. *Alles ...!*

Dann gib mir als erstes dein Wort, daß du deinem König, sollten alle irdische Hilfe sowie weltlicher Ratschluß versagen, zum Tode verhelfen wirst, bevor ihn die Flammen ergreifen.

Ihr meint ... ich soll Euch töten?

Ja.

Kelson, ich ...

Gib mir dein Wort drauf, Dhugal. Von neuem schlug der König die grauen Augen auf, deren Blick nun ruhig war wie ein von Nebel verhüllter See. *Von allen Dingen, welche auf Erden und im Jenseits vorfindbar sein mögen, fürchte ich den Feuertod am ärgsten. Du weißt, was dein Vater durchstehen mußte ... und sein Leid war lediglich ein Vorgeschmack. Gib mir dein Wort, Dhugal!*

Mit Tränen in den Augen nickte Dhugal. *Ich gebe Euch mein Wort,* antwortete er, gab seine Zusicherung nicht nur im geistigen Bereich, sondern auch sein Mund hauchte ganz leise die Antwort.

Und nun zum zweiten Versprechen, fügte Kelson hinzu, während ihm ein schwaches Lächeln die Lippen verzog.

Dhugal nickte, beugte das Haupt über des Königs Hand und küßte zart den Handrücken. *Es soll Euch erteilt sein.*

Möchtest du gar nicht erfahren, welcher Art dies zweite Versprechen ist?

Von welcher Gewichtigkeit könnte eine solche Kenntnis noch sein? erwiderte Dhugal, indem er mit bitterem Lächeln aufblickte. *Was könntet Ihr von mir verlangen, das noch schwerer fiele als die Erfüllung jenes Versprechens, welches Ihr mir just abgenommen habt?*

Ich könnte fordern, daß du mich rettest, entgegnete Kelson. *Und fürwahr ist es genau das, um was ich dich ernstlich zu ersuchen gedenke – denn ich fühle mich beileibe noch längst nicht zum Sterben bereit.*

Euch retten? Betroffen forschte Dhugal in des Königs grauen Augen nach irgendeinem Hinweis darauf, was Kelson meinen mochte. *Ihr wißt, Kelson, daß ich, sobald man uns am Morgen holen kommt, mein Äußerstes geben werde, um uns beide, sowohl Euch wie auch meine Wenigkeit, zu retten, aber ...*

Heile mich, Dhugal. Kelsons Gedanke schnitt in Dhugals Darlegung wie eine Klinge. *Du stammst von Heiler-Blut ab. In jeder Beziehung und Hinsicht bist du Duncans Sohn – warum sollte es in bezug auf die Heiler-Gabe anders sein? Immerhin hast du bereits den Bruch meines Schädels behoben.*

Das war nichts anderes als ein rein körperlicher Eingriff mit besonderen Mitteln, erhob Dhugal zum Einwand. *Es ist nicht das gleiche wie Heilen. Die Verletzung unterhalb des Bruchs habe ich nicht angetastet.*

Hast du es versucht?

Nein, ich habe es nicht gewagt.

Nun, dann ist es jetzt an der Zeit, um es zu wagen, lautete Kelsons Erwiderung. *Wenn Morgan heilt, dann muß er – seinen Einlassungen zufolge – die Hände auf jenen Teil des Leibes legen, welcher der Heilung bedarf, und danach ... stellt er sich gewissermaßen selbigen Teil so vor, wie er sein müßte, wäre er gesund.* Zerstreut rieb er sich zwischen den Augen. *Wahrscheinlich wird's kein Schaden sein, bei so einer Verrichtung Sankt Camber um Beistand anzurufen. Sowohl Morgan als auch dein Vater hatten ... Wie soll ich es nennen? Erscheinungen? Bisweilen haben sie beim Heilen etwas Ähnliches wie eine Erscheinung, es zeigt sich Ihnen ein nichtstoffliches Wesen, dessen Aussehen mit der Beschreibung Cambers übereinstimmt. Und Morgan behauptet, er hätte dabei das Gefühl, auf seinen Händen ruhe ein Paar fremder Hände.* Eine beträchtliche Weile lang kniete Dhugal ganz beklommen neben dem König, blinzelte vor sich hin, und erst als er weitere Gedanken Kelsons seinen Geist streifen spürte, vermochte er sich aus seiner Entgeisterung zu lösen. *Ich weiß, es klingt unheimlich,* versuchte der König ihn zu ermutigen, indem er dem Junker Schwingungen der Herausforderung und Aufmunterung übermittelte. *Wenn es dir darin nutzen sollte, dein Grausen zu mildern, dann versuche zunächst, bevor du dich an mich herantraust, dich selbst zu heilen. Um uns aus dieser Bedrängnis zu befreien, wirst du ohnehin zwei gesunde Beine brauchen, also widme deine Bemühungen zuerst deinem Fußknöchel. Dein unversehrter Fuß mag dir ganz gut zum Vergleich dienen. Und du kannst mir, so wie wir es im Falle der Türen in den Grabkammern gehalten haben, zusätzliche Kräfte abzapfen.*

Aber ... wäre ich denn auch dazu imstande, fragte Dhugal, *würde es klug zu heißen sein, in solchem Maß auf Eure Kräfte zurückzugreifen?*

Dhugal, sollte es dir unmöglich sein, mich zu heilen, wird es voraussichtlich dahin kommen, daß du mich vom Leben zum Tode befördern mußt! gab Kelson ihm rücksichtslos offenherzig Antwort. *Nun denn! Wieviel von unserer verbliebenen Frist sowie unseren Kräften willst du noch vergeuden und mit mir zanken? Schließlich besitzen wir ja keinerlei Gewißheit, daß man uns ungestört lassen wird.*

Der Schrecken, welchen diese keineswegs abwegige Erwägung Dhugal einjagte, verscheuchte des Junkers Bedenken, aufgrund derer er sonst wohl noch fortgesetzt Einwände vorgetragen hätte. Nicht im mindesten vermochte er sich vorzustellen, zu dem fähig zu sein, was Kelson ihm offensichtlich zutraute; andererseits jedoch erblickte er keinen Sinn darin, nicht wenigstens einen derartigen Versuch zu unternehmen. Um sie zumindest wider die beiläufige Beachtung jemandes, welcher während der Nacht in die Kammer schauen mochte, zu schützen, legte er Kelson den Knebel – wiewohl lockerer – wieder an, bettete den König so auf die Seite, wie er zuvor gelegen hatte, als wäre er noch ohne Besinnung, umwickelte ihm auch Hände und Füße lose mit den Stricken; wie wenig diese Fesseln ihrem Zweck genügten, würde jemandem, der auf der Schwelle verharrte, wohl schwerlich auffallen, zumal Kelsons Gestalt den Blick teilweise versperrte. Dhugal selbst streckte sich gleichfalls auf der Seite und im rechten Winkel zu Kelson auf dem Fußboden aus, und zwar so, daß sich ihre Häupter berührten; damit erweckte er den Anschein, als hätte er sich, seit das letzte Mal jemand nach ihnen geschaut hatte, in seines Mitgefangenen Richtung gewälzt, dann aber aus Ermattung weitere Anstrengungen aufgegeben; den Knebel legte er sich gleichfalls nur locker wieder an, während er seine Hände und Füße ungebunden beließ und hinter dem Leibe verbarg, eine Maßnahme, welche sich bewähren mochte, solange niemand allzu genau nachsah.

Nachdem er diese Lage eingenommen und es sich so behaglich gemacht hatte, wie es unter derlei Umständen möglich war, löschte Dhugal das Hand-Feuer und leitete die anfänglichen Stufen einer tiefen derynischen Trance ein, festigte die geistige Verbindung zu Kelson, die nach der stetigen seelischen Gemeinschaftlichkeit der vergangenen paar Wochen schon beinahe zu so etwas geworden war wie einem Dauerzustand. Die geistige Vereinigung vertiefte sich unverzüglich, gewährte Dhugal Zugriff auch auf die allerletzte Reserve der Kräfte Kelsons – obwohl er ihn ausschließlich im äußersten Notfall in solchem Maß anzuzapfen gedachte –, und der Junker ließ sich in stets noch abgründigere Gefilde der Trance hinabgleiten, um seines Leibes Inneres zu erkunden.

Etwas Derartiges hatte er noch nie getan; seine Übungen waren darauf beschränkt geblieben, den Körper langsam, Glied um Glied, zu entspannen. Nun hatte seine erste Wahrnehmung mit den Verkrampfungen zu schaffen, durch die er längst anhaltende Beschwerden in den Schultern verspürte; sie entsprangen dem Winkel, in dem er die Arme auf dem Rücken halten mußte. Sobald es ihm gelungen war, diese Unannehmlichkeit zu beseitigen, begann er im Innern seines Körpers schwächere Abläufe zu bemerken – wie das Blut im Takt des Herzschlags langsam und gleichmäßig durch die Adern getrieben ward, und er fühlte, als er die Finger krümmte, die Spannkraft in den Sehnen und Muskeln. Er verlagerte seine Arme auf solche Weise, daß er mit jeweils einer Faust das andere Handgelenk umfassen konnte, und entdeckte daraufhin zwischen dem gesunden rechten und dem fast ausgeheilten linken Handgelenk einen feinen Unterschied; allerdings empfand er es als verwirrend, seine Deryni-Sinne auf zwei einander entgegengesetzten Seiten anzuwenden, deshalb widmete er bereits nach wenigen Augenblicken seine Aufmerksamkeit dem Bein, wälzte sich mehr auf den Bauch, um seine Schultern zu entlasten und um die Hände lautlos zu den Fußknöcheln hinabschieben zu können. Dort ward der Unterschied zwischen dem heilen und dem verletzten Fuß sofort offenkundig; der erstere erregte einen kühlen und kräftigen, wiewohl von den Stricken leicht aufgescheuerten Eindruck; der andere hingegen fühlte sich heiß an, er war empfindlich, wenn Dhugal mit den Fingerkuppen zudrückte, nach den Verletzungen suchte, welche er zuvor mit den Händen durch den Stiefel gespürt gehabt, aber aus Sorge, er möchte den einmal ausgezogenen Stiefel womöglich nicht wieder anziehen können, nicht näher untersucht hatte. Doch als Dhugals Überwinder ihm die Stiefel abgenommen hatten, war der Fußknöchel aus des Kleidungsstücks Enge befreit worden und hatte getan, was er ohne die Hülle aus Leder bereits Tage vorher getan hätte: trotz der Kürze der inzwischen verstrichenen Frist war er merklich angeschwollen. Dhugal vermochte in einem der Knochen den unregelmäßigen Verlauf einer Bruchstelle zu spüren – nicht regelrecht durch die Berührung seiner Finger, jedoch geradeso, als *ob* selbige Finger den Bruch berührten, ohne daß sich dazwischen Fleisch befände. Und indem er sich auf eine noch tiefere

Ebene der Bewußtheit begab, sich fragte, wie er wohl eine Heilung bewerkstelligen könnte, war ihm mit einemmal ganz so, als weile er mit seiner Sinneswahrnehmung *in* selbigem Knochen, und auf völlig andere Weise denn zuvor erkannte er, wessen es bedurfte, um eine Heilung zu vollziehen.

Der Vorgang erforderte weit weniger Kraft als erwartet, und Dhugal brauchte sich Kelsons zusätzlich verfügbarer Kräfte so gut wie gar nicht zu bedienen. Sobald er die Wiederherstellung des Knochens erfühlen konnte, befaßte er sich mit dem nächsten Knochen und heilte ihn ebenso; nachdem er die übrigen benachbarten Knochen einer Untersuchung unterzogen hatte, machte er sich ans Heilen des ringsum befindlichen Fleischs, vermochte auch dabei zu spüren, wie zerrissene Sehnen, Blutgefäße und Muskeln allein kraft seines Willens genasen.

Wohlige Wärme prickelte in seinen Händen, und er verwendete selbige Wärme wie einen Balsam, um Schmerzen und Versteifungen zu beheben, die Schwellung zu mindern sowie die Durchblutung zu fördern – alles in allem, um den gleichen Zustand wie vor der Verwundung wiederherzustellen. Er fühlte, wie die Schwellung unter seiner Hand dahinschwand; und als er versuchsweise den Fuß bewegte, entdeckte er, da der Fußknöchel vollauf zu allen erforderlichen Regungen imstande war, daß dabei kaum noch die geringste Pein auftrat.

Dhugal war ein wenig außer Atem, als er aus dem Trance-Zustand in eine gewöhnliche Bewußtseinsverfassung zurückkehrte; er wollte kaum so recht glauben, daß das Vorhaben ihm wirklich und wahrhaftig gelungen war. Da erblickte er, als er in erster Erregung die Augen aufschlug, gerade noch am Rande seines Blickfelds die hochgewachsene Gestalt eines Mannes mit silberfarbenem Haupthaar und in grauer Gewandung – oder wähnte sie zu erblicken –, wie er ihm zulächelte.

Mit einem Ruck hob Dhugal das Haupt, doch binnen dieses ganz flüchtigen Augenblicks – kaum so lange wie ein Wimpernzucken dauerte – verschwand die Gestalt. Nur der Knebel verhinderte, daß Dhugals Mund ein lauter Aufschrei entfuhr; als er sich davon befreite, hatte er sich indessen wieder auf den Anlaß besonnen, aus dem es sich empfahl, sich still zu verhalten. »*Jesus Christus,* was war das?« wisperte Dhugal kaum vernehmlich, blieb darum bemüht, die Lautstärke seiner Stimme so gering wie nur möglich zu halten, während er in ehrfürchtigem Staunen ins Rund schaute.

Was soll was gewesen sein? kam im geistigen Bereich Kelsons Gegenfrage, derweil auch der König aus der Trance in den herkömmlichen Bewußtseinszustand wiederkehrte und Dhugal am Arm packte.

Nichts von Bedeutung. Dhugal erzeugte ein sehr bläßliches Hand-Feuer und beugte sich vor, um die Fußknöchel in Augenschein zu nehmen, regte erneut versuchsweise den rechten Fuß, diesmal vollständig ohne Schmerzen. Weder war eine Schwellung vorhanden, noch sah man irgendeine Verfärbung der Haut. *Kelson, ich habe es vollbracht!*

Kelsons leises, vorsichtiges Aufseufzen, indem er zeitweilig die Augen schloß, verriet mehr, als Worte oder auch Gedanken mitzuteilen vermochten. *Ich habe erwartet, daß du dazu imstande bist, sobald du wußtest, du hattest keine andere Wahl, als es zu versuchen,* erreichten Kelsons Gedanken nach kurzem Schweigen Dhugal. *Es widerstrebt mir, deine Zuversicht zu dämpfen, doch befürchte ich, mit mir wirst du ernstere Schwierigkeiten haben ... und sollten wir zu lange säumen, möchte sehr wohl unsere Frist ablaufen. Bist du der Ansicht, du bist zur Genüge bereit, um nunmehr dies gewagtere Unterfangen auf dich zu nehmen?*

Ich fühle mich nicht so hinlänglich darauf vorbereitet, wie es mir lieb wäre, doch bezweifle ich, daß eine Wahl bleibt, entgegnete Dhugal und ließ sein Hand-Feuer zu Kelson schweben. *Laßt davon ab, Euch so zu stellen, als lägt Ihr noch in Banden. Ich werde mich eines äußersten Grades der Einflußnahme befleißigen müssen.*

Er entfernte Kelsons Knebel und half dem König dabei, sich der Länge nach flach auszustrecken, so daß die Arme nicht länger in verkrampfter Haltung unter ihm lagen. *Willst du das Hand-Feuer leuchten lassen, derweil du dich dem beabsichtigten Werke hingibst?* erkundigte sich Kelson. *Sollte jemand hereinschauen, wäre es ein unzweideutiger Beweis für das, was wir sind.*

Dhugal schmunzelte andeutungsweise, hockte sich auf die Fersen und legte beide Hände auf die halb verheilte Wunde an der Seite von Kelsons Haupt. *Ich muß sehen können, was ich treibe, wenigstens am Anbeginn. Und wenn irgendwer hereinschaut und sieht, daß wir nicht länger gebunden sind, steht uns ohnehin erheblicher Verdruß bevor. Wir gerieten geradezu vom Regen in die Traufe. Doch es mag ja sein, daß diese Leutchen für Deryni eine Vorliebe hegen.*

Freilich, so wie es möglich sein möchte, antwortete Kelson, *daß Sankt Camber selbst zu unseren Gunsten eingreifen und uns aus der Drangsal erlösen wird.*

Fast schnaubte Dhugal, als er das vernahm, denn wollte er nach dem urteilen, was er sah, just als er aus der Trance wiederkehrte, war es nicht ganz so undenkbar, daß Camber gegenwärtig genau das tat. Kelson hatte offenbar nichts bemerkt. *Laßt uns doch lieber die Sache selber tüchtig angehen,* versetzte er in Gedanken – ein wenig gereizt – zur Antwort, machte Anstalten, erneut zwischen ihnen ein geistiges Band zu knüpfen. *Entspannt Euch und laßt Euch erneut in einen Trance-Zustand versinken. Überantwortet Euch mir ganz und gar. Ich bezweifle, daß ich zusätzlich Eure Kräfte nutzen werden muß – zumindest nicht als solche –, doch dünkt es mich als unabdingbar, daß ich über das Geschehen die ungeteilte Gewalt habe, werden doch im Ergebnis einer Heilung Eure Geistesschilde sich wieder heben. Falls ich die heilerische Verrichtung zutreffend durchschaut und verstanden habe, dürfte jedenfalls der Anfang mir leichtfallen. Das weitere Werk wird wohl ein sorg-*

sameres, umsichtigeres Einwirken erfordern, aber darum sollten wir uns erst sorgen, wenn der anfängliche Teil bewältigt ist. Und im Fall Ihr irgendwelche an Sankt Camber gerichtete Gebete kennt, so ist dies, wähne ich, die rechte Stunde, um sie zu sprechen.

Besondere Gebete an ihn sind mir unbekannt, erwiderte Kelson auf leicht fahrige Weise, dieweil er seine Aufmerksamkeit bereits stark nach innen gelenkt hatte, *aber ich will gerne aus dem Stegreif mein Bestes zu leisten versuchen.*

Vortrefflich. Ich vermag mich nämlich nicht des Eindrucks zu erwehren, daß er an dem, was sich am heutigen Abend hier zuträgt, mehr als lediglich gelindes Interesse hat.

Er fühlte, wie Kelson sich anschickte, ihn diesbezüglich um Aufklärung zu ersuchen, doch war seine geistige Vorherrschaft im Rahmen ihrer seelischen Vereinigung schon zu weit fortgeschritten, als daß des Königs Wille sich noch zu behaupten vermocht hätte, und sie entglitten gemeinsam auf immer tiefere Ebenen der Trance. Noch während sich diese Art der inneren Versenkung immerfort vertiefte, begann Dhugal mittels seiner Willenskraft Kelsons unter seinen Fingerspitzen spürbare Platzwunde zu beeinflussen – und fühlte, wie das Fleisch sich unter seiner Berührung zu erwärmen anfing, dann wieder abkühlte, während sich von frischer, jeder Narben barer Haut der Schorf löste.

Dhugal lächelte und besah sich die verheilte Stelle im Lichtschein des Hand-Feuers kurz einmal genauer, ehe er seine Hände auf die Bruchstelle am Schädel schob, den er bereits vor längerem behandelt hatte. Ihm war, als könne er Hände fühlen, welche sich auf seine Hände senkten, als er seine Deryni-Kräfte aufbot, um die heiklere Aufgabe einer Heilung dieser schwereren Verletzung auszuführen, doch widerstand er der Versuchung, die Augen zu öffnen und hinzuschauen. Das Wesen hinter ihm, dessen Arme Dhugals Arme umfingen, um die Hände auf des Junkers Hände legen zu können, vermochte er – soviel war ihm schon klar – nicht mit gewöhnlichen Augen eines Sterblichen zu schauen, und es flößte ihm keine Furcht ein, vielmehr gingen von ihm Emanationen der Ruhe, Stärke und Liebe aus.

Diesmal trat der Erfolg der leiblichen Heilung, derweil Dhugal die heilerischen Kräfte der Deryni-Magie durch seinen Verstand fließen ließ, deutlich leichter ein. Vor seinem geistigen Auge verschwamm der alte Bruch, verschwand gänzlich, indem neues, frisches Knochenmaterial die Bruchstelle schloß, bis diese geheilte Stelle von anderen Bereichen des Schädels, wo nie ein Knochen geborsten war, nicht länger unterschieden werden konnte. Die darunter gelegene Schwellung, welche nach wie vor Kelsons Hirn beeinträchtigte, stellte eine noch größere Herausforderung dar, aber auch ihr stellte sich Dhugal, er bewältigte sie in ähnlicher Weise, wie er seinen Fußknöchel geheilt hatte, nämlich indem er durchs Blut Wärme und Heilkraft zu der Verletzung befördern und durch sie das zerstörte Fleisch fortspülen ließ; allerdings blieb in bezug auf eine Wiederherstellung der Geisteskräfte Kelsons ein Ergebnis aus, eine Widrigkeit, um welche er sich gleich würde kümmern müssen. Die dritte Verletzung wies keinen Knochenbruch auf, jedoch befanden sich dort sowohl ober- wie auch unterhalb des Schädelknochens Blutergüsse; dazu entdeckte Dhugal eine unbedeutende Platzwunde, welche er indes mittels der heilerischen Kräfte rasch beseitigen konnte. Die Blutergüsse behob Dhugal auf die gleiche Art und Weise, wie er sie zuvor angewendet hatte und die ihm beinahe schon in Fleisch und Blut übergegangen war; und doch blieb eindeutig noch etwas zu leisten – denn auch hier hatte sich eine Schädigung ergeben, welche die grobe äußere Beeinträchtigung überstieg und die, sollte Kelson wieder in den Vollbesitz seiner magischen Geisteskräfte gelangen, behoben werden mußte.

Unvermittelt ward er sich darüber klar, was noch

vonnöten war – und daß er über die Fähigkeit verfügte, es zu vollbringen. Folglich bot er, sobald er die fleischliche Heilung als gelungen betrachten konnte, all seinen Mut auf und drang über das rein Stoffliche in Kelson Haldanes Schädel hinaus, erwirkte eine Verschmelzung der Seelen; dieselbe jedoch war gleichzeitig viel, viel mehr. Sie besaß eine gewisse Ähnlichkeit mit jener ersten, freudigen Einheit der Gemüter, welche er mit seinem Vater erlebt hatte, nur widerfuhr sie ihm im Lichte seines neuentdeckten heilerischen Vermögens und war verstärkt durch die nahezu lebenslange Freundschaft, die zwischen ihm und Kelson bestand. Wenngleich sie Dhugals Einflußnahme unterlag, zog sie ihn ihrerseits mit Macht in eine gründliche wechselseitige seelische Durchdringung, welche Länge, Breite, Höhe und Tiefe seiner selbst und Kelsons mit Schwingungen des Frohlockens durchbebte, so daß sich ein geistiger Bund ergab, der zumindest für ein Weilchen – ihrer beider Seelen aufs tiefste miteinander verflocht, ein Schmelztiegel des Entzückens entstand, in welchem sie alles, was sie einmal gewesen waren oder zu sein hofften, so allumfassend teilten, wie sie es sich zuvor nie und nimmer vorzustellen vermocht hätten. Diese Vereinigung schien keine Grenzen zu kennen und keiner zu bedürfen, ein jeder gab sich darin zur Gänze hin; sie gewährte eine so vollkommene Vertrautheit, die über das Körperliche hinausging, es jedoch auch miteinschloß, daß Dhugal sofort begriff, warum dereinst, wenn es dahin kam, daß sie sich eine Braut erkoren, sowohl für ihn als auch für Kelson ausschließlich eine Deryni-Jungfer das rechte Weib abgeben konnte. Höchst erstaunt war Dhugal, als Kelson ihm enthüllte, daß er sich in Rothana bereits eine solche Braut erwählt hatte, er und jene leidenschaftliche derynische Edeljungfer, welche sich unterdessen um des Königs willen um die Befreiung von ihren vorläufigen frommen Gelöbnissen bemühte, sie Vermählung zu feiern gedachten, wenn Kelson heimkehrte.

Wenn Kelson heimkehrte. Es glich einem Sturzbach eiskalten Wassers, als sie sich ihre üble Lage von neuem vergegenwärtigten, sie beide unversehens die Notwendigkeit erkannten, sich in aller Bälde in den gewohnten Zustand des Bewußtseins zurückzuversetzen, nachdem nun die Heilung erreicht war – und daß es sich so verhielt, daran war jeder Zweifel ausgeschlossen, denn als sie sich, indem Dhugal das Haupt von Kelsons Busen hob, auf welchem es geruht hatte, im selben Augenblick aus der Trance lösten, umlohten sie herrliche, helle Deryni-Auren, deren Scharlachrot und Silberschein sich vermengten.

Da jedoch stutzte Kelson, reckte sein Haupt und schaute an Dhugal vorbei etwas an, und rasch verflimmerte seine Aura. Und als sich Dhugal umwandte, halb erwartete, nochmals jene seltsame, zuvor erblickte Erscheinung zu sehen, brachte auch er seine Aura zum Erlöschen. Denn es war nicht Sankt Camber, der sie just mitsamt ihren Auren beobachtet hatte. Die rötliche Helligkeit einer Fackel, in die Höhe gehalten vom Häuptling, welcher schon einmal nach ihnen gesehen hatte, fiel in die Kammer. Zu seiner Rechten stand ein älteres Weib in grauer Kutte und Schleier, vielleicht irgendeine Art von Nonne, und hinter ihm etwa ein halbes Dutzend ähnlich wie er gekleideter Kerle, alle wohlbewaffnet, die harten Angesichter erschlafft zu einem Ausdruck der Ehrfurcht und nicht geringen Grausens. In der anderen Hand des Häuptlings glänzte an dünnen, glitzernden Kettchen Silber – die zwei Sankt-Camber-Medaillen, welche man ihnen abgenommen hatte, erkannte Dhugal –, aber es hatte den Anschein, als hätte der Häuptling sie angesichts des Schauspiels, das soeben vor seinen Augen sichtbar geworden war, gänzlich vergessen.

»Wer seid Ihr?« fragte das Weib mit ruhiger Stimme, deren Klang offenkundig bezeugte, es war gewohnt, daß man ihm gehorchte.

24

Unter ihm Glanz gleich dem Licht, Strahlen ihm zur Seite; er macht sie zur Hülle seiner Kraft.

HABAKUK 3,4

»Wer seid Ihr?« wiederholte das Weib. »Und *was* seid Ihr? Ihr seid Deryni, nicht wahr?«

Schneller, als sie es mit Worten geschafft hätten, wechselten Dhugal und Kelson einen Blick gegenseitiger stummer Fragestellung; doch ließ man einmal die rein körperliche Schwäche infolge der langen Frist ohne hinlängliche Nahrung außer acht, bestand daran kein Zweifel, daß Kelson nun weit genug genesen war, um die Auseinandersetzung mit diesen Leuten in die Hand zu nehmen, und eben diese Absicht hegte er. Es mochte nicht unbedingt ratsam sein, bereits jetzt darauf hinzuweisen, wer sie wirklich waren; der Tonfall des Weibes erlaubte nicht zwangsläufig die Schlußfolgerung, daß Derynitum in ihren Augen Ansehen genoß. »*Weder* sind wir Strauchdiebe, Weib«, sprach der König bedächtig, indem er sich, derweil Dhugal das gleiche tat, aufzusetzen begann, »*noch* Grabräuber.«

»Dös blaibt zu schaun«, mengte sich der Häuptling drein. »Riehrt eich nüch vom Fleck!« Vor der offenen Tür erklang das Schlurfen und Knarren von Stiefeln, der Häuptling ergriff das Weib am Arm und zog es flink zur Seite, während die Begleiter des Paars zur anderen Seite auswichen, so daß zwei Bogenschützen die Schwelle betreten konnten, die Pfeile schon an die Sehnen gelegt, welche sie nunmehr vollends spannten. Hinter ihnen, zu ihren Seiten, knieten indessen noch zwei Bogenschützen nieder und zielten mit den Pfeilen in die Kammer. Kelson und Dhugal verhielten inmitten der Bewegung. »Un nu könnt ihr aufstehn, langsam un ainer nach 'm annern«, ergänzte der Häuptling seine vorherigen Äußerungen, »und dann wern die Mannen eich wieder binden ... oder der Schietzen Pfaile wern eich fällen.«

»Wir haben nichts Böses im Sinn«, beteuerte Kelson mit fester Stimme.

»Un eich wierd nüchs Beeses gschehn, wänn ihr tut, was man eich sacht«, antwortete das Oberhaupt. »Ärscht du. Steh auf und verlaß dains Spießgesellen Sait, geh nach rächts.«

Kelson erhob sich, blieb jedoch neben Dhugal stehen. »Wir werden euch ohne Widerstand begleiten, aber wir gedenken uns nicht von neuem binden zu lassen«, entgegnete er, ohne den Blick von des Häuptlings Augen zu wenden. »Sollte hier jemand außer dir Befehlsgewalt ausüben, so wollte ich wohl gerne mit demjenigen ein Wörtchen reden ... Oder vielleicht mit einem Geistlichen. Wir sind aufrechte, gottesfürchtige Männer.«

»Aafrächte, gottesfierchtige Männer schänden nüch der Dodten Gräber«, hielt ihm der Häuptling entgegen. »Wir hahm keene Priester, nur *coisrigte* ... gewaihte Brieder. Ainen ihrer bästen truhn wir vor ainer Woch zu Grabe. Saine Grabstätt war eene von denen, wo ihr geschändet habt.«

»Sagart«, murmelte Dhugal, indem er sich vorsichtig gleichfalls erhob, dabei sorgsam darauf achtete, die Hände vorn, im allgemeinen Blickfeld, zu halten.

Als er den Namen nannte, entfuhr dem Mann ein Keuchen, und das Angesicht des Weibes ward kalt und beherrscht. »Wer hat Euch seinen Namen kundgetan?« wollte es wissen.

»Mit Verlaub, einer eurer Kerle erwähnte ihn, als Bened-Cyann das erste Mal nach uns schauen kam«, gab Dhugal zur Antwort. »*Cyann* bedeutet ›Häuptling‹, nicht wahr? Der Halsring spricht gleichfalls für einen solchen Rang. Eure Mundart ist mir schwer verständlich, doch dieweil ich ein Märkischer bin, vermag ich von euren Reden ein wenig zu verstehen.«

Während der Mann namens Bened nun Dhugal nachdenklicher musterte, ihn nach dem, was er just vernommen hatte, recht aufmerksam betrachtete, nickte das Weib langsam. »*Beide* Jünglinge tragen *g'dulae*, Bened«, meinte es leise, »und jener *ruadh* hat deinen Rang erkannt. Und hast du nicht vermeldet, sie hätten beide *goldene* Sporen gehabt? Das bedeutet, sie müssen Hochgeborene sein.« Es wandte sich an Dhugal. »Wie lautet Euer Name, junger *ruadh?*« fragte es den Junker.

Es hatte ihn als *ruadh* bezeichnet, mit dem markländischen Ausdruck für jemanden mit rotem Haar, und Dhugal wechselte erneut mit Kelson einen kurzen Blick der gemeinsamen Verständigung. Es konnte voraussichtlich keinen Schaden zur Folge haben, wenn er, Dhugal, diesen Menschen seinen Namen mitteilte, denn vermutlich würde er ihnen nichts besagen. Doch hervorzukehren, daß er jemand ihres Schlages war, das mochte sich – darin stimmte Kelson ihm zu – als wichtig erweisen. »Auch ich kann für mich den Rang eines *Cyann* in Anspruch nehmen, dieweil ich Dhugal MacArdry von Transha bin«, erteilte Dhugal Auskunft. »Bei meinem Volk trage auch ich den Halsring eines Häuptlings. Mein *brathair* ist ein noch weitaus höhergestellter Führer als ich. Doch geschieht's im Sinne markländischer Freund- und Bruderschaft, daß wir Bened-Cyann unseren Gruß entbieten.«

Das ältere Weib nickte, derweil unter den Männern im Hintergrund Gemurmel entstand. »*Meacardrigh*«, wiederholte es, sprach Dhugals Namen mit sonderbarer Betonung aus. »›Sohn des großen Königs‹. Was für ein König mag's wohl gewesen sein?«

»Sain Abstammung schärt mich nüch, Jilyan«, mischte sich erneut Bened ein. »Se erklärt nüch, was se in Sagarts Grab un in 'n annern Gräbern getriehm hahm. Aach 'n Keenich kann 'n Räuber sein. Sprächt zu eur Rächtfertgung, Jung MacArdry, so dain Lehm un das dains Froinds gerättet wern soll!«

Gefaßt nickte Dhugal, merkte sich den Namen Jilyan, um ihn künftig verwenden zu können; er ahnte nämlich, daß es sich nicht um einen Titel, sondern um einen regelrechten Namen handelte. »Fürwahr beabsichtigten wir keinerlei Ehrlosigkeiten zu begehen, Bened-Cyann. Wir haben ums liebe Leben gerungen.«

»Indem ihr in *Naomha* Sagarts Grab ainbrächt?« brauste ein anderer Mann auf.

»Indem wir aus seinem Grab *aus*brachen«, berichtigte Dhugal. »Das ist's, was ich euch begreiflich zu machen trachtete. Unser Bestreben ging dahin, hinauszugelangen ... nicht hinein. Wir kamen aus der anderen Richtung, aus den Höhlen unter den Grabkammern.«

»Den Höhln ...«, raunte ein Mann.

»Laßt ihn reden«, befahl das Weib.

»Frailich, Ban-Aba«, sagte derselbe Mann leise, gab unverzüglich Ruhe.

Dhugal erkannte den uralten Titel und vollführte, die Rechte auf dem Herzen, eine achtungsvolle Verbeugung des Danks, derweil er Kelson auf geistiger Ebene eine Erklärung übermittelte. *Eine Ban-Aba ist vergleichbar mit einer Äbtissin. Mich dünkt, daß hier nicht Bened, sondern sie die Oberste sein mag.* »Meinen Dank, Ban-Aba«, sprach er. »Vor einigen Tagen – oder vielleicht sind schon Wochen verstrichen –, wurden wir in der Nähe der Abtei Sankt Bearand, nordöstlich Caerrories, in die Fluten eines unterirdischen Flusses hinabgerissen. Ums Haar wären wir ertrunken. Wir wissen nicht, wie weit der Strom uns trug, bevor wir am Ende jene Höhle betraten, welche an eure Grabkammern grenzte. Bis zur Stunde ist uns unbekannt, wohin's uns eigentlich verschlagen hat.« Hoffnungsvoll schwieg er für einen Augenblick, doch niemand gab in dieser Hinsicht Aufklärung. »Gleichwohl gelang es uns, die Mauer zu jenem Höhlengang zu durchbrechen, welchen ihr in eine Reihe von Grabkammern verwandelt habt, und danach ... mußten wir eine Tür nach der anderen durchqueren.« Plötzlich merkte er, als er diese lasche Darstellung gab, daß er nicht zu berichten wagte, auf welche Weise sie selbige Pforte aufgetan hatten.

»Das ist die reine Wahrheit, Ban-Aba«, meldete sich nun, um Dhugals Verlegenheit zu überbrücken, Kelson zu Wort. »Die Grabgaben haben wir allein bei der Suche nach Verzehrbarem angetastet. Tagelang hatten wir nichts denn Wasser und Fisch essen können, und unser Vorrat war aufgebraucht, als wir zum ersten Grab durchbrachen. Zum Glück entdeckten wir ein wenig noch trinkbaren Wein. Und schließlich, als wir in ... in Sagarts Grabkammer ... Brot und Bier fanden, da nahmen wir's zur Stärkung. Als wir den Fels verließen, schöpften wir den ersten Atemzug frischer Luft seit ... mag sein, seit Wochen.«

»Doch habt ihr eich von 'n Banden befrait, obzwar's nüch hätte meeglich sain dierfen«, sagte Bened, deutete mit jener Hand auf das Paar, in welcher er noch die beiden Sankt-Camber-Medaillen hielt, und als er diesen Umstand bemerkte, verhielt er in der Bewegung. »Un wie wir just gucken kamen, habt ihr geleuchtet von hailgem Foir. Beim Hailgen ihr sälbst habt's gemacht, das hailge Foir. Un ihr habt diese Anhänger getrahn ...« Seine Augen weiteten sich, während sein Blick zwischen Dhugal und Kelson hin- und herhuschte. »Mit *saim* Bild ... Said ihr ...? Nain, ihr könnt's nüch sain ...«

»Was könn' wer nich sein?« fragte Dhugal, dessen märkischer Zungenschlag sich durchzusetzen begann, derweil er den Häuptling schärfer ins Auge faßte, einen neuen Schimmer von Hoffnung zu erkennen glaubte. War es möglich, daß jener »Hailge«, von dem Bened mit so unmißverständlicher Ehrfurcht Rede führte, kein anderer war denn Sankt Camber? »Wierden wer *sein* Büldnis trahn, ehrten wer nich sein Andenken?«

Bened maß ihn mit einem noch durchdringenderen

Blick. Die Ban-Aba erbleichte ein wenig. Die übrigen Männer fingen von neuem an, diesmal voller Unbehagen, untereinander zu murmeln, und ein paar bekreuzigten sich vorsichtshalber, derweil die Bogenschützen ihre Pfeile geringfügig senkten. Dennoch wagten Kelson und Dhugal kaum zu atmen. »Spottet ihr unsrer?« raunte ein Mann.

Mit allem Nachdruck schüttelte Dhugal das Haupt, aber er spürte, daß es nun wieder an Kelson war, das Wort zu ergreifen, und er heftete seinen Blick auf den König.

»Nennt *sain'* Namen«, forderte der Häutling sie schließlich auf und kehrte sich Kelson zu, wobei er ihm die Medaillen vor die Augen hob.

Obwohl ihm fast der Atem stockte, langte Kelson mit einer Hand langsam, ganz langsam zu, nahm eine Medaille in seine Handfläche und neigte das Haupt, um sie zu küssen. »Wir verehren den Namen des Heiligen, welchen man Sankt Camber von Culdi heißt«, sprach er kühn, schlug das Kreuzzeichen, indem er das Haupt hob. »Wir sind seine Diener.«

Ein Murmeln der Ehrfurcht und Verblüffung wich Tönen der Verwirrung und Betroffenheit, und Kelson fragte sich, ob er womöglich zu weit gegangen sein mochte. »Mit wälchem Rächt behauptet ihr, *saine* Diener zu sain?« wollte endlich Bened erfahren, der Klang seiner Stimme brachte die restlichen Anwesenden zum Schweigen.

Kelson ahnte, daß jetzt allein die Wahrheit noch helfen konnte. »Mein Gefährte und ich sind vor kurzem zu Rittern geschlagen worden«, erläuterte er mit fester Stimme. »Zum Zeichen des Dankes haben wir uns auf die Suche nach Reliquien Sankt Cambers begeben. Es ist mein Vorhaben, die Sankt-Camber-Verehrung in Gwynedd wieder rechtmäßig zu machen.«

»Ihr wierdet Sankt-Cambers Ansehn wiederherstelln?« keuchte die Ban-Aba.

»Es is unmeeglich«, entfuhr es einem der Bogenschützen. »De Kirch tät's nüch erlahm.«

»Sälbs 'n Keenich könnt's nüch«, raunte ein anderer Mann voller Scheu.

»*Dieser* König kann's«, widersprach Kelson, »und es ist seine feste Absicht.«

»Ihr wollt 'n Keenich sain?« meinte wieder ein anderer Kerl geringschätzig.

»Ich *bin* König«, antwortete Kelson. »Ich bin Kelson Haldane von Gwynedd.«

»Kelson?«

»Ein Haldane?«

Einige Augenblicke lang herrschte ein Wirrwarr von hastigen Fragen und Antworten, zu schnell und zu stark mundartlich, als daß Dhugal viel hätte verstehen können; dann verließen ohne jede Ankündigung alle Bewaffneten sowie die Ban-Aba die Kammer und schlossen von außen die Tür. Als der Riegel an seinen Platz rumste, erzeugte Kelson rasch ein Hand-Feuer und wandte sich entgeistert an Dhugal. »Alle *Teufel,* was mag denn nun das zu bedeuten haben?«

Dhugal gab ein Schnaufen von sich. »Sagt Ihr's mir. Ich hege die Vermutung, daß man sich zurückzieht, um über unser Los zu beraten. Auf alle Fälle hat ihnen Cambers Erwähnung wohl Anlaß zum Nachsinnen gegeben. Seid Ihr der Ansicht, wir sollten nunmehr zu entfliehen versuchen oder abwarten und der weiteren Dinge harren?«

»Wir werden uns ins Warten schicken«, entschied Kelson. »Wie sie die Nennung von Cambers Namen aufnahmen, war weitaus vorteilhafter, als ich's erhofft hatte, und ich glaube, als sie von ›hailgem Foir‹ sprachen, meinten sie unsere Deryni-Auren. Ich wähne, daß sie dieselben sahen, mag sich gleichfalls für uns als vorteilig erweisen. Wäre ich mir zuvor dieser Wirkung gewiß gewesen, hätte ich den Vorfall noch nachhaltiger zu unseren Gunsten zu nutzen vermocht. Aber ich fürchtete, die Offenbarung der Wahrheit könnte durchaus zu unserer sofortigen Ermordung führen. Diese Bergbewohner sind bisweilen recht heikel im Umgang.«

»Das erzählt Ihr einem Märkischen?« entgegnete Dhugal mit einem Schmunzeln. Indem er auflachte, setzte sich Kelson auf den Fußboden, lehnte den Rükken an die gegenüber der Tür befindliche Wand, schüttelte das Haupt. Gleich darauf gesellte sich Dhugal zu ihm. »Zumindest erweckt Ihr nun den Eindruck eines vollauf Genesenen«, stellte Dhugal nach einigen Augenblicken des Schweigens fest. »Was auch geschehen mag, fortan sind wir wieder dazu imstande, uns zu wehren.«

Kelson nickte und stützte das Haupt an die Wand. »Ich muß dir für deinen Beistand meinen aufs allertiefste empfundenen Dank aussprechen«, erklärte der König. »Ich gäbe allerlei für ein rechtes Mahl, aber ansonsten war mir nicht mehr so wohl zumute, seit ... Ach, länger nicht, als ich mich zurückbesinnen vermag. Alle Wetter, wie hast du's nur geschafft?«

»Darauf sollte ich die Gegenfrage stellen, was Ihr meint, die Heilung oder das andere, doch was 's auch sei, ich müßte antworten, daß ich's nicht erklären kann«, erwiderte Dhugal. »Die Heilung ... sie gleicht einem Wunder. Ich wußte selbst nicht, was ich da tat ... und dennoch gelang's. Und unserer Seelen Verschmelzung war etwas, wie ich's mir nie und nimmer zu erträumen gewagt, ganz davon zu schweigen, daß ich jemals zu hoffen mich getraut hätte, ich könnte einstmals dergleichen erleben. Wenn ich mich nicht irre, war's auch für Euch ein ganz und gar neuartiges Erlebnis.«

»Das will ich wohl meinen.« Kelson sprach in leichtmütigem Ton; trotzdem verriet seine Stimme vor dem, was sich ereignet hatte, aufrichtige Achtung. »Ich habe mich schon in ungemein tiefer Trance befunden, Dhugal – mit Alaric und ebenso Duncan –, aber nie zuvor ist mir ein solcher Zustand widerfahren. Mag sein, die seelische Vereinigung ward solchermaßen zur Verzückung, dieweil ich mich dir bereits zum Zwecke der Heilung in so weitgehendem Maß ausgeliefert hatte. Meine Deryni-Kräfte sind vollständig wiederhergestellt ... Auch meine Erinnerungen sind wieder zur Gänze vorhanden. Zudem ist mir ... als wären alle meine Fähigkeiten verbessert, gar vielseitiger anwendbar geworden ... ganz so, als ob ich nunmehr nachgerade *alles* zu vollbringen vermöchte.«

»Ich wähne zu verstehen, wovon Ihr redet«, lautete Dhugals Antwort. »All die einstigen Hemmnisse brachen nieder. Ich weiß nicht zu sagen, wieso ich mir darin sicher bin, aber ich hege die Überzeugung, in Zukunft niemals wieder irgendeine geistige Berührung fürchten zu müssen. Meine Geisteswehr unterliegt nun vollkommen meiner Gewalt. Es ist, als hätten wir gemeinsam vollendet, was mein Vater an jenem Morgen, als wir entdeckten, was wir einer für den anderen sind, in Bewegung setzte. Sollte ich jemals irgendwelche Zweifel bezüglich meines Geburtsrechts als Deryni gehabt haben, so sind sie nun zur Gänze verflogen.«

»Ja, wir sind fürwahr ein vortreffliches Paar«, pflichtete ihm Kelson bei. »Zwei wahre Herzensbrüder, so wie Alaric und dein Vater. Ich vermag mir nicht vorzustellen, daß ich mich je irgendwem näher denn dir verbunden fühle, solange ich lebe auf Erden.«

»Nicht einmal Rothana?« fragte Dhugal mit schüchternem Lächeln.

Im Lichtschein seines Hand-Feuers errötete Kelson und neigte das Haupt, schob die gefalteten Hände zwischen die angezogenen Knie. »Es ist wohl töricht, nach dem, was wir miteinander geteilt haben, verlegen zu sein. Ich hatte vor, es dir kundzutun, Dhugal ... Glaube mir, 's war meine Absicht.«

»Ei, Ihr habt's mir ja kundgetan.«

»Ja, jedoch hatte es nicht auf diese Weise geschehen sollen. Ich liebe sie, wiewohl auf ganz und gar andere

Art als ich, wie ich damals wähnte, Liebe zu Sidana zu empfinden begann. Und obzwar Rothana und ich bislang nicht diese so tiefe Gemeinsamkeit erleben durften, wie wir's vorhin taten, wird doch ohne Zweifel unsere Stunde kommen. Als sich unsere Seelen erstmals sachte berührten, erhielt ich davon einen Vorgeschmack. Aber das brauche ich dir ja nicht erst zu beschreiben, oder? Auch diese Erfahrung haben wir geteilt.«

Kurz schloß Dhugal die Augen, verdrängte die Erinnerung, welche der König andeutungsweise erwähnt hatte; es würde ihm, so wußte er, recht schwerfallen, das auszusprechen, was er zu sagen hatte, jedoch besaß er inzwischen vollauf darüber Klarheit, daß es um ihrer beider willen in Worte gekleidet werden mußte.

»Bisweilen kann's, wie mich dünkt, so etwas wie übertriebene Offenheit geben«, sprach er, lehnte das Haupt an die Wand und schaute an Kelson vorbei. »Glaubt mir, ich weiß aufs höchste zu schätzen, was wir getan haben, doch bin ich des Glaubens, daß wir in unseren Seelen gewissermaßen auch unzugängliche Kämmerchen haben müssen – einen Bereich, in den Einblick zu nehmen *jedem* verwehrt sein muß. Mein Vater hält's so mit jenem Teil des Gedächtnis, in welchem das Wissen und die Kenntnisse seines geistlichen Amtes eingeschreint sind. Nie wollte ich darauf Wert legen, in Beichtgeheimnisse Einsicht zu erhalten, und niemals erwarten, daß er sie mir enthüllte – das ist ein Beispiel –, und überdies käm's mir nimmer in den Sinn, nach dem Verhältnis zwischen ihm und Morgan gleichsam zu schielen. Ich bin der Ansicht, daß das Band zwischen einem Mann und seiner Gattin mindestens als ebenso heilig gelten muß.«

»Nun, ich glaube, darüber brauchen wir uns vorerst keine Sorgen zu machen. Noch haben Rothana und ich uns ja keiner Vertrautheiten befleißigt.«

Das Empfinden von Peinlichkeit, welches Kelsons letzter Beteuerung anzuhören war, verstärkte noch

Dhugals Unbehagen, und er hob, sichtlich von Zweifeln bewegt, die Brauen empor, während er den König anblickte; gleichzeitig allerdings war er zum erstenmal darüber froh, daß sie beide gleicherweise noch jungfräulich waren – jedenfalls im fleischlichen Sinn. »Ach? Und sollte keine Vertraulichkeit darin zu sehen gewesen sein, als sie Euch Wissen von Jannivers Schändung übermittelte?«

»Ich gesteh's, das war eine Vertraulichkeit«, räumte Kelson ein und lief erneut bis in die Haarwurzeln rot an. »Aber das war eine ganz andere Sache.«

»Aha.« Dhugal nickte. »Beschränkte sich also der Gegenstand der Unterhaltung auf leibliche, ja geschlechtliche Traulichkeiten? Und was war mit Euch und ihr an jenem Abend vor unserem Abritt im Schloßgarten?«

»Ich habe sie nur geküßt, Dhugal.«

»So?« entgegnete Dhubal. »Ich hingegen habe etwas anderes gespürt, als ich während unserer Seelen Einheit Eindrücke jenes Vorfalls empfing.« Er übermittelte Kelson eine Art von gefühlsmäßigem Spiegelbild dessen, was er wahrgenommen hatte, zwar weniger eindringlich, als es seinerseits erlebt worden war, aber ohne ihm irgendwelche Einzelheiten zu ersparen. »Gewiß, Ihr hättet's diesweil Ihr nun einmal seid, der Ihr seid, niemals *wirklich* getan, Kelson, doch Euer Körper war sie zu nehmen bereit – dort und in eben jenem Augenblick –, und Ihr wißt, sie hätt's Euch gewährt. Gott weiß, ich mißgönne Euch diese Gunst nicht, doch ist sie etwas, das allein zwischen Euch und ihr hätte verbleiben sollen, geradeso wie die Kenntnis jener Vorgänge bei Jannivers Schändung eine Sache allein zwischen Euch und Rothana hätte bleiben müssen.«

Kelson ließ die Lider sinken, verbarg das Antlitz in der Hand, während seine Gestalt unter dem Eindruck der Erinnerung erbebte, denn er hatte erkannt: Dhugal war im Recht. Selbst wenn es Rothana und ihm hätte gleichgültig sein können, wäre es fraglich gewesen, ob es sich geziemte, Dhugal solchen Empfindungen auszusetzen, geteilt im Geiste, hingegen im Fleische vorenthalten. Als er seine Gedankengänge auf die zwischen ihm und Dhugal stattgefundene seelische Verschmelzung richtete, begriff er, daß sie in der Tat tiefer als alles an derartigem gereicht hatte, was ihm davor zu erleben vergönnt gewesen war, und erst jetzt sah er ein, daß es eindeutig Dinge gab, die zu kostbar, zu vertraulich waren, als daß sie einem Dritten, der an ihnen keinen Anteil gehabt hatte, mitgeteilt werden dürften, ganz gleich, wie sehr man jenen Dritten schätzte. Ihm ward klar, daß das der Grund sein mußte, weshalb er nie etwas von den Schwierigkeiten geahnt hatte, welche zwischen Morgan und Richenda bestanden. Morgan hatte diesen Teil seines Lebens in besonderen Gefilden seines Gedächtnis fortgeschlossen, eine Gefälligkeit sowohl gegenüber Richenda wie auch Kelson, und umgekehrt hatte er zweifellos Kenntnisse und Erinnerungen, welche er nicht mit Richenda teilte. Trotz der Tiefe der Freundschaft Kelsons zu Morgan – ja seiner Liebe, wie er sie in ähnlichem Maß auch Duncan und Dhugal entgegenbrachte – mußten mancherlei Angelegenheiten vor ihnen verschwiegen werden und bleiben.

»Du hast recht«, sprach der König nach einem Augenblick. »Offenbar ist's etwas, an das bislang keiner von uns einen Gedanken verschwendet hat, doch *muß* es auch in der engsten Eintracht noch Getrenntes geben – in *jedermanns,* auch in einer so vollkommenen wie unserer Eintracht. Ich bin davon überzeugt, daß es dies und jenes geben wird, das ich nimmer mit Rothana teilen werde, nicht unbedingt etwas, davon sie nicht wissen *dürfte,* indessen dies oder das, von dem's besser sein wird, sie erfährt's nicht. Ach, die Unschuld der Jugend – sie vermeint, es gebe dergleichen wie vollständige Freiheit oder dieselbe sei begehrenswert.« Voller Schicksalsergebenheit lächelte er, während er zu Dhugal aufblickte. »Ist's das, was du mir verständlich zu machen versuchst?«

Dhugal schmunzelte und nickte, lenkte den Blick müßig hinüber zur Tür. »Ich glaube ja.« Für einiger Herzschläge Dauer bewahrte er Schweigen, ehe er weitersprach. »Was denkt Ihr, wann man uns holen wird?«

»Darauf vermag ich beim besten Willen keine Antwort zu erteilen.«

»Meint Ihr, man wird unverändert danach trachten, uns zu verbrennen?«

Kelson seufzte. »Auch diesbezüglich weiß ich keinen Aufschluß. Sei's drum, wir können's ihnen nicht gestatten, und wenn wir sie bis zum letzten Mann niedermachen müssen.«

»Damit habt Ihr gewißlich recht.« Dhugal streckte die Beine aus und ließ ein Aufseufzen vernehmen. »Ich frage mich, ob's ihnen wohl einen Unterschied bedeutet, daß sie wissen, wer Ihr seid.«

»Glaubst du fürwahr, sie haben schon von mir gehört?«

»Ihr beliebt zu scherzen, Sire. Jeder kennt Kelson von Gwynedd.«

»Nicht jedoch, sollte dies Völkchen fernab vom gesamten Rest der Christenheit hausen«, wandte Kelson ein. »Und danach beurteilt, wie das Land dort aussah, wo wir in den Bergbach stürzten, erachte ich derlei als durchaus möglich. Ich habe keinerlei Ahnung, wo wir sein könnten, aber ich vermag mir nicht vorzustellen, daß eine so starke Verehrung Sankt Cambers – nach so langer Zeit – in einer Gegend überdauert hat, wo du und ich schon einmal gewesen sind.«

»Hm, das dürfte wahr sein.«

»Und entsinnst du dich der Harnische in den Gräbern? Einige sahen wahrlich alt genug aus, um aus Cambers Zeit zu stammen. Noch weiß ich nicht, auf was wir hier gestoßen sind, Dhugal, aber's ist anders als alles, was wir zuvor kennengelernt haben.«

Wie andersartig es tatsächlich war, ersahen sie mit aller Deutlichkeit, als man auf der Tür Außenseite den Riegel hob, beide Jungmannen eilends aufstanden.

»Ihr werdet nu 'm Rat vorgefiehrt«, sagte Bened-Cyann. »Ich empfehl eich, uns ohn Umständ zu folln.«

In die benachbarte Räumlichkeit drang Sonnenschein, erhellte die Anwesenheit der Bogenschützen, welche sich wie zuvor aufgestellt hatten, sowie weiterer Männer, die Stricke bereithielten, um Kelson und Dhugal erneut die Hände zu binden.

Unterdessen harrte in einer ihr von der Königsfamilie zugewiesenen Turmstube der Rhemuther Burg Rothana Nur Hallaj einer anderen Art des Gebundenwerdens – nicht mit Stricken, sondern durch einen blanken Reif aus Gold am Finger. Heute war der Tag ihrer Vermählung; um die Mittagsstunde sollte sie Conall Haldane ehelichen und Kronprinzessin von Gwynedd werden.

Bald würde es soweit sein. Sie neigte das Haupt in den Nacken, derweil eine Zofe ein letztes Mal Hand anlegte, um ihr im Rücken das Gewand aus hellem Damast zu schnüren, eine zweite Zofe dem langen Haar, das ihr gelöst in voller Pracht bis fast zu den Hüften hinabwallte wie blauschwarz schimmernde Wellen, gar noch gesteigerten Glanz zu verleihen versuchte. Tränen begannen ihr in die Augen zu quellen, drohten die Striche zu verwischen, die ihre kleine jacanische Dienerin mit Schminke längs der Wurzeln ihrer Wimpern gezogen hatte, um die länglichen, fast Mandeln gleichen Umrisse der Augen zu betonen; doch mit aller geheimen Strenge unterdrückte Rothana die Tränen.

Innerhalb der vergangenen drei Wochen hatte sie zur Genüge geweint. Tränen hatten keinerlei Sinn mehr. Anfangs wäre sie beinahe dem Siechtum verfallen, aber niemandem hatte sie ihres Kummers Ursprung anzuvertrauen gewagt. Pater Ambros wußte indessen freilich Bescheid, würde aber das vollkommenste Stillschweigen bewahren. Auch er hatte mit ihr dahingehend übereingestimmt, daß ihre Entscheidung, wiewohl sie damit ihrem Herzen sicherlich eine Last auferlegte, sowohl als ehrenvoller Abschied von einer verlorenen Liebe gelten konnte, wie auch ihr in bezug auf die Pflichten einer Fürstentochter alle Ehre bereitete.

Von neuem rief sich Rothana nachdrücklich in Erinnerung, daß sie das, was sie nun tat, aus eigenem Entschluß begonnen hatte, um Kelsons Andenken zu ehren und im Interesse des Königreichs, dessen Königin zu werden sie von ihm gebeten worden war; diese innerliche Ermahnung half ihr, wenngleich nur in geringem Maß. Am Vortage hatte sie – mit Mutter Heloise als Zeugin – die Schriftstücke unterzeichnet, deren Erzbischof Cardiel bedurft hatte, um sie von ihren vorläufigen Ordensgelübden befreien zu können; damit war die letzte erforderliche Förmlichkeit erledigt worden. Weder die Äbtissin noch der Erzbischof hatten Fragen nach ihren Beweggründen gestellt, und sie hatte von sich aus keine Begründung abgegeben. Dadurch hätte sie nur Wunden wieder aufgerissen, welche zu heilen sie sich aufs stärkste abmühte. Danach hatten Conall und sie – in der Gegenwart lediglich der Mutter Conalls und seiner Brüder – sich feierlich verlobt, und er hatte ihr einen Rubinring geschenkt.

»Es ist an der Zeit, edle Herrin«, sagte Rothanas Hofdame Sylvie, brachte das Krönchen und den Schleier. Letzterer bestand aus Seide, so hell wie Sonnenlicht, war ganz fein mit Gold durchflochten, und den Saum hatte man mit Staubperlen umnäht. Fast zwanzig Jahre zuvor hatte Herzogin Meraude diesen Schleier getragen, als sie mit Nigel vermählt ward, und am gestrigen Abend hatte sie den Schleier Rothana überreicht, mit Tränen in den Augen der Hoffnung Ausdruck gegeben, Rothana möge in der Ehe mit Conall wenigstens halb so viel Glück finden, wie die Ehe mit Nigel ihr geschenkt habe. Rothana hätte gemeinhin einen Schleier nach ostländlischem Brauch vorgezogen, welcher das Antlitz stärker zu verhüllen pflegte, wie sie es gewohnt war; andererseits jedoch wäre es ihr nie in den Sinn gekommen, durch eine Ablehnung der Gabe Meraudes Leid noch zu verschlimmern. Nahezu wie ein Gespinst aus Spinnenfäden schwebte der Schleier auf Rothanas Schopf herab, als Sylvie ihn ihr übers Haupt breitete; er reichte ihr rundherum just bis an die Schultern. Das Krönchen, welches ihr Sylvie sodann, um den Schleier zu befestigen, aufs Haupt setzte, war das gleiche, das sie getragen hatte, als man Kelson zum Ritter schlug; aber Rothana gab sich alle Mühe, nicht daran zu denken. Sie stand kurz davor, Gwynedds Prinzessin zu werden, und eines Tages sollte sie des Reiches Königin sein. Sie vermählte sich nicht allein mit dem künftigen König, sondern ebenso mit seinen Landen. »Ihr seht wunderschön aus, edle Herrin«, versicherte Sylvie leise, hielt Rothana einen Spiegel vor. »Der Prinz wird über alle Maßen stolz sein.«

Rothana zwang sich zu einem Lächeln und nickte. »Meinen Dank, Sylvie.« Sie betrachtete den Rubin an der Hand, außer der Adelskrone das einzige Kleinod, mit dem sie sich geschmückt hatte, drehte den Ring unruhig um den Finger, indem sie den Blick zu der Turmstube einzigem Fenster hob. Ein Lichtkegel aus Sonnenschein erleuchtete den Betstuhl, jenen Ort, an welchselbigem sie in den vergangenen paar Wochen so viele Stunden zugebracht hatte, und sie richtete sich langsam auf, schlug sich des Schleiers Vorderteil vom Angesicht zurück. »Ich werde mich binnen kurzem zu Euch gesellen, meine Damen«, sprach sie, schritt währenddessen, indem der Damast raschelte, zu dem Betstuhl. »Ich bitte Euch, harrt meiner vor der Tür.« Sie kniete nieder und bekreuzigte sich, beugte das Haupt auf die gefalteten Hände, bis sie dessen sicher sein durfte, daß sämtliche Hofdamen und Dienerinnen sich entfernt hatten und sie allein war; dann erst zog sie aus dem Ausschnitt des

Gewandes ein zusammengeknülltes, mit Spitzen gesäumtes Tüchlein, nahm es zwischen die Hände, preßte die Fingerspitzen, indem sie das Haupt erneut beugte, an die Lippen.

Lieber, teurer Kelson, sprach sie in Gedanken, schloß die Augen, um sich um so wirklichkeitsgetreuer sein Antlitz vorzustellen zu können, so wie sie es zuletzt erblickt hatte, *nun ist die Stunde des Abschieds da. Ihr habt mich belehrt, es gebe eine Pflicht, welche höher als bloße Treue zu bewerten sei, und Ihr habt in mir Liebe zu diesem Königreich erweckt, welches Ihr so von Herzen liebtet. Ihr habt mich belehrt, ich könne dem Reich geradeso wie Euch eine Ehre erweisen, indem ich Gwynedds Königin würde. Ich habe meine Wünsche mißachtet – ich vergaß ihrer gern – und der Aussicht den Vorzug gewährt, an Eurer Seite herrschen zu dürfen.* Sie öffnete die Augen, neigte das Haupt in trauriger Versonnenheit seitwärts, während sie das viereckige Stück Linnen entfaltete, auf diese Weise Sidanas Ring enthüllte, den Zeigefinger auf ihn legte. *Aber nun seid Ihr dahingegangen, so wie jene, die einst diesen Ring trug, vor Euch dahinging, und ich kann niemals Eure Königin werden, so wenig, wie sie jemals Eure Königin sein kann. Doch es ist unvermindert möglich, daß ich Gwynedds Königin werde, Kelson, wie ich es Euch versprach, und ich kann eine Königin der Deryni Gwynedds sein. Es ist mein fester Glaube, daß Ihr Euch für Euer Reich eine solche Königin wünschen wolltet. Wird es Euch stören, wenn ich, um das zu erreichen, nicht allein Gwynedds, sondern auch Conalls Königin sein muß? Er braucht mich, Kelson. Ich wähne, er ist nicht vom gleichen Schlage wie Ihr, doch ich will mich dafür einsetzen, daß er allzeit sein Bestes gibt. So lebt denn wohl in jenem anderen Reich, Geliebter und Gebieter. Ich werde nun einen anderen Haldane zum Gemahl nehmen, als es ursprünglich unser beider Absicht war, und wenn ich ihm treu sein soll – wie Ihr es, so weiß ich, wünschen würdet –, dann muß ich in diesem Augenblick allem, was hätte sein mögen, ein für allemal den Rücken zukehren.*

Sie erwehrte sich der letzten Tränen, erhob sich sodann mit trockenen Augen, umrundete den Betstuhl und betrat die Fensternische. Ein Flügel der bunten Verglasung stand offen, und Rothana öffnete ihn weiter. Tief drunten schimmerte im Sonnenschein das stille Wasser des Burggrabens; Rothana zauderte lediglich noch so lange, wie sie brauchte, um den Ring noch einmal an die Lippen zu drücken, bevor sie ihn in hohem Bogen hinauswarf; das Klatschen, mit dem er im Wasser versank, war kaum zu vernehmen.

Das getan, umschloß Rothana ihr Gemüt mit ihrer Geisteswehr, ähnlich wie sie das Fenster der Turmstube schloß, denn sie hegte keine Bereitschaft – noch nicht –, ihren künftigen Gatten in derlei vertrauliche Angelegenheiten einzuweihen. Sie hielt das Haupt hocherhoben, als sie sich auf den Weg zum Bräutigam machte, denn sie war eine Fürstentochter, eine Nur Hallaj, und dazu erzogen worden, den Geboten der Pflicht zu gehorchen. Sie würde keine Tränen mehr vergießen. Für die Hofdamen und Dienerinnen erübrigte sie freundliche, unbekümmerte Worte, sobald sie zu ihnen in den Gang trat und während sich die Zofen aufgeregt nochmals mit dem Schleier sowie der Schleppe beschäftigten sowie verirrte Strähnen des Haupthaars ordneten. Innere Ruhe und Fügsamkeit ins Schicksal erfüllten Rothana, derweil sie sich in die Königliche Kapelle führen ließ, wo die Trauung vollzogen werden sollte.

An der Kirchenpforte wartete Mutter Heloise gleichsam als Vertreterin der Sippe Rothanas, deren Familie man innerhalb so kurzer Frist nicht zu benachrichtigen vermocht hatte. Später sollte eine aufwendigere, prächtigere Feier veranstaltet werden, doch vorerst mußte man mit einer schlichten Trauung zufrieden sein. Rothana kniete nieder, um letztmals der Äbtissin die Hand zu küssen und ihren Segen zu empfangen, bevor sie der Alten Arm nahm und mit ihr des Kirchenschiffs kurzen Mittelgang durchquerte.

Herzogin Meraude, ihr Bruder Saer sowie Conalls jüngere Brüder, Rory und Payne, für diesen Anlaß alle ins Karmesinrot der Haldanes gewandet, warteten zusammen mit dem Erzbischof auf Rothana, und Conall sah auf unheimliche Weise just wie Kelson aus, ehe er sich umdrehte, um Rothana entgegenzublicken. Er trug ein prunkvolles Gewand, unterteilt in karminrote und goldene Vierecke und übersät mit winzigen Löwen, an der Kehle Kelsons Löwenspange und an der Seite das glanzvolle, machtvolle Schwert des Haldane-Geschlechts. Rothana lächelte, als sie ihre Hand in seine Hand legte.

25

Vor einem Fremden tue nichts Geheimes; du weißt ja nicht, wie er zuletzt sich zeigt!

JESUS SIRACH 8,18

»Dieweil es ein Haldane-König war, welcher Sankt Cambers Heiligsprechung widerrief, und weil's Haldane-Könige waren, welche *seines* Volkes Verfolgung fortgesetzt gestatteten, solltet Ihr verstehen, weshalb die bloße Kenntnis dessen, wer Ihr seid, unsere Herzen wenig zu erweichen geeignet ist, Kelson Haldane. Die Lage, in welche Ihr geraten seid, mag beklagenswert genannt werden können, doch ist dessen ungeachtet ein Frevel geschehen, ob's Euer Vorsatz war, ihn zu begehen, oder nicht.« Der diese Worte sprach, war ein stämmiger, deutlich über vierzig Lenze alter, aber noch kraftvoller Mann, den man Kelson und Dhugal als Bruder Michael vorgestellt hatte. Er trat als Sprecher des Rates auf, jenes acht Häupter starken Kreises, welcher die Angelegenheiten des Dorfes regelte, von dem der König und Dhugal inzwischen wußten, daß es Sankt Kyriell hieß. Dem Mann haftete unstrittige Befehlsgewohnheit an, die dunklen Augen blickten fest aus einem fleischigen, jedoch ausdrucksvollen Angesicht. Die Hände, welche mit einem Federkiel spielten, zeichneten sich durch Derbheit und infolge schweren Tagewerks durch Schwielen aus, so daß die Schreibfeder zwischen den Fingern überaus zart und zerbrechlich wirkte. Sein Schopf wies die Andeutung einer Tonsur auf, eine kleine, aber sehr genau geschorene Stelle, nicht breiter als zwei Finger, mitten auf dem Schädel, während er den Rest des Haupthaars lang und zu einem fest verknüpften schmalen Zopf geflochten trug, der noch keinen Ansatz von Grau zeigte. Am Leib trug er ein Gewand, das jenem des verstorbenen Sagart glich – eine dunkelgraue, mit einer Kapuze versehene Kutte, ergänzt um eine Schulterbinde aus roter und blauer, ineinander verwundener Kordel; daraus hatte Kelson die Schlußfolgerung gezogen, daß er einer der mehr oder weniger Geistlichen gleichgestellten *coisrigte* sein mußte.

Einer der Wächter, die an Kelsons und Dhugals beiden Seiten standen, äußerte in der schnellen abgehackten Redeweise der hiesigen Mundart, welche nicht einmal Dhugal so recht zu verstehen vermochte, eine Frage, löste damit erneut unter den vier Männern und vier Weibern des Dorfrates – unter ihnen auch Bened und Jilyan, welche zwei, wie sich indessen gezeigt hatte, Bruder und Schwester waren – einen lebhaften Meinungsstreit aus. Ferner gehörten dem Dorfrat ein Bogenschütze namens Kylan – noch ein Name, den Kelson und Dhugal sich hatten merken können –, zwei ältere Weiber von etwa fünfzig beziehungsweise sechzig Jahren sowie eine Jungfer mit Namen Rhidian an, die allem Anschein nach eben erst in die Reife zu kommen begann. Geradeso wie die übrigen Weiber trug sie eine graue Kutte, aber keinen Schleier; ihr glattes braunes Haupthaar hatte sie im Nacken zu einem straffen Knoten gebunden.

Kelson wußte nicht, wie lange die Verhandlung schon dauerte, hatte jedoch das Gefühl, daß sie bereits Stunden währte. Seit er und Dhugal die Versammlungshalle betreten hatten, war der Lichtkreis, welcher durch den Rauchabzug über der in der Halle Mitte befindlichen Feuerstelle herabfiel, auf dem Fußboden aus gestampfter Erde um ein beträchtliches Stück weitergewandert. Nach dem Winkel des Lichtkegels mutmaßte Kelson, daß inzwischen die Mittagsstunde vorüber sein mußte; doch in der fensterlosen Halle war es düster und trübe, nur Fackeln erhellten das Innere. Ein fachkundig gefertigtes Gerüst aus sorgfältig behauenen Balken stützte ein dichtgedecktes Dach; selbiges Dach war niedrig, um dagegen vorzubeugen, daß sich bei kaltem Wetter drinnen die Wärme verflüchtigte. Den Putz der Wände hatte man weiß getüncht, um der Fackeln Helligkeitsschein so gut wie möglich auszunutzen. Des Dorfrates Mitglieder saßen auf einer flachen, knapp eine Stufe hohen Estrade an einer auf Schragen aufgestellten Tafel, und unmittelbar davor standen die Stühle, auf welchen Kelson und Dhugal hockten.

Die Dorfbewohner hatten sich versammelt, um der Verhandlung beizuwohnen, ungefähr fünfzig bis sechzig Leute, welche hinter den beiden Gefangenen auf langen Sitzbänken Platz genommen hatten; Kelson vermutete, daß es sich dabei um einen Großteil der Einwohnerschaft Sankt Kyriells handelte. Beinahe alle hatten graue Kleidungsstücke an; manche gingen ausschließlich in Grau. Diese Besonderheit und der Umstand, daß Bruder Michael über den Dorfrat den Vorsitz ausübte, verlieh der Versammlung solche Kirchenmäßigkeit, daß sie Kelson mehr als nur ein wenig Mißbehagen bereitete.

Außerdem konnten er und Dhugal sich nie zur Gänze dessen sicher sein, was eigentlich geschah. Bruder Michael hatte beteuert, es sei nicht unbedingt so, daß man Gericht über sie halte, aber dem gesamten Anschein nach lief die ganze Verfahrensweise so stark auf eine Gerichtsverhandlung hinaus, wie der König und sein Junker es nur befürchtet haben mochten. Meistenteils erfolgten die Aussagen und Erklärungen in der haspligen, verzerrten Mundart, welche auch Dhugal in lediglich geringem Umfang verstand; deshalb blieben er und Kelson beständig auf geistiger Ebene in Verbindung – schwierig genug ohne körperliche Berührung –, damit der König wenigstens eine ungefähre Vorstellung davon erhielt, was man sprach. Die Ausführungen erhöhten allerdings nicht gerade seine und Dhugals Zuversicht, denn mehrere jener Kerle, welche an ihrer anfänglichen Ergreifung beteiligt gewesen waren, schilderten lang und in aller Breite – bis in die kleinsten Einzelheiten – die Verwüstungen, welche die Gefangenen in den Grabkammern angerichtet hätten. Ihre Beschreibungen stellten die Schäden erheblich schlimmer dar, als Kelson und Dhugal sie verursacht zu haben sich erinnern konnten. Schließlich gewährte man dem Paar die Gelegenheit, nochmals die eigene Schilderung der Ereignisse vorzutragen. Den ernsten Mienen des Dorfrates ließ sich währenddessen nichts als die Überzeugung ansehen, daß man nach bestem Gewissen so handele, wie es angesichts der Schwere der begangenen Untat angebracht sei; erst als Kelson das dritte Mal ausgesagt, abermals versichert hatte, es habe ihnen an jedweder bösen Absicht ermangelt, ward er dessen gewahr, daß jemand ihn eines Gedanken-Sehens unterzog.

Dhugal! Es ist noch ein Deryni zugegen! übermittelte er dem Junker, ehe er seinen Verstand vermittelst der Geisteswehr vollständig abschirmte. Dhugal fuhr merklich zusammen, doch gelang es ihm, den Schrecken mit einem vorgetäuschten Hustenanfall einigermaßen zu verhehlen. Behutsam tastete Kelson mit seinen Deryni-Sinnen in die Richung der Estrade. Deren Umfeld glich plötzlich auf geistiger Ebene einer Nebelbank. Wenigstens ein Mitglied des Dorfrates war ein Deryni und beschirmte auch die übrigen Mitglieder gegen geistige Zudringlichkeiten.

»Wir wissen darüber Bescheid, was Ihr seid«, sagte die Maid namens Rhidian, ergriff damit erstmals das Wort. »Schon als Ihr eintratet, haben wir's erkannt.« Ihre Stimme klang tiefer, als Kelson es von ihr gedacht hätte; ihre Augen waren von hellem Bernsteingelb, hatten fast die Farbe von Stroh. »Und Ihr wißt nun, dieweil wir Euch selbiges Wissen zugestehen, daß auch von uns einige Deryni sind. Daß Ihr Deryni seid, erschwert uns indes die Entscheidung um so mehr, denn unwandelbar haben wir's mit der Tatsache zu tun, daß an unserer Dorfgemeinschaft ein Frevel verübt ward, welcher im allgemeinen mit dem Tode geahndet wird. Doch wir erkennen, daß Ihr die Schändung der *tuam coisrigte* nicht mit üblem Vorsatz begangen habt.« Bedächtig schöpfte Kelson tief Atem. Ein Großteil der geistig-magischen Abschirmung, welche die Tafel des Dorfrates umgab, hatte ihren Ursprung bei Rhidian. Der Umstand, daß sie und dazu einige andere Anwesende gleichfalls Deryni waren, erschwerte fürwahr auch seine und Dhugals Entscheidung – denn sollten sie versuchen müssen, sich die Freiheit unter Einsatz von Magie zu erkämpfen ... Doch vielleicht gab es einen anderen Weg. Wenn Rhidian die Wahrhaftigkeit ihrer Aussagen ersehen hatte ... »Darum gewähren wir Euch die Möglichkeit, Euch vor dem Scheiterhaufen zu retten«, fügte Rhidian ihren zuvorigen Worten hinzu, ohne auch nur einmal den Blick aus Kelsons Augen zu wenden. »Die Möglichkeit, daß einer von Euch für sich und womöglich auch seinen Gefährten die Freiheit erringt. Ihr, Kelson Haldane – und willigt Ihr in unseren Vorschlag ein, so werdet Ihr zur gleichen Zeit die Gelegenheit haben, das Ansehen Eures Haldane-Geschlechts in den Augen Sankt Cambers wiederherzustellen.«

Sie verstummte, als erwarte sie von ihm dazu eine Stellungnahme, aber Kelson wußte nicht, wie er sich äußern sollte. Als endlich offensichtlich ward, daß sie nichts mehr zu sagen beabsichtigte, bevor er eine Antwort erteilt hatte, blickte Kelson Dhugal an und erkannte, daß der Junker gleichfalls angespannt seines nächsten Schritts harrte; er hüstelte und widmete seine Aufmerksamkeit erneut der Jungfer. »Meine Teure«, erkundigte er sich mit leiser Stimme, »sprichst du für den Rat?«

Knapp neigte Rhidian das Haupt. »So ist es.«

»Darf ich fragen, ob du ebenso für dich in Anspruch nimmst, im Namen Sankt Cambers zu sprechen?«

In Rhidians ruhiger, kindlicher Miene zeigte sich keine Regung, aber ein paar andere Mitglieder des Dorfrates fingen untereinander zu murmeln an, rückten unruhig auf ihren Plätzen hin und her. »Wir sind Sankt Cambers Knechte«, antwortete Rhidian nach kurzem Schweigen. »Nahezu zweihundert Jahre lang haben wir im geheimen sein Andenken bewahrt und ihn in Ehren gehalten. Wir behaupten keineswegs von uns, für ihn sprechen zu dürfen, aber wir glauben, daß er dann und wann jenen erscheint, denen er sein Vertrauen schenkt, und ihnen seinen Willen kundgibt.«

»Ich verstehe deine Worte«, erwiderte Kelson. »Und er hat dir, was uns anbetrifft, seinen Willen offenbart?«

»Nein, aber ich habe mich dem *cruaidh-dheuchainn* unterworfen und sein Antlitz geschaut«, lautete Rhidians rätselhafte Antwort. »Soll Euch verziehen werden, was Ihr verbrochen habt, so muß einer von Euch das gleiche tun.«

Was ist ein cr ... was sie da meint? fragte Kelson im geistigen Bereich bei Dhugal nach.

Ich weiß es nicht, bekannte Dhugal, *und ich habe das Gefühl, ich möchte es auch gar nicht wissen. Mag sein – eine Art von Gottesurteil?*

»Du hast also sein Antlitz geschaut«, wiederholte Kelson, versuchte ein wenig Zeit herauszuschinden. »Und würde ich dir nun entgegenhalten, daß auch Dhugal und ich ab und zu schon Sankt Cambers Antlitz geschaut haben?«

Das Raunen der Empörung, welches sofort in den Reihen der Versammlung – auch des Dorfrates – vernehmlich aufkam, drohte Kelsons Stimme zu übertönen; daher verzichtete er darauf, seiner Frage noch etwas hinzuzufügen. Nach einem Weilchen verebbte die Unruhe, und Rhidian sah ihn wieder an; für jemanden, der beinahe noch ein Kind war, hatte sie einen auf nachgerade verstörende Weise durchdringenden, wahrnehmungsfähigen Blick. »*Solltet* Ihr so vermessen sein, mir dergleichen ins Angesicht zu sagen«, antwortete Rhidian, als hätte es keine Bekundungen des Unmuts gegeben, »würde ich Euch entgegnen, Ihr müßtet leibhaftig dafür einstehen, indem Ihr selbst Euch dem *cruaidh-dheuchainn* unterwerft, dem *periculum* ... dem Gottesurteil.«

»Und wie sollte das vor sich gehen?« fragte Kelson.

»Durch einen Ritus. Ihr werdet beizeiten darüber aufgeklärt.«

Voller Unbehagen schluckte Kelson. »Und warum müssen wir uns diesem ... Gottesurteil unterziehen?« fragte er des weiteren. »Du bist eine Deryni. Du weißt, daß ich, was die von uns gehabten Erscheinungen Sankt Cambers anbelangt, nicht lüge.«

»Es stimmt, Ihr lügt nicht«, bestätigte Rhidian. »Ihr *glaubt* die Wahrheit zu benennen. Doch der Verstand kann Täuschungen erliegen. Unser Verfahren verschafft Gewißheit. Wenn Ihr berichtet, was Euch während des *cruaidh-dheuchainn* widerfährt, werden wir daraus *ersehen* können, ob Eure Behauptungen bezüglich angeblicher Erscheinungen Sankt Cambers auf Tatsachen fußen.«

»Und was wäre, wenn wir das *cru* ... das Gottesurteil ablehnen?«

»Ihr braucht Euch ihm nicht beide zu unterwerfen. Es genügt, wenn Ihr's auf Euch nehmt, Kelson Haldane.«

»Nein!« mischte sich Dhugal heftig ein. »So allein einer von uns die Probe wagen soll, dann laßt's mich sein. Er ist aufs schwerste verwundet gewesen. Ich befinde mich besser bei Kräften.«

Während Rhidian erst ihn musterte, dann des Dorfrates andere Mitglieder anschaute, schüttelte Bruder Michael das Haupt. »Nein. Es muß der Haldane sein.«

»Warum?« heischte Dhugal um Aufschluß. »Auch ich habe Cambers Gegenwart gespürt.«

»Das ist's, was Ihr glaubt«, hielt Bruder Michael ihm ungnädig entgegen. »Dennoch kommt's nicht in Frage.«

»Und was würde«, fragte Kelson dazwischen, »wenn wir Euer Ansinnen zurückwiesen?«

»Dann werdet Ihr beide für Eure Freveltaten auf dem

Scheiterhaufen braten«, ergriff nun Bened das Wort, »obschon's uns betrübte, Deryni vom Feuer verzehren zu lassen. Die Schändung von Sagarts Grab jedoch verlangt zur Wiedergutmachung ein Opfer ... entweder in den Flammen, oder mittels des *cruaidh-dheuchainn.*«

»Er wird sich nicht weigern«, meinte zungenfertig Rhidian. »Er ist der *Ard Righ,* der Oberherr, der rechtmäßig gesalbte und geweihte König, durch den Eid die Seinen zu schützen verpflichtet. Seine Ehre verlangt, daß er die eigene Sicherheit nicht über den Schutz seines Vasallen stellt, und ebenso daß er angesichts einer Gefahr nicht einen Vasallen für sich in die Bresche springen läßt. Darüber hinaus ist Kelson Haldane, falls sich alles dergestalt verhält, wie er's behauptet, fürwahr der geeignete, rechte Mann, um dem heiligen Camber wieder zur gebührlichen Verehrung zu verhelfen.«

»Ich kann und ich werde es tun, meine Teure«, bekräftigte Kelson.

Nein, Kelson, nicht! erhob Dhugal gedanklich Widerspruch.

Die Sache ist entschieden. Mehr entgegnete Kelson ihm nicht.

»Er sollte Sankt Camber in den Stand der Heiligkeit zurückversetzen können?« fragte Jilyan ungläubig.

»Und ich werde mich, wenn's denn das alleinige Mittel ist, um unsere Freiheit wiederzugewinnen, eurem ... Gottesurteil unterwerfen«, ergänzte Kelson seine vorherigen Äußerungen, redete im Tonfall weit stärkerer Zuversicht, als er sie insgeheim wirklich empfand. »Ich vertraue darauf, daß uns nach allem, was wir gemeinsam durchgestanden haben, Sankt Camber nicht im Stich lassen wird.«

»So sei's«, sagte Bruder Michael. »Man wird Euch an eine Stätte der Vorbereitung bringen, wo Ihr ein Bad nehmen und Euch der inneren Besinnung hingeben könnt. Der Ritus wird bei Sonnenuntergang stattfinden.«

Kelson nickte. »Darf Dhugal zumindest während der Vorbereitungen bei mir sein?«

Bened schickte sich Einspruch zu erheben an, doch Michael schüttelte das Haupt und hob eine Hand in die Höhe. »Im Anschluß an das zeremonielle Bad, ja«, gestand er zu. »Und er darf mit den Brüdern Zeuge sein, wenn Ihr Euch zum *cruaidh-dheuchainn* begebt. Soviel sei Euch gewährt, dieweil Ihr Deryni seid.«

»Meinen Dank«, versetzte darauf Kelson. »Eine Frage noch: Könnten wir vielleicht etwas zu essen bekommen?«

Diesmal erteilte Jilyan ihm Antwort. »Für gewöhnlich wird zuvor strenge Fast verhängt, um die Empfänglichkeit der Sinne zu schärfen, jedoch mag Euch Brot und Wasser vergönnt sein. In Anbetracht dessen, was Eurer harrt, würde ich Euch empfehlen, Euch auf den Genuß von Wasser zu beschränken. Hingegen mag der junge MacArdry essen, wenn er's will.«

»Ich werde mit meinem Blutsbruder fasten«, erklärte Dhugal trotzig, obwohl Kelson ihm zuflüsterte, dergleichen sei keinesfalls nötig.

»Nun denn, wohlan«, erscholl Bruder Michaels Stimme, indem er sich erhob. »Kelson Haldane, legt Ihr vor uns Euren Eid als König und Ritter ab«, – seine Hand berührte die Sporen, welche vor ihm auf der Tafel lagen –, »daß weder Ihr noch Euer Gefährte zu entweichen trachten werdet, bevor das *cruaidh-dheuchainn* vollendet ist.«

»Ich schwöre es bei Sankt Camber«, sprach Kelson.

»Und Ihr verbürgt Euch auch für den jungen MacArdry?«

»Ja.«

»Bei Eurem Wort?«

»Bei meinem Wort als König und Ritter.«

»So sei es denn«, äußerte Bruder Michael. »Man geleite den Prüfling und seinen Gefährten an den Ort der Vorbereitung.«

Die Sonne stand schon tief an des Gesichtskreises Rand, verhieß ihren alsbaldigen Untergang jenseits der Berge, als Morgan und Duncan, begleitet von Ciard und Jass, ihre Rösser zügelten, um sich zur Nacht zu lagern. Dünn und kühl war die Luft, Mannen und Reittiere fühlten sich gleichermaßen erschöpft. Um die Mittagsstunde hatten sie den Lauf des unterirdischen Stroms nicht weiter verfolgen können, und derweil der Nachmittag verstrich, ohne daß sie ihn wiederfanden, war allen Beteiligten der Mut gesunken.

»Wir werden den Fluß wohl schwerlich nochmals entdecken«, meinte Morgan zu Duncan, nachdem er eine Zeitlang halbherzig in dem von Ciard zubereiteten Eintopf gestochert, dann jedoch des Versuchs, etwas davon zu verzehren, vollends entsagt hatte. Jass kümmerte sich um die Rösser und das Gepäck, während Ciard das Eßzeug säuberte.

Duncan, der gelegentlich ein Schlückchen aus einem Becher erwärmten Biers trank, schüttelte das Haupt, goß den Rest des Getränks ins Lagerfeuer und stützte das Kinn, während er den Becher beiseite stellte, aufs Knie. »Leider muß ich dir zustimmen. Den Mißerfolg einzugestehen, fällt mir gewißlich nicht leichter als dir, aber ich fürchte fürwahr, wir sind am Ende unserer Weisheit angelangt.«

Morgan seufzte. »Bist du der Ansicht, wir sollten am heutigen Abend noch ein letztes Mal in des Geistes Gefilden nach ihnen forschen, daß so ein letztmaliger Versuch die Mühe wert sein möchte? Selbst im Falle wir lediglich Leichen fänden ...«

Duncan schüttelte das Haupt, entließ vernehmlich den Atem aus der Brust; an die Möglichkeit, das Paar tot zu entdecken, mochte er so wenig wie Morgan denken, aber er konnte nicht leugnen, daß ein Auffinden von Leichnamen erträglicher wäre als die anhaltende Ungewißheit. »Ich weiß nicht recht, Alaric. Ich bin so müde, daß ich kaum noch klar nachzusinnen vermag.

Die Luft hier in den Bergen verursacht mir Schmerzen im Kopf. Nach so ausgedehnter Frist können sie doch ganz unmöglich noch am Leben sein ... oder?«

»Ich bezweifle es.«

Zeitweilig schloß Morgan die Augen, sein Greifen-Siegel an die Lippen gedrückt; dann brachte er aus seinem Wams den Ring des Königlichen Kämpen zum Vorschein, den ihm Kelson einst überreicht hatte, ließ ihn am Lederriemen baumeln. Duncan beobachtete Morgans Tun, hob die Brauen. »Was soll das bedeuten?«

Befangen zuckte Morgan mit den Schultern. »Wahrscheinlich entbehrt's jedweder Bedeutung. Mir ging's gerade durch den Sinn, wie einer Persönlichkeit Wesen, ihr Od, Gegenständen anhaftet, sie durchdringt, welche mit selbigen Persönlichkeiten in engem Zusammenhang standen, so wie's sich mit diesem Ring verhält. Er eignet sich nicht für den Zweck, welchen ich erwäge, dieweil er hier ist, Kelson dagegen ... andernorts. Aber vielleicht gelingt es uns, eine geistige Verbindung zu irgendeinem Gegenstand herzustellen, den einer von beiden Jünglingen bei sich hatte. Zumindest könnte sich ein solcher Gegenstand als Hinweis auf den Verbleib ... ihrer Leichen.«

»Doch wenn's gelänge«, entgegnete Dhugal, »wüßten wir Bescheid.«

»Ja.«

Nach einigen Augenblicken des Zögerns rückte Duncan näher. »Nun wohl. An welchen Gegenstand denkst du?«

»Daß du diese Frage stellst, habe ich befürchtet«, erwiderte Morgan. »Es muß etwas sein, von dem sich annehmen läßt, daß sie's bei dem Unglück nicht verloren haben. Etwa ihre Sankt-Camber-Medaillen.«

Duncan schüttelte das Haupt. »Ich weiß nicht, ob an selbigen Medaillen schon ein hinlänglich starkes Od haften geblieben sein kann. Sie trugen sie erst seit kurzer Frist.«

»Dann eignet sich unter Umständen Sidanas Ring«, sprach Morgan. »Ein ganzes Jahr lang hat Kelson ihn bei sich getragen. Das gefühlsmäßige Od müßte stark genug sein.«

»Das ist wahr«, mußte Duncan zugeben. »Wollen wir also nach selbigem Ring forschen?«

Morgan ließ ein Seufzen vernehmen. »Wir sollten's versuchen. Willst du die beiden Mannen rufen, oder soll ich's tun?«

Wie zur Antwort erhob sich Duncan. »Ciard, würdest du dich wohl mit Jass, sobald ihr fertig seid, zu uns gesellen? Wir haben uns für heute abend ein neues Werk vorgenommen.«

Und zu Rhemuth saß jene, welche noch kurz zuvor Sidanas Ring in Gewahrsam gehabt hatte, beim hochzeitlichen Festmahl und lauschte dem Trinkspruch, mit dem ihr neuer Onkel ihr und ihrem Bräutigam zutrank. »Ich trinke auf die Braut, die schöne Rothana«, sprach Saer de Traherne mit einem Schmunzeln auf dem Angesicht, hob seinen Kelch hoch. »Ich heiße sie am Busen unserer Sippe willkommen, und ich wünsche ihr und Conall viele gemeinsame Jahre des Glücks, unvergängliche beste Gesundheit und – noch ehe ein Jahr ins Land gezogen ist – einen munteren kleinen Sohn! Slainte!«

Rothana errötete, derweil die übrigen Anwesenden den Trinkspruch wiederholten und sodann tranken, blickte verlegen in ihren Pokal, dieweil sie deutlich, als sie gleichfalls trank, Conalls Blick auf sich ruhen spürte. Als Gäste waren zu dem maßvollen Hochzeitsmahl geladen worden: Erzbischof Cardiel, Bischof Arilan, Mutter Heloise, eine Anzahl anderer Schwestern des Ordens der Heiligen Brigid sowie ein halbes Dutzend Busenfreunde Conalls, einige davon mit ihren Gemahlinnen, so daß sich ungefähr einundeinhalb Schock an Anwesenden zusammengefunden hatten, um auf des Brautpaars Wohl zu trinken. Aufgrund des Siechtums

Nigels, das nach aller Voraussicht nur mit seinem Hinscheiden enden konnte, blieb die Stimmung gedämpft, doch selbst Meraude hatte für den heutigen Nachmittag des Herzogs Krankenlager verlassen, saß auf Conalls anderer Seite in dem Gwynedds Königinnen vorbehaltenen Lehnstuhl und pflegte höfliche Unterhaltung mit ihrer Umgebung.

Nach Saer trugen weitere Gäste Trinksprüche vor, deren Inhalt allmählich stets übermütigerer Art ward. Nicht lange danach jedoch, als der Sonnenschein in langen schrägen Lichtkegeln durch die hohen Fenster fiel, beugte sich Meraude an ihrem Platz vor, eine Hand auf Conalls Unterarm, zog Rothanas Aufmerksamkeit auf sich. »Ei, für deine Braut ist's ein langer Tag gewesen, mein Sohn«, sprach sie leise, lächelte Rothana zu, »und für euch beide verspricht auch die Nacht noch lang zu werden. Tochter, wollen wir Nigel eine gute Nacht wünschen, bevor ich dich zu deinem Hochzeitsbett geleite?«

»Natürlich, *Maman*«, antwortete Rothana im Flüsterton; es gelang ihr, den Pokal mit sicherer Hand abzustellen, ehe sie sich gemeinsam mit Meraude erhob. Ermutigt durch den genossenen Wein, war sie sogar dazu imstande, ihre jungfräuliche Züchtigkeit zu mißachten und Conall beklommen ein unstetes Lächeln zu schenken. »Ich werde Eures Kommens harren, Gebieter.«

»Das Harren wird mir gleich einer Ewigkeit dünken, meine Dame«, murmelte Conall. »Gehabt Euch bis später wohl.«

Aber als er ihre Hand faßte, seine Lippen in die Handfläche drückte, sie darin lange genug beließ, um zärtlich mit seiner Zunge über die Haut zu streicheln, verspürte Rothana unversehens, wie die Blicke nachgerade sämtlicher Gäste auf ihnen verweilten. »Nicht hier, Gebieter, ich flehe Euch an«, flüsterte sie, indem ihr das Blut heiß in die Wangen stieg. »Es ... geziemt sich nicht.«

»Es sollte sich nicht geziemen, meiner Gemahlin zum

Abschied die Hand zu küssen?« entgegnete Conall leise.

»Ach, fürwahr, Conall«, schalt Meraude ihn nachsichtig, »achte deiner Braut Empfindungen!«

Mit einem Lächeln gab Conall die Hand Rothanas frei und lehnte sich zurück, nahm wieder seinen Pokal. Derweil erst seine Hand und dann auch sein Blick von ihr ließen, fühlte Rothana, welche Machtfülle sich in ihm ballte. Ihre Wangen waren noch gerötet, während sie sich von der freundlichen Meraude hinausführen ließ – und diese Schwäche verursachte ihr gelinden Mißmut –, die Hochzeitsgäste aufstanden, um ihr im Vorüberstreben nochmals zuzutrinken, ihr Gesundheit und Wohlergehen zu wünschen.

Sie dachte über Conall nach, derweil sie Meraude die Treppen hinauffolgte. Sie hätte keiner Deryni-Sinne bedurft, um Conalls brünstige Leidenschaftlichkeit wahrzunehmen. Selbige war, seit sie beide das erste Wort miteinander gewechselt hatten, offenkundig gewesen. Damals war er noch nicht mit der vollständigen Verfügungsgewalt über die Haldane-Magie ausgestattet gewesen; deshalb hatte er nicht das Ansinnen einer wahren Verschmelzung ihrer Seelen geäußert. Andererseits hatte sie, sobald ihm jene Magie zu Gebote *stand,* nicht auf eine derartige seelische Vereinigung gedrängt, denn allem zum Trotz, was beispielsweise Kelson und sie auf geistiger Ebene geteilt hatten, hätte eine solche Vertraulichkeit vor ihrer Vermählung kaum als recht und billig bewertet werden können.

Aber sie sah keinen Grund zum Argwohn wider Kelson. Wiederholt hatten die Beweggründe, welche er für seine Werbung nannte, ihrer Überprüfung durch das Mittel des Gedanken-Sehens standgehalten, wie selten und nur kurz sich auch Gelegenheiten zu derlei Nachprüfungen ergeben hatten. Conall begehrte sie wahrhaftig mit Herz und Seele und auch dem Fleisch, und er hegte wahrlich den Vorsatz, ihr ein liebevoller, getreuer und gütiger Ehegatte zu werden. Und wenngleich Rothanas Herz noch Kelsons Verlust betrauerte, bemerkte sie doch ihrerseits, daß ihr Fleisch den Sehnsüchten nachgab, welche ihr Gemüt als sinnvoll rechtfertigte, als das richtige sowohl für sie wie auch das Reich sowie jenen Jüngling einschätzte, der in so mancherlei Hinsicht Kelson ähnelte und alsbald Gwynedds König werden sollte.

»Ich glaube, mein Sohn ist zu dir in heftigster Liebe entbrannt«, sprach Meraude leise, hakte sich Rothanas Arm unter, als sie jenen Treppenabsatz erreichten, von welchem aus ein Gang zu der Herzogin und Nigels Gemächern führte. »Du bist doch nicht allzu zaghaft, was die bevorstehende Hochzeitsnacht anbetrifft, oder? Ich weiß, du hattest eigentlich gar keine Neigung zur Ehe.«

Rothana beließ den Blick zur Seite gekehrt, während Meraude die Tür zu den Gemächern aufschloß, die Schwelle freigab, um Rothana Zutritt zu gewähren. »Die Ehe bedeutet mir keineswegs ein Greuel, *Maman*«, antwortete Rothana ruhig. »Es geschah nicht, um mich einer Vermählung zu verweigern, als ich ein klösterliches Gelübde ablegte.«

»Und doch«, meinte Meraude und neigte versonnen, fast mit einem Ausdruck des Befremdens in der Miene, das Haupt seitwärts, indem sie sich rücklings an die wieder geschlossene Tür lehnte, »hast du dich letzten Endes dafür entschieden, nicht Gottes, sondern Conalls Braut zu werden. Du darfst dessen gewiß sein, meine Liebe, daß das Ergebnis mich weitaus stärker erfreut, als ich's in Worte zu fassen vermag, zumal ja Nigel ...«

Sie verstummte, ihr Angesicht verzog sich für einen Augenblick zu einer Miene des Kummers, als sie ins Innere des dunklen Gemachs schaute, wo ihr Gemahl auf der Bettstatt ausgestreckt lag, und voll des Mitgefühls legte Rothana ihr eine Hand auf den Arm. »Sein Los betrübt mich tief, *Maman*«, versicherte Rothana in gedämpftem Ton. »Ich will versuchen, Euch eine gute Tochter zu sein.«

Indem sie tapfer lächelte, senkte Meraude den Blick. »Ihr könntet für mich niemals irgend etwas anderes als einen Quell der Freude abgeben, Rothana«, sprach sie. »Dennoch muß ich gestehen, insgeheim habe ich's stets als wahrscheinlicher erachtet, daß Ihr eines Tages meine Nichte anstatt meine Tochter werdet.«

Indem sie gefaßt die Hände auf dem Busen faltete, neigte Rothana das Haupt, wünschte bei sich, die ältere Edelfrau wäre für gewisse Dinge weniger empfindsam. »Wäre Kelson das Leben erhalten geblieben, *Maman*, es hätte sehr wohl dahin kommen können«, erwiderte sie halblaut. »Doch es war nicht Gottes Wille.«

»Dann hattest du also *in der Tat* die Absicht, dich mit Kelson zu vermählen«, schlußfolgerte Meraude im Tonfall gelinder Überraschung. »Wieso hast du dich später, nachdem Kelson verschollen war, für eine Vermählung mit Conall entschieden? Er ist mein Sohn, und ich liebe ihn, aber ich wäre eine schlechte Mutter, blieben mir des eigenen Kindes Mängel verborgen. Eines Tages mag er ein aufrechter Mann sein, aber er gleicht *nicht* Kelson.«

»Ist dergleichen jetzt noch von Belang?« entgegnete Rothana trübselig, umfaßte ihre Ellbogen, derweil sie tiefer ins Gemach schlenderte, in die Richtung, wo Nigel ohne Besinnung auf dem Bette ruhte.

»Ich bin der Auffassung, das ist durchaus der Fall.« Als Rothana Schweigen bewahrte, sprach Meraude weiter. »Warum *hast* du's getan? Als du zu uns gekommen bist, erweckte deine geistliche Berufung den Eindruck starker Berechtigung. Diese Berufung zugunsten der Ehe zu verwerfen, dann jedoch den Erwählten durch Tod zu verlieren, ehe die Vermählung stattfinden konnte ... Die meisten Weiber sähen darin ein Zeichen, einen Fingerzeig Gottes, daß er nicht geneigt ist, seine Braut mit einem menschlichen Gatten zu teilen.«

»Ach, aber ich bin anders als ›die meisten Weiber‹,

Maman«, erklärte Rothana verhalten. »Ich bin eine Deryni, und Euer Sohn ist ein Haldane, weit mehr als irgendein ›menschlicher Gatte‹. Als Kelson und ich eine Vermählung in Erwägung zogen – und mehr geschah nicht, wir gaben uns keine Versprechen, bevor er fortritt –, machte er mir begreiflich, daß er, gleich was künftig auch zwischen uns geschähe, bereits mit seinem Reich vermählt sei und Gwynedd eine Deryni-Königin bräuchte.«

»Gwynedd *hatte* eine Deryni-Königin«, stellte Meraude gleichmütig fest. »Ihr Name war ... ist Jehana. Sie besaß nicht einmal die Güte, sich zu deiner Hochzeit einzufinden.«

»Und Gott helfe mir«, lautete Rothanas Entgegnung, »sollte ich jemals, was die Sache des Deryni-Geschlechts anbetrifft, ihr gleich werden! Ich schulde meinem Volk Pflichterfüllung, geradeso wie meinem mir angetrauten Gebieter. Und wenn mein Gemahl ... denn auch ein anderer sein mag, als 's ursprünglich gedacht war, so bleibt doch unvermindert die Pflicht bestehen.«

»Und so hast du, wiewohl deine Liebe Kelson galt, dich mit Conall vermählt«, sprach Meraude kaum vernehmlich leise.

»Und hätte ich Kelson ein liebesvolleres, schöneres Andenken zu setzen vermocht, *Maman?*« meinte Rothana. »Nicht durch die Vermählung mit Conall – zumal sie so bald erfolgte! –, sondern indem ich den Mann zum Gemahl nehme, der einstmals Gwynedds König sein und mich zur Königin Gwynedds erheben wird, zur *Deryni*-Königin Gwynedds, um die Träume wahrzumachen, welche Kelson und ich gemeinsam träumten.«

Nachdem sie lange geschwiegen hatte, nickte Meraude bedachtsam. »Du bist ein ungemein tapferes junges Weib, Rothana«, äußerte sie. »Aber wirst du jemals glücklich sein?«

Rothana senkte den Blick. »Mit Gottes Gnade werde

ich mit meinem Los zufrieden sein, *Maman*. Ich könnte nicht ehrlichen Gewissens behaupten, Conall zu *lieben*, aber ... ich bin ihm zugetan. Und mein Herz ist voller Begeisterung für die gewaltige Aufgabe, welche er sich aufbürden muß, nämlich über sein Königreich zu herrschen ... und ihm dabei zu helfen, *das* ist's, in was ich meine Liebe fließen lassen werde. Vielleicht werde ich eines Tages auch ihn lieben. Bis dahin bleibt die Gewißheit, daß er mich liebt – und daß er meiner bedarf. Das ist mehr, als das Leben vielen Paaren gewährt.«

Meraude lächelte traurig und nickte langsam. »Um unser aller willen wünschte ich, es wäre anders gekommen, Kind. Um unserer aller willen.« Sie schaute zu Nigels Himmelbett hinüber, das im stets tieferen Dunkel des Gemachs düster aufragte, nahm dann sachte Rothanas Hand. »Komm, Kind! Wir müssen Nigel gute Nacht sagen und anschließend dich ins Hochzeitsbett bringen. Bald wird des Abends Finsternis anbrechen.«

Auch Kelson harrte, während er bis zum Hals in einer Wanne voll dampfend-heißen Wassers saß und sich zu entspannen bemühte, des Abends. Er hätte es lieber gehabt, wäre Dhugal zugegen gewesen, doch hatte man den jungen märkischen Edelmann in eine andere Badekammer gebracht, Kelson allerdings zugesichert, er dürfe Dhugal noch einmal kurz sehen, kurz bevor man sich auf den Weg zu Sankt Cambers Heiligtum begebe.

Zumindest übte das heiße Bad auf Kelson eine besänftigende Wirkung aus, bewährte sich angesichts der natürlichen Besorgnis, welche in ihm im Hinblick auf das geheimnisvolle Gottesurteil zu wachsen drohte, als willkommenes Beruhigungsmittel. Kelson merkte, wie er immer schläfriger ward, und jedesmal schrak er aus seinem Dösen, wenn ein Knecht mit einem Kübel erhitzten Wassers kam, um nachzugießen und das Bad aufzuwärmen. Der Dampf, welcher nachgerade gespenstisch aus Kelsons eichenem Trog aufwallte, trübte des Tageslichts letzte Helligkeitsstrahlen, die durch ein kleines Fenster fast droben unterm Dach hereinfielen; der Mangel an Fenstern hatte etwas nahezu Bedrückendes an sich, war jedoch zweckmäßig, weil er das Eindringen von Kälte minderte, denn in den Bergen kühlte die Luft gegen Abend, während die Sonne sank, rasch ab, und der Winter mochte noch nicht so recht aus dem Lande weichen. Der Duft von Kräutern, mal süßlich, mal herb, vermengte sich mit dem Dampf; sie brannten in einem kleinen Kohlenbecken, dessen Glut ein schweigsamer Mann in Grau schürte; und von irgendwoher außerhalb des Blickfelds sang eine angenehme Stimme in seltsam betontem Latein Psalter.

»Der Untergang der Sonne rückt nahe.« Diesmal schreckte Bruder Michaels Stimme, die dicht neben Kelsons rechtem Ohr erklang, ihn aus einem Dösen, das fast schon an ein regelrechtes Nickerchen grenzte, und er fuhr dermaßen zusammen, daß eine gewisse Menge Wasser aus dem Trog schwappte, ehe er die Fassung zurückgewann. Der Gesang war verstummt, und es war ihm nicht aufgefallen, daß der Mann am Feuerbecken fort war, und neben selbigem Becken brannte nur noch ein Binsenlicht. Allein Bruder Michael befand sich in der Badekammer, wirkte inmitten des Dunstes beinahe wie ein Geist, als er Kelson ein großes Badetuch hinhielt, das aussah, als vermöchte es reichlich Feuchtigkeit aufzusaugen. Kelson erhob sich aus dem Bad stieg aus dem Trog und ließ sich von Michael in das Tuch hüllen, danach zu einem Stuhl führen; sobald er saß, trocknete ihm der Mönch eigenhändig mit einem zweiten Tuch das Haupthaar und kämmte es ihm glatt, alles ohne ein Wort zu reden. »Ist's Euer Wunsch, das Haar fallen zu lassen, oder wolltet Ihr den *g'dula* vorziehen?« erkundigte Michael sich zu guter Letzt, als Kelsons Haupthaar schließlich feuchtglänzend auf den Schultern lag. Kelson erinnerte sich daran, den Ausdruck schon einmal gehört zu haben, und er vermutete, daß es sich dabei um die Bezeichnung für einen Zopf nach märkischer Art handelte.

»Nennt ihr so einen Zopf?« trachtete er sich zu vergewissern. »Einen *g'dula?*«

»Ja.«

»Dann wünsche ich einen *g'dula*«, gab Kelson zur Antwort. »Schon seit einigen Jahren pflege ich einen solchen zu tragen, doch reden wir davon schlichtweg als von einem märkischen Zopf. Mir ist aufgefallen, daß auch die Mehrheit der hiesigen Dörfler einen Zopf hat.«

Michael beugte sich lediglich ein wenig vor, um Kelsons feuchtes schwarzes Haar zum Flechten eines Zopfs in Strähnen zu unterteilen, enthielt sich jeglicher überflüssiger Äußerungen. Kelson wagte ein schwaches, wiewohl eindringliches geistiges Tasten vermittels seiner Deryni-Sinne, doch schien es, als wäre des Mönchs Seele von Nebel verhüllt. Selbige Wirkung beruhte nicht unbedingt auf einer regelrechten Geisteswehr, doch was es auch sein mochte, es erwies sich gegen eine Einblicknahme als ebenso verläßlicher Schutz wie Geistesschilde. Kelson überlegte, daß es ein beiläufiges Ergebnis der frommen Zucht sein könnte, in welcher sich diese Leute anscheinend übten, oder Michael war ein Deryni; oder es war beides oder nichts von beidem der Fall.

Er widmete sich seinen Gedanken, während Michael den Zopf flocht, erhob sich dann vom Stuhl, als der Mönch ein Kleidungsstück zur Hand nahm, das auf den ersten Blick einem jener grauen Gewänder ähnelte, wie sie hier im Ort so viele Leute trugen. Aber es war nur ein weiter, mit einer Kapuze versehener Überwurf, der an den Seiten lediglich Schlitze zum Hindurchschieben der Arme hatte. Michael hielt ihm den Überwurf, so wie er ihm zuvor das Badetuch gehalten hatte, hegte allem Anschein nach keine Absicht, ihm irgendwelche sonstige Kleidung zuzugestehen. »Jene, die des Heiligen

Heiligtum betreten, tun's so, wie sie in diese Welt gelangt sind«, setzte er Kelson in Kenntnis, »auf daß kein schnöder Tand der Außenwelt die Begegnung mit dem Heiligen störe.«

Wenigstens war der Überwurf warm. Kelson schlang ihn sich eng um den Leib, derweil Bruder Michael ihn aus der Badestube brachte, denn draußen war die Luft kalt. Auch ein Paar Sandalen hatte er anziehen dürfen, doch waren die Sohlen sehr dünn; auf dem Pfad, welcher von der Badestube zur Dorfkirche verlief, konnte er unter seinen Füßen jeden Kiesel spüren, und die mit Fackeln ausgestatteten Dorfbewohner säumten den Weg, sangen eine Hymne, von der er den Eindruck hatte, er müßte sie kennen. Überall, wo er vorüberkam, schlossen sie sich ihm an.

Die Kirche stand unmittelbar an einem Berghang, und an der Pforte wartete im Kreise des Dorfrates der inzwischen gleichfalls in Grau gewandete Dhugal. Der Junker kniete nieder, um ehrerbietig Kelsons Hand zu küssen, nutzte jedoch die flüchtige körperliche Berührung aus, um dem König eine gedankliche Mitteilung zukommen zu lassen, welche andere Deryni nicht zu belauschen vermochten. *Bemüht Euch um Rückgabe der Medaillen, und ich werde mein äußerstes versuchen, um sie als Ballungspunkt zu verwenden, auf diese Weise mit Euch in geistiger Verbindung zu bleiben und Euch im Notfall zusätzliche Kräfte verfügbar zu machen,* dachte er, während er aufblickte, um sich mit lauter Stimme an Kelson zu wenden. »Ich erflehe, Sire, Euren Segen.«

»Hab keine Furcht«, antwortete Kelson, legte flüchtig eine Hand auf Dhugals Scheitel. Seine Stimme klang nach weit mehr Überzeugung, als er bei sich empfand. »Sankt Camber kennt die Seinen und wird mich nicht im Stich lassen.« Er kehrte sich von Dhugal ab. »Bruder Michael, wenn's statthaft ist, würde ich mir gern meine Sankt Camber-Medaille umhängen. Sie zu tragen, spendet mir Trost. Und der Ohrring, welchen man mir fortgenommen hat, ist ein bedeutungsreiches Wahrzeichen meiner Königswürde. Auch ihn hätte ich gern zurück.«

»Das kann nicht erlaubt werden«, beschied Michael ihn mit fester Ablehnung.

»Dann gebt sie in meines Blutsbruders Gewahrsam«, bat Kelson, half Dhugal beim Aufstehen. »Gewährt ihm zumindest diesen Trost, wenn Ihr's ihm schon versagt, die Probe mit mir gemeinsam zu bestehen.«

»Die Medaillen mag er haben«, sagte die Dirne namens Rhidian, »dieweil sie als Abbild den Heiligen Camber zeigen. Hingegen ist der Ohrring ein Wahrzeichen der Haldanes und daher *ihm* ein Greuel – es sei denn, Ihr erweist Euch fürwahr als *sein* Diener.«

Vermittels des Rings hätte sich eine Geistesverbindung wesentlich günstiger zustande bringen und aufrechterhalten lassen können, doch Kelson mochte nicht durch Widerreden das Zugeständnis aufs Spiel setzen, das er soeben erlangt hatte. Immerhin eigneten sich die beiden Medaillen, ob sie ihnen nur um die Hälse hingen oder sie sich in Dhugals alleiniger Obhut befanden, durchaus hinlänglich als Ballungspunkte für ihre Deryni-Kräfte, waren daher besser als nichts.

Wortlos beobachtete Kelson, wie man die Medaillen herbeischaffte und in Dhugals aneinandergelegte Hände tat, ein Schimmern silberner Medaillen und ineinander verworrener Kettchen; da erst tastete er auf geistiger Ebene behutsam nach jener Medaille, welche er getragen hatte. Sogleich vervollständigte Dhugal das Geistesband, die goldbraunen Augen glänzten licht wie Sonnenschein, als sich ihrer beider Blicke begegneten, dann beugte er das Haupt, um die Medaillen zu küssen, als tränke er aus seinen Händen Quellwasser.

Gleich darauf öffnete man die Pforte der Kirche, und Bruder Michael schickte sich an, sie hineinzuführen; zuvor jedoch streifte er die Sandalen ab. »Entledigt Euch Eures Schuhwerks!« forderte er, während er sie anschaute, Kelson und Dhugal auf, als auch die Umstehenden an der Kirchenpforte die Schuhe ablegten, »denn Ihr betretet nun heiligen Boden.« Kelson und Dhugal gehorchten, und die Dörfler taten desgleichen, löschten die Fackeln, während sie die Schuhe an der Pforte abstellten, stimmten beim Betreten der Kirche erneut eine fromme Hymne an. Drinnen war es trüb, obwohl die weißgetünchten Wände das vorhandene Licht verstärkten. Die ostwärtige Wand war gänzlich grau und kahl, so daß hinter dem Altar eine unbestimmbare Weite sich zu erstrecken schien; erst beim zweiten Hinschauen erkannte Kelson, daß jene Seite der Kirche aus dem naturbelassenen Fels des Berghangs bestand, Kerzen auf dem Altar sowie darüber ein Kruzifix boten dem Auge wenigstens einen gewissen Bezugspunkt, an den sich Kelson hielt, während sie sich alle zusammen langsam dem Altar näherten. So wie in der Versammlungshalle der Ortschaft stützte auch in der Kirche ein offenes Gerüst aus Balken das Dach, aber Kelson traute sich nicht, mehr als einen flüchtigen Blick nach oben zu werfen. Droben herrschte allzu finsterer Schatten, als daß er auf Anhieb hätte zu unterscheiden vermocht, ob man auch das Kirchendach mit Binsen hatte decken müssen. Geflochtene Strohmatten bedeckten beiderseits des Mittelgangs des Fußbodens Holzdielen, denn Sitzbänke oder regelrechtes Gestühl gab es nicht; das jedoch konnte – für sich besehen – in einer kleinen Dorfkirche als keineswegs ungewöhnlich gelten. Die Dorfbewohner verteilten sich von der Spitze der Prozession, zum Teil aber auch schon aus der vorderen Hälfte des Zuges, an den Seiten des Mittelgangs, stellten sich an ihre Plätze und kehrten sich zur Mitte, um dem Einzug der übrigen Leute zuzuschauen. Beim Betreten der Kirche hatte Bruder Michael sich eines Prozessions-Kreuzes bemächtigt, wunderschön geschnitzt aus heimischem Holz, und er hielt es, während er voranschritt, wie einen Hirten- oder Bischofsstab. Bened und Jilyan begleiteten zwischen sich Kelson; hinter ihnen folgten Dhugal und des Dorfrates restliche Mitglieder, alle gekleidet in graue Kutten. Kelson spürte, wie Dhugal unterdessen lautlos der Camber-Medaillen Kettchen entwirrte, sich dann beide um den Hals schlang; sofort festigte sich die Geistesverbindung zu Dhugal, spendete Kelson willkommenen Trost. Michael führte sie geradewegs ans Altargeländer, verharrte davor wie voller Erwartung. Im Hintergrund klatschte jemand in die Hand; das war offenbar das Zeichen zum Kniefall, und Kelson und Dhugal folgten dem diesbezüglichen Beispiel der Gemeinde mit nur ganz unwesentlicher Verspätung, als sie gleichfalls in aller Hochachtung auf die Knie sanken. Danach standen alle wieder auf, und Michael trat vor, um die Altarplatte zu küssen. Sobald er das getan hatte, ergriff er das Prozessions-Kreuz mit der Linken, wandte sich der Gemeinde zu. Mit der Rechten schlug er das Kreuzzeichen, während er mit einem Singsang die anfängliche Segnung einleitete. *»In nomine Patris, et Filius et Spiritus Sanctus.«*

»Amen«, antworteten die Dorfbewohner.

»Dominus vobiscum.«

»Et spiritu tuo.«

»Sursum corda.«

»Habemus ad Dominum.«

»Laudamus Dominum Deum nostrum.«

»Dignum et justum est.«

Erhebet die Herzen. – Wir haben sie beim Herrn. – Laßt uns den Herrn unseren Gott loben. – Es ist in Wahrheit würdig und recht ...

Bruder Michael wandte sich wieder zum Altar und kniete erneut nieder, und als sämtliche Versammelten ebenfalls von neuem auf die Knie fielen, kniete sich Kelson auf die unterste Altarstufe. Das Geraschel vielfacher Bewegung ertönte in der ganzen Kirche, ehe weit hinten ein Einzelsänger in einer irgendwie fremdartigen Moll-Tonart einen Abschnitt der Liturgie zu singen anhob;

nach und nach stimmten andere Sänger mit ein, wiederholten die Worte, derweil jene, die sogleich miteingestimmt hatten, den Wortlaut fortsetzten, bis Dutzende von Stimmen laut im Kanon sangen.

»Super flumina Babylonis illic sedimus et flevimus, cum recordaremur Sion ...«

An den Ufern Babylons ließen wir uns nieder und weinten, als wir in der Erinnerung Zions gedachten ...

Das war der Israeliten Lied in der Gefangenschaft, gleichzeitig jedoch, so begriff Kelson, ein deutlicher Verweis auf die selbstauferlegte Verbannung *dieses* Völkchens und deren Ursachen. Und *er* zählte zu selbigen Ursachen – oder jedenfalls seine Vorfahren, welche nahezu zwei Jahrhunderte lang die fortwährende Verfolgung der Deryni geduldet hatten. Des Gesangs Wohlklang weckte in ihm Empfindungen, wie er sie nie zuvor verspürt hatte – ein Gefühl der Brüderschaft mit diesen und allen jenen anderen Leuten, welche im Laufe so langer Zeit gelitten und doch ums Überdauern ihres Erbes gerungen hatten. Des Psalmisten Worte endeten, und die Sänger stimmten eine andere Tonart an, deren Klänge Kelson unvermutet einen Schauder nach dem anderen den Rücken jagten, an etwas anderes tief in seinem Innersten rührten, das einen neuzeitlicheren Ursprung besaß. Völlig dazu außerstande, sich den Eindrücken dieses neuen Klageliedes zu entziehen – im übrigen war ihm daran auch gar nicht gelegen –, geriet Kelson zur Gänze unter dessen Einfluß, er klagte als Deryni inwendig gemeinschaftlich mit diesen Gläubigen, betrauerte die vielen vertanen Jahre und verlorenen Leben. Als sich der Gesang von neuem wandelte, die Sänger in freudigere, hoffnungsvolle Töne verfielen, rannen ihm unverhohlen Tränen über die Wangen.

»Duce et regere servum tui, Domine ... Adsum Domine. Adsum Domine. Adsum Domine ...«

Führe Deinen Diener, o Herr, und behüte ihn um der Ehre Unbeflecktheit und des Opfers Makellosigkeit willen vor jeglicher Versuchung. Hier bin ich, o Herr. Hier bin ich, o Herr ...

Auch als der Gesang leise verklang und zuletzt verstummte, machte Kelson keinerlei Anstalten, um sich die Tränen abzuwischen. Sie waren das Opfer, das er um des Unrechts willen darbrachte, das seines Reiches derynischer Volksstamm von der Hand seiner Haldane-Ahnen erlitten hatte, und er schwor von neuem, wie er es in den vorangegangenen vier Jahren bereits etliche Male getan hatte, sein Leben der Aufgabe zu verschreiben, all jenes Unrecht wiedergutzumachen, seinem ganzen Volk, Menschen und Deryni, Gleichheit zu schenken.

Tiefes Schweigen umgab ihn, nachdem der Gesang verstummt war; in dieser Stille spürte Kelson, wie auch Dhugal sich mühte, die Rührung zu meistern, obwohl er keine Tränen vergoß; und während die gesamte Gemeinde noch für ein Weilchen auf den Knien verblieb, vernahm Kelson gelegentlich das Schnaufen anderer Anwesender, welche nach dem Verklingen des überaus eindrucksvollen Gesangs nur durchs Aufbieten aller Willenskraft die Beherrschung wiedererlangten.

Nach einiger Zeit erhob sich Bruder Michael und drehte sich Kelson zu, umfaßte den Stab seines Prozessions-Kreuzes mit beiden Fäusten. Die Gläubigen rings um Kelson sowie im Hintergrund standen gleichfalls auf, und er wollte sich auch erheben, aber Bened und Jilyan legten ihm die Hände auf die Schultern, sorgten so dafür, daß er auf den Knien blieb. Hinter dem Rücken des Königs führten Dhugals Wächter ihn zu einem Platz auf einer Matte in der ersten Reihe, links vom Mittelgang. Jungfer Rhidian trat näher, stellte sich dicht hinter Kelson. Michael gab ein Zeichen, und die Versammlung setzte sich nieder, so daß danach nur der König allein noch vor dem Mönch am Altar kniete. In diesem Augenblick erkannte Kelson, daß alle vier, die ihn umstanden, Deryni waren – nicht nur Michael und Rhidian, ihre sonderbare Art von Geisteswehr hüllte ihn ein wie ein unsichtbares Gespinst, dämpfte nachhaltig jegliche Wahrnehmung, welche über die herkömmlichen fünf Sinne hinausging, störte auch die Geistesverbindung zu Dhugal.

»Was als nächstes geschieht, wird Euch befremdlich dünken, Kelson Haldane«, kündete Bruder Michael an, indem er sich unmittelbar an ihn mit einer Stimme wandte, welche in der Stille weit hallte, obschon er keineswegs besonders laut sprach. »In den Jahren der Verbannung gingen wir vielerlei Kenntnisse verlustig, doch haben wir versucht, das alte Wissen nach bestem Vermögen zu pflegen. Wir glauben, daß Sankt Camber selber einige der Grundlagen dessen festgelegt hat, das wir heute hier zu vollziehen gedenken, jedoch gibt es keine bestimmten Anhaltspunkte für irgendwelche Hinweise darauf, daß Ihr nunmehr gewisse Handlungen dieser oder jener Art zu begehen hättet. Ihr braucht Euch lediglich ganz und gar *ihm* zu unterwerfen. *Seine* Erleuchtung und unsere Eingebung werden uns die allerverläßlichste Richtschnur sein. Ihr selbst könnt Euch am vorteilhaftesten von Nutzen sein, wenn Ihr sämtliche Hemmnisse und Hindernisse beseitigt, welche Euch an der Annahme der Einsicht hindern könnten, die Euch vermittelt werden mögen, wenn Ihr dem Heiligen von Angesicht zu Angesicht begegnet. Ich möchte hinzufügen, daß die Probe nicht Eurem Fleische gilt, sondern daß ihr Eure Seele unterzogen wird. Nachdem Ihr nun derlei Aufschluß vernommen habt: Wünscht Ihr noch irgendein Wort zu reden, bevor Ihr in *seine* Gegenwart verbracht werdet?«

Kelson hätte noch hunderterlei Äußerungen tun können, wahrscheinlich aber nichts, was irgendwie einen Einfluß auf des Geschehens Lauf hätte ausüben können, denn es war offensichtlich, daß diese Leute selbst wenig darüber wußten. Zum Teil erleichterte es Kelson, daß nicht sein Leib einer Prüfung ausgesetzt werden sollte; andererseits gab die Aussicht auf eine Heimsuchung seiner Seele ihm zu weit unerfreulicheren Befürchtungen Anlaß. Doch irgendwie hatte ein Teil seines Gemüts von Anfang an vermutet, daß es sich um so etwas handeln mußte – um eine Prüfung im Sinne einer Erhebung auf höhere Ebenen des Bewußtseins, so wie sie in gewissem Grade bei jeder Erscheinung Sankt Cambers aufgetreten sein sollte, von der Kelson vernommen hatte. Er selbst hatte bislang keine regelrechte derartige Erscheinung gehabt. Aber hatte er sich so etwas, als er sich die Suche nach des Deryni-Heiligen Spuren vornahm, nicht insgeheim ersehnt?

Folglich schüttelte Kelson nun mit Entschiedenheit das Haupt, neigte dasselbe dann unwillkürlich, als Bruder Michael wortlos um zwei Schritte vortrat, ihm eine Hand auf den Schopf legte. »So möge denn *er* Euch die Gunst erweisen, zu Euch zu sprechen, Kelson Haldane«, sprach Bruder Michael in verhaltenem Ton. »Und wenn Ihr ihn vernommen habt, werdet Ihr uns davon berichten, und wir werden aus Euren Worten entnehmen, ob Ihr die Wahrheit schildert oder Lügen redet, *wie wir's, das wißt Ihr, sehr wohl vermögen.* Und möge der Herrgott die Fittiche Seiner Liebe über Euch breiten, wenn Ihr Eurer Wahrhaftigkeit Probe bestehen müßt. So sei es. *Selah. Amen.* Ihr Gläubigen, sprecht *Amen.*«

»Amen«, wiederholte die Gemeinde halblaut.

Michael entfernte die Hand, und Kelson wagte zu ihm aufzublicken. »Seid Ihr bereit?« fragte Michael.

»Ich bin's«, antwortete Kelson.

Ohne daß ein weiteres Wort fiel, halfen Bened und Jilyan ihm beim Aufstehen. Aber es waren Michael und Rhidian, welche ihn zu einer schmalen niedrigen Pforte in der Wand rechts vom Altar führten. Die vermittels ihrer Geisteswehren bewerkstelligte Abschirmung seiner Seele beeinträchtigte noch immer die geistige Verbindung zu Dhugal, doch allein das Wissen um die Tatsache, daß Dhugal sie aufrecht erhielt und unentwegt versuchen würde, es beizubehalten, flößte Kelson einigen Mut ein. Als sie vor der Pforte stehenblieben, gestattete er sich einen letzten Blick über die Schulter, und die Verbundenheit, die ihrer gegenseitigen Zuneigung entsprang, überbot in ihrer Tiefe und Herzlichkeit für dieses einen Augenblickes Dauer, als sie einander Lebewohl und Gottbefohlen wünschten, jegliches durch Magie geschaffene seelische Band.

Die Wand bestand aus Naturgestein, die Pforte war aus Holz und beschlagen mit einem Eisenring, mit dem man sie öffnen konnte. An ihren vier Ecken schmückten die Pforte Darstellungen, in denen Kelson Wahrzeichen der vier Naturgewalten erkannte, und in der Mitte sah er ein mit einem *S* und einem *C* verwundenes Kreuz; alle Abbildungen waren tief ins gutgewachste helle Holz der Tür gekerbt worden. Während sie voller Hochachtung das Haupt neigte, hob Rhidian die Fingerspitzen an die Lippen, dann drehte sie den Ring einmal seitwärts, ehe sie zurücktrat und ein wenig zur Seite wich, Kelson anschaute. Michael, der gleich hinter dem König stand, langte ihm um den Hals, knüpfte die Schnüre des Überwurfs auf und streifte ihn Kelson von den Schultern.

»Der Ihr ein Diener des Heiligen sein wollt, nun ist die Stunde Eurer Prüfung da«, sprach Michael, derweil Rhidian, das Haupt auf die verschränkten Arme gebeugt, den Zugang vollends freigab. »Nun werdet Ihr, nackt wie Ihr in diese Welt gekommen seid, hinab in die Erde steigen und Euch dem *cruaidh-dheuchainn* ausliefern. Öffnet die Pforte, Kelson Haldane, und begebt Euch zu *ihm.*«

Kelson tat wie geheißen, legte Hand an den Eisenring und stieß die Pforte auf, ließ den Überwurf in Michaels Händen zurück, als er das Haupt duckte, um durch die schmale Tür zu treten.

26

Im Traum, im Nachtgesicht, wenn tiefer Schlaf die Menschen befällt, im Schlummer auf dem Lager.

HIOB 33,15

Die Pforte schloß sich hinter Kelson mit unanfechtbarer Endgültigkeit. Der düstere Gang, den er betrat, während er sich vorsichtig aufzurichten versuchte, war eng und niedrig, nicht höher als die Pforte, und er mußte das Haupt eingezogen belassen, derweil er abwartete, bis sich die Augen auf die Düsternis einstellten, indessen mit den Händen beiderseits an die Felswände gestützt. Ein muffig-feuchter Geruch herrschte vor, und er vernahm – abgesehen vom Wummern des Herzschlags in seinen Schläfen – inmitten der wie erwartungsschweren Stille keinen Laut. Als er sich langsam vorwärtstastete, bemerkte er jenseits einer Biegung schwache Helligkeit, schwächliches gelbliches Flackern; dort mußten, in einigem Abstand, Fackeln oder Binsenlichter brennen.

Auch dieser Felsgang erregte den Eindruck, in seiner Beschaffenheit weitgehend natürlich zu sein, obzwar Kelsons Fingerkuppen Stellen erfühlten, an denen man den Stein offenbar behauen hatte, um die Wandflächen gleichmäßiger zu gestalten. Der Boden unter den Füßen war eben, jedoch weniger kühl, als er es gemeinhin von einem Steinboden erwartet hätte. Kelson spürte, wie die Geistesverbindung zu Dhugal zusehends unzulänglicher ward, je weiter er in den Gang vordrang, und als er die Biegung erreichte, vermochte er das seelische Band gar nicht mehr wahrzunehmen; aber dagegen gab es keine Abhilfe. Nach dem Zurücklegen nochmals einer kurzen Strecke bog er um eine schärfere Biegung, und dahinter mündete der Felsgang in eine recht große Kammer, bei deren Anblick Kelson erst einmal aus ehrfürchtigem Staunen einen gemessenen tiefen Atemzug tat.

Die Felskammer gab den Quell jenes Lichts ab, das Kelson stets heller geleuchtet hatte, während er sich ins Innere des Berghangs tastete. In bronzenen Haltern überall in der Räumlichkeit loderten Fackeln – so hoch angebracht, daß sie sich beinahe außer Reichweite befanden –, und Reihen von Andachtskerzen in Kerzenständern aus Ton erhellten an der vom Zugang, an dem Kelson wie gebannt verharrte, am weitesten entfernten Felswand ein lebensgroßes Standbild, das wohl Sankt Camber verkörperte. Das Bildnis war aus hellgrauem Stein gehauen, welcher im wechselhaften Fackelschein leicht glitzerte; die vornehmen Hände hoben eine erzerne Krone von altertümlicher Machart in die Höhe, die Falten einer Kapuze, dank des Bildhauers Wirken für immer im Zustand der Unbeweglichkeit festgehalten, überschatteten das Angesicht mit Finsternis; vielleicht waren die Gesichtszüge gar nicht herausgearbeitet, denn Kelson vermochte keine zu erkennen, obwohl er das Gefühl hatte, sie trotz der Schattenhaftigkeit von seinem Standort aus unterscheiden können zu müssen.

Sowohl körperlich wie auch im Gemüt voll des eisigen Schauderns, so daß er zitterte, betrat der König die Felskammer so weit, daß er sich zur vollen Größe aufrichten konnte. Feuerbecken, in denen Holzkohle gloste, säumten rundum die Räumlichkeit – vielleicht waren sie ebenfalls der Ursprung des merkwürdigen scharfen Geruchs, welcher Kelsons Nase kitzelte –, und in der Mitte, nicht weit von des Standbilds Füßen, lagen etliche Felle ausgebreitet, als solle man sich dort zum Schlafe betten. Die zweifache Anziehung, welche die Kohlenbecken sowie selbige Felle auf ihn ausübten, lockte Kelson näher, fast ohne daß es ihm auffiel; er stutzte erst, als er unvermutet die tatsächliche Quelle des absonderlichen Duftes erkannte, welcher die Felskammer durchzog –

ein kleines Wasserbecken in einer Vertiefung zur Linken des Standbilds, tief und voll klarer Flüssigkeit, unter deren Spiegel etwas leicht Trübes aufbrodelte, das sodann zu einem Abzug droben in der Decke emporwehte.

Just als er sich wieder zurückzuweichen anschickte, vernahm er ein Knirschen von Stein auf Stein, als der Abzug verschlossen ward, so daß der Dampf nicht länger abzog, sondern sich in der Luft der Felskammer verteilte. Sobald Kelson ein wenig mehr davon einatmete, ereilte ihn ein flüchtiges Schwindelgefühl; an der Felswand fing er sich ab, fand das Gleichgewicht wieder, schwankte leicht, derweil er den Schwindel zu bewältigen versuchte.

Er mochte erst gar nicht darüber nachdenken, was es zu bedeuten haben könnte. Für den Augenblick des Schwindelanfalls waren seine Deryni-Sinne in ihrem Wahrnehmungsvermögen merklich gemindert worden, doch nun hatte es den Anschein, als sei diese Wirkung bereits verflogen. Er versuchte sich einzureden, das Schwindelgefühl sei auf eine zu hastige Drehung des Hauptes, auf den Mangel an Speise oder auf das Bemühen zurückzuführen, während des Vordringens in den Berghang gleichzeitig die Geistesverbindung zu Dhugal zu gewährleisten; aber er wußte es besser. In Schriften hatte er schon über derlei Höhlen gelesen, doch wäre er nicht im entferntesten auf den Gedanken gekommen, es könnte solche auch in Gwynedd geben. Die natürlichen Dämpfe, auf die man in derartigen Höhlen stieß, konnten bisweilen Gesichte oder Wahrträume hervorrufen, und allzu oft wirkten sie tödlich.

Aber zumindest in letzterer Hinsicht brauchte er sich sicherlich keine Sorgen zu machen. Wären die Dörfler darauf aus gewesen, ihn zu töten, so hätten sie dazu längst ausreichend Gelegenheit gehabt. Seine gegenwärtige Lage mochte nicht ungefährlich sein, jedoch zweifelte er an, daß man einfach zulassen würde, wie die Dämpfe eine Dichte erlangten, die ihn das Leben kosten müßte.

Aber die Dämpfe konnten *durchaus* als Auslöser einer seelischen Prüfung dienen, begriff Kelson, als er erneut davon einatmete und wiederum ein Schwindelgefühl verspürte, diesmal stärker als beim ersten Mal, so daß er mehrmals das Haupt schütteln mußte, um sich des unschönen Gefühls zu entledigen. Gewissen Überlieferungen zufolge waren derlei Höhlen in Vorzeiten Stätten der Einsegnung gewesen, in denen Anwärter auf bestimmte Weihen sich vor dem Bildnis eines Gottes ausstrecken und betäubende Dünste einatmen mußten, in der Hoffnung, dadurch einen Wahrtraum zu haben. Wenn sich ein solches Vorgehen bei den Altvorderen dahingehend bewährt hatte, daß sie in Verständigung mit ihren Göttern zu treten vermochten, ließ sich möglicherweise daraus ableiten, daß ein vergleichbares Verfahren auch dazu geeignet sein konnte, mit einem verstorbenen Heiligen Umgang aufzunehmen – wiewohl sich Kelson schwerlich zu erklären wußte, wieso die ja immerhin christlichen Bewohner Sankt Kyriells an einem so urtümlichen Treiben festgehalten hatten.

Doch gleichwohl: Ferneres Nachgrübeln über diese Angelegenheit oder irgendein Aufbegehren waren voraussichtlich sinnlos. Kelson hatte erklärt, er trachte nach umfangreicherem Wissen über Sankt Camber; dies war nun die Prüfung, in deren Verlauf sich seines Strebens Ernsthaftigkeit erweisen konnte. In gewisser Beziehung glich sie dem Abstieg in die Unterwelt, wie man ihn aus Schriften des Altertums kannte, dem Gleichnis von Tod und Wiedergeburt dank der Macht – und der Duldung göttlicher Kräfte – in diesem Fall im Gewande der Sage um Sankt Camber. Und dieweil er sich nicht vor der Prüfung zu drücken vermochte, stand es ihm wohl an, sie auf das vorteilhafteste zu nutzen und so viel in Erfahrung zu bringen, wie er bei diesem Anlaß erfahren konnte. Wenn sie ein bei Sankt Cambers Knechten übliches Ritual war – und anscheinend erachteten sie es als überaus wertvoll und ehrenhaft –, mußte es sicherlich irgendeinen Vorteil haben.

Indem er so flach wie möglich atmete, um den Dämpfen nicht zu erliegen, bevor er sich genügend vorbereitet hatte, wankte Kelson zu dem Lager aus aufgehäuften Fellen, ließ sich im Schneidersitz darauf nieder – fiel dabei fast –, breitete sich zum Schutz wider die Kühle ein Fell über die untere Hälfte des Körpers. Um für den Fall, daß er gänzlich das Bewußtsein verlieren sollte – und das war, urteilte er nach dem Stärkerwerden des Schwindelgefühls, nachgerade mit Gewißheit zu erwarten –, seine Leibeshülle zu behüten, umgab er sich rasch mit einem Banntrutz, errichtete ihn mit jener Sorgfalt, welche Morgan und Duncan ihn gelehrt hatten. Die Dämpfe hielt der Banntrutz nicht fern, bedeutete jedoch ein undurchdringliches Hindernis für jedes stoffliche Wesen, das etwa darauf sann, seine hilflose Verfassung auszunutzen; denn Kelson hatte aus dem Schmökern in alten Schriften im Gedächtnis behalten, daß bisweilen menschliche Mittelsmänner den göttlichen Mächten nachzuhelfen pflegten, Priester und Priester der einstigen Gottheiten manchmal in die Verkleidung himmlischer Boten geschlüpft waren, um Empfänger von Weihen zu den erwünschten Einsichten zu führen. Zwar hegte Kelson keine Bedenken gegen fromme Schauspiele – denn als etwas ähnliches mußte man derlei Vorgehensweisen wohl einstufen –, aber *wenn* es Sankt Camber beliebte, ihm jetzt zu erscheinen, dann wollte Kelson, daß des Heiligen Wille keinerlei Entstellung seitens seiner ›Knechte‹ erfuhr, ganz gleich welche wohlwollende Absicht sich dahinter verbergen mochte.

Und so legte Kelson die Hände mit nach oben gekehrten Handflächen – zum Zeichen seiner innerlichen Empfänglichkeit – auf die Oberschenkel, heftete den Blick auf das Bildnis des Heiligen, atmete die Dämpfe nunmehr tiefer ein, welche sich zudem, derweil die Zeit verstrich, ohne daß ihnen ein Abziehen möglich ward, geschwind wesentlich verdichteten; er merkte, wie seine sämtlichen inneren Widerstände sachte nachließen, während er in einen Zustand tiefer geistiger Versenkung entglitt, jener Art von Trance ähnlich, in welche sich Deryni zum Knüpfen seelischer Bande begaben. Als Versuch, darauf hinzuwirken, daß ein Gesicht, wie er womöglich eines haben würde, auch die ersehnte Natur besaß, erinnerte er sich bewußt an jenes eine Mal, das er vielleicht eine Erscheinung Sankt Cambers erlebt hatte – nämlich anläßlich seiner Krönung, als aus dem Nichts eine Wesenheit in grauer Kutte, geschaut allein von ihm, Morgan und Duncan, die Hände auf Kelsons Krone gelegt, ihn dadurch zum König sowohl der Deryni wie auch der Menschen erklärt hatte.

Kelson spürte, wie sein Körper sich mit jedem Atemzug weiter und nachhaltiger lockerte und entspannte, derweil die Dünste, welche dem Wasserbecken entströmten, ihre Wirkung immer mehr verstärkten, doch er blieb darum bemüht, seinen Geist gänzlich auf jene damalige Erscheinung auszurichten – obschon seines Denkvermögens Klarheit in wachsendem Maße litt –, als könnte er dadurch den Heiligen herbeibeschwören, und er ließ sich gleichmütig dahintreiben wie auf einer Woge verträumter Erwartungsfülle.

Indessen durchdrang die etlichen Klafter Felsgestein, welche den König von Dhugal trennten, kein noch so geringes Anzeichen der seelischen Vorgänge Kelsons oder der Umstände, in denen er sich befand. Bruder Michael und Jungfer Rhidian waren von der Pforte zurückgekehrt und hatten sich auf die Altarstufen gekniet, während Bened und Jilyan an Dhugals Seiten Platz genommen hatten; inzwischen verzichteten sie auf jedwede magische Abschirmung mittels ihrer Geisteswehren. Dhugal befürchtete, daß sie davon absahen, dieweil sie genau wußten, daß er mit seinen Deryni-Kräften nicht hinter jene Pforte vorzudringen vermochte, hinter welche sich Kelson gewagt hatte.

Dennoch fühlte Dhugal sich dazu außerstande, seinen Blutsbruder und Lehnsherrn schlichtweg der Gnade dieser unbekannten Dörfler zu überlassen, bloß weil sie denselben Heiligen verehrten – einen Deryni-Heiligen –, nach dessen Verbleib zu forschen sich der König und er aufgemacht hatten. Kelson mochte längst in Lebensgefahr schweben, sein Überleben davon abhängen, ob Dhugal eingriff oder tatenlos blieb, ähnlich wie zuvor, als er aufs schwerste verletzt gelegen hatte, seine Rettung von Dhugals Beistand und Hilfe abhing.

Während er mit überkreuzten Beinen trübsinnig und in geduckter Haltung auf der Strohmatte hockte, die Kapuze der grauen Kutte tief ins Angesicht gezogen, um jede äußere Ablenkung fernzuhalten, bewahrte Dhugal mit aller Kraft geistigen Halt an den beiden Camber-Medaillen, eine in jeder Hand, als wären sie zur Bekämpfung des Bösen geeignete Fetische, versuchte ihr Odium zur Verstärkung der unterdessen nahezu zum Erlöschen gekommenen geistigen Verbindung zu Kelson zu nutzen, welcher sich irgendwo jenseits der wieder verschlossenen Pforte befinden mußte. Indem er alle seine Geisteskräfte geballt auf das auf selbigen Medaillen abgebildete Antlitz richtete, versuchte er insofern eine ähnliche Art von Erscheinung gewissermaßen heraufzubeschwören, wie es zur gleichen Zeit Kelson zu tun trachtete, bediente sich dabei all jener Kenntnisse, welche ihm sein Vater, Kelson und auch Morgan je über Sankt Camber vermittelt hatten. Und auch ihm schwoll das Herz von inbrünstiger Anrufung des verschollenen derynischen Heiligen.

Für Kelson zerfaserte derweilen der Lauf der Zeit, schien zuletzt gar zum Erliegen zu gelangen, bis er keinerlei Vorstellung mehr davon hatte, seit wann er bereits zu Füßen des Sankt Camber-Standbilds kauerte, wiewohl er im Rücken und in den Knien eine gelinde Steifheit spürte, die bei ihm, nachdem er da nun schon länger mit gekreuzten Beinen dasaß, den Wunsch auslöste, sich zu strecken und zu recken. Die in der Felskammer angesammelten Dämpfe wallten jetzt dicht und dick wie Nebel, machten es ihm leichter, sich am Heiligenbildnis ein Angesicht auszumalen. Er versuchte sich zu denken, wie es wohl wäre, erwachte das Standbild auf einmal zum Leben und spräche zu ihm, bildete sich ein, es senke die Arme in der Kutte Ärmel – denn nachdem sie so viele, viele Jahre lang die Krone gehalten hatten, mußten sie gewißlich ermüdet sein –, höbe das Haupt just so weit, daß Kelson im Schatten der Kapuze die Gesichtszüge zu erkennen imstande sei.

Und plötzlich geschah es so! In seinem traumähnlichen Zustand, nun vollauf versunken in die selbst erzeugte Trance wie auch der Wirkung jener betäubenden Dünste erlegen, welche unverändert ohne Unterlaß aus dem Wasserbecken aufbrodelten, starrte er fassungslos das Standbild an, als ihm unversehens dessen Geist zu entschlüpfen schien, die reglose steinerne Gestalt, in alle Ewigkeit die Krone erhoben, zwar still wie zuvor blieb, ihr jedoch eine lebendigere, von eigenen inneren Kräften bewegte Wesenheit entstieg, sich aus ihrem steinernen Gefängnis befreite, wie es schien, und auf Kelson zuschwebte. Kelsons Herz hämmerte, als er sah, wie sich selbige Geistergestalt ihm nahte. Er empfand den Drang, vor ihr zurückzuweichen, war jedoch kein Glied zu rühren fähig. Ein Keuchen entfuhr ihm, als die Erscheinung dicht an des Banntrutzes Umgrenzung verharrte, wie in stummer Bittstellung die Hände spreizte, dabei ihr die Kapuze vom Haupt rutschte und ein gutmütig-ernstes, mannhaft-schönes, säuberlich barbiertes, rundliches Antlitz enthüllte, gekrönt mit einem Schopf silbrig-weißen Haars. Die festen sinnlichen Lippen teilten sich, wie um zu sprechen, aber Kelson vernahm keinen Laut. Der Wunsch des Wesens war allerdings unmißverständlich: Es wollte herein. Und obzwar sich Kelson schließlich aus seiner Bewegungsunfähigkeit erlöst fand, geschah es allein zu dem Zweck, eine Hand zu heben und im Meisterbanntrutz eine Bresche zu schaffen – denn er wußte, ohne seine Einwilligung konnte das Gespenst die magische Wehr nicht durchqueren, und er hegte nicht länger irgendein Bedürfnis, es sich fernzuhalten. Das Blut wummerte ihm in den Schläfen, während er den Umriß der beabsichtigten Lücke beschrieb, die Handkante wie die Klinge eines geweihten Schwertes verwendete, um des Banntrutzes Begrenzung gleichsam zu zerschneiden, zu zerteilen, die Ränder der Bresche versiegelte. Und sobald der Durchlaß vollendet war, Kelson erneut die Hand regte, um die in dessen Umriß noch gebundene Naturgewalt zu zerstreuen, dadurch die Öffnung begehbar zu machen – eine Geste war dazu vonnöten, die zugleich einer Aufforderung zum Nähertreten glich –, kam die Geistergestalt, welche derweil abgewartet hatte, anmutig heran, legte die durchscheinenden Hände zur Danksagung kurz auf die Brust. Gleich darauf stand sie mit einem Mal im Innern des Schutzkreises, dessen offenen Durchlaß man deutlich durch ihre nichtstoffliche Erscheinung erkennen konnte; es schien so, als näherte sie sich nicht wirklich, sondern nähme an Größe zu – und doch, wie Kelson in starr ertragenem Grausen sah, rückte sie näher. Je mehr sie sich ihm nahte, um so weiter mußte Kelson das Haupt in den Nacken senken, wollte er sie im Blickfeld behalten, bis sie schließlich unmittelbar vor ihm aufragte, er bemerkte, wie er hintenüber sank, sich auf die Felle hinstreckte, in ihre Weichheit einzusinken schien. Doch selbst da wich das Grausen nicht vollends von ihm, denn die Gestalt, welche in schrecklicher Körperlosigkeit über ihm aufragte, beugte sich herab, neigte sich über sein Haupt, langte mit der Rechten nach seiner Stirn, um sie mit schier durchsichtigen Fingerkuppen anzutasten.

Kelson vermochte sich der Hand nicht zu entziehen, es war unmöglich, ihr auszuweichen. Und ihm schwand endgültig jede Wahrnehmung, als das, was bloße Einbildung hätte sein müssen, sich als kühle, feste, wie stoffliche Berührung erwies, begleitet von dem ihm geradewegs in die Seele geflüsterten Gebot, sich dem Schlummer hinzugeben.

Dhugal hatte währenddessen keine Ahnung davon, daß das Wesen, welches auf den Medaillen in seinen Händen dargestellt war, sich Kelson in so eindrucksvoller Weise zeigte. Schon vor einem Weilchen hatte er die Verbindung zum König gänzlich verloren. Seine anschließenden Bemühungen zur Wiederherstellung der Geistesverbindung blieben auf die beunruhigendste Weise vollständig fruchtlos, und inzwischen war, seitdem Dhugal sich das letzte Mal des Bestehens der Verbindung gewiß gewesen war, fast einer Stunde Hälfte verstrichen.

Trotz allem mochte er nicht aufgeben. Dhugal wußte nicht, welche Art von Prüfung Kelson erdulden mußte, aber solange auch nur die geringfügigste Aussicht darauf bestand, daß es dem König möglich war, die Magie-Kräfte anzuzapfen, welche ihm Dhugal verfügbar machte, war er gewillt, sich dafür in Bereitschaft zu halten, bis ihm aus Ermattung die Sinne schwanden. Allerdings brauchte er so ernste Folgen seines Ausharrens wohl schwerlich zu befürchten; wenn nämlich seine Kräfte nicht durch Kelson angezapft wurden, war auch nicht mit Dhugals Schwächung zu rechnen. Über einen Umstand war sich Dhugal dabei überhaupt nicht im klaren: Dieweil die Schwingungen magisch-geistiger Kräfte, welche er aussandte, keinen Empfänger hatten, niemand sie aufnahm, fächerten sie sich auf, wallten ins Unendliche. Und in der Ferne begannen Erkunder geistiger Gefilde in seine Richtung zu lauschen.

Duncan, in dessen Schoß das Haupt des in tiefer Trance befindlichen Morgan ruhte, während Ciard und Jass dicht neben ihm lagen, regte sich unwillkürlich ein wenig, als sein Geist die Ausläufer vertrauter seelischer Emanationen streifte, welche eindeutig von keinem seiner Begleiter stammten, welche sich mit ihm ums Feuer gelagert hatten. Noch unsicher, tastete der Deryni-Bischof auf geistiger Ebene nachdrücklicher in jene Richtung, aus welcher er, wie er meinte, diese Schwingungen empfangen hatte, erforschte in der Hoffnung, sie nochmals aufzufangen, einen weitaus größeren Bereich, als er es sich je zuvor zugetraut hatte. Jass stöhnte gedämpft auf, als Duncans Bedarf an zusätzlichen Kräften plötzlich erheblich anschwoll, ward er sogleich ruhig, als Duncan eine Hand auf ihn senkte, derweilen die Abzapfung der Kräfte im Fließen vergleichmäßigte.

Duncan war auf etwas gestoßen, das ihn ungemein überraschte, während es Morgan entgangen war – auf etwas, von dem er nicht erwartet hatte, es jemals wiederzusehen. Allein er war sich genau dessen bewußt, worum es sich gehandelt hatte – jedenfalls seinen Eindrücken zufolge –, und seine Überraschung fiel so stark aus, daß er beinahe aus der Trance schrak, auch den benommenen Morgan halb zurück ins Wachsein schreckte. *Hast du das auch bemerkt?* wandte Duncan sich gedanklich an Morgan, breitete ihm eine Hand über die Augen, als sich Morgan anschickte, sich zu rühren und aufzusetzen.

Morgan gab nach, da er sich noch teilweise unter Duncans Einfluß befand, nur seine stumme Antwort erreichte Duncans Seele. *Zeig mir,* bat er, *was du geschaut hast.* Indem er sich nun wieder auf rein geistige Betätigung verlegte, schloß Duncan von neuem die Augen, übermittelte Morgan das Geistesbild, welches seinerseits so unvermutet empfangen worden war: das Bild einer silbernen Medaille mit der Darstellung Sankt Cambers, zweifach sichtbar, wie infolge Trunkenheit –

oder vielleicht das Bild zweier solcher Medaillen. Das Aussehen allerdings war beiden Mannen aufs beste vertraut. Mit trägen Bewegungen zog Morgan aus seinem Wams eine Medaille, welche mit jenen Medaillen, die Duncan geschaut hatte, eine vollkommene Ähnlichkeit besaß. Sie war einst seiner Mutter Eigentum gewesen und hatte das Vorbild für jene Medaillen abgegeben, welche für Kelson, Dhugal und Duncan geprägt worden waren. *Ich weiß ausschließlich von jenen drei anderen Stükken,* erklärte Morgan, streckte die Finger, so daß Duncan die Hand auf seine Hand legen konnte, die Medaille dadurch zwischen ihrer beider Handflächen gelangte. *Und du hast weder meine noch deine Medaille geschaut. Wir werden meine als Bindeglied benutzen.*

Sobald er dies Verfahren vorgeschlagen hatte, nahm er mit Duncan ein gemeinsames, diesmal gleichberechtigtes, aufeinander abgestimmtes ferngeistiges Tasten auf, in dessen Verlauf sie in noch wesentlich tiefere Abgründe der Seele entglitten, entschieden stärker als zuvor jene Richtung erkundeten, aus welcher Duncan die Schwingungen ursprünglich wahrgenommen zu haben wähnte. Beide vertieften sie ihre Trance bis auf ein gefahrvolles Maß, und sie zapften die Kräfte der mit ihnen geistig verbundenen zwei Menschen bis zur Grenze des Zumutbaren an; und dann, als sie fast am Ende ihrer Möglichkeiten waren, Ciard und Jass unregelmäßig zu atmen anfingen, ward das schwache, nur ansatzweise Band erneut hergestellt. Dieses Mal ließ Duncan es nicht entgleiten, nachdrücklich festigte er es, verflocht alle Beteiligten in die ferngeistige Brücke; während Morgan hinlänglichen Abstand hielt, um auf die beiden menschlichen Helfer achtgeben zu können, vollendete Duncan die Verbindung.

Dhugal! Gepriesen sei der Herr, Sohn, bist das wahrhaft du?!

Das Gewirr aus Freude, Mattigkeit und Furcht, welches durch das Geistesband drang, bewirkte ums Haar erneut dessen Zerreißen, aber es war in der Tat Dhugal. *Vater!*

In regelrechter Raserei der Hast – denn der junge märkische Edelmann sorgte sich, die Verbindung möchte schon im nächsten Augenblick zunichte werden, oder Sankt Cambers Knechte könnten sie stören – übermittelte Dhugal einen Wirrwarr aus Mitteilungen von im wesentlichen allgemeinen, grundsätzlich aber aufschlußreichen, ja erfreulichen Inhalts, bediente sich der Eile wegen keiner Worte, sondern stoßweiser Schübe von Geistesbildern. Kelson und er lebten, hielten sich in einem Dorf namens Sankt Kyriell auf, anscheinend die letzte Zuflucht von Leuten, welche sich Sankt Cambers Knechte nannten und von denen einige Deryni waren; gegenwärtig mußte sich Kelson einer Art von Gottesurteil unterziehen, bei dem es darauf ankam, daß ihm die Gnade einer Erscheinung Sankt Cambers widerfuhr, denn sie beide, Kelson und er, hatten unvermeidlicherweise örtliche geweihte Stätten schänden müssen, während sie sich einen Weg durch Reihen von Grabkammern brachen, um einem zuvor für längere Frist, vielleicht Wochen, durchwanderten Irrgarten unterirdischer Höhlen zu entrinnen; davor waren sie von eines unterirdischen Flusses Strömung mitgerissen, schließlich an ein Ufer gespült worden, dem Ertrinken nur knapp entronnen, Kelson in schwerverletztem Zustand. Und Dhugal hatte entdeckt, wie er Kelson zu *heilen* vermochte. Nahezu beiläufig, als fiele es ihm nachträglich ein, ergänzte Dhugal seine Nachrichten um den Hinweis, daß sich in seinem Weinschlauch *Merascha* befunden hatte.

Diese vielfältigen Neuigkeiten verschlugen den Empfängern nachgerade den Atem, machten viel umfangreichere Nachforschungen erforderlich, als sich welche über diese Entfernung hinweg betreiben ließen, doch Duncan erkannte, daß er die Verbindung nicht länger aufrechterhalten durfte. Morgan warnte ihn, daß sich ihre menschlichen Helfer hart dem äußersten Grad ihrer Belastbarkeit näherten, und auch Dhugals geistiges Leistungsvermögen schwand, er vermochte die Anstrengung kaum noch zu ertragen.

Aber zumindest hatten Duncan und Morgan nun mit Sicherheit die Richtung festgestellt, in der sie mittels ferngeistigen Tastens eine Verbindung zu den Vermißten zustandebringen konnten; und daher bestand die Möglichkeit, daß sich alles – vorausgesetzt allerdings, daß Kelson im Laufe der nächsten Stunden nichts zustieß – zum Guten wendete. Sollten Duncan und Morgan das Paar bis zum folgenden Abend nicht leibhaftig gefunden haben, würden sie nochmals ferngeistig eine Verbindung zu knüpfen versuchen. Duncan lächelte breit, derweil er das Geistesband fahren ließ, Morgan aus der Trance Tiefen in den Wachzustand zurückhalf.

»O Gott, ist's zu glauben – sie leben!« stieß Morgan hervor, setzte sich mit Duncans Beistand auf. »Das war just kein Wahnerlebnis, oder? Duncan, bestätige mir, daß du das gleiche wie ich wahrgenommen hast!«

Duncan seufzte und nickte lediglich mit glücklicher Miene, überzeugte sich zerstreut anhand seiner Deryni-Sinne davon, daß ihre menschlichen Helfer wohlauf waren, vertiefte sodann deren Trance, um ihnen einen ausgiebigen Erholungsschlaf zu gönnen, bevor sie allesamt sich wieder von der Nachtruhe erheben würden, um den Ritt fortzusetzen. »Jawohl, es ist wahr, sie leben«, bekräftigte Duncan schließlich. »Aber für jedwede Frage, auf welche wir soeben eine Antwort entdeckt haben, erheben sich fürwahr mehrere neue Fragen.«

Unverzüglich verebbte Morgans anfängliche überschwengliche Begeisterung, und er verzog das Angesicht, während er eine bequemere Sitzhaltung einnahm. »Ja, das steht gewißlich fest«, stimmte er Duncan in gefaßtem Tonfall zu. »Und die häßlichste aller Fragen – lassen wir einmal der beiden unmittelbare Sicherheit außer acht – hängt zweifelsfrei mit dem *Merascha* in

Dhugals Weinschlauch zusammen. Wer kann's hineingefüllt haben, Duncan, und warum? Dhugal hat keine Feinde, oder?«

»Mir sind auf jeden Fall keine bekannt.«

»Mir ebensowenig, aber ... Halt einmal! Versuchen wir's doch mit diesem Herangehen! Wer ist's, dessen Stern zu steigen anhob, als Kelson und Dhugal verschollen blieben?«

Gepreßt holte Duncan Atem. *»Conall?«*

»Conall«, bestätigte Morgan, »der inzwischen, nur dem Titel nach noch nicht, König ist. Auch besitzt er mittlerweile die vollständige Verfügungsgewalt über die Haldane-Magie, und er wird ihrer gewiß nicht wieder entsagen mögen.«

Duncan gab einen verhaltenen Pfiff von sich. »Und wir haben sie ihm verliehen.«

»Wirklich?« meinte Morgan. »Ich erblicke Grund zum Zweifel.« Für einen Augenblick schwieg er, starrte ins Lagerfeuer; dann schaute er von neuem Duncan an. »Und wenn nun *nicht* wir sie ihm verliehen haben? Wenn er sie nun bereits zuvor hatte? Denken wir uns einmal, Tiercel hat recht gehabt ... Ja, er *hat* ganz offensichtlich recht gehabt! Es ist in der Tat möglich, daß mehr als einem Haldane zur gleichen Zeit die Haldane-Magie zu Gebote steht, denn Kelson lebt ja. Grundgütiger Herrgott, vielleicht war's Tiercel ...«

»Mag sein, Tiercel verhalf Conall zur Haldane-Magie«, fiel Duncan ihm grimmig ins Wort, »und ward sodann zum Dank von Conall umgebracht. Tiercel dürfte auch dazu fähig gewesen sein, *Merascha* zu beschaffen. Oder ... Gütiger Herrgott, du erachtest's doch nicht als vorstellbar, daß der Camberische Rat dieser Machenschaften Urheber sein könnte, oder?«

Morgan schüttelte das Haupt. »Falls der Camberische Rat dahinter steckt, hat Arilan davon keine Kenntnis. Seine Trauer war echt, als er Kelson tot wähnte.«

Duncan stieß ein Schnauben aus. »Bedauern muß ihn

nicht zwangsläufig daran gehindert haben, an Kelsons Beseitigung mitzuwirken. Er kann sich durchaus mit dem Erfordernis einer Ermordung Kelsons abgefunden und nach verrichteter Tat Kelson betrauert haben. Sollte Tiercel vom Camberischen Rat zu Conall geschickt worden sein, um ihn in magischen Fertigkeiten zu unterweisen, dieweil selbiger Rat in Conall einen fügsameren Thronanwärter erblickte denn in Kelson ...«

»Fügsam ...« Das Wörtchen löste in Morgan eine gänzlich andere Erinnerung aus, wiewohl nur sehr schwach, und er schloß die Lider, versuchte sich genauer zu besinnen. Arilan hatte den Begriff gebraucht, aber in bezug auf ... »Rothana«, sagte Morgan leise.

»Was?«

»Süßer *Jesus,* Conall nimmt sie in diesen Tagen zur Gemahlin. Und ich wollte wetten, sie liebte *Kelson!* Kein Wunder, daß ich so starkes Mißbehagen empfand, als Arilan uns mitteilte, Conall gedächte sich mit ihr zu vermählen. Barmherziger, wär's denn möglich, daß Conall all das aus Eifersucht getan hat, aus blinder Liebe?«

»Aus gegen Kelson und Dhugal gerichteter Mißgunst sowie aus Liebe zu Rothana«, faßte Duncan zusammen, und sein Ton bezeugte Entsetzen. »Und Nigel – Alaric, *wie steht's mit Nigel?*«

»Im Falle Conall die Haldane-Magie bereits zu eigen hatte, und Nigel fand's heraus ... das, Tiercels Beteiligung, seines Todes wahre Ursache, die Sache mit dem *Merascha,* alles ...«, sann Morgan laut. »Da könnte sich Conall wider ihn gewandt haben.«

»Gegen den eigenen Vater?«

Mit verpreßten Lippen neigte Morgan das Haupt. »Glaubst du in Erwägung dessen, was wir über Conalls Natur wissen, daß ein solcher Umstand ihm ein Hemmnis gewesen sein möchte?« fragte er mit ruhiger Stimme. »Es ging um eine Krone, Dhugal, und um eine Königin.«

»Arme Königin«, raunte Duncan.

»Fürwahr, sie ist eine bedauernswerte Königin.«

In der Rhemuther Königsburg saß in den Königlichen Gemächern, welche zuvor Kelson zugestanden hatten, die jetzt jedoch Conall bewohnte, jenes junge Weib, das Conall zu seiner künftigen Königin erkoren hatte, zusammengekauert am Kamin, gehüllt in eine mit Pelz gesäumte Robe, das schwarze Haar gelockert auf den Schultern, die Arme um die Knie geschlungen. Vor einem kurzen Weilchen hatten des Domes Glocken zur Mitternacht geschlagen und Rothana aus unruhigem leichten Schlummer gescheucht; nach erfolglosem Streben, wieder einzuschlafen, hatte sie das Ehebett verlassen und sich ans Kaminfeuer gesetzt, derweil Conall unverdrossen unter den Fellen der Bettstatt schnarchte. Vorm Kamin lagen noch mehr Felle und Pelze angehäuft, und Rothana schob die Zehen hinein, um sich die Füße zu wärmen.

Ach, und nun bin ich wirklich und wahrhaftig Conalls Eheweib, dachte sie, schaute voller Schicksalsergebenheit in die Flammen. Ihrer Jungfernschaft Raub war weniger schmerzhaft vonstatten gegangen, als sie zuvor befürchtet hatte, doch war sie für ein Weib, das noch vor kurzer Frist ewiger Jungfräulichkeit verschrieben gewesen war, ein zur Genüge unangenehmer Vorgang gewesen. Conall hatte zärtlich zu sein versucht und wiederholt beteuert, daß er sie liebte – eine Versicherung, deren Wahrhaftigkeit sich anläßlich der flüchtigen, von Befangenheit gekennzeichneten Geistesverschmelzung offenbarte, die er ihr zugestand, als er sie zum erstenmal nicht mehr nur als Anverlobter, sondern als ihr Gatte umarmte –, doch verhielt er sich als Liebhaber nicht nur aufdringlich, sondern auch ungeduldig. Danach hatte er sie um Verzeihung gebeten – eine Freundlichkeit, wie Rothana sie nicht von ihm erwartet hätte –, auch eine beträchtliche Weile damit zugebracht, ihr unerwünschte Tränen von den Wangen zu küssen; und seine Hände hatten sie gestreichelt, bis ihr eigentlich nur unbedeutendes Weh dem heftigen, starken Aufwallen von Wonne wich, nach welchselbigem sie noch lange – nachdem Conall längst eingeschlafen war – schwach und zittrig im Bette lag.

Rothana meinte zu verstehen, weshalb in ihrem Innern ein solcher Widerstreit tobte, derweil sie mit dem Schüreisen achtlos in der Lohe und Glut am vorderen Holzscheit stocherte. Sie bezweifelte, daß sie so empfinden würde, ruhte hinter ihr in dem Himmelbett Kelson. Schliefe in jenem Bett Kelson, läge sie jetzt an seiner Seite, wäre damit zufrieden, ihm bloß nahe zu sein. Sie hätte nicht behaupten können, daß sie Conall nicht leiden mochte oder daß er sie schlecht behandelte – denn das hatte er fürwahr nicht getan –, aber er war nun einmal ganz einfach der falsche Haldane.

Oh, sie würde dennoch Gwynedds Königin sein, wenn es an der Zeit war, um sich ihren königlichen sowie ihren Pflichten als Deryni zu widmen; sie gedachte dann alle Bereitschaft und ihre sämtlichen Fähigkeiten zu entfalten, denn einem solchen Wirken hatte Kelsons Wunsch gegolten, und Rothana war im Sinne strengster Pflichttreue erzogen worden; dennoch ersehnte sie sich aus ganzem Herzen, sie dürfte es an eines anderen Haldanes Seite tun. An jenen anderen Haldane dachte sie, träumte davon, was hätte werden können, als sich ihr eine Hand auf die Schulter senkte, sie jäh aus ihren Wachträumen aufschreckte.

»Warum erschrickst du so, mein liebster Schatz?« flüsterte Conall, beugte sich zu ihr herab, um ihr mit der Zunge in erregender Weise im Ohr umherzufahren.

Rothana erbebte, als sie zu ihm aufblickte, denn er stand gänzlich nackt im Feuerschein, sein geschmeidiger Leib schimmerte golden vom Wabern der Flammen, war eindeutig mehr als bereit dazu, an Rothana erneut seine Gelüste zu stillen. »Mein Gebieter, ich wähnte

Euch in tiefem Schlummer«, vermochte Rothana zu antworten, lenkte ihren Blick wieder ins Feuer, um ihr Zittern zu verhehlen. »Ich mochte Euch nicht durch Umherwälzen und -werfen darin stören.«

Gedämpft lachte Conall tief in der Kehle, kniete sich neben Rothana, pflügte ihr mit einer Hand durchs Haupthaar, bog dann ihr Haupt zurück, um sie leidenschaftlich zu küssen, während er die andere Hand ins Vorderteil ihrer Robe schob. »Dann wollen wir uns gemeinsam im Bette wälzen und suhlen, Herzliebste«, raunte er, verminderte ein wenig seiner Küsse Brunst, um Rothana vor dem Kamin auf den Fellen hinzustrekken. »Dies ist unsere Hochzeitsnacht. Unser erstes Mal war zu meinem Vergnügen. Das zweite Mal soll dir zur Lust gereichen. Leg dich zu mir, Rothana, und ich werde dir zeigen, wie ein König seine Königin beglückt.«

Wie seine Gestalt sich gegen den Feuerschein abhob, das schwarze Haar zerzaust sein Angesicht umrahmte, hätte Rothana fast glauben können, er sei jener andere König, dessen Verlust sie beklagte, und sie überließ sich, als Conall sie von neuem nahm, der Einbildung, er sei selbiger andere Haldane. Ihr Fleisch glaubte die Lüge, wiewohl ihr Herz sie verwarf, und diesmal bereiteten ihr seine Zärtlichkeiten erhöhte Freuden, steigerten sie zuletzt in ein Entzücken hinein, aus welchem sie befriedigt in festen Schlummer entglitt.

Die geschlechtliche Erregung im Rhemuther Schlafgemach des Königspaars fand ihren Widerhall in jener weit nordöstlich davon gelegenen Felskammer, in der Kelson, nachdem er länger den Dämpfen aus dem Wasserbecken ausgesetzt gewesen war, im Zustand einer nachhaltigen Bewußtseinstrübung in unruhigen Träumen lag. Im Laufe der just verstrichenen Stunden hatte er sich mit Leib und Seele der Erscheinung Sankt Cambers ergeben, aber nun, nach Wochen des Krankseins endlich wieder gesund, gab sein Körper weltlicheren Gelüsten nach.

Er träumte von Rothana, sah sie vor sich, wie er sie an jenem Abend im Schloßgarten zu Rhemuth im Mondschein gesehen hatte. In dieser durch des Traumes Macht gewandelten Erinnerung, verklärt und ausgeschmückt durch sein gegenwärtiges fleischliches Verlangen, segnete ein dunkel gekleideter Kleriker ihre Vereinigung, zog sich sogleich zurück, und Kelson schwelgte erneut in Küssen, fühlte wieder die Begierde, welche sein Blut zum Rauschen brachte. Diesmal jedoch duldete er nicht, daß Rothana seinen Armen entwich, als er ihr des Gewandes Schnüre aufknüpfte, er grub das Angesicht zwischen ihre Brüste. Er spürte das lüsterne Schwellen seiner Lenden, als er sich rücklings auf einem Lager aus duftigem Gras ausstreckte, der Abend, indem in seinem Traum die Jahreszeit von des Frühlings Anbeginn zum Sommer wechselte, warm und zauberhaft ward. Halb in Andacht versunken, beobachtete er sie, während sie im Mondlicht vor ihm stand, das Haar locker, langsam ihres Mieders übrige Schnürung löste, bis ihr das Obergewand als heller silberblauer Haufen auf die Füße fiel. In des Mondes Helligkeit zeichnete sich ihr schlanker, noch von einem dünnen Hemdchen umhüllter Leib in verlockender Weise gegen den Abendhimmel ab, kleine Brüste zeigten sich spitz und fest über des Hemdchens oberem Saum, als sie im Nakken das Band entflocht, auch dies Kleidungsstück von den Schultern gleiten ließ, bis es als noch leicht helleres weiches Häuflein auf das Obergewand rutschte. Kelson seufzte, als sie näher trat, denn ihre Schönheit flößte ihm nachgerade schmerzliche Sehnsucht nach ihr ein. Ihr langes Haar wehte im schwachen Wind, als sie sich auf ihn setzte, Strähnen streiften seinen Bauch und den Brustkorb, glichen vor ihrer hellen Haut einem dunklen Schleier, und er hatte den Eindruck, nicht allzu deutlich zu sehen, während sie ihn in feuchtwarme Verzückung trieb. Die Lust schien ihm in Ausbrüchen von Glut und Flammen aus dem Schädel zu schießen, ließ nie nach, sondern erklomm stets köstlichere, nachgerade unerträgliche Höhen, derweil Rothana sich mit ihm bewegte, mit ihm regte, um das Übermaß wonnevoller Entrükkung womöglich noch zu steigern. Er stöhnte auf, als sie ihn zum Höhepunkt brachte, dessen Stärke und Heftigkeit ihm fast die Besinnung nahm. Dann beugte sie sich, das schwarze Haar vorm Gesicht wie einen Schleier, über ihn, um ihn ausgiebig und zärtlich zu küssen, ihre schmalen Finger umfingen warm und sachte seinen Hals; samtweiche Dunkelheit umhüllte ihn, und er sank ins Vergessen.

Als er das Bewußtsein wiedererlangte, bemerkte er, ohne erst die Augen aufschlagen zu müssen, daß die Nacht vorüber war; während des Schlummerns hatte er mehr Felle über sich gebreitet, und als er die verklebten Lider hob, sah er, daß die Fackeln in ihren Halterungen fast zur Gänze niedergebrannt waren, die Dünste aus dem Wasser wieder hinauf zum erneut offenen Abzug wallten und entschwanden. Heiß stieg ihm das Blut in die Wangen, als er sich des Traums in bezug auf Rothana entsann –, eines Traums, der so wirklichkeitsgetreu ausgefallen war, daß er, wie Kelson entdeckte, sogar zu einem körperlichen Ergebnis geführt hatte; mit steifen Gliedmaßen raffte er sich auf Hände und Knie hoch, um sich in dem Wasserbecken zu waschen.

Bei selbigen Bewegungen jedoch kamen ihm der Nacht sonstige Ereignisse wieder mit gleichsam wie Kristall klarer Deutlichkeit in Erinnerung, und er verhielt, sein Blick huschte hinüber zum Standbild Sankt Cambers. Jetzt sah er dort nichts anderes mehr denn ein bloßes Bildnis, und zunächst wähnte er, auch des Heiligen Erscheinen nur geträumt zu haben; aber da ersah er, daß sein Meisterbanntrutz noch Bestand hatte, und ebenso war die von ihm im Bannkreis geschaffene Lücke noch vorhanden.

Also hatte er die Erscheinung nicht geträumt. Sankt Camber war ihm tatsächlich erschienen – oder wenigstens war Kelson in so starkem Maß davon überzeugt gewesen, daß er es gewagt hatte, jener gespenstischen Gestalt willig im Banntrutz eine Pforte aufzutun. Er vermochte sich an jegliche Einzelheit der Begegnung zu erinnern, wußte noch genau, wie sich die beiden Gestalten – der Geist und das Standbild – voneinander getrennt hatten, der eine dem anderen entstieg und sich ihm nahte, dabei jedoch vom Banntrutz aufgehalten ward; aufs schärfste entsann er sich an der Wesenheit stumme Bitte um Einlaß, an die eigene, ohne Zagen empfundene Bereitschaft, aber auch an das eisige Grausen, welches ihm den Rücken hinablief, die mit Ehrfurcht vermischte Beklommenheit, die er verspürte, als das Wesen auf einmal innerhalb des Bannkreises *stand,* die Hand ausstreckte, um ihn zu berühren.

Doch an alles, was danach geschehen sein mochte, blieb er sich zu erinnern außerstande. Ihm waren irgendwelche Erkenntnisse vermittelt worden, darin war er sich vollauf sicher, doch er konnte sie sich nicht willentlich in Erinnerung rufen. Zudem hatte es höchste Bedeutung gehabt, auch dessen war er sich gewiß – mehr als lediglich Anerkennung und bloßes Wohlwollen waren ihm zuteil geworden. Wenigstens daran brauchte er nicht zu zweifeln.

In nunmehr versonnenerer Stimmung erhob sich Kelson, beseitigte den Meisterbanntrutz, trat sodann zu dem Wasserbecken, um zu trinken und sich zu waschen. In Anbetracht all dessen, was sich zugetragen hatte, war ihm im Gemüt bemerkenswert lauter und frei zumute. Er tauchte das Haupt ins Wasser, um seine Sinne zu klären, und Nässe rann ihm über den Rücken, erzeugte eine Gänsehaut, als er auf den Knien verharrte, um nochmals das Standbild anzuschauen, abermals versuchte, dort im Schatten, wo ein Angesicht hätte sein sollen, Augen oder einen Gesichtsausdruck zu erkennen.

»Ich hoffe, du wirst mir nachsichtig vergeben, wenn ich noch nicht vollends begreife«, sprach Kelson laut, als hätte das Standbild nicht allein Augen, um ihn auf den Knien sehen, sondern genauso Ohren, um seine Worte vernehmen zu können. »Ich meine mit Sicherheit zu wissen, daß du mir in der vergangenen Nacht mancherlei Dinge anvertraut hast, aber leider habe ich sie vergessen. Ist auch das ein Teil deines Willens und Wirkens? Sollen sie mir verhohlen bleiben, eines Tages jedoch bewußt und verfügbar werden, wenn ich ihrer bedarf?« Als er keine Antwort erhielt, seufzte Kelson und stemmte die Fäuste in die Hüften, fühlte sich gelinde verärgert. »Nun wohl, ich kann mich, so du mir denn keine eindeutigeren Zeichen gewährst, nur nach meinen Ahnungen richten. Ich glaube an dich, Sankt Camber von Culdi, und ich sehe in dir ein hochwürdiges Vorbild und einen Quell der Kraft für unser Volk. Weiß Gott, so etwas braucht's, um in dieser von Wahnwitz und Haß erfüllten Welt zum Überdauern fähig zu sein. Darum werde ich, so wie ich's mir vorgenommen und dir versprochen habe, deine Verehrung wiederzulassen.« Das geäußert stand er auf, ließ die Arme an die Seiten fallen. »Doch das wird keineswegs alles sein, was ich beginnen werde. Heiligtümer und sonstige Gedenkstätten sind sehr wohl wichtig, aber darüber hinaus habe ich vor, des Deryni-Volksstamms zerstörte Stätten wiederaufzubauen, Schulen zu begründen, auf daß von neuem gelehrt werde, was wir während zweier Jahrhunderte an Wissen verloren – vorausgesetzt freilich, wir entdecken's wieder. Vieles davon dürfte erst wiedergefunden werden müssen, aber mit deinem Beistand mag's uns gelingen. Von allerhöchster Bedeutsamkeit dünkt mich die Heiler-Gabe – und inzwischen kennen wir bereits drei damit Begnadete. Im übrigen, falls du etwas damit zu tun gehabt hast, danke ich dir bei dieser Gelegenheit dafür, daß wir Dhugal gefunden haben.«

Er äußerte einen Seufzer und schaute sich um, kam

sich auf einmal töricht dabei vor, zu einem Standbild zu reden. Zwar bereute er es beileibe nicht, sich auf der vergangenen Nacht Fährnisse eingelassen zu haben, doch war es nun an der Zeit, daß er die Früchte erntete. Ein letztes Mal beugte er das Knie vor dem Standbild des Deryni-Heiligen – trotz seiner Nacktheit mit der vollkommensten Würde –, beugte voll der Ehrerbietigkeit das Haupt. Dann kehrte er ihm den Rücken zu, tastete sich vorsichtig, die Finger einer Hand an einer Felswand, während er die andere Hand zum Schutz gegen die niedrige Decke übers Haupt erhoben hielt, zurück durch den schmalen Felsgang, der diesmal nämlich, dieweil Kelson sich nun von der Helligkeit entfernte, wesentlich finsterer war; die Pforte am Ende jedoch ließ sich, als er sich gegen sie stemmte, mühelos öffnen, und seine Wiederkehr gab, sobald er die Schwelle überquerte, Anlaß zum Anstimmen mit inbrünstiger Andacht gesungener Psalmen.

Die darauffolgende Stunde erlebte Kelson nur seltsam verschwommen mit. Anfangs wollte man Dhugal nicht zu ihm lassen, obwohl des jungen märkischen Junkers überschäumende Freude seiner Miene ohne weiteres abgelesen werden konnte. Man hüllte Kelson in einen königsblauen Mantel und reichte ihm einen Trank aus Ziegenmilch und Honig, wie es – so beteuerte man ihm – uraltem Brauchtum entsprach, um in des neuen Tages Morgendämmerung gleichsam seine Wiedergeburt zu feiern. Als er den Becher, wie man es verlangte, bis auf den Grund geleert hatte, ließ man ihn sich vor dem Altar auf einen Stuhl setzen, welcher auffällig einem Mittelding zwischen Bischofs- und Königsthron ähnelte. Heute war Palmsonntag, wie er erfuhr, als Bruder Michael sich daran machte, eine Dankesmesse zu lesen, in deren Verlauf Kelson beobachtete, daß sie sich von den ihm vertrauten Meßfeiern auf geringfügige Weise unterschied. Und wie man Kelson während selbiger Messe gar als dem König huldigte, bemerkte er verblüffende Gleichartigkeiten zu der Huldigung, welche man einem anderen gesalbten König darbrachte, während er, ein Jahrtausend zuvor, an einem ähnlichen Tag in eine heilige Stadt Einzug hielt und man – geradeso wie jetzt – in feierlichem Ton rief: »Hosianna! Gepriesen sei, der da kommt, der König im Namen des Herrn!«

Nachdem nun das Gottesurteil förmlich ausgestanden war, schenkte man, wie es den Anschein hatte, Kelsons vorheriger Erklärung, keine bösen Absichten gehegt zu haben, zunächst einmal Glauben, noch ehe man seine Schilderung der nächtlichen Vorgänge vernahm. Darüber sollte er erst nach der Messe eigens Zeugnis ablegen. Nicht früher als beim Friedenskuß, kurz vor der Kommunion Austeilung, gelang es Dhugal, sich Kelson zu nahen. Dhugals geflüsterte, aber auch auf geistiger Ebene übermittelte Neuigkeiten – Kelson kundgetan, derweil sie einander umarmten –, hatten zur Folge, wie sehr sie auch zur Ermutigung gemeint waren, daß der König schroff an die Wirklichkeit außerhalb der Dorfkirche gemahnt ward; denn erst jetzt erfuhr er, daß es Dhugal gelungen war, eine kurze ferngeistige Verbindung zu Morgan und Duncan einzugehen, welchletztere sich nunmehr so schnell wie möglich zu ihrem Aufenthaltsort sputeten, den sie noch vor des kommenden Abends Anbruch zu erreichen hofften. Bislang hatte Kelson, weil er und Dhugal so schwer ums Leben hatten ringen müssen, kaum einen Gedanken für die Verhältnisse in seinem Königreich erübrigt; aber jetzt gewann er darüber Klarheit, daß man ihn tot wähnen mußte, das Reich vielleicht in seinen Grundfesten schwankte. Und als er daran dachte, wie wohl Nigel zumute sein mochte, der sicherlich befürchtete, der Königswürde Last sich aufbürden zu müssen, verspürte er mit einem Mal den stärksten Drang, sich heimwärts zu begeben, nach Rhemuth zurückzukehren.

Zuvor jedoch mußte er seine Schilderung der nächtlichen Prüfung vortragen, die Dörfler zufriedenstellen, obschon dieselben bereits in dem Augenblick, als er den Berghang in offensichtlicher Unbeschadetheit verließ, jegliche Feindseligkeit abgelegt hatten. Nachdem die Messe beendet war und sich die ganze Gemeinde zu des Königs Füßen wie hoffnungsfrohe Kindlein niedergesetzt hatte, erzählte er alles, an was er sich bezüglich Cambers erinnerte, beschrieb ausführlich, wie er des Deryni-Heiligen Erscheinung erlebt hatte. Seinen Traum von Rothana erwähnte er *nicht*. Ohne Widerwillen ließ er sich von den Deryni unter den Dörflern dem Gedanken-Sehen unterziehen, und als er seinen Schwur wiederholte, derynische Schulen zu errichten und Sankt Camber wieder die ihm gebührende Verehrung zu verschaffen, verdreifachte sich der Versammelten Begeisterung. Als sich sein Vortrag dem Ende zuneigte, hatte er die Versammlung gänzlich in seinem Bann. Sobald er ihr klarmachte, daß er das Dorf verlassen mußte – auf jeden Fall bis auf weiteres –, weil seines Königreichs gesamter Rest sicherlich seinen anscheinmäßigen Verlust beklagte und möglicherweise unter der Bedrohung durch fremdländische Feinde stand, da wich der Dörfler Beifall Angeboten verläßlicher, handfester Hilfe. Zur Mittagsstunde hatten Kelson und Dhugal ein bescheidenes Mahl verzehrt und schwangen sich auf zottige stämmige Bergpferdchen. Als sie zügig zum Tal hinausritten, in welchselbigem Sankt Kyriell lag, begleitete sie ein Geleit von sechs jungen Bergburschen – alle gekleidet in die altüberlieferte Tracht von Gebirgsbewohnern, nämlich lederne gefältelte Kilts, Tartans aus grobem Wollstoff sowie mit Pelz besetzte Umhänge, welchletztere sie sich wider die Kühle eng um die Leiber schlangen –, um sie wohlbehalten nach Rhemuth zu bringen.

Gegen Anbruch des abendlichen Zwielichts hatten sie Morgan und Duncan noch nicht getroffen; darum unterbrach Kelson den Ritt lange genug, um in die geistigen Sphären einen kraftvollen Ruf zu entsenden, ersparte sich dabei die Mühe des Absteigens, ließ lediglich Dhugal seine Zügel halten, während er sich kundig in tiefe Trance versenkte. Anscheinend waren des Königs Kräfte durch das, was ihm im Verlauf des Gottesurteils widerfuhr, gestärkt worden, denn er hatte mit seinem ferngeistigen Ruf beinahe sofort Erfolg. Ein paar Stunden später, als der Mond aufging, war des Königs berittenem Geleit aus den Bergen der wahrhaft seltene Anblick zweier für gewöhnlich würdevoller Reichsfürsten vergönnt, wie sie von ihren ausgelaugten Rössern sprangen, zu Fuß über eine vom Wind durchfegte Lichtung kamen, um dem König und seinem Markgrafen um den Hals zu fallen, derweil zwei in lautes Jauchzen verfallene Märkische sie aus lauter Frohlocken im Kreis umtanzten.

An diesem Abend ritten sie nicht mehr weiter, denn die Nachrichten, die Morgan und Duncan im Anschluß an die erste, überschwengliche Wiedervereinigung zu vermelden hatte, bedurften klarerer Häupter zur Erwägung, als sie welche gehabt hätten, wären sie ohne Rast des Weges geritten. Zwei benachbarte Lagerstellen wurden angelegt – eine für den König und dessen drei engste Gefährten, eine für die MacArdry-Gefolgsleute sowie die Mannen aus Sankt Kyriell –, und nach einer leichten abendlichen Mahlzeit setzten sich Kelson und seine Gefährten ans kleinere Lagerfeuer, um Kriegsrat zu halten. Stumm lauschte Kelson, derweil Morgan berichtete, wie man Tiercels Leiche aufgefunden hatte, daß Nigel von Siechtum heimgesucht worden war, Conall beabsichtigte, Rothana zum Eheweib zu nehmen und es wahrscheinlich inzwischen auch getan hatte, und zum Schluß sprach er den seinerseits und von Duncan wider Conall gehegten Verdacht aus.

»Bislang gibt's keinerlei Beweise dafür, daß er fürwahr derlei Taten verübt hat«, stellte Duncan klar, nachdem Kelson wortlos ihre Überlegungen zur Kenntnis genommen und anschließend – recht fassungslos – ein paar Fragen an sie gerichtet hatte. »Aber wer hatte unter den gegebenen Umständen mehr als er zu gewinnen? Es bleiben die Tatsachen bestehen, daß Tiercel tot ist, Nigel im Sterben liegt und Conall, indes er bereits über die vollständige Macht und Gewalt des Haldane-Erbes verfügt, in aller Bälde zum König gekrönt werden soll. Und laßt mich mit aller Deutlichkeit aussprechen: Er versäumte, derweil sich Nigels Zustand verschlechterte, *keine* Zeit, um auf seine recht baldige Krönung hinzuwirken.«

Dhugal schnitt eine finstere Miene. »Kann man gegen Euren Verdacht nicht einwenden, daß er lediglich klug und sinnvoll handelte, zu sichern gedachte, daß er über alle Macht gebot, deren es bedarf, um das Reich verteidigen zu können, dieweil er ja wähnte, Kelson sei tot und sein Vater des Reiches Herrschaft nicht auszuüben vermochte?«

»Sicherlich wäre das ein einleuchtender Einwand«, pflichtete Morgan ihm bei, »und sehr wahrscheinlich ist's, daß Conall derlei Beweggründe für sein Handeln anführen wird. Doch gleichwohl, ob er seine Magie-Kräfte durch Tiercel oder durch uns erhielt – wiewohl ich das letztere nun, im Rückblick, stark anzweifle –, er hat die vollkommene Haldane-Macht zur Verfügung. Ich vermag nicht zu glauben, daß er auf die Krone, welche schon so gut wie auf seinem Haupt sitzt, verzichten wird, bloß weil Kelson wider Erwarten lebendig wiederkehrt. Und selbst wenn er in jedweder sonstigen Hinsicht schuldlos sein sollte, bleibt da immer noch seine reichlich überstürzte Vermählung mit Rothana.«

Traurig nickte Kelson. Daß Conall möglicherweise an ihm Verrat begangen hatte, bedeutete für ihn eigentlich weniger eine Überraschung, gedachte er der Umstände und Conalls Neid, der während der letzten Jahre in wachsendem Maße zwischen ihnen stand, und er war der Ansicht, daß er Conall, falls nötig, in seine Schranken verweisen konnte. Was hingegen Kelson zutiefst betroffen machte und erschutterte – in gänzlich anderer Weise, als er über Nigels vermeldetes Siechtum erschrak –, war Rothanas offensichtliche Treulosigkeit. Diese Kunde schien ihm im Bauch einen kalten Klumpen Blei erzeugt zu haben; nur unter ärgster Mühewaltung vermochte er zu vermeiden, daß ihm die Tränen kamen.

»Conall wird dazu Gelegenheit erhalten, seine Handlungen zu rechtfertigen«, sprach Kelson nach langem Schweigen in beherrschtem Ton. »Ich mag dergleichen nicht von meinem eigenen Vetter glauben. Es *kann* eine andere Erklärung geben.«

»Ich hoffe es«, entgegnete Duncan. »Sowohl um Conalls wie auch um Eurer willen, Sire.«

Dhugal nickte. »Mit ein wenig Glück mag sich herausstellen, daß er sich nur übertriebenen Ehrgeizes schuldig gemacht hat – und derselbe ist nicht unbedingt als Verbrechen zu bewerten.«

Nachdem sie sich, sobald darüber Einmütigkeit bestand, daß sie am folgenden Morgen nach Valoret reiten wollten, um die dortige Porta Itineris zu benutzen, zur Nachtruhe gebettet hatten, lag Kelson noch lange auf seinem Lager wach, und schließlich streckte er eine Hand aus, rührte an Dhugals Schulter. Sie beide hatten ihren Schlafplatz zwischen Morgan und Duncan, während sich ihre übrigen Begleiter – ausgenommen die Wache – um das zweite Feuer gelagert hatten. Alle anderen schlummerten anscheinend schon. »Dhugal«, flüsterte Kelson, »bist du wach?«

Während er flüchtig das Haupt anhob, nickte Dhugal, breitete eine Hand über Kelsons Hand, ging über zu gedanklichen Verständigungen. *Sorgen plagen Euch, nicht wahr, Sire?*

Keine regelrechten Sorgen. Auch wenn die Wahrheit am schlimmsten sein sollte, ich vermag Conall zu meistern. Und dieweil mir nun drei Heiler zur Seite stehen, mag es dahin kommen, daß wir sogar Nigel zu helfen imstande sind.

Dann betrifft Euer Kummer Rothana, habe ich recht? lautete Dhugals Entgegnung. *Dieser Unsegen grämt mich tief, Kelson. Ihr habt sie wahrhaft geliebt, nicht wahr?*

Mit einem Aufseufzen legte sich Kelson den freien Arm über die Augen und wünschte, er wäre dazu fähig, seine Gefühle zu ersticken. *Ich habe in der vergangenen Nacht von ihr geträumt, Dhugal ... nachdem mir Camber erschienen war. Ich wußte es gestern nicht, aber es war ihre Hochzeitsnacht, oder nicht? Wir haben uns der Liebe hingegeben. Ich fühlte alles so wirklichkeitsgetreu, daß ... Nun, laß mich einfach sagen, es hatte sehr viel von der Wirklichkeit an sich. Du glaubst doch nicht, daß ich, ohne es zu beabsichtigen ... ihre und Conalls Empfindungen ferngeistig empfangen habe, oder hältst du es für möglich?*

Ich bezweifle, daß Ihr über so weite Ferne hinweg – zumal Ihr im Innern von Felsen gewesen seid – solche Wahrnehmungen haben konntet, antwortete Dhugal, doch gleichzeitig mit Kelsons Erinnerungsbildern, welche durch ihr Geistesband gleichsam überschwappten – rasch errichtete er dagegen geistige Dämme, denn er mochte davon nichts wissen –, entsann er sich an eine eigene Beobachtung, nämlich daran, wie Bruder Michael und Jungfer Rhidian kurz nach Mitternacht, unbemerkt von der größtenteils ins Dösen verfallenen Gemeinde, sich durch eine zweite Pforte, unweit jener, hinter welcher Kelson verschwunden war, leise entfernt hatten. Michael kam fast unverzüglich zurück, Rhidian jedoch nicht; sie blieb nahezu eine Stunde lang fort. Unwillkürlich fragte sich Dhugal, ob Kelsons ›Traum‹ womöglich wirklicher gewesen war, als der König wähnte – vielleicht eine Art von geschlechtlicher Einweihe, vollzogen in der Umnachtung, welche Geist und Gemüt verwirrende Dämpfe hervorriefen, mag sein, gar eine Vermählung des gesalbten Königs mit seinem Land, verkörpert durch Rhidian, ein Ritus, wie ihn bisweilen in uralten

Zeiten die Vorväter jener Bergburschen veranstalteten, die am benachbarten Feuer schliefen. Kelson mochte von jenen alten Bräuchen keinerlei Ahnung haben, aber Dhugal wußte darüber Bescheid, denn durch die Kenntnis von alters her überlieferter Sagen und Fabeln der Marken war er im Lande verwurzelter als Kelson und zudem verwandter mit diesen Bergbewohnern, welche so lange in Verbannung und Abgeschiedenheit gelebt hatten. Kelsons Erlebnis konnte durchaus vollauf Wirklichkeit gewesen sein.

Aber Dhugal schwieg darüber zu Kelson. Arg genug war es, daß ein so lebhafter Traum von Rothana durch die Nachricht ihrer Vermählung mit Conall sogleich in der Hoffnungslosigkeit Scherben zersprungen war; daß vielleicht Sterbliche ihre Hand im Spiel gehabt und mit ihren Mitteln nachgeholfen hatten, wäre zu schmerzlich für den König, und diesen zusätzlichen Schmerz gedachte Dhugal ihm zu ersparen. Darum verbarg Dhugal seinen Verdacht hinter jenen besonderen geistigen Wällen, welche er in seinem Bewußtsein nach der Heilung Kelsons errichtet hatte, als sowohl er wie auch der König zu der Einsicht in die Notwendigkeit gelangt waren, gewisse Dinge jedermann vorzuenthalten. Zwar bemerkte Kelson, daß hinter Dhugals geistigen Wehren etwas geschah, jedoch schlußfolgerte er, diese Vorgänge beruhten lediglich auf des jungen märkischen Abneigung wider eine Teilhabe an den vertraulichen Einzelheiten seines Traums; deshalb brachte auch Kelson besagte Erinnerungen in Tiefen seines Gedächtnis unter, in die Außenstehende niemals hinabsteigen würden, legte sich mit einem Seufzer wieder zurück aufs Lager.

Um Vergebung für die überflüssige Behelligung am Anfang, übermittelte er Dhugal nach einem kurzen Weilchen. *Ich hatte nicht vor, dich mit derlei zu belästigen. Rothanas Vermählung ist eine Sache, welche wohl ganz allein zu verkraften ich mich bemühen muß, wenn wir daheim sind. Immerhin glaubte sie mich ja tot.*

Ja, ich bin der festen Überzeugung, daß sie Euch tot gewähnt hat, Sire, erwiderte Dhugal. *Soll ich Euch beim Einschlummern behilflich sein?*

Nein, in der vergangenen Nacht habe ich weitaus fester geschlafen, als es mir recht gewesen ist, gab Kelson zur Antwort. *Doch wie wäre es umgekehrt, will sagen, wenn ich dir zum Einschlafen verhelfe?*

Damit vernahm Dhugal das verlockendste Angebot seit Tagen, und er bejahte die Frage eifrig, denn Kelsons Nachhilfe verhieß ihm, daß er schlummern dürfte, ohne zu träumen. Leise und voll der Dankbarkeit seufzte er auf, als Kelson ihm die Hand auf die Stirn schob.

Als nächstes nahm er wahr, wie ihm Sonnenschein in die Augen gleißte, und der Duft gebratenen Fleischs drängte ihn zum Aufstehen; zum erstenmal seit Wochen fühlte er sich wahrhaft erquickt.

27

Bitte doch die Priester um Weisung ...

Aggäus 2,11

Weil die Zerklüftung und Unwegsamkeit der Landschaft sowie eine abermalige Verschlechterung des Wetters ihr Vorankommen auf dem Wege nach Valoret verlangsamten und verzögerten, brauchten Kelson und seine Begleiter beinahe vier Tage, ehe sie die Domstadt erreichten. Sobald sie dort angelangt waren, beschloß Kelson, noch einige Tage lang die Fortschritte der Bischofssynode zu beobachten, bevor er sich durch die Porta weiter nach Rhemuth begab; denn angesichts der Schwierigkeiten, welche der König bei seiner Rückkehr in die Hauptstadt vorzufinden erwartete, besaß die Frage, welche Haltung der Klerus inzwischen zu Duncan einnahm, erhöhte Bedeutung. Kelsons Säumen würde es ihm nicht unmöglich machen, Conall zu überraschen und sein Treiben zu vereiteln – sollte sein Vetter denn fürwahr der Urheber all des Unheils sein, das sich inzwischen zugetragen hatte –, dieweil Boten, täten sie auch bei Tag und Nacht reiten, zu Rhemuth nicht vor Ostermontag eintreffen konnten, um Conall die Kunde zu überbringen, daß Kelson lebte. Der König aber hatte die Absicht, am Vortag dort aufzukreuzen, vertrat die Auffassung, Ostern sei nach dem Stande der Dinge wohl der geeignetste Zeitpunkt für eine Wiederkehr aus dem Grab. Bedauerlicherweise würde es Conall für diesen Spaß voraussichtlich am rechten Sinn ermangeln.

Unterdessen hatten die Bischöfe in gänzlicher Unabhängigkeit an der Erfüllung ihrer anfangs der Fastenzeit begonnenen Aufgaben gewirkt, obzwar Cardiel und Arilan die Hauptstadt aufgesucht hatten, um Conall als Berater zu Diensten zu sein, auch Bradene sich zeitweilig fortbegeben hatte, um der feierlichen Ausrufung Conalls zum König beizuwohnen. In der Karwoche jedoch fand sich der Primas wieder in seiner Diözese ein, und deshalb war er zugegen, um am Gründonnerstag voll des Staunens Augenzeuge zu werden, wie Kelson durch Valorets Stadttore Einzug hielt, wunderbarerweise am Leben und seinem Volke wiedergeschenkt.

Die Glocken des Domes dröhnten stundenlang ein Freudengeläut feierlichen Frohlockens, obschon man mit solchem Lärmen gänzlich wider die Verbote dieser ernstesten Zeit des liturgischen Jahres verstieß, und um des Nachmittags Mitte hatten sich die Bischöfe, während sie rasch den Dom füllten, zum Singen eines fröhlichen *Te Deum* versammelt, um Gott für des Königs glückliche Rettung zu danken. Für den Rest dieses Tages lockerte man die üblichen Fastenbeschränkungen, so daß man am Abend im erzbischöflichen Refektorium ein halbwegs anständiges Mahl einnehmen konnte, wiewohl Kelson und seine Begleitung es vorzogen, beim Speisen Zurückhaltung walten zu lassen. Während selbigen Abends bekam Kelson keine Möglichkeit zu irgendwelchen wichtigeren Maßnahmen, denn immer wieder mußte er verschiedenen Grüpplein von Bischöfen und anderen Klerikern die Geschichte seiner Irrwanderung erzählen, und danach begab er sich frühzeitig zu Bett, um morgen des neuen Tages Anforderungen gewachsen zu sein.

Am nächsten Morgen, nachdem in der Stadt die erste Aufregung abgeflaut war und man die karfreitags vorgeschriebenen Zeremonien abgewickelt hatte, rief der König die Bischöfe zur Versammlung ins Domkapitel, in welchselbigem Hause er ihnen vor Wochen eine Rede gehalten hatte, und ersuchte um Berichterstattung über der Synode bisherigen Ablauf. Erfreut nahm er zur Kenntnis, daß man – auch nach seinem anscheinmäßigen Ableben – bedeutsame Leistungen vollbracht hatte. Erstens war die Synode sich über die Besetzung der bislang verwaisten Bischofssitze geeinigt und Anwärter benannt, deren Erhebung zur Bischofswürde allein noch der Zustimmung des Königs harrte, welche Kelson dann auch huldvoll erteilte. Zweitens waren auch sechs neue Weihbischöfe erwählt worden, um im ganzen Reich ihre Hirtentätigkeit zu entfalten; nur vier solche Bischöfe blieben noch zu ernennen, was geschehen sollte, sobald man geeignete Anwärter gefunden hatte. Auch für diese sechs Benannten gab Kelson seine Einwilligung. Ferner war die Heiligsprechung des hochseligen Bischofs von Meara, des hingemordeten Henry Istelyn, einmütig beschlossen worden, und sie sollte später in des Jahres Verlauf der Allgemeinheit in aller Förmlichkeit und Feierlichkeit verkündet werden. Am wichtigsten war jedoch, was Kelson anbetraf, die Tatsache, daß die Entwürfe zwecks Umschreibung der Beschlüsse vorlagen. Einen Großteil des Karfreitags brachte er damit zu, gemeinsam mit Morgan, Duncan und Dhugal die Schriftstücke zu begutachten; man erarbeitete einige Ergänzungen sowie Abänderungen, und gegen Abend erklärte sich der König mit der Gestalt, welche die Entwürfe schließlich angenommen hatten, weitgehend zufrieden. Am Morgen des nächsten Tages – des letzten, den er in Valoret zu verweilen gedachte – fühlte er sich dazu in der Lage, die ganze heikle Angelegenheit anzupacken, welche Duncan betraf.

»Kaum vermag ich in Worte zu kleiden, wie höchlichst es mich mit Frohsinn erfüllt, was Ihr Herren während des verstrichenen Mondes Lauf an Aufgaben bewältigt habt«, sprach Kelson zu der diesmal unter Ausschluß der Öffentlichkeit anberaumten Beratungssitzung der Bischofsversammlung, in deren Kreis er, Morgan sowie Dhugal die einzigen Anwesenden waren, die nicht dem geistlichen Stand angehörten. »Ungern wollte ich wider des Schicksals Stachel löcken, indem ich so rede, doch dünkt's mich, mein ›Tod‹ kann kein so schrecklich Ding gewesen sein, wenn das jene Art von Andenken ist, welches Ihr mir gesetzt hättet.« Er hob eine Hand und brachte dadurch verhaltenes, unsicheres Auflachen zum Verstummen. »Doch laßt mich in allem Ernst Rede führen«, sprach er weiter. »So's Euch recht ist, Ihr Herren, möchte ich in Eurem anläßlich dieser Synode geleisteten Werk anstatt eines Andenkens lieber ein lebendiges Wahrzeichen erblicken – denn durch Euren allerernstmütigsten Willen, das Unrecht, wie es getreuen Untertanen des Reiches während vieler Geschlechterfolgen unbeabsichtigt, leider aber – o Ach und Weh! – bisweilen auch vorsätzlich zugefügt worden ist, nachträglich in Recht zu widerrufen, habt Ihr mir und Gwynedd für die Zukunft ebenso wie für die Gegenwart den außerordentlichsten Dienst erwiesen. Besehe ich mir Eure Entschlüsse, darf ich daraus, wie ich hoffe, die Schlußfolgerung ableiten, daß Ihr zu dem Urteil gelangt seid, Deryni vermögen sehr wohl ein wertvoller Teil der zahlreichen unterschiedlichen Völkerstämme zu sein, welche in diesem Königreich ihre Heimat haben, und nicht allein dieweil hier vier Deryni vor Euren Augen sitzen und einer davon zufällig Euer Lehnsherr ist. Fürwahr, wäre es nicht diesen dreien zu danken, ich könnte am heutigen Tage nicht unter Euch weilen.« Erneut ließen sich bei den Bischöfen, welche seinen Darlegungen lauschten, Anzeichen gelinder Unruhe bemerken, diesmal allerdings nicht mit Furcht vermischt, anders als es in der Vergangenheit so häufig beobachtbar gewesen war; es handelte sich lediglich um die leichte Anspannung, wie sie natürlicherweise bei jemandem auftrat, der seine Überlegungen etwas noch mehr oder weniger Unvertrautem widmete. »In diesem Zusammenhang geschieht's, Ihr Herren, daß ich Eure Aufmerksamkeit zum Zwecke der Erwägung auf eine letzte Sache zu lenken wünsche«, sprach Kelson des weiteren, »nämlich die vollständige Wiederherstellung der Unbescholtenheit jemandes aus Eurer Mitte, eines Bischofs, der mir und Gwynedd in der mannigfachsten Art und Weise, wie kaum einer von Euch sie sich vorzustellen imstande sein mag, unschätzbare Dienste erwiesen hat. Ich spreche, wie wohl bereits klar sein dürfte, von Bischof Duncan McLain, dessen mir ebenso wie vor mir meinem Vater gehaltene Treue und dessen Verdienste nicht im allermindesten irgendwie in Zweifel gezogen werden können. Und da nun jener Abschnitt der Beschlüsse von Ramos, welche es jenen seines Blutes verbieten, das Priestergelübde abzulegen, kurz vor der Ungültigmachung steht, ist's mein Begehr, Euch darum zu ersuchen, daß Ihr ihm die Hand zur Brüderschaft reicht und für alle Zeit jedwede Vorbehalte abstreift, die Ihr aufgrund seines Deryni-Bluts jemals wider ihn gehegt haben mögt. Ich bin der unerschütterlichen Überzeugung, daß er allzuoft unter Beweis gestellt hat, es ist so rot wie jedermanns Blut, und daß er allzeit dazu die Bereitschaft besaß, es willig zur Verteidigung von Krone und Reich zu vergießen.«

Duncan, der still ein wenig hinter Kelson saß, in gestrengem Ernst in den schlichtesten schwarzen Priesterrock gewandet, erhob sich achtungsvoll, als ihm Erzbischof Bradene einen diesbezüglichen Wink gab, wartete sodann ab, derweil der Blick des Erzbischofs durch den Saal schweifte, Bradene seine bischöflichen Kollegen musterte. Er und Bradene hatten sich am Vorabend kurz über das ratsamste Vorgehen verständigt und hofften, damit den erwünschten Erfolg zu haben; ob derselbe eintrat, hing allerdings davon ab, ob die übrigen Bischöfe Neigung zeigten, sich des Erzbischofs Einstellung anzuschließen.

»Eure Majestät«, ergriff Bradene in ruhigem Tonfall das Wort, indessen den Blick unverwandt auf seiner Bischofs-Kollegen Reihen gerichtet, »ich selbst bin davon überzeugt, daß Duncan McLain stets – mit vielleicht einer Ausnahme – so handelte, daß es seinem Gott, seinem König sowie auch ihm zur Ehre gereichte, und zwar durchaus in Anbetracht selbiger Rangfolge. Wenn in meinen Augen noch der Schatten eines Zweifels verbleibt, so betrifft er die Frage nach seiner Rechtfertigung für sein Tun, als er sich, wiewohl er wußte, er ist Deryni, und er darüber Klarheit besaß, daß die Kirche seinesgleichen das priesterliche Sakrament versagte, zum Priester weihen ließ.« Ein Gemurmel der Zustimmung durchlief die Versammlung, und auch dieses Mal bezeugte es keine Ablehnung, lediglich Achtsamkeit. Derweil Bradene seine Ausführungen fortsetzte, wagte Kelson wieder zaghaft zu atmen. »Darum unterbreite ich hiermit den Vorschlag, daß Pater Duncan nunmehr zu seiner Rechtfertigung seine damaligen Beweggründe freimütig vor diesem versammelten geistlichen Kollegium bekennt und daß ihm, im Fall er nach unserer Einschätzung eines Vergehens freizusprechen ist, Absolution gewährt werden soll, auf daß die Sache niemals wieder vor einer Synode verhandelt werden möge.« Er schenkte Duncan ein lediglich andeutungsweises, aber aufrichtig herzliches Lächeln. »Wahrhaftig, es wäre mir ungemein zuwider, einen so tüchtigen Hirten zu verlieren. Hat jemand gegen diesen meinen Vorschlag Einwände zu erheben?«

Es glich einem Wunder, aber niemand äußerte einen Einspruch. Und so trat Duncan vor – derweil Kelson, Morgan und Dhugal alles als Außenseiter mitansahen, denn was da geschehen sollte, würde für sämtliche in der Halle zusammengekommenen Geistlichen zur Gänze unters Beichtgeheimnis fallen und fortan mit dem Siegel der vollständigsten Verschwiegenheit behaftet sein – und kniete zu Füßen von Bradenes Bischofsthron nieder. Im Fackelschein schimmerte der Bischofsring an Duncans Rechter, als er das Haupt neigte und sich bekreuzigte – es war jener aus Gold gefertigte Ring, welcher einst ein Stück eines Altargefäßes gewesen war, das möglicherweise aus Sankt Cambers Umgebung stammte –, und seine blauen Augen glänzten nahezu wie Silber, als er sodann zum Erzbischof aufblickte, vor sich die Hände faltete.

»Ich bekenne, daß ich am Osterfest im Jahre des Herrn eintausendeinhundertunddreizehn durch Erzbischof Alexander von Rhemuth, wiewohl mir bekannt war, daß ich ein Deryni bin und daß das Kirchenrecht mir den Empfang selbigen Sakraments verbietet, die Priesterweihe empfing.«

»Und warum habt Ihr das getan, mein Sohn?« fragte Bradene.

Nie war Duncans Berufung offensichtlicher gewesen als jetzt, da er Bradene in die Augen blickte. »Dieweil ich glaubte – und ich glaubte es noch –, daß Gott mich dazu berief, Sein Priester zu werden, und daß die Gaben meines Deryni-Erbteils Ihm dienlich gemacht werden sollten, so wie Ihm Deryni-Priester in früheren Zeiten dienten.«

»Und wie war Eure Haltung zu jenen Lehren der Kirche«, fragte Bradene, »welche erklärten, Deryni dürften nicht länger in göttlichem Dienst stehen?«

»Meine Entscheidung, Eure Exzellenz, war eine Sache des Gewissens und vorbereitet durch Jahre des Lernens und Betens. Die Kirche lehrt gleichfalls, daß es eine ernstliche, schwere Sünde ist, einer einmal gefällten Gewissensentscheidung nicht zu folgen. Wie hätte ich mich, da ich doch wußte, berufen zu sein, gegen Seinen Willen sträuben können? Seine Berufung erzeugte in mir die schmerzlichste Sehnsucht, welche niemals gestillt worden wäre, hätte ich mich nicht ganz und gar dem Dienst an Ihm hingegeben – eine Sehnsucht, fortwährend in Seiner Gegenwart weilen zu dürfen, dem Volke Seine Sakramente zu spenden, Menschen ebenso wie Deryni. Und im Spenden Seiner Sakramente werde ich ja ein Teil derselben, bringe ich selbst alles auf dem Altar Gottes als Opfer dar, was ich bin, auf daß Er es nach Seinem Gutdünken gebrauche. Gibt es hier im Saal unter den Geistlichen einen Mann, der diese Berufung nicht erkannt und nicht befolgt hat?«

Naturgemäß gab es keinen solchen Priester in der

Halle – oder wenigstens keinen, der diese Frage bejaht hätte. Ein älterer Weihbischof meldete sich zu Wort und kam auf das Böse zu sprechen, welches den Deryni-Kräften innewohnen sollte; doch Duncans alter Freund Hugh de Berry, seit neuestem Bischof von Ballymar, gab darauf Antwort, ehe Duncan überhaupt die Gelegenheit zu einer Entgegnung erhielt.

»Nicht irgendwelche Kräfte oder Fähigkeiten als solche sind es, Eure Exzellenz«, trug Hugh de Berry vor, »denen Böses anhaftet, vielmehr liegt dasselbe im Nutznieß, den sich durch sie niedrige, schlechte Naturen verschaffen. Sicherlich sind wir klüger und vermeinen nicht, eine kostbare Gabe müsse ausgerottet werden, allein dieweil einst Gewissenlose dergleichen Gabe für andere als die ihr ursprünglich von der Schöpfung her zugedachten Zwecke mißbrauchten und damit Unheil stifteten, anstatt sie zum Wohle zu nutzen. Werden wir nicht alle bei unserer Geburt mit gewissen Gaben gesegnet, welche bei sinnvoller Förderung den einen stark machen, den anderen zum Gelehrten, wieder einen anderen geschickt mit den Händen, wiederum andere dazu bestimmen, mit jedem Atemzug, den sie tun, ihr Leben dem Dienst an Gott zu widmen? Soll Pater Duncans Deryni-Begabung denn fürwahr so andersartig sein? Wie könnten wir's uns vermessen, zu behaupten, es sei nicht zur Ehre Gottes, wenn Pater Duncan mit Gewißheit zu unterscheiden vermag, ob jemand die Wahrheit spricht oder lügt, wenn er mittels seiner besonderen Kräfte die Unschuldigen wider jene zu schützen imstande ist, welche ihre Macht mißbräuchlich verwenden, oder wenn er Verwundeten Heilung zu verschaffen vermag? Habt Ihr vergessen, Eure Exzellenz, daß Duncan McLain – geradeso wie unser Herr Jesus – in seinen Händen die Gabe des *Heilens* wohnen hat? Wer könnte besser als ein Deryni-Priester jene Risse heilen, all die Furcht austreiben, welchselbige uns nun schon so lange von unseren derynischen Brüdern trennen?«

Nach dieser leidenschaftlichen Rede blieb nur noch wenig zu sagen. Während Hugh wieder Platz nahm, Duncan fortgesetzt vor dem Erzbischof kniete, empfahl Bradene der Versammlung, eine Weile der Besinnung einzulegen, nach deren Ablauf jeder Bischof schriftlich seine Stimme dazu abgeben solle, ob Duncan von aller Schuld freizusprechen sei. Kelson hielt die Augen geschlossen, derweil die Abstimmung durchgeführt ward, lauschte auf das Geraschel von Seide und feiner Wolle, wie man es hören konnte, indem jeder Bischof einzeln mit seinem Zettel vortrat, darauf sein Wille vermerkt stand, und ihn – gleich hinter Duncans Rücken – in einen auf einem kleinen Tisch in der Halle Mitte aufgestellten großen Kelch tat. Sobald man die Abstimmung beendet hatte, begab sich Bradene selbst an den Tisch und begann die Stimmen auszuzählen, indem er das jeweilige Ergebnis laut vorlas. Unterdessen hob Duncan den Blick zu dem Kruzifix über des Erzbischofs leerem Thron.

»*Absolvo*«, lautete der erste Entscheid: Ich spreche ihn frei. »*Absolvo ... Absolvo ... Absolvo ... Absolvo ...*« Bei der Auszählung kam keine einzige Gegenstimme zum Vorschein; ganze neunzehnmal wiederholte Bradene das erlösende Wörtchen *Absolvo*. Zu guter Letzt verbarg Duncan das Angesicht in den Händen und weinte Freudentränen, machte keinerlei Anstalten zum Verhehlen derselben; seine Augen waren noch feucht, als er, indem Bradene auf seinen Bischofsthron zurückkehrte, wieder aufschaute. Der Erzbischof lächelte. Duncan hatte in dem alten Domkapitel beileibe nicht als einziger Tränen vergossen. »Duncan Howard McLain, der Ihr zum Priester Christi berufen seid«, sprach Bradene nun in förmlichem Ton, drückte sich in der Wortwahl ähnlich aus wie beim Aufrufen der Anwärter auf die Priesterwürde bei ihrer Weihe; indessen kam Bischof Tolliver mit einem Buch, kniete nieder und hielt es für Bradene, der darin nachschlug.

»*Adsum*«, antwortete Duncan mit leiser Stimme. Hier bin ich.

»Duncan Howard McLain ...«, wiederholte Bradene. »Dem Ordinale zufolge, nach dessen Maßgabe Ihr vor zwölf Jahren zum Priester geweiht worden seid, bestanden damals gültig die Regel und das Gebot, daß ein Anwärter auf die Priesterwürde, gleichwohl unter welchem Vorwand er dieselbe begehrte, bei Strafe des Ausschlusses aus der Kirche auf die Erhebung in Gottes heiligen Priesterstand zu verzichten, wenn er dessen unwürdig, durch ein Urteil nach weltlichem oder kirchlichem Recht exkommuniziert war, in Acht und Bann stand, man ihn etwaiger Ämter enthoben hatte, sich ihm eine uneheliche Abkunft nachweisen ließ, er der Ehre verlustig gegangen war oder er sich in irgendeiner, gleich wie gearteter Hinsicht als zur Priesterschaft ungeeignet zeigte. Zur damaligen Zeit galt nach Recht und Gesetz das Derynitum nicht allein als Grund zum Ausschluß von der Priesterwürde, sondern bedeutete zudem, entlarvte man einen Geistlichen nach seiner Priesterweihe als Deryni, unweigerlich das Todesurteil. Dennoch folgtet Ihr dem Geiste des Gesetzes, indem Ihr kühn das Joch des heiligen Priestertums Gottes auf Euch nahmt, einer höheren Berufung Gehorsam erwiest, anstatt Euch dem Wort furchtbarer Gesetze zu beugen, welche vor zweihundert Jahren – nach einer schrecklichen Tyrannis – Menschen aus Furcht schufen, denn in Eurem Herzen gab es an Eurer Berufung keinen Zweifel. Nach der Gesetze Wort hättet Ihr bei Eurer Entdekkung die härtesten weltlichen und kirchlichen Strafen erdulden müssen – aber eingedenk des Geistes der Gesetze habt Ihr Euch dafür entschieden, selbige Gefahr auf Euch zu nehmen und dessen ungeachtet Gott zu dienen, Eurem Gewissen zu folgen und Eurer Berufung treu zu bleiben, in der Hoffnung, daß eines Tages der Wille Gottes und der Menschen Wille wieder eins sein möge.« Bradene seufzte, als er das Buch zuklappte, mit einer Gebärde Tolliver die Erlaubnis erteilte, an seinen Platz zurückzukehren. »Ich wollte, ich dürfte bereits die Feststellung treffen, daß Gottes und der Menschen Wille endlich eins sind, doch glaube ich – und anscheinend glauben's auch Eure Brüder –, daß wir zumindest in der Frage der Deryni mit den in den jüngsten Tagen gefällten Entscheidungen der vollkommenen Einheit mit Seinem Willen ein wenig nähergerückt sind. Aber Ihr, mein in Christo geliebter Sohn, werdet besser denn jeder von uns wissen, wie weit der Weg noch ist, welchselbigen wir zurücklegen müssen, bis die Schuld, die uns von unseren Vorgängern aufgebürdet ward, beglichen ist. Indessen haben Eure Glaubensbrüder Euch von jedwedem Vergehen, wie Ihr's mit Eurem Verstoß gegen des Gesetzes Buchstaben begangen haben mögt, nun freigesprochen – und was eine etwaige Buße für Eure einstige Tat anbetrifft, um dieselbe zu tilgen, so wird, wähne ich, Euer Gewissen selbst Euer strengster Mahner gewesen sein. Überdies wird das Kirchenrecht in Bälde jene Wahrheit, welche Ihr schon vor über einem Jahrzehnt erkannt habt, als allgemein gültig anerkennen. Darum spreche auch ich Euch nunmehr im Namen des Vaters, des Sohnes und des Heiligen Geistes von aller Schuld frei.« Er machte über Duncans erhobenem Haupt das Kreuzzeichen. »Möge der Allmächtige Gott mit Euch Barmherzigkeit haben, Euch Eure Sünden vergeben und Euch das Ewige Leben schenken.«

»Amen«, sprachen die Bischöfe, als Duncan es tat, mit ihm im Chor.

»Möge der barmherzige und allmächtige Gott Euch Verzeihung, Vergebung und Tilgung Eurer Sünden gewähren«, sprach Bradene und schlug nochmals über Duncan das Zeichen des Kreuzes.

»Amen«, ergänzte ihn wiederum die Versammlung.

»Und möge der Segen des Allmächtigen Gottes«, fügte Bradene hinzu, »des Vaters, des Sohnes und des

Heiligen Geistes auf Euch herabsteigen und in Ewigkeit erhalten bleiben.«

Mit Nachdruck erscholl das dritte *Amen!* zu des Domkapitels Deckengewölben empor, als Bradene zum drittenmal über Duncan ein Kreuz schlug, dann sanft beide Hände auf Duncans Haupt senkte.

»Nun möchte ich Euch um eine besondere Gefälligkeit ersuchen«, äußerte Bradene, während er die Hände von Duncans Haupt nahm und sich ein wenig vorbeugte. »Wollt Ihr noch einmal mir und meinen Nachfolgern, in Übereinstimmung mit den Regeln und Eurem hohen geistlichen Stand, Gehorsam und Ehrerbietung geloben, so wie Ihr's am Tag Eurer Priesterweihe getan habt, diesmal jedoch in Kenntnis dessen, daß von heute an keinerlei Trug mehr vonnöten sein wird?«

Duncan lächelte, während ihm erneut unverhohlen Tränen über die Wangen rannen, legte die Hände in Bradenes Hände und neigte das Haupt, um des Erzbischofs Ring zu küssen. *»Promitto.«* Ich gebe mein Wort.

»Ora pro me, frater.« Bete für mich, Bruder.

»Dominus vobis retribuat.« Möge Gott es dir vergelten.

Duncan trug von neuem bischöfliches Purpur – einen seinem Rang gemäßen Bischofsrock, welchen ihm Bischof Hugh geliehen hatte –, derweil man das abendliche Mahl als Gelegenheit eines frohsinnigen, aber maßvollen Feierns nahm, denn es war Karsamstag, man befand sich noch in der strengsten Fastenzeit. Man verzehrte schlichte Speisen, Duncan saß auf einem Ehrenplatz zur Rechten des Erzbischofs, während Kelson, um dem freudigen Anlaß das angemessene Gewicht zu verleihen, zur Linken Platz genommen hatte. In des Ostermorgens Frühe begaben sich der König und seine Gefährten mit den Bischöfen in den Valoreter Dom, um das Osterfest zu feiern, und alle erhoben gemeinsam mit dem Chor die Stimmen zum frohen Eingangsgesang.

»*Resurrexi, et adhuc tecum sum, alleluja ...*« Ich bin auferstanden und noch bei euch, Halleluja ... Du hast Deine Hand auf mich gelegt, Halleluja ... Gott, Du hast mich auf die Probe gestellt: Du hast meinen Tod und meine Auferstehung gesehen ...

Nachdem die Messe beendet war und alle – auch die MacArdry-Gefolgsleute sowie Kelsons Bergburschen – die Kommunion empfangen hatten, geleiteten Duncan und Morgan sie in die eigens für diesen Zweck freigeräumte Sakristei und beförderten sie nacheinander durch die Porta Itineris. Auch Erzbischof Bradene kam mit. Als sie eine halbe Stunde später zusammen die Sakristei des Rhemuther Domes verließen, just als auch Erzbischof Cardiels österliches Hochamt endete, verursachten sie nahezu einen Aufruhr. Das plötzliche Erscheinen von Mannen in der wilden Tracht der Marken und der Berge, wie Kelsons Geleit sie trug, ward anfangs als feindseliger Anschlag einer Horde Aufständler mißverstanden, denen es irgendwie gelungen sein mochte, ungehindert durch die Tore in die Stadt und in den Dom einzudringen, zumal man Kelson, dieweil er ähnlich gewandet war, zunächst gar nicht erkannte. Morgan hingegen erkannte man, dann auch Duncan und Bradene. Und schließlich, als Kelsons Begleiter sich zu seinen Seiten aufreihten, den Blick auf den dadurch in ihrer Mitte befindlichen König freigaben, wichen Zorn und Furcht sogleich der Verwunderung und zuletzt Freude. Der Herrscher war zurückgekehrt!

»Wir wollen kein großes Aufhebens machen«, erklärte Kelson, sobald das erste Stimmengewirr nachgelassen hatte, einer der Priester des Domes Glocken zu läuten die Absicht äußerte, der überglückliche Knappe Dolfin fragte, ob er zur Königsburg reiten solle, um die frohe Kunde Prinz Conall zu vermelden. »Und wenn's recht ist, möchte ich selbst bei meinem Vetter vorsprechen.«

Und so war es ein bezähmter, wiewohl nur mit Mühe

gebändigter Haufe, welcher sich vom Dom auf den Weg den Hang hinauf zum Burgtor machte, unterwegs immer mehr Zulauf erhielt, indem die Nachricht sich ausbreitete. Und Kelson, der sich seinem Heim näherte, stellte sich innerlich darauf ein, vor seinen Vetter Conall und jenes Weib zu treten, das seine Königin hatte werden sollen, aber inzwischen seines Vetters Gemahlin war.

Conall erschauderte, als er seines Vaters Schlafgemach verließ, drückte sich einen zittrigen Handrücken für eines Augenblicks Dauer an die Stirn, sobald er die Tür leise hinter sich geschlossen hatte. Wie Conall dem Krankenlager Nigels, wie man es von ihm erwartete, heute den täglichen Besuch abgestattet hatte, war seine Mutter gerade dabei gewesen, den besinnungslosen Nigel zu waschen; und des Vaters einst so kraftvolle Gestalt dermaßen verfallen und entkräftet zu erblicken, hatte Conall mit tiefer Bestürzung erfüllt. Er hatte keine Klarheit darüber besessen, in welchem Maße sein Vater binnen zweier Wochen der Bewußtlosigkeit elendig dahingesiecht war, und die jetzt gewonnene Einsicht in Nigels Zustand ließ – zusammen mit Conalls insgeheimen Schuldgefühlen und Gewissensbissen – des eigenen Sternes Aufstieg bereits weit weniger hell und licht wirken. Doch selbst wenn es in seiner Macht gestanden hätte, Nigel zur Gesundung zu verhelfen, hätte er nichts sagen oder tun können, ohne sich zu entlarven.

Als er den Sonnensaal der Königsfamilie betrat, hatte er sein Zittern gemeistert, befand sich aber noch in recht ernster Stimmung, während er, nachdem er sich in den Sonnenschein gesetzt hatte, den Entwurf für die Durchführung der Krönungsfeierlichkeiten las, welchen ihm Herzog Ewan vorgelegt hatte – vielleicht ein wenig verfrüht, doch empfahl es sich, einen entsprechenden Plan zur Hand zu haben, wenn Nigel – wie es unabwendbar eintreten mußte – das Zeitliche segnete, denn Conalls Rang eines Regenten sollte nicht überflüssig verlängert werden, wenn es ohnehin lediglich noch der Krönung bedurfte, um ihn vollends und endgültig zum König zu erheben. Derweil Conall den Entwurf durchlas, kaute er an einem Kanten frischgebackenen weißen Weizenbrots, hatte die in vornehme Stiefel gehüllten Füße auf eine Fußbank gestreckt, genoß auf der Haut das schöne Gefühl eines der Seidengewänder Kelsons, welchen Gewandes Vorderteil und Rücken goldene Haldane-Löwen schmückten. Doch als Rothana sich zu ihm in den Sonnensaal gesellte, das Haar gelöst und in ihrem Auftreten noch recht schläfrig, gehüllt in einen mit Pelz gesäumten Morgenmantel aus dunkelblauem Samt, stand er sofort auf. »Meine Liebste«, sprach er, »ich hatte vor, dich ausschlafen zu lassen.« Hinterrücks umschlang er sie mit den Armen und küßte sie in den Nakken. »Ich fürchte, in der vergangenen Nacht habe ich dir wenig Ruhe vergönnt. Kannst du mir verzeihen?«

Rothanas Miene, hätte er dieselbe zu sehen vermocht, hätte als Ausdruck einer gewissen Schicksalsfügsamkeit oder gar Duldung verstanden werden können; ihrem Tonfall jedoch ließ sich nichts als die gebührliche Zuneigung einer Gattin entnehmen. »Es ist nichts vorgefallen, was ich Euch verzeihen müßte, Gebieter. Doch ich darf den Morgen nicht im Bette zubringen. Heute ist Ostern, und die frühen Messen habe ich bereits versäumt.«

»Ich werde dich zur Messe begleiten«, murmelte Conall, drehte Rothana um und gab ihr zärtliche Küsse auf Lippen und Lider. »Ich war bereits zur Messe, aber ich werde noch einmal gehen, damit ich um so länger in deiner Nähe verweilen darf.«

»Soviel Hingabe wird Euch ungemein stark zur Ehre gereichen, Gebieter«, antwortete Rothana, lachte verhalten auf, als Conall, indem er ihrer Äußerung zweifachen Sinn begriff, sie fester an sich drückte, sie küßte und streichelte, als könne er niemals wieder von ihr ablassen.

»O Gott, wie ich dich anbete, Rothana!« flüsterte er, sobald er weit genug auf Abstand gegangen war, um ihr in die Augen schauen zu können. »Ich möchte dich in jeder Stunde des Tages und der Nacht mit Liebe überschütten. Ich wünsche mit dir Söhne zu zeugen! Es ist mein Wille, daß wir das großartigste Herrscherpaar werden, welches man jemals in Gwynedd kannte, der Ursprung einer noch ruhmreicheren Geschlechterfolge von Haldanes.«

Derweil er das Angesicht erneut an Rothanas Busen schmiegte, lächelte sie ein verstohlenes, andeutungsweises Lächeln, streichelte ihm flüchtig das glänzendschwarze Haar. »Eure Wünsche werden in Erfüllung gehen, Gebieter, dieweil ich wähne, Ihr habt bereits mit mir Söhne gezeugt ... oder zumindest *einen* Sohn.«

Als Conall sich von ihr löste, sie erstaunt anstarrte, senkte Rothana scheu ihren Blick. »Einen Sohn?« raunte Conall. »Du bist schwanger? Rothana, bist du dir darin sicher? Wie kannst du's so bald wissen?«

Rothana hob die Schultern. »Noch stelle ich keine körperlichen Anzeichen fest, aber Deryni-Frauen wissen oft ... zuvor Bescheid. Freilich habe ich noch nie ein Kind unterm Herzen getragen, doch bin ich nun des Glaubens, eines empfangen zu haben. Wenn ich recht habe, wird Euer Erbe im kommenden Winter geboren werden ... ein kleiner Haldane-Prinz.«

»Ein ... Prinz?« vergewisserte Conall sich in andächtigem Flüsterton. »Dann weißt du auch schon, daß es ein Sohn ist?«

»Ei gewiß, Gebieter. Man kann ...«

Seit einem Weilchen hatte inmitten der Königsburg eine seltsame Unruhe um sich zu greifen begonnen, und nun erhob Conall eine Hand, um Schweigen zu erheischen, indem er zu einem Fenster schritt, um einen vielfarbig verglasten Fensterflügel aufzustoßen und hinauszublicken. Eine große Schar Leute, meistenteils zu Fuß, einige gekleidet in die Tartane und grobwollenen Stoffe der Marken, drängte sich soeben durchs Torgebäude und kam rasch auf die breite Freitreppe des Burgsaals zu. Niemand nahte sich, so hatte es den Anschein, kriegsmäßig in Wehr und Waffen; dennoch fuhr Conall erschrocken herum, als durch den Gang zum Sonnensaal gestiefelte Füße stampften, Fäuste gegen die Tür hämmerten. »Eure Hoheit! Prinz Conall!«

Plötzlich gepeinigt von unheilvollen Vorahnungen, eilte Conall zur Tür, riß sie auf. »Was gibt's?«

»Der König, Eure Hoheit! Der König! Er ist wieder da!«

Conall keuchte. »Mein Vater hat die Besinnung zurückerlangt?«

»Nein, König Kelson ist wiedergekehrt«, entgegnete der Knappe. »Er lebt! Und ebenso Herr Dhugal.«

Kelson hielt die tränenüberströmte Herzogin Meraude in den Armen, während er Morgan, Duncan und Dhugal beobachtete, welche sich über Nigel beugten. Auch die Erzbischöfe Bradene und Cardiel befanden sich im Schlafgemach, aber Ciard, Jass und das Geleit aus Sankt Kyriell hatten vor der Tür Wache bezogen, um ansonsten jedermann den Zutritt zu verwehren. Bischof Arilan ließ sich gegenwärtig nicht finden. Herzog Ewan berief den gesamten Hof zur Versammlung in den Thronsaal, veranlaßte der frohen Kunde Weiterverbreitung, doch Kelson mochte Nigels Lager nicht verlassen, bevor er Genaueres über des Oheims Verfassung erfahren hatte.

»O Kelson, er liegt im Sterben«, schluchzte Meraude, schüttelte das Haupt, während Kelson ihr fortgesetzt übers Haar strich. »Wir wähnten Euch tot, und dann erlitt Nigel jenen Anfall ...«

Geräusche vor der Tür kündeten Conalls Ankunft an, den als einzigen noch einzulassen die Wächter Weisung erhalten hatten. Conalls Antlitz war weiß wie Kreide, als er eintrat, während Jass ihm Zugang gewährte, und vor Kelson auf die Knie fiel. Seine Hände waren so kalt wie Eis, als er Kelsons Hand ergriff und sie küßte. »Kelson ... mein Lehnsherr ...! Wir glaubten Euch tot! Dann ward Vater siech und ...«

»Und du mochtest nicht einmal eine dem Anstand gerechte Frist verstreichen lassen, ehe du meine von mir erkorene Braut zur Gemahlin nahmst«, sprach Kelson mit beherrschter Stimme, entzog Conall die Hand und verschränkte, indem Meraude ein wenig zur Seite trat, die Arme auf dem Brustkorb. »Selbst wenn du dich in jedweder übrigen Hinsicht als schuldlos erweisen solltest, Conall, *das* werde ich dir nie und nimmer verzeihen.«

»Ich hatte ausschließlich der Thronfolge Sicherung im Sinn«, entgegnete Conall leise, machte Anstalten zum Aufstehen, während seine Mutter angesichts der vorwurfsvollen Andeutungen Kelsons erschrocken um Atem rang. »Vater ward an der Herrschaft Ausübung verhindert, und ich ...«

»Ich habe dir keine Erlaubnis erteilt, dich zu erheben«, fiel Kelson ihm in kühlem Ton ins Wort, doch schon sein bloßer Blick genügte, und Conall sank wieder auf die Knie.

»Kelson, Eure Anwürfe tun mir unrecht«, äußerte der Prinz Widerspruch. »Ich vermochte unmöglich zu ahnen, daß Ihr noch lebt, und ebensowenig konnt's Rothana. Es ist ... schlichtweg unfaßbar, daß Ihr den Sturz über den Wasserfall überlebt habt. Und dann, als man keine Leichen entdeckte ...«

»Dennoch hast du voreilig gehandelt.«

»Das Bemühen, die Thronfolge so rasch wie möglich zu gewährleisten, soll voreilig genannt werden dürfen?« entgegnete Conall. »Herr im Himmel, ich war Regent von Gwynedd! Niemand wußte und niemand weiß, wie lange Vater noch am Leben bleiben mag. Was vermeint Ihr wohl, weshalb der Kronrat *Euch* zur Vermählung gedrängt hat, wenn's unbedeutsam sein soll, recht bald einen Erben zu haben?«

»Hat der Kronrat *dich* gedrängt?« schnauzte Kelson.

»Nein, noch nicht. Aber immerhin hattet Ihr und Rothana einander keine bindenden Versprechen abgelegt.«

»Steh auf«, gebot Kelson zerstreut, widmete seine Aufmerksamkeit, als Morgan vortrat und ihm winkte, den Getreuen, welche das obere Ende von Nigels Bettstatt umstanden.

»Wie wir sogleich befürchtet haben, liegt mehr als bloß ein gewöhnlicher Anfall vor«, vermeldete Morgan, als Kelson am Fußende des Himmelbettes zwischen die beiden Erzbischöfe trat, Meraude entgeistert, die Augen weit aufgerissen, an seiner Elle. »Sein Zustand ist das gemeinsame Ergebnis einer tatsächlichen körperlichen Beeinträchtigung sowie auch einer Art von geistiger Einschließung. Zunächst erkannten wir's nicht, dieweil wir Ahnung hatten, wonach wir forschen sollten. Es muß ein geistig starker Deryni gewesen sein, der das getan hat. Duncan und Dhugal widmen sich soeben der Behebung der leiblichen Schädigung, doch mag's sein, daß wir, um den anderen Übelstand zu beseitigen, Eures Beistands bedürfen.«

»Eine geistige Einschließung?« flüsterte Meraude, zupfte an Kelsons Ärmel. »Kelson, wovon redet er?«

Kelson brachte es nicht über sich, Meraude anzuschauen; statt dessen wandte er sich um und heftete seinen eisigen Blick auf ihren Ältesten. »Leider wirst du diese Frage deinem Sohn stellen müssen, liebe Tante. Conall, weißt du davon irgend etwas?«

»Ich? Ich weiß nicht einmal, was eine ›geistige Einschließung‹ ist. Ich meine, inzwischen habe ich von derlei Angelegenheiten eine gewisse Vorstellung, aber zur Stunde seines Anfalls war mir noch nichts dergleichen geläufig.« Conall unterbrach seine Ausreden. »Warum starrt Ihr mich so an?«

»Dieweil ich dich vermittels des Gedanken-Sehens einer Wahrheitsprüfung unterziehe, Conall Haldane, ohne daß deine Bemühungen, die Wahrheit zu verhehlen, dir hülfen«, antwortete Kelson, »und was ich ersehe, mißfällt mir ganz und gar. Warst du's, der Nigel, deinem eigenen Vater, das zugefügt hat?«

Conall verstärkte seine Geisteswehr erheblich, bevor Kelson sich einen deutlichen Eindruck von dem verschaffen konnte, was sich ereignet hatte, aber schon des Prinzen Feindseligkeit mochte, wenn nicht als unwiderleglicher Beweis, so immerhin als Hinweis auf seine Schuld aufgefaßt werden. »Wie könnt Ihr's wagen, an mich eine solche Frage zu richten?« erwiderte Conall.

»Der König von Gwynedd darf's wagen, den ihm verschworenen Vasallen *jede* beliebige Frage zu stellen«, fuhr Kelson ihn an. »Oder solltest du den Eid, den du mir anläßlich deines Ritterschlags ablegtest, so rasch vergessen haben?«

Ehe Conall eine Antwort zu geben vermochte, streckte Morgan eine Hand aus, lenkte Kelsons Aufmerksamkeit von neuem auf das Krankenlager. »Er kommt zur Besinnung, Gebieter«, teilte Morgan mit, während Duncan und Dhugal von Nigel abließen. »Sobald wir erst einmal wußten, womit wir's zu schaffen haben, war's weniger schwierig, die geistige Einschließung zu beheben. Die einzige Folge könnten geringfügige Gedächtnislücken sein.«

Gleich darauf jedoch ward klar, daß Nigels Gedächtnis, welche Schäden die lange Dauer seiner Hilflosigkeit auch hinterlassen mochte, nicht gelitten hatte. Während er an der Beseitigung der geistigen Einschließung wirkte, hatte Duncan ihn bereits von den wesentlichen Tatsachen des Überlebens und der Rückkehr Kelsons in Kenntnis gesetzt, so daß der Königliche Herzog, als er die Augen aufschlug und sein Blick auf Kelson fiel, sich unverzüglich mit der Ursache seines zuvorigen leidigen Zustandes auseinandersetzen konnte. »Mein König, Ihr lebt!« raunte er mit vom langen Schweigen rauher, heiserer Stimme. »Und mein Sohn, welcher meinen Tod wünschte«, ergänzte er sein erstes Wort in kühlerem Ton, während er seinen Blick zum entsetzten Conall hinüberschweifen ließ, »wäre fürwahr besser tot, dieweil er sein Blut ebenso wie seinen Oberherrn verriet. Er hat Tiercels Tod zu verantworten, Duncan. Nachdem Ihr fort wart, um Alaric zu holen, entdeckte ich die wahren Umstände von Tiercels Tod, und als ich Conall zur Rede stellte, trachtete er auch mir nach dem Leben. Ich ... ich glaube, mich hat nur gerettet, daß ich selbst ein Haldane bin.«

Da versuchte Conall Reißaus zu nehmen, jedoch stürzten sich erst die zwei Erzbischöfe, dann Morgan auf ihn, ehe er die Tür zu erreichen vermochte, warfen ihn zu Boden. Meraude schrie gellend auf, derweil Duncan und Dhugal sich abmühten, um Nigel das Aufsetzen zu verwehren. Überstürzt wollte Conall seine Magie-Kräfte anwenden, doch Morgan hieb ihm die flache Klinge eines Dolchs gegen die Gurgel, tastete nach den rechten Druckpunkten, um ihm das Bewußtsein zu rauben, während Cardiel und Bradene Conalls Arme und Beine umklammerten, mit denen er um sich drosch und trat, sich der Beeinflussung widersetzten, welche von Conalls Geist ausging. »Conall, gebt auf, oder ich schneide Euch, mein Wort drauf, die Kehle durch!« brauste Morgan auf. »In diesem Augenblick fände ich an nichts anderem größeres Vergnügen!«

»Nein, bindet ihn!« befahl Kelson. Endlich fand Morgan die gesuchten Druckpunkte, und des Prinzen Gestalt erschlaffte. »Einen so leichten Tod verdient er nicht. Wir werden diesen Fall unter Beachtung von Recht und Gesetz ein für allemal klären. Duncan, ich bitte Euch, verbleibt mit den Herren Erzbischöfen bei meinem Ohm. Dhugal, es ist mein Wunsch, daß du Conalls Gemächer durchsuchst. Ich weiß von Duncan, daß gewisse Herrschaften sich gefragt haben, was aus Tiercels Arzttasche geworden sein könnte. Ich vermute, du wirst sie bei Conalls Besitztümern finden. Ich wollte wahrlich wetten, er trägt auch die Verantwortung für das *Merascha* in deinem Weinschlauch, deshalb überlasse ich dir die zweifelhafte Ehre, den Rest der versteckten Droge ausfindig zu machen.«

»Wo kann ich Euch anschließend antreffen?« erkundigte sich Dhugal.

»In der Königlichen Kapelle, wohin ich mich begeben werde, um mich inwendig davon zu überzeugen, daß es angebracht ist, diesem niederträchtigen Schuft eine gerechte Gerichtsverhandlung zuzugestehen«, lautete Kelsons Antwort. Er versetzte Conall einen Tritt gegen die Sohle eines Stiefels. »Morgan, entkleidet ihn dieses Haldane-Gewandes, er ist's zu tragen unwürdig. Und ich möchte den Ring aus Feuer zurückhaben, und wenn Ihr ihm den Finger abtrennen müßt.«

Kelson verließ das Schlafgemach, derweil Meraude in Nigels Armen laut weinte; obwohl sein Vetter besinnungslos war, vermochte er es nicht länger in derselben Räumlichkeit mit Conall auszuhalten. Er nahm Jass MacArdry mit und ließ diesen getreuen, wackeren Rittersmann vor der Pforte der Königlichen Kapelle Wache stehen, um unbehelligt zu bleiben. In der Kapelle gab er sich zu guter Letzt, nachdem er seinen gerechten Zorn gebändigt hatte, er kaltem Grimm gewichen war, gepaart mit Unterwerfung unter das Unvermeidbare – denn er hegte kaum Zweifel am Ausgang des Gerichtsverfahrens gegen Conall –, den Tränen hin, beweinte all das, was sich, ganz gleich, welche Strafe Conall für seine Untaten erhielt, niemals wieder zurechtrücken ließe.

In zusammengesunkener Körperhaltung kniete er am Altargeländer, das Gesicht in einer Hand verborgen, als er hörte, wie hinter ihm die Pforte aufgetan ward. Er wandte das Haupt, erwartete Dhugal eintreten zu sehen, um ihm mitzuteilen, es sei an der Zeit; aber der Ankömmling war Rothana, gehüllt in einen Umhang in Königsblau, die Kapuze tief ins Antlitz gezogen. Beklommen erhob sich Kelson, als sie die Pforte schloß und sich ihm nahte, aber er blieb dazu außerstande, jenseits ihrer Geisteswehr etwas zu erkennen. Sie vollführte einen überaus höflichen Hofknicks, neigte das Haupt fast bis auf den Fußboden, ehe sie sich aufrichtete, ihm in die Augen sah. Sie hatte geweint, besaß keine Ähnlichkeit mehr mit jener unbekümmerten, munterfrischen Jungfer, welche sie gewesen war, ehe er fortritt.

»Ich würde Euch um Gnade für mich und meinen Gemahl anflehen, Herr«, flüsterte sie, »doch weiß ich sehr wohl, daß niemals vergeben werden kann, was wir getan haben.«

»Und was habt *Ihr* getan, das ich nie vergeben könnte, Rothana?« fragte Kelson, strich ihr sachte die Kapuze aus dem Angesicht. »Gewißlich habt Ihr an Conalls Verrat keinen Teil gehabt.«

Aber Rothana trug Haar und Schleier nach Art eines vermählten Weibes, und Conalls Gold und Rubine schienen schwer an ihrer Linken zu lasten; und sowohl sie wie auch Kelson waren sich darüber im klaren, daß es niemals, auch wenn es kein Verrat sein mochte, den Glauben zu verlieren, wieder so wie zuvor werden konnte. »Ihr seid zu gütig, Sire«, flüsterte Rothana, »aber ich kenne das Maß meiner Schuld. Ich bin Eurer nicht länger würdig.«

»Rothana ...«

»Nein, hört mich an, Sire. Ich gab die Hoffnung auf. Und jetzt bin ich Conalls Eheweib, fürs Leben mit ihm verbunden, ganz gleich, wie's um ihn steht.«

»Sein Leben ist nahezu mit Gewißheit vertan«, entgegnete Kelson in scharfem Ton. »Das ist das Geschick aller Mörder und Verräter. Und wenn er tot ist, wollte ich durchaus, so sie einwilligt, seine Witwe zur Gemahlin nehmen.«

»Sie wird unmöglich einwilligen können, Sire«, antwortete Rothana verhalten. »Die Kirche tät's nicht dulden. Wir sind nun Blutsverwandte, nachdem ich Euren Vetter ersten Grades geehelicht habe.«

»Es ließe sich sicherlich eine kirchliche Sondergenehmigung erwirken.«

»Keine Sondergenehmigung vermöchte die Tatsache zu ändern, daß ich Conalls Kind unterm Herzen trage.«

»Sein Kind!«

»Conall hat in mir einen Sohn gezeugt, mein Geliebter«, sprach Rothana voll des Jammers, und derweil sie Kelson anblickte, quollen ihr erneut Tränen in die Augen. »Das wandelt die gesamte Lage.«

»Nein«, widersprach Kelson ohne Zaudern, »es bedeutet lediglich, daß *unsere* Kinder einen älteren Halbbruder haben werden, der gleichfalls Haldane-Blut in den Adern hat. Rothana, ich liebe Euch. Fügt uns nicht solches Leid zu!«

»Ich wünschte, ich könnte ehrenhaft anders handeln, Sire«, erwiderte sie. »Doch Prinz Conall Haldane, mein mir rechtmäßig angetrauter Gatte und Gebieter, ist der Vater des Kindes, mit dem ich schwanger gehe, und seine Taten – Mord und Verräterei – machen mich unwert, jemals Eure Königin sein zu dürfen.«

»Nein! Seine Verbrechen beflecken Euch nicht!«

»Nach Recht und Gesetz nicht, das mag so sein, Sire, aber im eigentlichen Leben betreffen sie mich – man braucht nur zu beachten, wie meine Verwandte, die Herzogin Richenda, dafür büßen mußte, eines Verräters Witwe zu sein, um sich vorstellen zu können, wie sehr viel ärger die Folgen für eine Königin wären ... und deren König. So etwas vermöchte ich Gwynedd nicht anzutun, Gebieter – und ich wollte niemals zulassen, daß *Ihr* Gwynedd solchen Schaden zufügt, dem Reich, mit dem Ihr bereits getraut gewesen seid, bevor Ihr je daran dachtet, Euch eine Königin zu suchen. Darum gedenkt nicht unserer früheren Bekanntschaft und haltet sie mir nicht vor, denn nun kann ich, gleichwohl was Ihr unternehmen werdet, niemals die Eure sein.«

Um einer Stunde Hälfte später betrat Kelson den Rittersaal, nur von Dhugal durch die Reihen jubelnder Höflinge begleitet. Mit voller Absicht hatte er noch nicht wieder Haldanesche Prunkgewänder angelegt, er beließ die grobe, leicht barbarische Kleidung aus Leder und grobem Wollstoff, welche er aus den Bergen mitgebracht hatte, am Leib, dieweil er sie als äußeren Ausdruck des äußerst wüsten Ingrimms für geeignet erachtete, der nach wie vor in seinem Herzen schwelte. Den Ring aus Feuer allerdings hatte er sich wieder an den Finger gesteckt, trug ihn zusammen mit dem Zigeunerauge sowie der Sankt-Camber-Medaille. In der Armbeuge hielt er das Schwert der Haldanes – der Scheide entnommen – wie ein Königliches Zepter. Sein Schritt stockte nur einmal, als er, kurz bevor er zur Empore gelangte, in Meraudes Begleitung Rothana in den Saal kommen sah; mit ihrer Schwiegermutter kauerte sich Rothana in sichtlicher Untröstlichkeit auf eine Sitzbank in der Nähe jener Tragbahre, auf welcher man Nigel in den Burgsaal befördert hatte. Der Königliche Herzog, den Duncan sowie Pater Lael betreuten, lehnte in einem Haufen Kissen, Fieber glänzte ihm in den Augen, als er sich bei Kelsons Aufkreuzen mühselig aufzurichten versuchte, aber Duncan gebot ihm, sich wieder hinzustrekken. Dhugal hatte sich Tiercels schmuddlige Arzttasche über die Schulter geworfen und eine wahrhaft mörderische Miene aufgesetzt. Morgan wartete mit Conall, umringt von den Mannen aus Sankt Kyriell sowie einem Halbdutzend voll gewappneter Ritter. Droben auf den Balkonen standen Abteilungen Haldanescher Bogenschützen aufgereiht, die Pfeile schon an die Sehnen gelegt, sie allzeit zu spannen bereit, ein sicherer Schutz selbst gegen einen derynischen Gefangenen, der unter solchen Umständen schwerlich viel anrichten könnte, bevor Geschosse ihn fällten.

Fortwährend erscholl Jubel, als der König sich umkehrte, den versammelten Höflingen und Adeligen zuwandte, und er verharrte für eine längere Weile, derweil seine Hand nachgerade zärtlich den Griff des Haldane-Schwertes streichelte und die Rufe und das Jauchzen des Frohlockens von der Halle Deckengebälk widerhallten. Hinter dem Thron, zu dessen beiden Seiten, standen Bradene und Cardiel, und als Kelson den erstgenannten Erzbischof ansah – der Jubel verklang allmählich –, brachte derselbe ihm die älteste, schlichteste von Kelsons Kronen, einen zwei Finger breiten Reif aus gehämmertem Gold, rundum verziert mit einem gepunzten, an einigen Zwischenstellen um rundgeschliffene kleine Rubine ergänzten Greiftier-Muster. Bei dieser alten Krone handelte es sich um ein Erbstück von urtümlicher, fast grobschlächtiger Machart, so daß sie vorzüglich zum Leder und zur rauhen Wolle aus den Bergen paßte, welche er trug. Im Saal ergab sich allmählich Ruhe, als Kelson das Haupt neigte, um sich, während er ihm halblaut dankte, vom Erzbischof die Krone aufsetzen zu lassen, aber als er auf dem Thron Platz nahm, entstand erneutes, diesmal jedoch sehr gedämpftes Gemurmel.

»Ihr Herren, habt Dank für Euer Willkommen«, sprach Kelson, als vor ihm im Thronsaal eine Stille herrschte, welche einem glatten, gänzlich unbewegten Teich glich. »Hochbeglückt bin ich, wieder daheim zu sein, aufs höchlichste jedoch beglückt es mich, wie ungebrochen Eure Treue zu mir geblieben ist. Ich wollte, ich könnte behaupten, alle meine Untertanen hätten mir während meiner Abwesenheit dermaßen die Treue bewahrt, doch zu meinem tiefsten Bedauern verhält es sich in zumindest einem greulichen Fall gänzlich gegenteilig. Aber ehe wir uns mit dieser häßlichen Sache befassen, kann ich Euch frohen Mutes eine freudigere Kunde mitteilen – daß nämlich mein geliebter Oheim Nigel, der unserer Königsfamilie stets mit solcher Ergebenheit gedient hat, zu genesen beginnt und wieder unter uns weilt.« Er warf einen Blick gespielter Mißbilligung in Nigels Richtung. »Indes ist er vorerst noch schwächer, als er uns glauben machen möchte. In ein paar Wochen aber – davon überzeugt zu sein, sehen seine Ärzte und ich allen Anlaß – wird er sich im Vollbesitz aller Kräfte von neuem seinen bedeutsamen Aufgaben widmen können, nämlich die Königlichen Pagen und Knappen zu schinden, auf daß aus ihnen vortreffliche Kriegsleute und ehrbare Jungmannen werden, und mir als einer meiner vertrauenswürdigsten und allerhöchst geschätzten Berater zur Seite zu stehen. Empfangt meinen Gruß sowie meinen Dank, Oheim.« Indem die im Burgsaal Versammelten in Geschrei des begeisterten Beifalls ausbrachen, lenkte Kelson den Blick erneut hinüber zu Nigel, der voller Verlegenheit das Haupt zwischen die Schultern zog, Tränen des Stolzes unterdrückte, als neben ihm Meraude niederkniete. Hinter ihm, in Duncans Obhut, standen Kelsons zwei jüngere Vettern aus dem Hause Haldane, Payne und Rory, schauten furchtsam und voll des Unbehagens drein, versuchten möglichst wenig aufzufallen, während sie verstohlen im Saal Umschau hielten, ihren älteren Bruder zu erspähen trachteten. Und Rothana, die sich auf der Sitzbank noch tiefer niederduckte, wagte nicht den Blick zu heben. Kelson seufzte, als er dieser von Unheil schwer heimgesuchten Familie seine Aufmerksamkeit entzog. »Eine andere Kunde, welche ich Euch zu überbringen habe, betrifft meinen getreuen Freund und Beichtvater, Bischof Duncan McLain, Herzog von Cassan.« Er fühlte, wie hinter seinem Rücken Duncan von Anspannung gepackt ward, drehte sich jedoch nicht um. »Vielen unter Euch ist bereits seit längerem bekannt: Pater Duncan ist ein Deryni.« Kelson hob eine Hand in die Höhe, um das Raunen zu unterbinden, welches sogleich entstand, als man dies offene, bislang beispiellose Eingeständnis von Duncans Derynitum vernahm, und des Königs Darlegungen zu stören drohten. »Mir ist sehr wohl geläufig, daß viele von Euch Besorgnis darüber zum Ausdruck gebracht haben, welche Folgerungen sich aus selbiger Tatsache für Pater Duncans Rang als Priester und Bischof ableiten lassen möchten. Frohen Herzens vermag ich nunmehr kundzutun, daß die Bischofssynode in Valoret, woher ich just komme, den Entschluß gefaßt hat, jene Bestandteile der Beschlüsse von Ramos, welche Deryni den Zugang zur Priesterschaft verwehren, zu verwerfen und aufzuheben. Am gestrigen Tage haben die Herren Bischöfe – wie Erzbischof Bradene bezeugen kann – einmütig beschlossen, daß Pater Duncan ein Priester und Bischof ehrbaren und untadeligen Ansehens bleiben darf, und desgleichen, daß ihm Vergebung und Verzeihung für jedwede Verfehlungen gewährt wird, welchselbige ihm in der Vergangenheit im Notstand, in den ihn ungerechte Gesetze drängten, unterlaufen sein mögen. Ich gehe mit Sicherheit davon aus, daß diese Art von Freisprechung in aller Bälde auf jeglichen Deryni ausgedehnt wird, welcher sich gegenwärtig in geistlichen Orden oder im Priesterstande befinden mag, auf daß dergestalt die schwerwiegende Ungerechtigkeit beseitigt werde, die in vergangenen Zeiten an all jenen verübt ward, welche den Gesetzen der Menschen trotzten und in Gottes Dienste traten, deren alleinige Sünde es war, als Deryni geboren worden zu sein. All das wird einen bedeutenden Einschnitt zur Folge haben, was die bisher vorherrschende Einstellung zu den Deryni anbelangt – ja, es läutet den Abschied von unserer bisherigen Haltung zu den Deryni ein. Das Gesetz wird geändert, bloßes Derynitum soll nicht länger als Verbrechen gelten. Zu den Gründen, weshalb es im Vergangenen nicht stets so gewesen ist, zählt der Umstand, daß der Menschen Mehrheit keine Kenntnis der wahren Fähigkeiten wie auch der Grenzen hatten, welche den Deryni eigentümlich sind – und es ist eine Schwäche von uns Sterblichen, Menschen geradeso wie Deryni, daß wir fürchten, was wir nicht kennen. Darum soll das, was nun geschehen wird, in aller Öffentlichkeit getan werden, auf daß ein jeder sehe, wie Deryniturn noch königliches Blut in den Adern schützt gegen den strengen, gerechten Arm des Gesetzes. Manches von dem, dessen Ihr nun Zeugen werden dürft, mag Euch verblüffen, erschrecken, ja sogar Furcht einjagen – doch ich bin des Glaubens, es ist höchste Zeit, daß Ihr alle die Wahrheit erfahrt.« Er schaute in den hinteren Teil der Halle, wo just Morgan mit Conall an seiner Seite ins allgemeine Blickfeld trat. »Herzog Alaric von Corwyn, führt den Gefangenen vor!«

Ein vielstimmiges Aufkeuchen ging durch die Versammlung, während Morgan langsam Conall durch den Burgsaal zum Thron geleitete, dabei das Stilett leicht an des Prinzen Kehle hielt; Conalls Hände waren vorn gebunden, in den grauen Haldane-Augen funkelten Trotz und Wut.

28

Ein König, der auf seinem Richterstuhle sitzt, spürt mit seinen Augen alles Böse auf.

SPRÜCHE 20,8

Im Laufe der Befragung, welche sich daraufhin anschloß – angefangen mit Conalls heftigem tränenreichen Leugnen, als man Tiercels Arzttasche vorzeigte –, kam nahezu alles, was der Prinz insgeheim betrieben hatte, ans Licht.

»Ich hatte nie den Vorsatz, Euch zu hintergehen, Kelson«, schluchzte Conall, »aber ... es geschah einfach so mancherlei, und ich empfand's als ungerecht. Weshalb sollte alles Euch zufallen, bloß dieweil Euer Vater älter war als mein Vater? Von Geburt an war Euch die Königswürde sicher, aller Ruhm ... und alle Macht ... und Ihr begehrtet auch dasselbe Weib wie ich zur Gemahlin. Am Abend vor unserem Auszug zur Landfahrt sah ich Euch mit jener Edeldame im Schloßgarten.«

»Und da habt Ihr Euch dazu entschlossen, Euren Nebenbuhler zu ermorden?« fragte Morgan, derweil Rothana das Antlitz in den Händen barg und lautlos weinte, Kelson sichtlich die Zähne zusammenbiß.

»Nein!« widersprach Conall. »Ich war eifersüchtig – das gestehe ich ein –, aber niemals hätte ich mich dazu verstiegen, Kelson fürwahr irgend etwas anzutun. Er ist mein König.«

»Dennoch fülltet Ihr *Merascha* in Dhugals Weinschlauch, wiewohl Euch klar sein mußte, daß womöglich auch Kelson daraus trinken würde«, äußerte Duncan. »Sicherlich wußtet Ihr doch um der Droge Wirkung.«

»Ich habe nicht die leiseste Ahnung von *Merascha*«, behauptete Conall verstockt, obschon keiner der anwesenden Deryni im mindesten anzweifelte, daß er log.

»Ich war ... auch neidisch auf Dhugal, aber mir wär's niemals in den Sinn gekommen, ihm irgendeinen Harm zuzufügen.«

»Doch sobald Ihr den König und Herrn Dhugal tot wähntet, habt Ihr die veränderte Lage sehr geschwind zu Eurem Vorteil zu nutzen verstanden«, stellte Erzbischof Bradene fest.

Trotzig reckte Conall das Haupt. »Es wollte den Anschein haben, daß des Geschickes Walten meine beiden Rivalen beseitigt hatte, ohne daß ich einen Finger rühren mußte«, antwortete er hochmütig. »Indessen hatte ich gegenüber Gwynedds Königsgeschlecht verantwortungsbewußt meine Pflicht wahrzunehmen. *Jeder* glaubte Kelson tot ... auch die Herren Alaric und Duncan! Und folglich stand fest, daß mein Vater König war – und ich sein Erbe. Klug und angemessen war's, daß ich ohne Verzug eine taugliche Braut erkor, um des Königshauses Nachfolge zu sichern, wie zu tun mein königlicher Vetter es versäumte. In welcher übrigen Hinsicht ich auch gefehlt haben mag, jedenfalls habe ich meine Pflicht erfüllt, was Gwynedds Herrscherhaus anbetrifft, denn meine Gemahlin geht bereits mit meinem Kinde schwanger. Und auch *das* kann wohl schwerlich als Verbrechen bewertet werden.« Und damit hatte Conall eindeutig recht; niemand konnte ihm daraus einen Vorwurf machen, wenngleich man im nachhinein, daß es dazu gekommen war, beklagen mochte. Bestürzt richteten sich aller Versammelten Blicke auf Rothana, doch sie beließ, wie sie dort trostlos in der Nähe von Nigels Bahre auf der Sitzbank kauerte, das Haupt auf die gefalteten Hände gesenkt.

»Und wie verhielt es sich mit Tiercel de Clarons Tod?« fragte Duncan. »Gedenkt Ihr bei Eurer Behauptung zu bleiben, daß auch ihn kein Verbrechen herbeiführte?«

»Ein Unfall war's«, entgegnete Conall. »Wir haderten. Beide ließen wir uns zu Reden hinreißen, welche wir uns hätten verkneifen sollen. Gestoße entstand, und er

... stürzte rücklings die Stiege hinab, zerschmetterte sich das Haupt. Ich hatte nie die Absicht, ihn zu töten, jedoch befürchtete ich, man möchte mir an seinem Ableben Schuld beimessen.«

»Und dieweil Ihr ein schlechtes Gewissen hattet, denn Ihr pflegtet Euch im geheimen mit ihm zu treffen«, ergänzte Morgan ihn eisigen Tonfalls. »Und Ihr habt Euch insgeheim mit ihm getroffen, weil Ihr Verschworene eines gemeinsamen Verbrechens *gewesen* seid – es war Euer Bestreben, Euch die Haldane-Magie anzueignen, welche stets dem höchstrangigen Haldane vorbehalten blieb. Es war Euer Vorsatz, letztendlich dem König den Thron streitig zu machen. Das war der Grund, aus welchem wir, als Duncan und ich die erforderlichen Maßnahmen vollzogen, um Euch in die Haldanesche Magie-Macht einzusetzen – nachdem Ihr Euren eigenen Vater mit Euren verbotenen Magie-Kräften niedergestreckt hattet –, beide uns nicht des Gefühls zu erwehren vermochten, es sei irgend etwas außer der Regel. Wir konnten Euch nicht mit der Haldane-Magie ausstatten, denn Ihr hattet wider alle Gebote verstoßen und sie Euch bereits eigenmächtig angeeignet.«

»Nein! So war's keineswegs!«

»Wie geschah's denn in Wahrheit, Vetter?« wünschte Kelson zu erfahren. »Uns ist wohlbekannt, daß Tiercel de Claron immer die Auffassung vertrat, es könnte mehr als ein Haldane im Besitz der Haldane-Magie sein ... und so nahmt ihr zwei Euch vor, für seine Ansicht den Beweis zu erbringen, oder? Und nunmehr ersehen wir alle ganz genau, mit aller Deutlichkeit, weshalb man's bislang stets verbot.« Die Befragung beanspruchte mehrerer Stunden Dauer. Nach einer Weile betrat, begleitet von Pater Ambros, gleichermaßen hocherfreut wie furchterfüllt Jehana den Rittersaal, aber Duncan vertrat ihnen den Weg und veranlaßte, daß Ambros des Königs Mutter auf einen Balkon geleitete, bevor sie eine Störung verursachen konnte; Kelson durfte jetzt nicht in seinem verantwortungsschweren Handeln abgelenkt werden. Zwar bemerkte Kelson seiner Mutter Ankunft, ließ sich jedoch dadurch nicht in seiner Entschlossenheit erschüttern. Als Conall schließlich seinen letzten Versuch einer Rechtfertigung jämmerlich beendet hatte, seufzte Kelson auf und schüttelte versonnen das Haupt. »Es hat keinerlei Zweck, weiter in dieser Art und Weise zu verfahren«, sprach der König in ruhigem Ton. »Bereits deine Weigerung, dich einem Gedanken-Sehen unterziehen zu lassen, beweist deine Schuld, Conall. Was würdest *du* an meiner Stelle tun? Wie tätest du diese leidige, traurige Angelegenheit aus der Welt schaffen?«

Conall, der bedrückt auf einem Stuhl mit hoher gerader Rücklehne hockte, neben dem rechts und links Morgan sowie Jass MacArdry als Bewacher standen, hob die gebundenen Hände zu einer laschen, nutzlosen Gebärde. »Was könnte ich anderes tun, Vetter, als ein Todesurteil verhängen?« lautete seine in bitterem Ton vorgetragene Entgegnung. »Schon vor langem habt Ihr mir alle Aussichten, jemals das eigentliche Recht meiner Geburt wahrnehmen zu können, zunichte gemacht. Gleich was ich reden mag, Ihr werdet mich verdammen und verurteilen.« Mißbehaglich regte sich Kelson auf seinem Thron, dieweil er wußte, Conall sprach die Wahrheit. Doch ehe er den Mund zu öffnen vermochte, um etwas zu erwidern, vollführte Conall urplötzlich verzweifelt einen Satz zur linken Seite, warf die gefesselten Hände Jass übers Haupt, riß ihn rücklings mit sich zu Boden, benutzte Jass' Gestalt gleichsam als Schild. Beim Aufspringen hatte Conall den Stuhl umgekippt, mit einem Tritt vor Morgans Füße gestoßen, so daß Morgan stolperte, zusammen mit dem Stuhl hinstürzte. Gleichzeitig erzeugte der Prinz rings um sich und Jass eine magische Wehr von gleißend-heller Weiße, und Morgan prallte augenblicklich zurück. »Gebiete den Bogenschützen Einhalt, oder er ist 'n toter Mann!«

brüllte Conall, dessen Haupt wild von Seite zu Seite ruckte, damit er rundum alles im Augenmerk behalten konnte, während Jass' Widerstand widerwillig erlahmte. »Ich mag ihn nicht töten, doch wenn ich ohnehin sterben soll, habe ich nichts zu verlieren! Morgan, weicht! Ihr wißt, wessen ich fähig bin. Und sollte ein Pfeil mich treffen, werde ich Jass noch töten können, ehe mir das Auge bricht. Ich spreche im Ernst!«

Als das Gerangel sich ergab, fuhr Kelson vom Thron hoch. Dhugal war die halbe Treppe der Empore hinabgeeilt, die Hälfte des versammelten Hofes war unwillkürlich vorwärtsgedrängt, sämtliche Schützen spannten ihre Bogen, die übrigen MacArdry-Gefolgsleute machten Anstalten zum Eingreifen – da bewog eine entscheidene Geste des Königs vorerst alle zum Innehalten. »Conall, betrag dich nicht wie ein Tor!« sprach Kelson. »Bereichere das Verzeichnis deiner Schandtaten nicht auch noch um Geiselmord. Hat Jass dir jemals irgend etwas angetan?«

Conall lächelte nur und raunte Jass etwas ins Ohr, derweil in seinen Augen wildentschlossene Trotzigkeit leuchtete. Der junge märkische Ritter hatte jede Gegenwehr eingestellt, die Arme hingen ihm schlaff an den Hüften, beschirmten Conall zusätzlich wider Pfeile, seine Lider waren halb herabgesunken. Die magische Wehr, welche Morgan auf Abstand hielt, beeinträchtigte der Deryni-Sinne Wahrnehmungsvermögen, so daß sich nicht in aller Genauigkeit erkennen ließ, was Conall trieb, aber es bestand kein Zweifel daran, daß der Prinz die Gewalt über Jass' Seele ergriffen hatte – denn Jass' Hände fingen nun langsam Conalls Fesseln zu lösen an. »Ei, weshalb laßt Ihr mich nicht durch die Schützen niederstrecken, Kelson?« höhnte Conall, widmete den Bogenschützen, die zögerten, einen spöttischen Blick des Triumphs, während Jass die Knoten aufknüpfte. »Nur zu, laßt mich töten, so wie Ihr im vergangenen Sommer Sicard MacArdry niedergeschossen habt! Aber ich glaube, Ihr werdet Jass' Leben nicht aufs Spiel setzen, solange Ihr mit mir handeln könnt.«

»Ich verhandle nicht mit Verrätern, Conall«, antwortete Kelson im Tonfall deutlicher Ablehnung, hob eine Hand, um die Bogenschützen auf den Balkonen nochmals zur Zurückhaltung zu ermahnen. »Aber nur um meine Neugierde zu befriedigen: Erkläre mir, was du für seines Lebens Schonung verlangst. Gewißlich vermeinst du doch nicht, ich ließe dich – nach dem, was du verbrochen hast – unbehelligt ziehen.«

Conall, dessen Hände nun frei waren, riß die Rechte zurück, wand sich mehrmals Jass' märkischen Zopf um die Hand, hielt des jungen Ritters Haupt sehr nah ans eigene Angesicht, schlang den anderen Arm fest um des Jungmannen Hals. »Ich will, daß Ihr mir in ehrbarem Duellem Arcanum gegenübertretet«, forderte Conall in gemäßigtem Ton, aber einen wüsten, verschlagenen Ausdruck in den Augen. »Ich wünsche, daß Ihr Euch mir in ähnlicher Weise zum Zweikampfe stellt, wie Ihr Euch am Tag Eurer Krönung Charissa zum Duell gestellt habt ... Nur wird das Ergebnis diesmal anders ausfallen, dieweil mir Tiercel de Clarons Kenntnisse verfügbar sind, um die Haldane-Magie, welche mir ebenso wie Euch zu Gebote steht, aufs wirksamste verstärken zu können.«

Im dichtgedrängt gefüllten Thronsaal erklang ein Tumult der Entrüstung und Mißbilligung – vor allem die Deryni zeigten ihre Empörung –, verklang nur nach und nach; mit Mühe bändigte Kelson seinen Zorn, verpreßte unwillig den Mund. »Gibst du dich wahrhaftig dem Wahn hin, dadurch vermöchte eine Lösung bewerkstelligt zu werden? Selbst im Falle du obsiegen solltest, Conall, würde doch niemand dich als Herrscher anerkennen. Wenn du mich erschlägst, würdest du diesen Saal nie und nimmer lebendig verlassen, gleichwohl wieviel Unschuldige sterben müßten, um dich dran zu hindern.«

»Mit Gewißheit wollte ich dafür sorgen, daß ein hoher Blutzoll entrichtet werden muß, bevor ich falle«, erwiderte Conall. »Zudem würde ich im Kampfe sterben – und nicht von der Hand eines Henkers.«

»Bist du dir dessen, daß du sterben mußt, so sicher?«

Conall schnob. »Haltet Ihr mich für einen Narren? Es ist vollständig unmöglich, daß Ihr mir, nachdem Ihr nun wißt, was ich vermag, das Leben schenkt. Denn tätet Ihr's, Ihr müßtet mich für den Rest meines Lebens bei Tag und Nacht von Euren tüchtigsten Deryni bewachen lassen – dieweil ich nunmehr, da ich zur Gänze gekostet habe, was es bedeutet, ein Haldane-König zu sein, nimmer ruhen und rasten wollte, bis die Krone mein ist.«

Und obschon er sich durchaus gewünscht hätte, es ließe sich ein anderer Weg beschreiten, erkannte Kelson, daß Conall damit die Wahrheit sprach – zumal Conall ihm auf geistiger Ebene zu ersehen gestattete, daß er es vollauf ernst meinte. Darüber war sich auch Nigel im klaren, der an Duncans Schulter lehnte, sich in des Bischofs Schutz befand; selbige Klarheit fußte allerdings nicht auf Fähigkeiten der Haldane-Magie, sondern auf redlicher menschlicher Einsicht sowie der Kenntnis seines Sohnes. Düster glomm gerechter Grimm in des Herzogs Augen, als er sich mühselig straffte, eine würdevollere Sitzhaltung einnahm. »Meiner Familie geschändete Ehre erfüllt mich mit Scham, Sire«, wandte er sich an den König, sobald Kelson in seine Richtung schaute. »Er ist mein Sohn, und ich liebe ihn ... aber mir mißfallen sein Treiben und sein Gebaren. Lasse ich auch außer acht, was er mir antat, seinem Vater, bleibt doch unbestreitbar, daß er den Thron an sich zu reißen und meinen König zu meucheln trachtete. Das vermöchte ich ihm nie und nimmer zu verzeihen. Er ist ein Verräter. Darum muß er sterben.« Ebensowenig wußte Meraude irgend etwas zu ihres Sohnes Gunsten anzuführen; sie sprach kein Wort, als Kelson zu ihr hinüberblickte, sondern kehrte lediglich unmißverständlich Conall den Rücken zu.

Widerwillig widmete Kelson seine Aufmerksamkeit Rothana. »Edle Dame?« sprach er sie mit leiser Stimme an.

Rothana vermochte seinen Blick nicht zu erwidern. »Mutet mir nicht zu, für oder wider meinen Gemahl zu reden, Sire«, bat sie halblaut. »Auch soll kein Gedanke an meine Zukunft Eure Entscheidungen beeinflussen. Ich werde mich nie wieder vermählen ... niemals! Darum handelt so, wie Ihr nach Eurem Ermessen handeln müßt. Verfahrt nach Maßgabe Eurer hohen Geburt und nach den Euch gelehrten Maßstäben sowie Regeln des Herrschertums.«

Indem er aufseufzte, drehte sich Kelson wieder Conall zu, dessen Angesicht eine gewisse Hoffnung widergespiegelt hatte, als Rothana das Wort ergriff, jedoch traurig geworden ward, derweil sie dem König ihren Bescheid erteilte. Aber als er den Blick erneut auf Kelson richtete, schnitt der Prinz wieder eine trotzige, freche Miene, sein Arm umschlang Jass' Kehle noch fester. »Sie hat alles ausgesprochen, was es zu sagen gibt, nicht wahr?« meinte Conall. »Also tut, was Ihr müßt. Und ich werde beginnen, was *ich* tun muß.«

»Nun wohl«, antwortete Kelson matt, »so sollst du denn dein Duellum Arcanum zugestanden erhalten. Nun gib Jass frei!«

»Und woher soll ich wissen, daß Ihr dann nicht sofort den Bogenschützen befehlt, mich zu erschießen, ehe wir zu ehrlichem Streit antreten?« hielt ihm Conall entgegen, derweil Jehana sich langsam erhob, plötzlich begriff, was bevorstand. »Bedenkt, Vetter, ich selbst habe die Schützen schon benutzt. Ich weiß, wie vortrefflich sie sind.«

Verächtlich schnob Kelson. Sein Blick allein genügte, und Jehana nahm wieder Platz. »Ich gebe dir mein Wort.«

»Euer ehrliches, wahrhaftiges Wort?« fragte Conall. »Bei Eurer Ehre und beim Königlichen Schwert der Haldanes?«

Kelsons Antlitz verfärbte sich, aber er verstand die Überlegung Conalls, welcher genau wußte, daß Kelson Haldane einen dergestalt geschworenen Eid niemals brechen würde. »Bei meiner Ehre und bei diesem Schwert des Hauses Haldane schwöre ich, gegen dich, Conall Haldane, zu ehrbarem Kampf anzutreten und die altüberlieferten Regeln des Duellum Arcanum getreulich zu beachten. Aber ich stelle zusätzlich zwei Bedingungen. Erstens: Falls du dich vor oder während des Duells ehrloser Hinterlisten bedienst oder wider die erwähnten Regeln verstößt, wird mein geleisteter Eid hinfällig, und ich darf in solcher Weise mit dir umspringen, wie sie mich angebracht dünkt.«

»Damit kann ich mich unbedenklich einverstanden erklären«, räumte Conall ein, »dieweil ich nicht den Vorsatz hege, gegen die Regeln zu verstoßen. Und was soll die zweite Bedingung sein?«

»Meine zweite Bedingung lautet, daß das Duellum Arcanum nicht unvermeidlich auf Leben und Tod ausgefochten werden soll – also nicht, bis einer von uns tot im Kreise liegt –, sondern lediglich, bis einer über den anderen einen unanfechtbaren Sieg errungen hat. Dieser Sieger werde nach aller Voraussicht ich sein.«

»Eine etwas hochmütige Annahme, oder nicht, Vetter?« erwiderte Conall. »Oder fürchtet Ihr im heutigen Duell zu fallen?«

Kelson schüttelte nur kummervoll das Haupt. »Ich habe keine Sorge, daß ich heute *überhaupt* sterben könnte, Conall. Doch ist's mein Wille, *dir* keinen ehrenvollen Tod im Zweikampf zu vergönnen, sondern dich der Hinrichtung zuzuführen, wie's einem Verräter gebührt.«

Diese Antwort ärgerte Conall merklich; aber allem Anschein zufolge sah er ein, daß sich Kelson keine weiteren Zugeständnisse abringen ließen. »Nun denn, es sei. Dies Feilschen ist eitel Unfug, dieweil auch ich nicht zu sterben die Absicht habe. Aber auch ich schwöre bei *meiner* Ehre – ungeachtet dessen, was Ihr mittlerweile davon halten mögt –, mich nach den Regeln des Duellum Arcanum zu richten und geradeso die Eurerseits genannten Bedingungen einzuhalten. So brauche ich nun *ihn* nicht länger.« Den letzten Satz gesprochen, wälzte er sich den willenlosen Jass vom Leib und sprang vom Fußboden auf.

Unter den Bogenschützen ergab sich Bewegung, einige schickten sich an, wieder ihre Bogen zu heben, aber mit einem Wink verbot ihnen Kelson jegliches Eingreifen. »Niemand menge sich drein«, gebot er, erhob sich schwungvoll vom Thron und reichte das Königliche Schwert Dhugal. Die Krone gab er in Nigels Gewahrsam, um vor aller Versammelten Augen zu verdeutlichen, daß Nigel der Thronerbe sei, selbst falls Conall im Duell den Sieg davontragen konnte. Derweil Kelson die Treppe der Empore hinabstieg, half Morgan dem benommenen Jass soeben, sich auf eine Stufe zu hocken. Besorgt verweilte der König bei dem jungen märkischen Ritter, legte ihm eine Hand auf die Schulter. »Seid Ihr wohlauf, Jass?«

»Gewiß, Sir. Ich wollt nich, daß er mich zu so was zwingen tät, aber ich konnt's nich verhinnern.«

»Euch traf keine Schuld«, versicherte Kelson ihm mit gedämpfter Stimme. »Seid deshalb unbekümmert. Alaric, muß ich, was Jass' Zustand angeht, Sorge empfinden? Conall hat in seinem Innern keiner unschönen Überraschungen Saat hinterlassen, oder?«

Morgan schüttelte, die Lippen verpreßt, das Haupt. »Er hat ihn lediglich unter unmittelbarer Beeinflussung gehabt, Sire. Nichts ist zurückgeblieben. Seid auf der Hut, Gebieter! Dank seiner Haldane-Magie ist Conall ebenso mächtig wie Ihr, und's läßt sich nicht absehen, welche Befähigungen und Kenntnisse er überdies von Tiercel de Claron erlangt haben mag.«

»Ach, und dennoch hat er kein Deryni-Blut«, entgegnete Kelson, schaute mit einem Lächeln des Wohlwollens hinauf zu Jehana. »Mag sein, dieser Umstand bedeutet einen Unterschied.«

»Entweder selbiger Umstand«, stimmte Morgan zu, »oder sein Mangel an Erfahrung. Es kann ein Glück für Euch sein, Sire, daß er auf dem Gebiet der Magie ein Neuling ist. Diesbezüglich hat er einen Nachteil, ganz gleich wie hervorragend sein Lehrmeister gewesen ist. Viel Glück, Gebieter!«

Kelson nickte, als er sich aufrichtete. Inzwischen stand Conall allein in des Burgsaals Mitte, die Arme auf der Brust verschränkt; eine schwache Andeutung von Beunruhigung beeinträchtigte die im übrigen erwartungsvolle Selbstgefälligkeit seiner Miene. Den umgekippten Stuhl hatte jemand zur Seite gestellt. Während sich ihre Blicke trafen, verließ Kelson vollends die Treppe. Sofort wichen die versammelten Höflinge und Adeligen noch weiter zurück in den Hintergrund, um inmitten des Saals ausreichenden Platz für des Duells Durchführung zu schaffen; denn viele unter den Anwesenden waren zugegen gewesen, als Kelson und Charissa ihren Zweikampf austrugen, so daß sie wußten, welche starken Gewalten binnen kurzem entfesselt, von den zwei Gegnern aufeinander verschleudert werden sollten.

»Willst du's wirklich tun?« fragte Kelson mit ruhiger Stimme.

Für eines Herzschlags Dauer wirkte Conall verunsichert. Dann jedoch nickte er voller Nachdruck. »Ihr habt mir keine Wahl gelassen«, antwortete er verhalten. »Ich bin in die Enge gedrängt. Gleich was ich tun werde, mein Leben ist verwirkt. Aber wenn ich Euch mit in den Tod nehme, bedeutet das immerhin ein ruhmvolles Ende, nicht wahr? Ich begehrte bloß, was mir rechtmäßig zustand, Kelson, aber Ihr wart der König, Ihr mochtet's mir nicht geben.«

Geringschätzig schnob Kelson. »Wann hast du je unter Beweis gestellt, daß du irgend etwas über all das hinaus verdientest, was dir aufgrund deines Geburtsrechts anstandshalber gewährt werden mußte? Du hättest in deines Vaters Fußstapfen treten können, Conall. Wäre dergleichen dir zu lumpig gewesen?«

»Mein Vater mag ein vortrefflicher Kriegsmann sein, jedoch mangelt's ihm gänzlich an Ehrgeiz«, lautete Conalls Antwort. »Soll er damit zufrieden sein, stets der Zweite im Reich zu bleiben, ich kann's nicht. Es widerstrebt meiner inneren Natur.«

»Entspricht's denn deiner Natur, in Ehrlosigkeit zu enden?« fragte Kelson. »Das nämlich ist alles, was du durch deinen Ehrgeiz zu erreichen hoffen kannst.«

»*Einer* von uns wird ehrlos endigen, aber ich werd's nicht sein!«

»Dies Gezänk ist ohne Sinn«, befand Kelson halblaut. »Zieh den Kreis!«

»Ich?« schrillte Conalls Stimme.

»Ja, du. Da du mit all diesem Wahnwitz den Anbeginn gemacht hast, darfst du nun auch mit dieser letzten Torheit anfangen. Oder weißt du nicht, wie's zu tun ist?« Der Spott hatte die beabsichtigte Wirkung. Während er sich aus verletztem Stolz hochaufrichtete, trat Conall steifbeinig um drei Schritte zurück, streckte ohne ein ferneres Wort die Arme in die Höhe und sodann nach den Seiten aus, murmelte leise die zunächst erforderliche magische Formel. Hinter seinem Rücken schoß ein Halbkreis aus karmesinroter Glut vom Fußboden empor, scheuchte Höflinge, welche allem zuschauten, bis an die Südmauer des Burgsaals zurück; daraufhin wichen die auf Kelsons Seite zusammengescharten Zuschauer zurück in die Fensternischen des Nordwalls. Kelson überzeugte sich anhand seiner Deryni-Sinne davon, daß der von Conall geschaffene Halbkreis in seiner Art ihrer Verabredung genügte, es also, sobald durch eine eigene Hälfte den magischen Kreis verv ständigt hatte, keines Todes bedurfte, um ihn verlassen zu können; danach hob auch er die Arme, schwang sie anmutig seitwärts, verhielt sie schließlich, derweil er leise die Zauberworte sprach, welche zu Conalls Halbkreis das Gegenstück erzeugen sollten, in der Waagerechten. Daraufhin schoß hinter ihm noch mehr karminrotes Feuer auf, vereinte sich mit Conalls magischer Glut, so daß sie nunmehr beide umgeben waren von einem Kreis aus rötlichem Gewaber. »Du bist erneut an der Reihe«, sagte Kelson zu Conall und senkte die Arme.

Die Leichtmütigkeit, welche in des Königs Tonfall zum Ausdruck kam, der Anklang einer Unerheblichkeit all dessen, was Conall unternehmen mochte, die darin mitschwang, verdrossen den ungeratenen Prinzen, doch Conall beschränkte sich darauf, seine Arme nochmals bis in Schulterhöhe zu heben, die Handflächen der Mitte des Kreises zugekehrt. »Solltet Ihr irgendwelche abgedroschenen Knüttelreime erwarten, muß ich Euch enttäuschen«, sprach Conall. »Von derlei Humbug hielt mein Lehrmeister nichts. Ich gewährleiste, daß dieser Kreis alle Gewalten, welchselbige wir in seinem Innern aufbieten, umschließen wird, so daß niemand außerhalb Schaden zu erleiden braucht, und daß niemand selbigen Kreis verlassen oder betreten kann, bevor einer von uns eiden über den anderen einen unzweifelhaften Sieg erngen hat. Ist das in Eurem Sinne?«

»Das ist's«, erklärte Kelson, hob ebenfalls noch einmal Arme. Und als Conall nickte, begann Kelson, indem all das gleiche tat, dem Umkreis aus Lohe weitere te zuzuführen, sich in seiner angestrengten Aushtetheit auf sein Tun kaum dessen bewußt, daß die hrer beider vereinten Halbkreise aufwärtswaberte ch über ihren Häuptern zu einer Wölbung schloß. das Werk vollendet hatten, schien es, als stünden r einer Kuppel aus leicht trübem rosarötlichem

Fast im selben Augenblick, als es soweit war, ging Kelson zum Angriff über, erübrigte für die Welt außerhalb des magischen Kreises nicht einmal noch einen einzigen Blick, derweil er näher zur Mitte stapfte, sich vom Umkreis entfernte. Unter den gegebenen Umständen neigte er wenig zu Schaustücken; darum sah man ihm äußerlich kaum etwas an, als er sich anschickte, Magie-Gewalten zu ballen. Als der Geforderte hatte er nämlich keineswegs vor, des Rechts auf den ersten Schlag zu entsagen, allein dieweil Conall vom gleichen Blut war; vielmehr griff er an, noch ehe Conall richtig merkte, daß der Kampf begann. Der Prinz taumelte ein wenig, als ihn erstmals magische Gewalten mit voller Wucht trafen, aber seine Geistesschilde hielten stand; seinerseits ging er anfangs mit einer Anzahl derartiger Duelle üblicher Magie-Anwendungen vor, welche allein den Zweck hatten, des Gegners Stärke zu erproben. Kelson hatte sich solcher Vorgehensweisen bereits einige Male erwehren müssen und war auch diesmal mit Erfolg dazu imstande, und zwar ohne Mühsal; anschließend befleißigte er sich – in Übereinstimmung mit den Regeln und dem Brauchtum – selber einiger dergestalter magischer Anwendungen, um sich einen Eindruck von Conalls Stärke zu verschaffen, und Conall wies seine Versuche so mühelos ab, wie zuvor Kelson des Prinzen Abtasten zurückgewiesen hatte.

Dem schloß sich eine ernstere Auseinandersetzung des Geistes und der Magie-Kräfte an. Kelson zog es vor, für eine Zeitlang lediglich Conalls Angriffe abzuwehren, um vermittels dieses Standhaltens den Prinzen seine Kräfte in der ersten Aufregung mit aussichtslosen Vorstößen vergeuden und möglichst erschöpfen zu lassen. Conall ließ es an wütenden Angriffen nicht fehlen, bedrängte Kelson mit immer lebhafteren, schauderhaften Geistesbildern, zuerst nachtmahrischen Eindrücken seiner eigenen schlimmsten Alpträume, danach einer ununterbrochenen Folge von Bildern aus Kelsons Vergangenheit, Erinnerungsbildern von Menschen und Ereignissen, welche dem König entweder gefährlich geworden waren oder ihm großen Schmerz zugefügt hatten: des eifernden, ein wenig irren Erzbischofs Loris, welcher Duncan solchen Martern unterworfen hatte; des unseligen, gescheiterten Sonderbündlers Sicard MacArdry – Dhugals verräterischem Ohm, den Conall vorhin erwähnte –, wie er mit einem ins Auge geschossenen Pfeil vom Roß sank, nachdem Kelson ihn mit einer Schar Ritter sowie Haldanescher Bogenschützen umzingelt, ihm so jede Flucht verwehrt und zuletzt eigenhändig das Geschoß von der Sehne hatte fliegen lassen; des Ältesten Sicards, Prinz Ithels von Meara, wie er auf Kelsons Befehl – ohne bereut oder die Sakramente empfangen zu haben – das Leben am Ende eines Stricks verröchelte; eines anderen mearischen Prinzen, eines Priesters und Bischofs namens Judhael, wie er vor des Henkers Richtschwert den Nacken beugte; Prinz Llewells von Meara, Ithels jüngerem Bruder, wie er, just bevor der Scharfrichter ihn enthauptete, Kelson die Schuld an Sidanas Tod zumaß; und Sidana selbst, wie sie, nachdem ihr Blut den geweihten Altar, an welchem soeben von ihr und Kelson die Ehegelübde abgelegt worden waren, besudelt hatte, in Kelsons Armen blutüberströmt verschied. Diese letztere Zumutung erschütterte Kelson vorerst am nachhaltigsten – allerdings nur, bis Conall ihm mit lebensechten, mit allen Einzelheiten ausgeschmückten Erinnerungen an seine Hochzeitsnacht mit Rothana aufwartete, die wiederum in Kelson – wie zum Widerhall – Erinnerungen an jenen Lusttraum von Rothana auslösten, welchen er während des Gottesurteils in der Höhle zu Sankt Kyriell gehabt hatte.

Zugleich damit aber entsann er sich an die andere Heimsuchung im Innern jenes Höhlen-Heiligtums – ans Erscheinen des Heiligen, dem es errichtet worden war, die in Grau gewandete machtvolle Erscheinung, welche am Rande seines Bannkreises gestanden und um Einlaß ersucht hatte, bis Kelson sie ihr gewährte. Nun rief Kelson von neuem Sankt Camber an, beschwor sein Bild mit solcher Wirklichkeitstreue herauf – mitsamt selbst winziger Kleinigkeiten –, wie er es nur vermochte – mit den Augen, welche an Quecksilber gemahnten, in denen, ähnlich wie in der Haldanes Augen, jemandes Blick versinken konnte; dem rundlichen gütigen Antlitz, gerahmt von silbrigem Haar; den vornehmen, jedoch kraftvollen Händen, die sich seinem Haupt entgegengestreckt hatten ... diesmal aber stellte er sie sich vor, wie sie nach Conalls Haupt langten.

Und plötzlich sah auch Conall das geistig erzeugte Bildnis und schrak zurück, riß erschrocken, in höchster Bestürzung, die Hände hoch, vollführte hastig Gesten der verschiedenerlei magischen Abwehr; indessen ließ sich des Heiligen Gestalt nicht verjagen, sondern nahte sich unbeirrbar Conall. Kelson verharrte derweil reglos, beobachtete sie, kaum fähig zum Weiteratmen, sich darüber im unklaren, ob diese Erscheinung überhaupt noch unter seinem Einfluß stand. Wie jedoch Camber den magischen Kreis zu betreten imstande gewesen sein sollte, entzog sich seinem Begriffsvermögen. Das letzte Mal, als sich Camber ihm zeigte, hatte er ihm im Bannkreis einen Durchlaß auftun müssen. Diese Wesenheit hier hingegen – mochte sie nun Camber selbst sein, oder nur ein durch Kelsons geistig-magische Kräfte hervorgerufenes Trugbild – war nicht vom magischen Kreis aufgehalten worden. Indem sie Conall näher rückte, wich der Prinz zurück, bis endlich seine in Schwarz gekleideten Schultern sich unmittelbar an die glasähnliche Innenwölbung des Magie-Kreises drückten – und noch näher drang die Erscheinung auf ihn ein. Conalls Schrei, als die geisterhaften Hände sachte sein Haupt umfingen, zeugte vom äußersten Grauen, hallte gellend in des magischen Runds enger, einem Schleier gleicher Umgrenzung wider. Als Conall schließlich das letzte Kreischen des Aufbäumens ausgestoßen hatte, schlaff auf den Fußboden niedersank, die Hände an den Schläfen – tot oder ohne Besinnung –, verschwand die Erscheinung keineswegs. Für das Währen etlicher Herzschläge kniete die Gestalt neben dem reglosen Prinzen, das Haupt geneigt; dann erhob sie sich geschmeidig und wandte sich Kelson zu.

Heil dir, Kelson von Gwynedd, sprach das Wesen in Kelsons Geist, wiederholte damit Worte, wie sie ähnlich ein anderes derartiges Wesen – oder vielleicht war es ein und dasselbe gewesen – bei seiner Krönung zu Kelson gesprochen hatte. *Nun wirst du wahrhaft ein König sowohl der Menschen wie auch der Deryni sein.*

Entgeistert fiel Kelson aufs Knie und beugte das Haupt, bekreuzigte sich ehrfürchtig. *Bist du jener,* wagte er zu fragen, *für den ich dich halte?*

Während Kelson das Haupt geneigt hatte, war die Gestalt erheblich näher gekommen, und ein ersticktes Aufkeuchen entfuhr dem König, als die Erscheinung nur um eine Armlänge von ihm entfernt verhielt. *Und für wen hältst du mich?* lautete des Wesens Gegenfrage.

Kelsons Kehle war staubtrocken, und es machte ihn heilfroh, derweil er beschwerlich schluckte, daß er nicht mit dem Mund zu antworten brauchte. *Ich glaube, du bist Sankt Camber von Culdi, nach dem ich mich auf meiner Landfahrt auf die Suche begeben hatte. Du ... bist mir zu Hilfe geeilt.*

Tatsächlich? meinte die Wesenheit. *Oder bin ich nur eine gleichnishafte Gestaltwerdung jenes stärkeren, besseren Teils, welcher in dir ebenso wohnt wie in all jenen, die nach dem Lichte suchen, und auf den man sich stützen, dem man vertrauen kann, wenn Finsternis droht?*

Kelson blinzelte. Das Wesen mußte Sankt Camber sein. Ausschließlich der reizbare Deryni-Heilige konnte eine so ausweichende Antwort geben, die dennoch eine so grundsätzliche, wahre Einsicht enthielt. *Gleichwohl wie es sei,* traute sich Kelson als nächstes zu antworten, *ich werde die Sankt Camber-Verehrung auf alle Fälle wieder gestatten. Im Heiligtum zu Sankt Kyriell habe ich ein diesbezügliches Versprechen abgegeben, und ich habe vor, es zu halten. Ich werde dir eine Gedenkstätte errichten, wie man in allen Elf Königreichen noch keine gesehen hat.*

Kelson wähnte nachgerade, des Heiligen Auflachen müßte im ganzen Burgsaal vernehmbar sein; doch in seinen Ohren herrschte nichts als vollständige Stille. *Teurer und lieber junger Kämpe des Lichts, ist es fürwahr dein Glaube, ich bräuchte stofflicher Gegenstände, um mein Angedenken zu wahren? Meine Gedenkstätte ist im Herzen jedes Mannes und jeglichen Weibes, welche in der Jahrhunderte Lauf alles aufzuopfern bereit gewesen sind, um dem Licht und der Wahrheit zu dienen.*

Es ist beileibe nicht mein Wunsch, Widerspruch zu erheben, doch besitzt ein Andenken für viele Sterbliche um so höheren Wert, wenn es dafür eine Stätte der Erinnerung gibt, erwiderte Kelson kühn. *Du hast doch nichts dagegen, wenn ich dir Heiligtümer erbaue, oder?*

In des magischen Kreises beschränkter Umgrenzung ertönte des Wesens Gelächter, als erklängen kleine silberne Glöckchen, und es schüttelte das Haupt. *Das ist der Menschen und ebenso der Deryni Schwäche,* antwortete es. *Du magst Gedenkstätten und Heiligtümer bauen, wie es dir beliebt, wenn es dir und ihnen einen Trost bedeutet. Aber bewahre all das, wofür mein Name stand – das ist weitaus wichtiger.*

Das will ich tun, Heiliger, versprach Kelson unterwürfig. *Vermagst du mir einen Rat zu geben in der Frage, was ich mit Conall anfangen soll?*

Des Wesens Miene ward ernst, ja sogar ein wenig versonnen. *Du mußt tun, was du tun mußt, Kelson Haldane. Eines Königs Pflicht ist es, Gerechtigkeit zu üben und Barmherzigkeit walten zu lassen, jeweils nach den Umständen. Allein du kannst eine Entscheidung fällen.*

Aber kannst du mir nicht wenigstens eine Empfehlung geben, Heiliger? beharrte Kelson.

Du mußt auf deine innere Stimme lauschen – auf dein höheres Selbst. Dank hinlänglicher Besinnung und andächtigen Gebetes wirst du erkennen, was du zu tun hast. Als Kelson weiter mit der Erscheinung über diese Angelegenheit reden wollte, kam die Gestalt lediglich noch näher und streckte eine Hand über Kelsons Schopf aus. *Friede sei mit dir, mein Sohn,* sprach in seinem Geist der Wesenheit Stimme, indem die Hand kaum merklich des Königs Haupthaar streifte. *Langes Leben, Wohlergehen und Wohlstand gedeihe dir, König von Gwynedd.*

Im selben Augenblick, als Kelson die Berührung spürte, verschwand die Gestalt, verschwand schneller, als ein Augenzwinkern dauerte, und des magischen Kreises Wölbung sank im gesamten Umkreis, indem sich die Wehr gleichsam in Abertausende von Scherben auflöste, welche erklangen, als sollte daraus eine Melodei werden, auf den Fußboden nieder, zerstob auf den steinernen Fliesen, als ob die ›Scherben‹ zerschellten, zu den Tönen lautloser Musik. Für ein kurzes Weilchen regte sich im ganzen Thronsaal keine Seele, nur viele Dutzend Blicke huschten unablässig zwischen Kelson und Conall – und umgekehrt – hin und her; aber als Kelson zu guter Letzt ein Seufzen vernehmen ließ und aufstand, gelinde auf den Beinen wankte, kam im Saal leise, als wäre ein Bann gebrochen, neues Raunen auf, als durchwehe ihn ein frisches Lüftchen. Noch bevor Kelson sich an Conalls Seite kniete, ging geräuschvoll Dhugal bei dem Prinzen auf die Knie, brachte aus Tiercel de Clarons Arzttasche ein Fläschchen aus blauem Glas zum Vorschein. »Was ist das?« erkundigte Kelson sich mit halblauter Stimme, legte eine Hand fest seitlich an Conalls Hals, um die Schlagader zu befühlen, derweil er das Fläschlein betrachtete.

»*Merascha,* auf daß derlei Schwierigkeiten nicht nochmals entstehen, ehe Ihr ihn hinrichten laßt.«

Kelson verzog das Antlitz, denn jene beiden Male, bei welchselbigen er der Droge Wirkung kennengelernt hatte, waren ihm noch deutlich in Erinnerung; doch er wußte, es war am klügsten, sie Conall zu verabreichen. »Du bist ganz und gar davon überzeugt, daß er hingerichtet werden muß, nicht wahr?« fragte Kelson.

»Es wird Euch keine andersartige Wahl bleiben, Sire«, äußerte Morgan, kauerte sich neben ihn und hob Conalls Haupt an, während Dhugal den Korken aus dem Fläschchen zerrte. Von irgendwoher hatte sich Arilan eingefunden, stand nun mit verschränkten Armen dabei. »Und wäre er auch zerknirscht und bußfertig – woran ich indes meine Zweifel hege –, Ihr könntet ihn ebensowenig am Leben lassen, wie Ihr Judhael von Meara das Leben schenken konntet. Das Herz anrührende Vorstellungen, man vermöchte einen in die Irre getappten Prinzen vom falschen Wege der Ehrlosigkeit abbringen, ihm den Tod ersparen, sind durchaus wohlgedacht und schön, aber in der rauhen Wirklichkeit der Welt ergeben sie wenig Sinn.«

Niedergeschlagen senkte Kelson das Haupt und seufzte. »Wüßtest du nur, Alaric, wie sehr ich dessen überdrüssig bin, Leben mit der Münze des Tötens zu erkaufen«, sprach er mit ganz leiser Stimme.

Auch Duncan war herangekommen, um den bewußtlosen Conall in Augenschein zu nehmen. Derweil Kelson sein kummerreiches Bekenntnis ablegte, hatte er sich niedergehockt, um an den erforderlichen Maßnahmen teilzunehmen und sich am Gespräch zu beteiligen; er half Morgan beim Öffnen von Conalls Mund, so daß Dhugal dem Prinzen endlich die Droge einzuflößen vermochte. »Das ist ein alter, alter Zwist, Kelson, welchen wir in Zukunft wahrscheinlich so wenig abklären können, wie's uns in der Vergangenheit gelungen ist. Dieser Widerstreit ist ein unglückseliger, aber unvermeidlicher Bestandteil des Königtums. Übrigens ... habt Ihr zu jemandem gesprochen, just ehe der magische Kreis erlosch?«

Kelson blinzelte. »Ihr habt ihn nicht gesehen?«

»Wen sollen wir gesehen haben?« fragte Dhugal, indem er das inzwischen geleerte Fläschchen zurück in die Arzttasche tat.

»Sankt ...«, setzte Kelson zur Antwort an, unterbrach sich jedoch, als sich Conall rührte und aufstöhnte, Morgan einen Strick nahm, um dem Gefangenen die Hände auf den Rücken zu binden. »Tut jetzt nichts zur Sache. Schafft ihn fort. Ich erzähle später, was sich begeben hat.«

EPILOG

Leben und Huld hast du mir geschenkt, und deine Fürsorge hat meinen Odem bewacht.

HIOB 10,12

Mehrere Monde danach ritten der König von Gwynedd und sein Blutsbruder, mittlerweile auch Herzog von Cassan und Graf von Kierney und nicht länger lediglich Markgraf von Transha, in der Nähe von Morgans Herzogssitz Coroth zusammen an der Küste entlang, streiften hoch zu Roß schweigsam längs des Strandes an des Meeres Brandung einher. Inzwischen war es Hochsommer, der Tag war sonnig und lau, und vom weiten südlichen Meer wehte ein wohltuendes Windchen ins Land. Beide Jungmannen unternahmen den Ausritt in schlichter wollener Gewandung, hatten die Ärmel ihrer Blusen hochgekrempelt, ein Gegensatz zu der Seide und dem Brokat, wie sie dieselben am frühen Morgen getragen hatten, den sie als Erquickung empfanden. Denn der König hatte mit seinem Hofe Coroth besucht, um die Geburt von Morgans erstem Sohn und Erben zu feiern, und Duncan hatte das Kind auf die Namen Kelric Alain Morgan getauft.

»Klein Kelric ist ein gar hübsches Knäblein, nicht wahr?« meinte Dhugal versonnen. »Soviel blondes Haar ...! Ob seine Augen schließlich wohl blau oder grau werden?« Zerstreut nickte Kelson, darum bemüht, nicht an ein anderes Kind edler Abkunft zu denken, das noch nicht geboren war, aber nahezu mit Gewißheit so dunkelhaarig sein würde, wie Morgans Sohn hellhaarig war, so wie die jeweiligen Eltern; und nicht an ein drittes Kind, welches in Bälde das Licht der Welt erblicken sollte, wiewohl in weitaus bescheideneren Verhältnissen; diese beiden anderen Kinder würden keinen Vater haben. Am wenigsten mochte er an dieser zwei Kindlein Erzeuger denken. Denn Conall war nicht anständiger gestorben, als er gelebt hatte, fast war er aus Grausen in Tränen ausgebrochen, derweil ihn eine Schar Haldanescher Lanzenreiter mit unbewegten Mienen an einem schönen Morgen im Mai zum Richtblock geleiteten. Auch hatte Conall nicht so schnell den Tod gefunden, wie es sich Kelson gewünscht hatte. Der arme Henker, ohnehin zermürbt, dieweil er einen Prinzen des gwyneddischen Königshauses enthaupten mußte, war durch ein heftiges Zusammenzucken Conalls, als des Richtschwerts Klinge niedersauste, abgelenkt worden und hatte einen Fehlschlag getan. Noch zwei Streiche waren vonnöten gewesen, um Conalls Haupt von den Schultern zu trennen – aber zumindest hatte er nach dem ersten Hieb nichts mehr gespürt –, und die stärkste, scheußlichste Übelkeit hatte Kelson befallen, sobald er sich aus der Allgemeinheit Blickfeld zurückgezogen gehabt hatte. »Wolltet Ihr wohl mit all dem Grübeln Schluß machen?« unterbrach Dhugal halblaut, aber nachdrücklich Kelsons trübselige, tiefsinnige Gedankengänge. »Womit plagt Ihr Euch diesmal? Ist's Rothana? Oder Conall?«

Lautstark seufzte Kelson, schüttelte das Haupt. »Es ist Conall ... und sein Sohn ... *und* Rothana«, gab er zu. »*Herrgott,* Dhugal, warum mußte er so etwas tun? Er war mein Vetter. Ich hätte ihm freudenvoll alles gegeben, was sein Herz begehrte, hätte er bloß etwas unternommen, um's sich zu verdienen.«

»Kelson, er hat eben das *bekommen,* was er verdiente«, hielt ihm daraufhin Dhugal entgegen. »Es mag wohl angehen, die Sache so darzustellen, daß er das Opfer einer eigentümlichen Verkettung von Umständen war, wenn Euch dadurch besser zumute wird, jedoch war's Conalls *Entscheidung,* sich selbige Umstände zunutze zu machen. Gänzlich ungeachtet dessen, was seine wahren Absichten gewesen sein mögen, als er das *Merascha* in meinen Weinschlauch füllte – und wir werden niemals *wahrhaft* wissen können, ob er nicht vielleicht bange geworden und uns vorm Trinken gewarnt hätte –, hatte er sich jenes *Merascha* doch angeeignet, indem er einen Mann tötete und sich dafür der Verantwortung entzog. Seine geheimen Zusammenkünfte mit Tiercel de Claron hatten den eindeutigen Zweck, ihn mit der Haldane-Magie auszustatten, um eines Tages Eure Macht anfechten zu können – was er dann ja auch tat. Zudem versuchte er den eigenen Vater zu morden. Für keine dieser Übeltaten gibt's irgendeine Rechtfertigung.«

»Nein, du hast recht, es kann keine Entschuldigung seiner Schandtaten geben«, stimmte Kelson ihm zu. »Dennoch steht's mir frei, eines Lebens Verschwendung zu bedauern, das sinnreich und schöpferisch hätte werden können, oder nicht?«

»Freilich, Sire.« Gereizt beugte sich Dhugal vor, um eine Strähne in der Mähne seines Reittiers glattzustreichen. »Ich möchte indes nicht mitansehen müssen, wie Ihr Eure Grübeleien dahin treibt, daß Ihr gar noch wähnt, Ihr trügt daran Schuld, daß Conall abgeirrt ist – denn daran seid Ihr unschuldig. Fürwahr, mir ist's *einerlei,* seid Ihr auch mein König und Blutsbruder – das nächste Mal, wenn ich Euch bei solcher Grillenfängerei erwische, werde ich Euch durchprügeln.«

Mit einfältiger Miene nickte Kelson. »Und ich tät's verdienen«, räumte er ein. »Dennoch fällt's mir schwer, mich nicht damit zu befassen. Nachdem Duncan seine weltlichen Titel an dich abgetreten hat, wird dir alsbald verdeutlicht werden, wie schwer's ist, von insgeheimen Zweifeln abzulassen. Sei gewiß, du wirst dir noch manches Mal auf ähnliche Weise das Haupt zermartern müssen. Als Herzog hat man einen lediglich geringfügig niedrigeren Rang als ein König ... insbesonders als Deryni.«

»Ich werde mich Eurer Warnung erinnern«, entgegnete Dhugal kauzig. »Gott sei Dank hat Vater mir wenigstens ein tüchtiges Häuflein kundiger Vögte und Verwalter hinterlassen. Und die meisten Erben vermögen ihren Vorgänger – anders als ich – nicht mehr zu Rate zu ziehen. Ich bin darüber ungemein froh, nicht den Vater verloren haben zu müssen, um ein Herzogtum zu erlangen.«

»Auch ich bin froh«, versetzte Kelson zur Antwort. »Ich habe ihm den Verzicht, mußt du wissen, recht eindringlich nahegelegt. Das war der einzige Weg, welcher mir einfiel, um zu bewirken, daß er in Rhemuth verbleibt. Ich bezweifle nicht, daß er einstmals zum Erzbischof aufsteigen wird. Bis dahin jedoch kann er auf unbegrenzte Dauer als Weihbischof in der Hauptstadt tätig sein und mir als Berater und Beichtvater zur Seite stehen. Ich muß wenigstens *einen* Deryni, dem ich vertrauen kann, ständig bei mir haben.«

»Nun, ich werde gleichfalls dort weilen, so oft ich's nur kann, das wißt Ihr, Sire.«

»Ja, ich weiß es.« Mit vorgetäuschter Gleichmut lenkte Kelson sein Roß um einen nach der Flut zurückgebliebenen Tümpel. An diesem schönen Sommertag trug er keine Reithandschuhe, und des Reittiers Zügel aus rotem Leder lagen weich und geschmeidig in den bloßen Händen. »Rothana sah recht gefällig aus, nicht wahr?« meinte er in erzwungener Fröhlichkeit. »Es macht mich froh, daß sie sich dazu entschlossen hat, bis nach ihres Sprößlings Niederkunft bei Morgan und Richenda Wohnstatt zu nehmen.«

»O ja, sie sah ... wundervoll aus«, bestätigte Dhugal leise. »Ach, Kelson, ich wünschte ...«

»Gewißlich«, fiel ihm Kelson ins Wort, erinnerte sich an Rothanas und seine einzige Unterhaltung seit der Ankunft zu Coroth vor wenigen Tagen, verdrängte gleichzeitig die Erinnerung an ihre früheren Gespräche, welche sie geführt hatten, während Rothana noch in Rhemuth weilte. »Im großen und ganzen betrachtet, ergeht's ihr nicht schlecht. Allem Anschein nach hat niemand irgendeine Neigung, ihr Conalls Verbrechen zum Vorwurf zu erheben. Ich glaube, es bedeutet für sie eine Hilfe, bei Richenda zu sein ... Und auch Richendas Lage hat sich zum Besseren gewendet. Nachdem sie nun Morgan einen rechtmäßigen männlichen Erben geschenkt hat, entwickeln seine Gefolgsleute wohl doch endlich zu ihr ein gewisses Zutrauen.«

»Als hätte eines dieser armen Weiber auf ihrer toten Gatten Verrätereien irgendwelchen Einfluß gehabt!« Entrüstet schnob Dhugal. »Um Vergebung, Sire, ich wollte unserem Geplauder nicht erneut diese Richtung verleihen.«

»Es ist nicht schlimm.« Kelson seufzte und reckte sich in den Steigbügeln, begann sich zu räkeln. »Herrgöttchen, mir ist das Hinterteil eingeschlafen! Ich werde absteigen und eine Strecke weit laufen.«

»Ich schließe mich Euch an«, sprach Dhugal, saß ebenfalls ab. Für ein Weilchen schlenderten sie wortlos nebeneinander dahin, die Rösser stapften ihnen an durchhängenden Zügeln friedlich hinterher. Endlich schaute Dhugal von neuem Kelson an. »Hört zu, Sire, Ihr braucht nicht darüber zu sprechen, so Euch nicht der Sinn danach steht, aber hat Euch Rothana irgendwelche Aufschlüsse über ihre Absichten für die Zeit nach ihres Kindes Geburt erteilt?«

»O ja«, antwortete Kelson ruhig, spielte mit seinem Ende der roten Lederzügel. »Ihre Absichten sind nicht von jener Art, wie sie mir am liebsten wären, aber's ist nun einmal ihr Wunsch, sich nun doch wieder dem Dasein in Gott zuzuwenden. Doch hat auch *das,* wie ich zugeben muß, seine gute Seite. Sie hat Verbindung zu Sankt Cambers Knechten aufgenommen, und dieselben haben sie gebeten, zu ihnen zu kommen und dabei zu helfen, den Orden dergestalt wiederzubeleben, wie er zu Cambers Zeiten zu sein pflegte, will sagen, mitsamt einem Nonnenorden zur Unterweisung in den alten derynischen Lehren und Tugenden. Allem Anschein nach ist sie von dieser Aufgabe überaus begeistert. Und das erwähnte Vorhaben zählt zweifelsfrei zu den Dingen, deren wir dringlich bedürfen.«

»Und das Kind?« fragte Dhugal.

Kelson verzog das Antlitz. »Den Knaben wird man auf das Priesteramt vorbereiten. Nigel versucht redlich, in dieser Sache gerecht zu verfahren, jedoch legte er den allergrößten Wert darauf, daß seine Nachfolge nicht durch Conall verläuft, und darum wird nicht seines Ältesten Sohn der nächste Königliche Herzog sein, sondern Rory. Dennoch wird Rothanas Sohn den Rang eines Prinzen des Königshauses haben. Darauf habe ich bestanden. Nichts von allem war *seine* Schuld.«

Dhugal nickte. »Mag sein, er wird eines fernen Tages zu einem Kirchenfürst werden. Tja, möchte Conall das nicht verdrießen, könnte er's erfahren?«

Indem er nochmals aufseufzte, schüttelte Kelson den Schopf. »Ob so oder so, mir gilt's gleich. Er hat gebüßt. Möge er in Frieden ruhen.«

Wiederum sprach keiner der beiden Blutsbrüder für eine ganze Weile ein Wort, sie schritten nur stumm durch den nassen Sand, verhielten ab und an, um mit einem gestiefelten Fuß eine Muschel oder irgendein Stück Treibgut umzudrehen. Es war Dhugal, der zu guter Letzt erneut das Schweigen brach, derweil das Paar sich einer felsigen Landzunge näherte, welche teilweise in die See hinausragte. »Glaubt Ihr wirklich, Sire, daß es Sankt Camber gewesen ist, der sich zu Euch, während Ihr wider Conall fochtet, in jenen magischen Kreis begab?« erkundigte sich Dhugal.

»Ich weiß es nicht. Allerdings verursacht's mir beschwerliche Gedanken, daß sonst niemand im Saal ihn gesehen hat. Gleichfalls ist uns bei unserer Suche nach Sankt Camber kein Erfolg beschieden gewesen, wiewohl wir seine Knechte gefunden haben. Mir lag sehr daran, eine regelrechte Reliquie zu entdecken. Die Wiedererrichtung des Heiligtums zu Valoret kommt gar prächtig voran, und daheim wird die neue Seitenkapelle zur Weihnachtszeit fertiggestellt sein, aber wer's auch war, der mir im magischen Kreis erschien, offenbar maß er derlei Gedenkstätten kein sonderliches Gewicht bei.«

»Tja, die Geistlichen zu Transha lehrten mich stets, daß Gott im Herzen wohnt, nicht in einem von Menschenhand erbauten Haus, und's mag ja so sein, daß ein gleiches für Heilige gilt«, entgegnete Dhugal. »Ja freilich, ein Ort des Andenkens mag durchaus angebracht sein, doch in Wahrheit ist das alles eine Sache des Gemüts und der Seele.«

»Ja, aber einst besaß auch Camber einen Leib aus Fleisch und Blut«, erwiderte Kelson halsstarrig. »Ich bin keinesfalls gänzlich davon überzeugt, daß er leiblich in den Himmel erhoben ward, allem zum Trotz, was an Gründen für seine ursprüngliche Heiligsprechung genannt wird. Wir wissen, daß an bestimmten stofflichen Gegenständen ein geistiges Od Cambers haften geblieben ist ... beispielsweise an Duncans Bischofsring.«

»Ei, vielleicht gelingt's Euch, ihm den Ring abzuschwatzen und auf diese Weise an eine Reliquie zu kommen«, spöttelte Dhugal. »Wahrscheinlich ist's wenig, daß er sich darauf einläßt, bedenkt man, daß selbiger Ring ja ebenso ein Erinnerungsstück an unseren neuen Heiligen Istelyn ...« Plötzlich verstummte Dhugal mitten im Satz, verharrte so unvermittelt, daß Kelson gegen seinen ausgestreckten Arm lief. Voraus hockte auf einem Felsblock just am Rande der See still eine Gestalt in grauer Kutte mit Kapuze, einen hölzernen Stab an die Schulter gelehnt. »Seht Ihr, was ich sehe?« raunte Dhugal, obzwar Kelson bereits zu der deutlich sichtbaren Gestalt hinüberspähte; des Königs Angesicht war sehr bleich und starr geworden.

Ohne ein Wort packte er Dhugals Arm und strebte erneut vorwärts, sie ließen der Rösser Zügel fahren, ihre Füße traten in den feuchten Sand tiefe, scharf umrissene Abdrücke. Die Gestalt regte sich nicht, blickte nicht auf, bevor nur wenige Schritte sie noch von ihr trennten, und als der Mann zuletzt das Haupt hob, verdunkelte der Kapuze Schatten sein Antlitz. Seine Füße, so bemerkte Kelson, waren nackt. »Kann ich Euch behilflich sein?« fragte der Mann. Seine Stimme hatte einen dunklen wohltönenden Klang, und die Hände, welche den Stab umfaßten, waren weich und vornehm, frei von Schwielen.

»Wer bist du?« wünschte Kelson zu erfahren. »Sind wir uns nicht schon begegnet?«

Unter der grauen Kutte hob der Mann die Schultern, doch fiel die Gebärde so aus, daß sie weder eine Bejahung noch eine Verneinung bedeutete; immerhin ward dadurch des Fremden Mund sichtbar. »Viele Menschen richten an mich diese Frage«, antwortete er mit angenehmer Stimme. »Aber mein Name ist ohne Belang.«

»Vor einigen Jahren sprach jemand, der dir sehr glich, auf einer unweit von hier gelegenen Landstraße ähnliche Worte zu einem meiner Freunde. Kennst du Pater Duncan McLain?«

Wieder zuckte der Mann mit den Schultern. »Ich kenne zahlreiche Priester, mein Sohn.«

»Und weißt du auch etwas über Sankt Camber?« fragte Kelson verwegen. »Vermagst du uns etwas von ihm zu erzählen?«

»Ah, dann sucht Ihr also den hohen Beschützer?« lautete des Fremdlings Gegenfrage.

»So ist's«, erklärte Kelson. »Im Frühling begaben wir uns auf eine Suche, wir hofften Reliquien zu entdecken. Eine Anzahl von Sankt Cambers Knechten haben wir gefunden, aber von ihm selbst nicht die kleinste Hinterlassenschaft.«

»Und welche Art von Zeichen habt Ihr auffinden zu können erwartet?« fragte der Mann als nächstes.

»Nun, etwa ... einen glaubhaften Beweis dafür, daß alles Wirklichkeit war, daß wir uns seine Erscheinungen nicht bloß einbildeten, dieweil wir dergleichen so inbrünstig herbeisehnten.« Kurz schwieg Kelson. »Wahrlich, ich weiß nicht, warum ich dir all das mitteile.«

»Mag sein, weil jemand, der ehrlichen, aufrechten Herzens sucht, stets seinen Lehrer erkennt, sobald er ihm begegnet«, antwortete darauf der Mann, packte den Stab fester, begann geruhsam mit dem unteren Ende in den Sand ein Muster zu ziehen. »Seid Ihr kühn genug, Ihr jungen Sucher, um einem fremden Lehrer, welcher Euch bei Eurer Suche helfen könnte, Vertrauen zu schenken?« Im Sand, der noch besonders naß war von einer Woge welche höher als andere Wellen den Strand heraufgespült war, nahm das Muster, das der Fremde hineinzeichnete, eine zusehends verwickelte Beschaffenheit an, und Kelson spürte, wie er, indem seine Augen das Muster erfaßten, seinem Verlauf im einzelnen folgten, in einen Trance-Zustand zu geraten anfing. Der Vorgang war ihm so nicht vertraut – jedenfalls nicht zur Gänze –, jedoch empfand er keine Furcht. Unterdessen erlag auch Dhugal dem Bann des Fremdlings. »Laßt von allem ab und schaut, was ich Euch zu zeigen habe, junge Sucher!« drängte des Mannes Stimme in besänftigendem Ton. »Ihr werdet keinen Harm leiden müssen.«

Zwar widersprach es aller Vernunft, aber gefühlsmäßig spürte Kelson, daß er dem Mann getrost Vertrauen entgegenbringen durfte. Ohne Vorbehalte ließ er sich tiefer in die Trance entgleiten. Nach einem ganz kurzen Weilchen erklang des Fremden Stimme erneut, hatte nun nachgerade einen Singsang in einer Kelson unbekannten Sprache angestimmt; der feuchte Sand, so schien es, bekam eine dunklere Färbung, ward stetig düsterer, bis er am Ende vollends verschwand. Mit einem Mal war es Kelson, als schwebe er in eine andere Zeit, an einen anderen Ort. Er blickte in eine große gewölbte Kammer, in welcher in der Mitte eine Totenbahre den Ehrenplatz einnahm. Auf selbiger Totenbahre lag ein Leichnam, bedeckt von einem Geflecht aus scharlachroter seidener Kordel, gehüllt in eine Gewandung, die ungemein der Kleidung jener Priestern vergleichbaren Führungskaste in Sankt Kyriell ähnelte – allerdings war sie nicht grau, sondern dunkelblau. So wie es Kelson und Dhugal bei den Netzen in jenen Grabkammern droben in den Bergen gesehen hatten, wies auch dies Geflecht an den Knoten kleine *Shiral*-Kristalle auf, die hier jedoch durchbohrt – durch die Löcher verliefen die Seidenstränge – und rundum vollständig geglättet waren. Anscheinmäßig gab das Geflecht die Umgrenzung eines leuchtenden Feldes aus magischer Gewalt ab, welches den Leichnam gänzlich umschirmte, und das Gefühl des Friedens, wie es dieser Stätte anhaftete, ließ sich beinahe sinnlich spüren. Rings um den Rand der Totenbahre war eine Inschrift gemeißelt worden, und Kelson – vollauf in diesem Gesicht befangen – beugte sich vor, um den Wortlaut zu lesen.

Hic jacet Camber Kyriell MacRorie, Comes Culdi: Carissimus pater, ministrator coronae Gwyneddi, Regum salvator, sacerdos et episcopos, defensor hominum. Natus est Anno Domini 846. Non mortuus est. Resurget.

Noch versuchte Kelson, diesen Worten einen Sinn abzugewinnen, da überspülte eine Welle die Inschrift, löschte sie aus, und er schrak ruckartig aus dem Trance-Zustand. Als er derartig in die herkömmliche Bewußtseins-Verfassung zurückgescheucht ward, schwankte er leicht auf den Beinen, fing sich an Dhugals Arm ab und bewahrte so das Gleichgewicht, betrachtete verdutzt die Welle, welche Dhugals und seine Füße umfloß. Doch der Graugekleidete war fort – wiewohl unbegreiflich blieb, wie es ihm gelungen sein konnte, sich zu entfernen, ohne Fußspuren zu hinterlassen. Eilends schauten Kelson und Dhugal sich nach allen Seiten um, versuchten zu verstehen, wie der Fremdling dergleichen geschafft haben möchte; aber plötzlich fiel Kelson inmitten der im Zurückfließen begriffenen Welle auf die Knie und begann im Sand zu graben. »Was macht Ihr da, Sire?« keuchte Dhugal.

»Ich habe etwas gesehen ... Da ist's!« Kelson griff zu, ehe die Welle den Gegenstand meerwärts spülen konnte, krauchte hastig in Richtung See, wusch den Fund sauber. Als er ihn hocherfreut zwischen Daumen und Zeigefinger in die Höhe hielt, erwies er sich als rundum glatter kleiner *Shiral*-Kristall, der in der Sommersonne feucht glänzte.

»Süßer *Jesus!*« raunte Dhugal, sank neben dem König auf die Knie, zog ihm den Arm herab, um das Steinchen genauer ansehen zu können. »Ich glaube, wenn Ihr mir nun mitteilt, dies Ding ist durchbohrt, werde ich in Ohnmacht fallen.«

»So bereite dich drauf vor, recht naß zu werden«, antwortete Kelson, reichte Dhugal die Hand, um ihm beim Aufstehen zu helfen, »denn es ist tatsächlich durchbohrt. Dhugal, hältst du's für möglich, daß dieser Kristall aus dem ... Du *hast* doch geschaut, hoffe ich, was ich schaute? Die Leiche auf einer Totenbahre, darüber ein Netzwerk mit solcherlei Steinchen gebreitet?«

Ernstmütig nickte Dhugal. »Ein Netz aus roter Seidenkordel, *Shiral*-Kristalle an den Knoten ... Geradeso wie in jenen Gräbern. Kelson, erachtet's Ihr als denkbar, daß man in Sankt Kyriell *weiß,* wo er begraben liegt?«

»Der dort Ansässigen Ahnen dürften's gewußt haben«, entgegnete Kelson. »Und ich wollte allemal wetten, auch er, den wir just hier sahen, weiß Bescheid.«

»Ihr glaubt also, *er* war Sankt Camber?« fragte Dhugal nach.

»Nein, jedoch sollt's mich ungemein verwundern, wäre er nicht einer von Cambers Dienern – im weitesten Sinne von des Wortes Bedeutung, also kein Angehöriger von Sankt Cambers Knechten zu Sankt Kyriell. Fürwahr, es könnte mich kaum überraschen, wenn er derselbe Mann war, dem vor ein paar Jahren in der Nähe dein Vater begegnete. Doch worauf's ankommt, ist dies: Möglicherweise halten wir jetzt einen greifbaren Beweis dafür in den Händen, daß es ein Grab Cambers gibt ... oder auf alle Fälle einmal gegeben hat. Wir verfügen über etwas Handfestes, das wir vorzuzeigen vermögen. Und ...«

Er unterbrach sich inmitten der Rede, sein Blick verhielt unvermutet auf dem offenen Kragen von Dhugals Bluse, wo der junge markländische Edelmann um den Hals – zusammen mit dem zurückerhaltenen Sankt-Camber-Medaillon – einen kleinen honigbraunen Brokken *Shiral* an einem Lederriemen trug – ein Geschenk, das einst seine Mutter seinem Vater in ihrer Hochzeitsnacht überreicht hatte. Dhugals Miene ward sehr still, als er bemerkte, auf was Kelson den Blick gerichtet hatte, und seine Hand zitterte, als er sie um den Kristall zur Faust schloß.

»Kelson, Ihr mutmaßt doch nicht, meine *Mutter* könnte von derlei Sachen irgendwelche Kenntnis besessen haben?«

»Ich weiß es nicht«, erteilte Kelson im Flüsterton Antwort. »Aber mit einem Mal, so will's mich allem Anschein nach dünken, fügt sich mancherlei ineinander. Bist du der Ansicht, es möchten in der Markgrafschaft Transha noch mehr Hinweise auffindbar sein?«

Auf diese Fragestellung wußte vorerst keiner der zwei Blutsbrüder Aufschluß zu geben, doch handelte es sich um eine Frage, welchselbige sie – neben etlichen sonstigen Fragen – in der Zukunft immer wieder aufwerfen würden. Beide Jungmannen befanden sich wiederum in überaus wortkarger Stimmung, während sie einige Zeit später zurück nach Coroth ritten, um dort ihren Freunden und Gefährten von dem Vorkommnis zu berichten, aber Kelson fühlte sich jedenfalls hoffnungsvoller, als es zu sein er mehrere Monde lang Anlaß gesehen hatte.

Vielleicht mochte aus all der Trauer doch Freude erblühen. Möglicherweise war die Suche nach Sankt Camber noch gar nicht zu Ende, sondern stand erst an ihrem Anbeginn.